本成果列入河南省高等学校哲学社会科学创新团队"中古叙事文学与儒释道文化"（2016-CXTD-01）及2014年河南省高等学校科技创新人才计划资助项目"元代文人的大分化——作家队伍的雅俗分流及元代文学之大格局的形成"

元代文学研究前沿

忽必烈潜邸儒士与元代文学发展

任红敏 著

中国社会科学出版社

图书在版编目（CIP）数据

忽必烈潜邸儒士与元代文学发展/任红敏著 .—北京：中国社会科学出版社，2016.12

ISBN 978-7-5161-9768-4

Ⅰ.①忽… Ⅱ.①任… Ⅲ.①中国文学—古典文学研究—元代 Ⅳ.①I206.47

中国版本图书馆 CIP 数据核字（2017）第 013823 号

出 版 人	赵剑英	
责任编辑	顾世宝	
责任校对	周 昊	
责任印制	戴 宽	

出　　版	中国社会科学出版社	
社　　址	北京鼓楼西大街甲 158 号	
邮　　编	100720	
网　　址	http://www.csspw.cn	
发 行 部	010-84083685	
门 市 部	010-84029450	
经　　销	新华书店及其他书店	

印　　刷	北京明恒达印务有限公司
装　　订	廊坊市广阳区广增装订厂
版　　次	2016 年 12 月第 1 版
印　　次	2016 年 12 月第 1 次印刷

开　　本	710×1000　1/16
印　　张	25.75
插　　页	2
字　　数	318 千字
定　　价	109.00 元

凡购买中国社会科学出版社图书，如有质量问题请与本社营销中心联系调换
电话：010-84083683
版权所有　侵权必究

序

查洪德

2013年年底，在北京师范大学古籍与传统文化研究院召开的元代文学与文献研究论坛上，我对新世纪以来特别是近些年来元代文学研究的形势，作了一个乐观的评估：与古代文学研究进入新世纪整体上活力有些减退不同，元代文学研究近些年出现了可喜的局面。我当时用四个"新"字概括：新人、新著、新思路、新面貌，"新"不断涌现，研究不断深入，元代文学研究的格局，相比十多年前出现重大变化。"四新"，新人是关键。"新人"有一群，任红敏是其中之一。我当时例举若干新的研究思路，其中就包括任红敏承担的国家项目、教育部项目、河南省社会科学规划项目所展示的思路，这部《忽必烈潜邸儒士与元代文学发展》就是其中之一。这样的研究思路，在20世纪没有出现，在本世纪最初的几年也没有见到，只有到了近些年，元代文学研究全面兴起之时，类似的题目才不断涌现。这对于一个学科或一个学术方向来说，是很值得高兴的。

十年前我初来南开，2007年首次招收博士研究生，红敏是我第一届两名博士生之一。当时给我印象特别深刻也让我感动的，是她的坚毅和勤奋，这种坚毅，其程度超过有担当力的男人。勤奋更不必说,她几乎将所有可利用的时间都用来读书和写作。她与同门的师弟、师妹们一起,经常沟通、切磋,相互鼓励,交换信息,共同营造了和谐向上的风气,各自都取得了好的成绩。客观地说,她入校时未显示特别的优势,毕业时,参与她论文评议和答辩的先生,都给予她很高评价。由于她与她同门之友这样刻苦努力,他们在博士毕业后的几年里,都很快崭露头角,被研究界认可。目前活动的中国元代文学学会、中国辽金文学学会,红敏都是理事。朋友们见到我,总要提到我这几个学生,夸赞几句。这给我带来不少的愉快。

红敏的博士论文是有关忽必烈金莲川幕府文人的研究。这是元代文学研究非常重要的课题,但长期以来没有引起研究者的重视。

有元一代,有几次文人向政治中心的大聚集,每一次聚集,都可以看作元代文学发展史的重要节点。其中最为重要的应该是第一次,即忽必烈以太弟之尊开府金莲川(这里后来成为元朝的上都),招纳了大批幕府文人。《元史》的记载是:"岁甲辰,帝在潜邸,思大有为于天下,延藩府旧臣及四方文学之士,问以治道。"在此后的一段时间里,北中国的大批精英汇聚于此,有的留在幕府,有的在幕府中过渡后被派往各地治理地方。在忽必烈即位后,其中不少人成为他的心腹股肱之臣,为他谋大事、规大政。文化政策之制定,更是有赖这些人的谋划。世祖时期的文化政策取向,奠定了整个元代文化政策的基础,世祖潜邸文人的文化主张,由此影响了整个元代文化与文学的走向。

一般来说,元政府在文化方面积极主动的作为不多,这与其前之宋、其后之明,形成鲜明对比。我将这种状况概括为"文倡于下",政府少有文化建设,也少有推动文化发展的措施,从另一个方面说,是政治很少干预文化。当然,元政府在文化上并非完全缺位,并非没有文化政策或者政策导向,导向不仅有而且发挥着作用，确实影响了元代文化与文学发展的走向，由此形成了元代文化与文学的一些基本特点。《元史·赵良弼传》记载赵良弼与忽必烈的谈话：首先是赵良弼进言："宋亡，江南士人多废学，宜设经史科以育人材，定律令以儆奸吏。"这些都被忽必烈采纳。又："帝尝从容问曰：'高丽小国也，匠工奕技，皆胜汉人。至于儒人，皆通经书，学孔孟。汉人惟务课赋吟诗，将何用焉？'良弼对曰：'此非学者之病，在国家所尚何如耳。尚诗赋则人必从之，尚经学则人亦从之。'"忽必烈这段话中匠工、经学、诗赋的顺序，显示的是在他心目中的位置。元承金，金代科举以辞赋取士，金之士人长于辞赋，重文。金亡后，北方文人反思亡国教训，认为"事虚文而弃实用"是重要原因。入元，学术与文学尚实，成为基本趋势。这一趋势正好与兴起于漠北的蒙古政权的需要相契合。但要改变北中国人才的结构，还不是短时间可实现的。改变文人的学术趋向，要靠朝廷用人政策和文化政策，要发挥政策的导向作用。忽必烈面对北中国的人才现实，其困惑在此，赵良弼建议的用心也在此——以政策所"尚"引导士人弃辞章而取经术。

不管是在潜邸时期还是即位之后，忽必烈的用人导向一直是明确的。其弃文求实的取向，直接从对科举的态度上体现出来。姚燧《董文忠神道碑》记载了至元八年（1271）有关科举的一次御前论争："侍读徒单公履欲行贡举，知上于释崇教抑禅，乘是隙言：'儒亦有是科，书生类教，道学类禅。'上怒，已召先少师文献公、司徒许文正公与一左相廷辩。公自外入，上曰：'汝日诵《四书》，亦道学者？'公曰：'陛下每言：士不治经究心孔孟之道，而为赋诗，何关修身？何益为国？由是海内之士，稍知从事实学。臣今所诵，皆孔孟言，乌知所谓道学哉？而俗儒守亡国余习，求售己能，欲锢其说，恐非陛下上建皇极，下修人纪之赖也。'事为之止。"这位徒单公履是金进士，尽管以经义科中选，但他是重辞章的，元世祖建国号诏书，就是他的手笔，实为辞章之士，而"先少师文献公、司徒许文正公"是姚燧的伯父姚枢、老师许衡，他们是怀卫学派的代表，是义理之士。这一论争，是辞章之士呼吁恢复科举借以争取地位，因而与义理派学者发生的冲突。这一冲突一直延续。《元史·杨恭懿传》载，至元十二年（1275），"侍读学士徒单公履请设取士科，诏与恭懿议之。恭懿言：'明诏有谓：士不治经学孔孟之道，日为赋诗空文。斯言诚万世治安之本。今欲取士，宜敕有司，举有行检、通经史之士，使无投牒自售，试以经义、论策。夫既从事实学，则士风还淳，民俗趋厚，国家得才矣。'奏之，帝善之。"一方还是徒单公履，另一方则是许衡在关中时的朋友，义理派学者杨恭懿。这次看得更明白。辞章之学在当时始终不被重视，辞章之士也少为朝廷所用。当时北方辞章之士以元好问为代表。20世纪90年代以前的金代文学研究，主要集中于元好问，而元好问研究所关注的，是他的所谓大节问题，贬之者攻其北觐忽必烈，且请忽必烈为"儒教大宗师"，维护者强调其未曾仕元。矛盾的双方都只从元好问一方着眼，争论他对新朝的态度，而没有考虑忽必烈对元好问的态度。当时决定元好问出处的，不是元好问本人，而是忽必烈。对于忽必烈，元好问的姿态已经做足，北觐，上"儒教大宗师"尊号，剩下的事，他无能为力，主动权不在他。也就是说，他是出是处，不在于他仕与不仕，而在于忽必烈用与不用。他之未仕元，不是他不仕，而是忽必烈不用。清人沈德潜的一句话说到了关键："元世祖未尝欲其仕。"（《宋金三家诗选·遗山诗选例言》）元好问诗写得好，无奈忽必烈压根就不明白诗有什么用，或者说不理解为什么要作诗。这样的用人取向直接影响了后来科举政策的制定。仁宗皇庆二年（1313）十一月《行科举诏》称："举人宜以德行为首，试艺则以经术为先，辞章次之。浮华过实，朕所不取。"这是元政府对经术与辞章的态度。力争恢复科举的徒单公履此时已不在世，他恐怕没有想到，他争取的科举恢复了，但辞章却依然受排斥。这种排斥，在《行科举诏》中表述得尚不十分明确，所谓"辞章次之"，似乎辞章还有一定地位，如果看当时中书省的上奏，就不一样了。皇庆二年（1313）十月中书省奏："……学秀才的，经学、辞赋是两等。经学的是说修身齐家治国平天下的勾当，辞赋的是吟诗课赋作文字的勾当。自隋唐以来，取人专尚辞赋，人都习学的浮华了……俺如今将律赋、省题诗、小义等都不用，止存明经内四书五经，以程子、朱晦庵注解为主，是格物致知修己治人之学。这般取人呵，国家后头得人材去也。"《元典章》和《通制条格》都载有此奏。这样的用人取向和文化政策，对元代文学的发展，影响是巨大的。而所有这些，都奠基于忽必烈潜邸幕府时期。潜邸幕府文士，是其大政的规划者。从这样一个角度来认识忽必烈潜邸时期、潜邸文人对元代文学发展的影响，就明白了很多问题的根蒂。任红敏此著的价值在此，其对元代文学研究的独特意义在此。

至于其他，她是我的学生，就不说了，相信读者诸君会有评价。但有一句话还是要说：元代文学的研究，我及我的同辈，能做的有限。我们师辈所期待于我们的，现在我们又要期待于他们了。可以高兴地说，他们会比我们做得更好。

2016 年 4 月 15 日

目　　录

绪论 ………………………………………………………………（1）
　一　忽必烈潜邸儒士的构成 ………………………………（1）
　二　忽必烈潜邸幕府用人导向与元代文人的大分化 ………（6）
　三　幕府文人与元代科举及对文学的影响 ………………（10）
　四　潜邸儒士与元代儒学主导地位的确立与文学导向 …（16）
　五　幕府文人构成的多元以及多种信仰并存
　　　对元代文学的影响 …………………………………（19）

第一章　忽必烈潜邸儒士群的形成及成员构成 ……………（25）
　第一节　潜邸儒士群体形成过程 …………………………（25）
　第二节　忽必烈潜邸儒士文人的构成 ……………………（35）
　　一　重日用、重治生的怀卫理学家群 …………………（35）
　　二　为学驳杂的邢州学派 ………………………………（59）
　　三　由汉族世侯幕府进入忽必烈藩府的儒士文人
　　　　及其余文士 …………………………………………（85）
　　四　忽必烈藩府侍从中的儒士 …………………………（113）
　　五　忽必烈潜邸中的方外之士 …………………………（134）

第二章　忽必烈潜邸儒士文人心态解读 ……………………（153）
　第一节　忽必烈潜邸儒士的忧患意识与华夷观 …………（153）
　第二节　忽必烈藩府儒士的金莲川情结 …………………（162）

一　兼济天下的理想 …………………………………………（165）
　　二　歌咏金莲川旖旎风光 ……………………………………（169）
　　三　金莲川情结的影响 ………………………………………（176）
　第三节　忽必烈潜邸儒士文人仕与隐的冲突 ………………（179）

第三章　忽必烈幕府用人导向与元代作家队伍的雅俗分流 ………………………………………………（195）
　第一节　忽必烈幕府时期的用人导向与中统儒治的
　　　　　用人政策 ……………………………………………（195）
　第二节　元代作家队伍的雅俗分流 …………………………（202）

第四章　忽必烈幕府文人与元代科举及对文学的影响 ………（212）
　第一节　元代科举制度概况 …………………………………（213）
　第二节　忽必烈藩府文人与元代科举制度的确立 …………（224）
　第三节　忽必烈藩府君臣崇儒兴学对元代科举的推动 ……（238）
　第四节　元代科举对元代文坛的影响 ………………………（244）
　第五节　科举与元代诗文的发展 ……………………………（261）

第五章　忽必烈潜邸文人与元代儒学主导地位的确立 ………（275）
　第一节　忽必烈幕府文人保护儒生的权利和元代儒户
　　　　　政策的形成 …………………………………………（275）
　第二节　元代儒户政策与元代文人的生存状态
　　　　　及创作心理 …………………………………………（278）
　第三节　元代儒学的传播及元代儒学与文学的
　　　　　全面融会 ……………………………………………（285）

第六章　潜邸文人的文化观念对朝廷演艺政策的影响与
　　　　　元杂剧的发展 ………………………………………（296）
　第一节　忽必烈幕府文人文化与信仰多元化对元杂剧
　　　　　创作的影响 …………………………………………（297）

第二节　草原游牧文化对元杂剧创作影响及元政府
　　　　对杂剧的扶持……………………………………（308）

**第七章　忽必烈藩府文人与元代宗教政策
　　　　及对文学的影响**……………………………………（327）
第一节　忽必烈藩府文人多元化的宗教信仰与元代
　　　　宗教政策的形成………………………………（327）
第二节　元代宗教与元代文人及文坛……………………（336）
　　一　儒释道三教的融合………………………………（336）
　　二　文人禅道化、释道文人化………………………（340）
　　三　元代各宗教并行的局面…………………………（346）
第三节　元代多元宗教观念下的元代文学………………（351）
　　一　文学精神的避世与内敛…………………………（351）
　　二　宗教戏曲繁荣……………………………………（356）
　　三　对元代文章写作和后世小说创作的影响…………（359）

余论……………………………………………………………（363）

参考文献………………………………………………………（374）

附录　忽必烈藩府文人名单…………………………………（395）

绪　　论

元世祖忽必烈即位前的潜邸幕府，聚集了一批文人，形成了在元代政治和文化生活中都具有突出地位和影响的潜邸儒士群体。忽必烈潜邸的用人导向与幕府文人的学术取向，不仅带来了中国历史上文人的一次大分化，作家队伍雅俗分化与分流，也使得元代文坛以独特格局与风貌出现在文学史上。忽必烈潜邸儒士对元代政体与法制等的推动与建设，这些主要的社会重建问题影响着元代文人诗文的创作态度以及对诗文功用的理解，也影响诗文发展的方向。可以说，忽必烈潜邸儒士的学术主张、文化主张、文学主张，影响了有元一代的文化政策，元代的文化政策主导或影响着元代文学的发展。因此，要全面认识元代文学的发展，应该了解潜邸文人如何为有元一代规划大政，研究这一文人群体及他们的创作，这对于认识元代文坛，认识元代文学，都是很必要的。需要特别说明的是，这里所谓的元代文学，不仅仅指被认为是元代文学代表的元曲，也不仅指传统的文学样式诗文，而是指包括各体式、各部分的整体的元代文学。

一　忽必烈潜邸儒士的构成

忽必烈金莲川藩府士人群体是一个较复杂的文人集团，人数众多，来源广泛，文化渊源和师承各异。他们大多是金末山东、山西、陕西、河北等不同地域的儒学、文学等领域的精英。如果根据地域和学术渊源，大致可以把藩府文人分为四部分：怀卫理学家群，邢州学派，由东平、真定、顺天三个汉族世侯幕府延纳的文士及其他金源文士，藩府侍从中的文人。

（一）怀卫理学家群。忽必烈金莲川藩府谋臣中姚枢、许衡、窦默、郝经和智迁等人，他们是理学家，他们的代表人物许衡、姚枢等人，讲学于怀庆、卫辉一带，故称为怀卫理学家群。据《宋元学案》卷九十《鲁斋学案》："河北之学传自江汉先生，曰姚枢，曰窦默，曰郝经，而鲁斋其大宗也。"姚枢、窦默、许衡均从赵复处习得朱熹理学，而且姚枢、窦默又为鲁斋许衡之讲友，郝经为江汉学侣，又是紫阳杨奂的门人①，学术也是在其原有北方之学的基础上部分地接受了赵复所传的朱熹理学②，因而把郝经也归入怀卫理学家群。智迁年轻时曾与窦默流落汉上，窝阔台汗八年（1236），杨惟中奉旨召集儒、道、释之士，与窦默一同北归，交往颇深，智迁也自然归入怀卫理学家群。这一文人群体不仅对元初北方理学的发展和传播贡献很大，而且对元初的政治、经济、教育、文化、学术、文学等各个方面都作出了不少贡献。姚枢、窦默、许衡和郝经等人，乃北方第一批理学家，尤其是许衡，更为一代宗师。他们在元初北方传播理学，著书育人，使文明一脉，得以发扬光大。怀卫理学家群高扬朱学旗帜，在北方学术的基础上有选择地接受南方朱

---

① 庚戌年（1250）冬，郝经作书与杨奂论学，有《上紫阳先生论学书》。《陵川集》卷二四《上紫阳先生论学书》："十二月五日，陵川郝经斋沐拜书大使先生：经生今二十有八年矣……"按，郝经生于金元光元年（1222），生二十有八年则是二十九岁，正是这一年，郝经仍在顺天张柔府中，杨奂这一年为河南课税所长官。两人交往密切。

② 丁未年（1247），郝经遇汉上先生赵复，作诗《听角行》《送仁甫丈还燕》与文《送汉上赵先生序》，其后又作诗《后听角行》与文《与汉上赵先生论书》《太极书院记》，皆为赵复作，其学术也是在原有北方学术的基础上部分地接受了赵复所传的程朱理学。

学；重日用，重治生；不重心性义理的探讨而特别重视学术的普及与实用，以其伦理教化，影响了蒙古政权。

（二）邢州学派。邢州学派主要有刘秉忠、张文谦、张易、王恂、刘秉恕、赵秉温等人，以刘秉忠为首。刘秉忠是较早进入忽必烈潜邸的文人，为忽必烈潜邸的重要谋士，深得忽必烈信用。忽必烈继位之前，由他推荐了一批以邢州籍为主的幕府侍臣，大多是他的同学、学生，有张文谦、王恂、刘秉恕、张易、赵秉温等，他们在学术上有着相似或相同之处，是为邢州学派。

邢州学派不同于其他学派的突出特点是：（1）他们大多为学驳杂，注重自然科学的研究。比如刘秉忠，学兼儒、释、道三家，"通晓音律，精算数，仰观占候、六壬、遁甲、《易经》象数、邵氏《皇极》之书，靡不周知"。张文谦也是"洞研术数"。张易和王恂，对自然科学也有相当研究，修《授时历》之时，主领其事，说明他们在数学、天文方面造诣是很深的。（2）邢州学派在儒学上的造诣也颇深。刘秉忠融合儒释道三家，在忽必烈潜邸期间，闲暇时间仍然"读《四书》，穷《易道》，讲明圣人心学之妙，无不该贯"①。张文谦，博学多才，精通儒学，二十三岁时应戊戌试，中选②，进入忽必烈潜邸之后，和许衡关系非常好，笃志于义理之学③。王恂，在为太子伴读时，"每侍左右，必发明三纲五常，为学之道，及历代治忽兴亡之所以然"④。苏天爵在《元朝名臣事略》

---

① （元）刘秉忠：《藏春集》卷六附录，北京图书馆古籍珍本丛刊，影印明天顺五年（1461）刻本。

② 李修生主编：《全元文》第9册，凤凰出版社2004年版，第101页。

③ 据《元名臣事略》卷八《左丞许文正公》记载："中书左丞张公仲谦由大名宣抚复入中书，好善最笃，自初见先生屡请执弟子礼，先生拒之，而止一时贤俊多所荐拔，凡中原士夫颇依赖之，而公亦以复古进贤为己任。每先生进退之际，必往返导达上意，挽之留之。"

④ （明）宋濂等：《元史》，中华书局1976年版，第3844页。

卷九《太史王文肃公》一文中也曾这样评价："公以正道经术辅翊裕宗，有古师傅之谊。"

邢州学派不是空谈性理的儒生，对元初之政，他们大多有一套切实可行的办法，因而受到忽必烈的重用。

（三）由东平、真定、顺天三个汉族世侯幕府延纳的文人以及其他金源儒士文人。忽必烈从东平、真定、顺天三个汉族世侯幕府招揽了一些文士进入金莲川藩府。其中，从东平严氏收揽的文士有徐世隆、宋子贞、王磐、商挺、刘肃等人，从真定史氏招纳的有张德辉、贾居贞、张础、周惠等，从顺天张柔延揽的有名儒王鹗，怀卫理学家之一郝经也是由顺天入藩。此外，还有赵璧、李简、张耕、杨惟中、宋衜、杨果、马亨、李克忠、杜思敬、周定甫、陈思济、王博文、寇元德、王利用、李德辉等其他金源文士，他们均有名于当时，先后入侍忽必烈金莲川藩府，在辅助忽必烈行汉法和文治方面作出了很多贡献。

金元之际，兵荒马乱的年代，作为文化载体的儒士，萍漂梗泛，其处境显得尤为艰难，为避兵燹，为谋生计，有些文人便依附各地崛起的汉族世侯以寻求庇护。因为在当时普遍的社会混乱中，汉人世侯控制区内的社会秩序相对稳定，战争的破坏较小，而且为培植势力与声望，一些有识见的世侯很重视文教，也注意网罗人才。这样，不少文人为避兵燹谋生计，纷纷投靠大小世侯。金亡前后，这些地区更成为北方文士避难之所，也因之聚合成大大小小的文人群体。在当时的汉人世侯中，以真定史氏、东平严氏和顺天张氏在重教崇儒，保护文人方面贡献最为突出，尤为士人所归，据时人记载："壬辰北渡后，诸侯各有分邑。开府忠武史公之于真定，鲁国武惠严公之于东平，蔡国武康张公之于保定，地方二三千里，胜兵合数万，如异时齐晋燕赵吴楚之国，竞收纳贤俊以系民望，以为雄夸。"（魏初《故总管王公神道碑》）① 他们各在自己的势力范围内，开设幕府，延纳流落于各地的士大夫文人，启用他们为幕僚，治理地方，开学养士，扶植儒学，讲究经史，推崇治道。

以上汉族世侯不仅为文化的涵育与发展提供了一片难得的绿洲，保护培养了大批人才，而且也为忽必烈金莲川藩府提供了大量的人才，这些人后来多成为元廷重臣，参与大蒙古国及元政权的建设，对有元一代的政治、文化产生了深远影响。

（四）忽必烈金莲川藩府侍从中的文士。大致可分两类，一是精通儒学的汉族侍卫，如董文炳、董文忠、董文用、赵炳、高良弼、许国祯、许扆、谭澄、柴祯、姚天福、赵弼、崔斌等人，二是深受儒学影响有着很高的汉文化造诣的非汉族侍卫谋臣，包括蒙古侍从文人阔阔、脱脱、秃忽鲁、乃燕、霸突鲁，以及西域色目文人侍从孟速思、廉希宪，女真人赵良弼等人。

忽必烈金莲川藩府之中精通儒学的汉族侍卫，大多业有专精，或精于吏事，或善于医药，或因特殊机遇而入侍藩府，被忽必烈留任侍卫，这些人虽地位不是很高，但也是藩府之中不可或缺的人才。

忽必烈金莲川藩府侍从中，有孟速思、廉希宪等深受儒学影响有着很高的汉文化造诣的非汉族侍卫谋臣。他们在藩府之中，和汉族儒士经常接触，广泛交流，认同、学习汉文化，有的还深受儒家思想熏陶，为维护和弘扬中华文化作出了切实的贡献，也增强了多民族之间的了解与尊重理解，彰显着中华民族强大的凝聚力。正如启功先生所说："中华民族的文化已有几千年的历史，它不是一个民族或一两个民族创造的，而是各兄弟民族共同创造的，对这么大

---

① （元）魏初：《青崖集》卷五，《景印文渊阁四库全书》第1198册，台湾商务印书馆1985年版。

的一个中华民族的文化,各民族都有贡献。"①

此外还有一些道士、僧人等方外人士,有禅宗僧人印简大师海云和至温,太一道大师萧辅道,藏传佛教大师八思巴等人。忽必烈金莲川藩府文人,形成了一个有着相同的政治目标和生活环境的特殊文人群体。这一文人群体不仅人数众多、民族与地域来源广泛,文化渊源和师承各异,而且各族文人经常接触,广泛交流,尊重理解,超越了种族的藩篱,是中国历史上前所未见的多族文人群体。他们在忽必烈潜邸做幕僚,及以后为朝臣,或居台谏、或在经筵、或处翰苑,多处于政治的核心,他们鼓吹名教,促进儒治,直接影响了帝王的观念及朝廷之政策,他们以其特殊的身份和政治地位,使其文化与文化主张对忽必烈产生了影响,影响了蒙古贵族,影响了元初的文化文艺政策,继而也影响了整个元代的学术史与文学发展史。

二 忽必烈潜邸幕府用人导向与元代文人的大分化

忽必烈幕府用人以经济和义理之士为主,一般不任用辞章之士。首先,经济与义理之士对学术的取向是尚实、尚用,在他们的影响之下,形成了以忽必烈为代表的蒙古政权重经济、义理而斥辞章的用人倾向和学术倾向。其次,这些藩府文人也成为在元朝政权之中独享政治权利与社会荣耀的政治精英,构成一股举足轻重的社会与文化力量,他们活跃于元初政坛和文坛,影响着忽必烈统治时期的政治与文化,进而也影响了元初的文化政策,也必然要影响元代学术与文学的发展及元代文人的人生价值取向,他们以义理之士和经济之士为重,不愿以辞章之士自居。这当然以入仕文人为主,他们的人生价值取向,是以经济之才或义理之学示人,诗文创作虽

---

① 启功著,赵仁珪、万光治、张廷银编:《启功讲学录》,北京师范大学出版社 2004 年版,第 145 页。

然是他们生活必不可少的一部分，但他们"以余力为诗文"，文学创作只是生活中的乐趣而已。再者，蒙古统治者尚武轻文，他们对中原地区历代相沿的文治不了解，造成了元初北方一批辞章之士地位跌落，社会地位沉沦，造成了元代文人的大分化。可以说，忽必烈潜邸用人导向造成了元代文学的雅俗分流，也带来了中国历史上文人的一次大分化，元代文学之大格局由此形成。

在元代，钟嗣成在《录鬼簿》中就已把文人分为了三类："若以读万卷书，作三场文，占奎甲第者，世不乏人。其或甘心岩壑，乐道守志者，亦多有之。但于学问之余，事务之暇，心机灵变，世法通疏，移宫换羽，搜奇索怪，而以文章为戏玩者，诚绝无而仅有也。"① 以读万卷书而科举入仕与乐道守志而隐居岩壑，这两类是传统文士的人生选择，他们构成了元代文学史上的雅文学作者群。入仕的文人，能借仕途实现其匡扶天下、修齐治平的政治抱负，他们虽然是"以余力为诗文"，但依然是雅文学作者群的重要组成部分。还有一部分即隐居岩壑者，虽然被抛出了社会主流，远离统治权利，社会地位已然是大大跌落了，没有了富与贵，但人生不一定要治国平天下才有价值，他们还有"文"，"文"就是文人自身所具有的优势。只不过他们淡化了与政治的依附关系，在动乱扰攘时代大潮的冲击之下全节远害，或隐居教授，或归隐田园，或隐于山林，或隐于释老，或隐于市井，"隐居以求其志，行义以达其道"②，他们依然追求的是文人生活雅趣，诗酒自娱本是文人的传统，也是文士风流儒雅生活的标志，他们所追求的是人格的完整和精神的独立。

诗文创作依然是元代文学的主体部分，元代作家队伍以入仕文

---

① （元）钟嗣成、（明）贾仲明著，马廉校注：《录鬼簿新校注》，文学古籍刊行社1957年版，第146页。

② 刘宝楠：《论语正义》，高流水点校，中华书局1990年版，第665页。

人和归隐山林田园之士等雅文学作家为主,他们的文学创作依然是传统诗歌和文章。元欧阳玄在《罗舜美诗序》中这样评价本朝文章:"我朝延祐以来,弥文日盛,京师诸名公,咸宗魏晋唐,一去宋金季世之弊,而趋于雅正。"① 在他看来,元代是文章盛世,当时,人们依然看重的是文章和诗。元代诗文别集数量是相当可观的,清人修《四库全书》,收入元人别集 171 种,另存目 36 种②,而现存元人诗文集起码在 450 种以上,散佚(含未见)425 种。元代诗文数量可观,质量也相当高。北京师范大学古籍所编撰的 61 册 1880 卷《全元文》,收录元代 3200 余位作者的文章 35000 多篇;杨镰主编 68 册《全元诗》,收近 5000 位元代诗人流传至今的约 14 万首诗篇。由此可知元代诗文作家的数量庞大,而曲家只有 200 多人。元代雅俗文学的分流,仍是以雅文学为主体。

第三类"以文章为戏玩者",是那部分具有文学素养的下层文士,绝大部分终身布衣,自称"浪子"③,他们从"救世行道"之士中分离出来,不再背负经世大业,形成了一个"浪子"文人群体,多投身于元杂剧的创作,俗文学作家队伍由此而形成。当然,除"浪子"文人群体之外,元代还有一部分从雅文化群体分离出来的下层士人,可称之为江湖游士群。因元前期不设科举,仕途逼仄,再加上"士失其守,反不如农工商贾之定业"(陆文圭《吴县学田记》)④,为了谋生,一部分士人转向术士或相士,成为以相术谋生的江湖游士,即"多以星命相卜,挟中朝尺书,奔走闽台郡

---

① (元)欧阳玄:《罗舜美诗序》,《圭斋文集》卷八,《四部丛刊》影印明成化刻本。

② 查洪德、李军:《元代文学文献学》,中国社会科学出版社 2002 年版,第 26 页。

③ 查洪德:《元代作家队伍的雅俗分流》,《西南民族大学学报》(人文社科版) 2009 年第 12 期。

④ 李修生主编:《全元文》第 17 册,江苏古籍出版社 1998 年版,第 607 页。

县，糊口耳"①。这部分文人在元代人数较多，据刘克庄《术者施元龙行卷》载："挟术浪走四方者如麻粟"②。另有一部分因元代科举长期废止，要么为了生计要么为了仕进求谒干进于权贵豪门、宗教宗师或蒙古色目近侍怯薛，或游者为道，或游者为利，以诗文谋生的江湖诗人往往是"干求一二要路之书为介，谓之'阔匾'，副以诗篇，动辄数千缗、以至万缗"③，以诗文兜售权豪势要以所得谢礼而谋求生存。戴复古诗云："七十老翁头雪白，落在江湖卖诗册。平生知己管夷吾，得为万贡堂前客。嘲吟有罪遭天厄，谋归未办资身策。鸡林莫有买诗人，明日烦公问蕃舶。"(《市舶提举管仲登饮于万贡堂有诗》)④ 从中可以看到元代下层士人献诗于达官富户以获取生活资财的情形，这也是当时江湖文人的一种普遍现象。这部分从士阶层中分化出来的江湖游士，游谒于江湖以生存。

元初北方那些既不能入仕从政又不甘于淡泊隐居只能走入市井谋生的才子文人，进入以市民为主体的商业化文化娱乐市场，悠游于歌伎艺人之间，以从事杂剧和散曲创作为谋生之道，从而形成了元代具有相当规模的俗文学作家队伍。元散曲家赵宏显【南吕·一枝花】《行乐》写道："十年将黄卷习，半世把红妆赡。向莺花场上走，将风月担儿拈……醉醺醺过如李白，乐陶陶胜似陶潜。春风和气咱独占。朝云画栋，暮雨朱帘。狂朋怪友，舞妓歌姬。喜孜孜诗酒相兼，争知我愁寂寂闷似江淹……栋梁才怎受衡钢剑？经济手难拿桑木锹。堪笑多情老双渐，江洪茶价添。丑冯魁正饮，见个年小

---

① （元）方回选评：《瀛奎律髓汇评》，李庆甲集评校点，上海古籍出版社1986年版，第840页。
② （宋）刘克庄：《后村先生大全集》，四川大学出版社2008年版，第2813页。
③ （元）方回选评：《瀛奎律髓汇评》，李庆甲集评校点，上海古籍出版社1986年版，第840页。
④ （宋）戴复古著，吴茂云校注：《戴复古全集校注》，中国文史出版社2008年版，第22页。

的苏卿望风儿闪。"① 足可见到"浪子"文人翕然而乐的生活,虽然十年苦读诗书,但半世以来肩负的却是"风月担",行走于"莺花场",在舞妓歌姬风月场中消遣,诗酒忘忧。他们在市井这个文化空间,不受礼法与礼教在思想上的管辖与束缚,摆脱男女之大防,创造了俗文学的辉煌。扎拉嘎说:"在元代之后,中国古代文学结构进入到俗文学为主体的时代。"② 元杂剧的创作相当兴盛,以《全元戏曲》收录为据,元代南戏和杂剧两种类型的作品在 200 种以上③,其成就虽然不能和明清小说抗衡,但在俗文学发展史中,在小说戏曲发展历程中,为明清小说戏曲的发展奠定了厚重的基础。元代戏曲作家也是一个不容忽视的文人群体,钟嗣成《录鬼簿》收录的"浪子"文人——元杂剧作家群,如关汉卿、郑光祖一样硕果累累的"前辈已死名公才人"且"有所编传奇行于世者"有 56 人,一大批声名卓著的剧作家在元代出现。元代戏曲作家的人数难以确计,以庄一拂《古典戏曲存目汇考》所考订的元杂剧作家来看,其中有名有姓的剧作家已达百人。

元代文人选择了不同的人生道路,也选择了不同的创作道路。由此,元代作家队伍实现了雅俗分流。

三 幕府文人与元代科举及对文学的影响

忽必烈幕府的用人导向促成了"中统儒治"时期统治者任用经济、义理之士而不用或者少用辞章之士的用人政策,这甚至影响了元代科举。

---

① 张月中、王钢主编:《全元曲》上册,中州古籍出版社 1996 年版,第 3046 页。

② 扎拉嘎:《游牧文化影响下中国文学在元代的历史变迁——兼论接受群体之结构变化与文学发展的关系》,《文学遗产》2002 年第 2 期。

③ 杨琳:《古典文献及其利用》,北京大学出版社 2010 年版,第 190 页。

从相关资料看，大多数忽必烈幕府文人反对科举，实则他们并非反对科举，而是反对科举以辞赋文章取士的方式。忽必烈统治时期，虽然多次有臣子上书要求开科取士，但终其一朝始终未实施科举考试。一是元统治者有自己的一套选拔和用人制度，用人重"根脚"，上层官僚一般由蒙古、色目"大根脚"子弟充任，入主中原之后，即使沿袭中原传统的利用科举考试选拔人才方式，也需要一定时间来斟酌、内化；二者幕府文人多反对以辞赋取士。忽必烈藩府重要谋臣刘秉忠，于海迷失后二年（1250）夏，向忽必烈呈上"万言策"，谈到科举选才之事，建议重经义轻辞章，他说："开选择才，以经义为上，词赋论策次之。"① 刘秉忠的态度很明确。怀卫理学家郝经上书与杨奂论学，认为："自佛老盛而道之用杂，文章工而道之用晦，科举立而士无自得之学，道入于无用。"② 他也认为科举妨碍实学，坚持"不学无用学，不读非圣书，不务边幅事，不作章句儒"（《答冯文伯书》）的观点。许衡对科举的态度，从耶律由尚为许衡所作《考岁略》中的一段记载也可看出：

  庚申，上在正位宸极，应诏北行至上都……问科举如何，曰："不能。"上曰："卿言务实，科举虚诞，朕所不取。"③

忽必烈治国以实用为根本，对宋金科举考试以辞赋为主要内容的取士之法缺少好感，务实的治国策略使他认为"科举虚诞"，所以"不取"，从而非常认可许衡对科举的态度。至元二十一年

---

① （明）宋濂等：《元史》，中华书局1976年版，第3690页。
② （元）郝经：《郝文忠公陵川文集》卷二四，北京图书馆古籍珍本丛刊，影印明正德二年（1507）李瀚刻本。
③ （元）许衡：《鲁斋遗书》卷一三，北京图书馆古籍珍本丛刊，影印明万历二十四年（1596）刻本。

(1284)，许衡再次上疏"议学校科举之法，罢诗赋、重经学，定为新制"①，提出科举应以经学为重，而罢黜诗赋取士。许衡不赞成科举，幕府侍卫谋臣董文忠也不赞成科举，他一语道出忽必烈幕府群臣关于学术的普遍看法，是尚实、尚用。据《董文忠神道碑》记载："陛下每言：士不治经究心孔孟之道，而为赋诗，何关修身？何益为国？由是海内之士，稍知从事实学。臣今所诵，皆孔孟言，乌知所谓道学哉？而俗儒守亡国余习，求售己能，欲锢其说，恐非陛下上建皇极、下修人纪之赖也。"②也是注重经世致用的实学，不满于诗赋空文。他们不赞成科举的原因实则是对待经义之学与辞章之学的态度，认为宋金科举所采用的诗赋取士之法不妥，士子沉吟诗词歌赋，于经邦济世毫无用处，只会玩弄文字而于事无补。他们反对辞赋取士，以为辞赋害理。忽必烈重视实用，他所需要的是能帮助他安邦定国的经济或义理之士，不是吟诗赋词歌功颂德的风雅文士。

忽必烈藩府文人多处于元初政治的核心，很多国策的制定经由他们之手，自然他们的治国理念和方针会影响元朝政策的制定和实行。

元代至仁宗时才正式下诏恢复科举。忽必烈"中统儒治"所形成的重经济、义理而斥辞章的倾向直接影响了元代的科举制度，对此《元史》科目有明确记载：

> 至仁宗皇庆二年十月，中书省臣奏："……夫取士之法，经学实修己治人之道，辞赋乃摘章绘句之学。自隋、唐以来，取人专尚辞赋，故士习浮华。今臣等所拟，将律赋、省题诗、

---

① （明）宋濂等：《元史》，中华书局1976年版，第2018页。
② （元）姚燧：《姚燧集》，查洪德编辑点校，人民文学出版社2011年版，第230页。

小义皆不用，专立德行明经科，以此取士，庶可得人。"帝然之。①

元代的科举政策导向非常明确，整个元代没有给辞章之士提供一条通过科举取得功名而致显达之路。这也导致了元代论学论文尚实尚用的倾向，从而，造成了元代文人对诗文创作态度的转变。如藩府理学家许衡文章风格深稳，含蓄舒缓，朴实清峻，而且颇具文采，是值得称赏的元初北方儒者之文风特色。不过，许衡一生所致力的既非天理性命之奥，也不是以词采文章流芳百世，而是儒者以实干兴邦，不尚空谈，他学术的基本精神就是重"践履"，即实践性，他所关注的就是经世致用，他认为："学以躬行为急，而不徒事乎语言文字之间；以致用为先，而不徒极乎性命之奥……"② 着意于"修齐治平之方，义利取舍之分"③。许衡认为文士空谈于治国无用，对此，他有如下说辞：

> 唯仁者宜在高位，为政必以德。仁者心之德，谓此理得之于心也。后世以智术文才之士君国子民，此等人岂可在君长之位？纵文章如苏、黄，也服不得不识字人。有德则万人皆服，是万人共尊者。非一艺一能服其同类者也。④

按照许衡的说法，为政以德，有德才能赢得尊重，文高者未必德高。藩府儒臣郝经也非常重视文章之"实用"，并针对当时文坛

---

① （明）宋濂等：《元史》，中华书局1976年版，第2018页。
② （元）许衡：《鲁斋遗书》卷一四，北京图书馆古籍珍本丛刊，影印明万历二十四年（1596）刻本。
③ 同上。
④ （元）许衡：《鲁斋遗书》卷二《语录下》，北京图书馆古籍珍本丛刊，影印明万历二十四年（1596）刻本。

"事虚文而弃实用"浮华之风,写有《文弊解》一文,文中强调:"事虚文而弃实用,弊已久矣。"① 郝经特别强调文章质实朴素而切实用,摒弃浮华文风,他明确提出文章必须有实际的内容:"天人之道,以实为用,有实则有文,未有文而无其实者也。"以实为用乃是正道,他坚决反对工巧而无用之文,认为:"宜嚼六经之实,尽躬行之道,精百代之典,革虚文之弊,断作为之工,存心养性,磨厉以须天下之清。"② 元代著名文臣王恽,善于写文章,工诗词。王恽对文章和许衡、郝经二人的观点非常相似,他强调有社会功用的文章才是好文章,君子所学也要致力于实用,注重文章的社会功利:"君子之学,贵乎有用。不志于用,虽曰未学可也。"(《南塘诸君会射序》)③ 他认为文章以自得有用为主,必须摒弃浮艳陈烂之风,需务实尚道义,理足而后词顺。"必需道义培植其根本,问学贮蓄其穰茹,有渊源,精尚其辞体。为之不辍,务至于圆熟。以自得、有用为主,浮艳陈烂是去,方能造乎中和醇正之域。"(《遗安郭先生文集引》)④ 程钜夫作为馆阁文臣,元代"累朝实录、诏制、典册纪之金石、垂之竹帛"多出自其手,他为元世祖忽必烈江南求贤,对元代文坛南北融合起到很重要的推动作用,不仅他所引荐的南方文士多是能治国安邦的实干实用之才,而且他在创作理念上也认为文章必须有实用价值⑤,其诗文创作风格也体现了这一点,他对浮靡奢华的文风很是反感,推崇朴素平易,在《送黄济川序》中曾尖锐批评:"数十年来士大夫以标致自高,以文雅相尚,无意乎

---

① (元)郝经:《郝文忠公陵川文集》卷二〇,北京图书馆古籍珍本丛刊,影印明正德二年(1507)李翰刻本。
② 同上。
③ 李修生主编:《全元文》第6册,江苏古籍出版社1999年版,第151页。
④ 吴文治主编:《辽金元诗话全编》第1册,凤凰出版社2006年版,第605页。
⑤ 邱江宁:《奎章阁文人群体与元代中期文学研究》,人民出版社2013年版,第208页。

事功之实，文儒轻介胄，高科厌州县，清流耻钱谷，滔滔晋清谈之风，颓靡坏烂。"① 以虞集、揭傒斯、柳贯、欧阳玄等南方文士为主的奎章阁馆阁文人群体几乎牢笼了元代诗文创作的所有大家，正值南北文风融合，即元代文人所描述大元"华夷一统""海宇混一"的盛世时期，他们进行文章创作也是本着服务于现实的目的，具有"如实反映现实的传统创作精神，以实用为旨归，注重经史意义的体现"② 的总体特征。

还有一点需要指出，元代的入仕文人不喜欢被人以文学之士看待，诗文创作只是他们日常生活的业余爱好，一种生活享受，一种乐趣而已。如幕府谋臣刘秉忠诗文创作是"裁云镂月之章，阳春白雪之曲，在公乃为余事"（阎复《藏春集序》）③，宋濂，作为元末代表性的文章家，虽好著文，但如若别人把他看作美辞章的文人，则勃然大怒，曰："吾文人乎哉！天地之理欲穷之而未尽也，圣贤之道欲凝之而未成也，吾文人乎哉！"（《白牛生传》）④ 以发扬圣贤之道为己任。由此，元代不再区分道学家和文章家，宋濂等修撰的《元史》将前代史书往往分开的儒林传、文苑传合而为一，名为《儒学传》："前代史传，皆以儒学之士，分而为二，以经艺颛门者为儒林，以文章名家者为文苑……元兴百年，上自朝廷内外名宦之臣，下及山林布衣之士，以通经能文显著当世者，彬彬焉众矣。今皆不复为之分别，而采取其尤卓然成名，可以辅教传后者，合而录之，为《儒学传》。"⑤

---

① 张文澍校点：《程钜夫集》，吉林文史出版社 2009 年版，第 157 页。
② 邱江宁：《奎章阁文人群体与元代中期文学研究》，人民出版社 2013 年版，第 139 页。
③ （元）刘秉忠：《藏春集》卷六附录，北京图书馆古籍珍本丛刊，影印明天顺五年（1461）刻本。
④ 罗月霞主编：《宋濂全集》，浙江古籍出版社 1999 年，第 80 页。
⑤ （明）宋濂等：《元史》，中华书局 1976 年版，第 4313 页。

受忽必烈幕府时期重经济、义理而斥辞章之士用人政策影响，元代的科举政策重经义斥辞章，且元代文人以自娱自乐的态度创作诗文，论学论文尚实尚用。

四 潜邸儒士与元代儒学主导地位的确立与文学导向

金末元初战乱频繁，社会严重失序、缺乏道德规范。忽必烈潜邸儒士志在救世行道，他们通过努力，保护了大批义理之士，保存了中原文化，弘扬了传统儒学。藩府儒臣注重儒学的经世治国的功用，竭力向元代统治者推崇儒学，尚实用的蒙古文化与崇实的北方儒学终于找到契合点，这为忽必烈重视儒学、遵行汉法奠定了思想基础。正是由于幕府儒士的主张和努力，儒家思想在元代社会得以渗入与传播，从而确立了儒学在元代学术界的主导地位。

儒学在北方的传播和发展主要归功于藩府文人姚枢、许衡、窦默、郝经等人，"河北之学传自江汉先生，曰姚枢，曰窦默，曰郝经，而鲁斋其大宗也。元时实赖之"[①]。首先，忽必烈藩府儒臣促进了理学在北方的传播。姚枢和杨惟中保护了名儒江汉先生赵复，北上燕京，建太极书院，请赵复、王粹等教授生徒，从此程朱理学在北方系统地传播。其次，他们对于理学在元代的发扬光大有传播之功。姚枢、许衡和窦默三人，都曾授徒讲学，传播理学，尤其是许衡任国子祭酒，教授了一批蒙古色目与汉族子弟，他们都为理学在北方的传播作出了重大贡献。姚枢和窦默曾做过太子真金的老师，他们给真金论道讲学，又是深受忽必烈信任的潜邸幕僚，这样特殊的身份和政治地位容易对忽必烈产生影响。还有一点，理学在元代的传播与发展，至后来正式成为元代的官学，与蒙古最高统治者的崇尚也有着密切关系，是元朝统治阶级提倡的结果。忽必烈作为建

---

① （清）黄宗羲：《宋元学案》，（清）黄百家辑，（清）全祖望修订，（清）王梓材等校订，中华书局1986年版，第441页。

立元朝的蒙古族封建帝王,早期就较为全面地接受了汉文化,而且在他的幕府聚集了很多北方的学者名儒,形成忽必烈幕府儒士群体,正是由于忽必烈的推崇与提倡,儒家学说在元代才得以迅猛发展。

藩府儒士通过跟忽必烈接触,让忽必烈耳濡目染,逐渐熟悉文教、礼乐以及尊孔的重要性。如刘秉忠、许衡、姚枢都曾上书忽必烈谈到文教、礼乐问题。藩府儒臣王鹗于至元元年(1264)建议忽必烈设立翰林学士院,忽必烈听从他的建议设置了翰林院。张文谦和窦默于至元七年(1270),请立国子学,忽必烈遂"诏以许衡为国子祭酒,选贵胄子弟教育之"①。由于藩府文臣大力提倡文教,在他们的影响和鼓励之下,忽必烈发布了一些兴办学校的命令。在燕京建周子祠,苏门山立圣庙,元朝各郡各路设置学校,祠庙也几乎遍及诸郡路,并选拔精通儒学的学者教授子弟,最终形成中统、至元儒学大盛的局面。②元刘敏中概述元代前期的崇儒兴学之事说:"国家以神武拯斯民,以人文弘治道,凡户以儒籍者世复其家,民之后学者复其身。中统、至元以来,通儒硕才,并进迭出,由是罢世侯,更制度,混一区夏,臣服绝域,典章礼文之懿,罔不备具。元贞、大德,重熙累洽,自京师达于郡邑,庙学一新,弦诵之声,盈于乡井,皇风炜烨,郁郁乎治与古比隆矣。"③

忽必烈藩府的一批儒士,特别是崇尚理学的姚枢、窦默、许衡和王恂等人为儒学在北方的兴起直接地创造了条件,他们是当时北方通晓儒学的著名学者,大力提倡文教,还身体力行,建书院并讲学其间,为元初教育的发展作了很大贡献。

---

① (明)宋濂等:《元史》,中华书局1976年版,第3697页。
② 叶爱欣:《中州文士对元代儒学的贡献》,《殷都学刊》2002年第2期。
③ (元)刘敏中:《济南路文庙加封圣号记》,《中庵先生刘文简公文集》卷一,北京图书馆古籍珍本丛刊92册影清抄本,书目文献出版社1988年版。

元初理学的传播，许衡影响最大。许衡曾几次出任国子祭酒。在国子监，许衡以儒家经典作为教学的主要内容，教授了一批蒙古色目与汉族子弟，其中有很多成为元代重要官员，如丞相完泽、平章不忽木等。这不仅使儒家学说获得了极大的传播空间，增强了元代儒学的教化作用，也奠定了许衡在北方学坛的地位。许衡弟子耶律有尚，深受老师许衡教育思想的影响，五次掌管"国学"，并继续推行许衡的教学理念，教学内容以程朱理学为主。许衡清新、明朗、务实的思想对元代儒学发展影响很大，受国子监的影响，无论是中央官学，还是地方官学，都以程朱理学为主要教学内容。

忽必烈藩府文人的竭力倡导和推动，使儒学在学术界确立了不可动摇的地位。随着元代前期崇儒兴学，科举取士成为一种现实的需要。元仁宗受教于名儒李孟，既通儒术，又"妙悟释典"，他对儒学非常肯定："明心见性，佛教为深；修身治国，儒道为切"，于皇庆二年（1313）开科举，仁宗称："设科取士，庶几得真儒之用，而治道可兴也。"① 元代科举考试内容以程朱理学和朱熹的《四书集注》为主，这些都说明着蒙古统治者对儒学的接受。延祐初年恢复科举取士并以程朱理学作为唯一考试内容。正是由于许衡等人的大力推行，程朱理学才获得了元朝统治者的认可，在元代受到尊崇，成为科举考试的主体科目和参考指南。其后元文宗又于天历二年（1329）在元大都设立兴隆国家文治的奎章阁学士院，奎章阁为帝王万机之暇读书游艺而设，也是元朝发扬推广儒学的一个标志。

随着元代儒学地位的巩固和发扬光大，儒学的主导地位确立，理学升为官学，沿至于明清两代，成为统治阶级的正统思想。因元政府对儒学的大力提倡和元代文人发扬传播，带来了儒学与文学的全面融会，使得元代文学产生了一系列新变，形成以儒学为精神底

---

① （明）宋濂等：《元史》，中华书局1976年版，第558页。

蕴的诗风文风。① 元初北方文人王恽早已在《遗安郭先生文集引》一文中对这种平易正大的文风有过阐述："其资之深、学之博，与夫渊源讲习，可谓有素矣。故诗文温醇典雅，曲尽己意，能道所欲言。平淡而有涵蓄，雍容而不迫切，类其行己，蔼然仁义道德之余。"② 这种诗文风格在元中期正式形成。在元中期特定的社会时代背景下，虞集、欧阳玄等人力倡并以其创作实践促成了这种平易正大的所谓盛世文风③，进而形成元代所特有的"气象舒徐而俨雅，文章丰博而蔓衍"，"元气之充硕，以发挥一代斯文之盛者"④，体现儒家人格与风范的君子文风。

五　幕府文人构成的多元以及多种信仰并存对元代文学的影响

忽必烈潜邸文人不仅构成多元，而且信仰多元。有姚枢、许衡、窦默、郝经、刘秉恕、张文谦、宋子贞、王磐、商挺、董文炳、许国祯、赵璧等金源文士和精通儒学的汉族侍卫谋士，有阔阔、脱脱、孟速思、廉希宪等蒙古侍从文人以及西域色目谋臣，还有禅宗僧人印简大师海云、子聪（后赐名刘秉忠）、至温，太一道大师萧辅道等人。

这是一个多种文化、多种学术观念与宗教信仰并存与融合的群体，呈现出多元一体性特征和深远的包容性。⑤ 由于忽必烈幕府的

---

① 参见任红敏《忽必烈幕府文人与元代教育及对文学的影响》，《殷都学刊》2015 年第 2 期；《略论忽必烈潜邸少数民族谋臣侍从文人群体的历史地位及贡献》，《前沿》2011 年第 5 期。
② （元）王恽：《秋涧集》卷四三，商务印书馆四部丛刊影印本。
③ 查洪德：《外儒雅而内奇崛：理学家之人格追求与元人之文风追求》，《晋阳学刊》2007 年第 1 期。
④ （元）虞集：《道园学古录》卷三三《曹士开汉泉漫稿序》，商务印书馆四部丛刊影印景泰本。
⑤ 任红敏：《略论忽必烈潜邸少数民族谋臣侍从文人群体的历史地位及贡献》，《前沿》2011 年第 5 期。

特殊政治地位和对元代政局与文坛的影响，藩府成员间多元文化交流活跃，不同的道德标准和价值观念通过互相之间的冲突交流融合也对元代社会政治等产生了广泛的影响。这些体现在元代社会文化精神和元代文化学术政策的宽容与含弘，文学的多元丰富性，以及由此而形成的元代文学的一些特点。

其一，多族文人互相学习和交流，构成多族作家共同创造元代文学繁荣的局面。如上所言，忽必烈藩府侍从中，虽有着蒙古或西域色目血统，他们在藩府之中与汉族文士共事，相交甚善，接触较多，逐渐熟悉了中原文化。藩府儒士王鹗、赵璧、张德辉、李德辉、姚枢、窦默、王恂等都先后奉命教授太子或蒙古贵族子弟，在藩府之中，首先涌现了一批蒙古和色目儒者，如阔阔、秃忽鲁、乃燕、脱脱等①，畏兀儿人廉希宪，嗜好读书，被忽必烈称为"廉孟子"。这对元代多民族文人的融合有引领风气之先的作用。在元代，出现很多优秀的蒙古、色目文人，他们具有很高的汉文化水平，有的甚至是很有成就的学者或文学家，在文学、儒学或者书法、绘画艺术等方面卓有建树。顾嗣立曾对这一现象有过评价："有元之兴，西北子弟，尽为横经，涵养既深，异才并出，云石海涯、马伯庸以绮丽清新之派，振起于前，而天锡继之，清而不佻，丽而不缛，真能于袁、赵、虞、杨之外，别开生面者也。于是雅正卿、达兼善、遁易之、余廷心诸人，各逞才华，标奇竞秀，亦可谓极一时之盛者欤！"② 少数民族作家群的出现，为中国传统文化注入了新鲜血液，尤其如贯云石、萨都剌那样的大家，在整个中国诗史上，也是当之无愧的一代名家，他们的出现丰富了元代文坛，这在之前文学史上是从未出现过的，据统计，元代有作品流传至今的蒙古诗人有二十

---

① 任红敏：《略论忽必烈潜邸少数民族谋臣侍从文人群体的历史地位及贡献》，《前沿》2011年第5期。
② （清）顾嗣立编：《元诗选》初集，中华书局1987年版，第1185—1186页。

余人，色目诗人约一百人。① 他们和汉族作家共同创造了元代诗文的繁荣。又据萧启庆先生统计："蒙古、色目汉学者增加的趋势，就人数而言，前期蒙古汉学者不过十七人，占总人数（包括一人兼一门以上而致重见者）10.90%。在中、后期则持续增加，分别增至28.21%与58.97%。前期色目汉学者仅占总人数的8.15%，在中、后期分别为40%与45.19%，显然是与日俱增。就专长而言，前期大多数之蒙古及色目汉学者皆为儒学者，长于文学、艺术者甚为少见。而在中、后期擅长文学、美术之人数皆有大幅成长。"② 蒙古、色目学者在元代前、中、后的不同时段，从人数上，由少到多，数量上一直处于增长趋势，儒学、文学、艺术均有。元代有不少蒙古、色目文人中很优秀杰出的人士，诸如廉希宪、贯云石、赵世延、马祖常、迺贤、孛术鲁翀、萨都剌、郝天挺、余阙、颜宗道、瞻思、辛文房等人③，均是在元代事功、节义、文章等各方面非常杰出的优秀士人，他们在文学艺术领域取得了卓越的成就，赢得了各民族文士的赞誉。且元朝疆域广阔，国家一统，国内交流规模空前，东西来往频繁，民族融合的深度和广度都超过了以往任何朝代。因此，有元一代的文化和文学，是多族士人在民族融合的大背景下共同创造的。

其二，宗教与文学的关系在元代更为密切，元代文人对宗教观念的接受和认同，释道文人化，超越了以往任何朝代而达到了空前

---

① 杨镰：《元诗史》，人民文学出版社2003年版，第67页。
② 萧启庆：《元朝多族士人圈的形成初探》，《内北国而外中国：蒙元史研究》（下），中华书局2007年版，第484页。
③ 王士禛《池北偶谈》卷七《元人》："元名臣，如移剌楚材（按即耶律楚材），东丹王突欲孙也；廉希宪、贯云石，畏兀人也；赵世延、马祖常，雍古部人也；孛术鲁翀，女真人也；迺贤，葛逻禄人也；萨都剌，色目人也；郝天挺，朵鲁别族也；余阙，唐兀氏也；颜宗道（按即伯颜宗道），哈剌鲁氏也；瞻思，大食国人也；辛文房，西域人也。事功、节义、文章，彬彬极盛，虽齐鲁吴越衣冠士胄，何以过之？"（勒斯仁点校，中华书局1982年版）

繁荣，这自然不可避免地影响了他们的生活和文学创作。

忽必烈藩府文人信仰多元：姚枢、许衡、窦默、郝经和智迂是理学家，张文谦、徐世隆、宋子贞、王磐、商挺、刘肃、王鹗等是传统的儒生；印简大师海云和至温是禅宗，刘秉忠也曾身披僧衣多年，更是融合儒释道三家思想；太一道大师萧辅道代表道教；蒙古侍从文人阔阔、脱脱、秃忽鲁、乃燕、霸突鲁等，秉承了草原民族质朴讲求实利的性格，信仰萨满教并深受儒学影响，而且能以包容的心态对待各种宗教；西域色目文人侍从畏兀儿人孟速思、廉希宪等，信奉萨满教，又接受了摩尼教、祆教、景教、佛教和中原道教，其后受伊斯兰教影响；以及被忽必烈封为国师的藏传佛教八思巴。从藩府文人多元宗教文化共存的现象可以看到他们对各种宗教的包容以及对各种宗教观念的接受和认同，这一点体现了蒙古统治者所奉行的比较宽容的宗教政策，除蒙古族原有的萨满教以外，佛教、道教、回教、基督教、犹太教、摩尼教、祆教等各种宗教都被兼收并蓄，元代社会各种宗教繁荣共处，宗教多元并存局面超越历代。不同的宗教和文化带来了不同的思想观念，推动了南北文化融合以及各民族文化的相互交流，使宗教与文学的关系在元代更为密切。

儒释道三教的融合，文人的禅道化，一是因为元朝有兼容各种宗教的国策，元代学者几乎无人公开排佛老；二是元代文人对佛、道思想普遍认同，如忽必烈潜邸的重要谋士刘秉忠一直以僧人身份陪侍忽必烈左右，为忽必烈谋划军政机要，长达二十余年，深受忽必烈信任，集书生、僧人、政治家、诗人于一身，融合儒释道三家的思想，学养深厚。南方文士顾瑛有《自赞》诗云："儒衣僧帽道人鞋，到处青山骨可埋"（顾瑛《玉山逸稿》卷四），可见对佛教的认同。可以说，文人禅道化、释道文人化，已经成为元代文化的一个突出特点。元代宗教的繁盛，以佛、道两教为最著。由于战乱，大批旧金亡宋文人士大夫避入佛寺道观，使释、道人数急剧增长，而且元代的佛徒道士，大多都是儒士，全真道士丘处机曾说："千年以来，道门开辟，未有如今日之盛。"① 比如北方的全真道，其著名道士大多是通经达史、喜文善赋的文士。宋亡后的南方，士人入道虽不如北方之盛，但也为数不少。郑元祐《遂昌山樵杂录》就说："宋亡，故官并中贵往往为道士。"② 而且元代的儒学也有了新的发展，儒家学者的思想中往往包含着佛教禅宗的理念和道教的某些理论，融通三教而为一。

文人禅道化、释道文人化，使得宗教意识对文学和文学思想发生了全面的影响。在文学创作中表现出文学精神的避世与内敛，禅道情趣在他们的诗作中表现得相当普遍，无论是入仕文人或隐逸文士在诗文中都常常表达避世的田园之趣或者追求萧散闲淡的生活旨趣。还有一点，元代文士对宗教观念的认同，使他们丢掉了"不语怪、力、乱、神"的千古圣训，改变了鄙视"街谈巷议""小说家言"的观点，不再坚持传统学术与文章守持的基本原则，比如他们在为释子道徒们所写的碑传塔铭等文字中，把许多荒诞不经的东西写进了高文大册，如宋濂，曾因其文章多为释、道所作，而遭后世学者批评："宋景濂一代儒宗，然其文大半为浮屠氏作。自以为淹贯释典，然而学术为不纯矣。不特非孔孟之门墙，抑亦倒韩欧之门户。八大家一脉，宋景濂决其防矣。"③

在元代之前或以后的各个朝代，影响文学的宗教一般都只有佛道两教，元代则不然，在元代，除了佛道两教对文学有影响外，萨

---

① （元）段志坚：《清和真人北游语录》，《道藏》第33册，文物出版社、上海书店、天津古籍出版社1988年版，第156页。

② 《景印文渊阁四库全书》第1040册，台北商务印书馆1986年版。

③ （清）陆世仪：《思辨录辑要》卷三五《史籍类》，《丛书集成初编》本，商务印书馆1936年版。

满教、伊斯兰教（答失蛮）、基督教（也里可温）、犹太教、摩尼教都对当时的文学发生着影响。如著名的答失蛮诗人有萨都剌，著名的也里可温诗人有马祖常，他们创作中的异质文化色彩自然和他们本人所信仰的宗教存在某种关系。

综上所论，忽必烈潜邸幕府是一个特殊的幕府。这一文人集团呈现出多元一体性的特征，多种学术观念与信仰并存，多元思想文化并存，多元文学观念并存。由于忽必烈潜邸幕府具备这样的特殊性，中国历史上还没有另外一个幕府文人群体像这一幕府一样，其文化与学术倾向影响了一个朝代的文化政策从而影响了一代的文学走向。

第一章

忽必烈潜邸儒士群的形成及成员构成

忽必烈潜邸幕府是一个特殊的幕府。这一文人集团呈现出多元一体性的特征，多种学术观念与信仰并存，多元思想文化并存，多元文学观念并存。中国历史上还没有另外一个幕府儒士文人群体像忽必烈潜邸幕府一样，其文化与学术倾向影响了一个朝代的文化政策从而影响了一代的文学走向。忽必烈潜邸儒士群体主要是在忽必烈开府金莲川前后形成的。

第一节 潜邸儒士群体形成过程

据《元史》卷四《世祖本纪一》载："岁甲辰，帝在潜邸，思大有为于天下，延藩府旧臣及四方文学之士，问以治道。"从《元史》记载看，似在1244年，忽必烈才开始延揽人才，其实在1244年之前，忽必烈便已经开始注意搜罗人才了。窝阔台汗十三年

(1241）赵炳、高良弼两人已经入侍藩府①。乃马真后元年（1242），忽必烈请印简赴漠北（当时忽必烈在和林）帐下②，问佛法大意，印简大师约请了当时身为僧人，即被人称为子聪和尚的刘秉忠随行。印简此行，不仅授忽必烈"菩提心戒"，而且向忽必烈宣扬以儒治国，以慈爱不杀为本，告诉忽必烈佛法中之安天下之法，国家社稷安危在于生民之休戚，休戚安危皆在乎是否行仁政，也在于天，无论在天在人，都不离人心，即仁慈之心，为此就应"求天下大贤硕儒，问以古今治乱兴亡之事，当有所闻也"③。海云的说辞应该对英明睿智而思有为于天下的忽必烈产生了不小影响，忽必烈开始留意儒士。

乃马真后元年（1242），刘秉忠、赵璧进入忽必烈潜邸。自刘秉忠和赵璧进入藩府之后，忽必烈便经常与刘秉忠、赵璧两人议论治国之术，这对忽必烈影响极大。他们两人也对金莲川藩府文人群体的形成起了不小的推动作用。

刘秉忠和赵璧初入藩府的几年，蒙古帝国的形势很不妙。壬寅年（1242），乃马真后称制，皇室内部争夺汗位的斗争日趋激烈。

---

① 赵炳（1222—1280），字彦明，惠州滦阳人。父亲赵弘有勇略，蒙古初为征行兵马都元帅。"甫弱冠，以勋阀之子侍世祖于潜邸，恪勤不怠，遂蒙眷遇。"（《元史·赵炳传》）赵炳至元十七年（1280）三月身亡，年五十九，他当为辛巳年（1221）生人，弱冠之年，乃辛丑年（1241）入侍藩府。高良弼（1222—1287），字辅之，真定平山人。曾"就傅读书"而且自幼"端重异群儿"，后以投下子弟任忽必烈藩府宿卫。"既冠，宿卫世祖潜藩。"（姚燧《有元故少中大夫淮安路总管兼府尹兼管内劝农事高公神道碑》）高良弼于丁亥年二月二十有一日卒，年六十六，弱冠之年，应为辛丑年（1241）。人称其"躯干魁顾，风度凝远，望之已知其不为人下者。矧其秉德易直，刚而不竞，柔而不挠，友善日亲，恶不急去，真善应世务者"（姚燧《高公神道碑》）。

② 印简（1202—1257），号海云，中原汉地著名的禅宗僧人，其事迹主要见于元释念常《佛祖历代通载》卷二一。

③ （元）释念常：《佛祖历代通载》卷二一，《景印文渊阁四库全书》第1054册，台湾商务印书馆1985年版。

丙午年（1246），窝阔台的长子贵由在母后的支持下继蒙古大汗位，是为定宗，但定宗在政治上并无多少作为。史载："自壬寅以来，法度不一，内外离心，而太宗之政衰矣。"① 乃马真后与贵由对术赤后裔和托雷诸子都怀有很深的戒备之心，忽必烈在宗室中的地位尚不足以左右当时的政局，在这种情况下，他不可能有所作为，只能积极罗致人才，为将来的发展积蓄力量。忽必烈想有一番作为，广延藩府旧臣及四方文学之士，和刘秉忠、赵璧等早期藩府文臣的辅佐有很大关系。仅刘秉忠一人，就向忽必烈推荐了不少人才，据王磐为刘秉忠所撰《故光禄大夫太保赠太傅仪同三司文真刘公神道碑铭》载："闲燕之归，每承顾问，辄推荐南州人物可备器使者，宜见录用。由是弓旌之所招，蒲轮之所迓，耆儒硕德、奇才异能之士，茅拔茹连，至无虚月。"② 其中有史可考的，包括他的同乡好友张文谦、张易，同乡马亨，名士窦默、李德辉、刘肃，学生王恂等人。赵璧自到忽必烈潜邸，便参与谋划藩府之事，多次为忽必烈征召四方名士，"首下汉境，征四方名士，自后王府事咸与焉"（《大元故荣禄大夫中书平章政事赵公神道碑铭》）③。从1243年到1251年忽必烈受命总领漠南军国事务之前，是忽必烈积极网罗人才，为将来的大业作准备，谋求发展时期，这一阶段，许国祯、许扆父子，王鹗、张文谦、张易、李德辉、张德辉、窦默、智迁、廉希宪、赵秉温、姚枢等文人入侍藩府。另外，精通儒学的汉族藩府侍卫柴祯、董文用和深受儒学影响有着很高的汉文化造诣的蒙古侍从文人阔阔也应在这一时期进入藩府④。

---

① （明）宋濂等：《元史》，中华书局1976年版，第40页。
② （元）刘秉忠：《藏春集》卷六附录，北京图书馆古籍珍本丛刊，影印明天顺五年（1461）刻本。
③ （元）张之翰：《西岩集》卷一九，《景印文渊阁四库全书》第1204册，台湾商务印书馆1985年版。
④ 因阔阔和柴祯曾跟从王鹗学习，他们当时已经是忽必烈的近侍。

乃马真后二年（1243），许国祯、许扆①父子入侍藩府。

乃马真后三年（1244）秋，王鹗入藩。王鹗（1190—1273），字百一，曹州东明（今山东东明县南）人，金正大元年（1224）进士第一甲第一人出身，授应奉翰林文字。天兴三年（1234）正月，金亡，王鹗为蒙古军俘于蔡州，万户张柔闻其名，救之，纳为幕僚，馆于保州。甲辰，世祖在潜邸，访求遗逸之士，"遣故平章政事赵璧，今礼部尚书许国相（许国祯）首聘公于保州"，王鹗北行之时，"故人马云汉以宣圣画像为赠，既至北庭，适值秋仲，奏行释奠礼。上悦，即命办其事。公为祝文，行三献礼，礼毕，进胙于上，上既饮福，熟其胙。上下均之，其崇敬如此"。② 王鹗到达汗廷之时，恰逢秋丁（农历八月上旬丁日）祭孔日期，遂请求举行释奠礼，忽必烈亲自参加了祭孔仪式。不管忽必烈是出于对儒士的尊重还是对儒学的认同，总之，自此之后，春秋二仲岁，举行释奠礼以为常例。王鹗在藩府期间，经常对忽必烈讲解儒家经典以及"齐家治国之道，古今事物之变"，忽必烈认真听取，直至"每夜分乃罢"，还表示："我虽未能即行汝言，安知异日不能行之耶！"③ 由这一句话可见忽必烈的雄心大志，这也正是他征聘贤才良士的目的。

在这一时期，忽必烈已经注意让自己的侍从和蒙古子弟学习儒

---

① 许国祯，字进之，绛州曲沃人。祖父辈皆业医。许国祯"博通经史，尤精医术"。应在1243年以前，许国祯"以医征至翰海，留守掌医药"，因于甲辰年许国桢曾和赵璧受命到保州征聘王鹗，"甲辰冬，世祖在潜邸，访求遗逸之士"，"遣故平章政事赵璧，今礼部尚书许国相（许国祯）首聘公于保州"（《元朝名臣事略》卷一二《内翰王文康公》），所以许国祯入藩时间必定在1243年之前。其子许扆也事世祖于潜邸。许扆字君黼，一名忽鲁火孙，从其父事世祖于潜邸，进退庄重，世祖喜之，赐今名。后曾从许衡学，入备宿卫，忠慎小心。

② （元）苏天爵辑撰：《元朝名臣事略》卷一二《内翰王文康公》，姚景安点校，中华书局1996年版。

③ （明）宋濂等：《元史》，中华书局1976年版，第3756页。

学了，王鹗在漠北忽必烈潜邸约停留二载之后，请求归乡，忽必烈仍命近侍阔阔、柴祯、廉希宪等五人跟从他学习①，赵璧也受命教授蒙古子弟儒家典籍②。

贵由汗二年（1247），刘秉忠向忽必烈推荐了张文谦、张易、李德辉，三人在这一年或稍后进入藩府。

张德辉于贵由汗二年（1247）五月，以真定府"参佐"应召北上觐见忽必烈（《遗山集》卷三二《令旨重修真定庙学记》）。

张德辉（1195—1274），字耀卿，冀宁交城人。少力学，数举于乡。金亡，北渡，史天泽开府真定，辟为经历官。张德辉于贵由汗二年（1247）六月赴召北上，三年（1248）夏六月南归，此次觐见，张德辉受到忽必烈的礼遇，也感受到了忽必烈的热情，感念之情溢于言表。他和忽必烈探讨了尊孔崇儒、任用儒士贤才、中原治理等问题，对忽必烈影响很大。他还向忽必烈推荐了一批真定名士，据《元朝名臣事略》卷十《宣慰张公》记载："其年夏，公得告将还，因荐白文举……赵元德、李进之、高鸣、李槃、李涛数人。"③又《元史》卷一六三《张德辉传》载："德辉举魏璠、元裕、李冶等二十余人。"④

贵由汗三年（1248）春天，贵由死于横相乙儿之地。海迷失后称制。拔都召集诸王贵族会议，推举蒙哥为大汗，窝阔台、察合台两系诸王反对。蒙古帝国政局处于微妙变化的时期，帝位极有可能转到托雷一系。

---

① 据《元史》卷一六〇《王鹗传》载："岁余，乞还，赐以马，仍命近侍阔阔、柴祯等五人从之学。"（宋濂等：《元史》，中华书局1976年版，第3756页）

② 据《元史》卷一五九《赵璧传》载："（忽必烈）令蒙古生十人从璧受儒书。"（宋濂等：《元史》，中华书局1976年版，第3747页）

③ （元）苏天爵辑撰：《元朝名臣事略》卷一〇，姚景安点校，中华书局1996年版。

④ （明）宋濂等：《元史》，中华书局1976年版，第3824页。

海迷失后元年（1249）春，窦默、智迁、廉希宪和赵秉温进入忽必烈藩府。海迷失后二年（1250），邢州南和人马亨也入侍藩府。

海迷失后二年（1250），忽必烈遣使阔阔和赵璧征聘姚枢至和林。

董文用随其兄董文炳到和林城谒见庄圣太后，然后入侍潜藩。

董文用（1224—1297），字彦材，董俊第三子。学问早成，精通儒学经典。董文用为忽必烈招贤纳士、搜揽贤才起到很大作用。据虞集《翰林学士承旨董公（文用）行状》载："又使为使召遗老于四方，而太师窦公默、左丞姚公枢、鹤鸣李公俊民、敬斋李公冶、玉峰魏公璠偕至。于是王府得人为盛。"① 董文用先后受忽必烈命召金源遗老窦默、姚枢、李俊民、李冶、魏璠于四方。

这一时期，忽必烈还没有足够的政治地位，因当时的客观形势，还不能实现他"大有为于天下"的雄心，但他能够广泛地召集藩府儒臣及四方文学之士，悉心听取他们的建议，虽然藩府文人并不多，但为忽必烈未来的事业打下了基础。

1251年六月，蒙哥即汗位，忽必烈开始总领漠南汉地军国事务②，这就给了忽必烈良好的时机，他终于有机会充分运用多年来广学博采的治理之道了。"宪宗即位，世祖以太弟镇金莲川，得开府，专封拜。"③ 似乎蒙哥即汗位当月忽必烈就移营漠南，但实际上是在数月之后，在蒙哥汗二年（1252），《元史·世祖本纪一》载："岁壬子，帝驻桓（桓州，今内蒙古正蓝旗西）、抚（抚州，今河北

---

① 李修生主编：《全元文》第27册，凤凰出版社2004年版，第160页。
② 《元史·世祖本纪一》："岁辛亥，六月，宪宗即位，同母弟惟帝最长且贤，故宪宗尽属以漠南汉地军国庶事，遂南驻爪忽都之地。"（蒙古人把金朝人札忽惕Jaqut，转义为汉人的泛称，"爪忽都之地"就是有"札忽惕人之地"，即漠南汉地）似乎宪宗即位当月忽必烈就移营漠南，但实际上是在数月之后。
③ （明）宋濂等：《元史》，中华书局1976年版，第3467页。

张北）间"，"岁壬子，今上（忽必烈）以皇太弟开府于金莲川"。①两者所指时间、地域相同，都是说在蒙哥汗二年（1252），忽必烈才开府金莲川，这和苏天爵《丞相史忠武王》所言"上（忽必烈）在潜邸，壬子春，行幕驻岭上"②相同，因此，可知忽必烈应该是在蒙哥汗二年（1252）春，从漠北移营漠南，把藩府设置在金莲川。

金莲川在滦河上游地区，这是一个空气明净、水草肥美的地方，气候凉爽，有山有水，柳树成荫。按《金史·地理志》云：桓州曷里浒东川，更名曰金莲川。金莲川曾是金世宗避暑离宫所在地，据《金史·地理志》载：西京路桓州有曷里浒东川，更名金莲川，世宗曰："莲者连也，取其金枝玉叶相连之义。"有景明宫，为金世宗避暑宫也③，因盛开满川金莲花，因而得名金莲川。

忽必烈设潜邸于金莲川，这正是称忽必烈藩府为金莲川藩府的由来。自此，忽必烈利用自己在漠南的地位，凭借更方便的地理位置，在更大范围内广泛地招揽名士文臣等各种人才，从此，四方人才纷纷而至，为他治理中原汉地。依靠一批汉族儒臣文士，采用汉法，忽必烈在继承汗位的道路上向前迈进了一大步。

自忽必烈以太弟身份开邸于金莲川以来，金莲川藩府便成了一个汉族文人聚集的中心，正如郝经《入燕行》所写："鱼龙万里入都会，泓洞合沓何扰扰"，四方英才纷纷而至。金亡之后，儒士们

---

① （元）忽必烈在苟宗道：《国信使郝公行状》，载《郝文忠公陵川文集》卷首，北京图书馆古籍珍本丛刊，影印明正德二年（1507）李翰刻本。

② 载苏天爵辑撰《元朝名臣事略》卷七，"岭上"指的是今河北北境的连山之北滦河上游一带，亦即所谓"金莲川"之地。

③ 《金史》卷八六《梁襄传》记载，梁襄为薛王府掾，金世宗将要在金莲川建设宫殿，交付有司具办相关事宜之时，梁襄上疏极力劝谏："金莲川在重山之北，地积阴冷，五谷不殖，郡县难建，盖自古极边荒弃之壤也。气候殊异，中夏降霜，一日之间，寒暑交至，特与上京、中都不同，尤非圣躬将摄之所。"虽梁襄极力反对，但由于金莲川气候凉爽，风景迷人，金世宗还在那儿建了避暑纳凉的行宫——景明宫。

失去凭依，身处乱世，对天下一统充满期待，亟待一明主，忽必烈开府金莲川，给了他们一个发挥所学，谋求前程的时机，一个庞大的藩府谋臣侍从集团由此形成。这一时期，有史可考的进入金莲川藩府的儒士主要包括：赵良弼、李简、张耕、刘肃、徐世隆、寇元德、董文忠、谢仲温、刘秉恕、陈思济、高逸民、李克忠、商挺、杨惟中、陈纪、杨果、宋衟、董文炳、王恂、许衡、高觿、谭澄、赵弼、王博文、郝经、张础、周惠等。另外，杜思敬、同继先、周定甫、贾居贞、王利用等其他金源文士谋臣，还有一批金莲川藩府侍从中的文士，有精通儒学的汉族藩府侍卫，如姚天福、崔斌等，以及深受儒学影响有着很高的汉文化造诣的非汉族侍卫谋臣，包括蒙古侍从文人脱脱、秃忽鲁、乃燕、霸突鲁等，以及西域色目文人侍从畏兀儿人孟速思等进入藩府的具体时间不可考证，不过从他们的具体事例来看，应该也是在这一时期进入藩府。

一时之间，藩府之中可谓人才济济，仅有史可考的士人就六十多人。这些藩府文人或经同门、同乡援引，或经他人举荐，留在忽必烈身边以备顾问或任使。他们不仅向忽必烈讲解儒家治国的思想，而且在治理邢州、河南、京兆、怀孟和营建开平，以及征讨大理、鄂州之役和争夺帝位等重大事件中都有辅助之功，发挥了很大作用。

蒙哥汗元年（1251），治理邢州，赵良弼、李简、张耕、刘肃等进入藩府。邢州的治理主要是在邢州籍幕府谋臣推动和主持下进行的。贵由汗二年（1247），邢州成为忽必烈的封地，当时邢州籍文士刘秉忠和张文谦都在忽必烈藩府，张文谦与刘秉忠进言于忽必烈："今民生困弊，莫邢为甚。盍择人往治之，责其成效，使四方取法，则天下均受赐矣。"（《元史·张文谦传》）1251 年六月，宪宗即位，忽必烈受命领"漠南汉地军国庶事"之后，"选近侍脱兀脱、尚书刘肃、侍郎李简往。三人至邢，协心为治，洗涤蠹敝，革去贪暴，流亡复归，不期月，户增十倍。"(《元史·世祖一》)又据《元史·刘秉忠传》："邢州旧万余户，兵兴以来不满数百，凋坏日甚，得良牧守如真定张耕、洺水刘肃者治之，犹可完复。"可知，治理邢州，应该是派遣脱兀脱、李简、张耕、刘肃等人前往。不到一年，邢州便得到治理，经济恢复元气，百姓安居乐业，这大大鼓舞了忽必烈治理汉地的信心。

蒙哥汗二年（1252），徐世隆应征到漠北觐见忽必烈于日月山。这一年，寇元德、董文忠、谢仲温、刘秉恕和陈思济等人也入侍藩府。

在藩府的汉族儒士辅佐下，忽必烈采用汉法，成功地治理了邢州，这坚定了他实行汉法的信心，他也更加信任儒臣。蒙哥汗二年（1252），忽必烈奉命帅师征云南，1253年蒙哥汗为奖励忽必烈之军功，把陕西京兆地区赐为他的封地。于是忽必烈在京兆设立陕西宣抚司，又称京兆宣抚司、关西道宣抚司、陕右四川宣抚司，置宣抚使、副使、参议、郎中等官。正、副使的任命须上奏朝廷，参议等则由忽必烈教令委任，这就给了忽必烈大量引进儒臣的机会。

这一年，大量人才进入藩府。首先，因治理京兆，高逸民、李克忠、商挺等入侍藩府。其次，为将河南建成巩固、牢靠的前沿阵地，以备将来攻宋，忽必烈在河南设经略司。杨惟中入侍藩府辅佐忽必烈，为河南经略使，赵璧为副使，金进士陈纪、杨果为参议，赵璧还起用从南宋返回后寓居河内的宋衟为幕宾，在众人齐心治理下，河南大治，陈纪、杨果和宋衟入侍藩府。董文炳、刘秉忠的弟子王恂也在这一年入侍藩府。其后，许衡、高觿和谭澄于1254年入侍藩府，赵弼于1255年入侍潜藩。1256年，王博文与郝经同奉召入侍潜藩，同年，张础由廉希宪推荐，进入潜邸。1257年，周惠入侍藩府，藩府儒士队伍规模越来越大。

随着忽必烈金莲川潜邸的壮大，潜邸人才荟萃，忽必烈决定在金莲川建立一座城市，以便潜邸有一个固定的驻地，作为经营中原的根据地。《元史·世祖一》载："岁丙辰，春三月，命僧子聪卜地于桓州东、滦水北，城开平府，经营宫室。"丙辰年（1256），刘秉忠奉忽必烈之命，在桓州东滦水北的龙冈建设城郭，"帝命秉忠相地于桓州东滦水北，建城郭于龙冈，三年而毕，名曰开平。继升为上都，而以燕为中都"①。《元史·地理志》云：世祖命刘秉忠相宅于桓州东，滦水北之龙岗。考元周伯琦《扈从北行记》云：至失八尔图地多泥淖，驿路至此相合，地多异花，有名金莲花者，似荷而黄。至察罕脑儿，犹汉言白海也。历数驿始至桓州。忽必烈让刘秉忠择地而建的开平城，在桓州东、滦水北，北依南屏山，南面便是金帝避暑离宫所在之处——美丽的金莲川，东西两面是广阔平坦的草原。元人杨允孚曾在《滦京杂咏一百首》中写道，"圣祖初临建国城，风飞雷动蛰龙惊。月生沧海千山白，日出扶桑万国明。"诗下有小注曰："上京大山，旧传有龙居之。"②或许是因为有龙居之，所以精通天文、地理、律历、三式六壬遁甲之属的刘秉忠才择地于此，杨允孚才有"风飞雷动蛰龙惊"的浮想。孔齐也有类似的描述："相传刘太保（子聪）迁都时，因地有龙池，不能干涸，乃奏世祖当借地于龙，帝从之。是夜三更雷霆，龙已飞上矣，明日以土筑成基。"（《至正直记》卷一）虽是一些无稽之谈，但也可以见到当时修建的艰辛，时人对开平城有着神话般的崇敬。

开平城的修建主要由金莲川藩府谋臣侍从主持，有刘秉忠、赵炳、贾居贞、谢仲温、高觿等人。刘秉忠是开平城修建的总策划，王府侍从赵炳为抚州长，帮助城邑规制，藩府文士贾居贞为监筑之

---

① （明）宋濂等：《元史》，中华书局1976年版，第3693页。
② （清）顾嗣立编：《元诗选》初集下，中华书局1987年版，第1961页。

职，谢仲温为工部提领，掌管工役，侍卫高觿也参加了这项工程，还因功受金币之赐。经过三年的修建，开平城建成。忽必烈藩府开始有了一个固定之所，是为忽必烈经略汉地、成就帝王之业的基础。中统元年（1260），忽必烈在他的谋臣侍从的拥护下，在此登基，定都于此，1263年五月改名为上都，人们习惯称之为上京或滦京，就在今内蒙古自治区锡林郭勒盟正蓝旗旗政府所在地敦达浩特镇东北约20公里处。

可以说，自忽必烈受命总领漠南军国事务，以皇弟身份开邸于金莲川以来，他利用自己在漠南的地位，在更大范围内吸收各种人才，一时之间，藩府之中人才济济，这是金莲川藩府文人群体形成的最重要的一个阶段，也是忽必烈依靠藩府儒臣推行汉法建立大一统元朝的重要时期。

第二节　忽必烈潜邸儒士文人的构成

忽必烈幕府儒士文人群体是一个较复杂的文人群，来源广泛，文化渊源和师承各异。他们大多是金末山东、山西、陕西、河北等不同地域的术数、儒学、文学等领域的精英。根据他们的地域以及学术渊源进行划分，大致分为怀卫理学家群，邢州学派以及从东平、真定、顺天三个汉族世侯幕府招揽的一些文士，此外，还有藩府侍从中的文士，包括两类，一是精通儒学的汉族侍卫，二是深受儒学影响有着很高的汉文化造诣的非汉族侍卫谋臣。

一　重日用、重治生的怀卫理学家群

金莲川藩府谋臣侍从中姚枢、许衡、窦默、郝经和智迁等人，

他们多是来自怀卫的理学家①,他们的代表人物许衡、姚枢等人,讲学于怀庆、卫辉一带,故称为怀卫理学家群。

据黄宗羲考:"自石晋燕云十六州之割,北方之为异域也久矣。虽有宋诸儒叠出,声教不通。自赵江汉以南冠之囚,吾道入北,而姚枢、窦默、许衡、刘因之徒,得闻程、朱之学以广其传,由是北方之学郁起,如吴澄之经学,姚燧之文学,指不胜屈,皆彬彬郁郁矣。"②而实际上黄宗羲夸大了赵复北上对北方学术的影响。在宋金南北对峙时,理学在北方已经传播,北方理学之脉从未中断。金曹子谦《送梁仲文》一诗写道:"濂溪回北流,伊洛开洪沇。学者有适从,披云见青天。我生虽多难,闻道早有缘。"郝经《宋两先生祠堂记》也记载了程颢对陵川地方学术的贡献:"明道先生令泽之晋城,为保伍、均役法,惠孤茕,革奸伪,亲乡闾,厚风化,立学校,语父老以先王之道,择秀俊而亲教导之,正其句读,明其义理,指授大学之序,使格物致知,诚意正心,修身齐家,笃于治己而不忘仕禄,视之以三代治具,观之以礼乐。未几,被儒服者数百人。"③且郝经之高祖、曾祖而上,都是程颢弟子。由此可知金元之际北方理学传播的情况。

---

① 怀卫,即怀州和卫州。怀州,北魏置,治今河南沁阳,本野王,隋改河内。蒙古为怀孟路,元改怀庆路。卫州,北周宣政元年(578)置,治所在朝歌(隋改卫县,今河南淇县),唐贞观初移治汲县(今属河南)。唐辖境相当于今河南新乡市、汲县、辉县、浚县及淇县等地。金大定间曾移治共城(今辉县),贞祐间移治胙城(今延津北),蒙古时复旧。中统元年(1260)升为卫辉路。许衡乃怀庆河内(今河南沁阳)人,这一文人群体是以鲁斋许衡理学家群为主体,1250年,许衡携家来到苏门(苏门即辉州之苏门山,属卫辉路),姚枢、许衡和窦默三人,便一起研习伊洛性理之书及《程子易传》《朱子语孟集注》《中庸》《大学》《小学》等书,一起授徒讲学。因而称这一文人群体为怀卫理学家群。

② (清)黄宗羲:《宋元学案》,(清)黄百家辑,(清)全祖望修订,王梓材等校订,中华书局1986年版,第441页。

③ (元)郝经:《宋两先生祠堂记》,《郝文忠公陵川文集》卷二七,北京图书馆古籍珍本丛刊,影印明正德二年(1507)李翰刻本。

赵复北上，开始在燕京等地传播程朱之学，完整而系统地将程朱理学传入北方，他在太极书院传伊洛之学，生徒百人，后又遍游河北、山东，宣扬理学，影响甚巨。"先生以周程而后，其书广博，学者未能贯通，乃原羲、农、尧、舜所以继天立极，孔子、颜、孟所以垂世立教，周、程、张、朱所以发明绍续者，作传道图，而以书目条列于后。枢退隐苏门，以传其学。由是许衡、郝经、刘因皆得其书而崇信之，学者称之曰江汉先生。"[①] 姚枢、窦默、许衡等人，因赵复才得以闻程朱之学，程朱理学迅速在燕京、怀卫等地传播，逐渐成为北方学术的主流，赵复北上，确实是对北方学术的一次改造。可以肯定姚枢、窦默、许衡、郝经等人，是在北方学术背景之上接受赵复的程朱理学，他们在学术上有很多地方是相通的。姚枢、窦默、许衡等人乃北方第一批理学大家，尤其是许衡，更为一代宗师。

怀卫理学家群虽然算不上一个严格的文人流派，但他们有许多共同之处：高扬朱学旗帜，在北方学术的基础上有选择地接受南方朱学；重日用，重治生；不重心性义理的探讨而特别重视学术的普及与实用，以其伦理教化，影响了蒙古政权。可以说，无论在政治、教育上，还是在学术、文学上，怀卫理学家群在金末元初都有很大影响。

（一）北方大儒许衡

许衡（1209—1282），乃元代开国大儒，或称之为"朱子之后一人而已"。字仲平，号鲁斋，谥文正，怀庆河内（今河南沁阳）人。又《宋元学案》卷九一《静修学案》黄百家案云："有元之学者，鲁斋、静修、草庐三人耳"，可见鲁斋许衡对有元一代学术影响之大。他一生潜心研究、积极传播义理之学，不仅笃学博识，为

---

① （清）黄宗羲：《宋元学案》，（清）黄百家辑，（清）全祖望修订，（清）王梓材等校订，中华书局1986年版，第440页。

一代大师，且积极用世，在辅助忽必烈采行汉法的进程中，善于从实际出发，重视理学与实用、实行的结合，本儒家之民本爱民思想，引申孟子之言曰民重君轻，加之直言敢谏，辨奸批逆，浩然无畏，有魏征之风，凛然不可以利禄诱、威武屈，于有元一代诚为风动四方，德望冠绝，正如明儒薛瑄《许文正公遗像赞》所言："其质粹，其识高，其学纯，其行笃。其教人有序，其条理精密，其规模广大，其胸次洒落，其志量弘毅。又不为浮靡无益之言，而有厌文弊、从先进之意。朱子之后，一人而已！"可谓行无愧影，天下景行。对其人品风范，白寿宸《许文正公遗像赞》有云："以颜子之质，成孟子之功。时行则行，时止则止，深有合乎孔氏之遗风。"① 许衡本不借文章名世，但身接金源季世，其诗文质朴峻洁，代表了元初北方儒者之文风特色，《四库全书总目》谓："其文章无意修词，而自然明白醇正。诸体诗亦具有风格，尤讲学家所难得也"。

许衡最为开明之处是提出"为学者治生最为先务"之说，使"道"不再是"深求隐僻之理"，而是"务实"精神的治世之用。许衡在治学上也以朱熹的《小学》和《四书》为进德之基，他曾经在写给儿子的书信中表达过自己如何看重《小学》《四书》："《小学》《四书》吾敬信如神明，然能明此，他书虽不治可也。"② 他不仅拥护和推行《小学》《四书》，还根据自己对程朱理学的研究，著《小学大义》《大学直解》《中庸直解》（《鲁斋遗书》卷三、卷四、卷五）等，贵由汗三年（1248）八月，又著《读易私言》。其间，许衡曾一度回故乡河内，又至洛阳寻弟。海迷失后二年（1250），

---

① （元）许衡：《鲁斋遗书》卷七，北京图书馆古籍珍本丛刊，影印明万历二十四年（1596）刻本。

② （元）许衡：《国学事迹》，《鲁斋遗书》卷一三，北京图书馆古籍珍本丛刊，影印明万历二十四年（1596）刻本。

许衡携家来到苏门,"在魏友窦默,苏门友姚枢,相与论辩,探幽析微,诣者慑伏,凡伊洛性理之书及程子《易传》、朱子《语》《孟》集注、《中庸》《大学》章句、《或问》、《小学》等书,言与心会。召所从游,教以进德之基,慨然思复三代庠序之法"①,魏即今河北魏县,苏门即辉州(今河南辉县),许衡一直生活在北方,他对程、朱理学的知识,来自窦默和姚枢。而从交游先后来看,他应是先从窦默、后从姚枢处逐步有所了解的。当时,许衡在同姚枢、窦默等人的交往中,不仅读了程颐《伊川易传》,朱熹《论语集注》《孟子集注》《大学章句》《中庸章句》《小学》等书,视野大开;而且与姚枢、窦默推阐程朱之学,讲道辉州苏门,门徒甚众,"慨然以道为己任"②。在同姚枢与窦默共同研习理学、授徒讲学的过程中,许衡名声渐著,遂为北方理学大宗。

海迷失后元年(1249),与许衡一同讲学于苏门的好友窦默入侍忽必烈藩府③,次年,姚枢由窦默推荐,也入侍忽必烈藩府。两位好友入侍藩府,对许衡来说,影响颇大,而他本人也是深具儒家积极入世精神的儒士,当窦默和姚枢都入侍忽必烈潜邸之后,他便有任道之意,据《鲁斋遗书》卷一三《考岁略》:"雪斋赴征,先生独处苏门,便有任道之意",也可看出,许衡不愿做一个空谈性命的腐儒。再者,许衡主张经世致用,注重"治生":"为学者治生最为先务,苟生理不足,则于为学之道有所妨。"(《鲁斋遗书》卷一三《附录·通鉴》)因此,蒙哥汗四年(1254),"世祖出王秦中,以姚枢为劝农使,教民耕植。又思所以化秦人,乃召衡为京兆

---

① (元)欧阳玄:《神道碑》,《鲁斋遗书》卷一三,北京图书馆古籍珍本丛刊,影印明万历二十四年(1596)刻本。
② (明)宋濂等:《元史》,中华书局1976年版,第3716页。
③ 据苏天爵《内翰窦文正公》(《元名臣事略》卷八)载:"岁己酉,召居潜邸。"

提学。"① 许衡出任京兆提学,入侍忽必烈藩府。

据程钜夫《鲁斋书院记》:"世祖皇帝经营四方,日不暇给,而圣人之道,未始一日不在讲求。观兵陇山,首召河内许仲平先生衡入见,先生亦首谓圣人之道为必可行。嘉言笃论,深契上心。时自陕以西,教道久废,乃命先生提举学事,于是秦中庠序鼎兴,搢绅缝掖川赴云流,文事翕然以起。其所成就,皆足以出长入治,由是圣人之道乍明。"② 可知,许衡在出任京兆提学之前,就曾被忽必烈召见,应该是许衡之名远播,早就闻于忽必烈,再者,其好友窦默和姚枢已入侍藩府,他们想必也会在忽必烈面前荐举许衡。许衡陈述圣人之道必可行,而且"嘉言笃论,深契上心",赢得了忽必烈的好感,于是任命他为京兆提学。名儒许衡的到来,自然让"新脱于兵,欲学无师"的秦人,"人人莫不喜幸来学。郡县皆建学校,民大化之"。③ 而这次许衡并没有在京兆提学留任多久,忽必烈南征时,他又回到怀内。

1260年,忽必烈继承汗位,建元中统,许衡被召至京城(上都开平),这次,许衡和忽必烈有一段谈话:

> 入见,问所学,曰:"孔子。"问所长,曰:"虚名无实,误达圣听。"问所能,曰:"勤力农务,教授童蒙。"问科举何如?曰:"不能。"上曰:"卿言务实,科举虚诞,朕所不取。"

许衡谦恭朴厚,不张扬,他和忽必烈的这次谈话,应该给忽必烈留下了深刻的印象,这次,许衡也没停留多久,为时不久,还于燕。

---

① (明)宋濂等:《元史》,中华书局1976年版,第3717页。
② (元)程钜夫:《雪楼集》卷一三,《景印文渊阁四库全书》第1202册,台湾商务印书馆1985年版。
③ (明)宋濂等:《元史》,中华书局1976年版,第3717页。

第二年（1261）三月，许衡应召至上都。当时，正是王文统深受重用时期。忽必烈召窦默至上都，垂询宰相一事，欲求如魏征者："朕欲求如唐魏征者，有其人乎？"素来直言不讳的窦默马上答曰："犯颜谏诤，刚毅不屈，则许衡其人也！"① 在窦默看来，许衡乃元朝的魏征。当然，忽必烈不会任命许衡为宰相，因为在他眼里，许衡只不过是一个很朴实的儒生，充其量也就是能教授学生，传播儒学。王文统当时行中书省事，他听闻窦默这话当然不高兴，再者，王文统一向猜忌之心很重，"深忌雪斋诸公，先生素无因缘而无惮也。及窦公力排其学术之非，必至误国。文统始疑先生唱和其说"（《鲁斋遗书》卷一三《附录·考岁略》）。王文统怀疑一向关系非常的姚枢、窦默，会联合许衡一起来对付他，给他带来不利，自然要耍些权术，于是许衡被授怀孟路教官，后来，又改授国子祭酒②。王文统当权，让许衡无心留恋政事，不久，便以病辞归。朝廷以"奉旨教授怀孟路子弟"的使命，允许他回乡教授学生。

至元二年（1265），"帝以安童为右丞相，欲衡辅之，复召至京师，命议事中书省"③。忽必烈这次任命许衡为中书左丞，目的是让他辅佐年幼的安童。许衡一向稳重行事，这时，他似乎有过一些顾虑，好友窦默曾劝说过他："王以道，当时汝何为不言？岂孔子教法使汝若是耶？汝不遵孔子，教法自若是耶？往者不咎，今后勿尔也。"（《鲁斋遗书》卷一三《附录·考岁略》）忽必烈又亲自对许

---

① （明）宋濂等：《元史》，中华书局1976年版，第3731页。
② 据王恽《秋涧集》卷八二《中堂事记》下："秋八月丁酉卯朔，征君许衡授怀孟路教官，制曰：许衡天姿雅厚，经学精专。大凡讲论之间，深得圣贤之奥。受罚者恐陈君所短，为盗者畏王烈之知。"又："七日丁酉许教官衡改授国子祭酒，其辞曰：懿德素全，经学洞贯。视听言动，皆合礼宜；进退周旋，举皆中道。所在满御寇之屡，畴非趋董子之帷。宜处成均，以全乐育。可特授某官，务讲明于圣道，为矜式于国人。"
③ （明）宋濂等：《元史》，中华书局1976年版，第3718页。

衡表白自己的想法："安童尚幼，未更事，善辅导之，汝有嘉谟，当先告之，以达朕，朕将择焉。"① 可谓语重心长，对许衡期望很高。许衡不再有所顾忌，直接把自己的想法说了出来："圣人之道，至大至远，而学者所得有浅深，臣平生虽读其书，所得甚浅，然既叨特命，愿罄所知者言之，所不知者亦不能强也。安童聪明，且有执持，告以古人言语，悉能领解，臣所知者尽告之，但虑中有人间之则难行，外用势力纳入其间则难行，臣入省之日浅，浅见如此，未知是否。"（《鲁斋遗书》卷一三《附录·考岁略》）既然可以通过辅佐安童参与议政，建议筹划朝廷国家大事，许衡推行汉法的治国热情便又充溢了，他于至元三年（1266）夏四月，奏陈《时务五事》，条达明畅，洋洋万言，大抵本之儒道。一曰"立国规模"，"考之前代，北方奄有中夏，必行汉法可以长久"，论当行汉法方能行长久之治；二曰"中书大要"，论用人、立法之方；三曰"为君难六事"，分别陈述了"践言""防欺""任贤""去邪""得民心""顺天道"六事；四曰"农桑学校"，论须优抚农民，劝课农桑，自京师至州县皆立学校，使仓廪充实，人民皆知君臣父子之伦；五曰"慎微"，论使臣下各安本分，崇尚退让，在上者则要慎喜怒，守信用。（《鲁斋遗书》卷七）这篇奏疏是许衡最重要的一篇政论文，也是他治世才能的展现。他引古证今，指摘时弊，提出对策，论析透彻明晰。能以自己微薄之力，辅助国君，实行汉法，给百姓以生路，养民、富民，使社会安定，儒家治国之理想得以实现，许衡对政事体现了很高的热情。至元六年（1269），许衡与徐世隆共订立朝仪，又与刘秉忠议定官制。"历考古今分并统属之序，去其权摄增置冗长例置者，凡省部、院台、郡县与夫后妃、储藩、百司所联属统制，定为图。"② 许衡为元代统治者所定之立国规模，促进了蒙

---

① （明）宋濂等：《元史》，中华书局1976年版，第3082页。
② 同上书，第3726页。

古民族封建化的进程，也为元代多民族大一统中央集权制帝国的建立和巩固奠定了基础，此即所谓"元之所以藉以立国者"(《鲁斋遗书》卷一三《附录·国学事迹》)，从他这些政事上的贡献来说，不愧为一代经世名臣。

至元八年（1271）三月，许衡以老疾辞去中书机务，出任集贤大学士，兼国子祭酒。据《元史》卷七《世祖本纪》："乙酉，许衡以老疾辞中书机务，除集贤大学士、国子祭酒，衡纳还旧俸，诏别以新俸给之。命设国子学，增置司业、博士、助教各一员，选随朝百官近侍蒙古、汉人子孙及俊秀者充生徒。"在国子监，许衡教授了一批蒙古色目与汉族子弟，其中不乏俊杰之士，有王梓、刘季伟、韩思永、吕端善、姚燧、高凝、白栋、苏郁、姚敦、孙安、刘安中等汉族子弟，还有耶律楚材之孙——契丹族的耶律有尚，以及燕真、坚童、秃忽鲁、也先铁木儿、不忽木、嚠嚠等蒙古、色目学生①，为元朝统治者培养了一大批人才。在北方学坛，许衡的地位更加巩固。

（二）元朝名臣姚枢

姚枢（1203—1280），是怀卫理学家群重要的一员。字公茂，号敬斋，又号雪斋，营州柳城（今辽宁朝阳）人。许有壬曾这样评价他："皇元启运，道复隆古，倡而鸣者为雪斋姚公。盖宋、金之际，兵燹频仍，版帙散亡殆尽，独首唱经学，阐明斯道，厥后名儒接踵而出，气运昌隆，文章尔雅，推回澜障川之功，论者谓文献公

---

① 《元史》卷一三〇《不忽木传附燕真传》："（王）恂从北征，（燕真）乃受学于国子祭酒许衡。"卷一三四《阔阔传附坚童传》："（坚童）既长，奉命入国学，复从许衡游。"《秃忽鲁传》："（秃忽鲁）自幼入侍世祖，命与也先铁木儿、不忽木从许衡学。"卷一四三《嚠嚠传》："嚠嚠幼肄业国学，博通群书，其正心修身之要得诸许衡及父兄家传。"卷八七"集贤院"条："至元初，以许衡为集贤馆大学士、国子祭酒，教国子与蒙古大姓四怯薛人员。"可知，燕真、坚童、秃忽鲁、也先铁木儿、不忽木、嚠嚠等都曾从许衡学习。

不在禹下云。"① 对于儒家学术的传承，他在金末元初功不可没。他是一个成功的政治家，自进入忽必烈藩府，一直深受忽必烈信任，立国后位列三台，位高权重。姚枢不仅是一位杰出的政治家，而且还是一位文学家，有《雪斋集》。只可惜其诗文流传下来的不多，《元诗选》仅存诗25首，《全元文》辑出其文3篇。不过，姚枢的胸襟、气度、人品、学养、才性已迥迈时流，不得以寻常儒士目之。宋濂《国朝名臣颂·姚文献公枢》可谓对其人格精神极为真实的论述：

> 煜煜龙泉，神采内明，视之如空。其锋所指，无物不断，其疾如风，媲之文献，雄（雅）姿英发，靡有不同。在前无古，在后无今，有志卓卓。倡道苏门，上溯泗沂，下探关洛。施于有政，蔚为王佐，务尽忠谔。立经陈纪，礼贤黜邪，风动四方。大开文明，荦致雅乐，实自鲁邦。不杀之谏，昼夜谆谆，舌不得藏。治定功成，浑然无迹，莫窥所存。左许右窦，三人同心，扶乾植坤。如带如砺，信誓弗渝，永世有闻。

姚枢年轻时"力于学"，读书，常"夜分不辍"，早年居许昌（今属河南），时有重名的金内翰宋九嘉，认为他有王佐之略，对他很是器重，"折行位与之游"。② 窝阔台汗四年（1232），许州城破。五年（1233），"公闻太宗诏学士十八人，即长春宫教之，俾杨中书惟中监督，则往依焉，中书少公六年，兄称之，与偕北觐"（《中书左丞姚文献公神道碑》）③。杨惟中与他很是投缘，二人以兄弟相称，

---

① （清）顾嗣立编：《元诗选》二集上，中华书局1987年版，第127页。
② （元）姚燧：《中书左丞姚文献公神道碑》，《牧庵集》卷一五，《景印文渊阁四库全书》第1201册，台湾商务印书馆1985年版。
③ （元）苏天爵编：《元文类》卷六〇，上海古籍出版社1993年版。

相偕觐见窝阔台,"时龙庭无汉人士夫,帝喜其来,甚重之"(《中书左丞姚文献公神道碑》)①。

窝阔台汗七年(1235),太子阔端南伐,诏姚枢跟从杨惟中即军中求儒、道、释、医、卜者。当时蒙古军攻破枣阳,主将要活埋所有的汉人,姚枢极力争辩,言非太宗诏书本意,他日何以向太宗复命,急忙让数人逃入竹林中,免于一死。蒙古军攻破德安,得名儒江汉先生赵复。姚燧于《序江汉先生事实》一文曾很传神地记载了姚枢和赵复的这次交往:

> 某岁乙未,王师狗地汉上。军法:凡城邑以兵得者,悉坑之。德安由尝逆战,其斩刈首馘动以亿计。先公受诏:凡儒服挂俘籍者,皆出之。得故江汉先生。见公戎服而髯,不以华人遇之,至帐中见陈琴书,骇曰:"回纥人知事此耶?"公为一莞,与之言,信奇士。出所为文若干篇,以九族殚残,不欲北,因与公诀,蕲死。公止共宿,实羁戒之。既觉,月色烂然,惟寝衣留故所。公遽鞍马。周号于积尸间,无有也。行及水裔,见已被发脱履,仰天而祝。盖少须臾蹈水,未入也。公曰:"果天不生君,与众已同祸。爱其全之,则上承千百年之统,而下垂千百世之绪者,将不在是身耶?徒死无义,可保君而北,无他也。"至燕,名益大著。北方经学,实赖鸣之,游其门者将百人,多达材其间。②

姚枢随从蒙古军南征之时,尽自己所能来保护文人,在德安遇到名儒赵复,并且劝说家破人亡一心求死的赵复活下来,从赵复那里,他得到伊洛程氏及新安朱氏书,并和杨惟中一起在燕京建太极

---

① (元)苏天爵编:《元文类》卷六〇,上海古籍出版社1993年版。
② (元)姚燧:《姚燧集》,查洪德点校,人民文学出版社2011年版,第63页。

书院,请赵复、王粹等讲授其间,为保存中原文化,弘扬传统儒学,作出了很大贡献。

辛丑年(1241),赐金符,为燕京行台郎中。当时的行台乃蒙古人牙鲁瓦赤,"惟事货赂",姚枢任幕长,拒绝受贿,因此弃官而去。遂携家来河南辉州:

> 遂携家来辉,垦荒云门,粪田数百亩,修二水轮,诛茅为堂,城中置私庙,奉祠四世。堂龛鲁司寇容,傍垂周、两程、张、邵、司马六君子像,读书其间,衣冠庄肃,以道学自鸣。佳时则鸣琴百泉之上,遁世而乐天,若将终身。后生薄夫,或造庭除,出语人曰:"几𧗳吾魄。"又汲汲以化民成俗为心,自版《小学书》,《语孟或问》、《家礼》,俾杨中书版《四书》,田和卿版《诗折衷》、《易程传》、《书蔡传》、《春秋胡传》,皆于燕。又以《小学书》流布未广,教弟子杨古为沈氏活版,与《近思录》、东莱经史、论说诸书散之四方。(《中书左丞姚文献公神道碑》)①

在苏门,他出资垦荒田数百亩,修水轮,又诛茅为堂。置私庙,奉祠四世堂龛,别为室奉孔子及宋儒周敦颐等像,潜心读书。姚枢在北方首倡程朱理学,并且刊布诸经,授徒讲学。这一时期的姚枢,顿歇了用世之念,读书鸣琴,研究程朱理学,打算终此一生。许衡听说姚枢在辉州传授伊洛之学,前往拜访,两人一见大是投缘。许衡从姚枢处得伊洛程氏及新安朱氏书,回去研习授徒,从此,许衡的学术思想和治学道路发生了重大变化。

海迷失后二年(1250),许衡携家来到苏门。于是,姚枢、许

---

① (元)苏天爵编:《元文类》卷六〇,上海古籍出版社1993年版。

衡和窦默三人，一起研习伊洛性理之书及程子《易传》、朱子《论语孟集注》、《孟子集注》、《中庸章句》、《大学章句》、《或问》、《小学》等书，一起授徒讲学。姚枢、窦默、许衡三人由于理学的共同志趣而相识、相知，成了莫逆之交。至于窦、姚二人何时认识，没有明确记载。很可能，姚枢随杨惟中去德安时就认识了窦默，就像他和赵复一样。姚枢自弃官迁居辉州后应该和窦默时常交往。

虽然从现有的资料不可考知姚枢在理学上的建树，但他在北方首倡理学，并以实际行动推动了程朱理学在北方的发展，作出了很大贡献，确是不争的事实，有史可证。

姚枢的好友窦默由李德辉推荐，于海迷失后元年（1249）入侍忽必烈潜邸，窦默相当了解姚枢的才能，自然会在忽必烈面前推荐他①。海迷失后二年（1250），忽必烈在潜邸，遣使阔阔和赵璧征聘姚枢至和林②。

姚枢来到和林，他见忽必烈"聪明神圣，才不世出，虚己受言，可大有为，感以一介见信之深，见问之切，乃许捐身驱驰宣力，尽其平生所学"③，于是一改窝阔台时期弃官归隐的态度，当忽必烈待以客礼，询及治道时，他尽其平生所学，敷心沥胆，为书数千言。从各个方面为忽必烈提出了治国平天下的良策，因而"世祖奇其才，动必召问，且使授世子经"。自此，姚枢得到忽必烈的重

---

① 《元史》卷一五八《窦默传》："世祖问今之明治道者，默荐姚枢，即召用之。"

② 据姚燧《中书左丞姚文献公神道碑》载：会上在潜邸，遣脱兀脱、故平章赵璧驿至彰德，恐公避逃，脱兀脱留璧独至辉以过客见，审其为，公始致见征之旨。公曰："天下之人同是姓名，何限恐使者误征，不敢妄应。"璧曰："汝非弃牙鲁瓦赤隐此者乎?"公曰："是则然矣！"璧曰："良是！"乃偕往彰德受命，遂行。

③ （元）姚燧：《姚燧集》，查洪德点校，人民文学出版社2011年版，第217页。

用，逐渐受到忽必烈的信任，成为潜邸幕府中的重要谋士之一。

他多次为忽必烈出谋划策，建议筹划国家大事，为忽必烈继承汗位作了很多贡献。如蒙哥即位后，建议忽必烈拥有关中封地；从忽必烈征大理，以不嗜杀进谏；尤其是在阿蓝答儿钩考之时，姚枢给忽必烈提了一个非常及时的主意："帝，君也，兄也。大王为皇弟，臣也。事难与较，远将受祸。莫若尽王邸妃主自归朝廷，为久居谋，疑将自释。"劝说忽必烈以屈求伸，忽必烈照此行事，蒙哥汗罢钩考局，这样，及时解决了忽必烈的困境。

忽必烈即汗位后，姚枢在朝廷之上，无论是李璮之变后向忽必烈建议罢世侯、置牧守，加强中央集权，还是在和权臣王文统、阿合马的斗争中，他都表现出超凡的智慧和谋略，确实可谓忽必烈的重要谋臣。至元十七年（1280）姚枢去世，年七十八，谥文献。

（三）名医窦默

窦默是怀卫理学家群的重要成员之一，也是深受忽必烈信任的藩府儒臣①，元初有名的医学家、教育家、理学家。

窦默（1196—1280），字子声，初名杰，字汉卿，广平肥乡（今属河北）人。"幼知读书，毅然有立志。"窦默在蒙古对金的战乱中同大多数北方百姓一样，辗转流徙。早年喜读儒书，流亡到河南后，仍潜心经学。后再次流亡，定居于德安孝感。"孝感县令谢宪子者，一见如故，遂馆于其家，日相与讲伊洛程张义理之学，比之在北方时，又益精切矣。"（王磐《大学士窦公神道碑》载《（雍正）畿辅通志》卷一〇七）德安，"宋之季年，……襄、汉之间，人多朴实笃行，崇尚经训"，德安的赵复和砚坚，到北方后都以理学著名，说明这个地区盛行理学。窦默来到这样一个环境，又得到

---

① 苏天爵《元名臣事略》卷八《内翰窦文正公》："上尝谓侍臣曰：'朕访求贤士几三十年，惟得李状元、窦汉卿二人。'又曰：'如窦汉卿之心，姚公茂之才，合而为一，始成完人矣！'"对窦默非常器重。

谢宪子的重视，治学亦以理学为本。

窝阔台汗七年（1235），太子阔端南伐，诏姚枢跟从杨惟中即军中求儒、道、释、医、卜者。八年（1236），蒙古军攻破德安，"河南既下，中书杨君（杨惟中）奉朝命招集释、道、儒士，公应募北归，至大名，寻返乡里，以经术教授邑人，病者来谒，无分贫富贵贱，视之如一，针石所加，应手良也。久之，道誉益著"（苏天爵《元名臣事略》卷八《内翰窦文正公》）①。窦默侥幸从战乱中免于一死，回到故乡大名隐居。窦默精通医术，他曾跟随岳父清流医者王氏习医，后逃难到蔡州时，又遇儒医李浩，授以铜人针法，于是，窦默医术大为长进。在大名，他开馆授徒，逐渐以经术和医术闻名乡里。

窦默回乡之后，便和许衡、姚枢建立了比较密切的联系。"隐于大名，与姚枢、许衡朝暮讲习，至忘寝食。继还肥乡，以经术教授，由是知名。"（王磐《大学士窦公神道碑》《（雍正）畿辅通志》卷一〇七）他们由于理学的共同志趣而相知。窦、姚二人何时认识，没有明确记载。很可能，姚枢随杨惟中去德安时就认识了窦默。许衡是河内（今河南沁阳）人，金亡后，曾一度"隐居大名"。"国家既有河朔，遣官分道以试选士，中者得占籍为儒……既中选，留魏三年，自挽鹿车，载书还河内"，"闻河内政虐，还止苏门"，"在魏友窦默，苏门友姚枢，相与论辩，探幽析微，诣者慑伏"。②大名即今河北大名县，魏即今河北魏县。窦默是先到大名，后还肥乡的。两人可能先在大名相识，后来分居魏县和肥乡，但两地相近，可以时常交往。苏门即辉州之苏门山。姚枢自德安北还后，在

---

① （元）苏天爵辑撰：《元朝名臣事略》卷八，姚景安点校，中华书局1996年版。

② （元）许衡：《鲁斋遗书》卷一三，北京图书馆古籍珍本丛刊，影印明万历二十四年（1596）刻本。

蒙古燕京行省任职，后因不满行省首脑的作为，弃官迁居辉州。许衡到苏门后才与姚枢往来。窦默和许衡、姚枢"相与论辩，探幽析微，诣者慑伏，凡伊洛性理之书及程子《易传》、朱子《语孟集注》、《中庸章句》、《大学章句》、《或问》、《小学》等书，言与心会。"① 逐渐成为北方的理学家。

贵由汗二年（1247），李德辉被召入金莲川藩府，之后，窦默由他推荐也入侍忽必烈潜邸。忽必烈在潜邸，"闻其贤"遣使召之，是在海迷失后元年（1249）。② 据《元史》本传载：

> 世祖在潜邸，遣召之，默变姓名以自晦。使者俾其友人往见，而微服踵其后，默不得已，乃拜命。既至，问以治道，默首以三纲五常为对。世祖曰："人道之端，孰大于此。失此，则无以立于世矣。"默又言："帝王之道，在诚意正心，心既正，则朝廷远近莫敢不一于正。"一日凡三召与语，奏对皆称旨，自是敬待加礼，不令暂去左右。世祖问今之明治道者，默荐姚枢，即召用之。俄命皇子真金从默学，赐以玉带钩，谕之曰："此金内府故物，汝老人，佩服为宜，且使我子见之如见我也。"久之，请南还，命大名、顺德各给田宅，有司岁具衣物以为常。③

窦默因声名远播而被征召，起初，他并不愿意出仕，也许经历了两次家破人亡的惨痛，使他不愿为蒙古政权服务，因而，他四处

---

① （元）欧阳玄：《神道碑》，载《许衡集》，东方出版社2007年版，第288页。
② 据姚燧《中书左丞李忠宣公行状》载："岁丁未，用故太傅刘文贞公秉忠荐，征至潜藩，俾侍今皇太子讲读。荐故翰林侍读学士窦默、故宣抚司参议智迁贤皆就征。"可知，1247年李德辉被召之后，推荐了窦默、智迁两人。又据苏天爵《内翰窦文正公》（《元名臣事略》卷八）载，世祖在潜邸，闻窦默之名，遣使召之，是在己酉年（1249），因而，窦默和智迁两人入藩的时间应在这一年。
③ （明）宋濂等：《元史》，中华书局1976年版，第3730—3731页。

躲避，在不已的情况下才入侍藩府，到藩府之后，忽必烈，"一日凡三召与语，奏对皆称旨，自是敬待加礼，不令暂去左右"，让窦默很是感动，在这种情况下，他向忽必烈推荐了精明能干有治世良才的好友姚枢。

此次觐见，忽必烈向窦默询问治国之良策，窦默以儒家伦理道德、三纲五常来答复，并指出："帝王之道，在诚意正心，心既正，则朝廷远近莫敢不一于正。"窦默的话，得到忽必烈的赞赏，忽必烈对他礼遇有加，命皇子真金从窦默学习。① 自此，窦默成为忽必烈藩府重要儒臣，屡次被征，主要原因是因为窦默精湛的医术。② 窦默为人方正朴实，直言敢谏，在忽必烈即位后重用王文统时，只有窦默上书曰：

> 臣事陛下十有余年，数承顾问，与闻圣训，有以见陛下急于求治，未尝不以利生民安社稷为心。时先帝在上，奸臣擅权，总天下财赋，操执在手，贡进奇货，炫耀纷华，以娱悦上心。其扇结朋党、离间骨肉者，皆此徒也。此徒当路，陛下所以不能尽其初心。救世一念，涵养有年矣。
>
> 今天顺人应，诞登大宝，天下生民，莫不欢忻踊跃，引领盛治。然平治天下，必用正人端士，唇吻小人一时功利之说，必不能定立国家基本，为子孙久远之计。其卖利献勤、乞怜取宠者，使不得行其志，斯可矣。若夫钩距揣摩，以利害惊动人主之意者，无他，意在摈斥诸贤，独执政柄耳，此苏、张之流也，惟陛下察之。伏望别选公明有道之士，授以重任，则天下

---

① 《元史》卷一一五《裕宗传》："（裕宗）少从姚枢、窦默受《孝经》，及终卷，世祖大悦，设食飨枢等。"

② 许衡《鲁斋遗书》卷一三《附录·考岁略》："时窦默子声以针术得名，累被朝廷征访。"

幸甚。①

窦默直言进谏，情词恳切。而且他还面斥文统曰："此人学术不正，久居相位，必祸天下。"像这种率直耿贞的性格，很难见到，因而在李璮之乱发生后，忽必烈马上想起已经谢病归乡的直言敢谏的窦默，"召还，赐第京师，命有司月给廪禄，国有大政，辄以访之"。

至元十七年（1280），窦默去世，享年八十五，后累赠太师，封魏国公，谥文正。窦默生前身后均赢得了很高的地位和声望，忽必烈曾对近侍言："朕求贤三十年，惟得窦汉卿及李俊民二人。"又曰："如窦汉卿之心，姚公茂之才，合而为一，斯可谓全人矣。"②这不仅是因为窦默能直言进谏，对忽必烈一片忠心，而且因为他高超的医术和理学上的造诣。

（四）大贤智迁

智迁，字仲可，洛阳人，生卒年不详。年轻时，因兵祸战乱，曾与窦默一起流落汉上。窝阔台汗八年（1236），杨惟中奉旨召集儒、道、释之士，智迁与窦默一同北归，回乡后，过着隐居生活，"深明易学，屏居一室，焚香鼓琴，世务纷华，翛然不足以动其心"③。忽必烈在潜邸，"闻其名"，遣使召之，是在海迷失后元年（1249）④，智迁和窦默同时被召入潜邸。进入藩府后，智迁曾向忽

---

① （明）宋濂等：《元史》，中华书局 1976 年版，第 3731 页。
② 同上书，第 3732 页。
③ （元）苏天爵：《题诸公与智参议先生书启》，《滋溪文稿》卷三〇，《景印文渊阁四库全书》第 1214 册，台湾商务印书馆 1985 年版。
④ 姚燧《中书左丞李忠宣公行状》："岁丁未，用故太傅刘文贞公秉忠荐，征至潜藩，俾侍今皇太子讲读。荐故翰林侍读学士窦默、故宣抚司参议智迁贤，皆就征。"可知，在 1247 年李德辉被召之后，由他推荐了窦默、智迁两人。又据苏天爵《内翰窦文正公》（《元名臣事略》卷八）载，世祖在潜邸，闻窦默之名，遣使召之，是在己酉年（1249），因而，窦默和智迁两人入藩的时间应在这一年。

必烈陈述王道。据苏天爵记载："上问：'方今有如周公者乎？'先生对曰：'主上身其道，迹其事，心其心，非周公而何是？'"这是典型的儒士言行。

蒙哥汗三年（1253），忽必烈受封京兆，廉希宪、商挺等人宣抚京兆，廉希宪"荐智仲可参综府事"，"会廉公希宪、商公挺开阃宣抚，辟先生参议其幕，立经陈纪，兴利除弊，画赞为多。暇则讲说经训，以道义相切劘。官虽僚属，谊同师友"。（《元史》卷一二六《廉希宪传》）智迁在任上，不仅"立经陈纪，兴利除弊，画赞为多"，而且暇时与号称"廉孟子"的廉希宪及商挺谈书论道，讲说经训。在这一段时日，智迁生活得充实而惬意。① 后请致仕，"久之，请致其事，世皇不忍其去，赐田宅，俾家于秦"。忽必烈对他礼遇有加，赏赐颇厚，不过，智迁并未在元代立国之后出仕，退老于秦，"日以琴书自娱，不复仕，终其身"。

智迁为人方正、品格高尚，据载，有如下几件事尤其让人佩服：其一，智迁致仕回家，（忽必烈）"赐田宅，俾家于秦，仍岁赐银三笏，为养老资，先生辞之不可，止取其一"；其二，"尝有盗夜入其室，裂其帛在杼柚者以去。家人欲闻之官，先生止之曰：'此必闾里细民之贫者也，官若捕之，能无扰及善良，伤吾乡邻故旧之情乎！'盗闻愧之，复还其帛。时人以先生能化盗为善"②；其三，"少与兄相失兵间，后知兄居真定，既老，犹屡省之。兄亡，载其

---

① 元明善《平章政事廉文正王神道碑》："（廉希宪）为京兆宣抚使关中时，……荐大儒许公衡提举儒学，辟智仲可参综府事，扁所居堂曰'止善'，公退即与诸儒讲求事君立身大义，评品古今人物是非得失，焚香鼓琴，夜分乃息。"且元好问有题画诗《智仲可月下弹琴图》曰："莫春舞雩鼓瑟希，琴语解吐胸中奇。谁言手挥七弦易，大笑虎头真绝痴。北风萧萧路何永，流波汤汤君自知。三尺丝桐尽堪老，儿童休讶鹤书迟。"（《元遗山诗集笺注》卷四）可以想见智迁的风采。因而推知智迁在京兆府过了一段快乐而充实的日子。

② 《芸庵类稿》卷五有题画诗《智仲可化盗图》："有德由来必有邻，得齐潜得感人深。不劳渠听甘棠讼，解使偷儿自革心。"

丧还葬于洛,世共高其行义"。只可惜,智迁诗文今已不传,无从窥见其文采。

(五) 以忠义留名青史的郝经

郝经是怀卫理学家群中文学成就最突出的一个。郝经(1223—1275),字伯常。其先潞州人,徙泽州之陵川(今属山西)。郝经出身于儒学世家①,是典型的早慧儿童②,又极为好学。金亡后,窝阔台汗六年(1234),郝经与父郝思温北渡,徙居保州。家贫好学,曾于铁佛寺苦读五年。郝经聪颖敏捷、素有大志,他夜以继日,勤学苦读,常常是衣冠不解而通宵达旦。1243年,馆于顺天守帅贾辅、张柔家,教授其诸子,两家藏书皆万卷,郝经得以博览二家藏书。③ 郝经的成就是以超常的勤奋获得的,他既具天才,又能刻苦。

郝经在顺天保州张柔帅府这一时期,不仅学问精进,而且声名渐著,"海内名诸侯闻伯常之风者,莫不饬使介走书币,庶几屈为宾友"。他并非不出仕,而是在等待时机。蒙哥汗五年(1255)九到十月,忽必烈连续遣使征召郝经,苟仲道《翰林侍读学士国信使郝公行状》载:"壬子,上以皇太弟开府金莲川,征天下名士而用之,故府下诸公累荐公于上。乙卯秋九月,上遣使召公,不起。十月,召使复至。"对第一次征召,郝经并未应召而至。不过他写下了洋洋两千字的《河东罪言》,《陵川

---

① 郝经《铁佛寺读书堂记》言:"郝氏始自太原,迁泽潞,复迁许洛,复再迁于燕赵之交,治经业儒者六世,百有余年。"可知其出身儒学世家。

② 据《元史》卷一五七《郝经传》载:"金末,父思温辟地河南之鲁山。河南乱,居民匿窖中,乱兵以火熏灼之,民多死,经母许亦死。经以蜜和寒齑汁,决母齿饮之,即苏。时经九岁,人皆异之。"郝经幼年,正逢狼烟四起,兵祸连年,郝经一家也因战乱而不断迁徙流荡,先后避乱于河南鲁山、河北保州、顺天等地。其母因避乱兵藏身于地窖,遭乱兵火燎烟熏而险些丧生,郝经当时只是一个九岁的孩童,却能在战乱之中,处乱不惊,以蜜和寒齑汁救活其母,确实智勇不凡。

③ 郝经在《万卷楼记》记述了他得以遍览群书的贾辅藏书楼。

集》卷三二《河东罪言》末曰:"此非布衣所当言,干冒鈇钺,仅附使者以闻。"① 自称布衣,或作于谒见之初。郝经博览群书,但他并非死读书的一介书生,他自己曾深受战乱颠沛之苦,看到百姓遭受蒙古官僚压迫而流离失所的悲惨景象,便向忽必烈上书,以唤起忽必烈对下情的重视,在文中,他写道:"国家光有天下五十余年,包括绵长亘数万里,尺棰所及,莫不臣服,惜乎纲纪未尽立,法度未尽举,治道未尽行,天之所与者未尽应,人之所望者未尽允也。比年以来,关右、河南,北之河朔,少见治具,而河朔之不治者,河东、河阳为尤甚。"言辞激越,指出汉地久未治理,尤其是自己故乡河东地区,本来是"帝王之都邑,豪杰之渊薮,礼乐之风土,富豪之人民",因为蒙古贵族和地方胥吏"搒掠械系""殊求无艺",现如今变成"荒空芜没,尽为穷山饿水,而人自相食,始则视诸道为独尊,乃今困弊之最也!"他还提出"轻敛薄赋以养民力,简静不繁以安民心,省官吏以去冗食,清刑罚以布爱利,明赏罚以奠黜陟,设学校以励风俗,敦节义以立廉耻"等数条对策。郝经论政,不为纸上空谈,其治国之韬略,很有独到之处。显然,郝经的奏议触动了忽必烈。

十月,忽必烈再次遣使征召郝经入见。这次,郝经深受感动,他感到自己的才学终于有了用武之地,不再犹豫,决定北上觐见忽必烈。

蒙哥汗六年(1256)正月,郝经受召北上,见忽必烈于沙陀,条陈经国安民之道及民间利病数十事,据苟仲道《行状》记:"上问以帝王当行之事,公援引二帝三王治道以对……上复问当今急务,公举天下蠹民害政之尤者十一条上之,切中时弊,

---

① (元)郝经:《郝文忠公陵川文集》卷三二,北京图书馆古籍珍本丛刊,影印明正德二年(1507)李翰刻本。

上皆以为善。虽不能即用，至中统后，凡更张制度，用公言十六七。"卢挚《神道碑》也载："既奉清问，上稽唐虞，下逮汤武，所以仁义天下者，缓颊以谈，粲若所陈也。帝喜踰所闻，凝听忘倦。"郝经赢得了忽必烈的赏识和器重，留于藩府。蒙哥汗八年（1258）为藩府侍从，忽必烈赐第怀州，赐田河阳。《陵川集》卷三三《殷烈祖庙碑》对此有所记载："岁戊午，诏以怀、河阳为今上汤沐邑，于是经在藩府，得赐第怀，赐田河阳。"郝经在使宋之前，连续上奏疏，有《思治论》《便宜新政》《立政议》《班师议》等，纵论古今，指陈时弊，极有深度，可谓经世致用之文。如《立政议》中所言：

> 自金源以来，纲纪礼义，文物典章，皆已坠没，其绪余土苴，万亿之能一存，若不大为振澡，与天下更始，以国朝之成法，援唐宋之故典，参辽金之遗制，设官分职，立政安民，成一王法，是亦因仍苟且，终于不可为，使天下后世以为无志于天下，历代纲纪典制至今而尽，前无以贻谋，后无以取法，坏天地之元气，愚生民之耳目，后世之人因以窃笑而非之，痛惜而叹惋也。
>
> 昔元魏始有代地，便参用汉法，至孝文迁都洛阳，一以汉法为政，典章文物，灿然与前代比隆，天下至今称为贤君，王通修《元经》，即与为正统，是可以为鉴也。金源氏起东北小夷，部曲数百人，渡鸭绿，取黄龙，便建位号，一用辽、宋制度，取二国名士，置之近要，使藻饰王化，号"十学士"。至世宗，与宋定盟，内外无事，天下晏然，法制修明，风俗完厚。真德秀谓"金源氏典章法度在元魏右"，天下亦至今称为贤君。燕都故老语及先皇者，必为流涕，其德泽在人之深如此，是又可以为鉴也。

今有汉、唐之地而加大，有汉、唐之民而加多，虽不能便如汉、唐，为元魏、金源之治亦可也。恭惟皇帝陛下，睿禀仁慈，天锡智勇，喜衣冠，崇礼让，爱养中国，有志于为治，而为豪杰所归，生民所望久矣。但断然有为，存典章，立纲纪，以安天下之器，不为苟且一时之计，奋扬乾纲，应天革命，进退黜陟，使各厌伏，天下不劳而治也。今自践阼以来，下明诏，蠲苛烦，立新政，去旧污，登进茂异，举用老成，缘饰以文，附会汉法，敛江上之兵，先输平之使，一视以仁，兼爱两国，天下颙颙，莫不思见德化之盛、至治之美也。但恐害民馀孽，扳附奸邪，更相援引，比次以进，若不辨之于早，犹夫前日也。以有为之姿，据有为之位，乘有为之势，而不为有为之事，与前代英主比隆，陛下亦必愧怍而不为。

可谓有理有据，郝经之文，既长于说理，又长于论事，从古至今，援引元魏、金代之治，深入浅出，讲明道理，要忽必烈"下明诏，蠲苛烦，立新政，去旧污，登进茂异，举用老成缘饰以文，附会汉法"，成就一代盛世，建立一个多民族一体化国家，既不抛弃蒙古游牧民族文明的结晶——"国朝之成法"，也要"援唐宋之故典"，这些中原王朝历代积累的农耕文明的治国经验，还要"参辽金之遗制"，唐以后长城南北游牧民族文化变迁的重要成果，而成一代之王法。气势雄直，指事析理，切中要害。郝经的建言大都事关紧要，切合实际，也正因为此，他的一系列建议在中统后几年大多得以实施，也可看到其言行对忽必烈的影响。正如卢挚所言："条数十余事，皆援据古义，剀切时病。及践阼更化，用公之言居多。"（《神道碑》）

1260年忽必烈在开平登基，建元中统。

郝经踌躇满志，准备有一番作为之时，忽必烈决定派他为国信使,以翰林侍读学士的身份,佩金虎符出使南宋。而当时出使南宋并非一件易事,郝经出使南宋,虽是"出自圣意",而实则因为"时经有重名,平章王文统忌之"①。王文统想借郝经使宋之机除掉他,王文统的女婿李璮故意"潜师侵宋",挑起与南宋的矛盾,目的是"欲假手害经"。当时郝经有病在身,有人曾劝他"称疾勿行",他可以借故不去,但郝经胸怀坦荡,毅然将个人安危置之度外,"自南北构难,江淮遗黎,弱者被俘贿,壮者死原野,兵连祸结,斯亦久矣"(阎复《郝经行状》)。他说:"吾学道三十余年竟无大益于世,今天下困弊已极,幸而天诱其衷,主上有意息兵,是社稷之福也。倘乘几挈会,得解两国之斗,活亿万生灵,吾学为有用矣。"(苟宗道《行状》)出使南宋,"告即位且定和议"。

郝经怀着弭兵靖乱的满腔热情使宋,却断然没有料到命运给他一个严峻的考验,由于宋相贾似道的阴谋,他被拘于真州,历时十六年,五千七百余日。虽然他对于自己的悲剧命运早有准备,"一入宋境,死生进退,听其在彼;守节不屈,尽其在我。岂能不忠不义,以辱中州士大夫乎!"(苏天爵《元朝名臣事略》卷一五《元国信使郝文忠公》)②但拘囚的日子是漫长而悲凉的,他写道:"事梗而无成,介左叛而无与,馆吏绝而无交,骨肉远而无亲,仆御逃而无俦,仰视榱栋,块坐屋漏,所偶皆丧",真可谓凄凉之极!他只能"三食一寝,日用之事,惟是凝尘危坐,爇香读《易》而已"。③这对郝经来说,是一个人生的悲剧,他空有经世致用之才,

---

① (明)宋濂等:《元史》,中华书局1976年版,第3708页。

② (元)苏天爵辑撰:《元朝名臣事略》卷一五,姚景安点校,中华书局1996年版。

③ (元)郝经:《密斋记》,《郝文忠公陵川文集》卷二六,北京图书馆古籍珍本丛刊,影印明正德二年(1507)李瀚刻本。

本来在政事上可以有一番作为，却无用武之地，空怀救民于水火的抱负，却难脱被拘囚的命运。

至元十一年（1274）六月，忽必烈以南宋拘押国信使郝经等为由，正式昭告天下，发兵灭宋。至元十二年（1275）二月，元军攻占建康（今南京）。宋相贾似道惶恐万分，连忙派人将郝经等人送归元。至此，郝经已经被拘留真州长达十六年之久，人已经是龙钟皓首，十几年的拘囚生活，使郝经身体状况很差，路上不幸染病，忽必烈"敕枢密院及尚医近侍迎劳，所过父老瞻望流涕"。第二年夏，到大都，忽必烈又厚予赏赍，"锡燕大庭，咨以政事"。但十六年的拘囚生活和精神折磨，使郝经身心都受到了很大的伤害，秋七月，病逝，终年五十三岁，谥文忠。朱熹说，一般的人，"一旦临利害得丧，死生祸福之际，鲜有不颠沛错乱，震惧陨越而失其守者，况望其立大节、弭大变，撑住乾坤，昭洗日月乎？"（罗大经《鹤林玉露》）郝经能十六年不变其节，以忠义之士留名青史，确实让人敬佩。

在这十六年的时间里，郝经只有把精力投入到著书立说，吟诗写文中，以排遣寂寞漫长的日子，因而元初政坛少了一位良臣，却造就了元初学术和文坛的一颗巨星。在十多年拘留的日子里，郝经除上书数十万言与宋方交涉外，还撰写有《续后汉书》《易春秋外传》《太极演》《玉衡贞观》《通鉴书法》，编成《原古录》等著作，不下数百卷。郝经一生著述颇丰，多不传，今存《续后汉书》九十卷及《陵川集》三十九卷。

二 为学驳杂的邢州学派

邢州学派主要有刘秉忠、张文谦、张易、王恂、刘秉恕、赵秉温等人以刘秉忠为首。刘秉忠是较早进入忽必烈潜邸的文人，从乃马真后元年（1242）开始留于潜邸，成为忽必烈潜邸的重要谋士，深得忽必烈信任，王磐曾说："圣天子邂逅一见即挽而留之，待以心腹，契如鱼水，深谋秘画，虽耆宿贵近而不得与闻者，悉与公参决焉。"① 刘秉忠为忽必烈推荐了许多可用之才，"燕闲之际，每承顾问，辄推荐南州人物可备器使者，宜见录用。由是弓旌之所召，蒲轮之所迓，耆宿硕德，奇才异能之士，茅拔茹连，至无虚月，逮今三十年间，扬历朝省，班布郡县，赞维新之化，成治安之功者，皆公平昔推荐之余也"②。忽必烈继位之前，由他推荐了一批以邢州籍为主的幕府侍臣，大多是他的同学、学生，有张文谦、王恂、刘秉恕、张易、赵秉温等人，他们在学术上有着相似或相同之处，是为邢州学派。

邢州学派不同于其他学派的突出特点是：他们大多为学驳杂，注重自然科学特别是实用科学的研究，而不是纯粹研究儒学。比如刘秉忠，学兼儒、释、道，"通晓音律，精算数，仰观占候、六壬、遁甲、《易经》象数、邵氏《皇极》之书，靡不周知"。张文谦也是"蚤从秉忠，洞研术数"。刘秉忠的同学张易、张文谦，以及刘秉忠的学生王恂，其学问也和他相去不远，都对自然科学有相当研究，后来修《授时历》，张易、王恂皆主领此事，说明他们在数学、天文方面造诣是很深的。

邢州学派在儒学上的造诣也颇深。刘秉忠融合儒释道三家，在忽必烈潜邸期间，闲暇时间仍然"读《四书》，穷《易道》，讲明圣人心学之妙，无不该贯"③。张文谦，博学多才，精通儒学，二十三岁时应戊戌儒士选，中选，得免本户徭役之差④，进入忽必烈潜

---

① （元）王磐：《文贞刘公神道碑铭》，刘秉忠《藏春集》卷六附录，北京图书馆古籍珍本丛刊，影印明天顺五年（1461）刻本。

② 同上。

③ （元）刘秉忠：《藏春集》卷六附录，北京图书馆古籍珍本丛刊，影印明天顺五年（1461）刻本。

④ 李修生主编：《全元文》第9册，江苏古籍出版社1998年版，第101页。

邸之后，和许衡交好，笃志于义理之学①。王恂，在为太子伴读时，他"每侍左右，必发明三纲五常，为学之道，及历代治忽兴亡之所以然"②。苏天爵《元朝名臣事略》卷九《太史王文肃公》一文中曾这样评价："公以正道经术辅翊裕宗，有古师傅之谊。"可知，其儒学素养颇深。

再者，邢州学派受佛教思想影响颇深。这主要是因为金元之际，邢州佛教兴盛。邢州规模最大的佛寺是开元寺（位于今邢台市东围城路北段路西），开元寺在唐、五代、宋金时即已享有盛名，当时著名的寺院还有天宁寺、净土寺等。当时，邢州名僧和出家为僧的名人甚多，如万松行秀，河内（今河南）人，曾为邢州净土寺主持，筑万松轩自适，因而有万松之号，融和佛、道、儒三家思想，著述甚多。元初重臣耶律楚材从万松行秀参禅三年，法号湛然居士。邢州学派中人不同程度地受到佛教思想的影响。其中，刘秉忠自不必说，他曾在天宁寺出家，后又到云中南堂寺为僧，直到入侍金莲川藩府。他是披着袈裟进入忽必烈藩府的，自1242年至世祖中统五年（1264），刘秉忠以僧人的身份随侍忽必烈达二十二年之久。邢州学派的另一个成员张易也曾出家为僧。

邢州学派不仅精通儒学，而且还注重实用科学的研究，他们不是空谈性理的儒生，对元初百废待兴的局面，他们大多有一套切实可行的办法，这对元初统治者来说③，无疑是雪中送

---

① 苏天爵《元朝名臣事略》卷八《左丞许文正公》："中书左丞张公仲谦由大名宣抚复入中书，好善最笃，自初见先生屡请执弟子礼，先生拒之，而止一时贤俊多所荐拔，凡中原士夫颇依赖之，而公亦以复古进贤为己任。每先生进退之际，必往返导达上意，挽之留之。"

② （明）宋濂等：《元史》，中华书局1976年版，第3844页。

③ 忽必烈曾问赵良弼："高丽小国，匠人、棋人皆胜汉人，至于儒人通经书，学孔孟；汉人只是课赋吟诗，将何用？"（苏天爵《元朝名臣事略》卷一一《枢密赵文正公》）通过忽必烈同赵良弼的谈话，可知忽必烈对空谈孔孟的儒生并不满意。

炭，求之不得的，因而无不受到忽必烈的重用。刘秉忠追随忽必烈三十余年，"以天下为己任，事无巨细，凡有关于国家大体者，知无不言，言无不听，帝宠任愈隆"。忽必烈谈起刘秉忠，曾说："其阴阳术数之精，占事知来，若合符契，惟朕知之，他人莫得闻也"。忽必烈信赖刘秉忠，对刘秉忠推荐的人也加以重用，邢州学派大多成员是通过刘秉忠的推荐而进入忽必烈金莲川藩府的。

（一）释子与佐命之臣刘秉忠

刘秉忠是较早进入忽必烈潜邸的文人。刘秉忠（1216—1274），邢州（今河北邢台）人。初名侃，字仲晦，后出家为僧，法名子聪，号藏春散人。刘秉忠生而风骨秀异，志气英爽不羁，博学多才艺。乃马真后元年（1242），印简大师海云受忽必烈之召请，带刘秉忠来到和林。因刘秉忠"应对称旨，屡承顾问"，又"天文、地理、律历、三式六壬遁甲之属，无不精通"，"论天下事如指诸掌"①，所以深得忽必烈喜爱，留于潜邸，日见信用，成为忽必烈潜邸的重要谋士。在忽必烈身边，他以"聪书记"僧人身份，谋划军政机要二十多年。至元元年（1264），忽必烈令其还俗，复刘姓，赐名秉忠，授光禄大夫，位太保，参领中书省事，成为忽必烈的佐命之臣。

刘秉忠自幼卓荦不凡，据同乡好友张文谦记载："生而秀异，丰骨不凡，在嬉戏中，便为群儿所推长，或举之为帅，或拜之为师，居然受之不疑，随即教令挥斥之，性刚而有断，非理不屈于人。"②他幼时的行事风格，大有将帅之才。果然，在八岁上学之

---

① （明）宋濂等：《元史》，中华书局1976年版，第3588页。
② （元）张文谦：《文贞刘公行状》，刘秉忠《藏春集》卷六附录，北京图书馆古籍珍本丛刊，影印明天顺五年（1461）刻本。

初，他便崭露了才气与灵性，"日诵数百言"①，让所有同学都佩服不已。十三岁时，因为父亲刘润任顺德路录事，便被送到邢州都元帅府做质子（即人质），当时蒙古族统治者为了防止下属背叛，往往要求诸王公贵族送一个儿子到他身边当人质，汉人官吏也是如此行事。刘秉忠进到帅府，得到了邢州都元帅的赏识，"元帅一见即云：'此儿骨格非常，他日必贵。'命僚佐教之文艺，不使列质子班，置之幕司。公遂立志为学，诗文字书，与日俱进，同辈生莫得窥其涯际也"②。到邢州都元帅府做质子并没有耽误刘秉忠的学业。窝阔台汗四年（1232），正值青春少年而且一表人才的刘秉忠，以他的才学和人品赢得了节度使赵公的青睐，年仅十七岁的刘秉忠被招致节度使赵公幕下，为邢州节度使府令史。刘秉忠的父亲刘润只不过是一个下级官吏，在当时科举制已经废置不行的情况下，刘秉忠能谋到这样一个职位，也算不错。刘秉忠在令史任上干得相当出色，人称他"干敏修洁，诸老吏咸服其能"③。令史的收入虽不是很多，但秉忠还是他一贯的性格，"好贤乐善，而居常裕如也"④。窝阔台汗八年（1236），刘秉忠的母亲马氏离世，他对母亲很有感情，为母守孝三年，据载："丁母忧，毁瘠骨立，恒衣一绵裘，昼夜不解带三年。"

窝阔台汗十年（1238）春，风华正茂，才华横溢二十三岁的刘秉忠，不安于令史这种每日抄写记录的平淡生活了，且他素有大志，英爽豪放，常常为不得志而郁闷不乐。一日，终因案牍事不惬

---

① （元）徒单公履：《故光禄大夫太保刘公墓志铭》，刘秉忠《藏春集》卷六附录，北京图书馆古籍珍本丛刊，影印明天顺五年（1461）刻本。
② 同上。
③ （元）王磐：《文贞刘公神道碑铭》，刘秉忠《藏春集》卷六附录，北京图书馆古籍珍本丛刊，影印明天顺五年（1461）刻本。
④ （元）张文谦：《文贞刘公行状》，刘秉忠《藏春集》卷六附录，北京图书馆古籍珍本丛刊，影印明天顺五年（1461）刻本。

意，投笔感叹道，"吾家奕世衣冠，今吾乃汩没为刀笔吏乎！丈夫不得志于世间，当求出世间事耳"，弃令史，避世隐居于武安之清化（今河北邢台市西南太行山的一部分），后迁紫金山滴水涧，与全真道士居。全真道，是当时北方地区势力最强盛的道教派别之一。刘秉忠隐居武安山之时，正值全真道的盛期。与全真道士相处的一段时日，很大地影响了刘秉忠的生活和思想，虽然紫金山滴水涧风景秀异，地貌旖旎，山高、林密、水秀、谷幽，但受全真道教的影响，秉忠"苦形骸，甘淡泊，宅心物外"①，草衣木食，读书隐居。后来自号藏春散人，甚至连他自己的文集也名为《藏春集》，即取清净无为、功成身退之意。

当时，金末元初的名僧虚照禅师（虚照宏明，1195—1252）应邢州帅府诸公之请，主持清化天宁寺。虚照禅师本是辽州榆社（今属山西）人，俗姓申。法号宏明，自号虚照，1214 年出家于太原玉山寺之后，先后从枝足、仙岩二位高僧参学。

虚照禅师闻知刘秉忠之事，"奇其行高而节苦"，派遣弟子颜仲复将其招致门下，在邢州天宁寺落发为僧，法名子聪②，并任命他为掌书记。从此，刘秉忠正式皈依佛门。当年秋天，邢州遭遇蝗灾，民众乏食，刘秉忠随虚照禅师逃荒到云中（今山西大同），住进南堂寺。第二年，邢州粮食丰收，虚照禅师返还邢州，刘秉忠没随虚照返回邢台，继续留在云中讲习天文、阴阳及卜筮方术"三式"等学。无论是隐居还是出家，对刘秉忠来说都不过是创造一个读书深造和静待机遇的良好环境。他在

---

① （明）宋濂等：《元史》，中华书局 1976 年版，第 3689 页。
② "故太保刘文贞公，长师一岁，少时相好也。刘公厌世，故思学道。师劝之为僧，同参西京宝胜明公，既而为世祖知遇，侍帷幄，为谋臣。"（虞集：《佛国普安大禅师（至温）塔铭》，《虞集全集》，王颋点校，天津古籍出版社 2007 年版，第 989 页）可知刘秉忠初时想学道，大约曾受到幼时好友，现已为僧人的至温相劝，才有进入佛门的心思。

寺中勤奋地博览群书，无所不读，天文、地理、律历、佛经以及三式六壬遁甲之术，亦无所不通，也对《易》及邵雍《皇极经世书》颇有研究。①

光阴似箭，岁月荏苒，不觉已过去了三四年。刘秉忠的学识精进，才艺超群，阅历广博，声名渐著。他出家隐居，先与全真道士居，对道教有一定的研究；后又入寺为僧，对佛教禅宗更是精通；加之他原有的儒家文化功底，二十多岁的青年，便成为贯通儒、释、道三家思想的学者，就如徐世隆为其所撰的《祭文》所说："初冠章甫，潜心孔氏，又学保真，复参临济。其藏无尽，其境无涯，凿开三室，混为一家。"

乃马真后元年（1242），忽必烈请印简大师海云赴漠北（当时忽必烈在和林）帐下，问佛法大意。

印简（1202—1257），号海云，山西岚谷宁远（属金岢岚州，在今山西五寨北）人，是北方佛教临济宗的领袖，德高望重，和蒙古上层有过许多交往。当印简大师此次被忽必烈相召，路过云中时见到了二十七岁的刘秉忠，"闻公博学，多艺能，求相见。既见，约公俱行。公不可，海云固要之，不得已遂行"。海云大师很是赏识刘秉忠的才能，坚持请他担任身边侍者，随他一块儿到和林谒见忽必烈。而当时刘秉忠的藩府之行，并不是主动地、心甘情愿地，是因为师长相约，不得已而行。这也有他的道理，虽然刘秉忠曾经做过邢州节度使府令史，和蒙古人也打过交道，但和蒙古上层并无接触，而且对忽必烈这位当时尚无多大影响的蒙古亲王也无从了解，不知道他到底是个什么样的人。所以对这次和林之行，刘秉忠犹豫不定，抱着试试看的态度。没想到这次行不由己的觐见竟成了刘秉忠一生的转折点。刘秉忠以他的博学和机敏，很快赢得了忽必

---

① 据《元史·刘秉忠传》记载："秉忠于书无所不读，尤邃于《易》及邵氏《经世书》，至于天文、地理、律历、三式六壬遁甲之属，无不精通。"

烈的喜爱。

1243年，当印简大师决定南还时，刘秉忠没有坚持再回到他度过了将近四年光景的寺院，决定留在忽必烈潜邸，这是刘秉忠一生中最重要的一次抉择，也是他人生道路上第二次选择。从此，他开始以一个佛门弟子的身份留于忽必烈身边，参与谋划军政机要，成为忽必烈潜邸的重要谋士，深得忽必烈厚爱。张文谦说他"顾问之际，遂辟用人之路"①，此后忽必烈"好访问前代帝王事迹"，慕唐太宗为秦王广延四方文学之士，屡次遣使到汉地征聘名士，这与刘秉忠的参谋和推荐大有关系。

刘秉忠初入藩府的几年，蒙古帝国的形势很不妙。1242年，乃马真后称制，皇室内部争夺帝位的斗争日趋激烈。1246年，窝阔台的长子贵由在母后的支持下继蒙古大汗位，但贵由汗在政治上并无多少作为。史载："自壬寅以来，法度不一，内外离心，而太宗之政衰矣。"②而且乃马真后与贵由对术赤后裔和托雷诸子都怀有很深的戒备之心，忽必烈在宗室中的地位尚不足以左右当时的政局，在这种情况下，他不可能有所作为，只能积极罗致人才，为将来的发展准备力量，"岁甲辰，帝在潜邸，思大有为于天下，延藩府旧臣及四方文学之士，问以治道"③。这和刘秉忠、赵璧等早期藩府文臣的辅佐有很大关系。

贵由汗元年（1246）冬，刘秉忠三十一岁时，他的父亲录事公刘润去世，忽必烈对他"温言慰谕"，并赐黄金百两，于次年春天遣使将刘秉忠送回邢州赴丧。

十月，刘秉忠把祖父母及父母葬于邢州之贾村。这一年，刘秉

---

① （元）张文谦：《文贞刘公行状》，刘秉忠《藏春集》卷六附录，北京图书馆古籍珍本丛刊，影印明天顺五年（1461）刻本。

② （明）宋濂等：《元史》，中华书局1976年版，第40页。

③ 同上书，第57页。

忠向忽必烈推荐了幼时的同学张文谦①，而且他的另一个同学张易也于贵由汗二年（1247）前被刘秉忠引荐到金莲川藩府②，三人一道辅佐忽必烈。

贵由汗三年（1248）春，贵由死于横相乙儿之地。海迷失后称制。拔都召集诸王贵族会议，推举蒙哥为大汗，窝阔台、察合台两系诸王反对。蒙古帝国政局处于微妙变化的时期，帝位极有可能转到托雷一系，忽必烈觉得大有所为的时机到了，冬十二月，派人急忙召回在邢州的刘秉忠，足见对他的倚重。

海迷失后元年（1249）春，刘秉忠回到王府。此次返乡，刘秉忠不仅了解到了中原政治情况，而且也为忽必烈寻访、举荐了几位人才③，除同乡好友张文谦外，还有窦默、李德辉、刘肃，学生王恂等人。

海迷失后二年（1250）夏，他根据在中原两年所了解的情况，向忽必烈呈上"万言策"，正如王磐所言"献书陈时事，所宜者数十条，凡万余言，率皆尊主庇民之事"④，内容广泛，有十几项，综其所言，主要有以下几个方面：（一）应遵循古来相承的"典章、礼乐、法度、三纲五常之教"，使天下久安；（二）国家的急务在比附古例，定百官爵禄仪仗，使家足身贵；（三）安民固本，减少税役，差农官以劝农桑，救济鳏寡孤独；（四）设条定罪、禁止滥杀

---

① 据李谦《中书左丞张公神道碑》载，张文谦"幼聪敏，读书善记诵，自入小学与太保刘公秉忠同研席，年相若，志相得"。这一年张文谦被召，"驿召北上，入见，占对称旨，擢置侍从之列，命司王府教令笺奏，日见信任"。（苏天爵编：《元文类》卷五八，上海古籍出版社1993年版）

② 据白钢在《张易事迹考》一文中考证：张易被刘秉忠援引入忽必烈藩府的时间，当为"岁丁未"，即1247年。

③ 《王恂墓志》："岁己酉（1249），太保刘公自邢北上，取道中山，方求一时之俊。"

④ （元）王磐：《故光禄大夫太保赠太傅仪同三司文贞刘公神道碑并序》，刘秉忠《藏春集》卷二，北京图书馆古籍珍本丛刊，影印明天顺五年（1461）刻本。

无辜;(五)选贤才,开设学校;(六)祭孔尊儒,尊照旧礼祭祀天地神;(七)广开言路,善用人才。

这其中的政策和建议对忽必烈实行汉法,对以后的蒙元帝国政治建设产生了长远的影响。刘秉忠的"万言书"集中吸收了中国古代传统政治文化中重农安民、轻徭薄赋的思想,从政治、经济、科技、文化、教育、法律等诸多方面提出建议。以先进的中原文明为元代统治者制定了立国规模,为元代多民族大一统中央集权制帝国的建立和巩固奠定了基础。忽必烈看后很是赞赏,说:"诚如汝言,天下可不劳而治。"

1251年,经过一番激烈的争夺,帝位终于转到托雷一系,忽必烈的兄长蒙哥登上了蒙古大汗的宝座,他将漠南汉地军国事务交忽必烈全权处理。升邢州为顺德府。邢州,是刘秉忠的故乡,于是他和张文谦联合上书,向忽必烈请求道:"今天下困弊,邢为尤甚,郡数乞官以治,傥从其请,邢民受赐多矣!"[①] 忽必烈听从刘秉忠和张文谦的建议,并经蒙哥准许,1251年,在邢州设立了安抚司,以张耕为邢州安抚使,刘肃为商榷使,李简为副使治理邢州。邢州迅速得到治理,经济恢复了元气。

蒙哥汗四年(1254)秋,刘秉忠跟从忽必烈征大理,张文谦《文贞刘公行状》记载:此次南征"以神武不杀之心所向克捷,算无遗策,其所全活者不可胜数,公夙夜勤劳。以副上意,未尝少怠"[②]。从征云南时,擅长象数之学的刘秉忠不光给忽必烈出谋划策,且利用他的特殊身份屡次谏止忽必烈军队攻陷城池后对百姓的杀戮。蒙哥汗九年(1259)秋,忽必烈军渡江攻打南宋,刘秉忠亦

---

① (元)徒单公履:《故光禄大夫太保刘公墓志铭》,刘秉忠《藏春集》卷六附录,北京图书馆古籍珍本丛刊,影印明天顺五年(1461)刻本。

② (元)张文谦:《文贞刘公行状》,刘秉忠《藏春集》卷六附录,北京图书馆古籍珍本丛刊,影印明天顺五年(1461)刻本。

是"潜赞神机，孜孜匪懈，一如云南之行"（张文谦《故光禄大夫太保赠太傅仪同三司谥文贞刘公行状》）这两次随从忽必烈征战，刘秉忠不仅是忽必烈足智多谋的策士，而且多次劝告忽必烈以"天地好生为德，佛氏以慈悲济物为心，方便救护"，百姓赖以救护，"所全活者不可胜记"（王磐《故光禄大夫太保赠太傅仪同三司文贞刘公神道碑并序》）。

蒙哥汗六年（1256），世祖忽必烈命刘秉忠在桓州东、滦水北的龙岗修建开平城。三年完工，开平城郭北为龙岗，南临滦河，东西都是广阔的草原，背靠起伏的山峦，气势宏伟。此城成为忽必烈的重要政治基地。中统元年（1260）忽必烈在开平即位为汗，并以此为都，至元元年（1264）称开平为上都，称燕京为中都。

中统元年（1260）三月忽必烈即位，接受刘秉忠的建议，建元"中统"。《元史·百官志》记载："世祖即位，登用老成，大新制作，立朝仪，造都邑，遂命刘秉忠、许衡酌古今之宜，定内外之官。其总政务者曰中书省，秉兵柄者曰枢密院，司黜陟者曰御史台。体统既立，其次在内者，则有寺，有监，有卫，有府；在外者，则有行省，有行台，有宣慰司，有廉访司。其牧民者，则曰路，曰府，曰州，曰县。官有常职，位有常员，其长则蒙古人为之，而汉人、南人贰焉。于是一代之制始备，百年之间，子孙有所凭藉矣。"刘秉忠和许衡等参照古今典章制度，设立了中央与地方官。

中统三年（1262）的李璮之乱，对那些积极辅佐忽必烈施行汉法的金莲川藩府汉族谋臣是一个突如其来、意想不到的打击。忽必烈对汉族儒臣开始猜忌和逐渐疏远，但忽必烈对刘秉忠一向信任有加，李璮之乱对刘秉忠并没有多少影响。刘秉忠在忽必烈身边一直是以"聪书记"僧人身份，谋划军政机要二十多年，他遵循着禅宗"佛法中有出世法"，"世与出世不二"的原则，禅宗六祖慧能曾说

"法元在世间，于世出世间，勿离世间上，外求出世间"，佛法不离世间。刘秉忠在力所能及的范围内以儒家的"仁义"和佛教的"慈悲济世"行事，减缓暴政，保护民众，推动蒙古政权吸收汉文化，参与制定制度和典章，发展文教事业，致力于社会稳定和发展。这可能和他淡于功名利禄的人生态度有关，刘秉忠对功业富贵、人生沉浮有超然的感悟，在政治生活上始终是"潇潇洒洒水云乡，扰扰胶胶名利场"（《淡中》）。他有佛家的超尘洒脱，睿智的理性，加之道家清净无为的出世思想，他能以清净之心去考察自然运化、历史变迁和人生沉浮："鞍马生平谈笑间，归来赢得鬓毛斑。红尘只在南窗外，收得身心一榻闲。"（《归来》，《藏春集》卷三）置身红尘名利之外，所以才能长期获得忽必烈的信任，他和忽必烈的关系正如陈基所言："故非世祖之雄略英断，不能以用公；非公之博闻应变，不足以佐世祖。"（《夷白斋稿》卷一二《刘文正公小像赞并序》）

中统五年（1264）八月改元至元。翰林学士承旨王鹗奏请，授光禄大夫，位太保，参领中书省事。制文中称刘秉忠"气刚以直，学富而文，虽晦迹于空门，每潜心于圣道。朕居潜邸，卿实宾僚，侧闻高谊余二十年，出从遐方几数万里"（《拜光禄大夫太保参领中书省事制》）①，褒奖刘秉忠这二十多年的忠勤劳绩。

至元四年（1267）又命刘秉忠在金中都东北筑新城——中都，中都"内跨中原，外控朔漠"，兼有中国农耕、游牧两大经济区的优点。历史上，曾数度作为都城。最早在周武王伐纣后，武王封黄帝之后代（也有说是帝尧之后代）于此，时为蓟国都。在春秋战国时为燕国都。十六国时为前燕慕容氏国都。宋时，与北宋政权并立的北方少数民族政权辽，也建陪都于此地，号南京，也称燕京，是

---

① 载刘秉忠《藏春集》卷六附录，北京图书馆古籍珍本丛刊，影印明天顺五年（1461）刻本。

辽代五京之一。城址的选择和规划主要出自刘秉忠,始建宗庙宫室,然后迁都于此。

至元五年(1268)十月,刘秉忠为避免烦琐事务,辞去参领中书省事,只保留太保的荣衔。六年(1269),奉旨与许衡等议定官制,其后就以此为准,又主持制朝仪,访知礼仪者练习,征召儒生尚文等人,在许衡、徐世隆的帮助下,"稽诸古典,参以时宜",主要参照唐《开元礼》斟酌损益,定为新制,并按他的建议搜访乐师,配备了音乐,又选怯薛士习为执礼员。朝仪既定,忽必烈观礼后十分满意,秉忠又奏立侍仪司掌之,从至元八年(1271)天寿节(世祖生日)开始举行,此后凡即位、元旦、天寿节、诸王及外国使臣朝见、册封、上尊号、祭祀及群臣朝贺等典礼,一律行朝会仪礼。以前太宗即位时耶律楚材曾初行朝仪,但不完善,未能改变蒙古旧俗,至此始为定制。这是对蒙古朝廷制度的一项重要改革。

至元七年(1270),忽必烈听从诸臣之建议,遣礼部侍郎赵秉温礼择翰林侍讲学士窦默贤惠而知书达礼的次女以配五十五岁的秉忠,并赐舍于奉先坊。

至元八年(1271),忽必烈接受刘秉忠建议,取《周易》"大哉乾元"之义,建国号"大元"①,并改中都为大都。十一年(1274)春,在上都附近的南屏山,刘秉忠建有精舍。八月,五十九岁的刘秉忠在此地无疾端坐而逝。

(二)中书左丞张文谦

张文谦(1217—1283),字仲谦,世代居于邢州沙河。其父张

---

① "大哉乾元"一句,为《易传·象》释解《易经》"乾卦"卦辞之语。《九家易》注道:"阳称大,六爻纯阳,故曰'大';乾纯阳,众卦所生,天之象也。观乾之始,以知天德,惟天为大,惟乾则之,故曰'大哉';'元'者,气之始也。"即"盛大无际的乾阳元始之气"。"大元"二字,则为"盛大""元始"之义,可见刘秉忠对元朝的期望之大。

英曾在邢州都元帅府任军资库使,与刘秉忠父刘润是同僚。张文谦和刘秉忠又是幼时的同窗好友,意气相投,"公幼聪敏,读书善记诵,自入小学与太保刘公秉忠同研席,年相若,志相得"①。所以刘秉忠入侍忽必烈潜藩后,便推荐了他,贵由汗二年(1247),张文谦由刘秉忠荐入幕府,"驿召北上,入见,召对称旨,擢置侍从之列,命司王府教令笺奏"②,也就是担任怯薛中办理文书事务的必阇赤,并且是"日见信任"。

张文谦为人稳重务实。年轻时,为谋生计,曾经想学习簿书,熟悉吏事,做一介小吏,但被其父阻止,张文谦说道:"身渐长大,无所效用,仰衣食于父母,心日不安,故勉强为此,今蒙尊诲,敢不敬从。"③ 这话确实吐露了他的心迹,身处乱世,不知将来的出处在哪里,空有大志,学习簿书,只不过是暂时谋生之计。他听从父命而专志于儒学,窝阔台汗十年(1238),二十三岁的张文谦应戊戌儒士选,中选,得免本户徭役之差。

张文谦博学多才,不仅精通儒学,而且还洞究阴阳术数④,后来遇到许衡,和许衡关系非常好,笃志于义理之学。⑤ 文谦"为人刚明简重",他入侍藩府之后,便尽心尽力辅佐忽必烈。他与刘秉忠同为忽必烈藩府亲信侍臣,都以荐举人才和劝谏忽必烈"不可嗜杀"为时人称道。其中一件事,就是邢州的成功治理,让忽必烈充

---

① (元)苏天爵辑撰:《元朝名臣事略》卷七,姚景安点校,中华书局1996年版,第143页。

② 李修生主编:《全元文》第9册,江苏古籍出版社1999年版,第101页。

③ (元)苏天爵辑撰:《元朝名臣事略》,姚景安点校,中华书局1996年版,第143页。

④ 《元史》卷一六○《张文谦传》载:"文谦蚤从刘秉忠,洞究术数。"

⑤ 据《元名臣事略》卷八《左丞许文正公》记载:"中书左丞张公仲谦由大名宣抚复入中书,好善最笃,自初见先生屡请执弟子礼,先生拒之,而止一时贤俊多所荐拔,凡中原士夫颇依赖之,而公亦以复古进贤为己任。每先生进退之际,必往返导达上意,挽之留之。"

分认识到了儒生的重要性。

邢州的治理主要是在刘秉忠和张文谦等邢州籍的幕府谋臣侍从的推动和主持下进行的。邢州，是刘秉忠和张文谦的故乡。1213年，被蒙古军攻破，此后十年中，盗贼充斥，民不聊生。1247年，邢州成为忽必烈的封地①。又据李谦《中书左丞张公神道碑》记载，"会郡人赴诉王府，公（张文谦）与太保（刘秉忠）实为先容，合辞言于世祖……"② 当时刘秉忠和张文谦都在金莲川藩府，邢州在成为忽必烈封邑后，"郡人"邢州沙河县官吕诚和前进士马德谦③，他们"不远万里"北行到漠北，向他们的领主投诉，又通过担任忽必烈王府书记的张文谦和刘秉忠向忽必烈陈诉。张文谦与刘秉忠向忽必烈进言，建议选官治理邢州，并以邢州为试点，以取得治理天下的经验。因为邢州当驿路要冲，又是刘秉忠和张文谦等潜邸谋臣侍从的家乡，他们一来很关心故里的状况，二来也较熟悉邢州的情况，所以他们向忽必烈举荐了三位儒士，刘肃、张耕、李简。在邢州设立了安抚司，以张耕为邢州安抚使，刘肃为商榷使，李简为副使治理邢州。邢州在刘肃、张耕、李简等人的努力下，农业生产很快恢复，秩序安定，不到一年，人口增加十倍，邢州迅速得到治

---

① 因为"邢州当要冲，初分二千户为勋臣食邑，岁遣人监领，皆不知抚治，征求百出，民弗堪命，或诉于王府"（《元史·张文谦传》）。只因邢州多年为蒙古贵族的食邑，而他们只知对人民进行搜刮，人民困弊已极，邢州沙河县官吕诚和前进士马德谦，因不满于州达鲁花赤的残暴虐民，"不远万里具言于本部（即向邢州封邑的领主陈诉），愿以所属之地归之于王府。时世祖在藩府，德望已著，遂合辞以请，朝命许之"（《道光续增沙河县志》卷下《名宦·吕诚传》）。在吕诚和马德谦请求下，邢州之地归于德望已著的忽必烈。

② 李修生主编：《全元文》第9册，江苏古籍出版社1999年版，第101页。

③ 《元史·世祖一》载："邢州有两答剌罕言于帝曰：'邢吾分地也，受封之初，民万余户，今日减月削，才五七百户耳，宜选良吏抚循之。'帝从其言，承制以脱兀脱及张耕为邢州安抚使，刘肃为商榷使，邢乃大治。"其中的两答剌罕即应指邢州沙河县官吕诚和前进士马德谦。

理，经济恢复了元气。

邢州试治的成功，使忽必烈对中原封建文明和汉地统治制度有了一个全新的认识，大大鼓舞了忽必烈治理汉地的信心。也让忽必烈看到了儒士的作用，更加重视对儒士的任用，这一切都和张文谦、刘秉忠的举贤有关，据李谦《张公神道碑》载："世祖益重儒士，任之以政，盖自公发之。"又据《元史·张文谦传》记载："文谦与秉忠数以时务所当先者言于世祖，悉施行之。"可见，张文谦在金莲川藩府之中是举足轻重的。

蒙哥汗二年（1252），秋七月，忽必烈征大理，张文谦随从，他与刘秉忠、姚枢等共同谏止屠城。蒙哥汗九年（1259），从忽必烈攻宋，数次以"王者之兵，有征无战，当一视同仁，不可嗜杀"向忽必烈进言。许多百姓赖以活命。

中统元年（1260），张文谦以中书左丞的身份行大名、彰德等路宣抚司事，临行前，他向平章政事王文统说："民困日久，况当大旱，不量减税赋，何以慰来苏之望？"这条建议遭到权臣王文统的拒绝，但张文谦仍本之儒道，坚持自己的意见，他说："百姓足，君孰与不足！俟时和岁丰，取之未晚也。"为减轻人民负担，在王文统极力反对的情况下，他毅然给百姓减去赋税十分之四，商酒税十分之一。可知，张文谦在实践仁政治国时，能坚持原则，正如李谦所评："及当官论事，守正不倚，毅然有不可犯之色，又勇于为义，苟一事可行，一善可举，如梗茹在胸，必欲快吐而后已。若农事，若钞法，谓生民之重本，有国之大计，尤拳拳焉。"（《中书左丞张公神道碑》）①

张文谦为人谦恭笃实，外和内刚，天性好贤乐善，而且是"人有寸美，必极口称道"。他还善于举荐贤才，"遭际以来，每以荐达

---

① （元）苏天爵编：《元文类》卷五八，上海古籍出版社1993年版。

士类为己任"。① 他举贤不是为了追求荣誉名声，完全是为了国家百姓，心胸坦荡，也从不担心为所荐举的人才连累，曾很坦然地对那些劝他应谨慎行事的人说："人才何尝累已，第患鉴裁未明，有遗才耳，且人臣以荐贤为职，岂得避纤芥之嫌而负国蔽善乎！"一生举贤颇多，当时扬历中外者，多为张文谦所举荐。

张文谦厚道朴实，平易近人，与人交往，不立崖岸，而且乐闻己过，僚属或相规劝，从不计较别人的言辞是否激切，自己能否忍受，都乐意接受，勇于改过。晚年时，心胸更加坦荡，有自得之趣，无他嗜好，只是收藏了数万卷书而已，又笃于义理之学，与许衡交往很深，凡许衡的主张他多在朝廷上予以支持。虽身居宠贵，平常起居如同一介寒士，"门无阍，客至，倒屣出迎，惟恐不及。人以是多之"②。对他的一生，李谦在《中书左丞张公神道碑》中评论道：

> 维我皇元，肇开五叶，群贤汇征，翼扶大业。公由逢掖，征诣公车，平昔所闻，逢时乐摅。大理之行，武昌之役，赖公一言，民免锋镝。中统之治，至元之隆，公居政府，匡辅有功。饕餮擅权，害民蠹国，奋义直前，发其奸慝。如炭与冰，则不可同，退居散地，不忘公忠。见善必闻，有谋斯告，圣恩天大，愧无以报。举贤达能，初非市恩，一时桃李，尽在公门。农桑学校，相继具举。富庶而教，先后有序，泽民夙心，经国远图。天不假年，有衔莫袪，公今已矣，公犹不死。事业卓然，载之信史。③

---

① 李修生主编：《全元文》第 9 册，江苏古籍出版社 1999 年版，第 104 页。
② 同上。
③ 同上书，第 105 页。

张文谦功业卓著，其严肃庄重、耿介忠贞的士人操守为人所敬仰，是一个坦坦荡荡、方方正正的儒臣。

（三）枢密副使张易

张易是金莲川幕府中邢州集团的重要成员，也是元初政治舞台上的风云人物。张易（约1215—1282）①，原名鲁社住，太原临州临泉县使君庄人；后被张孔目收为养子，改名张易，字仲畴，一字仲一，号启元，籍贯为太原交城人。②

张易和刘秉忠是同窗好友③，与刘秉忠志同道合，他也曾为僧，具体时间不可考。由于他与刘秉忠是少年同学，成年后又都剃度为僧，同入佛门④，从经历上和刘秉忠比较接近，两人关系也更密切⑤。

张易于贵由汗二年（1247）前被刘秉忠引荐到忽必烈藩府⑥，同刘秉忠、张文谦一道辅佐忽必烈，并一同跟随忽必烈南征，在军事决策方面提出过不少建议，多为忽必烈所采纳。自中统元年（1260），迄至元十九年（1282），二十二年间，任参知政事二年，中书右丞二年，平章政事七年，枢密副使六年。张易为政二十余年，一直未出朝廷，位在宰辅之列，是忽必烈朝廷举足轻重的汉臣

---

① 据邢台市郭守敬纪念馆编的《郭守敬及其师友研究论文集》所收白钢《张易事迹考》一文推测：张易可能生于1215年，或者与刘秉忠同庚，但生辰略大于刘秉忠。

② 白钢：《张易事迹考》，载《郭守敬及其师友研究论文集》，邢台市郭守敬纪念馆编，1996年。

③ 王袆《郭守敬传》载："郭守敬，字若思，顺德邢州人也……祖荣号鉴水翁，通五经，精于算数、水利之学。时刘秉忠、张文谦、张易、王恂皆同学州西紫金山。"（《明文海》卷四百十五）

④ 白钢：《张易事迹考》，载《郭守敬及其师友研究论文集》，邢台市郭守敬纪念馆编，1996年。

⑤ 从刘秉忠《藏春集》中几首赠张易的诗词，可见他和张易的交情深厚。

⑥ 据白钢在《张易事迹考》一文中考证：张易被刘秉忠援引入金莲川藩府的时间，当为"岁丁未"，即1247年。

之一，居津踞显，有元一代，汉人中，除史天泽、赵璧等外，政治地位之隆，无出其右者。其一生勋业，由于至元十九年（1282），当时权相阿合马擅权，人心愤怒，张易与王著锤杀阿合马事件有牵连而伏诛，故元人碑版文字记载遗留后世者甚少，亦乏著作遗留后世，史多无征，所以无法知道他的具体功绩和事迹。

在忽必烈藩府期间，张易一直跟随在忽必烈左右，当时一些重要事件他多所参与。如蒙哥汗九年（1259），忽必烈命令张易向李俊民请教祯祥，据王恽记载："己未间，圣上在潜，令张仲一问以祯祥，优礼有加。"（《秋涧集》卷八十二《中堂事记》下）李俊民《庄靖集》也有《赠张仲一》一诗："丹凤衔书下九霄，山城和气动民谣。久潜龙虎声相应，未戮鲸鲵气尚骄。万里江山归一统，百年人事见清朝。天教老眼观新化，白发那堪不轻饶。"

张易和刘秉忠一起向忽必烈推荐了王文统，中统三年（1262）李璮之乱爆发，王文统伏诛，忽必烈对汉族儒臣开始猜忌和逐渐疏远。平章赵璧平素忌讳廉希宪的勋名，趁机向忽必烈说王文统是由张易、廉希宪荐引的，所以才得到重用。后来廉希宪和忽必烈谈起此事：

> 一日夜半，召希宪入禁中，从容道潜邸时事，因及赵璧所言。希宪曰："昔攻鄂时，贾似道作木栅环城，一夕而成，陛下顾扈从诸臣曰'吾安得如似道者用之'。刘秉忠、张易进曰'山东王文统，才智士也，今为李璮幕僚'。诏问臣，臣对'亦闻之，实未尝识其人也'。"帝曰："朕亦记此。"①

这说明在忽必烈的金莲川藩府，张易是一个举足轻重的谋士，和好

---

① （明）宋濂等：《元史》，中华书局1976年版，第3090页。

友刘秉忠一样受到重用。

　　张易的被杀,是他卷入蒙、汉、色目人之间矛盾斗争的结果,至元十九年(1282)三月十七日,益都千户王著与高和尚合谋,乘太子真金随忽必烈在上都之机,欲杀权臣阿合马,王著伪传太子令旨,召枢密副使张易,"发兵若干,以是夜会东宫前。易莫察其伪,即令指挥使颜义领兵俱往……独伪太子者立马指挥,呼省官至前,责阿合马数语,著即牵去,以所袖铜锤碎其脑,立毙"①。王著诈称太子还大都做佛事,并召张易领兵配合,而张易"莫察其伪",结果王著诱阿合马至东宫,并杀死了阿合马。忽必烈在上都听到王著等人杀了阿合马,十分震怒,回大都后,"诛王著、高和尚于市……并杀张易。王著临刑大呼曰:'王著为天下除害,今死矣,异日必有为我书其事者'……阿合马死,世祖犹不深知其奸……及询索罗,乃尽得其罪恶,始大怒曰:'王著杀之,诚是也!乃命发墓剖棺,戮尸于通玄门外,纵犬啖其肉。百官士庶,聚观称快'"②。忽必烈对王著案未予深究,而且肯定王著杀阿合马是对的,这可看作对张易被杀"平反"吧。当时张易的同僚王恽曾为王著作《义侠行》一首,序中写道:"然大奸大恶,凡民罔不憝,又以春秋法论,乱臣贼子,人人得以诛之,不以义与之,可乎?"可知,时人对阿合马痛恨已极。诗中更是极力称赞王著诛杀阿合马的行为:"九重天子为动色,万命拔出颠崖幽。陂陀燕血济时雨,一洗六合妖氛收。丈夫百年等一死,死得其所鸿毛辀。我知精诚耿不灭,白虹贯日霜横秋。斩头不作子胥怒,地下当与龙逢游。长歌落笔增慨慷,觉我鬓发寒飕飗!灯前山鬼忽悲啸,铁面御史君其羞。"③ 实则也是对张易行为的一种肯定与赞扬。再者,王恽写给张易的《寿平章张

---

①　(明)宋濂等:《元史》,中华书局1976年版,第4563—4564页。
②　同上书,第3564页。
③　(清)顾嗣立编:《元诗选》初集,中华书局1987年版,第465页。

公》诗中写道：

> 十年黄阁富经纶，落落苍髯社稷身。公道救时仍此在，龙门归誉见来新。菊香已办南丰供，绿蚁无烦靖节巾。寿席今年得佳语，太平勋业在麒麟。①

从中可见王恽对张易的才干很是欣赏，只是碍于当时的时政，他不能过多地对张易参与刺杀阿合马之事进行赞扬，由此也可以看出一般汉族儒臣对于阿合马事件的态度。

张易学问广博，学识深厚，如袁冀先生所言："易一生通显，累官中书参政，右丞，平章及枢密副使。非为副二丞相，主军国重事，参厥大政，即掌军机之密，宿卫之重。有元一代，汉臣中，几无出其右者。及又参校道书，预修历法，领太史院事，非学养深厚，良不足以如此！"② 他具有深厚的儒家文化功底，刘秉忠就曾盛赞张易学究礼乐诗书："礼乐诗书君负苦"（《六盘会仲一饮》）。他还曾出家为僧，对佛教禅宗也是熟知的。从他在元初参校道书，预修历法，领太史院事来看，对天文、阴阳及卜筮方术"三式"等学，他也相当精通。

张易为人爱憎分明，素称有胆略，为忽必烈所倚重。王恽《中堂事记》评价张易："资刚明尚气，临政善断，待士以诚，忤之不复与合。"③ 对于朋友，他会极力维护，至元十四年（1277）七月，上都龙岗失火，便有一些人议论迁都之事，元上都城址是由刘秉忠

---

① （元）王恽：《秋涧集》卷一七，《景印文渊阁四库全书》第1200册，台湾商务印书馆1985年版。

② 袁冀：《试拟元史张易传略》，《元史研究论集》，台湾商务印书馆1974年版，第137页。

③ （元）王恽：《秋涧集》卷一七，《景印文渊阁四库全书》第1200册，台湾商务印书馆1985年版。

亲自选定并主持营建的，1259年城郭建成，初名开平府，庚申（1260）年春三月十七日世祖皇帝即位于开平府，开平城被誉为世祖龙飞之地。1264年5月，忽必烈始建大都，诏开平府升上都，以取代漠北和林，改燕京为中都，后又称大都，并确立了两都巡幸制度。至此有人公开提出"徙置都邑"的建议，大概和刘秉忠已经去世有关①，张易和张文谦均是刘秉忠的生前好友，自然竭力维护刘秉忠的尊严，"枢密副使张易、中书左丞张文谦与廷辩，力言不可"②，虽然忽必烈"不悦"，但张易、张文谦和廉希宪等朝臣大多反对，也就作罢。

张易文采风流，善于作诗，刘秉忠《藏春集》卷二有一首《因张平章就对东坡海棠诗三首遂赋一首》，这说明张易常作诗，只是存留下来的微乎其微，他现存的诗只有《送鲁斋先生南归》一首而已，这也是历史的遗憾，无法从诗文中去窥测张易的思想动态。从《送鲁斋先生南归》一诗来看：

衮衮诸公入省闱，先生承诏独南归。道逢时否贫何病，老得身闲古亦稀。行色一杯燕市酒，春风三月故山薇。到家已及蚕生日，布谷催耕陇麦肥。③

诗文中有一种敦厚的情韵，没有过多的客套，而是情真意切的短短几句，但他对鲁斋先生许衡的尊重和关心却体现了出来，显得温馨而亲切。

从现存资料中，我们可以看到张易就是这么一个爱憎分明，处

---

① 刘秉忠于至元十一年（1274）八月，在上都附近的南屏山精舍，五十九岁的刘秉忠在此地无疾端坐而逝。

② （明）宋濂等：《元史》，中华书局1976年版，第3095页。

③ （元）苏天爵编：《元文类》卷六〇，上海古籍出版社1993年版。

世果敢善断，刚明尚气，有胆有谋，确实能做大事的人，虽然他死于非命，但刺杀阿合马之事纯属义举，值得褒扬。

（四）礼部尚书刘秉恕

刘秉恕（1231—1290），刘秉忠之弟，字长卿，先名德元，后以其兄承皇帝命改名秉忠，故改今名。① 据张著《刘秉恕墓志》载："至元六月有十九日，总管刘公以疾薨于平阳"，"享年六十"。至元庚寅岁即1290年，刘秉恕活了六十岁，因此他的生年当为公元1231年，即金哀宗正大八年。刘秉恕和刘秉忠是同父异母的兄弟，刘秉忠生于1216年，刘秉恕十五岁。

另据子罗、晓宁的《初读〈刘秉恕墓志〉》载："公自幼若老成人，八岁失其母，母夫人亦张姓……又八年录事君亦卒。"由此推断，刘秉恕之母张氏当卒于公元1238年，据刘秉忠行状，丙午年（1246）冬，其父去世，时刘秉恕十六岁。

关于刘秉恕入侍忽必烈藩府的时间和他入侍后的情况，史料中很少记载。在《刘秉恕墓志》中，有如下记载："录事公亦卒，时太保已侍藩府。公持丧如礼，上方赐黄金千两给葬。时太保与国谋，然不肯荷禄。上尝谓君：'有弟可来。'遂召见，命从征大理西南诸城。"父亲去世，忽必烈遣使将刘秉忠送回邢州赴父丧。刘秉忠六月回到邢州，有《丁未始还邢州三首》。十月，葬祖父母、父母于邢州之贾村。贵由汗三年（1248）冬十二月，忽必烈派人急忙召回在邢州的刘秉忠，海迷失后元年（1249）春，刘秉忠回到王府。由此可知：刘秉恕入侍忽必烈藩府的时间，当在刘秉忠被召回和林之后，忽必烈于1253年率军征大理之前。刘秉恕进入忽必烈藩府后，就随其兄刘秉忠及张文谦、张易、姚枢等藩府谋臣一起参加了忽必烈征大理、西南诸夷的战争。

---

① 子罗、晓宁：《初读〈刘秉恕墓志〉》，《文物春秋》1994年第1期。

刘秉恕的性格应该和他的长兄有很多相似之处，他自幼老成持重，喜爱读书，"好读书，年弱冠，受《易》于刘肃，遂明理学"（《元史·刘秉恕传》）。二十岁的刘秉恕跟从刘肃学习《易经》①。刘肃"集诸家《易》说，曰《读易备忘》"②，秉恕受《易》于刘肃，也精通理学。他性格耿直，据《元史·刘秉恕传》载："世祖尝赐秉忠白金千两，辞曰：'臣山野鄙人，侥幸遭际，服器悉出尚方，金无所用。'世祖曰：'卿独无亲故遗之邪？'辞不允，乃受而散之。以二百两与秉恕，秉恕曰：'兄勤劳有年，宜蒙兹赏，秉恕无功，可冒恩乎？'终不受。"

刘秉恕于中统元年（1260），首拜礼部侍郎、邢州安抚副使。二年（1261）调任吏部侍郎，三年（1262）赐金虎符，改任顺德府（邢州）安抚使，在邢州任职期间，刘秉恕与刘肃勤于民事，发展生产，使邢州流民复业，百业俱兴，至元元年（1264）改任嘉议大夫（执法官），历彰德、怀孟、淄莱、顺天、太原五路总管，又出任淮西宣慰使、会省宣慰司、历湖州、平阳两路总管，最后升任礼部尚书。为政期间，刘秉恕秉公廉洁，实行惠政，大得人心。

（五）国子祭酒王恂

王恂，字敬甫，中山唐县（今属河北）人。生于窝阔台汗五年（1233），卒于至元十八年（1281）。生前历任太子伴读、中书令、国子祭酒、太史令等职。因编制《授时历》有功，去世后追赠推忠守正功臣、光禄大夫、司徒、上柱国、定国公，谥文肃。他的父亲王良，金末为中山府掾，潜心于伊洛之学，天文律历，无不精究。王恂从小聪颖过人，又深受其父影响，爱好天文数学，"六岁就学，

---

① 刘肃（1193—1268），字才卿，威州洺水（今河北威县北）人。金兴定二年（1218）辞赋进士，与李昶为同科进士。尝为尚书省令史。金亡，依东平严实，辟行尚书省左司员外郎，又改行军万户府经历，而且刘肃"在东平二十年，赞画为多"。

② （明）宋濂等：《元史》，中华书局1976年版，第3764页。

十三学九数，辄造其极"。

海迷失后元年（1249），刘秉忠北上，很喜爱王恂的才华，又感到人才难得，就将他带回邢州紫金山，收他为学生。王恂的学术也比较驳杂，他跟从刘秉忠习得天文、地理、律历、三式六壬遁甲之术，而且"早以算术名"（《元史·王恂传》），他对算数也非常重视，在辅佐太子裕宗时，裕宗问王恂算数有何用？王恂回答说："算数，六艺之一，定国家，安人民，乃大事也"。因而后来才有能力奉诏编制《授时历》。再者，王恂还笃信儒学，他"每侍左右，必发明三纲五常，为学之道，及历代治忽兴亡之所以然"①。

王恂入侍金莲川藩府的时间。据《元史》本传载，蒙哥汗三年（1253），刘秉忠把他推荐给世祖，忽必烈召见于六盘山，命他辅导太子真金，为太子伴读②，又考程钜夫《平云南碑》："岁在壬子（1252），我世祖……以介弟亲王之重授钺专征。秋九月，出师；冬十二月，济河（渡河处当在东胜渡口即今内蒙古托克托附近）。明年（1253）春，历盐（盐州，今陕西定边）、夏（夏州，今内蒙古乌审旗南）；夏四月，出萧关（今宁夏同心县南），驻六盘（今宁夏隆德县北）……"③ 可知，王恂拜见忽必烈，是在忽必烈出征云南途中，1253年四月，驻扎在六盘山期间。忽必烈命他做太子伴读，王恂在做太子真金伴读时，常向太子传授儒家的三纲五常，讲历代王朝之兴衰得失。"每侍左右，必发明三纲五常为学之道，及历代治忽兴亡之所以然。"（《元史·王恂传》）这实际上也是在向太子灌输汉法治国的思想，苏天爵在《元朝名臣事略》卷九《太史王文肃公》一文中曾这样评价王恂："公以正道经术辅翊裕宗，有古师傅之谊。"

---

① （明）宋濂等：《元史》，中华书局1976年版，第3844页。
② 同上。
③ 李修生主编：《全元文》第16册，江苏古籍出版社2000年版，第332页。

中统二年（1261），二十八岁的王恂擢太子赞善。三年（1263），真金封燕王，守中书令，兼判枢密院事。忽必烈又下诏，命令选择勋戚子弟，让他们跟从王恂学习，后来，"恂从裕宗抚军称海，乃以诸生属之许衡"，等许衡告老而去，王恂被任命为国子祭酒，因而"国学之制，实始于此"，王恂在元初推广国学教育上，功不可没。王恂最大的功绩是任太史令时，与郭守敬等人一起遍考历书四十余家，昼夜测验创立新法，经过艰苦努力，制定出举世闻名的"授时历"。授民以时，使百姓能够准确地掌握季节时令，适时播种、收割，促进了农业生产，而且也促进了天文、数学、航运等科学文化和技术的发展。

至元十八年（1281），王恂父亲王良去世。王恂是个至孝之人，父亲的死对他打击很大，据史载，他在父亲去世后，"哀毁，日饮勺水"，身体很快就垮了，虽然忽必烈多次遣内侍慰谕之，但王恂在其父去世后不久，便英年早逝，时年四十七。

王恂和许衡交谊深厚，在他去世后，他的两个儿子，王宽、王宾，都曾跟从许衡学习。

（六）太史院侍仪事赵秉温

赵秉温也是刘秉忠的弟子，进入金莲川藩府后，便跟从刘秉忠学习。赵秉温（1222—1293），元蔚州飞狐（今河北蔚县南）人，字行直①。赵秉温之父赵瑨乃武将出身，官至河南道提刑按察使。赵秉温自幼受到了良好的教育，曾从金代进士冯巽亨学习，时人评价说："当是时，世禄之家以侈靡相高，独公能敬让以礼，侃侃自持，滋久愈谨，华闻弥著"②，赵秉温学养非常深厚。据苏天爵《故昭文馆大学士中奉大夫知太史院侍仪事赵文昭公行状》载："世祖

---

① （明）宋濂等：《元史》，中华书局1976年版，第3555页。
② （元）苏天爵：《滋溪文稿》，陈高华、孟繁清点校，中华书局1997年版，第366页。

皇帝方居潜藩，收召一时闻望之臣，咨谋治道。岁己酉，帝在和林西，公入见，仪观修整，应对详明。帝异之，命侍左右。"可知，赵秉温入侍忽必烈藩府，是在海迷失后元年（1249），赵秉温应对详明，再加上他气质儒雅，又是名将赵瑨之子，所以进入忽必烈藩府之后，很受忽必烈赏识①，随侍左右。忽必烈征吐蕃、大理、伐宋之时，赵秉温也都随行②。进入藩府之后，赵秉温便跟随刘秉忠学习。刘秉忠营建两都，赵秉温都曾协助，包括城址的选择、城市和宫殿的规划设计。赵秉温作为邢州学派的一员，也参加了"授时历"的制定，"《授时历》成，赐钞二百锭，进阶中奉大夫"③。

赵秉温是刘秉忠的得意门生，他和刘秉忠关系深厚，从以下几件事可以看出，不仅包括两都的营建，还有元朝建国之初，帮助刘秉忠共同创立朝仪，刘秉忠去世后，他亲自扶柩归丧（《元史·刘秉忠传》）。

赵秉温"事亲孝，侍诸弟极友爱"，编有《国朝集礼》一书。卒，追赠云国公，谥文昭。

三 由汉族世侯幕府进入忽必烈藩府的儒士文人及其余文士

在特定历史条件下，汉族世侯是在大蒙古国与金朝在争夺中原地区时暂时出现的，一大批地方首领纷纷臣服于蒙古政权，被蒙古汗廷赋予执掌军政的权力，世袭辖地守土治理，借以统治中原汉地。其中，较为著名的有真定史天泽、东平严实、顺天张柔、济南

---

① 苏天爵《故昭文馆大学士中奉大夫知太史院侍仪事赵文昭公行状》载："公左右世祖四十余年，帝爱之不名。"（《滋溪文稿》，中华书局1997年版，第368页）忽必烈很喜爱赵秉温。

② 苏天爵《故昭文馆大学士中奉大夫知太史院侍仪事赵文昭公行状》载："癸丑（1253），征大理，甲寅（1254）征云南，己未（1259）济江伐宋，公皆从行。"（《滋溪文稿》，中华书局1997年版，第366页）

③ （明）宋濂等：《元史》，中华书局1976年版，第3555页。

张荣、益都李璮等。汉人世侯虽然受到蒙古汗廷委派的达鲁花赤节制，辖区内驻有蒙古军队，窝阔台汗八年（1236）分封后，在世侯领地还分布着蒙古宗亲王、贵戚、勋臣的汤沐邑，征税权也受到中书省、燕京行尚书省的控制，但汉人世侯对所辖地方仍有很大的统治权力。这些汉人世侯大多在各自的管辖区中"兴学养士"，"收纳贤俊，以系民望，以为雄夸"，为发展各地的文化教育事业做过一些有益的事情，因而，当时著名的几大世侯门下都有不少文人儒士，而这些世侯门下的文士也便成了忽必烈招纳藩府文人的一个主要来源。这样，既延揽了人才，也加强了与这些汉人世侯的联系。

当时，忽必烈从东平、真定、顺天三个汉族世侯幕府均招揽了一些文士进入金莲川藩府。从东平严氏收揽文士徐世隆、宋子贞、王磐、商挺、刘肃等人，从真定史氏招纳张德辉、贾居贞、张础、周惠等人，从顺天张柔延揽名儒王鹗，当然怀卫理学家之一郝经也是由顺天入藩。此外，还有赵璧、李简、张耕、杨惟中、宋衟、杨果、马亨、李克忠、杜思敬、周定甫、陈思济、王博文、寇元德、王利用、李德辉等其他金源文士谋臣，他们均有名于当时，先后入侍金莲川藩府，在辅助忽必烈行汉法和文治方面作出了很多贡献。这些人既不属于怀卫、邢州等任何一个集团，也与三大世侯无关，他们是因名达藩府而被延揽入藩，姑且附在这里介绍。

（一）由东平严氏入仕幕府的诸文士

东平严氏是山东西部大世侯。成吉思汗十六年（1221），严实入驻东平，称东平行台。窝阔台汗六年（1234），灭金后，窝阔台授严实东平路行军万户，为中原地区七万户之一，统山东西部五十余城，辖区范围很广。严实"喜接寒素"，名声远播，"士子有不远千里来见者"。① 其中，宋子贞较早成为严实幕僚，为详议官，兼提

---

① （金）元好问：《故河南课税所长官兼廉访使杨公神道之碑》，《遗山集》卷二三，《景印文渊阁四库全书》第1191册，台湾商务印书馆1985年版。

举学校，成为严实招募文士、搜罗人才的得力助手，宋子贞对金之流寓文士，"悉引见周给，且荐用之。拔名儒张特立、刘肃、李昶辈于羁旅，与之同列"①。"四方闻义而来依者，馆无虚日，故东平人物视他镇为多。"（苏天爵《元朝名臣事略》卷十《平章宋公》）②东平经过严实多年的治理，"由武城而南，新泰而西，行于野则知其为乐岁，出于涂则知其为善俗，观于政则知其为太平官府"③，对广大士子而言，更具有诱惑力。窝阔台汗十二年（1240）严实死后，其子严忠济（？—1293）袭爵，亦以养士著称。在严实父子及其幕宾的努力下，亡金名士云集东平，"一时名公多归焉，东平人物之盛为诸道最"（苏天爵《元朝名臣事略》卷一二《太常徐公》）④。东平又大兴学校，任用名士为教官，"延前进士康晔、王磐为教官，招致生徒几百人，出粟赡之，俾习经艺。每季程试，必亲临之。齐鲁儒风，为之一变"⑤。培养了一批人才，东平文化呈现出繁荣发展的面貌，被赞誉为"礼乐之器、文艺之学、人才所归，未有过于东鲁者"⑥。因此，东平严氏成为忽必烈搜罗藩府人才的重要来源，东平幕僚宋子贞、徐世隆、王磐、商挺、刘肃等人，均入侍金莲川藩府。

宋子贞（1185—1266），潞州长子（今属山西）人，字周臣，号鸠水野人。据《元史》本传载："性敏悟好学，工辞赋"。弱冠，

---

① （明）宋濂等：《元史》，中华书局1976年版，第3736页。
② （元）苏天爵辑撰：《元朝名臣事略》卷一〇，姚景安点校，中华书局1996年版。
③ （金）元好问：《东平行台严公神道碑》，《遗山集》卷二六，《景印文渊阁四库全书》第1191册，台湾商务印书馆1985年版。
④ （元）苏天爵辑撰：《元朝名臣事略》卷一二，姚景安点校，中华书局1996年版。
⑤ （明）宋濂等：《元史》，中华书局1976年版，第3736页。
⑥ （元）虞集：《曹文贞公文集序》，《道园学古录》卷三一，《景印文渊阁四库全书》第1191册，台湾商务印书馆1985年版。

与族兄宋知柔同补金太学生，名于当世，时人称为大小宋。金末，宋子贞家乡遭受战乱，他不得已避乱出走于河南、河北等地，先在大名一带投靠了南宋的抗元将领彭义斌。① 后入东平严实幕府，为详议官，兼提举学校。宋子贞不止诗词歌赋写得好，而且做事很有魄力，他在协调严实与中书省耶律楚材的关系、维护军纪、建设地方官制、均科赋税等各方面为严实父子出力献策，作出了很多贡献。蒙古军队攻占汴京，当时是"饥民北徙，饿殍盈道"，宋子贞协助严实，"多方赈救，全活者万余人"②，并把金朝流寓之士人收容起来，一时之间，东平士人云集。窝阔台汗七年（1235），为行台右司郎中，草创制度，以安定中原。十二年（1240）严实卒，其子严忠济袭职，授宋子贞为参议东平路事兼提举太常礼乐。在此期间，宋子贞又倡庙学，学孔孟，延请康晔、王磐为教官，教授学生几百人，齐鲁儒风，为之一变，奠定了东平儒学教育的基础，使中原传统文化在蒙元入主中原之际，在山东得到较多保护。

据史载，蒙哥汗三年（1253），"时世祖居潜邸，命勾当东平府公事宋周臣兼领大乐礼官、乐工人等，常令肄习，仍令万户严忠济依已降旨存恤"。六年（1256）夏五月，"世祖以潜邸次滦州，下教命严忠济督宋周臣以所得礼乐旧人肄习，宜如故事勉行之，毋忽。冬十有一月，敕乐工老不堪任事者，以子孙代之，不足者，以他户补之"。③ 可知，宋子贞应该是在蒙哥汗三年（1253）入侍忽必烈藩府，只是并未在那儿居留多少时日，又返回东平辅助严忠济。

宋子贞的精明能干，忽必烈应该非常清楚，在蒙哥汗九年

---

① 苏天爵《元朝名臣事略》卷一〇《平章宋公》载："贞祐板荡，公避地河南，居无何，复还乡里，潞州乱，东走赵、魏间。"

② （元）苏天爵辑撰：《元朝名臣事略》卷一〇，姚景安点校，中华书局1996年版。

③ （明）宋濂等：《元史》，中华书局1976年版，第1692页。

（1259），忽必烈攻宋，派遣使者专门把宋子贞召至濮上，请他出谋献策。宋子贞直言不讳地对忽必烈说："本朝威武有余，仁恩未洽。天下之民，嗷嗷失依，所以拒命者，特畏死尔，若投降者不杀，胁从者勿治，则宋之百城，驰檄而下，太平之业可指日而待也。"① 这一番话得到忽必烈的赞同，他对宋子贞礼遇甚厚。

忽必烈即汗位之后，中统元年（1260），授宋子贞为益都路宣抚使，拜右三部尚书，当时新立省部，典章制度，多宋子贞裁定。三年（1262）李璮之乱发生，宋子贞辅助史天泽平李璮之叛。李璮之乱平定后，宋子贞回到京城，便向忽必烈上书陈十事，大略曰："官爵，人主之柄，选法宜尽归吏部。律令，国之纪纲，宜早刊定。监司总统一路，用非其材，不厌人望，乞选公廉有才德者为之。今州县官相传以世，非法赋敛，民穷无告，宜迁转以革其弊。"② 又建议设立国学，州郡提学课试诸生，并建议实行开科取士制度，三年一贡举。忽必烈采纳他的建议，命中书次第施行之。至元二年（1265），始罢州县官世袭。同年，派他与左丞相耶律铸行省山东，负责处理州县长官的任用。回到京师，授翰林学士，参议中书省事，他又建议给官员颁俸禄，颁定职田，并提出时务切要者十二策，后拜中书平章政事。三年（1266），以老致仕，病卒，终年八十。

徐世隆（1206—1285），字威卿，陈州西华人。苏天爵《元朝名臣事略》卷一二《太常徐公》称其"生而颖悟，七岁入小学，应对进退，辄异常儿。年十五，有赋声"③。可知，他自幼便聪慧异

---

① （元）苏天爵辑撰：《平章宋公》，《元朝名臣事略》卷一〇，姚景安点校，中华书局1996年版。
② （明）宋濂等：《元史》，中华书局1976年版，第3737页。
③ （元）苏天爵辑撰：《元朝名臣事略》卷一二，姚景安点校，中华书局1996年版。

常，而且年纪轻轻就以善赋闻名。二十二岁时，登金正大四年（1227）进士第，辟为县令，后听取其父的告诫辞官专心读书，以益智识。窝阔台汗五年（1233），河南破，徐世隆奉母北渡河，被严实招致东平幕府，任掌书记。徐世隆劝严实收养寒素。严忠济嗣位后，署为详议，以师礼相待。蒙哥汗即位，任命徐世隆为拘榷燕京路课税官，徐世隆固辞。蒙哥汗二年（1252），忽必烈南征，徐世隆觐见忽必烈，入侍忽必烈潜邸①。当时徐世隆和忽必烈有一番谈话，据《元史》本传载：

　　公对曰："昔梁襄王问孟子：'天下乌乎定？'孟子曰：'定于一。'襄王曰：'谁能一之？'孟子曰：'不嗜杀人者能一之。'夫君人者，不嗜杀人，天下可定，况蕞尔之西南夷乎！"上曰："诚如卿言，吾事济矣。"②

　　进谏忽必烈"不嗜杀"，对徐世隆此事，苏天爵在《元朝名臣事略》卷一二评价颇高："上既登极，每有征伐，必谕以不杀，于是四方未禀正朔之国，愿来臣属者，踵相于道，十余年间，际天所覆，咸为一家，土宇之广，开辟以来未有也。不嗜杀人之效，其捷

---

① 据苏天爵《元朝名臣事略》卷一二《太常徐公》引《墓碑》："上在潜邸，独喜儒士，凡天下鸿才硕学，往往延聘，以备顾问。壬子岁，自漠北遣使来征公，见于日月山之帐殿。上方治兵征云南，因问'此行如何？'……"世祖在潜邸，召见徐世隆于日月山，当时方图征云南。据《元史·世祖本纪》载，蒙哥汗二年（1252），"夏六月，入觐宪宗于曲先恼儿之地，奉命帅师征云南。秋七月丙午，祃牙西行。"当时蒙哥汗驻地在都城哈剌和林，"曲先恼儿"即《史集》所载和林附近蒙古合罕的秋季行宫所在地。就是说，这一年，忽必烈从漠南金莲川驻地北上朝觐蒙哥，受命出征大理。徐世隆应征到漠北，在日月山觐见忽必烈，日月山为蒙古大汗祭天祭祖之处，屡见记载，在克鲁伦河上游肯特山前，因而可以推知徐世隆觐见忽必烈应在1252年六七月间，忽必烈南征前夕。

② （明）宋濂等：《元史》，中华书局1976年版，第3769页。

若此。然一言寤意，皆自公发之。"① 言下之意，徐世隆乃是第一个向忽必烈建言"不嗜杀"之人。

不过，此次徐世隆觐见忽必烈之后，并未从忽必烈征云南，又返回东平，据《元史》本传载：东平自严实时得亡金太常登歌乐，壬子年，"世祖遣使取之观，世隆典领以行。既见，世祖欲留之，世隆以母老辞"②。他居留忽必烈潜邸时间不多，第二年，"今参政商公由东平经历赴召北上，严侯遂令公代之"③。徐世隆代替商挺，正位为幕长，对军民利害、公事得失知无不言，多所救助，最为人称道就是对东平府学的建设出力居多。

中统元年（1260），忽必烈即汗位，徐世隆被任命为燕京等路宣抚使。三年（1263），宣抚司罢，世隆还东平，"请增宫悬大乐、文武二舞，令旧工教习，以备大祀。制可"④。徐世隆致力于礼乐的建设，同年被任命为太常卿，兼提举本路学校事。至元元年（1264），迁翰林侍讲学士，兼太常卿，朝廷大政，谘访而后行，诏命典册多出其手，为了写作这种应用文更方便，徐世隆亲自编选了"前贤内外制可备馆阁用者，凡百卷，曰《瀛洲集》"⑤。

徐世隆对有元一代的礼乐建设贡献较大，他于至元六年（1269）上奏忽必烈曰："陛下帝中国，当行中国事。事之大者，首惟祭祀，祭必有庙。"并且把图纸一并奉上，忽必烈听从他的建议，命令有司按时兴建。第二年，庙成。"遂迎祖宗神御，奉安太室，

---

① （元）苏天爵辑撰：《太常徐公》，《元朝名臣事略》卷一二，姚景安点校，中华书局1996年版，第251—252页。
② （明）宋濂等：《元史》，中华书局1976年版，第3769页。
③ （元）苏天爵辑撰：《太常徐公》，《元朝名臣事略》卷一二，姚景安点校，中华书局1996年版，第251页。
④ （明）宋濂等：《元史》，中华书局1976年版，第3769页。
⑤ （元）苏天爵辑撰：《太常徐公》，《元朝名臣事略》卷一二，姚景安点校，中华书局1996年版，第252页。

而大飨礼成。"① 其后徐世隆兼户部侍郎，承诏帮助刘秉忠等人议立三省，遂定内外官制。当时朝仪还未立，徐世隆又上奏曰："今四海一家，万国会同，朝廷之礼，不可不肃，宜定百官朝会仪。"② 建议定百官朝仪制度，忽必烈采纳了他的建议。

至元七年（1270），迁吏部尚书，徐世隆以铨选无可守之法，上《选曹八议》。后出为东昌路总管，擢为山东提刑按察使。十七年（1280），召为翰林学士，又召为集贤学士，皆以疾辞。至元二十二年（1285），卒，时年八十。

王磐（1202—1293），字文炳，号鹿庵，广平永年（今属河北）人，世业农，岁得麦万石，乡人号"万石王家"。金迁汴，乃举家南渡黄河，居汝州鲁山（今属河南）。王磐早年师从名儒麻九畴学于郾城，二十六岁，擢正大四年（1227）经义进士第，不赴官，而"大肆力于经史百氏，文辞宏放，浩无涯涘"③。金末，河南被兵，王磐避难淮、襄间。宋荆湖制置司素知其名，辟为议事官。窝阔台汗八年（1236），襄阳兵变，乃北归，至洛阳，恰逢杨惟中和姚枢奉旨召集儒士，对王磐甚深礼遇之，遂寓居于河内。后"会东平总管严公兴学养士，虚师席迎致……受业者常数百人，后多为名士"④。

王磐入侍忽必烈藩府的具体时间不可考，不过，据虞集所撰的《陈思济神道碑》载："昔我世祖皇帝……方在潜邸，已得姚公枢公茂、许公衡仲平、杨公果正卿、商公挺孟卿、王公鹗百一、窦公默子声、王公磐文炳、徐公世隆威卿诸贤，置诸帷幄，尊礼而信任

---

① （元）宋濂等：《元史》，中华书局1976年版，第3769—3770页。
② 同上书，第3770页。
③ 同上书，第3751页。
④ （元）苏天爵辑撰：《内翰王文忠公》，《元朝名臣事略》卷一二，姚景安点校，中华书局1996年版，第241—242页。

之。暨登极改元，则皆在辅相论思之列矣。"① 王磐应是在世祖忽必烈即位前入侍潜藩的。

中统元年（1260），拜益都等路宣抚副使，不久告病辞去。李璮素敬重王磐，以礼延致之，王磐亦"乐青州风土，乃买田洰河之上，题其居曰鹿庵，有终焉之意"②。在李璮之乱发生之前，王磐察觉李璮图谋不轨，脱身至济南，马上向忽必烈禀告此事。

李璮之乱平定后，王磐召拜翰林直学士，同修国史。后出为真定、顺德等路宣慰使，复入翰林为学士，迁太常少卿，屡次请求致仕，皆未获准。年八十二，才以资德大夫致仕，仍给半俸终身。至元三十年（1293）王磐去世，年九十二。王磐在政绩上建树颇多，而且其为人，"性刚方，凡议国政，必正言不讳，虽上前奏对，未始将顺苟容，上尝以古直称之"③。苏天爵《元朝名臣事略》卷一二《内翰王文忠公》载：

> 夙有重名，持文柄主盟吾道余二十年，天下学士大夫想望风采，得被容接者，终身为荣。言论清简，义理精谐，世之号辩博者，方其辞语纵横，援引征据，众莫可屈。公徐开一言，即语塞不敢出声。为文冲粹典雅，得体裁之正，不取纤新以为奇，不取隐僻以为高，诗则述事遣情，闲逸豪迈，不拘一律。程朱性理之书，日夕玩味，手不释卷，老而弥笃，燕居则瞑目端坐，以义理养其心。世俗纷华，略不寓目，惟喜作书，晚年益造精妙，笔意简远，神气超迈，自名一家，持缣索书者，继

---

① （元）虞集：《虞集全集》，王颋点校，天津古籍出版社 2007 年版，第 1077 页。
② （明）宋濂等：《元史》，中华书局 1976 年版，第 3752 页。
③ （元）苏天爵辑撰：《内翰王文忠公》，《元朝名臣事略》卷一二，姚景安点校，中华书局 1996 年版，第 241—242 页。

踵于门，应之不少拒，世得遗墨争宝藏之。①

其人品风范，诗文风采与学养自可想见，只可惜文集未见传世，《元诗选·二集》选入其诗十一首，题为《鹿庵集》，系顾嗣立从他书辑出，而《鹿庵集》不见于世。《全元文》（第2册）录其文三十四篇。

商挺（1209—1288），字孟卿（或作梦卿），号左山老人，曹州济阴（今山东曹县西北）人。其先本姓殷氏，避宋讳改焉。父商衡，金陕西行省员外郎，以战死。商挺二十四岁时，蒙古军攻破汴京，他随难民往北逃亡，依山东冠县大族赵天锡，与元好问、杨奂交游。后赵天锡归行台东平严实，严实聘他为诸子师。窝阔台汗十二年（1240），严实死后，其子严忠济袭东平万户，商挺被辟为经历官，"赞忠济大兴学校"，"东州多士，公实作之"②，不仅为东平严氏延引文士出了许多力，而且协赞严忠济大兴学校，有功于东平教育。

蒙哥汗三年（1253），忽必烈在潜邸，受京兆分地，"闻公有经济略，左官诸侯，遣使征至盐州，召对称旨，字而不名"③，入侍忽必烈潜藩。商挺入侍藩府之后，与杨惟中、廉希宪等一起治理关中，表现了他非凡的才干，据《元史》本传载：

> 杨惟中宣抚关中，挺为郎中。兵火之余，八州十二县，户不满万，皆惊忧无聊。挺佐惟中，进贤良，黜贪暴，明尊卑，

---

① （元）苏天爵辑撰：《内翰王文忠公》，《元朝名臣事略》卷一二，姚景安点校，中华书局1996年版，第241—242页。

② （元）苏天爵辑撰：《参政商文定公》，《元朝名臣事略》卷一一，姚景安点校，中华书局1996年版，第228页。

③ 同上。

出淹滞,定规程,主簿责,印楮币,颁俸禄,务农薄税,通其有无。期月,民乃安。诛一大猾,群吏咸惧。且请减关中常赋之半。明年,惟中罢,廉希宪来代,升挺为宣抚副使。丙辰,征京兆军需布万匹、米三千石、帛三千段,械器称是,输平凉军。期迫甚,郡人大恐。挺曰:"他易集也,运米千里,妨我蚕麦。"廊长王姓者,平凉人也,挺召与谋,对曰:"不烦官运,仆家有积粟,请以代输。"挺大悦,载价与之,他输亦如期。复命兼治怀孟,境内大治。①

商挺先为郎中,后升为宣抚副使。辅佐杨惟中进贤良,黜贪暴,务农薄税。他智力非常,而且处事果断。在藩府文臣的共同努力下,陕西大治。蒙哥汗命阿蓝答儿钩考期间,罢宣抚司,商挺又回到东平。商挺的才能应该得到了忽必烈的认可,蒙哥汗九年(1259),忽必烈将征鄂、汉,驻军于濮阳,马上召来商挺,咨询军事。蒙哥汗驾崩,忽必烈召张文谦与商挺商议对策,商挺建议军中当严符信,以防奸诈。忽必烈即汗位之前,当然也离不开多谋善断的商挺,把他和廉希宪秘密召至开平商议大计。中统元年(1260),商挺和廉希宪宣抚陕、蜀,他与廉希宪定议,擒杀叛将阿兰答儿、浑都海。升任佥行省事。二年(1261),进参知政事。至元三年(1266),入中书省,建议史事,附修辽、金二史,又与姚枢、窦默、王鹗、杨果编纂《五经要语》共28类②。至元九年(1272),为安西王相。并进陈十策。后牵连进赵炳屈死一案,被王府女奚彻彻所诬陷,二次被拘入狱。至元二十五年(1288),卒,终年八十。

---

① (明)宋濂等:《元史》,中华书局1976年版,第3738页。
② 元明善《清河集》卷六《参政商文定公墓碑》:"至元元年入中书,上欲知经学,公与姚左丞枢、窦学士默、王承旨鹗、杨参政果,纂《五经要语》,凡二十八类。"

追赠鲁国公,谥文定。

元明善《参政商文定公墓碑》称其为一代英杰:"左山公自号左山老人,著诗千余篇,尤善隶书,时人铭其先世者,以不得公书为未孝。公具文武材,明允公亮,慷慨有大志,遭际世祖圣神之主,道同气合,获展宏略,功在社稷,德洽黎元,庆流子孙,可谓一代英杰者矣!"商挺善书法,尤长于隶书。有诗千余篇,但其集早已散佚不存。《元诗选·癸集上》收入其诗四首,《元诗纪事》卷三有断句一则,署名商左山。散曲存小令十九首《双调·潘妃曲》,以闺情为主题。今存商挺之文,多为记与碑文,如《增修华清宫记》《甄城何氏新茔碑》等。

刘肃于金亡后,曾依东平严实,辟行尚书省左司员外郎,又改行军万户府经历,"在东平二十年,赞画为多"①。刘肃于蒙哥汗二年(1252),奉召北上,授邢州安抚使。据《元史·刘肃传》载:"壬子,世祖居潜邸,以肃为邢州安抚使,肃兴铁冶及行楮币,公私赖焉。"② 刘肃应是在1252年,为忽必烈招募。因刘秉忠之弟秉恕曾受《易》于刘肃③,刘肃应该是为刘秉忠所知,才举荐给忽必烈的。"圣上初在潜邸,以介弟之亲,辅政先朝,锐意太平,征聘四方宿儒俊造,宾接柄用,以更张治具。立安抚司于邢,爬疏芜秽,立经略司于汴,开斥边徼,立宣抚司于秦,保厘封国,公首应邢州选。"④ 在治理邢州时,刘肃可谓首功之臣。邢州"自金干戈扰攘,土豪崛起,惟知聚敛,孰为法度程序",刘肃到任之时,邢州已经是"公私阙乏,日不能给",在这种情况下,刘肃"兴铁冶,

---

① (元)苏天爵辑撰:《尚书刘文献公》,《元朝名臣事略》卷一○,姚景安点校,中华书局1996年版。

② (明)宋濂等:《元史》,中华书局1976年版,第3764页。

③ 《元史·刘秉恕传》载:"好读书,年弱冠,受《易》于刘肃,遂明理学。"

④ (元)苏天爵辑撰:《尚书刘文献公》,《元朝名臣事略》卷一○,姚景安点校,中华书局1996年版。

以足公用，造楮币，以通民货，车编甲乙，受雇而传，马给圉户，恒养而驿，官舍既修，宾馆有所，川梁仓庚，薄书期会，群吏法守惟谨，四方传其新政焉"①，邢州大治。

中统元年（1260），擢真定宣抚使。三年（1262），致仕，给半俸。四年（1263），卒，终年七十六。据《元史》本传载："肃性舒缓，有执守。尝集诸家《易》说，曰《读易备忘》。"② 其书散佚不传。刘肃的才学与为人已不可推想，仅刘祁《归潜志》卷一四载有《洺水刘肃才卿》一诗："屠龙破千金，梦觉人已非。二陆不可作，故山归采薇。江湖鸿雁乐，原隰鹡鸰飞。惆怅朱门客，思归不得归。"可知，刘肃不仅是当世才子，而且很有操守。

（二）由真定史氏入藩的儒士文人

真定是忽必烈招揽谋士的一个重要来源，原因是自窝阔台汗八年（1236），真定开始成为忽必烈之母唆鲁和帖尼的分邑，和忽必烈家族联系较紧密。据《元史》卷二《太宗本纪》载："八年丙申（1236）秋月，诏以真定民户奉太后汤沐，中原诸州民户分赐诸王、贵戚、斡鲁朵……"姚燧《有元故少中大夫淮安路总管兼府尹兼管内劝农事高公神道碑铭并序》也载："太宗大封同姓国，母弟睿宗真定，享国不延，庄圣太后主是分邑。"③ 真定成为忽必烈之母唆鲁和帖尼的分邑后，真定地区的汉族士人和拖雷家族就有了特别的关系。真定史氏是较早归附蒙古的汉人世侯之一，而且汉人世侯素有兴学养士之风，很多名士游依于史氏门下，这样，就给忽必烈提供了网罗汉地幕府谋臣侍从的重要渠道。

---

① （元）苏天爵辑撰：《尚书刘文献公》，《元朝名臣事略》卷一〇，姚景安点校，中华书局1996年版。

② （明）宋濂等：《元史》，中华书局1976年版，第3764页。

③ （元）姚燧：《牧庵集》卷二三，《景印文渊阁四库全书》第1201册，台湾商务印书馆1985年版。

成吉思汗八年（1213），河北永清豪富史秉直（1175—1245）率子弟数千口直诣涿州军门投降南下攻金的木华黎，木华黎以史秉直长子史天倪（1197—1225）为万户，而命史秉直管领降人家属，屯霸州。成吉思汗二十年（1225），史天倪被武仙杀害，弟史天泽（1202—1275）袭兄职任元帅，在蒙古军和周围降蒙世侯的帮助下驱逐武仙，占领真定。窝阔台即汗位，史天泽入觐，"上素闻公贤，以杖麾公及刘黑马、萧札剌居右，诏为万户，其居左右悉为千夫长，遂以真定、河间、大名、东平、济南五诸侯兵分隶焉"①。自史天倪为万户起，到至元元年（1264）忽必烈罢诸侯世守，史氏镇守真定地区长达四十余年，是河北较大的汉族世侯。

史氏素有兴学养士的美名，在辖区内重建战乱中遭到破坏的经济和政治秩序的同时，也吸纳名士，当时很多名士游依于史氏门下。如世业儒的沧州人王昌龄受到史天泽的赏识，署为万户府参赞②；金贞祐二年（1214）辞赋进士，高唐人赵安世，北渡后，任万户府详议官③；浑源人雷膺，以文学称，中戊戌试选，被辟为万户府掌书记④。在史天泽及其幕僚的多方延致下，真定成为"文士之渊源，儒者之薮泽"（段绍先《义州节度使行北京路兵马都元帅史公神道碑》）真定史氏便成为忽必烈招揽谋士的主要来源。从真定史氏招纳的有张德辉、贾居贞、张础、周惠等人。

张德辉（1195—1274），字耀卿，号颐斋，冀宁交城人。少力

---

① （元）苏天爵辑撰：《丞相史忠武王》，《元朝名臣事略》卷七，姚景安点校，中华书局 1996 年版，第 115 页。

② （元）王磐：《中书左丞相史公神道碑》，载苏天爵编《元文类》卷五八，上海古籍出版社 1993 年版。

③ （金）元好问：《顺安县令赵公墓碑》，《遗山集》卷二〇，《景印文渊阁四库全书》第 1191 册，台湾商务印书馆 1985 年版。

④ 据《元史》卷一七〇《雷膺传》可知，且在忽必烈即位后，雷膺也被重用，据其本传说："初置十路宣抚司，诏选耆旧使副子弟为僚属，授膺大名路宣抚司员外郎。中统二年，翰林承旨王鹗、王磐荐膺为翰林修撰、同知制诰，兼国史院编修官。"

学，数举于乡。金亡，北渡，史天泽开府真定，辟为经历官。曾对史天泽帮助很大①，使真定声望隆于诸镇。

张德辉于贵由汗二年（1247）五月，以真定府"参佐"应召北上觐见忽必烈。在他的《纪行》中详细记载了这次应召的经过："岁丁未夏六月初吉，赴召北上。仆自始至迨归，游于王庭者凡十阅月，每遇燕见，必以礼接之，至于供帐、衾褥、衣服、饮食、药饵，无一不致其曲。则眷顾之诚可知矣！自度衰朽不才，其何以得此哉！原王之意出于好善而忘势。为吾夫子之道衰而设，抑欲以致天下之贤士也！德辉何足以当，之后必有贤于隗者至焉！"②从张德辉《纪行》来看，他从丁未年（1247）六月赴召北上，戊申（1248）六月南归，除去北上路途中的时间，在忽必烈潜邸居留十个月，此次觐见，张德辉受到忽必烈的礼遇，也感受到了忽必烈的热情，感念之情溢于言表。他和忽必烈探讨了尊孔崇儒、任用儒士贤才、中原治理等问题，对忽必烈影响很大，现把张德辉和忽必烈的谈话摘引如下：

（忽必烈）问曰："孔子殁已久，今其性安在？"（张德辉）对曰："圣人与天地终始，无往不在。殿下能行圣人之道，性即在是矣。"又问："或云，辽以释废，金以儒亡，有诸？"对曰："辽事臣未周知，金季乃所亲睹。宰执中虽用一二儒臣，余皆武弁世爵，及论军国大事，又不使预闻，大抵以儒进者三十之一，国之存亡，自有任其责者，儒何咎焉！"世祖然之。

---

① 《元史·张德辉传》载："岁乙未，从天泽南征，筹画调发，多出德辉。天泽将诛逃兵，德辉救止，配令穴城。光州莘山农民为寨以自固，天泽议攻之，德辉请招之降，全活甚众。"

② （元）王恽：《秋涧集》卷一〇〇，《景印文渊阁四库全书》第1201册，台湾商务印书馆1985年版。

因问德辉曰:"祖宗法度具在,而未尽设施者甚多,将如之何?"德辉指银盘喻曰:"创业之主,如制此器,精选白金良匠,规而成之,畀付后人,传之无穷。当求谨厚者司掌,乃永为宝用。否则不惟缺坏,亦恐有窃而去之者矣。"世祖良久曰:"此正吾心所不忘也。"……又问:"农家作劳,何衣食之不赡?"德辉对曰:"农桑天下之本,衣食之所从出者也。男耕女织,终岁勤苦,择其精者输之官,余粗恶者将以仰事俯育。而亲民之吏复横敛以尽之,则民鲜有不冻馁者矣。"岁戊申春,释奠,致胙于世祖,世祖曰:"孔子庙食之礼何如?"对曰:"孔子为万代王者师,有国者尊之,则严其庙貌,修其时祀,其崇与否,于圣人无所损益,但以此见时君崇儒重道之意何如耳。"世祖曰:"今而后,此礼勿废。"①

可以看到张德辉是从儒学、儒士及儒家治理国家等各个方面和忽必烈进行了交谈,对忽必烈影响不小。而且此次张德辉应召北上,还向忽必烈推荐了一批真定名士。②蒙哥汗二年(1252),张德辉与元好问等面觐忽必烈,请他为儒教大宗师,同时请求蠲免儒户兵赋,"德辉与元裕之北觐,请世祖为儒教大宗师,世祖悦而受之"③,为忽必烈接受,并且乞令有司免除儒户兵赋,忽必烈听从了张德辉的建议,并命他提调真定学校。④

忽必烈即位,张德辉被任命为河东宣抚使,迁东平路宣慰使,至元二年(1265),考绩为十路之最。至元三年(1266)参议中书

---

① (明)宋濂等:《元史》,中华书局1976年版,第3823—3824页。
② 据《元朝名臣事略》卷一〇《宣慰张公》载:"其年夏,公得告将还,因荐白文举……赵元德、李进之、高鸣、李槃、李涛数人。"
③ (元)宋濂等:《元史》,中华书局1976年版,第3824页。
④ (元)苏天爵辑撰:《尚书刘文献公》,《元朝名臣事略》卷一〇,姚景安点校,中华书局1996年版。

省事。告老。据《宣慰张公》载：张德辉"天资刚直，博学有经济器，容色毅然不可犯，望之知为端人正士，遇事风生，果于断决，庭议剀切，矫矫然有三代遗直"①。与元好问、李冶游封龙山，时人号为"龙山三老"。卒年八十。著有《纪行》一卷。该书记载了蒙古贵由汗二年（1247）赴漠北的沿途见闻，详述了大漠南北蒙古的风俗人情。收录于王恽《秋涧集》卷一〇〇《玉堂嘉话》。

贾居贞（1217—1280），字仲明，真定获鹿（今属河北）人。蒙哥汗六年（1256），忽必烈命刘秉忠在桓州东滦水北修建开平城时，贾居贞被召用，任监筑之职，入侍潜邸。"世祖在潜邸，知其贤，召用之，俾监筑上都城。讫事，以母丧归。"②可知贾居贞入侍潜邸，应是在1256年左右。中统元年（1260），授中书左右司郎中。从忽必烈北征，"每陈说《资治通鉴》，虽在军中，未尝废书"③。至元五年（1268）同丞相史天泽等纂修国史。伯颜伐宋渡江自鄂州南下后，他以金行省事留鄂州。十四年（1277），拜湖北宣慰使，次年，升江西行省参知政事。十七年（1280），上言极力反对朝廷于江南造战舰，以再征日本。后病逝。追封定国公。

张础（1231—1294），字可用，其先渤海人，金末，曾祖张琛徙燕之通州。其父张范，为真定劝农官，于是居真定。张氏世代业儒，蒙哥汗六年（1256），由平章廉希宪荐入世祖潜邸。后随从忽必烈伐宋，"凡征发军旅文檄，悉出其手"④。中统元年（1260）为平阳路同知转运使。至元十四年（1277）为江南浙西道提刑按察副使，迁岭南广西道提刑按察使，拜国子祭酒，寻出为安丰路总管。

---

① （元）苏天爵辑撰：《尚书刘文献公》，《元朝名臣事略》卷一〇，姚景安点校，中华书局1996年版。
② （明）宋濂等：《元史》，中华书局1976年版，第3622页。
③ 同上书，第3622—3633页。
④ 同上书，第3929页。

至元三十一年（1294），卒于官，年六十三。赠昭文馆大学士、正奉大夫，封清河郡公，谥文敏。

周惠，字德甫，晋州隰县人，"慷慨有大志"（王恽《秋涧集》卷五九）。蒙哥汗二年（1252），授江淮都转运使。在 1257 年，传忽必烈令旨给李俊民，说明他在此年之前已经供职于忽必烈潜邸。（《元令旨五道石刻》，《凤台县志》卷一九《辑录》，《凤台金石辑录》，《石刻史料新编》第 3 辑第 31 册）

（三）由顺天张柔幕府入藩的文士及其他金源文人儒生

易州定兴人张柔（1190—1268），"少倜傥不羁，读书略通大意，工骑射，尚气节，喜游侠"，在金末"河朔扰攘，土寇蜂起"时，"聚宗族数千家，辟西山东流埚，选壮团结队伍，以自卫护"。①金宣宗加封他为骠骑将军、中都留守，兼大兴府尹、本路经略使，行元帅事。成吉思汗十三年（1218），木华黎率军南进时，战败投降。木华黎复其旧职，命其便宜行事。二十年（1225）加封"荣禄大夫、河北东西等路都元帅，号拔都鲁，置官属，将士迁授有差"。成吉思汗二十二年（1227）春，以满城地隘不能容众，张柔由满城移镇保州。"自兵火之余，荒废者十五年，盗出没其间"的保州，经过张柔"画市井，定民居，置官廨，引泉入城，疏沟渠以泻卑湿，通商惠工"的治理，"遂致殷富"，张柔还采取了一定的文治措施，"迁庙学于城东南，增其旧制"。②

窝阔台汗六年（1234）灭金后，升军民万户。十三年（1241），升保州为顺天府，别作一道。③张柔"亦喜收养士类"

---

① （元）苏天爵辑撰：《万户张忠武王》，《元朝名臣事略》卷六，姚景安点校，中华书局 1996 年版，第 99 页。
② （明）宋濂等：《元史》，中华书局 1976 年版，第 3473 页。
③ （元）苏天爵辑撰：《万户张忠武王》，《元朝名臣事略》卷六，姚景安点校，中华书局 1996 年版，第 99 页。

（魏初《故总管王公神道碑铭》），"性喜宾客，每闲暇，辄引士大夫与之谈论，终日不倦。岁时赠给，或随其器能任使之"（王磐《蔡国公神道碑》），同时，顺天为"燕南一大都会"，"直四达之冲"①，与政治、文化中心燕京距离很近，深得地利之便，故亡金名士多流寓于此，有"顺天盛衣冠"之称②。因此忽必烈从张柔幕下延揽人才，王鹗、郝经便是其中的名士（郝经已在怀卫理学家群，不再赘叙）。

王鹗（1190—1273），字百一，曹州东明（今属山东）人。"幼聪悟，日诵千余言，长工辞赋。"③金哀宗正大元年（1224），中状元，授应奉翰林文字。窝阔台汗六年（1234）正月，金亡，王鹗被蒙古军俘于蔡州，万户张柔闻其名，救之，纳为幕僚，馆于保州，在张柔幕府待了十余年。

乃马真后三年（1244）冬，世祖在潜邸，访求遗逸之士，"遣故平章政事赵璧，今礼部尚书许国相（许国祯）首聘公于保州"④，这次王鹗应召，受到忽必烈的热情招待，忽必烈经常听王鹗讲《孝经》《尚书》《周易》，以及儒家齐家治国之道，古今事物之变，常常是讲到半夜才作罢，这时候的忽必烈是踌躇满志。王鹗在漠北忽必烈潜邸约停留二载⑤，返回故里，并"赐以马，仍命近侍阔阔、柴祯等五人从之学。继命徙居大都，赐宅一所"⑥，恩遇非常。

---

① （金）元好问：《顺天万户张公勋德第二碑》，《遗山集》卷二六，载姚奠中主编，李正民增订《元好问全集》，山西古籍出版社2004年版，第557页。
② （金）元好问：《潞州录事毛君墓表》，《遗山集》卷二八，第606页。
③ （明）宋濂等：《元史》，中华书局1976年版，第3756页。
④ （元）苏天爵辑撰：《内翰王文康公》，《元朝名臣事略》卷一二，姚景安点校，中华书局1996年版。
⑤ "上留公漠北二载，恐年老不可再历冬寒"，才送王鹗返回。（苏天爵：《元朝名臣事略》卷一二《内翰王文康公》，中华书局1996年版）
⑥ （明）宋濂等：《元史》，中华书局1976年版，第3756页。

1260年，忽必烈即汗位，建元中统，授王鹗翰林学士承旨，当时的制度典章多由其裁定。至元元年（1264），加资善大夫。王鹗建议修国史，并设立翰林学士院，奏曰："自古帝王得失兴废可考者，以有史在也。我国家以神武定四方，天戈所临，无不臣服者，皆出太祖皇帝庙谟雄断所致，若不乘时纪录，窃恐久而遗亡，宜置局纂就实录，附修辽、金二史。"又言："唐太宗始定天下，置弘文馆学士十八人，宋太宗承太祖开创之后，设内外学士院，史册烂然，号称文治。堂堂国朝，岂无英才如唐、宋者乎！"① 王鹗的建议，均得到采纳，忽必烈开始立翰林学士院，王鹗又荐举李冶、李昶、王磐、徐世隆、高鸣为学士。王鹗在元初文化的恢复和发展上作出了不少努力。至元五年（1268）致仕。十年（1273）卒，年八十四，谥文康。诗文均有时名，据史载：王鹗"性乐易，为文章不事雕饰"②。苏天爵在《元朝名臣事略》卷一二《内翰王文康公》中这样评价王鹗："公恺悌乐易，无城府崖岸，爱交游，喜施舍。家酿法酒，客至辄留饮，谈笑终日，气不少衰。在翰林十余年，凡大诰命大典册，皆出公手。以文章冠海内，而未尝谈文章，尝谓门人曰：'分章称句，乃鲰生举子之业，求之于致知格物之理，则懵如也。为己之学，当以穷理为先。'故一时学者翕然咸师尊之。"③ 是一个很有生活趣味的人，文章也有名于时。由王恽《追挽承旨王文康公》一诗可以推想其风采：

文章四海一康公，炯炯元精贯日中。卢肇名先金榜重，欧阳仙去玉堂空。道由实学明真用，义不忘君见至忠。惆怅当年

---

① （明）宋濂等：《元史》，中华书局1976年版，第3757页。
② 同上。
③ （元）苏天爵辑撰：《内翰王文康公》，《元朝名臣事略》卷一二，姚景安点校，中华书局1996年版。

门下士，断云低处望曹东。①

王鹗著有诗文集《应物集》四十卷，未见传世。《全元文》（第8册）录其文二十二篇；《元诗选·癸集》乙集有其诗一首。另著有笔记《汝南遗事》四卷，以及《论语集义》一卷。

除以上从东平严氏、真定史氏、顺天张氏延揽的儒士外，还有赵璧、李简、张耕、杨惟中、宋衜、杨果、马亨、李克忠、杜思敬、周定甫、陈思济、王博文、寇元德、王利用、李德辉等其他金源文士谋臣，他们均有名于当时，先后入侍金莲川藩府，在辅助忽必烈行汉法和文治方面作出了很多贡献。

这些人中，最早进入忽必烈藩府的是赵璧。乃马真后元年（1242），有人向忽必烈推荐了中原儒生赵璧。赵璧（1220—1276），字宝臣，云中怀仁（今属山西）人。据张之翰《大元故荣禄大夫中书平章政事赵公神道碑铭》载：他曾"从九山李微、金城兰光庭学"，而且"朝诵暮课，一日千里"②。李微和兰光庭两人均为金末名士，李微，字子微，号九山居士，是元好问所荐中州五十四名士之一，后也是耶律楚材门下文士。兰光庭，字仲文，耶律楚材曾赞誉过他："仲文才笔冠人间，工部坛前第一班"（《又和仲文二首》，《湛然居士集》卷一二），赵璧师从名家，其儒学修养应该也不错。又赵璧"年二十三，有荐闻于上，召至行宫"（张之翰《大元故荣禄大夫中书平章政事赵公神道碑铭》）③。按赵璧过世于至元十三年（1276），享年五十七，则二十三岁为1242年，入侍藩府。赵璧入

---

① （元）王恽：《秋涧集》卷九〇，《景印文渊阁四库全书》第1201册，台湾商务印书馆1985年版。

② （元）张之翰：《西岩集》卷一九，《景印文渊阁四库全书》第1171册，台湾商务印书馆1985年版。

③ 同上。

侍藩府之后，深受忽必烈喜爱，成为忽必烈的得力助手，开始为他征召四方名士，"首下汉境，征四方名士，自后王府事咸与焉"（张之翰《大元故荣禄大夫中书平章政事赵公神道碑铭》）①，奉命聘请王鹗等中原名士，并学习蒙古语，为忽必烈译讲《大学衍义》，教蒙古生十人习儒书。

赵璧处事果断，精明能干。蒙哥汗二年（1252），任河南经略使。按罪斩杀贪淫暴戾的河南刘万户的党羽董主簿，致使刘万户惧死。九年（1259），为江淮荆湖经略使，从忽必烈攻宋，兵围鄂州，入城与贾似道议和。中统元年（1260），任燕京宣慰使。中书省立，任平章政事。二年（1261），从征阿里不哥，奉命还燕。并制太庙雅乐。三年（1262），从宗王合必赤围攻李璮于济南，征集粮粟、羊豕馈军。至元六年（1269）在襄阳鹿门山，发伏兵，夺宋将夏贵战船五艘，次年，又率水军万户解汝楫等与阿术合战于虎尾洲，大败夏贵。高丽国王为权臣所逐，聚兵平壤，奏准护送高丽国王复位。回师后，任中书右丞，又为平章政事。十年，再任平章政事。十三年（1276），卒，年五十七。大德三年（1299），赠大司徒，谥忠亮。

这些金源儒士，许多是在忽必烈以汉法治理邢州、河南、京兆三地时入侍藩府的。

蒙哥汗元年（1251）六月，在治理邢州时，李简、张耕等进入藩府。

李简，又名李惟简，字子敬，唐山人。1251 年，以行总六部同仪官被忽必烈任命为邢州安抚使，同刘肃、张耕等往邢州，由河间课税所经历官至河东陕西道提刑按察使。

张耕，字耘夫，真定灵寿人，蒙哥汗三年（1253）授邢州安抚

---

① （元）张之翰：《西岩集》卷一九，《景印文渊阁四库全书》第 1171 册，台湾商务印书馆 1985 年版。

使，中统二年（1261）改授吏部尚书，后卒于官。张耕为邢州安抚使，直至中统四年（1263）告老，诏以其子张鹏翼代之。时人对张耕的评价颇高，太子真金在东宫，尝曰："安得治民如张耕者乎？"①刘秉忠常谓："天下长吏如邢之张耕、怀孟之谭澄，何忧不治？"（《新元史》卷一七四《谭澄传》）

当邢州试治初见成效后，蒙哥汗二年（1252），忽必烈马上着手对河南的治理。在得到蒙哥汗的许可后，他根据姚枢的建议，正式在汴梁（今河南开封）设河南经略司，任命忙哥、史天泽、杨惟中、赵璧四人为经略使，金进士陈纪、杨果为参议。赵璧经略河南之初，闻潞州人宋翊之名，礼聘之。杨惟中、陈纪、杨果、宋翊入侍藩府。

杨惟中（1205—1259），字彦诚，弘州（今河北阳原）人。幼以孤童子事窝阔台。他"知读书，有胆略"，精通蒙汉两种语言，这是一个汉人在蒙古人中成长的必然结果，而且也学会了蒙、汉两种文字，从事翻译，有"通事"之称②。年二十，曾奉命出使西域三十余国。窝阔台汗五年（1233），负责蒙古贵族子弟在燕京国子学就学之事。七年（1235），随皇子阔出攻宋，得儒士赵复等数十人送燕京，建太极书院，请赵复等讲授理学，"凡得名士数十人，收伊、洛诸书送燕都，立宋大儒周敦颐祠，建太极书院，延儒士赵复、王粹等讲授其间，遂通圣贤学，慨然欲以道济天下"③。为元代理学的传播作出了很大贡献。耶律楚材死后，继为必阇赤（书记）长。贵由汗元年（1246），奉诏宣慰平阳等地，诛杀横恣不法的平阳道断事官斜彻，谕降金将武仙残部数万人。蒙哥汗二年（1252），任河南道经略使，入侍忽必烈藩府，据郝经《故中书令江淮南北等

---

① 柯劭忞等：《新元史》，吉林人民出版社1995年版，第3318页。
② 《元史》卷一四六《耶律楚材传》中有"通事杨惟忠"，应即杨惟中。
③ （明）宋濂等：《元史》，中华书局1976年版，第3467页。

路宣抚大使杨公神道碑铭》载："宪宗即位，世祖以太弟镇金莲川，得开府，专封拜。乃立河南道经略司于汴梁，奏惟中等为使，俾屯田唐、邓、申、裕、嵩、汝、蔡、息、亳、颍诸州……河南大治。迁陕右四川宣抚使……关中肃然。"① 可知，杨惟中自入侍藩府后便成为忽必烈行汉法的得力助手。

蒙哥汗九年（1259），从忽必烈攻宋，任江淮荆湖南北路宣抚使。同年病死。年五十五。中统二年（1261），追谥忠肃。

杨果（1197—1271），字正卿，号西庵，祁州蒲阴（今河北安国）人。早年以章句授徒为业，流寓各地十余年。金正大甲申（1224），登进士第，曾为偃师令，后历任蒲城、陕县县令，金亡，起为经历。蒙哥汗二年（1252），忽必烈治理河南时，任命杨果为参议，正式入侍金莲川藩府。参议河南时，杨果"随宜赞画，民赖以安"，出力颇多。元世祖中统元年（1260）命杨果为北京宣抚使，次年拜参知政事。至元六年（1269）出为怀孟路总管，后以年老致仕，卒于家，年七十三。谥文献。杨果"性聪敏，美风姿，工文章，尤长于乐府，外若沈默，内怀智用，善谐谑，闻者绝倒"。有《西庵集》行于世，今已不存。是元初曲家，《录鬼簿》列其名于"前辈名公"，《太和正音谱》评其词"如花柳芳妍"，今存小令十一首，套曲五套（据《全元散曲》），四套〔仙吕·赏花时〕文句流畅典雅，是其代表作。《元诗选·二集》选入杨果诗十一首，题为《西庵集》。《全元文》（第2册）辑录其文三篇。

宋衜（？—1286），字弘道，潞州长子（今属山西）人，金兵部员外郎宋元吉之孙。善记诵，年十七，避地襄阳，后北归，屏居于河内十五年。蒙哥汗二年（1252），赵璧经略河南，礼聘他辅助治理河南而进入藩府。其后大兵守襄阳，赵璧行元帅府事，宋衜随

---

① （元）郝经：《郝文忠公陵川文集》卷三五，北京图书馆古籍珍本丛刊，影印明正德二年（1507）李瀚刻本。

从，军中多所咨访（《明一统志》卷六十）。中统三年（1262），擢翰林修撰。至元六年（1269），奉命与头辇哥率兵出征高丽，徙江华岛居民于平壤。任河南路总管府判官。官至秘书监、太子宾客。至元二十三年（1286）卒，有《秬山集》十卷，未见传世。《宋元诗会》卷七十存其诗四首。

蒙哥汗二年（1252），蒙哥汗继窝阔台之后再次大封诸王贵戚，京兆成为忽必烈的封地。三年（1253），忽必烈在驻军于六盘山时，遣姚枢前往京兆，设立宣抚司，先后任命孛兰、杨惟中、商挺、廉希宪等治理关中，另外忽必烈还亲自选用了杨奂、马亨等几位儒吏辅助他们。杨奂是关中乾州人，金末名儒。在治理关中时，马亨、李克忠等人入侍藩府。

马亨（1207—1277），字大用，邢州南和人。世业农，以赀雄乡里。"少孤，事母孝，金季习为吏。"① 窝阔台汗二年（1230），窝阔台始建十路征收课税使，河北东西路使王晋任用马亨为府掾，以才干著称。次年，王晋又向中书令耶律楚材推荐了他，授转运司知事，寻升经历，擢转运司副使。海迷失后二年（1250），刘秉忠向忽必烈推荐了同乡马亨，马亨进入潜邸，很受忽必烈器重。后为京兆榷课所长官。治理京兆时，马亨很快显示了他的才干，据《元史》本传载："京兆，潜邸分地也，亨以宽简治之，不事掊克，凡五年，民安而课裕。"②

中统元年（1260），世祖即位，陕西、四川立宣抚司，诏马亨议陕西宣抚司事，迁陕西四川规措军储转运使。四年（1263），迁陕西五路西蜀四川廉访都转运使。至元三年（1266），进嘉议大夫、左三部尚书，寻改户部尚书。七年（1270），立尚书省，仍以亨为尚书，领左部。十年（1273），还京师。至元十四年（1277），卒，

---

① （明）宋濂等：《元史》，中华书局1976年版，第3826页。

② 同上书，第3827页。

年七十一。

李克忠（1215—1276），京兆人，九岁中金童子科。金亡后四处流徙。后迁徙河中，籍名学官。蒙哥汗三年（1253），杨惟中宣抚陕右时，召为给事官①，入侍忽必烈藩府。

除在治理邢州、河南、京兆三地时启用的儒士之外，还有杜思敬、周定甫、陈思济、王博文、寇元德、王利用、李德辉等先后进入金莲川藩府。

杜思敬（1235—1320），字敬夫，一字亨甫，号醉经，汾州西河（山西汾阳）人，沁州长官杜丰三子，事世祖于潜邸。

据柳贯所言："故中书左丞杜思敬，由其父奋起行伍，显立勋劳，遂得给卫世祖皇帝潜邸。及游许文正公之门，益知讲学源委。"（《杜思敬谥文定培》，《柳待制文集》卷八）虽无杜思敬入侍藩府的具体时间记载，但从中可知，他是因其父在军中显立勋劳，入侍金莲川藩府，并且曾游于许衡门下。后历任平阳道同知、侍御史、参知政事等职，终官中书左丞。杜思敬的著作今已散佚不存，据《千顷堂书目》卷一五记载，他有《济生拔萃》十九卷，延祐二年（1315）编成。辑录金元时期医著十九种（多为节本），包括张元素的《珍珠囊》，刘完素的《洁古家珍》，李杲的《脾胃论》《兰室秘藏》，王好古的《医垒元戎》《此事难知》《阴证略例》，罗天益的《卫生宝鉴》，和他自己撰集的《杂类名方》等。此书是中国较早的中医丛书。

陈思济（1232—1301），字济民，号秋冈，河南柘城人。幼读书，通晓大义，以才器见称于时辈间，"幼知孝弟，出于天性，读

---

① 同恕《扶风县尹李君墓志铭》（《榘庵集》卷七，《全元文》第 19 册）载："岁癸丑，忠肃杨公宣抚陕右，道出境上，君赘以诗，忠肃大异之，及设礼官，首召君给事官。"

经传，随达其理，为书气韵有法"①。忽必烈早就听说陈思济的才学，召之以备顾问，据虞集所撰《神道碑》载："弱冠事世祖潜邸，以才器闻，博闻积学，顾问进退，靡所阙遗。"② 陈思济二十岁入侍潜邸，他是1232年生人，应在蒙哥汗二年（1252）左右即入侍潜邸。忽必烈即位，始建省部，俾掌敷奏，事无巨细，悉就准绳，为姚枢、许衡等人所器重。至元六年（1269）迁同知高唐州，入拜监察御史，出知沁州，迁同知绍兴路总管，转同知两浙都转运司，调陕西汉中道按察副使，丁母忧去官。服除，授同知浙东道宣慰司事，历两淮都转运使，擢岭北湖南道廉访，改池州总管，累迁中议大夫，佥河南江北等处行中书省事。大德五年（1301）卒，年七十，追封颍川郡侯，谥文肃。有诗集若干卷，为《秋冈诗集》。《元诗选·二集》选入其诗十首。

王博文（1223—1288），字子冕（一作子勉），号西溪，东鲁任城人，闻望四达，被士大夫期以远大。1243 年，自山东迁居彰德（今河南安阳），在卫州州学学习，与汲县王恽、东平府学生王旭齐名，并称"三王"。③ 蒙哥汗六年（1256）与郝经同奉召，入侍潜邸，"逮主上龙飞，即被擢用"（魏初《西溪王公真赞并序》）④，当时虽未任以官职，但世祖即位后马上加以任用。至元十八年（1281）累迁燕南按察使，历礼部尚书、大名路总管，至元二十三年（1286）迁南台中丞。卒，谥文定。虽早有文名，但诗文罕见流传。《全元文》第 5 册辑其文八篇，其中《白兰谷天籁集序》一文，很有名，既是对白朴生平的介绍，也是有关白朴词的评价。《元诗

---

① （元）虞集：《虞集全集》，王颋点校，天津古籍出版社 2007 年版，第 1077 页。
② 同上。
③ 《元史》卷一六七《王恽传》："王恽，字仲谋，卫州汲县人……恽有材干，操履端方，好学善属文，与东鲁王博文、渤海王旭齐名。"
④ 李修生主编：《全元文》第 8 册，江苏古籍出版社 1998 年版，第 480 页。

选·癸集》丙集存其诗一首。

周定甫也曾入侍潜邸。据程钜夫《跋姚雪斋赠周定甫诗后》："右少师姚文献公赠周君定甫先生诗一卷，定甫事世祖潜邸，中统建元召为中书详定官，明年置行省平阳，授左右司郎中。"又云："定甫博学远识，所至立名节。姚公与周旋久，故知之深，号一时贤公卿。"①

寇元德，亡金名士寇靖次子，中山人，"早以文学名天下"，以廉希宪举荐入忽必烈潜邸②，入侍潜邸具体年代不可考，但据刘因《处士寇君墓表》载，他入侍潜邸后曾"从（世祖）征江南"，应在蒙哥汗九年（1259）之前。寇元德，自真定宣抚司咨议，历怀孟（京兆）判官，迁知陕州，再加同知岳州总管，转同知京畿都漕运使，改燕南河北提刑按察副使，后擢为两浙都转运使。为政廉易。姚枢、杨果、王磐都曾作诗以称扬。

王利用，字国宾，号山木。通州潞县（今北京通州）人。"幼颖悟，弱冠与魏初同学，遂齐名，诸名公交口称誉之。"(《元史类编》卷二二）其入侍藩府的时间不可考，史书记载：初事世祖于潜邸，中书辟为掾，辞不就。中统初，命监铸百司印章，历太府内藏官，出为山东经略司详议官，迁北京奥鲁同知，历安肃、汝、蠡、赵四州知州，入拜监察御史。大德二年（1298），改安西、兴元两路总管。致仕居汉中。成宗即位，起为太子宾客，上改革时政十七条。卒于官，年七十七。

李德辉（1218—1280），字仲实，通州潞县（今北京通县）人。"天性孝悌，操履清慎，既就外傅，嗜读书。年十六，监酒丰州，

---

① （元）程钜夫：《雪楼集》卷二五，《景印文渊阁四库全书》第1202册，台湾商务印书馆1985年版。

② （元）刘因：《处士寇君墓表》，李修生主编《全元文》第8册，江苏古籍出版社1998年版，第445页。

禄食充甘旨，有余则市笔札录书，夜诵不休。""绝少年辈不游处，其所亲与，率时名公硕儒。"① 很早就享有盛誉。据《元史》本传载："时世祖在潜藩，用刘秉忠荐，使侍裕宗讲读，乃与窦默等皆就辟。"② 实际上李德辉要比窦默等早些入侍潜邸，他是贵由汗二年（1247）进入藩府，并向忽必烈推荐了窦默和智迁，据姚燧《中书左丞李忠宣公行状》载："岁丁未（1247），用故太傅刘文贞公秉忠荐，征至潜藩，俾侍今皇太子讲读。荐故翰林侍读学士士窦默，故宣抚司参议智迁贤皆就征。"③ 中统元年（1260），为燕京宣抚使。至元元年（1264），授太原路总管。五年（1268），征为右三部尚书。皇子安西王镇关中，奏以李德辉为辅，遂改安西王相。十七年（1280），置行中书省，以李德辉为安西行省左丞。

以上金莲川藩府文人中由东平、真定、顺天三个汉族世侯幕府中进入忽必烈藩府的，以及赵璧、杨惟中等其他金源文士谋臣，他们在忽必烈藩府中人数最多，也在政治、经济、文化、教育、军事等各个方面起了很大作用，如辅佐忽必烈以汉法治理汉地，促进元初社会经济文化的恢复和发展，以及恢复发展中原文化，建立学校，推动理学的传播和发展，修复孔庙、尊孔，设置编集经史机构等各个方面，均起了很大作用。

四 忽必烈藩府侍从中的儒士

忽必烈藩府侍从中的文士，主要分为两类，一是精通儒学的汉族侍卫，如董文用、董文炳、董文忠、赵炳、高良弼、许国祯、许扆、谭澄、柴祯、姚天福、赵弼、崔斌等人；二是深受儒学影响有

---

① （明）宋濂等：《元史》，中华书局1976年版，第3815页。
② 同上书，第3815页。
③ （元）姚燧：《牧庵集》卷三〇，《景印文渊阁四库全书》第1201册，台湾商务印书馆1985年版。

着很高的汉文化造诣的非汉族侍卫谋臣,包括蒙古侍从文人阔阔、脱脱、秃忽鲁、乃燕、霸突鲁等,以及西域色目文人侍从畏兀人孟速思、廉希宪等人,还有女真人赵良弼等。

(一) 儒学涵养深厚的汉族侍从文士

忽必烈藩府之中精通儒学的汉族侍卫,有董文用、董文炳、董文忠、赵炳、高良弼、许国祯、许扆、谭澄、柴祯、姚天福、赵弼、崔斌等人,他们大多业有专精,或精于吏事,或善于医药,或因特殊机遇而入侍藩府,被忽必烈留任侍卫,这些人虽地位不是很高,但也是藩府之中不可或缺的人才。

庄圣太后唆鲁和帖尼是个很开明的王妃,她曾为忽必烈网罗邑中子弟,成为忽必烈忠实可靠的潜邸侍从,如藁城董氏昆仲。

董文用(1224—1297),字彦材,藁城人,董俊第三子。学问早成,师从名家,精通儒学经典①,"弱冠试辞赋中选"②,据虞集《翰林学士承旨董公(文用)行状》载:"时以真定藁城奉庄圣太后汤沐,岁庚戌,太后使择邑中子弟来上,公始从忠献公(董文忠)谒太后和林城。"1250年,董文用跟从其兄文炳谒太后于和林城,然后入侍忽必烈潜藩,忽必烈"命文用主文书,讲说帐中,常见许重"③,董文用开始为忽必烈聘请四方儒士,"为使召遗老于四方,而太师窦公默、左丞姚公枢、鹤鸣李公俊民、敬斋李公冶、玉峰魏公璠偕至。于是王府得人为盛"④。董文用先后受忽必烈之命召遗老多人,在为忽必烈招贤纳士,搜揽贤才方面起到很大作用,是

---

① 虞集《翰林学士承旨董公(文用)行状》载:"公内承家训,而外受学侍其先生轴,弱冠以辞赋试中真定。"《元史·董文用传》载:"丁巳(1257),世祖令授皇子经,是为北平王、云南王也。"

② (明)宋濂等:《元史》,中华书局1976年版,第3495页。

③ (元)虞集:《虞集全集》,王颋点校,天津古籍出版社2007年版,第853页。

④ 同上。

忽必烈藩府之中较得力的侍从文人之一。

董文炳在此次觐见后可能返回真定，但可以确定他在1253年八月以后，即忽必烈征云南之时开始追随忽必烈，成为忽必烈潜邸侍从。①

董文炳（1217—1278）字彦明，董俊长子。史载："父殁时年始十六，率诸幼弟事母李夫人。夫人有贤行，治家严，笃于教子。文炳师侍其先生，警敏善记诵，自幼俨如成人。"②窝阔台汗七年（1235），以父任为藁城令。董文炳明于听断，以恩济威，聪明睿智，很有能力，加之董文炳和董文用兄弟曾从亡金名儒侍其轴学，师出名家，因而董文炳入侍潜邸后"有任使皆称旨，由是日亲贵用事"③。董文炳自入侍藩府开始，就对忽必烈忠心耿耿，对他一生之功业，李槃在《左丞董文炳赠谥制》中作过很详细的叙述和评价：

> 折冲御侮，诚社稷之良臣；崇德报功，实国家之令典。途虽殊于生死，礼当极于哀荣……王佐之才，将家之子，自出宰于剧县，尝入侍于潜藩。山路间关谒戎辂，远趋于六诏；风涛汹涌扈龙舟，首渡于三江。迨予嗣服之年，委以专征之任。截

---

① 《元史·董文炳传》载："世祖在潜藩，癸丑（1253）秋，受命宪宗征南诏。文炳率义士四十六骑从行，人马道死殆尽，及至吐蕃，止两人能从。两人者挟文炳徒行，踯躅道路，取死马肉续食，日行不能三二十里，然志益厉，期必至军。会使者过，遇文炳，还言其状。时文炳弟文忠先从世祖军，世祖即命文忠解尚厩五马载糗粮迎文炳。既至，世祖壮其忠，且闵其劳，赐赍甚厚。"又据程钜夫《平云南碑》记载："岁在壬子（1252），我世祖……以介弟亲王之重授钺专征。秋九月，出师……明年（1253年）春（明）……八月，绝洮（洮水，《世祖本纪》作'师次临洮'），逾吐蕃，分军为三道（《世祖本纪》作'九月壬寅，师次忒剌，分三道以进'）。"（苏天爵编：《元文类》卷二三，上海古籍出版社1993年版）可知，董文炳追上世祖应是在1253年八月以后。

② （明）宋濂等：《元史》，中华书局1976年版，第3667页。

③ 同上书，第3668页。

彼淮浦，至于海邦，招降两浙之新民，抚定七闽之故地。大小数百战，奋不顾身，勤劳三十年，厥有成绩。往者睢阳城下，父已殁于兵锋；比来扬子桥边，男复终于王事。一门忠孝，万古芳香，及兹干事而回，方以不次，而待何言。①

一生功勋卓著，不仅让世人敬仰，而且泽被后世。

董文忠（1231—1281），字彦诚，董俊第八子，据《元史》本传记载，于蒙哥汗二年（1252），入侍世祖潜邸，且深受忽必烈喜爱器重，"尝呼董八而不名"，"文忠不为容悦，随事献纳，中禁事秘，外多不闻"。②

乃马真后元年（1242），赵炳以勋阀之子侍世祖于潜邸，高良弼以投下子弟任忽必烈藩府宿卫。

赵炳（1222—1280），字彦明，惠州滦阳（今属河北）人。其父赵弘，有勇略，国初为征行兵马都元帅，积阶奉国上将军。赵炳年幼失怙，也曾有过一段颠沛流离的生活。据《元史》本传载："甫弱冠，以勋阀之子，侍世祖于潜邸，恪勤不怠，遂蒙眷遇。"③年二十，即1241年，入侍于潜邸。忽必烈开府金莲川时，赵炳任抚州长，"城邑规制，为之一新"④。

中统元年（1260），任北京宣抚司事。中统三年（1262），参与平定李璮叛乱。后升刑部侍郎、兼中书省断事官。用法不徇情，其后为辽东提刑按察使，豪猾屏迹。至元十四年（1277），加镇国上将军、安西王相。十六年（1279），因他曾在忽必烈面前揭露运使郭琮、郎中郭叔云窃弄权柄，恣为不法的情况，被郭琮等得知，故

---

① （元）苏天爵编：《元文类》卷一一，上海古籍出版社1993年版。
② （明）宋濂等：《元史》，中华书局1976年版，第3502页。
③ 同上书，第3835页。
④ 同上。

当他派人去巡察郭琮时，被郭琮假借安西王旨意，诬陷有罪，妻孥均被囚系，使者也被灌醉。赵炳被郭琮于至元十七年（1280）三月遣人毒死于平凉狱中。是年六月，才平反昭雪。追赠中书左丞，谥忠愍。

高良弼（1222—1287），字辅之，真定平山（今属河北）人。曾"就傅读书"，自幼"端重异群儿"，弱冠之年，以投下子弟宿卫忽必烈藩府（姚燧《有元故少中大夫淮安路总管兼府尹兼管内劝农事高公神道碑》）①高良弼于丁亥年卒，年六十六，弱冠之年，应为窝阔台汗十三年（1241）。人称其"躯干魁颀，风度凝远，望之已知其不为人下者。矧其秉德易直，刚而不竞，柔而不挠，友善日亲，恶不急去，真善应世务者"（姚燧《高公神道碑》）②。

忽必烈藩府中有许多宫廷医师，如许国祯、罗天益、田阔阔、刘禅师、颜飞卿等人。其中许国祯既精通医术，又博通经史，是藩府侍从中的重要文士。

许国祯（约1200—约1275），字进之，绛州曲沃（山西闻喜）人。祖父辈都以行医为业。许国祯"博通经史，尤精医术"③。他入侍藩府较早，"以医征至翰海，留守掌医药"④，乃马真后二年（1243）许国祯曾和赵璧受命到保州征聘名儒王鹗⑤，所以许国祯入藩时间必定在1243年之前。当时庄圣太后有疾，许国祯治之，刻期而愈，受赏赐颇厚。

---

① （元）姚燧：《牧庵集》卷二三，《景印文渊阁四库全书》第1201册，台湾商务印书馆1985年版。
② 同上。
③ （明）宋濂等：《元史》，中华书局1976年版，第3962页。
④ 同上。
⑤ 甲辰冬，世祖在潜邸，访求遗逸之士，"遣故平章政事赵璧，今礼部尚书许国相（许国祯）首聘公于保州"（苏天爵辑撰：《元名臣事略》卷一二《内翰王文康公》，中华书局1996年版）。

许国祯一直很得忽必烈信任，他经常利用近侍的身份向忽必烈进谏，如忽必烈饮马湩酒过量，得足疾，许国祯进药味苦，忽必烈不肯喝，许国祯趁机说："古人有言：良药苦口利于病，忠言逆耳利于行。"① 蒙哥汗三年（1253），随从忽必烈征云南，机密皆得参与，朝夕未尝离左右。九年（1259），忽必烈率师围鄂州，"获宋人数百族，诸将欲尽坑之，国祯力请止诛其凶暴，余皆获免"②。及师还，招降民数十万口，疲饿颠仆者满道，许国祯从蔡州调发军储粮以赈之，全活者甚众。忽必烈即位之后，许国祯官至提点太医院事、礼部尚书，拜集贤大学士。

许扆，字君黼，一名忽鲁火孙，从其父事忽必烈于潜邸，进退庄重，入备宿卫之后，忠慎小心③，忽必烈非常喜欢他，赐给他蒙古名字忽鲁火孙。许扆后从许衡学，遂通儒学。

姚天福（1230—1302），字君祥，绛州稷山人。从儒者受《春秋》，能知大义。《新元史》卷一八四《姚天福传》言："世祖以皇太弟驻白登，县令使天福进葡萄酒于行帐，应对敏洽，帝奇之，留直宿卫。至元初，授怀仁县丞。"④ 蒙哥汗三年（1253），当时忽必烈身为太弟，出征云南，路过白登，应该是在这一时期姚天福入侍藩府。至元五年（1268），拜监察御史。十六年（1279），授嘉议大夫、淮西道按察使。二十年（1283），迁山北道按察使，"其民鲜知稼穑，天福教以树艺，皆致蕃富，民为建祠，而刻石以纪之"⑤。二十二年（1285），入为刑部尚书，寻出为扬州路总管。二十六年（1289），复为淮西按察使，三十一年（1294），授陕西汉中道肃政

---

① （明）宋濂等：《元史》，中华书局1976年版，第3963页。
② 同上。
③ 同上书，第3964页。
④ 同上书，第4356页。
⑤ 同上书，第3961页。

廉访使，寻除真定路总管。大德二年（1298），授江西行省参政，以疾辞。四年（1300），拜参知政事、大都路总管、兼大兴府尹，畿甸大治。六年（1302），以疾卒，年七十三。

谭澄（1218—1275），字彦清，德兴怀来（今属河北）人。十九岁为交城令，对豪民有持吏短长为奸者，察得其主名，均以法治之，据史载，谭澄"好读书，又习国语，为监县，多善政"①，不仅精通蒙古语，而且吏治精明。蒙哥汗四年（1254），忽必烈征大理回来途中②，"澄进见，留藩府，凡遣使，必以澄偕"③，非常喜欢谭澄，使他留居藩府，以其弟谭山阜代为交城令。

中统元年（1260），谭澄任怀孟路总管，曾组织民众开凿唐温渠，引沁水以灌田。先后任河南路总管、京兆总管、陕西四川道提刑按察使等职，又代严忠范为四川金省。西南夷罗罗斯归附后，为副都元帅，同知宣慰使司事。以疾卒，年五十八。谭澄为政清廉，且以才干著称，刘秉忠曾经对忽必烈评论过他，说："若邢之张耕，怀之谭澄，何忧不治哉！"④

赵弼（1244—1301），字元辅，云阳人，"公年十二，入侍世祖"（萧㪺《元故荣禄大夫平章政事议陕西等处行中书省事赵公墓志铭》）⑤，赵弼十二岁时，应是蒙哥汗五年（1255）。据萧㪺所言，忽必烈非常喜爱赵弼，对待他就如同自己的子女一样：

> 给事行内，未尝有过，上爱之。尝冬狩，野宿寒甚，命寝御衾中。四征弗庭，恒扈从。驻跸鄂渚，答不共命者，公亦跪

---

① 柯劭忞等：《新元史》，吉林人民出版社1995年版，第2789页。
② 《元史·世祖本纪》载："蒙哥汗四年（1254），秋八月，至自大理，驻桓、抚间，复立抚州。冬，驻瓜忽都之地。"
③ （明）宋濂等：《元史》，中华书局1976年版，第4356页。
④ 同上书，第4357页。
⑤ 李修生主编：《全元文》第10册，江苏古籍出版社1998年版，第770页。

曰："无功当责。"上笑遣之曰："童幼，未能立功也。"上每御辇，必坐公于前，凭之乃安。夕则令左右讲说故事，因问渡江时事，公终始全举无遗，上大喜。①

赵弼为忽必烈近侍，朝夕侍奉左右近三十年。至元十七年（1280），授朝列大夫、符宝郎。十九年（1282），授资德大夫、签书枢密院事，后改嘉议大夫、同知大都留守，司本路都总管大兴府事兼行工部。

柴祯，也是忽必烈潜邸侍卫，不过柴祯的情况史无明载，仅据《元史·王鹗传》所载，王鹗于贵由汗元年（1246）从漠北忽必烈潜邸返回时，忽必烈"仍命近侍阔阔、柴祯等五人从之学"② 得知，当时柴祯已经是藩府侍卫，还是王鹗的弟子，其他情况不明。又苏天爵《元朝名臣事略》卷一二《内翰王文康公》记载："一时学者翕然咸师尊之，如中书左丞库库子清，右三部尚书柴祯辈皆出公门。"③ 可知，柴祯曾官至右三部尚书。

崔斌（1223—1278），字仲文，一名燕帖木儿，马邑（今山西朔县）人，出身于北方豪族。《元史》本传称其"性警敏，多智虑，魁岸雄伟，善骑射，尤攻文学，而达政术"④。世祖在潜邸召见，应对称旨，让他辅佐卜怜吉带，入侍藩府，只是崔斌入侍藩府的具体时间不可考。至元初，授中书郎中，镇守东平。除枢密院同签，从色目将领阿里海涯出师江南。改河南宣慰使，历任湖广行省参政、左丞。至元十五年（1278）迁江淮行省左丞。权臣阿合马视其为阿

---

① 李修生主编：《全元文》第 10 册，江苏古籍出版社 1998 年版，第 770—771 页。

② （元）宋濂等：《元史》，中华书局 1976 年版，第 3756 页。

③ （元）苏天爵辑撰：《内翰王文康公》，《元朝名臣事略》卷一二，姚景安点校，中华书局 1996 年版。

④ （明）宋濂等：《元史》，中华书局 1976 年版，第 4035 页。

里海涯党羽,刚到江淮,就被罗织罪名处死。后平反,追谥忠毅。《元史》本传称其"尤攻文学",可惜崔斌诗流传不多,存诗见《元诗选·癸集》乙集、《元诗纪事》卷四、《诗渊》。

(二) 非汉族谋臣侍从中的儒士文士群

忽必烈藩府侍从中,还有一批深受儒学影响有着很高汉文化造诣的非汉族侍卫谋臣,包括蒙古侍从文人阔阔、脱脱、秃忽鲁、乃燕、霸突鲁等,以及西域色目文人侍从畏兀人孟速思、廉希宪等,女真人赵良弼等。这些侍从文人在藩府之中,他们认同、学习汉文化,有的还深受儒家思想熏陶,他们和汉族儒士经常接触,增强了不同民族之间的学习交流和尊重理解,彰显了中华民族强大的凝聚力,也为中华民族文化注入了若干新的元素。

阔阔、脱脱、秃忽鲁、乃燕、霸突鲁等人,都是金莲川藩府中的蒙古谋臣侍从,据现有史料,他们入侍藩府的具体时间不可考。在藩府之中,他们和汉地文人儒士接触的机会较多,耳濡目染,自然对中原文化比较熟悉。再者,早在潜邸时期,忽必烈就已经开始关注蒙古精英子弟修习儒学了,藩府儒臣王鹗、赵璧、张德辉、李德辉、姚枢、窦默、王恂等都先后奉命教授太子或蒙古贵族子弟。① 因而,在藩府之中,首先涌现了一批蒙古儒者。

阔阔,字子清,本蔑里吉氏。早岁入侍忽必烈藩府,知礼而好学,曾先后受业于王鹗、张德辉,② 为"现知最早之蒙古儒者"③。阔阔不仅知礼而好学,而且笃于师道友情,真醇质朴,对汉文化有着极深厚的感情。乃马真后三年(1244),忽必烈征聘王鹗到潜邸,

---

① 《元史》卷一六〇《王鹗传》、卷一五一《赵璧传》、卷一五九《张德辉传》、卷一六三《李德辉传》,《元朝名臣事略》卷一一、卷一四,《元史》卷一六四《王恂传》。

② 据《元史》卷一二三《阔阔传》和卷一六〇《王鹗传》,王恽《中堂事记》下。

③ 萧启庆:《内北国而外中国:蒙元史研究》,中华书局2007年版,第590页。

命阔阔、廉希宪、柴祯等五人师从王鹗学习，王鹗在漠北停留了两年，便请求回到故里，阔阔等继续跟从他学习。阔阔骁勇、善骑射，具有那种游牧民族的粗犷豪迈、真率质朴的民族性格，而且濡染汉族文化，颇有汉族儒士风范。正因为此，在金莲川藩府中，阔阔与汉族士人水乳交融，他作为忽必烈的使者，征聘各地文人①，在民族交往中起了很大作用。

秃忽鲁，字亲臣，康里氏，自幼入侍世祖，曾受命跟从藩府儒臣、元代大儒许衡学习。忽必烈一日问其所学，秃忽鲁对曰："三代治平之法也。"②忽必烈称之为"康秀才"，后担任蒙古学士、奏议大夫、客省使、兵部郎中，迁太史院，也是较早学习儒学的潜邸蒙古侍从。

藩府侍从乃燕，是木华黎之孙速浑察的次子，"性谦和，好学，以贤能称"。忽必烈在潜藩，常与其论事，乃燕"敷陈大义，又明习典故"③，具有典型的士人风范，故有"薛禅"（汉语"大贤"之意）之称。

藩府侍卫脱脱，木华黎四世孙，具体入侍藩府时间不可考，据《元史》本传："稍长，直宿卫，世祖复亲诲导，尤以嗜酒为戒"，可知，他入侍藩府。脱脱"仪观甚伟"，"喜与儒士语，每闻一善言善行，若获拱璧，终身识之不忘"④，他不仅很亲近儒学，而且"暇

---

① 癸丑年（1253），忽必烈派人安车驰召已经七十八岁的名士李俊民，《元史》本传记"世祖在潜藩，以安车召之，延访无虚日"。又据杨奂《还山遗稿》卷上《李状元事略》载："会皇弟经营西南夷，闻其贤，安车驰召，不得已起而应之，延访无虚日。遽乞还山，世祖重违其意，遣中贵人护送之。"《凤台县志》卷一九辑录："元令旨五道石刻，在学宫，盖世祖忽必烈潜邸示李俊民令旨也。第一道：'遣阔阔子清驰驿召李状元。'"可知李俊民在1253年五月应召，是由忽必烈近侍阔阔延请到忽必烈潜邸。

② （明）宋濂等：《元史》，中华书局1976年版，第3251页。
③ 同上书，第2941页。
④ 同上书，第2944页。

则好收集书法秘画，尤喜古圣贤像。名史家苏天爵为其收藏孔子及七十二贤像作跋。当为好学崇儒之士"①。脱脱显然已经融进了中原士人文化。

霸突鲁，木华黎之孙，曾多次跟从忽必烈征伐，为先锋元帅，累立战功。

西域色目文人侍从有畏兀人孟速思、廉希宪，其中以廉希宪影响最大。

廉希宪（1231—1280），一名忻都，字善用，号野云，布鲁海牙子也，畏兀人。畏兀，又称畏吾、畏兀儿、回鹘族，是西域诸色目之一，即今之维吾尔。廉希宪幼时接受的基本上是儒家教育，其父"延明师，教之以经"，他师从名儒王鹗，是一个深受儒学影响的色目文人。廉希宪嗜好读书，被忽必烈称为"廉孟子"。据《元史》本传："希宪年十九，得入侍，见其容止议论，恩宠殊绝。"②廉希宪十九岁，即海迷失后元年（1249），入侍忽必烈潜邸。据元明善《平章廉希宪赠谥制》言：廉希宪，"非诗书不陈于前，非仁义不行于天下"，不仅涵濡中原文化，具有很高的儒学素养，而且对维护中原文化与推行儒学、保护儒生，出力良多。在藩府时期，他推荐了不少儒士，如寇元德，金名士寇靖次子，中山人，"早以文学名天下，相国廉希宪荐事今上潜邸"（刘因《静修文集》卷四《处士寇君墓表》）；张础，"业儒，丙辰岁，平章廉希宪荐于世祖潜邸"③。在担任京兆宣抚使时，廉希宪认为"教育人材，为根本计"，又向忽必烈推荐许衡为京兆提学。他还尽自己最大努力，身体力行，在对儒学的推崇和对儒士的优待上，作了很多贡献。按照当时的规定，儒士并不隶属奴籍，而京兆豪强，却废令不行，廉希

---

① 萧启庆：《内北国而外中国：蒙元史研究》，中华书局2007年版，第592页。
② （明）宋濂等：《元史》，中华书局1976年版，第3085页。
③ 同上书，第3929页。

宪"悉令著籍为儒"。蒙哥汗九年（1259），廉希宪随忽必烈渡江攻取鄂州时，引儒生百余人，拜伏军门，向忽必烈进言："今王师渡江，凡军中俘获士人，宜官购遣还"①，使五百余名儒士得以遣还，免遭奴役。廉希宪作为忽必烈藩府中的核心人物，以他特殊的身份和地位，为维护和弘扬中华文化作出了切实的贡献。

廉希宪自进入藩府之后，就成了忽必烈的得力助手，为忽必烈立下了汗马功劳。如忽必烈以汉法治理京兆分地时，廉希宪为宣抚使。当时京兆控制陇蜀，诸王贵藩分布左右，民杂羌戎，尤为难治。廉希宪"暇日从名儒若许衡、姚枢辈咨访治道，首请用衡提举京兆学校，教育人材，为根本计"②。和其他藩府文臣一起，齐心协力，使京兆大治。蒙哥汗驾崩之后，又劝忽必烈早正大位以安天下，而且亲自为先行，审察事变。中统元年（1260），为京兆宣抚使，讲求民病，抑强扶弱。后组织兵力镇压浑都海等人的叛乱，升中书右丞，任中书右丞期间，振举纲维，裁汰冗员，兴利除害，行迁转法，"当时翕然称治，典章文物，粲然可考"③。至元十二年（1275），行省荆南，大办学校、通商贩，兴利除害。

至元十七年（1280）病逝。赠忠清粹德功臣、太傅、开府仪同三司，追封魏国公，谥文正。

孟速思（1206—1267），畏兀人，世居别失八里，古北庭都护之地，"幼有奇质，年十五，尽通本国书"④。先为托雷侍卫，后入侍忽必烈潜藩，日见亲用。在蒙哥汗驾崩后，孟速思建议忽必烈："神器不可久旷，太祖嫡孙，唯王最长且贤，宜即皇帝位。"⑤ 孟速

---

① （明）宋濂等：《元史》，中华书局1976年版，第3086页。
② 同上书，第3085页。
③ 同上书，第3090页。
④ 同上书，第3059页。
⑤ 柯劭忞等：《新元史》，吉林人民出版社1995年版，第2374页。

思的建议，基本是中原王朝礼制，长子即位，而按照蒙古传统，幼者守灶，由此话可以看到孟速思的观念深受中原文化的影响。孟速思为人刚严谨信，在忽必烈潜邸时期，所谋划之事，世莫得闻。至元四年（1267）卒，年六十二。后追封武都王。

女真人赵良弼也是在治理邢州时进入忽必烈藩府的。

赵良弼（1217—1286），字辅之，女真人。本姓术要甲，音讹为赵家，因以赵为氏。父赵恧，金威胜军节度使。赵良弼"明敏，多智略"①，初举进士，教授赵州。据《元史》本传载："世祖在潜藩，召见，占对称旨，会立邢州安抚司，擢良弼为幕长。"②又据《元名臣事略》卷一一《枢密赵文正公》载："岁辛亥，召居王邸。"可知，赵良弼应是在蒙哥汗元年辛亥（1251）进入藩府的。赵良弼任邢州幕长期间，使邢州大治，户口增倍。

蒙哥汗九年（1259）忽必烈南征，召参议元帅之事，使赵良弼兼江淮安抚使。赵良弼亲执桴鼓，率先士卒，五战皆捷。忽必烈北还，先向忽必烈陈时务十二事，后又五次上言劝进，劝忽必烈早定大计，以继承汗位。忽必烈即位后，赵良弼为陕西四川宣抚司参议。

至元七年（1270）赵良弼被授以秘书监之职，出使日本。至元九年（1272）赵良弼再次出使日本③。赵良弼于至元八年（1271）就曾出使日本，在日本滞留一年，其间一再受到南宋、高丽、耽罗等国使臣的干扰，几经不测，如《元史》卷一五九《赵良弼传》所载：

---

① （明）宋濂等：《元史》，中华书局1976年版，第3743页。
② 同上。
③ 《元史》卷二〇八《外夷一·日本》："十年六月，赵良弼复使日本，至太宰府而还。"王恽《秋涧集》卷第四十《况海小录》："至元九年，上遣秘监赵良弼通好。"《元史》卷七《世祖本纪》："九年二月庚寅朔，奉使日本赵良弼遣书状官张铎同日本二十六人，至京师求见。"

舟至金津岛，其国人望见使舟，欲举刃来攻，良弼舍舟登岸喻旨。金津守延入板屋，以兵环之，灭烛大噪，良弼凝然自若。天明，其国太宰府官陈兵四山，问使者来状。良弼数其不恭罪，仍喻以礼意。太宰官愧服，求国书。良弼曰："必见汝国王，始授之。"越数日，复来求书，且曰："我国自太宰府以东，上古使臣，未有至者，今大朝遣使至此，而不以国书见授，何以示信！"良弼曰："隋文帝遣裴清来，王郊迎成礼，唐太宗、高宗时，遣使皆得见王，王何独不见大朝使臣乎？"复索书不已，诘难往复数四，至以兵胁良弼。良弼终不与，但颇录本示之。后又声言，大将军以兵十万来求书。良弼曰："不见汝国王，宁持我首去，书不可得也。"日本知不可屈，遣使介十二人入觐，仍遣人送良弼至对马岛。①

赵良弼此次出使历尽艰险。他是至元前期出使日本、高丽等国有名的使臣，对域外情况了解颇多，并写下了《日本纪行诗》多首，是较早把视野延伸到域外的纪行作品，后人结集为《樊川集》。张之翰《西岩集》卷九《题赵樊川日本纪行诗卷》："公弼御史以樊川先生《日本纪行诗》见示，三复之余，使人心移神动，如亲在其洪涛绝岛中然。叙事之工，写物之妙，皆从大手中来。苟非名节素重，忠义不屈，其于使远方，历殊俗，将危疑悾惚之不暇，又安能出此语耶？故书三绝句于后。"赵良弼并不以能诗知名，其文集也散佚不传，他出使日本期间写的《日本纪行诗》也未流传至今，但元初诗人亲历异域而写下纪行诗，毕竟是文学史上的大事。

至元二十三年（1286），卒，年七十。追封韩国公，谥文正。对赵良弼一生功业，元明善曾进行过评价：

---

① （明）宋濂等：《元史》，中华书局 1976 年版，第 3745 页。

才周庶务，而洞察其机；学贯三才，而不滞于用。既输诚于佐陕，亦尽瘁于行东。撤蓬戎之藩篱，净纤氛于云栈。易卉裳而冠带，渺一介于沧溟。凡危冲和煦之突来，必大义纯诚而自处。故平生之伟绩，恒简在于宸衷。宥密八年，险夷一致。谦谦素履，具见于典刑；婉婉良筹，每资于匡翼。(《枢密赵良弼赠谥制》)①

作者认为赵良弼确实是一个能文能武的儒臣，尤其对他出使日本、高丽等国的业绩，作了充分肯定。

元朝作为中国历史上第一个由北方少数民族建立的统一王朝，疆域广阔、民族众多，文化繁富，在历史上可谓空前。我们要完整系统地研究元代文学，乃至中国文学、文化史，就不能忽视少数民族文人在中华民族文化史上的历史地位及贡献。启功先生曾对元代少数民族文人在中华民族文化史上的历史地位和贡献给予了充分肯定："现在我们讲元朝人的诗，讲元朝的文学史，你能把萨都剌、乃贤（应作迺贤）取消吗？讲宋、元的绘画史，你能把米芾、高克恭、倪瓒取消吗？讲书法史，你能把康里取消吗？不能，他们不但不能取消，而且还是起大作用，占重要位置的人。"② 对金末元初，忽必烈金莲川藩府的少数民族谋臣侍从文人群体在元代文化史上的贡献与影响，我们也应该给予足够的重视。

忽必烈金莲川藩府少数民族谋臣侍从文人，人数不少，他们虽然是蒙古族或西域畏兀人血统，但与藩府之中汉族文士相交甚善，而且认同、学习汉文化，有的还深受儒家思想熏陶，和儒士多有交往酬答。这样，在金莲川藩府之中，蒙古、色目文人，和那些汉族

---

① 李修生主编：《全元文》第 24 册，江苏古籍出版社 2001 年版，第 283 页。
② 启功著，赵仁珪、万光治、张廷银编：《启功讲学录》，北京师范大学出版社 2004 年版，第 153 页。

文人广泛交流，增强了不同民族之间的学习交流与尊重理解，因而，各族文人超越了种族的藩篱，形成了中国历史上前所未见的多族文人群体，这是元代文学独有的现象，是此前其他朝代所没有出现过的。

少数民族谋臣侍从文人，在忽必烈潜邸做幕僚，认同、学习汉文化，有的还深受儒家思想熏陶，和汉族儒士经常接触，广泛交流，不仅为中华民族文化注入了若干新的元素，而且增强了不同民族之间的学习交流，尊重理解，彰显着中华民族强大的凝聚力，对元代文化发展史同样有着重要的意义。藩府中的蒙古谋臣侍从，在藩府之中，和汉地文人接触的机会较多，耳濡目染，自然对中原文化比较熟悉，在潜邸时期，忽必烈就已经开始关注蒙古精英子弟修习儒学，藩府儒士王鹗、赵璧、张德辉、李德辉、姚枢、窦默、王恂等都先后奉命教授太子或蒙古贵族子弟。① 因而，在藩府之中，首先涌现了一批蒙古儒者，如阔阔，被称为"康秀才"秃忽鲁，有"薛禅"（汉语"大贤"之意）之称乃燕，有儒士风范的脱脱，均已融进了中原士人文化的主流。

儒学不止是纯粹的学问，而且讲求身体力行，以治国平天下为上乘。霸突鲁，木华黎之孙，曾对忽必烈驻跸燕京之事提出了关键性的建议：

> 世祖在潜邸，从容语霸突鲁曰："今天下稍定，我欲劝主上驻跸回鹘以休兵息民。何如？"对曰："幽燕之地，龙蟠虎踞、形势雄伟，南控江淮，北连朔漠。且天子必居中以受四方朝觐。大王果欲经营天下，驻跸之所，非燕不可。"世祖怃然

---

① 《元史》卷一六〇《王鹗传》、卷一五一《赵璧传》、卷一五九《张德辉传》、卷一六三《李德辉传》，《元朝名臣事略》卷一一、卷一四，《元史》卷一六四《王恂传》。

曰:"非卿言,我几失之。"①

霸突鲁的一番言辞,不仅是对汉文化的认同,是以汉地为重心的论调,对汉族藩府文臣辅佐忽必烈以汉法治理汉地也有很大帮助,他的建议,目光更为长远,为忽必烈日后继承汗位,成就大业打下了基础。藩府侍从畏兀人孟速思,也曾对忽必烈提出过此类建议,在蒙哥汗驾崩后,孟速思建议忽必烈:"神器不可久旷,太祖嫡孙,唯王最长且贤,宜即皇帝位。"② 霸突鲁和孟速思的建议,基本上是儒家治国平天下之大计。

被忽必烈称为"廉孟子"的畏兀人廉希宪,是一个深受儒学影响的色目文人。其父于窝阔台汗时便在燕京(后改称大都)真定任职,因而廉希宪自小便受到中原文化的影响。据苏天爵《元朝名臣事略》卷七《平章廉文正王》载:

> 公于书嗜好尤笃,虽食息之顷,未尝去手。一日,方读《孟子》,闻急召,因怀以进,上问:"何书?"对曰:"《孟子》。"上问其说谓何,公以"性善义利之分,爱牛之心,扩而充之,足以恩及四海"为对,上善其说,目为"廉孟子"。③

汉文化博大精深,底蕴丰厚,影响力强,廉希宪和许多少数民族文人一样"舍弓马而事诗书",醉心其中,他已经是一个纯粹的儒者。

忽必烈藩府之中的少数民族文人,他们对汉文化的认同,对儒

---

① (明)宋濂等:《元史》,中华书局1976年版,第2942页。
② 柯劭忞等:《新元史》,吉林人民出版社1995年版,第2374页。
③ (元)苏天爵辑撰:《元朝名臣事略》卷七《平章廉文正王》,姚景安点校,中华书局1996年版,第125页。

学的推崇与学习，不仅为中华民族文化注入了若干新的元素，而且他们在忽必烈潜邸做幕僚，及以后为朝臣，多处于政治的核心，因其地位鼓吹名教，促进儒治，就会直接影响帝王的观念及朝廷之政策，可以说，他们以其特殊的身份和政治地位影响了元初的文学与文化政策，对中华民族文化的发展有着深远影响。

中华各民族在长期的历史发展中，难免时有冲突与纷争，但和睦相处始终是民族关系中的主流。忽必烈藩府少数民族谋臣侍从文人，他们虽然有着蒙古或西域色目血统，但却与藩府之中汉族文士相交甚善，又认同汉文化，学习汉文化，有的还深受儒家思想熏陶，和儒士多有交往酬答。在忽必烈藩府之中，蒙古、色目文人，并非孤立于汉族文人群体之外，而是与其密切交流，水乳交融。

阔阔知礼而好学。乃马真后三年（1244），忽必烈征聘王鹗到潜邸，命阔阔、廉希宪、柴祯等五人从之学，王鹗居漠北两年，便请求回到故居，"阔阔出使于外，迨还，而鹗已行，思慕不食累日。世祖闻而贤之。后宪宗复召鹗至和林，仍命阔阔受学。每旦期盛饰官服，鹗让之，阔阔深自悔悟，明日，衣纯素以进，鹗乃悦"[①]。阔阔笃于师道友情，真醇质朴，对汉文化有着极深厚的感情。他骁勇、善骑射，既有游牧民族的粗犷豪迈、真率质朴的民族性格，还濡染汉族文化，有着严肃庄重、耿介忠贞的士人风范。王恽有一首《上阔阔学士》便凸显其儒士的人格风范："六辔联翩走使车，绣衣风采汉相如。纷纷漕计归鞭算，恋恋丹心在帝居。折节不知轩冕贵，济时行奏便宜书。从今慰却苍生望，一点文星照玉除。"（《秋涧先生大全文集》卷一四）因此，在金莲川藩府中，阔阔与汉族士人水乳交融，在民族交往中起了很大作用。

---

① 柯劭忞等：《新元史》，吉林人民出版社1995年版，第2585页。

廉希宪具有很高的儒学素养，常与汉族文士交往酬答，"从名儒许衡、姚枢辈，资访治道"①，经常与"诸儒讲求事君立身大义，评品古今人物是非得失"，在自家的万柳堂置酒招客，和名士文人浅斟低歌。② 他虽存留下来的诗词不多，但从《水调歌头·读书岩》一词中，仍可看到他士人心态的自然流露，而且颇能显示其名士风流，词如下：

> 杜陵佳丽地，千古尽英游。云烟去天尺五，绣阁倚朱楼。碧草荒岩五亩，翠霭丹崖百尺，宇宙为吾留。读书名始起，万古入冥搜。　凤池崇，金谷树，一浮鸥。彭殇尔能何许，也欲接余眸。唤起终南灵与，商略昔时名物，谁劣复谁优。白鹿庐山梦，颉颃天地秋。③

碧草荒岩、翠霭丹崖，这是宇宙留给词人读书遣兴的环境。自在逍遥，于萧闲中享受诗书其间的韵味，沉浸于可以陶情冶性的诗文之中。举目所见，"凤池崇，金谷树，一浮鸥"，这些意象连缀，合成一幅意境清幽的图画，使人自然体会到词人清静、萧闲的恬淡心境，涵咏于人文生活的情调，那种忘却俗世，把酒吟诗，会友论文等自在潇洒的书生情怀。为忽必烈藩府多族文人群体的文学创作，增添了精彩的一笔。同时，作为中华民族一分子，他运用汉语进行文学创作，丰富了中华民族的精神宝库。

廉希宪，"非诗书不陈于前，非仁义不行于天下"（元明善《平

---

① （明）宋濂等：《元史》，中华书局1976年版，第3085页。
② 据沈雄《古今词话》《词辨》卷下载："都城外万柳堂，廉野云（廉希宪）置酒招卢疏斋（卢挚）、赵松雪（赵孟頫）同饮时，歌妓解语花者，左手折荷花右手执杯，行酒歌《小圣乐》。"又《日下旧闻考》："元廉希宪万柳堂在今右安门外草桥相近。"
③ 唐圭璋编：《全金元词》，中华书局1979年版，第721页。

章廉希宪赠谥制》),不仅涵濡中原文化,具有很高的儒学素养,而且在对中原文化的维护上与中原学者并无二致。在藩府时期,由他推荐了不少儒士,如寇元德,金名士寇靖次子,中山人,"早以文学名天下,相国廉希宪荐事今上潜邸"(刘因《静修文集》卷四《处士寇君墓表》);张础,"业儒,丙辰岁,平章廉希宪荐于世祖潜邸"①。在担任京兆宣抚使时,认为"教育人材,为根本计",向忽必烈推荐许衡为京兆提学。他尽自己最大的努力,身体力行,在对儒学的推崇和对儒士的优待上,作了很多贡献。按照当时的规定,儒士不隶属奴籍,而京兆豪强,却废令不行,廉希宪"悉令著籍为儒"。蒙哥汗九年(1259),廉希宪随忽必烈渡江攻取鄂州时,引儒生百余人,拜伏军门,向忽必烈进言:"今王师渡江,凡军中俘获士人,宜官购遣还"②,使五百余位儒士得以遣还,免遭奴役。陈垣曾论及西域儒者在元代朝廷地位的重要性,"中国儒者,其得国主之信用,远不逮西域儒者"。"当是时,百汉人之言,不如一西域人之言。"③ 廉希宪作为忽必烈藩府中的核心人物,以他特殊的身份和地位,为维护和弘扬中华文化作出了切实的贡献。在金莲川藩府之中,多民族人士切磋交流,相互学习,也自然而然地融入了我国民族团结的传统。中华民族由多民族构成,精神文化的联系与互动,是中华民族增加凝聚力、国家团结统一最重要的纽带与标识。

马克思指出:"古往今来每个民族都在某些方面优越于其他民族。"④ 的确,每个民族都以其独特的文化丰富着人类文化,在世界文化舞台上享有一席之地。

也黑迭儿,西域大食人,早岁入侍藩府。在藩府时期,他就因

---

① (明)宋濂等:《元史》,中华书局1976年版,第3929页。
② 同上书,第3086页。
③ 陈垣:《元西域人华化考》,上海古籍出版社2000年版,第28页。
④ 《马克思恩格斯全集》第二卷,人民出版社1957年版,第194页。

善于设计、精于建造而得到了忽必烈的器重和信任，后领茶迭儿局，诸色人匠总管府达鲁花赤，燕京（今北京）的都城以及宫殿就是也黑迭儿所建。也黑迭儿既精通西亚建筑艺术，又熟知中国古代宫殿及都城建筑的特点，燕京的建造法特色全为汉法。至元三年（1266），也黑迭儿深知"时方用兵江南，金甲未息，土木嗣兴属以大业。甫置国势，方张宫室，城邑非钜丽宏深，无以雄视八表"，因而，受任之后，呕心沥血，博采中华古代建筑之所长，以空前规模设计营造新都，"劳勋夙夜不遑，心讲目算，指授肱麾，咸有成画"。对新都进行设计和规划，包括工程中的各个环节，施工日程以及器材、工匠、供应等都作了统一而具体的安排，做到了"役不厉民，财不糜国，慈足使众，惠足劳人"（欧阳玄《圭斋文集》卷九《马合马沙碑》），受到忽必烈和百姓的称赞。也黑迭儿以他的心血和智慧，规划建造了气势恢宏的燕京，为中华文明史上创造了一颗璀璨夺目的明珠。可以说，也黑迭儿以其独特的艺术成就，证实了西域民族对中华文化发展史的贡献。

忽必烈金莲川藩府之中的少数民族文人侍从，为中华民族文化史增添了不少亮色，是我国多民族文化发展史上值得重视的一环。正如启功先生所说："中华民族的文化已有几千年的历史，它不是一个民族或一两个民族创造的，而是各兄弟民族共同创造的，对这么大的一个中华民族的文化，各民族都有贡献。"[①] 金莲川藩府之中的少数民族谋臣侍从文人，不仅为维护和弘扬中华文化作出了切实的贡献，而且各族文人经常接触，广泛交流，增强了不同民族之间的学习交流与尊重理解，形成了中国历史上前所未见的多族文人群体，彰显着中华民族强大的凝聚力，值得我们珍视、弘扬。

---

① 启功著，赵仁珪、万光治、张廷银编：《启功讲学录》，北京师范大学出版社2004年版，第145页。

五　忽必烈潜邸中的方外之士

忽必烈是一个具有雄才大略的人,他在即位之前很注意收罗人才,不仅延请了许多儒学、文学等领域的北方文人入侍藩府,而且一些道士、僧人等方外人士,也在他罗致之列。

(一)禅宗僧人印简大师海云和僧人至温

禅宗僧人印简大师海云是忽必烈较早延入潜邸的方外人士。

印简(1202—1257),号海云,中原汉地著名的禅宗僧人,其事迹主要见于元释念常《佛祖历代通载》卷二一。印简,山西岚谷宁远(属金岢岚州,在今山西北五寨北)人。俗姓宋,父以善行闻名于乡里,母王氏世代奉佛。他自幼读《孝经》等儒书,以聪敏著称(《海云传》)①。印简礼中观沼公为师,十二岁时入堂参禅。1219年,十八岁时,木华黎军队攻取岚州,他当时正在照顾师父中观沼禅师,在僧众四乱分逃之际,他坚持留在师父身边,中观沼禅师认为漠北与他们有缘,决定带印简到漠北弘法。木华黎奏请成吉思汗之后,给予他们种种优待,并请他们师徒入住兴安香泉院。1220年五月,中观沼禅师圆寂,印简主持中观沼禅师遗体火化后不久,决定到燕京。此后,由太师国王木华黎及蒙古朝廷重臣任命,他先后主持过兴州仁智寺,涞阳兴国寺、兴安寺、永庆寺,最后主持燕京大庆寿寺,在燕京等地主持大斋会十余次,"名王才侯受戒律者百数","皇太后尤深敬礼,累号燕赵国大禅师,佑圣安国大禅师,光天镇国大士"②。据元释念常《佛祖历代通载》卷二一《海云传》载:"丁酉(1237)正月太祖皇帝二皇后以光天镇国大士号

---

①　(元)释念常:《佛祖历代通载》卷二一,《景印文渊阁四库全书》第1054册,台湾商务印书馆1985年版。

②　(元)程钜夫:《海云简和尚塔碑》,《雪楼集》卷六,《景印文渊阁四库全书》第1202册,台湾商务印书馆1985年版。

奉师"，皇太后应是成吉思汗二皇后忽兰，可见印简是当时深受蒙古上层重视的僧人，而且地位相当高。窝阔台汗十一年（1239）冬，印简再起，复主持大庆寿寺。

在深受蒙古上层重视的条件下，印简努力做一些有利于中原儒学恢复的事并劝谏当朝善视百姓。如：窝阔台汗五年（1233），蒙古军攻陷开封后，耶律楚材为兴文治，"求孔子后，得五十一代孙元措，奏袭封衍圣公，付以林庙地。命收太常礼乐生，及召名儒梁陟、王万庆、赵著等，使直释九经，进讲东宫。又率大臣子孙，执经解义，俾知圣人之道。置编修所于燕京、经籍所于平阳"①。耶律楚材恢复发展儒学，兴办文教事业时，印简也起到一定作用，据《佛祖历代通载》卷二一载：

> 初，孔圣之后，袭封衍圣公元措者渡河，复曲阜庙林之祀。时公持东平严公书谒师，师以袭封事为言于大官人。师为其言曰："孔子善稽古典，以大中至正之道，三纲五常之礼，性命祸福之原，君臣父子夫妇之道，治国齐家平天下，正心诚意之本，自孔子至此袭封衍圣公，凡五十一代，凡有国者使之袭承，祀事未尝有缺。"大官闻是言，乃大敬信。于是从师所言，命复袭其爵以继其祀事。师复以颜孟相传孔子之道，令其子孙不绝，及习周孔儒业者为言，亦皆获免其差役之赋，使之服勤其教，为国家之用。②

蒙古军攻陷开封后，耶律楚材奏请孔子五十一代孙元措袭封衍圣公之事未决时，孔元措带着东平严公（严实）的信找到印简，请

---

① （明）宋濂等：《元史》，中华书局1976年版，第3459页。
② 《大正藏》卷四九，参见《大正新修大藏经》，日本大正一切经刊行会1924—1934年版，第704页。

他出面向朝廷请求袭封衍圣公之事，于是印简去拜见"大官人"——蒙古在中原地区设的最高行政长官，断事官胡土虎（或作忽都护）那颜，向他讲述儒家纲常在治国安民中的作用，胡土虎"大敬信"，印简进而建议恢复儒学，使习儒业者获免其差役之赋，能继续修习儒业。印简在这件事中起到了不小作用。

窝阔台汗七年（1235）朝廷将试天下僧，丞相以此事询问印简，他不失时机地进言曰："国家先务节用爱民，锄奸立善，以保天命，我辈乌足计哉！"① 国家治理要节用爱民，铲除奸佞，提倡善业，兴隆佛法，以敬上天，方可保国运长久，至于僧人个人的进退则是小事。

窝阔台汗八年（1236），朝廷决定在被掠为奴者臂上烙印以作为识别的标志，以防逃亡。印简知道此事后立即找到"大官人"忽都护表示反对，言道："人非马也，既归服国朝。天下之大，四海之广，纵复逃散，亦何所归？岂可同畜兽而印识哉！"② 意见被采纳，没有实行在百姓臂上烙印的野蛮做法。

乃马真后元年（1242），忽必烈特请印简赴漠北（当时忽必烈在和林）帐下，问佛法大意。据《佛祖历代通载》卷二二所记："当世祖圣德神功文武皇帝在潜邸，数屈至尊请问道要，虽其言往复绸绎，而独以慈爱不杀为本。师之大弟子二人，曰可庵朗、赜庵儇。朗公度苇庵满及太傅刘文贞，儇公度西云大宗师安公。师以文贞公机智弘达，使事世祖皇帝，当是时君臣相得，策定天下，深功厚德，福于元元，卒为佐命之臣，皆自此

---

① （元）程钜夫：《海云简和尚塔碑》，《雪楼集》卷六，《景印文渊阁四库全书》第1202册，台湾商务印书馆1985年版。

② （元）释念常：《佛祖历代通载》卷二一，《景印文渊阁四库全书》第1054册，台湾商务印书馆1985年版。

贤之也。"① 印简此次到忽必烈潜邸，对忽必烈的影响主要有两件：一是向忽必烈宣扬以儒治国，以慈爱不杀为本；二是向忽必烈引荐了机智弘达的随行侍者僧子聪，即后来成为忽必烈佐命之臣的刘秉中。

从元释念常《佛祖历代通载》卷二一《海云传》的记载，可以了解到印简以宣扬佛法来增强忽必烈对"仁政"的认识：

> 师初示以人天因果之教，次以种种法要开其心地。王生信心，求授菩提心戒。时秉忠书记，为侍郎刘太保也。复问："佛法中有安天下之法否？"师曰："包含法界子育四生其事，大备于佛法境中，此四大洲如大地中一微尘许，况一四海乎？若论社稷安危在生民之休戚，休戚安危，皆在乎政，亦在乎天，在天在人皆不离心……又宜求天下大贤硕儒，问以古今治乱兴亡之事，当有所闻也。"②

印简授忽必烈"菩提心戒"，告诉忽必烈佛法中之安天下之法，国家社稷安危在于生民之休戚，休戚安危，皆在乎是否行仁政，也在于天，无论在天在人，都不离人心，即仁慈之心，为此就应访求贤才硕儒，向他们询问古今治乱兴亡之事。禅宗六祖慧能曾说："法元在世间，于世出世间，勿离世间上，外求出世间。"佛法不离世间，印简大师对忽必烈的劝谏正是禅宗"佛法不离世间"的一种实践。

印简辞别忽必烈将要回到燕京时，忽必烈又问："佛法此去如何受持？"他叮咛道："信心难生，善心难发。今已发生，务要护持

---

① （元）释念常：《佛祖历代通载》卷二一，《景印文渊阁四库全书》第1054册，台湾商务印书馆1985年版。

② 同上。

专一，不忘元受菩提心戒，不见三宝有过，恒念百姓不安，善抚绥，明赏罚，执政无私，任贤纳谏，一切时中，常行方便，皆佛法也！""王者当以仁恕存心"。①

从印简对忽必烈所说的安天下之法，持佛法来看，他是以佛家的"慈悲济世"进行劝谏的，是向忽必烈宣扬了一条用儒士行仁政的路。心是仁爱之慈心，即儒家的仁义，要常想到百姓的安危，"善抚绥，明赏罚，执政无私，任贤纳谏，一切时中，常行方便，皆佛法也"。实则是儒家思想的治世方法，是有利于百姓民众的举措，是行仁政的根本。

印简的和林之行，不仅向蒙古诸王中"思大有为于天下"的忽必烈王成功宣扬了"安天下之法"，即行仁政，留下了后成为忽必烈佐命之臣的刘秉忠（僧子聪），而且赢得了拖雷家族的尊崇和信任。从《佛祖历代通载》卷二一记载来看：

> 王又问："三教何教为尊？何法最胜？何人为上？"师曰："诸圣之中吾佛最胜，诸法之中佛法最真，居人之中唯僧无诈，故三教中佛教居其上，古之式也。"由是太后遵祖皇圣旨，僧居上首，仙人不得在僧之前。②

其中的"太后"系指忽必烈之母唆鲁和帖尼，唆鲁和帖尼虽然是个景教徒，但她对道教、佛教也很崇拜，曾发布懿旨"优待僧道"③，忽必烈之母唆鲁和帖尼应是对印简很崇信的，"祖皇"即成吉思汗。

---

① （元）释念常：《佛祖历代通载》卷二一，《景印文渊阁四库全书》第1054册，台湾商务印书馆1985年版。
② 同上。
③ 陈垣：《道家金石略》，文物出版社1988年版，第121—122页。

1243 年，忽必烈次子真金生，请印简为之摩顶立名①，当印简返回燕京时，忽必烈"以珠袄金锦无缝天衣奉以师礼"，乃马真后三年（1244），"忽必烈大王以珠笠奉"②，由此可知印简赢得了拖雷家族的尊崇和信任。在受到拖雷家族尊崇的情况下，印简的观点是应该比较容易被忽必烈接受的。

至于印简在忽必烈藩府的时间，1242 年和 1243 年间，他应有一大部分时间在忽必烈藩府，因为从 1242 年忽必烈请印简赴漠北帐下问佛法大意，到 1243 年，忽必烈次子真金生，请印简为之摩顶立名，这期间印简没有离开漠北。程钜夫《海云简和尚塔碑》记载：

> 世祖在潜邸，数延问佛法之要，在家出家异同。对曰："佛性被一切处，非染、非静、非生、非灭，何有同异？殿下亲为皇弟，重任藩寄，宜稽古，审得失，举贤错枉，以尊主庇民为务。佛法之要孰大于此！"③

忽必烈向印简请教，从印简回答的记载来看，忽必烈称为皇弟，应是在 1251 年六月，蒙哥继位后才是，至蒙哥汗七年（1257）四月三日，印简去世，这段时间忽必烈应该和印简有联系，只是不知程钜夫所载是否确切，如果是为元释念常《佛祖历代通载》所记载的 1242 年和 1243 年间印简在忽必烈藩府时对忽必烈所说言辞的又一种记载，似乎也是不确，因为那时忽必烈并没有成为"皇弟"殿下。

---

① "裕皇始生，师摩顶训之名。"（程钜夫：《雪楼集》卷六《海云简和尚塔碑》,《景印文渊阁四库全书》第 1202 册，台湾商务印书馆 1985 年版）

② （元）释念常：《佛祖历代通载》卷二一,《景印文渊阁四库全书》第 1054 册，台湾商务印书馆 1985 年版。

③ （元）程钜夫：《海云简和尚塔碑》,《雪楼集》卷六,《景印文渊阁四库全书》第 1202 册，台湾商务印书馆 1985 年版。

由元释念常《佛祖历代通载》的记载中也可以看到印简在离开忽必烈藩府后的一些事迹：

乃马真后四年（1245），奉摄政皇后乃马真氏命，于五台为国祈福。

贵由汗元年（1246），奉六皇后（摄政皇后乃马真氏）诏，去和林，至中途，值风疾发作，未成行，还燕。

贵由汗二年（1247），贵由即皇位，颁布诏书，命海云统僧徒，并赐白金万两，海云在昊天寺，为国祈福。太子哈喇斋请海云进入和林，延居太平兴国禅寺，尊师之礼非常。

蒙哥汗二年（1252）夏，印简大宗师海云被蒙哥汗授以银章，领天下宗教事。

这期间印简一直处于被蒙古统治重用的地位，主要在燕京大庆寿寺，所以忽必烈极有可能与印简一直有联系，"数延问佛法之要，在家出家异同"之事，印简对忽必烈的回答"殿下亲为皇弟，重任藩寄，宜稽古，审得失，举贤错枉，以尊主庇民为务，佛法之要孰大于此！"是应该有的，只是没有印简再到忽必烈藩府的记载。

蒙哥汗七年（1257）四月三日，年五十六的印简大师海云圆寂，按照忽必烈亲王之令，在燕京大庆寿寺旁建塔安葬印简遗骨，印简得赐"佛日圆明大师"的谥号，其后事及谥号之事全出自忽必烈之令，可看出忽必烈对他的尊崇与重视。印简大师海云虽不能算是忽必烈潜邸幕府的谋臣，但是他以特殊的身份和言辞对忽必烈日后延请藩府旧臣及四方文学之士，问以治道，实行汉法，也曾有过一些影响。

除印简以外，还有一个禅宗僧人至温，由僧子聪（刘秉忠）推荐，也被忽必烈召到漠北，虞集在《佛国普安大禅师塔铭》中记："臣闻世祖皇帝圣度如天，善驭豪杰，自在潜邸，至于混一，海内天下之才，小大毕至，以足其任使。故其功业之盛，巍巍然、赫赫然，三代而下帝王，未有或之及也。浮土氏以寂灭为宗，而才器文辨，如温公者，亦岂常人之流哉！"至温是因才华受到忽必烈赏识，被召入潜邸，还有主要原因是他和刘秉忠是同乡好友。

虞集的《道园学古录》卷四八《佛国普安大禅师塔铭》记载：普安大禅师（1217—1267），讳至温，字玉一，号全一，俗姓郝，邢州（今河北邢台）人，与刘秉忠是同乡，又是少年时好友①，幼时聪敏异于常儿，六岁时，其母携之至龙马村，见寂照和尚于净土院。

至温聪敏异常，博学多识，才气过人②，"始法年才十有五，为万松侍者。凡万松偈颂法语一闻辄了之，遂得法焉。常以侍者代应对。谈锋迅利不可犯，时人已深期之"，当刘秉忠决定逃避世事时，至温劝他为僧，两人同参西京宝胜明公（虚照禅师）。正是由于二人是童年好友又同是西京宝胜明公的弟子，所以当僧子聪"为世祖知遇，侍帷幄，为谋臣"的时候，向忽必烈推荐了至温。至温被召见，"与语大悦，将授以官，弗受"。至温推辞说，"天下佛法流通，臣僧之愿，富贵非所望也"，于是至温留在忽必烈潜邸，且"多有赞益"，他只在潜邸居留了三年便返回，返回时忽必烈对其赏赐颇丰，"出赐金，资日用，不计其费"。但至温在忽必烈潜邸的确切时间，不可考，据虞集记载："时宪宗命海云主释教，诏天下作资戒。会师持旨宣布中外，而辅成之。"蒙哥汗命印简大师海云领天下宗教事，是在蒙哥汗二年（1252）夏，此事由

---

① "故太保刘文贞公，长师一岁，少时相好也。"（虞集：《佛国普安大禅师（至温）塔铭》，《虞集全集》，王颋点校，天津古籍出版社2007年版，第989页）

② "以才气过人，稍不容于众，然而博记多闻论辩无碍，百家诸子之言，多所涉猎，又善草书，有颠素之遗法。"（虞集：《佛国普安大禅师（至温）塔铭》，《虞集全集》，王颋点校，天津古籍出版社2007年版，第989页）

至温持旨宣布，当时至温应在和林，因此可断定至温在1252年前后三年时间居留忽必烈潜邸，又从虞集的《佛国普安大禅师塔铭》记载的情况来看，"昔在宪宗皇帝癸丑（1253）之岁，世祖皇帝尝命我开山温公统释氏于中原"。这是受忽必烈之命，帮助印简禅师领天下宗教事，这时他应该离开潜邸到了燕京，结合这两件事可以推知，至温在忽必烈潜邸的时间大致在1253年之前，或包括1253年在内的三年。

至温在潜邸的具体事迹亦不可考知，从虞集为他写的塔铭来看，仅有"温公昔事世祖，豪卓瑰异，有足称者"的赞语。

忽必烈征云南还，"刘公请承制赐师号曰'佛国普安大禅师'，总摄关西五路、河南、南京等路，太原府路，邢洺磁怀孟等州僧尼之事。刻印以赐师，锐意卫教"，忽必烈征云南而归是在蒙哥汗四年（1254）秋八月，所以至温被封为佛国普安大禅师之事应在1254年秋以后。

1256年，刘秉忠奉命修建开平城，同时也在城东北角修建了大龙光华严寺，"戊午之岁（1258）作大龙光华严寺，寺于城东北隅，温公主之"（虞集《佛国普安大禅师塔铭》）。该寺的第一任住持就是至温。从1258年开始，至温主持大龙光华严寺。

（二）太一道大师萧辅道

太一道是金初形成于河北一带的符箓派道教流派，主要流传于中原一带，创始人乃卫州（今河南汲县）人萧抱珍。太一道在金代经历了三代掌教，当其四祖萧辅道之时，正处于金末元初战乱频仍之际。太一道的四代祖中和真人萧辅道（1191—1252），字公弼，号东瀛子，卫州（今河南辉县）人，乃萧抱珍的再从孙。大安二年（1210）嗣教。金宣宗贞祐二年（1214），据王恽《堆金冢记》载："国朝癸酉岁（1213），天兵北动，奄奠中夏。明年分道而南，连亘河朔，卫乃被围……金贞祐二年（1214）春正月十有二日也。时太一度师萧公，当危急际，以智逸去。"① 为躲避蒙古兵的屠杀，萧辅道离开卫州去亳州，主持亳州太清宫，即河南鹿邑之太清观。

在蒙古贵族入主中原之初，尤其是最初一些年中，掠夺和屠杀十分严重，对广大中原百姓来说，是一场灾难。1214年蒙古军队分道向南，卫州城破，萧辅道目睹蒙古兵屠城后"城郭为墟，暴骨如莽"（王恽《堆金冢记》）的惨状，出于道家"恻然哀之"的宗教情怀，请人将所遗尸骨收集起来加以掩埋，并设醮祭，以安亡灵。在战乱之际，萧辅道发挥道教特有的济世救民之社会功能，做了一件深受人民称许的好事，王恽专为之作《堆金冢记》以赞之，赞其"仁民爱物之功"，"古称泽及枯朽，矧生人乎，师之谓也"（《秋涧集》卷三九）。作为太一道的掌教，萧辅道在收葬枯骨事件中所体现出的忧戚黎民、心怀天下的精神，以道义济人的高洁人品得到文人褒赞，也感召了天下人。况且萧辅道富于文学才华，素有重名，为天下士林所仰慕。王若虚撰《太一三代度师萧公墓表》有"辅道为一世伟人，所交皆天下之士，窃幸而与之游"② 之叹，元好问曾有诗赠他："吾家阿京爱公弼，吾家泽兄敬公弼。半生梦与公弼游，岂意相逢在今日。春风和气在眉宇，玉壶冰鉴藏胸臆。人间万事君自知，未必君才人尽识。苏门水木无纤埃，闻君家近公和台。仙家近日多官府，黄帽青鞋归去来。"（《赠萧炼师公弼》）③ 推崇喜爱之心尽现。萧辅道经常与社会各阶层人士广泛交往，诗词唱和，宣传太一道的教义，扩大其影响。因此，他在士大夫当中赢得了极高的声誉，王恽《大都宛平县京西乡创建太一集仙观记》曰："师人品

---

① （元）王恽：《秋涧集》卷三九，《景印文渊阁四库全书》第1201册，台湾商务印书馆1985年版。

② （金）王若虚：《滹南集》卷四二，《景印文渊阁四库全书》第1190册，台湾商务印书馆1985年版。

③ （金）元好问著，姚奠中主编，陈正民增订：《元好问全集》，山西古籍出版社2004年版，第72页。

洁俊，博学富才智，士论有山中宰相之目"①，其才识品德在文人士大夫中有口皆碑。陈垣在《南宋初河北新道教考》卷四论及萧辅道时也说："辅道之重望，在不事王侯，高尚其事有严光、周党之风，为天下士林所倾仰，不在新朝区区之尊崇也。"

　　随着萧辅道声誉日隆，文人士大夫与之结交者越来越多，声名远播，引起了在潜邸时期积极延揽人才的忽必烈的重视，所以安车征聘，延请到藩府。据《元史·释老传》载："世祖在潜邸闻其名，命史天泽召至和林，赐对称旨，留居宫邸。"至于萧辅道此次入侍忽必烈藩府的具体时间，据王恽《故真靖大师卫辉路道教提点张公墓碣铭并序》记载：真靖大师曾侍其师中和仁靖真人萧辅道于贵由汗元年（1246）夏四月，"赴太后幄殿，及见亦沾宠眷，奏受真定路教门提点，仍赐白锦法服，命侍中和颁锦幡宝香于嵩高太华二岳，以祈福佑"。可知萧辅道此次觐见忽必烈是在1246年夏。王恽在《清跸殿记》中记述了萧辅道这次入侍忽必烈藩府的一些情况："初，上之在潜也，思得贤俊，以裨至理，闻太一四代度师萧辅道弘衍博大，则其人也。于是以安车来聘。既至，上询所以为治者，师以爱民立制，润色鸿业，用隆至孝者数事为对。上喜甚，锡（赐）之重宝，辞不受，曰：'真有道士也！'赐号中和仁靖真人，冠帔尊崇之礼，前后有加。"② 一方面，当时战乱频仍，北边蒙古帝国逐渐强大，忽必烈又是一个英明的蒙古藩王，当时许多中原儒士文人如王鹗、张文谦、张易、李德辉、张德辉、元好问等，还有禅宗僧人印简大师海云、子聪（刘秉忠）等纷纷入侍忽必烈藩府或到漠北觐见。忽必烈对延请来的贤士文人都曲尽其能地款待，态度亲

---

　　① （元）王恽：《秋涧集》卷四〇，《景印文渊阁四库全书》第1201册，台湾商务印书馆1985年版。

　　② （元）王恽：《秋涧集》卷三八，《景印文渊阁四库全书》第1201册，台湾商务印书馆1985年版。

切，没有征服者的骄横与傲慢，这当然会对广交儒士文人的萧辅道产生很大影响。另一方面，忽必烈因为仰慕萧辅道的才智和人品，盛情相请，而萧辅道也要为太一道今后的发展寻找出路。元太祖十五年（1220），丘处机以七十四岁的高龄，率尹志平、李志常等十八名弟子万里西行，远赴成吉思汗西域雪山行营，争取到成吉思汗的信任和支持，扩大了全真道在北方的影响。为了太一道自身的发展和传播，须争取王道政治的认可，萧辅道也必须如丘处机一样，顺应社会政治形势的变化，善于把握时机，参与社会事务。不过，这一时期的蒙古政权还在窝阔台系手中，贵由刚继承汗位，拖雷家族尚未执政。选择入侍忽必烈藩府，也体现了萧辅道作为掌教者不同寻常的政治智慧与眼光。

忽必烈与萧辅道相见之后，即以治国之道请教，萧辅道以"爱民立制，润色鸿业，用隆至孝者数事为对"，他以超群之才华，渊博之学识，巧妙地将太一道所倡导的教义结合儒家治国安邦之法来应答，迎合了忽必烈"思大有为于天下"的心理，为忽必烈治国平天下寻找理论依据。在当时那样一个特殊的时代，他进一步缩小与儒家入世思想的差距，以宗教家的济世情怀参与世事。因此，萧辅道与忽必烈初次见面就赢得了忽必烈的尊信。这一次萧辅道在忽必烈潜邸应居留了不少时日，而且时常和忽必烈讲道论政。萧辅道为人幽默和善，又有道家随缘适性、洒脱不拘的风范，据王恽《玉堂嘉话》卷七记载：

> 中和真人在龙庭时，以瞻对无时，恒备物以充咀嚼。时一士人同在邸舍，师每与之分甘。一日，师复求之，彼辞无有，托便旋食焉。师知之，因曰："沙漠之羊，与中土桑用略同。肉充饥，毛作毡，皮为裘，角为杯也。此人所共知，不意近来羊尿又可以配饼食也。"闻者为大笑，彼徐悟其方已，甚有

愧色。

调侃中不失其诙谐幽默,让人读之忍俊不禁。虽漠北草原条件艰苦,但他依然是满腔子热情。这次和林之行,萧辅道以高道真仙的弘衍博大与豪爽洒脱的风神以及过人的学问和人品深得忽必烈厚爱,也为太一道在元代的繁兴奠定了基础。第二年(1247),忽必烈即以其母唆鲁和帖尼名义下"懿旨",言道:"赵州太清观主持道士萧辅道,实太一一悟传教真人泉裔之曾孙,继承之四叶。才德兼茂,名实相副,清而能容,光而不耀。富文学而重气节,谨言行而知塞通,体一理而不偏,应众机而靡庆。复以阐扬法事,绍述宗风,道助邦家,泽濡幽显,是可尚也。要光前业,宜锡(赐)嘉名,用传不朽者。右赐中和仁靖真人号,传度太一法箓事萧辅道,准此。"① 萧辅道赢得了忽必烈家族的信任,标志着太一道正式得到元室的承认。

蒙哥汗二年(1252),萧辅道再次应忽必烈之召,据王恽的《故真靖大师卫辉路道教提点张公墓碣铭并序》记载真靖大师于"壬子(1252)夏六月,复从中和(萧辅道)北觐岭邸",赴忽必烈岭北潜邸,只是这次萧辅道和忽必烈见面的具体情况不见史书所载。忽必烈想请萧辅道留在宫中居住,他以年龄过高坚辞不从。萧辅道于当年冬羽化仙逝。萧辅道两次入侍忽必烈藩府,都带了不少弟子同行,也促使了太一道与元室保持亲密的关系。

萧辅道这两次不辞辛苦入侍藩府,宣道朔漠,主动适应时势的变化,结交尚在潜邸时期的忽必烈,取得了英明睿智的蒙古藩王忽必烈的信任和支持,确立了太一道与元室的关系,奠定了太一道在

---

① 陈垣:《道家金石略》,文物出版社1988年版,第840—841页。

元代的地位。因此，太一道在蒙元时期取得比金代更大的发展，尤其是在忽必烈统治时期，太一道始终得到蒙元王朝的扶植和崇奉，进入太一道发展的全盛时期，道门兴旺，门徒众多。

（三）藏传佛教大师八思巴

忽必烈潜邸中的方外之士还有藏传佛教大师八思巴。据《元史》卷二〇二《释老传》载："帝师八思巴者……岁癸丑，年十有五，谒世祖于潜邸，与语大悦，日见亲礼。"① 八思巴十五岁时，当为蒙哥汗三年（1253），谒见世祖忽必烈于潜邸。实际上根据陈得芝先生在《八思巴初会忽必烈年代考》一文中的考证，八思巴初次谒见忽必烈是在他十九岁时，即 1253 年夏秋之间，才开始正式进入忽必烈潜邸。

八思巴（1235—1280），本名洛珠坚赞，为萨迦五祖中第五祖，其伯父为萨迦班智达。八思巴于 1235 年出生于藏昂仁地区。从小聪明过人，过目成诵，"八思巴生七岁，诵经数十万言，能约通其大义，国人号之圣童，故名曰八思巴。少长，学富五明，故又称曰班弥怛"。十岁（1244 年），随伯父法主萨迦班智达赴凉州，十二岁时到达。至 1251 年他十七岁时，一直随法主学习教法。"其所师而学焉、友而问焉者数十人，皆有盛名于时。故其所有汪不可涯涘。其所撰述，皆辞严义伟，制如佛经，国人家传口诵，宝而畜之。"② 八思巴年少有成，才华超群，学识极为渊博。1251 年，法主将掌教重任委付给他，临终前因他还未受比丘戒甚感遗憾。1252 年，忽必烈南征大理，为了顺利穿越四川藏区，曾下令召见萨迦班智达，由于萨迦班智达于 1251 年在凉州去世，因此十九岁的八思巴在蒙哥的推荐下于 1253 年替伯父前往。于 1253 年夏秋之际初次谒见忽必烈，

---

① （明）宋濂等：《元史》，中华书局 1976 年版，第 4517—4518 页。
② 《大正藏》卷四九，参见《大正新修大藏经》，日本大正一切经刊行会 1924—1934 年版，第 733 页。

"初次应对之后,因谏请忽必烈不要向吐蕃地区摊派兵差没有被采纳,心中不悦,遂请求放他回去,忽必烈准许,后听从王妃察必之言,将他留下,再次举行讲论,八思巴对答的吐蕃史事,经查证史书和派人入蕃调查,都得到证实,于是王妃请他传授了喜金刚灌顶。在忽必烈率军前往云南之时,八思巴去凉州为法主(萨迦班智达)灵塔开光。其后准备从伍由巴大师受比丘戒,前往乌思藏,行至朵甘思时,闻伍由巴已故,遂返回"①。1254 年春,八思巴与从云南班师途中的忽必烈会合,一同来到汉地。

之后,八思巴一直追随忽必烈,居住在忽必烈的营帐之中,成为忽必烈潜邸重要的方外之士。这一时期八思巴与忽必烈的关系日益增进,忽必烈与王后及其子女都以俗人见师僧仪节礼遇八思巴,八思巴先后为其讲经说法,并进行了密宗灌顶。② 八思巴以他超群的才华,渊博的学识,巧妙地将忽必烈一家与佛教联系在一起,以佛教的形式道出忽必烈的愿望,忽必烈很快将他奉为精神上的导师,八思巴与忽必烈确立了师徒关系,从而影响了整个元代藏传佛教与元代统治西藏政策的确立。据《萨迦世系史》,八思巴以他的才华和学识赢得了忽必烈的认可,并最终确立了一条共同原则:当八思巴为忽必烈讲经说法及人少时,八思巴坐上座,人多时忽必烈坐上座;凡吐蕃事务,忽必烈在请教上师之后才下诏令,其他事务八思巴不能干预。③

---

① 陈得芝:《八思巴初会忽必烈年代考》,《蒙元史研究丛稿》,人民出版社 2005 年版,第 327 页。

② "世祖宫闱、东宫皆受戒法,特加尊礼。"(王磐:《拔思发行状》,参见《释氏稽古略·释氏稽古略续集》,江苏古籍刻印社 1992 年版,第 598—599 页)

③ 阿旺贡噶索南《萨迦世系史》记载:"听法及人少时,上师可以上座,当王子、驸马、官员、臣民聚会时,恐不能镇服,由汉王坐上座。吐蕃之事悉听上师之教,不请于上师绝不下诏。其余大小事务因上师心慈,如误为他人求情,恐不能镇国,故上师不能讲论及求情。"(阿旺贡噶索南:《萨迦世系史》,陈庆英、高禾福和周润年译注本,西藏人民出版社 1989 年版,第 108 页)

1255年，八思巴奉忽必烈之命回藏受比丘戒，随后，与忽必烈一道返回金莲川。由于忽必烈治理汉地时任用儒士，参用汉法，很有成效，因而引起了一些蒙古贵族的不满，也使蒙哥产生了猜忌。1256年，蒙哥汗决定亲征南宋时，命阿里不哥留守漠北，以忽必烈有足疾为由，命其在桓、抚间休养，实际上是解除了忽必烈的兵权。1257年又派亲信对忽必烈设置的汉地官府机构和官员一一审查，罗织罪名。此时忽必烈忧惧非常，坐卧不安，除携全家到河西觐见蒙哥汗以求其消除戒心以外，也想到了祈求佛的护佑。1257年五月到七月，八思巴在忽必烈的支持下前往汉地的佛教圣地之一五台山朝拜巡礼，也有为忽必烈祈福消灾之意。在此期间，八思巴为忽必烈讲经说法，巧妙地将佛教关于转轮王"慈悲护持众生"的思想和忽必烈"思大有为于天下"的思想结合起来，为忽必烈治国平天下寻找理论依据。从1255年新年开始，八思巴差不多每年都要向忽必烈献新年吉祥祝词，类似汉儒所进的贺正旦表，在这些祝词中，八思巴把忽必烈称为"人主"，祈祷他"权势如大海、如须弥山"，如"日月珍宝"，"如太阳照临各方"；祈愿忽必烈"依照佛法护持整个世界"，"以慈悲之心护持众生"（藏文《萨迦五祖全集》，第十五函，德格木刻版）。在忽必烈还只是一个藩王时，八思巴对他就以做治平天下的护教法王相期许，说忽必烈是由天神之主来做人间之王，赞颂忽必烈依照佛教理论来教化和统治众生，因而受到忽必烈的重视。

1258年，忽必烈奉蒙哥汗之命前往开平府主持佛、道两家辩论《老子胡化经》的真伪，以解决佛道两家的地位之争，忽必烈将此重任交给了八思巴，八思巴领命，据《至元辩伪录》记载，参加辩论的汉地、河西、大理等地的佛教名僧三百多人，八思巴以佛教重要代表的身份参加，并在此次辩论中显示出非凡的才华、雄辩的口才和缜密的逻辑思维能力，为佛教的胜利发挥了作用。① 1258 年，蒙哥汗因进攻南宋的东路军无功，改命忽必烈统率东路军，在忽必烈奉命南征后，八思巴住在开平府忽必烈的孙子答剌麻八剌（真金第二子）的宫中。1259 年 11 月，忽必烈匆忙从军中赶回燕京，八思巴也在当月到达燕京，并写了《赞颂之海——诗词宝饰》，题记中说："阴土羊年冬十一月，于汉地无数帝王出世之地、众多吉祥之相装饰之中都大城写就。"（藏文《萨迦五祖全集》，第十五函，德格木刻版，第 101—107 页）八思巴是藏传佛教领袖中到达燕京地区的第一人，他到达燕京显然与忽必烈准备即位有关，但他具体参加了哪些活动史无明载。

1260 年忽必烈即位后立即任命八思巴为国师，授以玉印，令其统领释教。

1264 年，忽必烈迁都大都后，设管理全国佛教和西藏事务的中央机构总制院，"掌释教僧徒及吐蕃之境而吏治之"（阿旺贡噶索南《萨迦世系史》，第 212 页）。又命八思巴掌领其事，当年夏天，令八思巴返回西藏，筹建西藏地方政府的行政体制。1269 年，八思巴完成筹建西藏地方政府的工作后返回大都，把在藏文的基础上创制的蒙古新字（即八思巴字）进献，这项工作约从 1260 年受封为国师后即已按忽必烈的旨意开始。② 对八思巴在这项创制工作上再次显示的非凡才华，张昱曾写诗赞道："八思巴师释之雄，字出天人惭妙工。龙沙仿佛鬼夜哭，蒙古尽归文法中。"③ 同年，忽必烈颁布

---

① 《至元辩伪录》，参见《大正新修大藏经》第 52 册，日本大正一切经刊行会 1924—1934 年版。
② 《元史》卷二〇二《释老传》："中统元年，世祖即位，尊为国师，授以玉印。命制蒙古新字，字成上之。"八思巴大约是在中统元年（1260）尊为国师后就受命创制蒙古新字。
③ （元）张昱：《辇下曲》，《张光弼诗集》，四部丛刊续编部，明抄本，第 16 页。

诏书，开始推行蒙古新字，诏书曰："朕惟字以书言，言以纪事，此古今之通制。我国家肇基朔方，俗尚简古，未遑制作，凡施用文字，因用汉楷及畏吾字，以达本朝之言。考诸辽、金，以及遐方诸国，例各有字，今文治浸兴，而字书有阙，于一代制度，实为未备。故特命国师八思巴创为蒙古新字，译写一切文字，期于顺言达事而已。自今以往，凡有玺书颁降者，并用蒙古新字，仍各以其国字副之。"① 因此，于1270年，"遂升号八思巴曰大宝法王，更赐玉印，统领诸国释教"②，正式被尊为元朝帝师。

忽必烈尊八思巴为帝师，推崇藏传佛教，据《元史》卷二〇二《释老传》载："元起朔方，固已崇尚释教。及得西域，世祖以其地广而险远，民犷而好斗，思有以因其俗而柔其人，乃郡县土番之地，设官分职，而领之于帝师。乃立宣政院，其为使位居第二者，必以僧为之，出帝师所辟举，而总其政于内外者，帅臣以下，亦必僧俗并用，而军民通摄。于是帝师之命，与诏敕并行于西土。"这样一是为了统治西藏地区，二是为了依靠八思巴和藏传佛教来统治天下。在元代帝师很受礼遇和尊崇，"百年之间，朝廷所以敬礼而尊信之者，无所不用其至。虽帝后妃主，皆因受戒而为之膜拜。正衙朝会，百官班列，而帝师亦或专席于坐隅。且每帝即位之始，降诏褒护，必敕章佩监络珠为字以赐，盖其重之如此。其未至而迎之，则中书大臣驰驿累百骑以往，所过供亿送迎。比至京师，则敕大府假法驾半仗，以为前导，诏省、台、院官以及百司庶府，并服银鼠质孙。用每岁二月八日迎佛，威仪往迓，且命礼部尚书、郎中专督迎接。及其卒而归葬舍利，又命百官出郭祭饯"。正是由于八思巴非凡的智慧和才能，以及在政治和宗教上的杰出贡献，他才赢

---

① （明）宋濂等：《元史》，中华书局1976年版，第4517页。
② 按王磐《拔思发行状》记载，八思巴的封号为"皇天之下一人之上开教宣文辅治大圣至德普觉真智，佑国如意大宝法王、西天佛子、大元帝师班弥怛拔思发"。

得了忽必烈的尊崇,也奠定了元代帝师制度,确立了元代皇室和萨迦派和款氏家族的紧密联系。

  1271年八思巴离京赴临洮,1274年,在真金太子率军护送下离临洮回西藏。1275年8月,他在返藏途中写了《贺平江南表》,颂扬忽必烈统一全国的功业。① 1276年年底返回萨迦。1280年11月22日,八思巴英年圆寂于萨迦寺,朝野上下无不扼腕痛惜,追怀旧德,为其修建灵塔。

---

  ① 八思巴这份贺表载于《萨迦五祖全集》德格木刻版第十五函,陈庆英、高禾福和周润年译注本,西藏人民出版社1989年版,第385页。

第二章

忽必烈潜邸儒士文人心态解读

忽必烈藩府文人，虽然民族与地域来源广泛，文化渊源和师承各异，但他们有着相同的政治目标和生活环境，而且经常接触，广泛交流，增强了不同民族之间的学习交流，尊重理解，各族文人业已超越了种族的藩篱，形成了中国历史上前所未见的多民族文人群体，彰显着中华民族强大的凝聚力。藩府文人入侍藩府，不仅仅是辅助忽必烈行汉法，建立功业那么简单，作为一个特殊的文人阶层和群体，有自己的行为方式和心理特征。他们普遍存在的心理特征，主要表现在以下三方面：一是藩府文人的忧患意识和华夷观；二是对忽必烈藩府的征召，他们怀着极大的热情，在应召途中或进入藩府之后，藩府文人纷纷题诗或写文来描绘沿途的景物风光、藩府经历，或赠诗鼓励友人入藩，形成了藩府文人一种特殊的心理——金莲川情结；三是藩府文人普遍存在着出仕与归隐的心理矛盾。

第一节 忽必烈潜邸儒士的忧患意识与华夷观

自 1127 年金朝俘虏宋朝徽、钦二帝，占有淮河以北的广大中原地区，南宋偏安于江南，北方开始长期处于金朝的统治之下。成吉思汗十年（1215），金中都燕京（今北京）为蒙古占领，金宣宗南迁汴梁（今河南开封），金王朝遭受了前所未有的致命打击。随着燕京的陷落，蒙古铁骑迅速攻占了黄河以北近九百座城邑，未能南迁的数百万大小官吏和黎民百姓遭到蒙古军的蹂躏掳掠，或惨遭屠杀，或被俘为驱口，只有僧道等宗教徒以及各种工匠受到蒙古统治者的重视，免遭屠戮。① 这对广大中原百姓来说，是一场灾难，他们都命运悲惨，困苦不堪。窝阔台汗六年（1234），蒙古军攻克蔡州（今河南汝南），金朝最终覆亡。在这种情况下，中原士人及百姓不得不再次面对蒙古代金之际华夷观念的困惑与调适。以往通过读书、科举以求仕进的中原士大夫也丧失了传统的优越地位，大量死亡、四处流徙、藏身民间，所受打击尤为惨重。藩府文士中如郝经、窦默、许衡、王磐和宋衜等都曾经受战乱之苦，正所谓"金季丧乱，士失所业"（王恽《故翰林学士紫山胡公祠堂记》）②。他们作诗吟赋、科举提名、进入仕途的生活方式被彻底改变了，命运同普通民众并没有多少区别。前朝经过几代人积累发展起来的文化成就，如学校，在战争中灰飞烟灭，"自经大变，学校尽废，偶脱于煨烬之余者，百不一二存焉"（段成己《河津县儒学记》）③，典籍也在战火中焚毁殆尽，据苏天爵记载："中原新经大乱，文籍化为灰烬"（《三史质疑》）④。面对中原干戈寥落，百姓流离失所的惨状，宋金政权不可能再给他们任何希望，这样，金莲川藩府文人和北方广大有着历史使命感的士人一样，普遍存有深深的文化忧患

---

① 1214年一月下旬，"保州屠城惟匠免。予冒入匠中，如予者亦甚众。或欲精择其能否，其一人默语之曰：'能挟锯即匠也。'……事遂已。而凡冒入匠中者皆赖以生。"（刘因：《静修文集》卷二一《武遂杨翁遗十》）

② （元）王恽：《秋涧集》卷四〇，《景印文渊阁四库全书》第1201册，台湾商务印书馆1985年版。

③ 李修生主编：《全元文》（第2册），江苏古籍出版社1998年版，第215页。

④ （元）苏天爵：《滋溪文稿》卷二五，中华书局1997年版。

意识。

宋理学家张载认为士人应该"为天地立心,为生民立道,为往圣继绝学,为万世开太平",金莲川藩府文人,身逢金元易代之际,忧世伤生,充满了对天下一统的期待,在那个特殊的历史时期,更加突出了士人品格中强烈的历史使命感和忧患意识。

许衡在战乱中有过一段逃亡的悲惨经历,深知乱世中流离颠沛之苦,他充满着对仁政的期待:"一祈仁政苏民疲,一祈善政赒民饥。"(《送姚敬斋》)[①]希望新的统治者给百姓以生路,使社会安定,因为"斯民久已渴商霖",也希望窦默入侍藩府,能够"愿推往古明伦学,用沃吾君济世心"(《赠窦先生行》),希望好友此去辅助忽必烈行汉法,能有一番作为。因背负着对于国家和民族命运的沉重责任感,许衡诗歌有着厚重的忧患意识,也有真诚的情怀与困惑。

郝经对战乱之时的百姓也是殷殷关注,他在《劝农》诗序中写道:"兵乱以来,四民失业,农病为甚。因读渊明劝农之作,感而赋此。"面对存在的社会危机,诗人敏感而充满了惆怅忧患之慨,诗中这样写道:"爰自兵兴,鱼涸处陆……苛政猬起,纷更弗久。饥肠曷充?独耕无耦……食众农寡,安得不匮。有年无种,丰获安冀。盗贼群起,馁死并至……农为匪民,犯绳越轨。本既凋伤,政何由美?"作者具有强烈的时代感,对社会混乱,盗贼横行,田园荒芜,民不聊生的社会现实痛心而有着清醒的认识,以沉痛的笔调抒发胸中无限悲愤之情,读之令人低回而心碎,这正因郝经对国家民族有一种忧患感,而这种忧患产生的基础就是历史责任感。郝经是一个坚持儒家道德观念的人物,信奉"穷则独善其身,达则兼济天下",他博览群书,思"大益于世",经历了朝代更迭,面对社会

[①] (元)许衡:《鲁斋遗书》卷一一,北京图书馆古籍珍本丛刊,影印明万历二十四年(1596)刻本。

变迁所带来的战乱和动荡,常以"道济天下为己任"①,他不留恋琴棋书画的悠闲,而是深入社会,关注政治和民生疾苦。在《河东罪言》一文中他写道:"国家光有天下五十余年,包括绵长亘数万里,尺棰所及,莫不臣服,惜乎纲纪未尽立,法度未尽举,治道未尽行,天之所与者未尽应,人之所望者未尽允也。比年以来,关右、河南,北之河朔,少见治具,而河朔之不治者,河东河阳为尤甚。"指出汉地久未治理,困弊已极的情况。正是这种对民生困苦的忧患,促使他入侍忽必烈藩府,辅佐忽必烈在中原地区行汉法。

刘秉忠的诗词中,也常体现对民生疾苦的关心,不能为民解忧是他的遗憾:"识字岂知为物忌,读书空想解民忧"(《对镜》);他希望平定干戈,让百姓都能安居乐业:"民人各得安家住,辞气总如平日和。箪食壶浆迎马首,汤征元不弄干戈"(《峡西》);虽然他满口说"致主泽民非我辈"(《倚楼》),但所做多是致主泽民之事。

也正因为有强烈的历史使命感和忧患意识,藩府文人已经认识到了空谈心性与埋头章句,对国计民生毫无用处,面对漠北蒙古军队的冲击,中原民不聊生的现状,必须抛弃误导人心的南北旧说,摒弃夷夏有别的狭隘观念,不以华夷、血统、辖地的位置及广狭等论正统,而应建立新的正统观和华夷观。而且,由于"辽金以来,以宋为正朔的观念在北方淡漠已久"②,"长城一线虽然分别夷夏两个天下,但外族入居中国(作者原语,指中原地区,下同),不能严分内外,也是长期的历史事实。华北近边州郡的夷夏观,宜不同

---

① (元)苟宗道:《故翰林侍读学士国信使郝公行状》,郝经《郝文忠公陵川文集》卷首,北京图书馆古籍珍本丛刊,影印明正德二年(1507)李翰刻本。
② 白寿彝:《中国通史》第8卷,人民出版社1997年版。

于中原内地,而胡汉之畛在社会上也淡于政治上。"① 北方地区契丹、女真、汉族长期融合,"华夷同风",北方文人以汉族为正统的观念相对淡化,他们的现实政治活动已经冲破了传统的夷夏观念,并不认为少数民族入主中原就不是正统。出于对国计民生的关心,对天下一统的期待,当忽必烈广泛延揽人才之时,他们认为忽必烈是贤明之主,于是乘势而动,抓住历史发展过程中形成的契机,入侍藩府,借出仕而行"道",辅佐忽必烈以汉法治理中原地区,维系华夏文化。我们试了解一下藩府文人的正统观以及他们的华夷观。

杨奂是较早被征聘的金源名士。杨奂(1186—1255),字焕然,号紫阳,乾州奉天人。金末举进士不中,教授乡里。窝阔台汗十年(1238),杨奂在东平参加戊戌选试,两中赋论第一,北上和林谒耶律楚材,授河南课税所长官兼廉访使。蒙哥汗元年(1251)春告老于行台,第二年,忽必烈即派人征召,据《元史》本传载:"壬子(1252),世祖在潜邸,驿召奂参议京兆宣抚司事,累上书,得请而归。"又据元好问为其撰写的《神道碑》载:"壬子九月,王府驿召入关。"杨奂在忽必烈王府居留一段时间,于蒙哥汗三年(1253)正月,自金莲川归乡,取道河中府②。虽然杨奂因年老请辞,不能算正式金莲川藩府文人,但他参议京兆宣抚之时,却影响不小,其一是忽必烈因其名望延请到一批才学之士③,不仅关陇名士李庭欣然入幕,而且"长安,名士之渊薮也。如杨寺丞君美、裴绿野子

---

① 王明荪:《元代的士人与政治》,台湾学生书局 1995 年版,第 15 页。
② 杨奂《西岳庙题名》:"河南路漕长奉天杨奂告老后,应王府之召……时癸丑清明前十日。"当时忽必烈在 1252 年春,已经开邸金莲川,杨奂当从金莲川返回途中经此地。
③ 元好问《遗山集》卷二十三《河南路课税所长官兼廉访使杨公神道碑》:"暮年还秦中,秦中百年以来号称多士,较其声闻,赫奕耸动一世,盖未出其右者。前世关西夫子之目,今以归君矣。"

法、邸郎中大用、张郎中君美、同讲议祖卿、焦咨议元发、来讲义明之，皆魁才巨德，又得以与之文酒相争逐。则智刃日益利，文宪日益开，取心注笔，浩乎其沛然矣"①，当时的京兆府可谓人才济济。其二是杨奂所提出的正统之说和华夷观，对藩府文人以及北方文人产生了深远的影响。他在《正统八例总序》中非常鲜明地提出了"王道之所在，正统之所在"的观点：

> 呜呼！正统之说，祸天下后世甚矣！恨其说不出乎孔孟之前，得以滋蔓弥漫，而不知剪遏也。通古今考之，既不以逆取为嫌，而又以世系、土地为之重，其正乎？后之逆取而不惮者，陆贾之说唱之，莽、操祖而诲之也，不曰"予有惭德"，不曰"武未尽善"也。以汤、武之顺天应人，而犹以为未足，况尔耶？以世系言，则禹、汤、文、武与桀、纣、幽、厉并矣。不曰"贼仁者谓之贼，贼义者谓之残，残贼之人，谓之一夫"，而容并之？以土地言，则秦之灭六国，晋之平吴，隋之平陈，苻秦之窥伺，梁魏周齐之交争不息者，所激也。不曰"以力假仁者霸，霸必有大国；以德行仁者王，王不待大"？汤之七十里，文王之百里，以王道为正也。王道之所在，正统之所在也！②

杨奂批判先前的正统论，认为之前的正统轮主要有三个错误：一是"不以逆取为嫌"，二是以世系为重，三是以土地为重，然后提出了自己的主张："王道之所在，正统之所在也。"他的正统之说，非常鲜明，不是以华夷、血统、辖地的位置及

---

① （元）王博文：《故咨议李公墓碣铭》，载李庭《寓庵集》卷八，《续修四库全书》第1322册，上海古籍出版社2002年版。

② （元）苏天爵编：《元文类》卷三二，上海古籍出版社1993年版。

广狭等论正统，而是兼顾儒家之道和北方长期处于少数民族统治的政治现实才提出的，具有鲜明的时代特色。在正统论上作出如此明确之论者，杨奂是第一个，和以前以地域大小、夷夏之防等为依据的说法相比，显然是一个很大的进步。北方地区契丹、女真、汉族的长期融合，民族关系和民族融合的发展，自然会引起汉族、中国、正统等观念含义的相应变化。杨奂之说，完全符合少数民族相继入主中原的现实情况以及华夷如一正统观念的发展趋势，无可厚非，应予赞赏和肯定。杨奂的这种观点，也影响了忽必烈藩府文人。

在正统和华夷问题上，继杨奂之后，郝经在结合了当时的社会实际，并总结和发展儒家"用夏变夷"思想的基础上，提出了一个非常重要的政治命题："今日能用士，而能行中国之道，则中国之主也。"（《与宋国两淮制置使书》）① "中国之道"就是圣人之道，"中国之主"则是中国正统君主。郝经的这一说法是对儒家思想"用夏变夷"思想的总结和发展。孔子《论语·季氏》曰："远人不服，则修文德以来之。"《论语·子路》亦云："子曰：'近者说，远者来。'""上好礼，则民莫敢不敬；上好义，则民莫敢不服；上好信，则民莫敢不用情。夫如是，则四方之民襁负其子而至矣。"这里的"远人""四方之民"，无疑包括了华夏之外的夷狄之民。孟子在此基础上提出了"吾闻用夏变夷者，未闻变于夷者也"（《孟子·滕文公上》）的说法，这一说法成为后世"夷狄"之君入主中原的最重要的理论依据。唐韩愈又进一步说："孔子之作《春秋》也，诸侯用夷礼则夷之，进于中国则中国之。"② 这句话很好地概括了传统的"华夷进退"思想，如果诸侯使用"夷礼"的话，"华

---

① （元）郝经：《郝文忠公陵川文集》卷三七，北京图书馆古籍珍本丛刊，影印明正德二年（1507）李翰刻本。

② （唐）韩愈：《韩昌黎全集》，中国书店1998年版，第174页。

夏"就会退步为"夷狄";而处于蛮荒之地的"夷狄",经过文化的发展可以进为"华夏",甚至可能会超过以"华夏"正统自居的中原诸国。强调了礼是区别华夏与夷狄的标准。郝经的理论源于儒家的传统理论,更结合了当时社会的实际。当时北方中原地区,自辽、金以来,已有三百多年不在汉族王朝的统治之下。其间,党项、契丹、女真,同时或相继成为北方中原的统治者,他们逐渐学习、认同华夏文化。党项族建立的西夏王朝,接受流行于汉地的儒家、道家、佛教文化,并译成西夏文。契丹族建立的辽朝,也逐渐汉化。特别是金朝,但金朝"一用辽、宋制度,取二国名士置之近要,使藻饰王化,号'十学士'。至世宗,与宋定盟,内外无事,天下晏然,法制修明,风俗完厚"。就连宋儒真德秀也不得不承认:"金源氏典章制度在元魏右。"(《立政议》)①。所有这一切都证实了少数民族进入汉地,尤其成为中原统治者后,不仅选择了学习与接受华夏文化,而且也促进了文化交流与民族融合。北方汉族在少数民族政权的统治下,逐渐认同了现存政权,经过这一时期大规模的民族融合,生活在那里的许多士子,"严夷夏之大防"的观念逐渐趋于淡薄,狭义上的民族界限也不再那么清晰。因而郝经这一非常重要的政治命题的提出,完全突破了"严夏夷之大防"的狭隘民族观,从理论上为蒙古族接受华夏文化、蒙元政权入主中原,提供了合理、合法的根据,也解决了汉族文人囿于传统的正统观及华夷界限而难以适从的困惑,为汉族士大夫服务于蒙元政权提供了理论支持,这就是郝经此说理论贡献之所在。郝经认为:衡量"中国之主"有两个标准,一是要能用士,二是能行中国之道,即汉法,只要符合这两个标准,即是"中国之主"无论汉族、女真、蒙古的统治者,只要能重用士大夫,能行圣人之道,就可以成为中国正统

---

① (元)郝经:《郝文忠公陵川文集》卷三二,北京图书馆古籍珍本丛刊,影印明正德二年(1507)李翰刻本。

的君主。他在《涿郡汉昭烈皇帝庙碑》一文中进一步表明了自己对于正统的认识："王统系于天命，天命系于人心。人心之去就，即天命之绝续，统体存亡于是乎在。"① 认为道义的体现、人心的归向才是最为根本的因素，进一步论证了上述观点。

和郝经的"能行中国之道，则中国之主"的观点大体一致，许衡在《时务五事》中说："北方奄有中夏，必行汉法，可以长久，故魏、辽、金能用汉法历年最多。其他不能实用汉法，皆乱亡相继……国朝仍处远漠，无事论此。必若今日形势，非用汉法不可也。"这里的"汉法"，就是"中国之道"和"中国之法"的同义语，这和郝经的主张一致，都强调"汉法"和"中国之道"是"北方奄有中夏"和成为"中国之主"的关键所在。对华夷观，许衡也有他的阐释：人为地划分"夷"和"夏"，厚此薄彼甚或尊此贬彼，有悖于儒家文化大义："元者善之长也，先儒训之为大，徐思之，意味深长。盖不大则藩篱窘束，一膜之外，便为胡越，其乖隔分争，无有已时。何者？所谓善，大则天下一家，一视同仁，无所往而不为善也。"② 不能只看到本民族的利益而不知平等对待其他民族，这是与儒家"天下一家，一视同仁"的思想背道而驰的。正如他在《病中杂言》之四中所言：

> 直须眼孔大如轮，照得前途远更真。光景百年都是我，华夷千载亦皆人。③

---

① （元）郝经：《郝文忠公陵川文集》卷三三，北京图书馆古籍珍本丛刊，影印明正德二年（1507）李翰刻本。

② （元）许衡：《鲁斋遗书》卷二，北京图书馆古籍珍本丛刊，影印明万历二十四年（1596）刻本。

③ （元）许衡：《鲁斋遗书》卷一一，北京图书馆古籍珍本丛刊，影印明万历二十四年（1596）刻本。

无论华夏还是夷狄，大家都是人，本无天分高低之分，如果从这个角度去考虑，那么一切障碍都会排除了。比之郝经的华夷观，许衡之说更加人性化，也更透脱。

由于摒弃了夷夏有别的狭隘观念，"华夷千载亦皆人"，蒙元初期忽必烈藩府文人中，杨奂的"王道之所在，正统之所在也"、郝经的"能行中国之道，则中国之主"，他们所重视的不在于做皇帝的人是少数民族（即所谓夷），还是汉族（即所谓华），而是能否采用"汉法"，实行王道，这就超越了从前以血缘、民族、天命、德运、地域、国势等因素来论正统的思维模式，更具理性色彩和进步意义。当然，这种理论的形成，有着时代因素，因为北方汉族士人"严夷夏之防"的观念逐渐趋于淡薄，狭义上的民族界限已不再那么清晰；也有着藩府文人共同的目标和心态，在藩府儒士看来，以蒙元的军事实力，统一天下指日可待，而在政治、文化等方面使其"奄有中夏"，成为"中国之主"则是需要付出努力的，因而，就需要突破以前狭隘的民族观，出仕而行"道"，即弘扬汉文化，辅佐忽必烈以汉法治理中原地区。元之立国，也即实现了藩府文人以汉法治理中原的目标，《中统建元诏》明确表示"稽列圣之洪规，讲前代之定制，"即采用"汉法"，而成为中国之主。

第二节　忽必烈藩府儒士的金莲川情结

蒙哥汗元年（1251）六月，忽必烈的兄长蒙哥登上了蒙古大汗的宝座，是为元宪宗，"同母弟惟帝最长且贤，故宪宗尽属以漠南汉地军国庶事，遂南驻瓜忽都之地"①。蒙哥汗将漠南汉地军国事务交忽必烈全权处理。二年（1252）春，忽必烈把藩府从漠北移至漠南，在金莲川设立了藩府。金莲川因满川盛开金莲而得名，不仅环境优美，而且地理位置优越，在滦河上游地区，空气明净，水草肥美。这一时期的忽必烈，雄心勃勃，又思"大有为于天下"，注重汉文化，接受"马上得天下，不可以马上治"，"帝中国当行中国事"的道理，在他所统治的中原地区，开始以汉法治理汉地，并利用自己在漠南的地位，更加广泛地延请四方文学之士，为他辉煌的事业开始奠定基础。

金莲川，既是忽必烈经略汉地、成就帝王之业的基地，也是藩府文人发挥所学，实现"治国平天下"的人生理想和目标的地方，因而，藩府文人一直对有元一代开国之基的金莲川有着特殊的情结。藩府文人或征战、或扈从，往来于金莲川藩府途中，虽然不乏旅途的艰辛，环境的险恶，但能在济世安民的事业中成就圆满道德人格，他们难以掩饰地纵情吟唱，我们从中不难体会到藩府文人对金莲川特殊的情感，感受到他们的寂寞与欢娱，豪情与热情，历史的沧桑与生命的情感。这是在中国古代文学史上，藩府文人第一次大规模、正面积极地看待并描写北国自然风光与人文景观，是诗歌艺术题材的扩大与发展。因此，忽必烈藩府文人的金莲川情结，获得更加广泛的意义，其影响也更为深远。

金亡之后，文人失去凭依。经历过大片土地被圈为牧场，大量儒生和寻常人一样被掠为驱口的现实以及进取无路、穷通不定、衣食无着的境况，面对中原不治的社会现实，他们充满了对天下一统的期待。而在那个特殊的历史时期，通过读书—科举—入仕的途径为天子所用而治国平天下的理想已经成为泡影。读书人以天下为己

---

① （明）宋濂等：《元史》，中华书局1976年版，第57页。

任,希望被君主擢拔使用,从而获得合理合法的身份,理直气壮地"在其位,谋其政",以实现其政治抱负和人生价值。忽必烈开府金莲川,倚重藩府儒臣,倾向于汉法,专心文治,给了他们一个发挥所学,谋求前程的时机。再者,忽必烈"仁明英睿","善于抚下"①,对藩府谋臣礼遇有加,虚心听取他们的意见,这样一位英明仁厚的有道之主,让藩府儒士看到了希望。忽必烈正是他们能够赖以改变现状的君主,儒士们认为自己治国平天下的理想终于有了实现的机会,能够施展才华,于是通过互相荐引或推举的方式,纷纷入侍藩府。忽必烈金莲川藩府便成了一个北方汉族文人聚集的中心,正如李谦《中书左丞张公神道碑》所载:"世祖皇帝始居潜邸,招集天下英俊,访问治道。一时贤士大夫,云合辐辏,争进所闻。迨中统至元之间,布列台阁,分任岳牧,蔚为一代名臣者,不可胜纪。"②可见当时忽必烈藩府人才云集之盛况。

忽必烈潜邸文人,受儒家"治国平天下"思想的熏染,有着强烈的历史责任感和忧患意识,他们关心社会现实,同情人民疾苦,充满了对天下一统的期待,满怀政治抱负进入忽必烈金莲川藩府。藩府文人雄心勃勃,一心辅佐忽必烈施行汉法。他们不仅向忽必烈灌输儒家的治国思想,而且在治理邢州、河南、京兆、怀孟,营建开平城,以及大理、鄂州之役和争夺汗位等重大事件中都有辅助之功,发挥了很大作用。中统元年(1260),忽必烈登上汗位,定都于金莲川附近的开平城。金莲川,既是忽必烈经略汉地、成就帝王之业的基地,也是藩府文人发挥所学,实现"治国平天下"的人生理想和目标的地方,因此,藩府文人一直对作为有元一代开国之基的金莲川有着特殊的情结。

---

① (明)宋濂等:《元史》,中华书局1976年版,第57页。
② (元)苏天爵编:《元文类》卷五八,上海古籍出版社1993年版。

一 兼济天下的理想

金莲川情结首先表现为忽必烈潜邸知识分子群体普遍的对建功立业、实现个人人生价值的追求以及对国家社会责任的自觉。藩府文人纷纷题诗写文抒发对入侍藩府实现"治国平天下"人生理想的热情向往,表现出积极的用世之志,为国效力的愿望,也常赠诗鼓励友人入藩。他们对能够入侍藩府,辅助忽必烈这位漠北的藩王行汉法,解决中原汉地久不治理、百姓流离失所的现状,从而实现"兼济天下"的政治理想充满了积极乐观的心态。

许衡被后人称为"不世出之臣"(欧阳玄《神道碑》),一生五出五隐,为官数次,是忽必烈潜邸中比较典型的一位儒臣。在许衡进入金莲川藩府之前,两位好友窦默和姚枢都已经入侍忽必烈潜邸,他均有诗相送。从写给两位好友的送行诗可看出他对窦默和姚枢的应聘,是采取积极支持态度的。如他写给窦默的《赠窦先生行二首》:

> 西山山下觅幽村,水竹邻居拟卜君。岂意天书下白屋,便收行李入青云。功名准自英贤立,得失防因去就分。万里风沙渺南北,请归消息几时闻。
>
> 莫厌风沙老不禁,斯民久已渴商霖。愿推往古明伦学,用沃吾君济世心。甫治看将变长治,呻吟亦复化讴吟。千年际会真难得,好要先生着意深。①

许衡和窦默交往已久,他在大名府收徒讲学之时,就常与窦默相与讲习,两人关系自然非同一般,许衡对窦默的应聘,是积极支

---

① (元)许衡:《鲁斋遗书》卷一一,北京图书馆古籍珍本丛刊,影印明万历二十四年(1596)刻本。

持,希望窦默不要错过这千载难逢的机会,"莫厌风沙老不禁",因为百姓早就盼望着有一个太平盛世。希望窦默此去,能"推往古明伦学",以便"用沃吾君济世心",说明许衡已经从心里接受了忽必烈这位蒙古君主,从诗中可以看到中国古代知识分子"济苍生",忧国忧民,积极入世的精神。次年,姚枢由窦默推荐,也入侍忽必烈藩府,许衡对姚枢此次应召入忽必烈藩府,充满了喜悦,虽然不舍得一个相知的朋友,但他希望姚枢此去能有所作为,他充满着对仁政的期待,由他写给姚枢的《送姚敬斋》诗可以看出:"凛凛姚敬斋,风节天下奇……责善善无遗,辅仁仁克推。仁善既皆有,受福将自期。我来歌吉祥,真情寄荒诗。一祈仁政苏民疲,一祈善政赒民饥。丰功伟绩镌长碑,千年万年,感激人心无了时。"① 许衡本"世为农",出身于农家,深知下层百姓生活之苦,况且他又生于乱世,为避兵乱,长期流离颠沛,生活无着。他深知乱世中百姓之痛,非常希望能有一个清平盛世、太平社会,让百姓过上幸福日子,这样便可国泰民安,丰衣足食。他深知好友姚枢治理政事的才能,也清楚忽必烈是一个贤明之主,因而对好友寄予了深厚的希望,他希望姚枢此去能有一番作为,能帮助忽必烈施行仁政,给百姓一个安乐的生活,话很平实,就是希望"仁政苏民疲","善政赒民饥",但却能从中看到许衡强烈的社会责任感,对百姓、对社会的关心。

又如关陇名士李庭在正式进入忽必烈藩府之前,对入侍藩府的朋友太一道大师萧辅道、张德辉和杨奂等均有诗相赠。对好友张德辉的北上,他欣喜不已,更为好友此次北上入侍藩府感到无比自豪,诗篇以饱含激情的笔墨写道:"旌车走遍太行东,晚得嘉宾自幕中。莫比草茅参国论,已从橐籥补天工。四时葱岭书年雪,六月

---

① (元)许衡:《鲁斋遗书》卷一一,北京图书馆古籍珍本丛刊,影印明万历二十四年(1596)刻本。

松林解愠风。久识天孙机上石,更休擎下斗牛宫。"(《送张耀卿北上》)① 藩府召请的旌车走遍太行东部,才从东平幕府请到张德辉,虽然比不过刘备三顾茅庐请诸葛亮出山,但能发挥所学,有用于当时,辅弼君主,为民立命,实现人生理想,也自然是值得称扬的。再有《送杨焕然赴秦中兼简》一诗:

> 已为鲈鱼早退休,未容野水寄孤舟。衣冠北渡元多子,辞赋东原第一流。天护汉储留用里,人瞻秦府是瀛洲。花时炼赏龙池罢,因过清门觅故侯。②

蒙哥汗二年(1252),忽必烈派人征召杨奂入藩,据《元史·杨奂传》载:"壬子,世祖在潜邸,驿召奂参议京兆宣抚司事,累上书,得请而归。"又据元好问为其撰写的《神道碑》载:"壬子九月,王府驿召入关。"杨奂在忽必烈王府居留一段时日,因年老请辞,于蒙哥汗三年(1253)正月,自金莲川归乡。杨奂参议京兆宣抚之时,延请到一批才学之士,其中就包括关陇名士李庭。当时,杨奂所在的京兆府,人才济济。诗中,李庭不仅表达了对杨奂博学与才智的钦服,从字里行间更可看出他对杨奂出任京兆宣抚司参议之事,满是推崇与称赏。

郝经秉承儒家积极入世的精神,以生民太平、宏张纲纪为己任,有着"强烈的社会责任感和对于现实的积极态度",在他看来,"越是乱世,越是需要士人挺身而出的时候"。③ 蒙哥汗元年(1251),当忽必烈这位有道明主诚意相邀之时,郝经欣然接受了征聘,慨然出

---

① (元)李庭:《寓庵集》卷二,《续修四库全书》第1322册,上海古籍出版社2002年版。

② 同上。

③ 查洪德:《理学背景下的元代文论与诗文》,中华书局2005年版,第183页。

仕，以行其道。他满怀欣喜与兴奋地写下《入燕行》一诗：

南风绿尽燕南草，一桁青山翠如扫。骊珠昼擘沧海门，王气夜塞居庸道。鱼龙万里入都会，泓洞合沓何扰扰。黄金台边布衣客，拊髀激叹肝胆裂。尘埃满面人不识，肮脏偃蹇虹蜺结。九原唤起燕太子，一樽快与浇明月。英雄岂以成败论，千古志士推奇节。荆卿虽云事不就，气压咸阳与俱灭。何如石晋割燕云，呼人作父为人臣。偷生一时快一己，遂使王气南北分。天王几度作降虏，祸乱衮衮开其源。谁能倒挽析津水，与洗当时晋人耻？昆仑直上寻田畴，漠漠丹霄跨箕尾。①

诗的开篇便气势不凡，突然横出，造成了一种飞动的气势。入侍忽必烈潜邸的目的是行道，这就是孔子说的"行义以达其道"（《论语·季氏》），即表现为入世救世的理念，郝经对忽必烈的知遇之恩非常感激，他把忽必烈比作战国时期礼贤下士的燕太子丹，自比为千古志士荆轲，要以死酬答知遇之恩，并为自己能有机会施展才华，将有一番作为，实现自己的人生理想而高兴。诗人情不自禁地以"鱼龙万里入都会，泓洞合沓何扰扰"来比况各种人才纷纷进入忽必烈藩府的情形。诗篇洋溢着一股不可遏抑的兴奋与豪情，雄浑浩大之气毕现！可谓豪情汹涌，气势冲天。

在入侍藩府之初，藩府文人都曾有过困惑和矛盾，对忽必烈也有一个逐渐认知的过程。因为金元易代之际，空前的社会动荡，北方中原地区人民生活环境的恶化，儒家文化的衰落，藩府文人很多

---

① （元）郝经：《郝文忠公陵川文集》卷九，北京图书馆古籍珍本丛刊，影印明正德二年（1507）李翰刻本。

有过惨痛的经历①，他们经历了"千古神州，一旦陆沉，高岸深谷"（白朴《石州慢》）的心灵震撼，要出仕为蒙古政权服务，需要经过一番曲折之后才会予以认同。但是在特定的历史时期，正统的、入世的儒家精神必然会被传统的汉族知识分子所推重，他们心中更多的是"治国平天下"的雄心壮志，儒家的积极入世、济世安民的理想精神是一个不能忽视的重要因素，再加上他们了解到漠北的藩王忽必烈是能够依赖可以改变现状推行汉法的君主，使这批有社会责任感的知识分子将出仕蒙元、入侍金莲川藩府作为一种自然的选择，才会有忽必烈潜邸文人积极用世、为国效力的金莲川情结，这也是藩府儒臣在政治上的热情、抱负、理想的体现。

二 歌咏金莲川旖旎风光

自忽必烈以皇太弟身份开邸金莲川，经营漠南军国事开始，金莲川便一直是忽必烈藩府政治中心所在地，这里发生的任何事件都会给许多人甚至整个北方中原地区的命运带来影响。蒙哥汗六年（1256），忽必烈命刘秉忠在金莲川选址建城，在桓州东滦水北的龙冈建立一座城市，三年后建成，名为开平府。这座城市自然成为忽必烈潜邸文人的聚散地，他们从四面八方汇聚于此，来这里实现自己"平天下"的政治理想。往来于开平府途中的风光以及金莲川周围地区的景物和生活自然就成了他们关注的对象，他们不禁把目光和诗笔投注到漠南草原的旖旎风光、游牧民族的特殊风情。藩府文人们吟咏它们、描画它们，以金莲川为自己"言志""抒情"的一

---

① 藩府文人中，如郝经幼时，"金季乱离，父母偕之河南。偕众避兵，潜匿窟室，（蒙古）兵士侦知，燎烟于穴，燔死者百余人，母许亦预其祸。公甫九岁，暗中索得寒遗一瓶，按齿饮母，良久乃苏"（苏天爵：《元朝名臣事略》卷一五《国信使郝文忠公》）。窦默、智迁、王磐、许衡、宋衟等在蒙古灭金的战乱中，也同大多数北方百姓一样，辗转流徙。

个基点,将往返于金莲川旅途的各个方面尽情地呈现于诗歌作品中。诗篇内容充实,格调高昂,情感积极乐观,奋发昂扬,洋溢着一股壮气勃发的豪健之气,而且非常具有地域和民族特色。这类诗篇以郝经和刘秉忠二人为多。

郝经,一是因为他为入侍忽必烈藩府能辅弼君主、为民立命,从而实现"治国"之志满是喜悦和兴奋,蕴藏在胸中的万斛激情激发了他创作的欲望;二是他无论在谒见忽必烈之初,北行途中,还是留任藩府,往来南北之间,亲闻亲历沿途的各样风情,各种风景,朔漠风寒、高山峻岭,以及游牧民族生活地区的独特而优美的自然景观、丰富物产、与众不同的衣食住行、特有的民族生产与生活方式、独具魅力的文化等都给他提供了文学创作的素材,激发了他的创作欲望。诗人以浓墨重彩的大笔挥洒,勾画出博大雄浑的景物或场景,有《界墙雪》《沙陀行》《居庸行》《北岭行》《怀来醉歌》《化城行》《古长城吟》《鸡鸣山行》《白山行》《铁堠行》《居庸关铭》等诗。这些诗歌不仅数量多,内涵丰富,艺术地展现了北国风光与风情,在继承唐代边塞诗优秀传统的基础上,又有新的发展,很有李贺诗的奇崛与唐边塞诗的豪健,尽展他壮美而豪迈,高古而沉郁的诗风。如其《北岭行》:

中原南北限两岭,野狐高出大庾顶。举头冠日尾插坤,横亘一脊缭绝境。五台南望如培塿,下视九州在深井。上有太古老死冰,沙埋土食光炯炯。盘磴滑硬草无根,枯石摩天堕生矿。南人上来不敢前,扑面欲倒风色猛。坡陀白骨与山齐,惨淡万里杀气冷。岭北乾坤士马雄,雪满弓刀霜满颈。稀星如杯斗直上,太白似月人有影。寄语汉家守城将,莫向沙场浪驰骋。①

---

① (元)郝经:《郝文忠公陵川文集》卷一〇,北京图书馆古籍珍本丛刊,影印明正德二年(1507)李翰刻本。

开篇破空而来，直趋而下，以夸张手法描写野狐与五台两岭，"举头冠日尾插坤，横亘一脊缭绝境"，大有纵横万里、包举宇内的气势，以太古老冰，扑面欲倒的猛风、霜雪，摩天枯石等塞外特有的风光，突出空间的广袤与景物的奇崛，使诗歌呈现出雄阔壮伟、大气磅礴之美。郝经笔下的景物，不是以清丽秀美取胜，而是以雄浑博大见长，他常常以饱含激情的想象夸张，使诗歌充满浓厚的浪漫气息，足以展现他广博的胸怀和热情豪迈的性格。他的这类诗歌不仅写景奇崛，更突出的特征是多借景咏史、寓意深刻。如其《居庸行》一诗：

> 惊风吹沙暮天黄，死焰燎日横天狼。巉巉铁穴六十里，塞口一喷来冰霜。导骑局脊衔尾前，毡车轳辘半侧箱。弹筝峡道水复冻，居庸关头是羊肠。横拉恒代西太行，倒卷渤海东扶桑。幽都却在南口南，截断北陆万古强。当时金源帝中华，建瓴形势临八方。谁知末年乱纪纲，不使崇庆如明昌。阴山火起飞蛰龙，背负斗极开洪荒。直将尺棰定天下，匹马到处皆吾疆。百年一偾老虎走，室怒市色还猖狂。遽令逆血洒玉殿，六宫饮泣无天王。清夷门折黑风吼，贼臣一夜掣锁降。北王淀里骨成山，官军城上不敢望。更献监牧四十万，举国南渡尤仓皇。中原无人不足取，高歌曳落归帝乡。但留一旅时往来，不过数岁终灭亡。潼关不守国无民，便作龟兹能久长。汴梁无用筑子城，试看昌州三道墙。①

居庸关位于中原到金莲川的驿道必经之处，地位非常重要。诗

---

① （元）郝经：《郝文忠公陵川文集》卷一〇，北京图书馆古籍珍本丛刊，影印明正德二年（1507）李瀚刻本。

人途中看到形势险恶的居庸关,触景生情,对金朝灭亡之事不免感慨万千,想当年金朝在中原称帝,势临八方,可一旦蒙古大军南下,攻城陷地,势如破竹,以至认为"中原无人不足取",金朝赖以凭借的长城,面对蒙古铁骑,毫无用处,当年"举国南渡"是何等仓皇,最后诗人总结道:"汴梁无用筑子城,试看昌州三道墙",这个历史教训是深刻的。

在开平城南北,都有金长城,时人称之为"界墙",据郝经《界墙雪》诗前注:"昌州北,金人所筑界墙也。"这种界墙,也称边墙,乃是当年金代为防御蒙古军队而修筑的,想必郝经在金莲川藩府期间经常见到这类界墙,印象深刻,在这首诗中,他描写了冬天路过界墙时所见之雪景与亲身之经历:"阴风籨长岭,坤倪忽轩豁。嶙蠢生铁云,黯淡死灰发。初来杂沙石,硬颗倾碎雹。旋转进玉屑,一喷势愈恶。劲发万弩齐,激去掣箭凿。委积皆重搭,背左著点剟。逼紧不暇飞,滚滚互团搭。蟠空冻相粘,连缔浑欲阁。漫天都一片,奚计席与箔。何处觅界墙,人间无海岳。顾盼已数尺,气偃惊骇愕。"① 笔墨浓重而洗练,那壮阔而雄奇的雪景,不是亲身经历,是绝对写不出的,阴风怒吼,风雪杂着沙石,混成漫天一片,岂是席与箔所能形容?这等壮观的意境,让人长久地回味遐思。而旅途中的人呢?"栗栗寒作威,棱棱痛如斫。模糊半垂面,酸楚欲拆脚。我马不得前,我仆指已落",风雪中的艰难险阻和前面所描写的狂风暴雪相呼应,突出了环境的险恶,但就在这样险恶的环境中,那些少数民族骑兵却非常顽强地在战斗。诗人以粗犷热情的笔调,描写了少数民族骑兵豪放的个性和勇敢顽强的精神面貌,十分鲜明、生动。生长于辽阔草原的少数民族骑兵,自幼就受到牧

---

① (元)郝经:《郝文忠公陵川文集》卷三,北京图书馆古籍珍本丛刊,影印明正德二年(1507)李翰刻本。

猎骑射风气的熏染，豪饮驰骋，天生就不畏严寒，这样的环境中他们还一派乐观，"沥血嚼紫肝，流渐饮红酪"，"还闻顿足歌，弯弧尽欣跃。正好射黄羊，何须待消铄。长啸蹴踏去，天沙荡寥廓"，对他们豪放勇悍的个性刻画淋漓，具有浓郁的塞外生活气息，很有唐代边塞诗那种雄浑壮阔、豪情汹涌的美感。诗人并没有停留在景物的描写与人物的刻画上，而是笔锋一转，转到对史事的抒发："可笑嬴秦初，更叹金源末。直将一抔土，欲把万里遏。"这样顽强勇猛的骑兵，岂是长城和界墙所能阻挡的？笔墨中充满了历史沧桑之感。

郝经这类诗歌并非全都是桀骜奇崛或豪情汹涌，在壮阔而雄奇的意境中去感受历史的沧桑，他还有表现塞北温婉秀丽的一面，如其《怀来醉歌》："胡姬蟠头脸如玉，一撒青金腰线绿。当门举酒唤客尝，俊入双眸笔秋鹘。白云乱卷宾铁文，腊香一喷红染唇。据鞍侧鞬半林氍，春风满面不肯嗔。系马门前折残柳，玉液和林送官酒。二十五弦装百宝，一派冰泉落纤手。须臾高歌半酡颜，貂裘泼尽不觉寒。谁道雪花大如席，举鞭已过鸡鸣山。"[①] 诗歌语言明快，并且富有谐婉之趣。诗中西域少数民族的当垆女子，有着马背民族的飒爽活泼，她们淳朴而富有风情。在诗人充满生活意趣地描写中，让人体味到了异域风情的纯美。

入侍忽必烈潜邸后，刘秉忠一直是忽必烈的重要谋臣，开平城也是由刘秉忠负责营建，元立国之后，他又一直跟随在忽必烈身边，两都巡幸，他都随行，因而，对金莲川，他更存有特殊的感情，其"言志""抒情"的诗篇，也就更多。现存诗歌有《过界墙》《清明后一日过怀来》《过居庸关》《过也乎岭》《过天井关》

[①] （元）郝经：《郝文忠公陵川文集》卷一〇，北京图书馆古籍珍本丛刊，影印明正德二年（1507）李翰刻本。

《寓桓州》《桓抚道中》《桓州寄乡中友人》《大碛》《和林道中》《宿河西沙陀》等。也许是浩瀚无垠的塞外风光熏染了刘秉忠的一腔豪情，他吟咏金莲川的诗歌，并非他诗词常有的清雅之风格，而是有一股豪放之气蕴含其中，如其以下两诗：

云冷风高天井关，太行岭上看河湾。九州占绝中原地，一堑拦回左界山。王霸分争图未卷，英雄鏖战血犹殷。华阳春草年年绿，汗马南来不放闲。（《过天井关》）①

一夜阴云风鏊开，岭头凝望动吟怀。烟分雪阜相高下，日出毡车竞往来。天定更无人可胜，智衰还有力能排。中原保鄣长安道，西北天高控九垓。（《过也乎岭》）②

语言刚健有力，所描写的一派旷远、浑朴浓郁的游牧风光，自然景观的雄奇的伟迹，构成苍茫古劲的意境，的确不是他清雅风格特色，而是以清劲为主。这类诗歌如果放在郝经诗章之中，恐怕也难分辨。

不过，刘秉忠的这些诗歌和郝经的桀骜奇崛与豪情汹涌是有区别的，他多是在清雅中蕴含着豪放之气，清雅与宏大相结合，深沉中包含着真淳，即使是满腔豪迈乐观之情，他也不是通过那种雄浑博大的场面，震撼人心的夸张，神采飞动的诗句，强烈迸射的感情来表达，他没有郝经的那种奔放热烈，而是以淡淡的笔墨，来抒发这种感情，而又自然可见其豪放洒脱。如：

---

① （元）刘秉忠：《藏春集》卷三，北京图书馆古籍珍本丛刊，影印明天顺五年（1461）刻本。

② （元）刘秉忠：《藏春集》卷二，北京图书馆古籍珍本丛刊，影印明天顺五年（1461）刻本。

居庸春色限燕台，山杏凝寒花未开。驿马萧萧云日晚，一川风雨过怀来。（《清明后一日过怀来》）

地老天荒雪亦苍，车头轧轧转羊肠。短衣蓬鬓沙陀路，一岁三番过界墙。（《过界墙》）①

刘秉忠在追随忽必烈的三十多年中，足迹几乎踏遍了漠北漠南的草原，沿途所见那些自然风光，同样使诗人为之折腰，因此，他笔下既有春色无边、山杏凝寒、驿马萧萧，风光自是清新秀美，语言清丽而流畅，一片欣喜之情清晰可见；也有地老天荒，白雪茫茫，沙陀的羊肠路上，环境自是险恶。虽然短衣蓬鬓地奔波，一岁三番过界墙，可依然掩抑不住那股豪情。刘秉忠是多情的人，离家日久，在旅途中，他难以掩抑从心中升腾的乡思乡愁。在《桓抚道中》中，诗人惆怅满怀："老烟苍色北风寒，驿马趋程不敢闲。一寸丹心尘土里，两年尘迹抚桓间。晓看太白配残月，暮送孤云还故山。要趁新春贺正去，鬅头能不愧朝班。"老烟苍色北风中，驿马趋程，尘迹抚桓之间，看着那太白星与一弯残月，不禁勾起诗人家山北望的敏感，"梦回枕上闻归雁，雨霁城中见远山"（《寓桓州》）。自然，秉忠对民生疾苦亦不能忘怀，途中，当他看到漫川沙石，土地枯干，入夏仍无雨露，人马在路途中屡屡陷于饥渴时，他不禁慨叹："安得司春生物诀，桑田也似海东湾。"（《大碛》）

藩府文人或征战、或扈从，往来于金莲川藩府途中，虽然不乏旅途的艰辛，环境的险恶，但能在济世安民的事业中成就圆满道德人格，他们难以掩饰地纵情吟唱，无论是草原、戈壁上的狂飙、暴风雪、严寒和酷暑，还是异域景观、草原风情都会进入他们的诗

---

① （元）刘秉忠：《藏春集》卷四，北京图书馆古籍珍本丛刊，影印明天顺五年（1461）刻本。

中,更有一股深蕴其中建功立业从而实现天下一统的豪情以及辅弼君主、为民立命的社会责任感和忧患意识。

三 金莲川情结的影响

当然,藩府文人的金莲川情结中也有建功立业的自豪感。郝经在《虎文龙马赋》中写道:"万里一息,建业兴王,吸绝江流,瞰视武昌。朝楚暮燕,载会衣裳,新宫法驾,金莲正香。飞龙在天,遂却走马,和銮雍雍,垂拱而治天下。"① 这是开平新宫初建,忽必烈的事业正处于上升时期的那种豪壮奋发时代精神的抒写,也包含着对结束战乱、实现国家统一的殷切期盼。正因此,诗人对自己所处的时代及其统治者怀着一种自豪感激的心情并予以讴歌赞美。郝经在《开平新宫五十韵》中首先热情地歌颂蒙古兵纵横天下,统一北方的功绩:"日月旋天盖,星辰合斗枢。光腾掌内铁,气绕泽中蒲。金帛羞重赐,弓刀奋一呼。真人翔灞上,天马出余吾。尺棰初开辟,群雄竞走趋。无劳为更举,乘胜即长驱。蹴踏千年雪,骁腾万里驹。长城冲忽断,弱水饮先枯。"然后笔锋一转,"治平须化日,杀伐岂良图",杀伐不是真正治平之策,应该实行仁政。接着极力铺陈开平新宫与忽必烈开府以来广泛征引人才的盛况:

> 欲成仁义俗,先定帝王都。畿甸临中国,河山拥奥区。燕云雄地势,辽碣壮天衢。峻岭蟠沙碛,重门限扼狐。侵淫冠带近,参错土风殊。翠拥和龙柳,黄飞盛乐榆。岐山鸣鹭鹭,冀野牧驹䮫。风入松杉劲,霜涵水草腴。穹庐罢迁徙,区脱省勤劬。阶土遵尧典,卑宫协禹谟。既能避风雨,何用饰金朱。栋宇雄

---

① (元)郝经:《郝文忠公陵川文集》卷一,北京图书馆古籍珍本丛刊,影印明正德二年(1507)李翰刻本。

新造，城隍屹力扶。建瓴增壮观，定鼎见规模。五让登皇极，群生赐大酺。还闻却走马，即见弛威弧。简策询前代，弓旌聘老儒。恢弘回一气，徼幸绝多途。雷雨施庞泽，乾坤洗旧污。直为提赤子，遂使出洪炉。①

诗人驰骋笔墨，铺写开平新宫所处的优越的地理位置，气象恢宏的都城与雄伟、豪华的建筑气象，金碧辉煌，琳宫浮屠，层甍复阁，并热情歌颂忽必烈广纳贤才的开明之举，建议忽必烈应早谋宏图大略，登上帝位，一统天下，开创盛世，那样，才会使百姓安居乐业。诗篇意气风发，通过浓墨重彩的大笔挥洒，倾泻诗人致力于大一统事业的热情，这种热情，也只有事业正处于上升时期的藩府文人才会有，是豪壮奋发的时代精神的体现。

忽必烈藩府文人在应召途中或进入藩府之后，以诗文表达他们对入侍藩府以实现"治国平天下"人生理想的热情向往，为国效力的愿望，建功立业的自豪感或关心民生疾苦的忧患意识等。通过这些注入了诗人生命情感的诗文，我们能够体会到藩府文人对作为有元一代开国之基的金莲川有着特殊的情感，感受到他们的寂寞与欢娱，豪情与热情，历史的沧桑与生命的情感，以及这些忧国忧民又出于道义的知识分子的良知。这是在中国古代文学史上，藩府文人第一次大规模、正面积极地看待并描写北国自然风光，是诗歌艺术题材的扩大与发展。

也是正因为忽必烈藩府文人对金莲川有着特殊的情结，金莲川又是元世祖忽必烈的"龙飞之地"（王恽《中堂事纪·秋涧集》），忽必烈是来自大草原的蒙古皇帝，他的祖先崛起于蒙古草原，北连

---

① （元）郝经：《郝文忠公陵川文集》卷一四，北京图书馆古籍珍本丛刊，影印明正德二年（1507）李翰刻本。

朔漠，南控中原的金莲川附近的元上都①，对他来说自然更为亲切。元上都又在忽必烈夺取皇权的斗争中产生过巨大的作用，是忽必烈经略汉地，接受汉族儒臣建议，着手推行汉法，使北中国得以从战争的阴云中走出，成就帝王之业的基础。因此，元上都在元代一直有着极为特殊的政治地位。忽必烈在耗用巨大的人力物力建造大都的同时，依然保留了上都（元人诗文中又习惯称为上京或滦京）的统治中心地位，形成了元代独具特色的"两都制"②的统治格局。虽然出于统治中原和施行汉法的需要，大都的建制规模和行政机构设置均远超上都，从政治、经济、军事、文化等各个方面而言，上都所能够起到的作用都无法与大都相比，上都仅作为陪都或行都，但元上都在元代极为特殊的政治作用和元代开国君臣对它特殊的感情也是不能忽略的。因此，忽必烈藩府文人的金莲川情结，有着更加广泛的意义，其影响也更为深远。

第一，金莲川藩府文人群体辅佐元世祖忽必烈开创山河一统的强大帝国，他们建立的卓越功绩，引领的齐家治国平天下的思想文化，为后世读书人树立了榜样，他们也希望能如金莲川儒臣一样被君主擢拔使用，以实现以天下为己任的大志。元上都一直是元代文人士子的心中圣地，从忽必烈潜邸文人开始，元代文人多是念兹在兹。第二，自忽必烈开府金莲川到上都被明军攻陷为止的百年间，元上都是漠南的草原地区最繁华的城市。它不仅在忽必烈夺取皇权的斗争中发挥过巨大的作用，而且在其后的历史发展进程中也产生着持续的巨大影响，从元成宗的即位，到元文宗的夺权，皆与元上

---

① 中统四年（1263）五月，以开平为阙庭所在，遂加号上都，并在原金都燕京东北营建新城。至元元年（1264）八月，燕京号为中都。至元九年（1272）二月，中都改号为大都，元代的两都正式形成。

② 自忽必烈时起，元代皇帝就确立了每年往来于两都之间有固定的行程和时间的两都巡幸制。

都有着密切的联系,自元世祖起,元朝有六个皇帝在上都即帝位。元上都这种政治上的特殊性是其他城市无法取代的。元上都一直是与元大都互为补充的两个都城,它见证了那个时代积极进取的精神,开放宽容的心态以及辉煌灿烂的文化。第三,元上都与元大都并立的两都制的统治格局,元朝皇帝临幸上都,上至宰执大臣,下至百司庶府,都各以其职分官扈从,这些学士文人北上之后,目睹异域风情,自然会欣然高歌。元上都也是元代文人士子们的聚散地,他们染翰挥墨描写自己所见到的上都风景。

受忽必烈潜邸文人金莲川情结的影响,在元代诗史上出现了大量以雄浑壮阔的草原帝都——上都(上京)为歌咏内容的诗篇,郝经、刘秉忠、王恽、张养浩、王沂、张翥、袁桷、虞集、黄溍、柳贯、陈孚、柯九思、胡助、杨允孚、马祖常、萨都剌、廼贤等数十人,其中,仅袁桷的开平一集、二集、三集、四集,存上京纪行诗就超过200首。这在元诗史甚至整个中国诗史上都是一个非常独特的现象。这些作品不仅为后人留下了关于上都宫廷生活弥足珍贵的历史资料,是追忆上都鲜活的文本,而且在艺术上风格独特,自然景观壮观雄大,充分显示出元诗特有的异质因素,给人以耳目一新之感。

第三节 忽必烈潜邸儒士文人仕与隐的冲突

忽必烈潜邸儒士文人作为特殊的文人阶层和群体,有自己的行为方式和心理特征,其中,出仕与归隐一直是金莲川藩府文人的心结。他们在理想受挫、宦海浮沉、人世沧桑之际,转而去追求诗意的栖居,将退隐作为一种体验自由、寻求心灵解脱和淡泊澄静的生活方式,因而抒发隐逸情怀的作品炽盛一时,从而形成了金莲川藩府文学清疏、放旷、淡雅的一脉审美风貌,成为元代文人士大夫隐逸文学创作不可或缺的一部分。藩府文人仕与隐的矛盾冲突,主要可以分为两个时期。

第一个时期,在入侍藩府之初,藩府文人都有过出仕与归隐的矛盾。一是金元易代之际,社会空前动荡,北方中原地区人民生活环境恶化,儒家文化衰落,藩府文人很多有过惨痛的经历。他们经历了"千古神州,一旦陆沉,高岸深谷"(白朴《石州慢》)的心灵震撼,要出仕为蒙古政权服务,需要经过一番曲折之后才会予以认同。二是他们不清楚漠北的藩王忽必烈是不是他们能够赖以改变现状的君主。藩府的主要谋臣刘秉忠曾有过困惑,王鹗在入藩之前隐姓埋名,窦默经过屡次征召才肯入侍藩府,姚枢也曾辞官归隐家乡授徒讲学……直到他们了解到忽必烈积极延揽四方文人,注重汉文化,"仁明英睿""善于抚下"①,才慨然出仕藩府,欲借出仕而行"道"于世。

第二个时期,忽必烈积极延揽四方文人,注重汉文化,接受"马上得天下,不可以马上治","帝中国当行中国事"的道理,全力以汉法治理汉地,对汉族儒臣来说是莫大的鼓舞。因而,藩府文人进入潜邸后,积极用世,辅助忽必烈行汉法。但是金莲川藩府儒臣和他们的君主在理念和文化上始终存在着不和谐,尤其是发生在元世祖中统三年(1262)的李璮之乱,对那些积极辅佐忽必烈施行汉法的金莲川藩府汉族谋臣是一个突如其来的打击。虽然李璮之乱只局限于益都、济南一隅,起兵五月即败死,但却给忽必烈带来了极大的震动,对忽必烈的统治政策和当时政局产生了深远的影响。李璮之乱后,忽必烈乘机大削汉族世侯的兵权,杀王文统,并对汉族儒臣开始猜忌和逐渐疏远。如赵良弼和商挺都曾受

---

① (明)宋濂等:《元史》,中华书局1976年版,第57页。

到过怀疑①,就连他身边最受信任的刘秉忠、廉希宪也未曾脱干系②。李璮之乱对金莲川藩府文人最沉重的打击,就是忽必烈态度的转变。李璮之乱前,忽必烈倚重金莲川藩府儒臣,倾向于汉法,专心文治,藩府文人也是雄心勃勃,一心辅佐忽必烈施行汉法。李璮之乱后,忽必烈对汉臣、汉将的态度发生了变化,从根本上改变了以往全力倚重金莲川旧僚的政策,虽然他没有改变以汉法治理汉地的基本方针,但在用人政策,对汉官的任用上却有了更多的保留。③忽必烈逐渐疏远那些曾经参与决策并辅佐他登上汗位,又为新王朝奠定基础的金莲川藩府旧臣。当汉族儒士文臣发现"行道"的理想、平生努力的目标难以实现时,不免怀着深深的失望,甚至心灰意冷,也陷入了深深的苦闷,"这苦闷来自于文化心理的隔膜带来的他们与蒙古贵族之间的互相不能理解"④。时政的挫折与失望

---

① 《元史》卷一五九《赵良弼传》载:"蜀人费寅以私憾诬廉希宪、商挺在京兆有异志者九事,以良弼为证。帝召良弼诘问,良弼泣曰:'二臣忠良,保无是心,愿剖臣心以明之。'帝意不释。会平李璮,得王文统交通书,益有疑二臣意,切责良弼,无所不至,至欲断其舌。良弼誓死不少变,帝意乃解,费寅卒以反诛。"又《元史》卷一五九《商挺传》载:"帝召挺便殿,问曰:'卿在关中、怀孟,两著治效,而毁言日至,岂同寅有沮卿者耶?抑位高而志怠耶?比年论王文统者甚众,卿独无一言。'挺对曰:'臣素知文统之为人,尝与赵璧论之,想陛下犹能记也。臣在秦三年,多过,其或从权以应变者有之。若功成以归己,事败分咎于人,臣必不敢,请就戮。'"

② 《元朝名臣事略》卷七《平章廉文正王》载:方逆璮未诛,平章赵璧素忌公勋名,倡言王文统一穷措大,由廉某、张易荐,遂至大用,今日岂得不坐?一日夜半,中使召公入,从容道潜邸事,良久,及赵言,公曰:"向行驿驻鄂,贾似道以木栅环城,一夕而办。圣谕谓扈从诸臣曰:'吾安得如似道者用之?'秉忠、易进言:'山东有王文统,才智士也。今为李璮幕僚。'诏问臣,臣对:'亦闻之,其心固未识也。'"上曰:"然,朕亦记此。"

③ 至元二年(1265),忽必烈正式颁布诏令:"以蒙古人充各路达鲁花赤,汉人充总管,回回人充同知,永为定制。"在不得不利用汉官为其办理具体事务的同时,在每一机关都分派一名蒙古正员监临,并配置一名权位相当的回回官员为同知进行防范和牵制。

④ 查洪德:《理学背景下的元代文论与诗文》,中华书局2005年版,第14—15页。

让他们摇摆于仕与隐、进与退的矛盾中,在他们当中普遍存在着宦途漂泊之感、出仕与归隐的心理矛盾。这是藩府文士陷于出仕与归隐矛盾的第二个重要时期。

许衡无奈地把这种挫折归结到命运和时运上,他在《与窦先生书》中写道:

> 尝谓天下古今,一治一乱……世谓之治,治非一日之为也,其来有素矣……而世谓之乱,乱非一日之为也,其来有素矣。析而言之,有天焉,有人焉。究而言之,莫非命也。命之所在,时也。时之所向,势也。势不可为,时不可犯,顺而处之,则进退出处、穷达得失,莫非义也。①

大蒙古国已经足够强大,但离治世还有很长的路要走,由于客观情势的阻碍,很多事不是个人所能左右的,正所谓"势不可为,时不可犯"。许衡曾无奈地感慨"弱德较强力,明知势难侔"(《读东门行》),这不仅是许衡个人的悲剧,也是金莲川藩府儒臣群体的悲剧,以"不见群雀满树急喧啾,随侯有珠不肯投"(《读东门行》)②作比,大有不得其时之叹!这种无奈和失望可以说是当时金莲川藩府文人的共同心态,因为"任何一个历史个人(不管其地位多么重要)的心态是他本人及其同时代人所共有的心态"③。由于受蒙元王朝发展的客观情势所限制,金莲川藩府文人一度的雄心勃勃变成了灰心失望。他们内心受到了前所未有的煎熬,不再对仕途存

---

① (元)许衡:《鲁斋遗书》卷九,北京图书馆古籍珍本丛刊,影印明万历二十四年(1596)刻本。

② (元)许衡:《鲁斋遗书》卷一一,北京图书馆古籍珍本丛刊,影印明万历二十四年(1596)刻本。

③ [法]雅克·勒戈夫、[法]皮埃尔·诺拉:《史学研究的新问题新方法新对象:法国新史学发展趋势》,社会科学文献出版社1988年版,第268页。

有奢望，这种挫折造成了心理上的压抑感和失落感，使他们与向往无功利世界的思想顺理成章地达成了默契，追求隐逸生活也就成了情理之中的事，所以许衡怅叹道："何如早还归，山阳坟陇在。平生所愿心，辗转不得遂。十年误同游，回首只多愧。"（《有感》二首其一）①

姚枢虽然一直深受忽必烈信任，官至中书左丞、昭文馆大学士、翰林学士承旨，权重位高，不离忽必烈左右，但面对这次沉重的打击，他也感慨道："四海一红炉，焦心待时雨。群生日嗷嗷，无从求乐土。百拜吁苍天，吁天天未许。亨嘉会有期，此非容力取。"（《聪仲晦古意廿一首爱而和之仍次其韵》第一八首）②"群生日嗷嗷"，正是当时汉族儒臣焦虑心情的写照，"乐土"乃是诗人所追求的文治理想，"苍天"应是对忽必烈的比况，忽必烈重新倚重金莲川旧僚，倾心汉法，一心文治的日子何时能返回？这正是他焦心等待的。

刘秉忠在忽必烈身边一直是以"聪书记"这一僧人身份，谋划军政机要二十多年。忽必烈对刘秉忠也一向信任有加，虽李璮之乱对刘秉忠影响不大，且刘秉忠本人又淡于功名利禄，在政治生活上始终是"潇潇洒洒水云乡，扰扰胶胶名利场"（《淡中》），置身红尘名利之外，但对这次事关生平努力的事态变化，他不可能置身事外，他也有过苦恼、烦闷，从他的诗词中可以窥见这种心态，他意图在酒乡中麻醉自己：

年年策马走风埃，钟鼎山林事两乖。千古兴亡归恍惚，一身行止赖编排。无才济世当缄口，有酒盈樽且放怀。何日还山

---

① （清）顾嗣立编：《元诗选》初集上，中华书局1987年版，第435页。
② （清）顾嗣立编：《元诗选》二集上，中华书局1987年版，第130页。

寻旧隐，瘦筇偏称著芒鞋。(《醉中作》)①

是啊，人事沧桑，千古兴亡，世事难料，精明如刘秉忠，都慨叹"无才济世当缄口"，意图还山寻旧隐，更何况他人！他无奈地感慨："风云龙虎随时有，鱼水君臣自古稀。"(《蜀先主孔明》)君主和臣子之间始终都是有隔膜的，他希望"万事纷纷一醉休"(《跋李太白舟中醉卧图》)，可酒不能解决任何问题，只是让他短暂地解脱而已。他在写给引致自己出家的僧友颜仲复的《遣怀寄颜仲复》诗中，才真正吐露了心曲：

  名利场中名利儿，寸心徒用恶寻思。人才自有安排处，物理宁无否泰时。纵量倾残一壶酒，畅情吟杀七言诗。诗成酒醉东风晚，月照梨花第一枝。

  朱颜白发任流年，睥睨揶揄置两边。皆醉皆醒人岂尔，一鸣一息物当然。飞腾起处须从地，智力穷时便到天。惟有无生话无尽，何如缄口坐痴禅。②

诗人无奈地感慨"人才自有安排处"，可见这次事件的打击对他有多大，他在这次变故面前感到无能为力，"何如缄口坐痴禅"，即闭口不言时政，再次提到"缄口"，其心情是何等的无奈！他试图在参禅礼佛中忘怀烦恼，可真能忘却么？如果真能忘却，就不会有"分别是非谁得正，摩婆今古自宜平"(《过天井关》)③的感叹，

---

① （元）刘秉忠：《藏春集》卷一，北京图书馆古籍珍本丛刊，影印明天顺五年（1461）刻本。

② （元）刘秉忠：《藏春集》卷三，北京图书馆古籍珍本丛刊，影印明天顺五年（1461）刻本。

③ （清）顾嗣立编：《元诗选》初集上，中华书局1987年版，第378页。

从古今倏忽时空虚幻中去寻求安慰了，这种灰心和失望在刘秉忠诗词中经常可以见到。

当然，金莲川藩府文人出仕与归隐的心结，自然也会影响到他们的诗词创作，为了消除精神上的烦恼痛苦，这些身居庙堂之上的金莲川藩府文人，找到了一个绝佳的保持清操高节亦忘怀荣辱得失的方式，即用佛道出世和遁隐的精神解脱自己。孔子曰"学而优则仕"，文人努力学习以期优秀就是为了出仕从政。而从政的目的又是什么？概括而言，一是为了行道，二是为了干禄。要想行道，必须做官从政，取得辅佐帝王的重要位置，正如杜甫诗中所言："自谓颇挺出，立登要路津。致君尧舜上，再使风俗淳。"（《奉赠韦左丞丈二十二韵》）[①] 只有占据"要路津"，才具备"致君尧舜上"，使"风俗淳"的条件。出仕为官，自然也就获得了俸禄，行道和干禄，一个是精神追求，一个是物质保障，缺一不可。往往在文人行道的理想受挫之际，除了退出官场之外，只有亦仕亦隐，为心灵寻找一片宁静的避风港，这样，既有物质保障又能保持精神自由、追求诗意生存的人生态度。这是中国士大夫在理想受挫、宦海浮沉、人世沧桑之际的表现，退而出入佛道，以自省、内敛的心态和审美趣味，注重内心情感的体验和对平淡闲适生活的追求，锤炼出士大夫萧散淡泊、老成达观的心理特质，将退隐作为体验自由、寻求心灵解脱和淡泊澄静的一种生活方式。而且，从文学史的角度来看，易代之初往往是隐逸文学的兴盛阶段，金末元初的文坛也不例外，在特定的隐逸精神繁兴的社会文化土壤中，藩府文人诗词创作的一个重要内容便是隐逸情怀的抒写。他们诗词中满是"归去来兮"的吟唱，这也成为金莲川藩府文化的重要构成部分，成为藩府文人士大夫的精神取向。

---

① （唐）杜甫著，（清）仇兆鳌详注：《杜诗详注》，上海古籍出版社1992年版，第73页。

对金莲川藩府文人诗词所抒写的隐逸情怀，可以从以下两个方面来审视。

第一，淡漠功名富贵，歌颂啸傲山林、优游岁月的闲居生活，以平淡宁静为特质，注重自我的心性修养和精神的自由、自足，体现出士大夫淡泊而达观的心理特质。

如刘秉忠在《蜗舍闲适三首》其三中写道：

半世劳生天地间，千金易得一安难。庭前松菊成闲趣，窗外云山得卧看。光满此宵逢好月，香来何处有幽兰。横琴消尽尘中虑，一曲秋风对月弹。①

虽身居官位，"夺得凤池终犯手"（《蜗舍闲适三首》其一），却心怀山林，视隐身山林、远离尘世为人生至乐，"此身久置功名外"（《蜗舍闲适三首》其二），在南窗之下，对庭前松菊，卧看窗外云山，弹琴吟咏，陶然自得，心情恬退，生活闲适，全然不在意高官厚禄的物质享受，而是崇尚任性逍遥，放浪山水。当诗人阅尽人间沧桑之后，对现实生活便有着真切的感悟，从中获得那种心境的释然与思想的升华，在纷纭世态中保持一份超越是非利害得失的清净心。而秉忠的这种任性逍遥、洒脱闲远的人生境界，不仅受当时的社会文化氛围以及藩府文人隐逸心态的影响，更主要是缘于他贯通儒释道而归本于儒的思想。他既能体会儒家所追求的孔颜之乐，又有道家所追求的清净无为、功成身退，还有佛家的虚静高洁、淡泊悠远。据刘秉忠的同僚王磐记载，刘秉忠身侍忽必烈之后，虽位居庙堂，但仍不改初服，"不坐官府，不趋朝行，褐衣疏食，禅寂徜徉"，他还俗拜官之后，仍"斋居疏食，终日淡然，与

---

① （元）刘秉忠：《藏春集》卷一，北京图书馆古籍珍本丛刊，影印明天顺五年（1461）刻本。

平昔不少异"（王磐《文真刘公神道碑》）①。刘秉忠的为人萧散闲淡，清逸高洁，自然其隐逸诗词便呈现清疏、放旷、淡雅的审美境界，其诗词也主要是抒发身居高位而不得尽展其志的那种思归慕隐随意自适之情。顾随先生曾说过："凡艺术作品中皆有作者之生命与精神"，"一切文学的创作皆是'心的探讨'"②，可以说，刘秉忠诗词里有他的生命，也有他的精神，代表了金莲川藩府文人谋士在此风云际会之时的心态。李昌集先生在他的《中国古代散曲史》中论刘秉忠词："观秉忠词，多'言志'之作，个中'山林'之志又为最常见主题，语言刚劲雅致，实为一种'诗化'之词，是承宋代苏辛一路的金词的余响。"③ 以如下两首词为例：

青山憔悴锁寒云。站路上，最伤神。破帽鬓沾尘。更谁是、阳关故人。　颓波世道，浮云交态，一日一番新。无地觅松筠。看青草、红芳斗春。（《太常引》）

平生行止懒编排。住蒿莱，走尘埃。社燕秋鸿，年去复年来。看尽好花春睡稳。红与紫，任他开。　紫微天上列三台。问英才，几沉埋。沧海遗珠，当著在鸾台。与世浮沉惟酒可。如有酒，且开怀。（《江城子》）④

况周颐《蕙风词话》曰："太常引云：'无地觅松筠，看青草红芳斗春。'藏春佐命新朝，运筹帷幄，致位枢衡，乃复作此等感慨

---

① （元）刘秉忠：《藏春集》卷六，北京图书馆古籍珍本丛刊，影印明天顺五年（1461）刻本。
② 顾随著，叶嘉莹笔记，顾之京整理：《驼庵诗话》，天津人民出版社2007年版，第3—4页。
③ 李昌集：《中国古代散曲史》，华东师范大学出版社1991年版，第482页。
④ （元）刘秉忠：《藏春集》卷五，北京图书馆古籍珍本丛刊，影印明天顺五年（1461）刻本。

语,何耶?江城子云:'看尽好花春睡稳,红与紫,任他开。'则是功成名立后所宜有矣。"① 他提出秉忠"佐命新朝,运筹帷帐",却发"无地觅松筠"之感慨的问题,正是秉忠身居高位却不得尽展其志,灰心失望、心胸郁结、惆怅惘然思绪的表达。词人感到诸多苦闷,本来春光烂漫,看青草与红花斗春是非常惬意的,但此时他却毫无欣赏美景的兴致,只看到"颓波世道,浮云交态",纵是英才,也只有沉埋于世,不得施展抱负,只好借酒浇愁。在几经沉浮,深深体验到人生的虚幻和痛苦之后,刘秉忠当年"王戈定指何方去,天意仍教我辈参","江山如旧年年换,谁把功名入笑谈"(《岭北道中》)②,激越的济世壮怀换作了如今的浅吟低唱,而且多以闲逸、静默、淡泊、深远的诗情来表达心态的平静以及那种潇洒自如的气度。正因此,刘秉忠隐逸之作所体现的士大夫萧散淡泊与老成达观的心理特质,也即藏春诗词的佳处,既有性情深厚、襟抱磊落、悲天悯人之胸怀与深沉之思想,又有凄婉苍凉之致。刘秉忠诗词中所反映出的主体精神也不仅仅是他个人的思想情致的显现,而是整个时代风会所造成的藩府文人群体心态的一个缩影,是金元之际社会现实在金莲川藩府文人心态上的曲折映射。

第二,倾慕陶渊明,满是归去来兮式的呼唤,寄情山水田园,把山水、林泉、茅舍、田园作为他们自由生活的乐土,也是他们精神的栖居之地。与政治中心保持距离,疏远政事、吏道、俗务,体现疏旷通达、散淡自由的精神与生命的本真。

刘秉忠追求的是陶潜潇洒任性、率真自得的审美精神,尽可能在仕途以外的人生中寻求、创造和享受生活的诗意与自由。这种人

---

① (清)况周颐:《蕙风词话》,载唐圭璋《词话丛编》第五册,中华书局1986年版,第4470页。
② (元)刘秉忠:《藏春集》卷一,北京图书馆古籍珍本丛刊,影印明天顺五年(1461)刻本。

生的选择在他的诗词中表现为：放旷疏散、陶然于山水田园、沉醉于诗书美酒。在这里，他完全释放了自己，游心物外，寄情山水，在明月清风中求得心灵自适，诗人将历经世事沧桑的旷达情怀融入了宁静优美的大自然中，一川秋水，一带林烟，洗脱了俗情物累，只剩下一脉清远旷达，"长歌短咏流年里，远眺登高夕照边。不见南山真面目，一川秋水淡林烟"（《晚眺》）；也追慕陶渊明桃源的与世无争，远离世事纷纭，想去桃源探访一下消息，只可惜那片远离尘世的净土已经无路可寻，"桃源觅无路，对溪花红紫"（《桃花曲》）；他常在美酒中，疏远了政务、俗务，忘却了荣辱穷达，找回了自我："黄花离落秋香里，醉倒渊明不要扶。"（《秋夜饮》）"二顷田园也易成。尊酒醉渊明。"（《南乡子》）"野花野草同三月，闲鹭闲鸥共一溪。沽酒归来北窗下，人间如梦醉如泥。"（《回杖》）在作者描绘的清凉透明、孤寂清高的世界里，能感觉到他那通脱之感、旷达之气。

许衡诗词创作的一个重要内容也是隐逸情怀的抒写，他诗词中多是"归去来兮"的吟唱，对渊明的倾慕，对田园的眷恋。许衡不是为了做学问而死读书者，而是坚持北方学术重治生的精神，以拯救生民为己任："一祈仁政苏民疲，一祈善政赒民饥"（《送姚敬斋》）[1]，"干戈恣烂熳，无人救时屯。中原竟失鹿，沧海变飞尘"（《训子》）[2]，他关心现实，有忧世伤时之情怀，他一生五仕五隐，其出仕，是本着儒家"兼济天下"，主张"但当匡救主民疲"（《题武郎中桃溪归隐图》其二）。怀着极大的热情进入藩府后，他积极用世，辅助忽必烈行汉法。议事中书省时，所上《时务五事》等，本着儒家之道，洋洋万言。当"行道"遇到挫折时，他并不眷恋仕途。他所走的乃是儒家给中国文人所规定的正统人生道路，"达则

---

[1] （元）许衡：《许衡集》，王成儒点校，东方出版社2007年版，第235页。
[2] 同上书，第232页。

兼济天下，穷则独善其身"，仕也好，隐也罢，始终不离乎"道"。许衡的这种隐逸情怀，不仅是时代风会造成的文人心态的缩影，也是许衡志于"道"心态的显现。如许衡在《题武郎中桃溪归隐图五首》其四中所描摹的隐居之乐景：

> 门外秋千摆翠烟，篱边鸡犬亦闲闲。更教烂熳花千树，对着萦纡水一湾。好景已凭摩诘画，他年重约长卿还。寻思此世人心别，又爱功名又爱山。①

一旦忧国忧民的意向受到挫折，"天下有道则见，无道则隐"，天下无道当然可以"隐"，"隐"就是一帖绝妙的精神安慰剂，隐即乐。归隐田园，乐而忘返。诗中是一种皈依自然的真乐，不在于那烂熳花千树，萦纡水一湾的美景，也不是鸡鸣犬吠，男耕女织的生活，而是那种悠闲，逍遥出世，与道俱成，其乐融融。许衡所追求的正是传统中国儒学的理念，重视内心的充盈和满足。当诗人目睹了几许人生的沧桑变化，看清了仕途的坎坷磨难，便进一步超越了实用观念、政治关系、功利目的和世俗的无奈与矛盾，他坦言："我生爱林泉，俗事常鞅掌"（《游黄华》），"我爱林虑山，不处要路津。兹焉几千古，绝彼朝市尘"（《别西山》）。为了自己所志之道，而慨然放弃了虚名，"吾道真如千里重，虚名冷笑一毫轻"（《呈友人》），经常想着归隐田园，"如何藉我知音力，五亩耕归沁北村"（《病中有感》），热衷的也是"五亩桑麻舍前后，两行花竹路西东。幽人自爱幽居好，未肯埋身利害中"（《用吴行甫韵》），"百亩桑麻负城邑，一轩花竹对烟岚。纷纷世态终休论，老作山家亦分甘"（《偶成》）的生活。淡泊自守、归隐田园，虽生活清苦，

---

① （元）许衡：《鲁斋遗书》卷一一，北京图书馆古籍珍本丛刊，影印明万历二十四年（1596）刻本。

但活得更踏实:"月下檐西,日出篱东,晓枕睡余。唤老妻忙起,晨餐供具,新炊藜糁,旧腌盐蔬。饱后安排,城边垦劚,要占苍烟十亩居。闲谈里,把从前荒秽,一旦驱除。"(《沁园春·垦田东城》)归耕田园,生活确实清贫,但恬静而无俗务所累,于闲谈中,心中郁结的烦闷得到排解。许衡所演绎的隐逸文化具有一种淡泊宁静、任性率真的美学意趣,完全是一种洒脱而旷达通脱的人格美的体现。诗中归去来兮的呼唤是诗人此时内心世界最真实的展现。林语堂说过:"中国文化的最高理想始终是一个对人生有一种建筑在明慧的悟性上的达观","人生有时颇感寂寞,或遇到危难之境,人之心灵,却能发出妙用,一笑置之,于是又轻松下来"。[①] 许衡在仕途遇到挫折之后,看透了俗情世间,去田园农村安顿他珍爱的生命,享受现世的欢愉,不失为传统中国儒学的理念——重视内心的充盈和满足的最好演绎。

郝经和刘秉忠、许衡的遭遇不同,中统元年(1260),忽必烈刚刚即位,正当郝经踌躇满志,准备有一番作为之时,被忽必烈选派为国信使,以翰林侍读学士的身份,佩金虎符出使南宋。他本以弭兵保民的满腔豪情出使宋朝,却不料被拘囚真州十六载而不得北归。仪真馆中的郝经,孤独、沉痛而凄怆,在孤馆之中,唯一能够排遣痛苦、抒发悲愤、支持生存的就是吟诗著书,这时候的他最常流露的感情除了思乡怀亲,还有归隐田园,这也是支持他在孤馆内活下去的精神力量。他的《陵川集》有整整两卷是和陶诗,共118首,其中很多内容是表达归隐田园的思想。此时的郝经,在真州经历了十二年的半囚半客式的生活,已经不再是入仕之前的豪情满怀,对陶渊明有了更深的领悟,他的和陶诗中满是"归去来兮"式的呼唤:"嗟我征夫,曷云还归!瞻彼北辰,翰音弗遗……伊余南

[①] 林语堂:《林语堂著译人生小品集》,浙江文艺出版社1991年版,第52页。

征，输平内交。滔滔弗归，故山梦劳。"(《归鸟》)故乡时时在梦中出现，听到雁声他更思念故国和家园，"青山绕故国，白雁遗燕声"(《九日闲居》)。"雁啼霜江清，人与卉木腓。舍馆极羁留，感秋尤思归。"(《于王抚军坐送客》)在这种情况下，他对陶渊明归隐田园是从内心认同，也理解了陶渊明的精神世界，对陶渊明"退归田里，浮沉杯酒，而天资高迈，思致清逸，任真委命，与物无竞"①悠游田园的生活羡慕不已，并极力追求其生活境界，更渴望回归故里过陶渊明式的生活。郝经在《辛丑岁七月赴假还江陵，夜行途中》一诗中写道："嗟嗟何不辰，曹閟误此生。老树栖惊乌，江静秋月明。顾影无匹俦，徙倚恨不平。空庭步数周，肃肃成宵征。河阳有赐田，何日得归耕？"②他虽然不能摆脱眼前的困境，但隐逸家乡的山林田园成了他痛苦中的渴望，好似茫茫黑夜中的亮光，给了他无限的希望。经历了震撼灵魂的重大困境之后，对生存处境有了深切洞悉，对议和事件经过深入思考，也有了清醒认识，诗人对人生意义经过痛苦的反思，终于为自己找到了一条出路，就是远离俗情世间，去山林田园安顿他珍爱的有限生命。在人生生死困境的考量下，郝经是真心希冀师从渊明，作斜川游，飘然回归田园："花飞好鸟歌，尘世有此不？醉踏石上水，洒然濯百忧。何年结茅屋？归去便可求。"(《游斜川忆西郊》)那世外桃源对郝经来说，好似人间仙境，可以逃避一切世俗烦恼，那是他从人生困境中解脱出来，超越悲情，获得灵魂皈依、精神安宁的地方。

因此，郝经笔下的田园生活是美好的，让人向往的，也是欢快的，这是郝经和陶诗中唯一充满欢情的地方，如其《归园田居六首》其四中写道：

---

① （元）郝经：《郝文忠公陵川文集》卷六，北京图书馆古籍珍本丛刊，影印明正德二年（1507）李瀚刻本。

② 同上。

雨余山色净，霜降木叶稀。南涧拾梨栗，带月吟风归。青青路边兰，细细侵裳衣。饭饱晦亦足，物我两无违。好山无俗人，林泉有真娱。种秫足自酿，高下开荒墟。清溪侵古屋，况有高贤居。绿竹扫山色，奇木近千株。邻舍几父老，话言皆纯如。相见即痛饮，瓮盎倾无余。酒酣藉月卧，清兴欲凌虚。云谁知此乐，此乐世间无。①

　　在诗人的笔下，深山田园是恬美、宁静的，远离世尘，清溪浅浅，有竹木茅舍，桑麻橘篱……初雨过后，山色分外净朗，路边兰草青青，直透人衣裳。绿竹勾出淡淡的山色，奇木千株，静绝尘氛，真要使人滤尽现实尘思，置身于荒天迥地之间，这是诗人运用神思遐想来构筑的理想境界，这样的境界，可以让人超越悲情，获得灵魂的皈依，精神的安宁，去体验超越的情致。人呢？更是怡然自得，与田夫野老相游于山间，适性逍遥，是一种超拔世俗的人生情态，绝非凡人所能及。郝经构建了自己独特的随缘自适而自由无待的精神天地，希冀获得灵魂的宁静与愉悦，这是最能看出陶渊明影子的地方。他不止一次地感叹"劳生役世物，万戚无一欣"，向往"且拂冠上尘，暂作山中人"，他幻想拥有一个草庐，"醉归语山家，今年当卜邻。便送买山钱，结茅东涧滨"（《示周掾祖谢》）。他歌颂山中人淳朴的快乐："乐哉山中人，身世无妄想。避世如避仇，纳履遂长往。耕锄足衣食，生聚罗稚长。含淳遂天真，体胖心亦广。"（《归园田居六首》其三）

　　郝经是在当时矛盾、痛苦万分的心境下，以道家的出世，齐生死，泯物我，超尘脱俗来宁静、平缓自己心中的沉痛与悲愤，表面

---

① （元）郝经：《郝文忠公陵川文集》卷六，北京图书馆古籍珍本丛刊，影印明正德二年（1507）李翰刻本。

上寄情山林，怡然自得，其实内心深处痛苦不堪。这是诗人为了缓解自己痛苦的精神状态而作出的自我宣泄、自我拯救的超脱方式，他的两卷和陶诗，其实大多都在表示一种希冀超脱、渴求心如止水的愿望。

当然，这种归隐山林田园的愿望，实际上一直是中国文人的传统，它早已作为一种文化意识深深地积淀在中国知识分子的内心深处。在现存忽必烈藩府文人的诗词中，经常可以见到这种寄情山水田园的隐逸之作，如陈思济《漱石亭和段超宗韵》一诗："风波万顷一官微，羡杀田家豆粥稀。后日秋冈冈上去，树腰移榻转斜晖。"① 诗风清雅，把隐逸情怀表达得含蓄蕴藉，委婉深远。杨果的《村居》一诗："草堂有燕贺新成，沙渚无鸥续旧盟。满径落红风扫静，一渠春碧雨添平。春波淡淡卷寒漪，长日萧萧静竹扉。村舍蚕催桑叶大，山田鹿食麦苗稀。"② 用充满欢欣的笔触描写了一幅清丽高旷的田园生活美景，借以衬托诗人舒适快意的情怀。

金莲川藩府文人在理想受挫、宦海浮沉、人世沧桑之际，转而自觉地去追求一种诗意的栖居，将退隐作为体验自由、寻求心灵解脱和淡泊澄静的一种生活方式，从而形成了金莲川藩府文学清疏、放旷、淡雅的一脉审美风貌。隐逸思想又是普遍存在于元代文人中的一种时代情绪，在文人士大夫的诗文创作中，抒发隐逸情怀、表达隐逸情绪的作品炽盛一时，藩府文人隐逸文学的创作，不仅为元代文坛增添了一道淡雅的风景，而且也是元代文人士大夫隐逸文学创作不可或缺的一部分。

---

① （清）顾嗣立编：《元诗选》二集上，中华书局1987年版，第323页。
② 同上书，第174页。

第三章

忽必烈幕府用人导向与元代作家队伍的雅俗分流

忽必烈幕府多用经济之士和义理之士而排斥辞章之士,其用人导向影响了入仕文人的人生价值取向。他们都以经济之才或义理之学相标榜,是"以余力为诗文",不愿意被视为诗人或文章家,忌讳被视为辞章之士。这样道学家和文章家合而为一,不再区分学者与文人,文道融合,形成元代文学史上的雅文学作者群体。而元初北方那些被抛出社会主流的"浪子"文人群体,他们多投身于新兴的元杂剧创作,形成了具有相当规模的俗文学作家队伍。雅俗分流,使得元代文坛,呈现出独特的格局与风貌。

第一节 忽必烈幕府时期的用人导向与中统儒治的用人政策

忽必烈幕府文人虽人数众多、民族与地域来源广泛,大多为旧金士大夫和山东、山西、陕西、河北等地的名士,代表了由金入元(蒙)文士的精英,但单纯以文学之士身份入侍藩府的很少。忽必烈藩府的用人导向,是以经济和义理之士为主,辞章之士受到排斥。在忽必烈幕府文士的努力下,蒙古政权"稽列圣之洪规,讲前代之定制"（《中统建元诏》），按照中原王朝的政体和运作模式，建成了继唐、宋之后的一代正统王朝"大元"。这些藩府文人也成为在蒙元政权之中享有政治权利与社会荣耀的政治精英，构成一股举足轻重的社会与文化力量，他们活跃于当时的政治舞台和北方文坛，影响着一个时期的政治与文化，也影响了元初的文化政策，进而影响了有元一代学术与文学的发展。再者，藩府文人辅佐元世祖忽必烈开创山河一统的强大帝国，实现四海混一的卓越功绩，刺激并影响着广大士人的人生价值取向。立德、立功、立言始终是中国文人不渝的追求，他们也希望如忽必烈身边的儒臣一样被君主擢拔使用，理直气壮地"在其位，谋其政"，实现其政治抱负和人生价值，因此，这也影响了元代文人的人生价值取向，他们以义理之士和经济之士为重，不愿以辞章之士自居。

忽必烈幕府时期的用人导向促成了"中统儒治"之时重经济、义理而斥辞章的倾向，并且对元代的科举考试影响也很大。

幕府文人主体上是反对行科举的，元世祖忽必烈时期，虽多次有臣子上奏要求科举取士，忽必烈也多次下诏定制开科取士，但迟迟未能实施科举考试。蒙哥汗初年，刘秉忠就曾向忽必烈上书："开选择才，以经义为上，辞赋、论策次之"①，反对以辞赋取士。至元八年（1271），徒单公履本欲建言行科举，反而引起了经义之学与辞章之学有用无用之争：

> 八年，侍读徒单公履欲行贡举，知上于释崇教抑禅，乘是隙言儒亦有是科，书生类教，道学类禅。上怒，已召先少师文献公、司徒许文正公与一左相廷辩。公（按即董文忠）自外入，上曰："汝日诵《四书》，亦道学者？"公曰："陛下每言：

---

① （明）宋濂等：《元史》，中华书局1976年版，第3690页。

士不治经究心孔孟之道，而为赋诗，何关修身？何益为国？由是海内之士，稍知从事实学。臣今所诵，皆孔孟言，乌知所谓道学哉？而俗儒守亡国余习，求售己能，欲锢其说，恐非陛下上建皇极、下修人纪之赖也。"事为之止。君子以为善于羽翼斯文。①

不仅幕府文人许衡不赞成科举，幕府侍卫谋臣董文忠也不赞成科举，而董文忠关于学术的取向，是尚实、尚用，这无疑代表了忽必烈幕府君臣的普遍看法。忽必烈注重的是经世致用的实学，他不满士子赋诗赋空文，所以说："士不治经究心孔孟之道，而为赋诗，何关修身？何益为国？"②由忽必烈君臣对科举取士经义之学与辞章之学的态度可以看到，他们认为诗赋不过是声律对偶、摘章绘句之学，不仅于经邦济世无补，反而会导致士习浮华。

藩府文人无论在忽必烈潜邸做幕僚，及以后为朝臣，或居台谏、或在经筵、或处翰苑，多处于政治的核心，自然他们的态度和看法会直接影响帝王的观念以及朝廷的政策。至元十二年（1275）春徒单公履再次"请设取士之科"，诏命儒臣"杂议"，杨恭懿也是援引"从事实学"这种观点来反对以诗赋取士，主张"试以五经四书大小义、史论、时务策"③。

元代科举至仁宗时才恢复。忽必烈时期幕府文人的学术取向和人才倾向，对仁宗时科举的影响是巨大的。皇庆二年（1313）讨论恢复科举时，又以"人都学习的浮华了"为由，"罢去辞赋的言

---

① （元）姚燧：《姚燧集》，查洪德编辑点校，人民文学出版社2011年版，第230页。

② 同上。

③ 同上书，第279页。

语"①。据《元史》卷八十一《选举一·科目》载：

> 至仁宗皇庆二年十月，中书省臣奏："……夫取士之法，经学实修己治人之道，辞赋乃摘章绘句之学。自隋、唐以来，取人专尚辞赋，故士习浮华。今臣等所拟，将律赋、省题诗、小义皆不用，专立德行明经科，以此取士，庶可得人。"帝然之。②

程钜夫所拟《科举诏》中"举人宜以德行为首，试艺则以经术为先，辞章次之。浮华过实，朕所不取"③的方针，即由忽必烈"中统儒治"所形成的重经济、义理而斥辞章的倾向而来。在如此明确的导向下，元代的辞章之士始终是受排斥的。

有人评论说："元代是中国科举史上最低落的一代"④，元代科举长期废而不行，自金宋亡后至仁宗延祐二年（1315），迟迟未能恢复科举，导致了科举制度文化的断裂，士子失去传统的上进之路，正如萧启庆所说："元代用人取才最重世家，即当时所谓'根脚'。此一'根脚'取才制，与唐宋以来中原取士以科举为主要管道可说是南辕北辙，大不相同，元朝中期以前，一直未恢复科举制度，汉族士人遂丧失此一主要的入仕管道。"⑤因此，千百年来一以贯之的社会运行轨迹一下子变了，元代士人们通向显达实现自身价值的途径被堵塞了，"两宋以来独享统治权力与社会荣耀的'知识菁英'遂多被摒斥于统治阶层以外"⑥。这就从根本上打碎了元代文

---

① 《元典章》卷三一《礼部四·学校一·儒学·科举程式条目》，中国书店1990年版。
② （明）宋濂等：《元史》，中华书局1976年版，第2018页。
③ 李修生主编：《全元文》第16册，江苏古籍出版社2000年版，第5页。
④ 金诤：《科举制度与中国文化》，上海人民出版社1990年版，第160页。
⑤ 萧启庆：《内北国而外中国：蒙元史研究》，中华书局2007年版，第145页。
⑥ 同上书，第145、187页。

人建功立业的幻梦。在元代，即便是能够参加科举考试，在忽必烈"中统儒治"所形成的重经济、义理而斥辞章的用人导向影响下，元代的辞章之士，始终是受排斥的，他们失去了科举进身之阶，被断送了上进之路。

人生不一定要治国平天下才有价值，虽然文士被抛出了社会的主流，远离统治权利，社会地位已然是大大跌落了，没有富与贵，他们还有"文"，"文"就是文人自身所具有的优势。只不过他们淡化了对政治的依附关系，这部分儒生文人，他们在动乱扰攘时代大潮的冲击之下全节远害，或隐居教授，或隐于田园，或隐于山林，或隐于释老，或隐于市井，他们追求的是文人生活雅趣，是人格的完整和精神的独立。至于经济和义理之士，他们还有机会出仕新朝，对此还抱有信心，于是立即投入到"救世行道"的行动中，其济世救民、匡扶天下、民胞物与的道德情感，修齐治平的政治抱负就能实现。在元代，钟嗣成在他的《录鬼簿》中就已把文人分为三类："若以读万卷书，作三场文，占奎甲第者，世不乏人。其或甘心岩壑，乐道守志者，亦多有之。但于学问之余，事务之暇，心机灵变，世法通疏，移宫换羽，搜奇索怪，而以文章为戏玩者，诚绝无而仅有也。"[①] 科举入仕者，隐居岩壑者，这两类都属传统的文士，第三类"以文章为戏玩者"，他们是具有文学素养的下层文士，绝大部分终身布衣，自称"浪子"，即所谓的"浪子"文人群体，是新分离出来的一个群体。当然，除"浪子"文人群体之外，元代还有一部分从雅文化群体分离出来的下层士人，可称之为江湖游士群。因元前期不设科举，仕途逼仄，再加上"士失其守，反不如农

---

① （元）钟嗣成、（明）贾仲明撰，马廉校注：《录鬼簿新校注》，文学古籍刊行社1957年版，第146页。

工商贾之定业"①，为了谋生，一部分士人转向术士或相士，成为以相术谋生的江湖游士，即所谓江湖术士，即"多以星命相卜，挟中朝尺书，奔走闽台郡县，糊口耳"②这部分文人在元代人数较多，据刘克庄《术者施元龙行卷》载："挟术浪走四方者如麻粟"③。另有一部分因"不务举子业"，为了生计而"干求一二要路之书为介，谓之'阔匾'，副以诗篇，动辄数千缗、以至万缗"④。他们是以诗文谋生的江湖诗人。如戴复古《市舶提举管仲登饮于万贡堂有诗》写道："七十老翁头雪白，落在江湖卖诗册。平生知己管夷吾，得为万贡堂前客。嘲吟有罪遭天厄，谋归未办资身策。鸡林莫有买诗人，明日烦公问蕃舶。"⑤从中可以看到元代下层士人向豪门兜售自己诗文的情形，这也是当时江湖士人的一种普遍现象。这两部分就是从士阶层中分化出来的江湖游士群，他们游谒于江湖以生存。

元初北方那些从文人雅士中分离出来向下流动而走入市井的才子文人，他们与歌伎艺人交往，进入以市民为主体的商业化文化娱乐市场，投身于为正统文人所不看重的新兴文体——杂剧和散曲的创作，至此，俗文学作家队伍形成，且具有相当规模。元散曲家赵显宏【南吕·一枝花】《行乐》写道："十年将黄卷习，半世把红妆赡。向莺花场上走，将风月担儿拈。"⑥十年苦读诗书，半世以来肩负的却是"风月担"，行走于"莺花场"，在舞妓

---

① （元）陆文圭：《吴县学田记》，李修生主编《全元文》第17册，江苏古籍出版社2000年版，第607页。

② （元）方回选评，李庆甲集评校点：《瀛奎律髓汇评》卷二〇，上海古籍出版社1986年版，第840页。

③ （宋）刘克庄：《后村先生大全集》，四川大学出版社2008年版，第2813页。

④ （元）方回选评，李庆甲集评校点：《瀛奎律髓汇评》卷二〇，上海古籍出版社1986年版，第840页。

⑤ （宋）戴复古：《戴复古诗集》，浙江古籍出版社2012年版，第16页。

⑥ 隋树森编：《全元散曲》下册，中华书局1989年版，第1177页。

歌姬风月场中消遣，诗酒忘忧。他们在市井这个文化空间，不受礼法与礼教的束缚，摆脱男女之大防，创造了俗文学的辉煌，扎拉嘎说："在元代之后，中国古代文学结构进入到俗文学为主体的时代。"①

宋代的俗文学以小说为结构主体，元代的俗文学则以戏剧为主，明代的俗文学是以小说和戏曲为结构主体，明代王骥德在《曲律》中阐明了这一点："至元而始有剧戏，如今之所搬演者皆是。此窍由天地开辟以来，不知越几百千万年，俟夷狄主中华，而于是诸词人一时林立，始称作者之圣，呜呼异哉！"②元杂剧的创作相当兴盛，以《全元戏曲》收录为据，则"元代南戏、杂剧两种类型的作品，合达二百种以上"③，其成就虽然不能和明清小说抗衡，但在俗文学发展史中，在小说戏曲发展历程中占有重要地位，为明清小说戏曲的发展奠定了厚重的基石。元代戏曲作家也是一个阵容不算小的读书人群体，翻开《录鬼簿》，我们看到的是一群沉沦下僚、跻身勾栏瓦舍的"浪子"文人，即元杂剧作家群，其中以关汉卿为代表的"前辈已死名公才人，有所编传奇行于世者"④ 就有56人。元代戏曲作家的人数其实难以确计，但以庄一拂《古典戏曲存目汇考》的考订来看，其中有名有姓的至少也有百人，这还不计入那些无名和失载作家。⑤ 由此，元代作家队伍雅俗分流。

---

① 扎拉嘎：《游牧文化影响下中国文学在元代的历史变迁——兼论接受群体之结构变化与文学发展的关系》，《文学遗产》2002年第5期。

② （明）王骥德：《曲律·中国古典戏曲论著集成（四）》，中国戏曲出版社1959年版，第150页。

③ 王季思主编：《全元戏曲》，人民文学出版社1999年版，第1页。

④ （元）钟嗣成、（明）贾仲明撰，马廉校注：《录鬼簿新校注》，文学古籍刊行社1957年版，第9页。

⑤ 庄一拂：《古典戏曲存目汇考》，上海古籍出版社1982年版。

第二节　元代作家队伍的雅俗分流

　　选择了不同人生道路，也就意味着选择了不同的创作道路。元代雅文学作家队伍，南北的诗文作家包括科举入仕者和隐居岩壑者，都属雅文学阵营，侧重的依然是作为制度文化载体的传统诗文。而诗文依然是元代文学的大宗，当时，人们看重的依然是文章和诗。元代的诗文别集数量相当可观，清人修《四库全书》，收入元人别集 171 种，另存目 36 种，而现存元人诗文集起码在 450 种以上，散佚（含未见） 425 种。元代诗文数量可观，质量也相当高。元欧阳玄在《罗舜美诗序》中这样评价本朝文章："我朝延祐以来，弥文日盛，京师诸名公，咸宗魏晋唐，一去宋金季世之弊，而趋于雅正。"在他看来，元代是文章盛世。元末杨维桢在《玩斋集序》中这样评价元诗："我朝古文殊未迈韩柳欧曾苏王，而诗则过之。"据现有文献可知，元代诗人有五千多，而曲家只有二百多人。可知，元代雅俗文学分流后，仍是以雅文学为主体。

　　元代朝廷的用人取向和辞章之士受排斥的现实，不仅影响了统治者对雅文化雅文学的态度，也影响了入仕文人（亦或称为雅文学作家）的人生价值取向。元之前，有志于治国平天下的正统文人往往信守"达则兼济天下，穷则独善其身"的古训，大都从事诗文创作，而历代帝王不管是为了宣扬教化，还是为了附庸风雅，也大多参与了诗文的倡导和创作活动。蒙元的统治者显然不理解也不欣赏汉族所谓传统的高雅文化，而更注重实用，忽必烈就曾对藩府儒臣赵良弼提出过这样的问题："汉人惟务课赋吟诗，将何用焉？"[①] 帝

---

① 陶秋英编选：《宋金元文论选》，人民文学出版社 1984 年版，第 3746 页。

王的偏好影响也是很大的，因而，元代文人对在社会上起主导作用的以温柔敦厚、载道劝善为创作主旨的诗歌和散文等主流文学，以"阳春白雪"自诩的雅文学的态度开始发生了转变。如藩府理学家许衡诗文雅洁深稳而质实，代表了元初北方儒者之文风特色，正如《四库全书总目》所言："其文章无意修词，而自然明白醇正。诸体诗亦具有风格，尤讲学家所难得也。"不过，许衡一生所致力的，并非是文章家的文字辞章之工，也不是理学家的天理性命之奥，他关注的是基本精神重"践履"的经世致用，将儒学或说理之学应用于政治实践。正如明人何瑭《表彰文正公碑记》所说："学以躬行为急，而不徒事乎语言文字之间；道以致用为先，而不徒极乎性命之奥。其所得者，盖纯乎正而不可加矣。"他并不"刻意著述，留心性命"，而着意于"修齐治平之方，义利取舍之分"①。许衡认为文士不能治国，对此，他有如下说辞：

> 唯仁者宜在高位，为政必以德。仁者心之德，谓此理得之于心也。后世以智术文才之士君国子民，此等人岂可在君长之位？纵文章如苏、黄，也服不得不识字人。有德则万人皆服，是万人共尊者。非一艺一能服其同类者也。②

按许衡的说法，文为德之累，文名为身之累，文高必然德下，文高只能位下。许衡作为元初北方的大儒，曾任中书左丞，出任国子监祭酒，在国子，许衡教授了一批蒙古色目与汉族子弟，其中不乏俊杰之士，有王梓、刘季伟、韩思永、吕端善、姚燧、高凝、白

---

① （元）许衡：《鲁斋遗书》卷一四，北京图书馆古籍珍本丛刊，影印明万历二十四年（1596）刻本。
② （元）许衡：《鲁斋遗书》卷二《语录下》，北京图书馆古籍珍本丛刊，影印明万历二十四年（1596）刻本。

栋、苏郁、姚敦、孙安、刘安中等汉族子弟，还有耶律楚材之孙——契丹族的耶律有尚，以及燕真、坚童、秃忽鲁、也先铁木儿、不忽木、巎巎等蒙古、色目学生①。因此，他对元代文人的影响不可忽视。他的学生姚燧②，是元代的文章大家。姚燧早年试作文章受人赞赏，许衡立即告诫他："弓矢为物，以待盗也。使盗得之，亦将待人。文章固发闻士子之利器，然先有能一世之名，将何以应人之见役者哉？非其人而与之，与非其人而拒之，钧罪也。非周身斯世之道也。"③ 不希望他以文名世，还断言"能文之士必蔽"。元初杨奂说：

> 金大定中，君臣上下以淳德相尚，学校自京师达于郡国，专事经术教养，故士大夫之学，少华而多实。明昌以后，朝野无事，侈靡成风，喜歌诗，故士大夫之学，多华而少实。

杨奂喜经术多于喜歌诗，批评金代士大夫之学华而少实，在文学上也是崇尚实学。藩府儒臣郝经也力主文章需实用，不做"逐末之文"，他曾致书杨奂说："天下已乱，生民已弊，无有为拯而药之者。之士也，方相轧以辞章，相高以韵语，相夸以藻丽，不知何以

---

① 《元史》卷一三〇《不忽木传附燕真传》："（王）恂从北征，（燕真）乃受学于国子祭酒许衡。"卷一三四《阔阔传附坚童传》："（坚童）既长，奉命入国学，复从许衡游。"《秃忽鲁传》："（秃忽鲁）自幼入侍世祖，命与也先铁木儿、不忽木从许衡学。"卷一四三《巎巎传》："巎巎幼肄业国学，博通群书，其正心修身之要得诸许衡及父兄家传。"又《元史》卷八七《集贤院条》："至元初，以许衡为集贤馆大学士、国子祭酒，教国子与蒙古大姓四怯薛人员。"可知，燕真、坚童、秃忽鲁、也先铁木儿、不忽木、巎巎等曾从许衡学习。

② 《元史·姚燧传》："燧之学有得于许衡，由穷理致知，反躬实践，为世名儒。"《四库全书总目》则说："燧虽受学于许衡，而文章则过衡远甚。"

③ （元）苏天爵辑撰：《元朝名臣事略》卷八，姚景安点校，中华书局1996年版。

尧舜其君民也，道其不行矣夫！伏观先生《韩子辨》、《正统例》、《还山教学志》，洋洋灏灏，若括元气而禽辟之，其事其辞其理，皆有用者也，非世之逐末之文也。"① 赞扬杨奂文章注重社会政治功能，有用于世。元代统治者注重实用，王祎批评当世儒者怯懦无用的文字颇具代表性：

> 有用之谓儒。世之论者顾皆谓儒无用，何也？曰：非论者之过也。彼所谓无用，诚无用者也。而吾所谓有用者，则非彼之所谓无用矣。夫周公、孔子，儒者也。周公之道尝用于天下矣，孔子虽不得其位，而其道即周公之道，天下之所用也。其为道也，自格物致知以至于治国平天下，内外无二致也；自本诸身以至于征诸庶民，考诸三王，本末皆一贯也。小之则云为于日用事物之间，大之则可以位天地育万物也。斯道也，周公、孔子之所为儒者也。周公、孔子远矣，其遗言固载于六经，凡帝王经世之略、圣贤传心之要，粲然具在，后世儒者之所取法也。不法周公、孔子，不足谓为儒。儒而法周公、孔子矣，不可谓为有用乎？嗯！斯吾之所谓儒也，其果世之所谓无用者乎？且世之所谓无用者，我知之矣。缝掖其衣，高视而阔步，其为业也，呫毕训诂而已耳，缀缉辞章而已耳。问之天下国家之务，则曰我儒者，非所习也；使之涉事而遇变，则曰我儒者，非所能也。嗟乎！儒者之道，其果尽于辞章训诂而已乎？此其为儒也，其为世所讥氰而蒙迂阔之讥也固宜。谓之为无用，固诚无用矣，而又何怪焉？②

---

① （元）郝经：《上紫阳先生论学书》，李修生主编《全元文》第 4 册，江苏古籍出版社 1998 年版，第 164 页。

② （明）王祎：《王忠文集》卷一四《儒解》，《影印文渊阁四库全书》第 1226 册，台湾商务印书馆 1985 年版。

真正的儒者，不能徒具儒者之表，而应法周孔之道，习圣贤之学，能以圣贤之学为天地立心、为生民立命，可为国家天下之用的有用之儒。"儒无用"在当时颇为流行。

元代的入仕文人都以经济之才或义理之学相标榜，虽然也从事文学创作，但只是"以余力为诗文"①。如刘秉忠诗文创作是"裁云镂月之章，阳春白雪之曲，在公乃为余事"（阎复《藏春集序》），虽然也希望别人赞赏或推崇自己的诗文，但绝不愿意被视为诗人或文章家，忌讳被视为辞章之士。宋濂，作为元末代表性的文章家，亦是志在经济和义理，他所撰自传体《白牛生传》说："好著文，或以文人称之，则又艴然怒曰：吾文人乎哉！天地之理欲穷之而未尽也，圣贤之道欲凝之而未成也，吾文人乎哉！"② 不喜欢被人以文学之士看待。

因此，在元代，文章家和道学家合而为一，不再区分学者和文人，元中期虞集等馆阁文臣即是持这种看法，认为"说理者鄙薄文辞之丧志，而经学、文艺判为专门"，而"士风颓弊于科举之业"③，应该消弭经学与文艺的壁垒，二者融合。宋濂等修撰的《元史》将前代史书的儒林、文苑二传合而一之为《儒学传》："前代史传，皆以儒学之士，分而为二，以经艺颛门者为儒林，以文章名家者为文苑。然儒之学一也，六经者斯道之所在，而文则所以载夫道

---

① 楼钥《攻媿集》卷一百一《鲍明叔墓志铭》："多记经史子传之文，喜为人讲说，纚纚可听。以其余力为诗词，发语清丽，倡酬无虚时。"这种说法又见于吴澄，《吴文正集》卷二十三《丁叔才诗序》："唐宋以来之为诗，出没变化以为新，雕镂绘画以为工，牛鬼神蛇以为奇，而《周南·樛木》等篇何新之有？何工之有？何奇之有？临川丁叔才教授生徒，以其余力为诗章。辞达而已。不惟新、惟工、惟奇之尚。"又见其《故将仕佐郎赣州路儒学教授陈君墓碣铭》（《吴文正集》卷八七）。

② 罗月霞主编：《宋濂全集》，浙江古籍出版社1999年版，第80页。

③ （明）宋濂等：《元史》，中华书局1976年版，第537页。

者也。故经非文则无以发明其旨趣；而文不本于六经，又乌足谓之文哉！由是而言，经艺文章，不可分为二也明矣。元兴百年，上自朝廷内外名宦之臣，下及山林布衣之士，以通经能文显著当世者，彬彬焉众矣。今皆不复为之分别，而采取其尤卓然成名，可以辅教传后者，合而录之，为《儒学传》。"①

　　忽必烈幕府时期重经济、义理而斥辞章的用人导向也促成了元代论学论文尚实尚用的突出倾向。如藩府理学家许衡学术的基本精神就是重"践履"，即实践性，他所关注的就是经世致用，许衡认为："学以躬行为急，而不徒事乎语言文字之间；以致用为先，而不徒极乎性命之奥……"② 藩府儒臣郝经也非常重视文章之"实用"，他在《文弊解》一文中说："事虚文而弃实用，弊已久矣。"郝经特别强调文章的"质"与"实"，他明确提出："天人之道，以实为用，有实则有文，未有文而无其实者也。"认为诗文应当有实际的内容。他批评当时文坛存在的"事虚文而弃实用"现象，为此，他坚决反对工巧而无用之文："文章工矣，功利急矣，义理晦矣；道之所以入于无用也。嗟乎！不耕不凿，不蚕缫而衣食者，谓之游食之民；不道德不仁义而文章者，谓之逐末之士。"③ 王恽，为有元一代名臣。有才干，操履端方，好学善属文，累官至翰林学士、知制诰，精于诗歌文章写作，一生著述甚丰，现存《秋涧集》达一百卷。王恽论文，也是以"有用"作为宗旨，即有用于当世，其着眼点是社会的功利性："君子之学，贵乎有用。不志于用，虽曰未学可也。"（《南塘诸君会射序》）④ 强调文章"有用"，推崇平

---

① （明）宋濂等：《元史》，中华书局1976年版，第4313页。
② （元）许衡：《鲁斋遗书》卷一四，北京图书馆古籍珍本丛刊，影印明万历二十四年（1596）刻本。
③ （元）郝经：《郝文忠公陵川文集》卷二四《上紫阳先生论学书》，北京图书馆古籍珍本丛刊，影印明正德二年（1507）李翰刻本。
④ 李修生主编：《全元文》第6册，江苏古籍出版社1998年版，第151页。

易文风,他在《秋涧集》卷四三《遗安郭先生文集引》谈到文章应该"必需道义培植其根本,问学贮蓄其穰茹,有渊源,精尚其辞体。为之不辍,务至于圆熟。以自得有用为主,浮艳陈烂是去"。可知,元代入仕文人或诗文作家所论,着眼点虽各不同,但都有一个共同点,即认为文须有益于天下,不尚空谈,提倡经世致用之文。文要有用,这在当时,是颇具现实意义的,也是适合社会需要的文学理论。我们从元代公文中也可看到元朝君臣对文章和学问实用与否的态度,在《庙学典礼》中,我们看到元中期江南有这样的现象:大德二年(1298)二月,江南诸道行御史台的治书侍御史呈送咨文,批评行台下辖各地官员"有以己之好尚,辄使师生习于世无用之学,徒费日月,有误后人","又或风使学官,板无益之书,镌不急之石"① 等。

  幕府文人从"有用"和"实用"之文的理论出发,提倡经世致用的创作态度,这对元代雅文学作家队伍的创作影响很大。从"有用"和"实用"之文的理论出发,元代以文章而名家者也多以典诰碑铭等实用文章为主。我们看一下有元一代文章家的创作情况。元前期领袖文坛者是许衡的高足姚燧,继姚燧而起的古文大家——元明善,也是姚燧文风的继承者。之后主持文坛者是虞集、黄溍、柳贯、揭傒斯等"儒林四杰",又被誉为"元文四家",均为元代名儒与著名诗文作家。此外,元代文章大家还有赵孟頫、邓文原、袁桷、欧阳玄等。

  姚燧作为元代最具代表性的文章家,"以散文见称……现存姚文大部分是碑铭诏诰等应用文,抒情写景之作很少"②。在 30 卷《牧庵文集》中,祝册、诏制 3 卷,碑志最多,共 20 卷。其"典册

---

  ① 《庙学典礼》卷五"行台治书侍御史咨呈勉励学校事宜"条,浙江古籍出版社 1992 年版,第 115 页。

  ② 邓绍基主编:《元代文学史》,人民文学出版社 1991 年版,第 384 页。

之雅奥，诏令之深醇"，"铭志箴诵之雄伟光洁"（柳贯《姚燧谥文》），"文公之文，如朝绅引班，气肃色正，步趋有序，佩玉锵鸣；又如战阵相持，纪律不紊，雄威远被，坐慑万人"（明刘昌《中州名贤文表》跋）。这些文字描述的是姚燧文章的内在气象，所称赏的正是姚燧经世致用之文，姚燧文章以深厚的学养为根基，朴实无华，笔锋颖锐，透彻达意，具有雄健浑厚的学者风范。

元明善是元代前期重要散文家，是元代散文六家之一。其《清河集》（藕香零拾本）有多种文体，包括制、诏、记、表、碑、传、序跋等。从他所存作品来看，数量居多是实用文体，有诏制六篇，碑志铭表十六篇，其文学成就也体现在这一类文章，如《平章董士选赠三代制》《平章廉希宪赠谥制》《集贤直学士文君神道碑》《参政商文诚公墓碑》等，文字雅正凝练，简约质朴，又有清丽之致，虽然其记、序等文也存数十篇，但板滞枯涩，稍乏意趣。

虞集，生当盛世，际遇承平，又历经成均、颂台、史馆、经筵，出入馆阁二十余年，就文坛地位而言，被称为"一代斗山"①，是元"儒林四家（元文四家）"的核心人物。作为元代文章大家，其文集《道园学古录》三十八卷文章中，碑志墓表近十六卷，大多为"宗庙朝廷之典册，公卿大夫之碑版"，虞集文中占比重最大的是碑铭传状，而且当时"公卿大夫之碑版咸出公手"（《珊瑚木难》卷二欧阳玄《雍虞公文序》）。

揭傒斯和虞集都是馆阁文章高手，现有李梦生点校的《揭傒斯全集》，收录散文九卷，其中包括"制表"18篇、"碑"13篇、"铭"22篇，散文亦多为制表碑铭等实用文体，《元史》本传称"朝廷大典册及元勋茂德当得铭辞者，必以命焉。殊方绝域，咸慕其名，得其文者，莫不以为荣云"。四库馆臣的评论较为中肯："其

---

① 参见明胡应麟《诗薮》外编卷六："虞奎章在元中叶，一代斗山"。《中华大典·文学典·宋辽金元文学分典》，江苏古籍出版社1999年版，第677页。

文章叙事严整、语简而当。凡朝廷大典册及碑版之文，多出其手，一时推为巨制。"这类文章，文辞简洁，立论稳妥，论述谨严，议论醇正。黄溍所撰神道碑称其文"叙事严整而精核，持论一主于理，语简而洁"①。

欧阳玄也是和虞集、揭傒斯并立一世的馆阁文章大家。仁宗延祐二年（1315），首开科举，登进士第，曾为国子博士，迁翰林待制。欧阳玄以文名家，他的文章，有元一代，少有其匹，前人谈元人文章，以之与虞集并称。②危素所撰《圭斋先生欧阳公行状》称其"历官四十余年，三任成均而两为祭酒，六入翰林而三拜承旨，修《实录》、《大典》、三史，皆大制作。屡主文衡，两知贡举及读卷官。凡宗庙朝廷雄文大册，播告万方，制、诰，多出玄手……海内名山大川，释老之宫，王公贵人墓隧之碑，得玄文辞以为荣。片言只字，流传人间，咸知宝重。文章道德，卓然名世"③，说明欧阳玄文章的主要成就依然是朝廷制、诰及碑铭等文体。

赵孟頫与邓文原二人文章风格相近，皆春容纡徐，崇尚雅正。在赵孟頫的各类文体中，也是以制诰碑志之体的创作数量为多。邓文原是元代重要的馆阁文臣，自称"自少好为文章，谨守绳尺"（《翰林侍读学士贯公文集序》）。杨镰《元诗史》如此评价邓文原的创作："现存诗文多应制、应酬之作，内容比较单调，风格也缺少变化。但元代的馆阁诗文风格，正是肇源于邓文原。在他之后，袁桷、王士熙、马祖常等成为气候，使馆阁诗文有了比较广泛的影响。"④这句话指出了其文章特色。袁桷，元成宗、武宗之际曾任翰

---

① 王颋点校：《黄溍全集》下册，天津古籍出版社2008年版，第682页。
② 宋濂在《书刘生铙歌后》一文中，以虞集、揭傒斯、黄溍、欧阳玄为元文成就"最著"之四家："近代以文章名天下者，蜀郡虞文靖公，豫章揭文安公，先师黄文献公及庐陵欧阳文公为最著。"（《宋濂全集·芝园续集》卷五）
③ 李修生主编：《全元文》第48册，凤凰出版社2004年版，第406页。
④ 杨镰：《元诗史》，人民文学出版社2003年版，第394页。

林待制、侍讲学士等职，是大德、延祐间文坛领袖。袁桷所写文章也以"朝廷制册，勋臣碑铭"居多，占其全部散文的二分之一以上。

如上所述，元代正统诗文作者的创作情况，符合元代文章尚实尚用理论，这与忽必烈幕府文人"有用"和"实用"学术观念的影响分不开，也是儒家经世致用宗旨的一种延续。

忽必烈幕府时期重经济、义理而斥辞章的用人导向影响了有元一代的科举制度，影响了入仕文人的人生价值取向，道学家和文章家合而为一，不再区分学者与文人，也形成了元代论学论文尚实尚用的倾向，促进了元代文士的分化，或归雅或趋俗。这种雅俗分流的独特现象，不仅使得元代文坛呈现出独特的格局与风貌，并成为中国文学发展的一个重要现象，而且随着明、清两代雅俗分流格局的形成及其日趋明显，雅、俗共同繁荣新局面的出现，对中国文学发展也产生了深远的影响。

第四章

忽必烈幕府文人与元代科举及对文学的影响

忽必烈幕府文人整体上是反对行科举的，元代科举至仁宗时才恢复。元代科举考试的最显著特点就是时断时续。元仁宗时推行科举政策，依然是采用忽必烈时期幕府文人所倾向的用人以实用为重和为学重视实用的主张。元代科举与宋、金科举相比，有了很大变化，进而影响了元代文学的发展，论学论文崇尚实用倾向非常突出。元代科举长期废而不行，士子失去传统的上进之路，数百年来读书人实现自身价值的路径不通了，这对元代文人的思想与创作心态的影响也是巨大的。

在中国历史上，科举制度，对人们，尤其是文人的社会生活产生了深刻的影响，读书人通过科举考试取得功名，以求显身扬名，进入仕途，进而施展自己的才华和抱负，以实现治国平天下的抱负，自唐宋以来一直是读书人的理想和追求。这种抱负是科举时代的知识分子的共同理想，科举考试不仅决定了儒士文人的生活道路，也影响着他们的思想和心态。

正如萧启庆先生所说："元代用人取才最重世家，即当时所谓'根脚'。此一'根脚'取才制，与唐宋以来中原取士以科举为主要管道可说是南辕北辙，大不相同，元朝中期以前，一直未恢复科举制度，汉族士人遂丧失此一主要的入仕管道。"① 因元代用人重世家，重根脚，重实用，自金宋亡后至仁宗延祐二年（1315），长期不实行科举取士，迟迟未能恢复科举，士子文人失去传统的上进之路。元代科举至仁宗朝才开始实行，元代科举考试"举人宜以德行为首，试艺则以经术为先，辞章次之"（《行科举诏》）② 的方针，依然体现了忽必烈时期幕府文人的学术取向和用人倾向。元代科举与宋、金科举相比，有了很大变化，从而影响了文学发展的走向，进而也影响着文人的心态和文学创作。

第一节 元代科举制度概况

经由两宋之发展，科举地位得到了全面提升。我们看一下宋代的科举选官，"两宋通过科举共取士十一万五千四百二十七人，平均每年三百六十一人，约为唐代的五倍，元代的三十倍，明代的四倍，清代的三点四倍"③。宋代科举选官规模扩大，经由科举入仕的文人占据了上至宰辅，下至地方官员之要职。北方由契丹民族建立的辽是在开国七十年之后，才仿效中原汉法正式推行科举考试，从辽圣宗统和六年（988）开科，至辽萧德妃德兴元年（1122），有记录可查的科举考试至少进行了58次，每次录取的人数不多，一般每科取士一二人至数人或数十人，最多的一次是咸雍六年（1070），共138人④。据刘海峰、李兵合著的《中国科举史》所附"历代登

---

① 萧启庆：《内北国而外中国：蒙元史研究》，中华书局2007年版，第145页。
② （明）宋濂等：《元史》，中华书局1976年版，第2018页。
③ 张希清：《论宋代科举取士之多与冗官问题》，《北京大学学报》（哲学社会科学版）1987年第5期。
④ 李桂芝：《辽金科举研究》，中央民族大学出版社2012年版，第7页。

科表",135 年间共取士 2479 人。① 不过,辽代基于"藩汉不同治"的原则,禁止契丹人应试而只许汉族文人参加,到了辽末,才解除了对契丹人应举的禁规。

金朝统治者在灭辽亡宋之际,早已为巩固其统治开始网罗人才开科举了,"其设也,始于太宗天会元年(1123)十一月,时以意欲得汉士,以抚辑新附,初无定数,亦无定期"②。初无定制,主要根据需要通过考试录用官员,后逐渐变为定制,考试程序和科场规制也日趋复杂,而且特为女真族创设了女真进士科,这种双元科举制度在中国科举史上是一个创造。③ 在金享国 119 年期间,科举制实行了 108 年,其中金熙宗、海陵王两朝科举制已经完善成熟,金世宗、金章宗两朝社会安定、经济繁荣,科举制度已经比较完备、严密,当时科举成为文人士子的主要入仕门径。金代的科举制实行较早,始终未曾中断过,"大定以还,文治既洽,教育亦至,名氏之旧与乡里之彦,率由科举之选"(元好问《内相文献杨公神道碑铭》)④,金代历史上号称科举得人最盛,录取的人数也较多,文士由科第跻身政坛,甚至位至宰辅者,层见叠出,接踵鱼贯,故对文人的影响显著。整个金代共开科 43 次,虽然比辽开科次数少,但总共录取人数多,录取多至

---

① 周腊生:《辽金元状元奇谈・辽金元状元谱》,紫禁城出版社 2000 年版,第 97—98 页。

② (元)脱脱等:《金史》卷五一《选举志》,中华书局 1975 年版,第 1134 页。

③ 设置女真进士科是金代科举的一大特点,女真进士科即策论进士科,是专为选拔以女真族为主的少数民族人才而开设的科目。女真进士科于金大定十一年(1171)建立,十三年(1173)始定每场试策一道,限五百字以上,初设科时应举者免乡试、府试,只赴会试、御试。女真进士科的创立,不仅促使女真士人的文化水平迅速提高,而且也为少数民族开辟了竞争参政的制度化管道,对元代的蒙古进士榜和清代的八旗科举皆有影响。

④ 姚奠中主编:《元好问全集》,山西人民出版社 1990 年版,第 493 页。

数百人的考试屡见不鲜,最多的一次为 925 人,总计取士约 15000 人。①

相比前朝宋金时代以科举取士兴盛的局面来说,元代选官制度最为突出的特点就是科举不兴。元代于灭金后第四年窝阔台汗时期举行以论、经义和辞赋三科选取儒士的"戊戌选试"②,但窝阔台汗之后数十年间,在乃马真后、贵由汗、海迷失后、蒙哥汗等期间,皆未推行科举。1260 年元世祖忽必烈继蒙古大汗位,1271 年改国号为"元"。忽必烈在位三十余年间虽重视儒学,但并未推行科举制度,之后的元成宗、元武宗都不重视儒学,也对科举制度不感兴趣。忽必烈统治期间虽经历过多次的开科尝试,多次有臣子上奏要求科举取士,但迟迟未能实施科举考试。直到元仁宗延祐二年(1315),在李孟等儒臣的建议下才正式开科取士,至此元代科举制正式建立。到元顺帝至元元年(1335),因中书平章蔑儿乞氏伯颜坚决反对,科举考试再度停废。又隔七年之后,到顺帝至正元年(1341),才又恢复了科举,此后一直到元朝灭亡,"科场,每三岁一次开试"③。元代的开科较之辽、金两代要晚得多,从 1206 年成吉思汗建大蒙古国到 1368 年元朝灭亡的 162 年间,元朝科举施行 52 年,扣除中断 7 年,实际上只有 45 年的较短时间,仅开科 16 次,每次取士十余人至数十人,至正二十年(1360)取士 35 人,为最少的一次,最多的一次是元统元年(1333)取士 100 人,终元

---

① 周腊生:《辽金元状元奇谈·辽金元状元谱》,紫禁城出版社 2000 年版,第 138—139 页。

② 金代进士出身的中书令耶律楚材认为"守成者必用儒术",敦请窝阔台汗选儒士,在窝阔台汗九年(1237)下诏诸路考试,以论、经义和辞赋三科取士,史称"戊戌选试",一次便录取 4030 人,目的本在于为全国选拔合格之官吏,虽然这次考中之儒生仅有少数获得出仕的机会,而且所得者仅为地方性的议事官,但"戊戌选试"在历史上的重要性,不在于选拔官吏,而在于救济流离失所及陷于奴籍的儒士,使他们以儒户的身份,取得优免赋役的特权。

③ (明)宋濂等:《元史》,中华书局 1976 年版,第 2018 页。

之世，左、右两榜共取士1139人。显然，元代科举实行时间短、规模较小、录取人数较少，不能与科举兴盛的宋金两朝相比，即使与仅统治东北一隅，选派官员也不甚重视是否科举出身的辽代相比，规模也不及其一半，所以有人说："元代是中国科举史上最低落的一代。"我们再以陈昭扬《征服王朝下的士人》书中对宋代至清代进士情况统计列表比较：

历代进士录取名额表

朝代	榜数	实行科举时间	进士总数（人）	每榜平均数（人）	年平均数（人）
北宋	69	共167年（960—1126）	19149	277.5	114.7
南宋	52	共153年（1127—1279）	20562	395.4	134.4
宋代	120	共320年（960—1279）	39711	330.9	124.1
辽代	53	共188年（938—1125）	2211	41.7	11.8
金代	31	共96年（1139—1234）	4160	134.2	43.3
元代	16	共52年（1315—1366）	1139	71.2	21.1
明代	85	共274年（1371—1644）	24594	289.3	89.8
清代	112	共260年（1646—1905）	26747	238.8	102.9

资料来源：陈昭扬《征服王朝下的士人》，第42页，表2—6。

可以很清晰地看到，元朝进士总数是近世各朝代中最低的，每榜平均数及年平均数仅高于辽代，在录取人数上比起宋代与明清都要少得多。元代的文官中科举出身的所占比例非常少，仅占4%，元代文人的入仕途径主要是由吏职而非应举。关于元朝的用人体制，元代中期的文人姚燧曾说：

> 大凡今仕惟三途：一由宿卫，一由儒，一由吏。由宿卫者言出中禁，中书奉行，制敕而已，十之一。由儒者，则校官及品者，提举、教授，出中书；未及者则正、录以下，出行省、宣慰，十分之一之半。由吏者，省、台、院、中外庶司、郡

县，十九有半焉。(《送李茂卿序》)①

可知元代的选官途径主要有如下几种：一是所谓"根脚"，即宿卫和勋臣之家的子弟，可直接入仕，并且不按寻常等级得到提升；二是儒士以岁贡的方式出任吏职②；三是通过令吏、司吏、通事、奏差等吏员逐渐升迁为官。苏天爵在《大名路总官王公神道碑铭》中说："我国家之用人也，内公卿大夫，外则州牧藩宣，大抵多由吏进，可不重其选欤！"③ 两宋时期，官员出身科举，直接由中央委派，而吏员位于官之下，受命于官员，承办具体的事务性工作，因而汉族士大夫有鄙视胥吏的传统观念。但是到了元代，蒙古人则完全没有这种观念，元代很多官员是通过吏职逐渐获得为官的机会。不过，元代吏员大多素质低下，"刀笔以簿书期会为务，不知政体"，甚至"不识字，不能书算"，故吏员出身的职官很难受到重用，而且元政府有明确规定，"吏员出身者，秩止四品"，吏员须担任相当长时间的见习吏职与正式吏职之后方可出职为官。其余还有通过国学岁贡为官，也有入粟补官及科举入仕。荫叙所占比例很小，《元史·选举志》："大德四年，省议：'诸职官子孙荫叙，正一品子，正五品叙。从一品子，从五品叙。正二品子，正六品叙。从二品子，从六品叙……正七品子，酌中钱谷官。从七品子，近下钱谷官。诸色目人比汉人优一等荫叙，达鲁花赤子孙与民官子孙一体

---

① （元）姚燧：《姚燧集》，查洪德编辑点校，人民文学出版社2011年版，第71页。

② 如至元十九年（1282）下诏："诸路岁贡人吏，补充内外职官"；至元二十八年（1291）有诏令"南方儒人，若有隐遗、德行、文章、正事可取者，其依内郡体例，各路岁贡一人，朝廷量才录用"。

③ （元）苏天爵：《滋溪文稿》，陈高华、孟繁清点校，中华书局1997年版，第276页。

荫叙，傍荫照例降叙。'"① 当然，元代的选官用人着重"根脚"（根源、出身），最重视的还是所谓的"大根脚"，元代高官厚禄几乎为少数"大根脚"所垄断，为与皇室渊源深远的勋臣世家"老奴婢根脚"的家族所把持，皇帝身边的怯薛武士，蒙古、色目贵族子弟经由宿卫，可以直接入仕授予高官。和其他入仕途径相比，通过科举取得功名在元代选官途径中居于少数，所占的比重微不足道，在元代入仕者中，科举出身者仅占仕途总额的4％，可谓少之又少。

元代科举无论规模还是官员铨选所占的比重，与其他朝代都无法相比，但元代科举在君主专制社会起到一个承上启下的衔接作用，历史地位十分重要。元代科举依然与元代的社会、政治制度，文人心态、士林风气、文学及文化的发展等有着深远关系，要研究有元一代的文学与文化，科举是不可不谈的。

元朝是第一个少数民族主宰中国的征服王朝，统治民族蒙古人有其固有的文化及政治传统，蒙古社会重视世袭权利，选官用人偏重出身，作为收揽士人与建立正统的重要手段，汉族的科举选官则是以"学而优则仕"为原则的评准精英的征募方式，在考试面前人人平等，打破了世袭与贵族的特权，这和蒙古社会的用人方式是格格不入的。元代虽然是在唐、宋、辽、金之后实行科举，其科举取士制度承袭了前朝不少规定，但因元代疆域广阔、民族众多、文化多元，蒙汉制度与文化既交汇融合又相互妥协，受这些因素的影响，元代科举形成与前朝不同的特色，并对以后明、清科举乃至文化发展产生重要影响。

对元代科举文献有过精密考证研究的乾嘉史学大师钱大昕在为元延祐元年（1314）《江西乡试录》所题七言古诗中对元代科举考试的特色作过精要概括："延祐甲寅设科始，初场经义主朱氏。二

---

① （明）宋濂等：《元史》，中华书局1976年版，第2060—2061页。

场古赋兼辞章，左榜例殊右榜士……五百春秋弹指过，风流未沫赖有此。当年四路两室慰，十一行省各大比。"① 他指出元代科举的几项重要特色：一是右（蒙古、色目）左（汉人、南人）分榜而待遇有差别；二是元代科举重经义而斥辞章，独尊程朱道学，确立了经学在科举中的首要地位；三是元代科举重经学而不废文学。据《元史·选举志》记载：

> 蒙古、色目人，第一场经问五条，《大学》、《论语》、《孟子》、《中庸》内设问，用朱氏章句集注。其义理精明，文辞典雅者为中选。第二场策一道，以时务出题，限五百字以上。汉人、南人，第一场明经、经疑二问，《大学》、《论语》、《孟子》、《中庸》内出题，并用朱氏章句集注，复以己意结之，限三百字以上；经义一道，各治一经，《诗》以朱氏为主，《尚书》以蔡氏为主，《周易》以程氏、朱氏为主，已上三经，兼用古注疏，《春秋》许用三传及胡氏传，《礼记》用古注疏，限五百字以上，不拘格律。第二场古赋、诏、诰、章、表内科一道，古赋诏诰用古体，章表四六，参用古体。第三场策一道，经史时务内出题，不矜浮藻，惟务直述，限一千字以上成。②

元代科举制度经过对多元族群与多元文化环境的自我调适，借鉴了南宋和金朝科举制度去繁就简而成，已经是一个不可再行压缩简化的模式，基本保留了一个能广被接受的士人文化修养最低要求。采用左右两榜分试制度，汉人、南人为左榜，蒙古人、色目人

---

① （清）钱大昕辑，（清）王鸣韶编：《宋元科举题名录》《延祐甲寅江西乡试录》，载《北京图书馆珍本丛刊》第 21 册，北京书目文献出版社 1988 年版，第 255—256 页。

② （明）宋濂等：《元史》，中华书局 1976 年版，第 2019 页。

为右榜。左右两榜考试内容有区别，不过均以经义为主，左榜进士考试为三场，兼考经义、辞赋，右榜进士考试为两场，以经义和策论为考试内容。

其一，右（蒙古、色目）左（汉人、南人）分榜而待遇有殊。两榜制是元代科举制度最重要的特色。元代科举考试设置左右两榜，乡试、会试以及廷试皆分左右榜，汉人、南人为左榜，蒙古人、色目人为右榜，原意是保障蒙古、色目人的仕进特权，为弥补蒙古人、色目人必须以汉文参加考试的不利而设置族群配额制。在考试内容方面，右榜蒙古和色目参试举子只考两场，左榜汉人、南人则考三场，还要多加一场难度较大且实用性较强的经义与古赋、诏、诰、章、表等，这主要考虑蒙古人、色目人与汉族所接受的教育不同。右榜所考仅为四书经义，左榜所考除四书外，尚有五经经义。两榜皆考策，右榜策题限于时务，左榜则兼及经史。且"蒙古、色目人，愿试汉人、南人科目，中选者加一等注授"① 以示奖励。蒙古人、色目人在考试内容及录取名额两方面均享受优待。

在录取名额方面，蒙古人、色目人显然受到优待。乡试中，规定蒙古人、色目人、汉人、南人每一族群各录取七十五名，共三百名。会试、廷试录取名额亦是各族群平等分配。从数额上看，似乎体现了公平，一方面，从汉学熟悉程度而言，蒙古人与色目人文化水平没有汉族人高，如果同等对待，蒙古人、色目人和汉人、南人考试内容没有区别，蒙古人、色目人的利益会遭到损害，从这四个等级人群的文化差异来讲是合理的；另一方面，如果从各族群人口多寡来看，据估计，蒙古人、色目人仅占全国总户数的百分之三，汉人、南人则占百分之九十七，从这一方面来看又有失公平。元代所采用的涵盖多元族群的单一考试制度在选拔人才上是蒙汉制度与

---

① 柯劭忞等：《新元史》，吉林人民出版社1995年版，第1514页。

第四章　忽必烈幕府文人与元代科举及对文学的影响　221

文化的交汇融合与相互妥协。在录取结果上,两者分左右榜公布。"蒙古、色目人作一榜,汉人、南人作一榜。第一名赐进士及第,从六品,第二名以下及第二甲,皆正七品,第三甲以下,皆正八品,两榜并同。"① 不过在实际执行过程中,右、左榜第一名分别限为蒙古人、汉人,色目人、南人则与榜首无缘。元代科举中所实行的种族配额制是元代社会和政治制度的多民族、多元文化的反映,正如萧启庆先生所说:"元朝不仅是一个征服王朝,而且在理论上仍是蒙古世界帝国的一部分,是一个多元种族、多元文化的社会"②,"忽必烈及其子孙不仅是中国的皇帝,而且也是整个蒙古帝国的可汗"③。种族配额制不失为一种务实的做法,基本平衡了各族群的利益,是比较客观地考虑了蒙古人、色目人、汉人、南人之间的民族差异和文化差异后所采取的对应措施。

其二,元代科举重经义而斥辞章,独尊程朱理学,确立了经学在科举中的首要地位。在元仁宗恢复科举取士时所下的诏书中就已明确表明以经术道德取士的立场:

> 惟我祖宗以神武定天下,世祖皇帝设官分职,征用儒雅,崇学校为育材之地,议科举为取士之方,规模宏远矣。朕以眇躬,获承丕祚,继志述事,祖训是式。若稽三代以来,取士各有科目,要其本末,举人宜以德行为首,试艺则以经术为先,辞章次之。浮华过实,朕所不取。爰命中书,参酌古今,定其条例。(《元史·选举志》)④

---

①　柯劭忞等:《新元史》,吉林人民出版社1995年版,第1514页。
②　萧启庆:《元代的儒户:儒士地位演进史上的一章》,《内北国而外中国:蒙元史研究》上册,中华书局2007年版,第413页。
③　萧启庆:《元代的宿卫制度》,《内北国而外中国:蒙元史研究》上册,中华书局2007年版,第230页。
④　(明)宋濂等:《元史》,中华书局1976年版,第2018页。

元代科举以宋代二程、朱熹等理学家的经学著作，作为考试的参考书目。《通制条格》卷五《学令·科举》："明经内四书五经，以程子、朱晦庵注解为主，是格物致知修己治人之学。"① 对此元代学者虞集在《蓝山书院记》曾有过明确解释："我国家表章圣经，以兴文化。至于《论语》、《大学》、《中庸》、《孟子》，定以周子、二程子、张子、朱子及其师友之说，以为国是。非斯言也，罢而黜之。其正乎道统之传，可谓严矣。"② 陈栎在《尚书蔡氏集传纂疏自序》也说："圣朝科举兴行，诸经、《四书》，一是以朱子为宗，《书》宗蔡传，固亦亦然。"③ 在元代科举中，注重程、朱经传的理解和把握，以明理通经作为士林风气教化之媒介和途径，通过科举考试科目的设置，促使士人更好地学习经典。元代中举进士都是精通某一门经书而跻身仕途的，对此，虞集很明确指出："国家之制，通问《四书》之疑，而各明一经之义。如此，而学者其于文义，固不待言，施诸有政，何可御也。"④ 以经义取士不仅有助于程朱理学的发展，而且还能为国家选拔实用之官员，以虞集的观点来看，精通经义对提高施政能力有很大帮助。因此，元代之后以朱子理学作为官方意识形态，并在国学教育加以重视。在元代科举中，《四书》《五经》并重，对此钱大昕在《廿二史考异》中有过分析：

  四书取士，昉于元代。设科之始，本以四书文少，便于记诵，故令蒙古、色目人习之，汉人、南人，则四书之外，仍各占一经。经疑二问，则《四书》出题，限三百字以上。经义一道，限五百字以上。盖经义难通，《四书》易解，右榜第一场

---

① 方龄贵点校：《通制条格》，中华书局2002年版，第200页。
② （元）虞集：《道园学古录》卷八，四部丛刊初编本。
③ （元）陈栎：《陈定宇先生文集》卷二，元人文集珍本丛刊本。
④ （元）虞集：《道园学古录》卷三四《送朱德嘉序》，四部丛刊初编本。

《四书》先于《五经》者，先易而后难，初非重《四书》而轻《五经》也。刘基登元统元年进士，检其全集，有《春秋》经义若干篇，而经疑不及焉，则元人之重《五经》可知也。①

皇庆二年（1313）十月李孟等中书省臣在仁宗御前奏闻说："俺如今将律赋、省题诗、小义等都不用，止存留诏诰、章表，专立德行明经科。"② 元人戴良对元代科举内容有简单而全面的总结："我朝之设科也，尝合异时明经、辞赋及博学宏词、制策诸科而为一。"③ 这也是中国科举史的一种发展趋势。

元代科举独尊程朱理学，《四书》《五经》成了元代科举考试的正统内容。自隋、唐到北宋初期，科举中多科并举，种类繁多。从唐中叶开始常科即以进士科地位最高，最受社会重视，是举子们主要攻习的对象。元代科举由多科考试转向一科，废除诗赋科，独留经义科，而称之为"德行明经科"，内容上由偏重文学变为独尊道学。自此理学逐渐取得主流地位，不仅在儒学中独占上风，而且与国家权力相结合取得了官学的地位。

元代科举规定以程、朱学说为主，兼用古注疏，诗赋等辞章之学基本上被排除在科举考试内容之外，为明、清两代的科举制度所继承，明、清科举亦独尊朱学，乃是继承元朝。

其三，元代科举重经学而不废文学。《通制条格》卷五《学令·科举》："皇庆二年（1313）十月，中书省奏：'……学秀才的经学、辞赋是两等，经学的是说修身齐家治国平天下的勾当，辞赋的是吟诗课赋作文字的勾当。自隋唐以来，取人专尚辞赋，人都习

---

① （清）钱大昕：《廿二史考异》，上海古籍出版社2004年版，第1254—1255页。
② 方龄贵点校：《通制条格》卷五《学令·科举》，中华书局2002年版，第220页。
③ （元）戴良：《九灵山房集》卷一三《赠叶生诗序》，四部丛刊初编本。

学的浮华了。罢去辞赋的言语，前贤也多曾说来。为这上头，翰林院、集贤院、礼部先拟德行明经为本，不用辞赋来。俺如今将律赋、小义都不用，止存留诏、诰章表，专立德行明经科。明经内四书五经，以程子、朱晦庵注解为主，是格物致知修己治人之学。这般取人呵，国家后头得人材去也。'奏呵，'说的是有，依着您这定拟来的诏书里行者！'么道，圣旨了也。钦此。"①元代科举考试不重视辞章之士，不以辞赋取士，但并没有废弃文学，这一点必须明确。第二场科举考的是古赋、诏、诰、章、表内科一道，规定古赋、诏、诰用古体，章、表用四六体。即从古赋、诏、诰、章、表中任选一题，而且既有赋又有诏、诰、章、表，古体四六兼备。仁宗《行科举诏》声称："浮华过实，朕所不取"，元代科举废除辞赋，其实只是废除了宋金进士科所考的律赋、省题诗，而代之以古赋，而诏、诰、章、表等文体是一般公牍文书，是文官所必须具备的"实学"，曾作为宋、金科举博学宏词科的主要考试内容，被元代的科举考试保留下来，从内容上看，元代科举同样侧重实用性。科举考试的最终目的是择优选录官员，元代科举调和道学与诗赋，古赋作为必试科目之一得以保留，参用古体，是对宋金科举以律赋取士的扬弃，但可以考察士人"通古而善辞"②的能力，也可见元代科举并未完全采用道学家独重经学的主张。

第二节　忽必烈藩府文人与元代科举制度的确立

元代科举在北方中断八十年，在南方亦中断三十余年，虽经历

---

① 方龄贵点校：《通制条格》，中华书局2002年版，第200页。
② （元）吴澄：《吴文正公集》卷四九《跋吴君正程文后》，元人文集珍本丛刊本。

过多次的开科尝试，而元朝迟迟未行科举，直到深受儒学影响的元仁宗于皇庆二年（1313）下诏正式实行科举考试。元代科举在实行中还是不断受到强大的阻力，一些蒙古和色目贵族及大量出身吏员的官僚为维护自身的既得利益反对实行科举。元代科举低落，元代科举制度特色的形成，有其社会政治、经济根源，还有各种深层的文化因素，已经有很多论说①，主要有以下原因：

其一，蒙古游牧民族以征服、掠夺为目的，对汉人及其文化知之甚少，让他们了解和认识汉族文化，进而尊崇儒家文化并重视儒士，需要一定的时间。蒙古族重武轻文，他们不了解文士阶层在维护封建社会中的作用，根本不注意扶持文士阶层。其二，如萧启庆先生所说："科举制度的精神与蒙元政治社会组织的中心原则大相抵牾。科举制度的产生原是对世袭任官制的反动，着重在机会均等的原则下凭借个人成就层层筛选，公开竞争，择优录用。蒙元选官用人却是偏重出身。蒙古社会重视世袭权利。"② 元代统治者有自己的一套选拔和用人制度，用人着重"根脚"，元上层官僚一般由蒙古、色目"大根脚"子弟充任，即使入主中原，汉地利用科举考试选拔人才的方式不可能马上直接被引进到蒙古社会。其三，蒙古民族崇尚实用主义，唐宋科举以辞赋取士存在崇尚浮华、不切实际的弊端。元统治集团中有不少人认为，沿袭唐宋科举考试内容容易造成举世崇尚浮华的不良社会风气，故持有鄙薄科举之说，往往有科举出身者以空谈误天下的论调，对科举取人的策略极不信任。其四，胥吏获得重用，已经取代儒士地位。胥吏出身之官员办理实际

---

① 姚大力：《元朝科举制度的行废及其社会背景》，第26—59页；丁昆健：《元代的科举制度》；萧启庆：《元代科举特色新论》，第4—5页。龚贤：《论元代科考特点的文化根源》，载《科举文献整理与研究：第八届科举制与科举学国际学术研讨会论文集》，武汉大学出版社2013年版，第82—83页。

② 萧启庆：《元代科举特色新论》，载《"中央研究院"历史语言研究所集刊》2010年第1期。

事务的能力很强，各种胥吏从最基层的机构被推举上来，他们大多精于日常的行政事务，具有处理实际事务的能力。元世祖忽必烈时代业已形成一种岁贡儒吏的制度，为高层官衙拔擢胥吏，然后由胥吏出任官职。这种由吏入仕的制度可说是科举中断时代一种变相的科举，降低了实行科举取士的迫切性。其五，理学派与文士派意见争持不下也是元代科举久未推行的原因之一，马积高先生认为："那就是附依蒙古贵族的汉官在是否恢复科举以及如何恢复科举的问题上意见不一，就中主要是理学派与文士派的意见严重分歧，两派反复较量，始终未能形成一致的意见，此事就长期搁置下来。及至仁宗时，理学派的意见取得决定性的胜利，科举才得恢复。"①

元朝在进入中原后长期不兴科举，还有一个很重要的原因，就是元世祖忽必烈及其幕府儒臣对科举的态度。

在成吉思汗统一蒙古各部建立大蒙古国时期，蒙古铁骑往西征服了广大中亚地区，突厥、钦察、康里、波斯、畏吾尔等民族相继成为成吉思汗的臣民。在南方对金的战争中又征服了淮河以北地区，女真族和北方汉族也归顺臣服。此时，战争是第一位的，是蒙古游牧文化与西亚商业文化、华夏农耕文化的冲突与接触过程，蒙古人对汉文化态度冷漠，根本没有实行科举取士的环境。窝阔台即位之后就继承其父遗志出兵攻打金国，蒙古帝国的重心又转向中原地区。窝阔台时期举行"戊戌选举"，这次科考目的是保护儒士，使大批流离失所甚至陷于奴籍的中原儒士获得解放，"得士凡四千三十人免为奴者四之一"②。中选者即可成为儒户，从而得到优待，免除科差杂役，这大大提高了儒士的社会地位和经济待遇。戊戌选举对儒生的优待，仅仅是把"儒"看作与佛、道并立的三教之一

---

① 马积高：《元杂剧的盛衰与科举、理学》，载《宋明理学与文学》，湖南师范大学出版社 1989 年版，第 96 页。

② （明）宋濂等：《元史》，中华书局 1976 年版，第 3461 页。

了，儒生如同僧尼和道士一样，被免去徭役。戊戌选举虽不具有科举考试选拔、任用官员的性质和作用，但这次考中的儒生也有不少获得了出仕的机会，有些成为一代名儒名臣，如杨奂、张文谦、雷膺、赵良弼、刘德渊、石璧等。正如王恽在《睢州仪封县创建庙学记》中所赞："我国家肇造区夏，至戊戌间，生聚甫集，首阐献设科，擢贤隽，复户役，其所以太平之基者，固权舆于兹矣。"① 这次戊戌选举有着不容忽视的历史意义和地位，是蒙古朝廷保护汉地儒士文人的开始。据《庙学典礼》卷一记载：

> 丁酉年八月二十五日，皇帝圣旨道与呼图克、和塔拉、和坦、愕噜、博克达扎尔固齐官人每：自来精业儒人，二十年间学问方成。古昔张置学校，官为廪给，养育人才。今来名儒凋丧，文风不振。所据民间应有儒士，都收拾见数。若高业儒人，转相教授，攻习儒业，务要教育人材。其中选儒士：若有种田者，输纳地税；买卖者出纳商税；开张门面营运者，依行例供出差发，除外，其余差发并行蠲免。此上委令断事官蒙格德依与山西东路征收课程所长官刘中，遍诸路一同监试。仍将论、及经义、辞赋分为三科，作三日程试。专治一科为一经，或有能兼者，但不失文义者为中选。其中选儒人，与各住处达噜噶齐、管民官一同商量公事勾当者。随后照依先降条理，开辟举场，精选入仕，续听朝命。准此。②

这次考试，保护、选拔了一批杰出的儒士，也让中原儒生看到

---

① （元）王恽：《秋涧先生大全文集》卷三四《睢州仪封县创建庙学记》，四部丛刊初编本。

② 王颋点校：《庙学典礼》卷一《选仕儒人免差》，浙江古籍出版社1992年版，第9页。

了希望,《襄陵县志》卷二四《瞻学田记》中记载:"国朝戊戌初,父老甫袭科场之余,率子弟以事进取,或负粮从师,阅经就友,当是之时,英髦济济。"同时,"蒙古统治者也逐渐认识到儒士的重要性"①,这些都为忽必烈信用儒士文臣及实行汉法打下了基础。

　　蒙古灭金拥有了中原汉地之后,元世祖忽必烈于蒙哥汗元年(1251),受命总领漠南汉地军国庶事,开府金莲川,积极延揽藩府旧臣与四方文学之士,一时间潜邸之中人才济济,形成了一个庞大的藩府谋臣侍从文人集团,为他日后继承汗位,成就大业打下了基础。忽必烈藩府的成员大多为旧金士大夫和山东、山西、陕西、河北等地的名士,代表了由金入元(蒙)文士的精英。这就为蒙古文化的变迁奠定了基础,可以说由此进入了蒙汉两种异质文化的双向适应阶段,蒙元统治者的注意力也开始从战争转移到治理中原汉地。忽必烈等一些蒙古统治者开始重视中原的治理以及儒学和儒生的问题,在保证本民族利益的前提条件下,以其所长为我所用。当然,忽必烈幕府的儒士文人,继承和发扬了儒家仁政爱民学说,关心民瘼,同情人民疾苦,不仅对开创有元一代的政治、经济、文化、教育起了很大的作用,如咨谋军中,屡谏屠戮之弊,而且辅佐忽必烈以汉法治理汉地,即以中原地区历代相沿的官仪制度和孔孟儒学的治国方略来治理中原地区,以先进的中原文明为元代统治者制订立国规模,促进元初社会经济文化的恢复和发展,为元代多民族大一统中央集权制帝国的建立和巩固奠定基础。

　　忽必烈建立元代,又向南灭南宋,南方汉人成为蒙古的臣民。统一中国之后,有了一个安定的社会环境,为忽必烈以兴学重教崇儒为主的文治政策的实行提供了有利条件。忽必烈在幕府儒臣辅佐下恢复发展了中原文化,诸如学校的重建,尊奉孔子并修复孔庙,

---

① 余大钧:《论耶律楚材对中原文化的发展的贡献》,载《元史论集》,南京大学历史系元史研究室编,人民出版社1984年版,第74页。

并且对理学在北方的传播和发展也起到很大作用，尤其是为适应蒙元多元社会的需要大力发展教育，使之呈现出繁荣的景象。可以说，从社会环境以及文化的融合等各个方面都为元代科举实施准备了充分的条件，而且元世祖忽必烈也开始考虑开科取士，有臣子多次上奏，忽必烈也多次下诏，但终未实行，在终其一朝元代科举制度一直踌躇不前，究其原因，除以上所举五点，就是忽必烈及其潜邸儒臣对于实施科举的态度直接影响了元代的科举政策，他们的态度基本也涵盖了以上五方面原因。

据《元史·选举志》载：

> （至元）四年九月，翰林学士承旨王鹗等，请行选举法，远述周制，次及汉、隋、唐取士科目，近举辽、金选举用人，与本朝太宗得人之效，以为："贡举法废，士无入仕之阶，或习刀笔以为吏胥，或执仆役以事官僚，或作技巧贩鬻以为工匠商贾。以今论之，惟科举取士，最为切务，矧先朝故典，尤宜追述。"奏上，帝曰："此良法也，其行之。"中书左三部与翰林学士议立程序，又请："依前代立国学，选蒙古人诸职官子孙百人，专命师儒教习经书，俟其艺成，然后试用，庶几勋旧之家，人材辈出，以备超擢。"十一年十一月，裕宗在东宫时，省臣复启，谓"去年奉旨行科举，今将翰林老臣等所议程序以闻"。奉令旨，准蒙古进士科及汉人进士科，参酌时宜，以立制度，事未施行。至二十一年九月，丞相火鲁火孙与留梦炎等言，十一月中书省臣奏，皆以为天下习儒者少，而由刀笔吏得官者多。帝曰："将若之何？"对曰："惟贡举取士为便。凡蒙古之士及儒吏、阴阳、医术，皆令试举，则用心为学矣。"帝可其奏。继而许衡亦议学校科举之法，罢诗赋，重经学，定为新制。事虽未及行，而选举之制已立。

元世祖忽必烈即位后，元统治者曾经多次围绕科举考试问题展开讨论。至元初丞相史天泽，藩府儒臣宋子贞等就曾进言开科取士，未见实行；至元四年（1267），王鹗等人再次提出举行科举考试，认为科举取士是当前要务。元世祖根据他们的建议，也下令有关部门议定科举程序，但一直未施行科举；至元十一年（1274）十一月，太子真金下命，要采取蒙古进士科和汉人进士科分类考试的模式，也未能实行；至元二十一年（1284），丞相火鲁火孙与留梦炎认为由刀笔吏得官者太多有碍官员的构成和官员的素质，也建议科举考试，以此鼓励各族士子安心向学。尽管多次建议和讨论，但终忽必烈一朝，一直没有实行科举，究其根源，在于最终没有得到忽必烈的支持，还有忽必烈藩府儒臣经义之学与辞章之学的争论。

忽必烈藩府重要谋臣邢州学派刘秉忠，于海迷失后二年（1250）夏，向忽必烈呈上"万言策"，其中已经谈到科举选才之事：

> 古者庠序学校未尝废，今郡县虽有学，并非官置。宜从旧制，修建三学，设教授，开选择才，以经义为上，辞赋论策次之。兼科举之设，已奉合罕皇帝圣旨，因而言之，易行也。开设学校，宜择开国功臣子孙受教，选达才任用之。①

可知刘秉忠的建议是以经义为重，辞章次之。怀卫理学家郝经与杨奂论学，也认为："自佛老盛而道之用杂，文章工而道之用晦，科举立而士无自得之学，道入于无用。"② 也认为科举妨碍实学，坚持着"不学无用学，不读非圣书，不务边幅事，不作章句儒"（《与

---

① （明）宋濂等：《元史》，中华书局1976年版，第3690页。
② （元）郝经：《郝文忠公陵川文集》卷二四，北京图书馆古籍珍本丛刊，影印明正德二年（1507）李翰刻本。

宋国两淮制置使书》)① 的观点，许衡对科举的态度，从耶律由尚为许衡所作的《考岁略》中一段记载也可看出：

> 庚申，上在正位宸极，应诏北行至上都……问科举如何，曰："不能。"上曰："卿言务实，科举虚诞，朕所不取。"②

元世祖忽必烈治国以实用为本，对宋金科举考试以辞赋为主要内容的取士之法缺少好感，务实的治国策略使他认为"科举虚诞"，所以"不取"，非常认可许衡不赞成科举的态度。至元二十一年（1284），许衡再次上疏"议学校科举之法，罢诗赋、重经学，定为新制"③。提出科举应以经学为重，而罢黜诗赋取士。忽必烈幕府侍卫谋臣董文忠对科举的态度和许衡基本一致，他尚实、尚用的学术取向，也代表忽必烈幕府君臣的普遍看法：

> 八年，侍读徒单公履欲行贡举，知上于释崇教抑禅，乘是隙言儒亦有是科，书生类教，道学类禅。上怒，已召先少师文献公、司徒许文正公与一左相廷辩。公（按即董文忠）自外入，上曰："汝日诵《四书》，亦道学者？"公曰："陛下每言：士不治经究心孔孟之道，而为赋诗，何关修身？何益为国？由是海内之士，稍知从事实学。臣今所诵，皆孔孟言，乌知所谓道学哉？而俗儒守亡国余习，求售己能，欲锢其说，恐非陛下上建皇极、下修人纪之赖也。"事为之止。君子以为善于羽翼

---

① 李修生主编：《全元文》第 4 册，江苏古籍出版社 1998 年版，第 103 页。
② （元）许衡：《鲁斋遗书》卷一三，北京图书馆古籍珍本丛刊，影印明万历二十四年（1596）刻本。
③ （明）宋濂等：《元史》，中华书局 1976 年版，第 2081 页。

斯文。①

至元八年（1271），徒单公履上书建议推行科举，在当时引起了朝臣关于经义之学与辞章之学有用无用之争。元世祖忽必烈注重经世致用的实学，他也不满士子的赋诗赋空文，忽必烈君臣不赞成科举的原因就是科举取士考试内容上经义之学与辞章之学的问题，他们反对辞赋取士，以为辞赋害理。忽必烈曾对藩府儒臣赵良弼谈过这样的话题："汉人惟务课赋吟诗，将何用焉？"② 忽必烈重视实用，对将大量精力投入"诵说章句之末"而缺乏治世实才的汉族儒士文人群体不满，他所需要的是能帮助自己安邦定国的经济或义理之士。

元世祖忽必烈登基后，藩府儒臣王鹗于至元四年（1267）九月，请行科举，上奏提出："贡举法废，士无入仕之阶，或习刀笔以为吏胥，或执仆役以事官僚，或作技巧贩鬻以为工匠商贾。以今论之，惟科举取士，最为切务，矧先朝故典，尤宜追述。"③ 虽然元代典籍不见有王鹗上书的原文记载，但他"近举辽、金选举用人"，追述"先朝典故"，应该是以辞赋、经义取人，是沿袭金代制度，是和许衡、郝经等怀卫理学家文人科举重实学，先经义后辞赋的主张不同的。王鹗原是金代科举出身，除他之外，尚有王磐、徒单公履等建议，沿袭金代制度以经义、辞赋取士。

这一争论在很大程度上影响了科举的实行，元代科举制度以实用为原则，因而其颇具特色：受朱熹反对辞章之学的影响，重视经义之学而排斥辞章之学，独尊程朱理学，确立了经学在科举中的首

---

① （元）姚燧：《姚燧集》，查洪德编辑点校，人民文学出版社2011年版，第230页。
② （明）宋濂等：《元史》，中华书局1976年版，第3746页。
③ 同上书，第2017页。

要地位。元代科举重经学而不废文学，这一原则得自元代名臣王恽（1227—1304）的建议。和怀卫理学家观点一致，并进一步提出明确建议的是论文以"有用"作为宗旨并主张实学的王恽①。王恽先后上《论科举事宜》《论明经保举等科目状》和《议贡举》。王恽在《论科举事宜》中，首先对沿袭金代科举取士制度以辞赋取士提出反对意见："国朝科举之设，自戊戌以后，未遑再议。天下之士往往留心时务，讲明经史，捉笔著述一尚古文。顾惟举业移素习，一旦取非其人，不适于用，反为科举之累矣。"② 至元二十九年（1292）春，王恽又上书元世祖议论政事，认为科举制度是挽救当时人才缺乏颓势的最好方式，而且进一步提出科举要与学校教育相结合："愚谓为今之计，宜先选教官，定以明经史为所习科目，以州郡大小限其生徒，拣俊秀无玷污者充员数，以生徒员数限岁贡人数，期以岁月，使尽修习之道，然后州郡官察行考学，极其精当，贡于礼部。经试经义作一场，史试议论作一场，廷试策兼用经史，断以己意，以明时务。如是则士无不通之经，不习之史，进退用舍，一出于学，既习古道，且革累世虚文妄举之弊，必收实学适用之效，岂不伟哉！外据诗赋，题目止于三史内出。立科既久，习之者众，亦不宜骤停。经史实学，既盛彼自绌矣。"③ 这一主张不仅符合元初社会的实际情况，而且也为明清两代科举发展提供了借鉴。王恽多次建议加强学校建设："但科场停罢日久，欲收实效行之不可草略，必先整学校、选教官、择生徒，限以日月方可考试。如

---

① 王恽论文着眼点是社会的功利性："君子之学，贵乎有用。不志于用，虽曰未学可也。"（《南塘诸君会射序》，李修生主编《全元文》第6册，江苏古籍出版社1998年版，第151页）

② （元）王恽：《秋涧先生大全集》卷八八《乌台笔补·论科举事宜状》，四部丛刊初编本。

③ （元）王恽：《秋涧集》卷三五，四部丛刊初编本。

是，则能得实材，以备国家无穷之用。"① 并且根据忽必烈藩府君臣重实用的观点，依据实用原则阐明了文章在科举中的重要性。王恽在《论明经保举等科目状》② 一文中建议：先考时务策论、博学宏词科，提出考时务策和博学宏词都属于"有用"，时务策自然属于实用性文体，博学宏词科所考的诏、诰、章、表之类的应用性文章也是朝廷所需的处理政务实用文体，诏、诰、章、表等都是文章，辞章之学当然也是有用之学。延祐恢复科举，第二场古赋、诏诰、章表内科一道，和王恽建议有很大关系。

虽然终其元世祖一朝没有实行科举考试，但是藩府儒臣的努力和建议已经"为元代科举制度的建立铺平了道路"，"尽管元代的科举制度并未在王鹗、许衡、王恽等儒臣的敦促下恢复，但是他们的反复讨论，毕竟使元朝最高统治者逐渐认识到建立制度化的选才途径的重要性，而且他们所议定的一些具体制度和办法……"③

元世祖忽必烈"稽列圣之洪规，讲前代之定制"④，建立元朝，不仅疆域广阔，而且民族众多，包括汉、蒙古、色目、女真、吐蕃、契丹、西夏等民族，每个民族都有自己的文化。汉、女真、西夏和契丹族曾采用科举取士之法，而其他民族的统治区域并未执行过，为了国家安定，维系治理长久，蒙古人必须采用一种既能给自己带来实际利益同时又能协调各民族利益的统治政策。在接受汉地的农耕文明的同时，保留了大量的蒙古"国俗"，实行了汉法与蒙古习俗杂糅的二元政治制度。在漠北蒙古大本营，在蒙古统治者上

---

① （元）王恽：《秋涧先生大全文集》卷七九《选士》，四部丛刊初编本。
② （元）王恽：《秋涧先生大全集》卷八六《乌台笔补·论明经保举等科目状》，四部丛刊初编本。
③ 刘海峰、李兵：《中国科举史》，中国出版集团东方出版中心2004年版，第259页。
④ （明）宋濂等：《元史》，中华书局1976年版，第65页。

层,在朝廷仍操旧俗,行旧法。如内廷实行四斡耳朵制,封赏贵族的投下制,轮番宿直禁廷的怯薛制等。元代对民族地区采取因俗而治的政策,以各族本俗法的应用为法律基础。如对畏兀儿族设有大都护府;对吐蕃,采用僧俗合一的帝师制度,政教合一;云南的大理国则仍由段氏家族治理,高丽由高丽王室统治。在汉地行汉法,保留了汉族原先的各地方行政和官僚体制①,虽然中国古代的科举有许多缺点,但科举选人制度依然是汉族社会上下流动的一个主要渠道。自隋唐时科举创立之始,"万般皆下品,惟有读书高"即是文人肆力博取功名的信条,皓首穷经(立德、立言)和释褐从政(立功)是历史上汉族文人所追求的理想生活道路,科举文化已经根深蒂固,要治理广大中原汉地,必须考虑推行科举制度。还有一点必须指出,"忽必烈及其子孙不仅是中国的皇帝,而且也是整个蒙古帝国的可汗"②,蒙古社会重视世袭权利,选官用人偏重出身,重视"根脚"。汉族的科举制是为平民子弟提供通过公平竞争入仕为官的机会,与蒙元保障世家子弟荫袭特权的制度是相背离的,与蒙古传统的"家产制"相冲突,如若以科举为主要用人方法便会引起蒙古宗室家臣的反对,以忽必烈为首的统治集团,作为蒙古贵族的总代表,不能不考虑本民族的利益以及整个元帝国的大局。元代科举实行种族配额制就是出于以上原因。为避免引起严重政治危

---

① 忽必烈时期铨选官员,如胡祗遹《议选举法上执政书》所说的建议:"取先帝朝廷旧人,圣上潜邸至龙飞以来凡沾一命之人,暨诸经省部、宣抚、宣慰司委任之人,随路州府曾历任司县无大过之人,暨亡金曾入仕及殿举人,下至乡里公推称德行才能兼备之人,立式行下,随路取各人姓名、乡贯、出身、历事行止,备细脚色……文藉到部,相其年甲之高下,历仕之久近,出仕之粗精,甲乙门类而次第之。"(《紫山大全集》卷一二,文渊阁四库全书本,第1196册,第229—230页)对待原南宋统治区,则是采取"宋故官应入仕者,付吏部录用"[(明)宋濂等:《元史》,中华书局1976年版,第201页]。

② 萧启庆:《元代的宿卫制度》,《内北国而外中国:蒙元史研究》上册,中华书局2007年版,第230页。

机，忽必烈在实行科举的态度上非常谨慎，元世祖忽必烈支持与否是元代前期科举能否举行的关键。

科举取士在忽必烈统治时期并不迫切，忽必烈藩府文人与元政权从金朝与南宋旧臣之中选用的一批有能力和才干的官员，他们共同组成了元初忽必烈政权的中坚。忽必烈时代业已形成一种岁贡儒吏的制度，虽然由吏入官有种种弊端，但各种胥吏具有基层工作经验和处理实际事务的能力，已经成了蒙古中上层统治者的得力助手，有不少精于吏事的实干之臣，"我国家初由胥吏取人，人才亦多由是而显"①。因此，在忽必烈统治时期，虽然统治阶层开始考虑开科举，且多次讨论和争议，但最终没有付诸实施。

一方面，元代自忽必烈执政时形成从胥吏中选拔官员之法，由吏入仕在选官中所占比例很大，"自至元以下，始浸用吏，虽执政大臣亦以吏为之，由是中州小民粗识字能治文书者，得入台阁，共笔札，累日积月皆可以致显通，而中州之士见用者遂浸寡"②。但其弊端已充分显示出来。据《大元通志条格》卷五记载："府州司县吏人幼年废学，辄入吏门。礼义之教懵然不知，贿赂之情循习已著，日就月将熏染成性。及至年长，就于官府勾当，往往受脏枉法，遭罹刑宪。"③元魏初描述当时吏弊："奔趋请托，凭藉党与，无所不逞其私。才有一阙，则上司所付，门下亲旧之所嘱，骈肩累足，莫知适从，卒之人才无所得，而贿利评制者取之，至有脏污负

---

① （元）苏天爵：《滋溪文稿》卷一一《元故嘉议大夫工部尚书李公墓志铭》，陈高华、孟繁清校点，中华书局1997年版，第175页。

② （元）余阙：《青阳先生文集》卷一《杨显民诗集序》，《景印文渊阁四库全书》第1214册，台湾商务印书馆1985年版。

③ 《元典章》吏部卷六典章十二《司吏》："府县人吏幼年虽曾入学仅至十岁已上，废弃学业辄就吏门中书写文字。礼义之教懵然未知，贿赂之情循习已著，日就月将熏染成性。及至年纪成长，就于官府勾当，往往受赃曲法，遭罹刑宪不可胜数详。"

罪而投谒有所，则已登津要而肆猾狡矣。欲其政平讼理，恐未能也。"① 元代的胥吏没有经过任何制度化的考试选拔，基本上是各地衙门通过人情关系、贿赂请托等方式手段入仕，他们大多仅粗通文墨，没有经过系统的儒家礼义的教化，因此，整个官吏阶层文化普遍较低。他们当官后，往往是巧取豪夺、贪赃枉法，鲜廉寡耻。胥吏制度实行久了，各种各样的弊病便显露出来。元仁宗爱育黎八达"深厌吏弊，思致真儒，丕变志化"②，已经认识到任用这些缺乏教育的胥吏为官之弊端，"胥吏科敛，重为民困"，为了整饬以吏入仕的种种弊端，希望开科取士，以儒士压抑胥吏，改善吏治，"朕所愿者，安百姓以图至治，然匪用儒士，何以致此。设科取士，庶几得真儒之用，而治道可兴也"（《元史·仁宗纪》）③。

另一方面，随着儒学影响的扩大，蒙古、色目子弟的汉文化修养逐渐提高，元代国子监的蒙古、色目子弟，在许衡、王恂、耶律有尚等国子学教授的努力下，受到良好教育。除了国子学教育之外，还有如高昌廉氏、偰氏，雍古马氏等蒙古、色目以诗书传家的家族，他们逐渐接受和学习了中原传统文化，熟悉了汉族历来的政治制度。还有一点是在理学派与文士派相争之中理学派完全占据了优势。

元仁宗延祐二年（1315），在李孟、程钜夫、许师敬等人的推动下，元仁宗施行科举考试，仁宗朝的科举政策受忽必烈藩府君臣的观点的影响。李孟建议："人才所出，固非一途，然汉、唐、宋、金，科举得人极盛。今欲兴天下贤能，如以科举取之，犹胜于多门而进，然必先德行经术而后文章，乃可得真材也。"④ 这是延续忽必

---

① （元）魏初：《青崖集》卷四《奏议》，《景印文渊阁四库全书》第1198册，台湾商务印书馆1986年版。
② （元）苏天爵：《滋溪文稿》卷九《元故资德大夫御史中丞赠摅忠宣宪协正功臣魏郡马文贞公墓志铭》，中华书局1997年版，第139页。
③ （明）宋濂等：《元史》，中华书局1976年版，第538页。
④ （清）毕沅：《续资治通鉴》，中华书局1957年版，第5397页。

烈藩府怀卫理学家许衡和郝经等先经术而后文学的观点。程钜夫也说："朱子《贡举私议》，可损益行之，又言取士当以经学为本，经义为用，程朱传注。唐宋辞章之弊不可袭。"① 在朱熹《学校贡举私议》的基础上，程钜夫等人确立了元代科举考试内容。朱子自述《贡举私议》要点如下：

> 均诸州之解额以定其志；立德行之科以厚其本；罢去辞赋，而分诸经、子、史、时务之年以齐其业；又使治经者必守家法，命题者必依章句，答义者必通贯经文，条举众说而断以己意。②

在朱熹影响下，元代科举废除诗赋科，独留经义科，而称之为"德行明经科"。仁宗在诏令中要求："举人亦以德行为首，试艺则以经术为先，辞章次之。浮华过实，朕所不取。"自此理学在儒学中独占上风，而且取得官学地位。

元代科举虽规模窄隘，施行时间短，但对当时社会、政治、文化、教育以及元代文坛和元代文学影响很大，是研究元代文学不可忽视的一个重要方面。

第三节　忽必烈藩府君臣崇儒兴学
对元代科举的推动

忽必烈藩府君臣对有元一代的教育贡献非常大。藩府谋臣刘秉忠、王鹗、藩府理学家许衡、姚枢等向忽必烈提出征用儒雅、崇学

---

① 柯劭忞等：《新元史》卷一八九《程钜夫传》，开明书店1935年版。
② （宋）朱熹：《朱子大全》下册，《四部备要》本，第1238页。

校、议科举、崇经术、尚节孝、厚风俗、美教化等建议，并建议在各郡县普遍建立学校，使皇子以下至于庶人子弟均能入学校受教育，忽必烈在他们的影响下，逐渐认识到文教、礼乐以及尊孔的意义和重要性。

贵由汗二年（1247），张德辉说服忽必烈重新兴办真定庙学。在张德辉对忽必烈谈及真定府学毁于兵火之事后，忽必烈命赵振玉、张德辉合力兴修久废于兵的真定庙学，命张德辉提调真定学校。同年忽必烈两下令旨修复燕京国子学。蒙哥汗四年（1254），"世祖出王秦中，以姚枢为劝农使，教民耕植。又思所以化秦人，乃召衡为京兆提学"①。命许衡在京兆推广教育。

刘秉忠和姚枢在海迷失后二年（1250）的上书中均谈到文教、礼乐问题。姚枢认为："修学校，崇经术，旌节孝，以为育人才、厚风俗、美教化之基，使士不偷于文华。"②刘秉忠谈到应遵循古来相承的"典章、礼乐、法度、三纲五常之教"，才能使天下久安，还应该祭孔尊儒，选贤才，开设学校。"古者庠序学校未尝废，今郡县虽有学，并非官置。宜从旧制，修建三学，设教授，开选择才，以经义为上，辞赋论策次之。"他认为应按照中原旧制，修建三学，设教授，行科举，选贤才，以经义为上，辞赋论策次之。学校中应择取开国功臣子孙受教，并任用其中的贤才。王鹗于至元元年（1264）上奏道："唐太宗始定天下，置弘文馆学士十八人，宋太宗承太祖开创之后，设内外学士院，史册烂然，号称文治。堂堂国朝，岂无英才如唐、宋者乎！"忽必烈听从了他的建议，开始设立翰林学士院，王鹗又荐李冶、李昶、王磐、徐世隆、高鸣为学士，接着奏立十道提举学校官。③许衡于至元三年（1266）夏四月，

---

① （明）宋濂等：《元史》，中华书局1976年版，第3717页。
② 同上书，第3712页。
③ 同上书，第3757页。

奏陈《时务五事》，其四曰"农桑学校"，他认为："自都邑而至州县，皆设学校，使皇子以下至于庶人之子弟，皆入于学，以明父子君臣之大伦，自洒扫应对以至平天下之要道，十年已后，上知所以御下，下知所以事上，上下和睦，又非今日之比矣。"许衡也非常重视通过学校的教育来培养人才：

> 先王设学校，养育人材，以济天下之用。及其弊也，科目之法愈严密，而士之进于此者愈巧，以至编摩字样，期于必中。上之人不以人材待天下之士，下之人应此者，亦岂仁人君子之用心也哉！虽得之，何益于用？上下相待，其弊如此。欲使生灵蒙福，其可得乎？①

忽必烈藩府文人不仅大力提倡文教，而且还身体力行，授徒讲学，对元初教育作出很大贡献。如许衡和王恂，在元初推广国学教育上，功不可没。许衡曾主陕西西安正学书院教事，"聚徒讲学其间"，培养了不少人才。他长期担任执掌文教的官员，"世祖出王秦中，召为京兆提学。世祖即位，召至京师，授国子监祭酒"。② 1271年，蒙古正式改国号为元，忽必烈决定效仿中原，开设太学，许衡再次被任命为大学士兼任国子祭酒。"国子监，至元初，以许衡为集贤馆大学士、国子祭酒，教国子与蒙古大姓四怯薛人员。选七品以上朝官子孙为国子生，随朝三品以上官得举凡民之俊秀者入学，为倍堂生伴读。"③ 此时的国子监学徒大部分为蒙古贵族子弟，许衡在此以理学教授学子，为其传播程朱之学提供了相当有利的条件，

---

① （元）许衡：《鲁斋遗书》卷一《语录上》，北京图书馆古籍珍本丛刊，影印明万历二十四年（15963）刻本。
② （明）宋濂等：《元史》，中华书局1976年版，第2192—2193页。
③ 同上书，第1456页。

加之其坚持讲学,"旦夕精诵不辍,笃志力行,以身先之,虽隆冬盛暑,不废也"。元代不少儒学人才都出自他的门下,如姚燧、耶律有尚、吕盛、刘宣、贺伯颜、徐毅、白栋、王都中、李文炳、王遵礼、赵矩、刘季伟、高凝、苏郁、姚燉、孙安、刘安中、王学怜、畅师文、王宽、王宾等。许衡在国子监中还教育蒙古子弟,如秀忽鲁、也先铁木儿、不忽木等后来都成为元朝政府的达官要员,许衡去世后,其弟子耶律有尚接任国子祭酒,师道卓然。黄百家在《宋元学案》中对许衡在元代教育史上的功勋有精辟的论述:"鲁斋之功甚大,数十年彬彬号称名卿材大夫者,皆其门人,于是国人始知有圣贤之学。"①

在这些藩府文臣大力提倡文教的影响、鼓动下,元世祖忽必烈对教育的重要性有了清醒的认识:"武功迭兴,文治多缺,五十余年于此矣。"② 从其统治利益出发,要采用汉法,就必须推行儒家的治国之术,忽必烈更多地吸纳了儒学的治国思想,以汉法治汉地。

元立国之后,忽必烈尊崇儒学,在大都、上都及诸路府州县普遍设立孔庙,并设立了国子学及诸路府州县学和社学、书院,注重推广有利于经邦济世的儒家文化。忽必烈发布了一系列兴办学校的诏令。中统二年(1261)八月,忽必烈听取藩府儒臣翰林学士承旨王鹗的意见,"请于各路选委博学老儒一人提举本路学校,特诏立诸路提举学校官,以王万庆、敬铉等三十人充之"(《元史·世祖本纪一》),培育在学诸生,以备选用。至元六年(1269)七月,应藩府文臣张文谦、窦默奏请,忽必烈正式设置了国子学,据《元史》卷八一《选举志一·学校条》记载:"世祖至元八年春正月,始下诏立京师蒙古国子学,教习诸生,于随朝蒙古、汉人百官及怯薛歹

---

① (清)黄宗羲:《宋元学案》卷九一《静修学案》,(清)黄百家辑,(清)全祖望修订,(清)王梓材等校订,中华书局1986年版。
② (明)宋濂等:《元史》,中华书局1976年版,第313页。

官员，选子弟俊秀者入学，然未有员数。是岁八月，始置回回国子学。"正式设立国子学，选送蒙古贵族子弟入学，学习儒家学说，为其培养统治后备人才。"诏以许衡为国子祭酒，选贵胄子弟教育之。"① 任命许衡为第一任国子祭酒。至元二十四年（1287）闰二月，又增设国子监，掌国子学之教令。国子学和国子监的正式设立，使元朝开始有了儒学最高学府。《元文类》国朝文类卷四十《儒学教官》："世祖皇帝既立国子学以教国人及公卿大夫之子，取其贤能俊秀而用之，又推其法于天下，而郡县皆立学。"元政府在中央设立"蒙古国子学"，在地方也设"蒙古字学"，"至元六年秋七月，置诸路蒙古字学"（《元史·选举志·学校》），蒙古字学入学的学生一是诸路府官的子弟，二是民间子弟，教材与蒙古国子学同，蒙古学的设置目的还在于"量授官职"，"凡学官译史举以充焉"。

  元世祖在位期间热心举办朝廷和地方儒学教育，地方普遍官办儒学。按照制度，元朝地方行政路府州县四级均设有学校，即路学、府学、州学、县学，而且乡村每50家立一"社"，每社都设立学校一所，农闲时令子弟入学。中统二年（1261）忽必烈下诏，禁止诸官使臣的兵马进入宣圣庙和管内书院，凡有书院之地，不得使人骚扰。元朝还鼓励私人创办书院，如早在1236年，藩府文臣杨惟中、姚枢于燕京创建太极书院，蒙哥汗时期在陕西大荔建立乾州紫阳书院，及真定路元氏县修复封龙书院，至元元年（1264），姚枢在家乡河南辉县建立百泉书院。因此，兴起于唐代、繁荣于两宋，以藏书、聚徒讲学为主旨的书院，大量兴起。不少南宋著名的书院得以修复，如白鹭洲、岳麓、淮海、月泉、慈湖、道州濂溪等崇尚程朱之学的书院得到了修复。黄溍在《重修月泉书院记》中描述了

---

① （明）宋濂等：《元史》，中华书局1976年版，第3697页。

浙江地区修复书院的盛况："潛窃观在昔郡县之未有学之时，天下唯四书院，其在大江以南潭之岳麓、南康之白鹿洞而已，三吴百粤所无有也。今郡县悉得建学，而环江浙四封之内，前贤遗迹名山胜地为书院者，其多至八十有四，好事之家慕效而创为之，未见其止也。"① 虞集说："国家奄有四海，郡县无大小远迩，莫不建学立师。乃若先贤讲学故地，遗迹所在，及贤士大夫好善乐道者，或因或创，为之书院。其以文公而有所创立者甚众，而七闽尤甚。"在朱熹及其弟子的故居及过化之地修建书院，其中以朱熹出生、任官、讲学以及终老之地福建为最盛。元代中央和地方各级儒学教官的制度化，即国子学设祭酒、司业、博士、助教，各道（后改行省）设儒学提举司正、副提举，路学设教授、学正、学录，散府学和上、中州学设教授，下州学设学正，县学设教谕。至元二十一年（1284）还专门颁布了《教官格例》，作为管理教官的办法。元代始终常设的地方学官，有专一主管地方学务、设于各省儒学提举司的儒学提举，以及设于各路府州县学或书院的教授、学正、山长、学录、教谕，主管学校（或书院）钱粮、房产、书籍的直学，并且这些学官的设立、任用、考课、升迁等诸多方面，形成了一套完整而系统的制度。

中央和地方学校和书院的兴起，为儒学教育发展提供了比较好的条件，为程朱之学的传播提供了基地。如太极书院由江汉先生赵复主讲，"以周、程而后，其书广博，学者未能贯通，乃原羲、农、尧、舜所以继天立极，孔子、颜、孟所以垂世立教，周、程、张、朱所以发明绍续者，作《传道图》，而以书目条列于后"②。元代大

---

① （元）黄溍：《金华黄先生文集》卷一四《重修月泉书院记》，上海书店出版社影印《四部丛刊》初编本，第5页。

② （清）黄宗羲：《宋元学案》卷九〇《鲁斋学案》，（清）黄百家辑，（清）全祖望修订，（清）王梓材等校订，中华书局1986年版，第2994页。

儒刘因,"于赵江汉复而得周、程、张、邵、朱、吕之书",主讲静修书院达二十余年,传播程朱之学,静修书院门人甚众,其学亦"昌大于时"。①

元代崇儒兴学,为科举考试的实施准备了一定条件。在元代科举选士是以儒学的推广和教育的发展为前提的,王恽向裕宗真金进献《承华事略》一书,其中《选士》一篇,谈到恢复科举必须先整饬学校:"科场停罢日久,欲收实效,行之不可草略,必先整饬学校,选教官,择生徒,限以岁月,方可考试。如是则能得实材,以备国家之用。"②

在元世祖办学兴教的基础上,元代科举制度的推行,也刺激了地方官学的发展,各类学校数量骤增,元仁宗朝出现了"凡天下郡县莫不有学"③之盛况。程朱理学至延祐恢复科举被定为官学,确定了明清两代作为官方哲学的基础地位。科举与教育是一种共生互动的关系,教育是为了成就人才,以备朝廷任使。科举制一旦恢复,必然会促进和推动教育的发展,孔子曾言:"学也,禄在其中矣。"(《论语·卫灵公》)科举制度必然会诱导儒士文人刻苦学习。元代科举以儒家经学为考试的主要内容,有了考试制度的支撑,也促进了儒学的发展,儒家经学再度勃兴。

第四节 元代科举对元代文坛的影响

元代统治者用人重根脚,导致自隋唐以来的科举中断,儒生士

---

① (明)宋濂等:《元史》,中华书局1976年版,第4009页。
② (元)王恽:《承华事略》卷四,《秋涧先生大全集》卷七九,四部丛刊初编本。
③ (明)刘基:《诚意伯文集》卷三《诸暨州重修州学记》,《景印文渊阁四库全书》第1225册,台湾商务印书馆1985年版。

子不得不放弃通过读书参加科举谋取功名的方式。元代科举至仁宗时才恢复，仁宗朝所推行的科举政策，"举人宜以德行为首，试艺则以经术为先，辞章次之"（《行科举诏》）①，依然体现了忽必烈"中统儒治"所形成的重经济、义理而斥辞章的学术取向和人才倾向。元代科举与宋、金科举相比，有了很大变化，不仅影响了元代文学的发展、文人的心态和文学创作，而且影响了元代文坛之格局：如元代士人阶层的重新分化，元代文人群体的雅俗分流以及元代多族士人圈的形成等。

在元代，不仅历来以儒术经邦治国这种在中国君主专制社会一向被认为是天经地义的观点，受到了冲击，而且元代官员入仕途径很多，与唐宋和明清相比，通过科举入仕的文人在选官中所占比例少之又少。这对广大汉族士人影响很大。科举制度历经唐、宋六百余年的实践，"学而优则仕"的思想已经扎根于中国文人心中，并且已根深蒂固，对一个儒生而言，通过科举取得功名几乎是获得政治地位和荣身致显的唯一途径。元前期未实行科举期间，广大士子文人失去"四民之首"的优越地位，政治上亦没有出路，读书失去了价值。王恽《儒用篇》云："士农工商谓之四民。四民之业，在士为最贵。三者自食其力，能素所守，时虽弗同，固不失生生之理。唯士也，贵贱用舍系有国者为重轻，盖其所抱负者，仁义礼乐，有国者恃之以为治平之具也。国不为养，孰乐育之？君不思用，孰信用之？不幸斯道中微，我玄尚白，陋穷遗逸，随集厥躬，此士之所以遑遑于下而可吊者也。"②统治者用与不用直接决定了儒士文人的身价与出处。汉族儒生士子失去入仕与谋生之途，不得不另谋生计。

---

① （明）宋濂等：《元史》，中华书局1976年版，第2018页。
② 李修生主编：《全元文》第6册，江苏古籍出版社1999年版，第176页。

"元之隐士亦多矣"①，赵孟頫《寄鲜于伯几》诗说："廊庙不乏才，江湖多隐沦。"② 元代隐逸之士规模数量超过往古，其中有遗民为隐士者，或入仕无门而被迫退隐者，或无意于仕宦而隐者。有需要养家糊口的儒生，到民间义塾或富有之家教书为生，或自办私塾，隐居教授；有的人家赀尚且殷实，有条件优游于山水之间，"故有志者不肯为也，宁往往投山水间自乐其所有"③，赋诗言志，潜心学问；也有人亲自耕作，隐于田园。也有人遁隐寺观，出入释道，隐于释老之间，以逃避世事；亦有隐于市井之间，他们清洁孤高，淡泊名利，不乐仕进。元初，一大批汉族士大夫拒不出仕元朝，构成了元代第一批独具特色的隐士群体。北方代表有隐居田园山野的"河汾诸老"麻革、张宇、房皡、段克己、段成己、曹之谦、陈赓、陈庾等人，宋亡后，南方文人以牟巘、王应麟、舒岳祥、刘辰翁、方逢辰、胡三省、周密、袁易、倪瓖、岑安卿、孙稷、孙道明、金履祥、许谦、吴定翁、俞西发、尧允恭、吕徽之、翁森、翁德修、孟文龙、孙辙、张佑、王冕、申屠徵、吾丘衍、刘诜、洪希文、黄玠、岑安卿、黄镇成等为隐逸之士的代表。元之中期，隐士的数量，少于元初也少于元末。元末，士人归隐者众多，依然是隐逸之士盛于南方，形成元末很有特色的隐士群体，如："铁笛道人"杨维祯、"金粟道人"顾瑛、"心白道人"钱惟善、"逃禅室"主人丁鹤年、"松云道人"熊梦祥、"一笑居士"张昱、"元季四大家"黄公望、吴镇、倪瓚、王蒙，以及王冕、叶颙、陈樵、贡师泰、余阙、高逊志、唐肃、宋克、余尧臣、张羽、吕敏、陈则等。

归隐成了士子文人群体的呼声，他们想做一个不受功名利欲缠

---

① （明）宋濂等：《元史》，中华书局1976年版，第4473页。
② 任道斌编校：《赵孟頫文集》，上海书画出版社2010年版，第16页。
③ （明）张端：《北郭集序》，载沈德寿《抱经楼藏书志》，中华书局1990年版，第712页。

绕清静无为的闲散之人。士人们每以谈隐为风雅，为时尚，视山野林泉的淡泊生涯为人生归宿，琴书以自娱，诗酒以自乐，清虚淡泊，无意于仕途。如乔吉在【双调·折桂令】《自述》中描述的隐居生活：

> 华阳巾鹤氅蹁跹，铁笛吹云，竹杖撑天。伴柳怪花妖、麟祥凤瑞、酒圣诗禅。不应举江湖状元，不思凡风月神仙。断简残编，翰墨云烟，香满山川。①

既然做不了竹杖天涯，山间林下，高逸出尘的隐士，也可以在平淡的家居生活中享受"心远地自偏"的隐逸之乐。

戴表元为宋咸淳进士，仕至文林郎、都督掾，行户部掌故，国子主簿。在宋亡后隐居二十余年，平日务农或教授于乡，悉心学问文章，只因儒士地位降低，儒学也遭到严重的破坏，发展困难，他对儒学前途怀有深深忧虑，"余幼学儒学时，见世之慕利达者，宗科举；科举初罢，慕名高者，宗隐逸；隐逸之视科举有间也。当是时，独各有大儒遗老有名实者为之宗，学者赖以不散。岁月推迁，心志变化，昔之为宗者，且将销铄就尽，而士渐不知其宗，吾为吾道吾类惧焉"②。后来受荐做了信州路儒学教授，以振兴儒学，改造社会，任满之后辞归乡里。戴表元作《广坐隐辞》以阐发他对隐居的理解：

> 隐朝市，我不能，冲尘冒暑走遑遑；隐江湖，我不能，披蓑戴笠操舟航；隐山林，山林白昼行虎狼；隐田里，田里赤立

---

① 隋树森编：《全元散曲》，中华书局 1964 年版，第 597 页。
② （元）戴表元：《送铅山王亦铣归乡序》，《四部丛刊初编集部》第 228 册《剡源戴先生文集卷》第 14 卷，上海书店 1989 年版。

无资粮。穷观六合内,投隐几无乡……况我难携一身隐,二亲白发垂高堂。神仙拔宅古亦有,无羽不得高飞扬……悲来俯仰寻隐处,欲亲书册依杯觞。引酒未一酌,狂气郁律冲肝肠;读书未一卷,嘻呜感慨泪浪浪……不如随缘委运只块坐,冥心径往游黄唐。①

静坐一室,享受清斋永日,不言势利,不羡慕荣华富贵,也不为名利所缚,寻找和发现隐逸之乐,自由适意而已。

元代隐逸之风炽盛,不仅隐士多,而且隐逸意识弥漫于整个元代文人阶层,他们一般都向往隐逸,在诗文词曲中隐逸之风比比皆是,尤其是被称为"一代之胜"或"一代之文学"的元曲,更多地表现了文人独立的人格理想和价值追求。

元代科举跌落,形成了比以往任何一个朝代都要庞大的"在野"文人群体,大量致力于科举的士人加入普通士人当中,除了部分隐逸乡野山林,他们必须另谋生路。据《元史·选举志》:"士无入仕之阶,或习刀笔以为吏,或执仆役以事官僚,或作技巧贩鬻以为工匠商贾。"② 或者从事书塾教授,或者由吏入仕,或者从事商业,或者为医,或者为阴阳术士等,关于元代文人谋生方式,黄溍《送叶审言诗后序》所说比较详细:

> 呜呼!四民失其业久矣,而莫士为甚。非谓夫贱且拘之为病也,馈膳以厚之,给复以优之,所养有古之所无而所就无古之所有,何哉?盖昔之生齿众矣,未有不使以士君子自为者,而今也唯以其占籍为断焉耳。方儒服俎豆猥然勃兴,而秀人硕士不得业乎其间者,比肩而是。彼施施焉,于于焉,逸居饱

---

① (元)戴表元:《戴表元集》,吉林文史出版社2008年,第393页。
② (明)宋濂等:《元史》,中华书局1976年版,第2017页。

食，而肆其力于负贩技巧者，亦岂少哉！幸而有能砥砺激发稍自出以售于世，或者且将縻之以簿书，束之以律令，使之伏其所长，而效其所短，譬犹任刘累以饭牛，责卞庄以搏虣，抑又失其业之大者也。①

鲁迅先生讲过："我只可以说出我为别人设计的话，就是：一要生存，二要温饱，三要发展。"② 生存是古往今来人类共同的基本的要求。随着国家社会对儒士文人态度的变化，以往"万般皆下品，惟有读书高"，终日埋首于科场文字以求一日金榜题名的生活方式不得不改变③，为了生存，他们需改变谋生方式，弃儒而习别业。

元代学校教育发达，岗位也多。而且元政府规定："前进士人员，从本路学校公众推举士行修洁、堪充教授者，具解本人年甲籍贯，于何年某人榜下登科，曾无历仕的是正身，保申本路总管府，移牒按察司体覆相应。"④ 很多南宋进士在宋亡后中选为儒学教授，周祖谟《宋亡后仕元之儒学教授》一文所考之三十余名儒学教授大多以前是宋进士，元初仕元做了儒学教授，有书院山长3人（黄泽、曹泾、胡炳文）、学正1人（刘应龟）、教授10人（戴表元、牟应龙、赵文、刘壎、仇远、马端临、欧阳龙生、熊朋来、傅定保、张观光）、儒学提举4人（王义山、白廷、郑陶孙、艾性夫）。⑤

---

① （元）黄溍：《金华先生文集》卷三，四部丛刊初编本，商务印书馆1922年版。

② 鲁迅：《鲁迅自编文集·华盖集》，译林出版社2013年，第44页。

③ 舒岳祥《陈仪仲诗序》："方宋承平无事时，士有不得志于科举……"（舒岳祥：《阆风集》卷一〇，文渊阁四库全书第1187册，第427页）可见当时士人的生存状况。戴表元自述其由宋入元之后的生活："丁丑岁……"（戴表元：《剡源戴先生文集》卷首自序，四部丛刊初编本）

④ 王颋点校：《庙学典礼》，浙江古籍出版社1992年版，第38—39页。

⑤ 周祖谟：《周祖谟自选集》，首都师范大学出版社2008年版，第540—561页。

元代实施科举考试后,科举落第者中选用为教官。仁宗延祐年间,元政府规定授下第举人教官之职。泰定元年(1324),又进一步规定,蒙古人、色目人、汉人、南人,年长并两举不第者与教授,以下与学正、山长。"可用终场下第举人充学正、山长,国子学会试不中者,与终场举人同"①,"甲寅诏授江南下第及后期举人为路府州儒学官"②。儒学教授经济地位在元代也较高,中央官学儒学教师和府州县的儒学教授收入稳定,俸禄都是由国家直接下发,从经济和社会地位上考虑,学官成了儒士谋生的主要选择。元代书院(精舍)也很发达,私学书塾教师的经济来源于学生的"束修"之资,收入也算稳定。因此,元代很多儒生乐意执教,以儒为教官现象在元代比较普遍。元代文人有不少选择以教书为生,即可自养,又可育人,正如《元诗选》"袁易"小传中云:"明正统中,吴文恪公讷题其卷尾曰:'元世祖初克江南,畸人逸士,浮沉里闾间,多以诗酒玩世。元贞、大德以后,稍出居儒黉,以淑后进。若静春与子敬、师言是也。'"③

在元代吏治盛行的政治背景下,一部分人只是粗通文墨,由各地衙门通过人情关系和贿赂主管等方式手段入仕,也有一部分学养深厚的儒士文人因通过科举及第入仕为官的道路被阻断而不得已由吏入仕,以文士为吏,就是儒吏。对元代儒士文人通过吏职入仕的情况,余阙有所论述:"我国初有金、宋,天下之人,惟才是用之,无所专主,然用儒者为居多也。自至元以下,始浸用吏,虽执政大臣亦以吏为之。由是中州小民粗识字能治文书者,得入台阁共笔簿,累日一月,皆可以致通显。而中州之士见用者,遂浸寡。况南方之地远,士多不能自至于京师,其抱材蕴者,又往往不屑为吏,

---

① (明)宋濂等:《元史》,中华书局1976年版,第867页。
② 屠寄:《蒙兀儿史记》,中国书店1984年版,第198页。
③ (清)顾嗣立编:《元诗选》初集上,中华书局1987年版,第310页。

故其见用者尤寡。"① 元代社会上出现了一个人数可观的儒吏阶层。

在元代，不像唐宋那样儒和吏之间界限严格，对吏职充满鄙视，科举法废，而元代官吏无别，这样的政治社会现实使人们甚至以吏入仕为荣，"朝廷以吏术治天下，中土之才积功簿书有致位宰相者，时人翕然尚吏。虽门第之高华，儒流之英雅，皆乐趋焉。"②

儒吏不仅熟习儒家经典，有儒者之温良，而且因出身于基层吏员，有丰富的行政经验，又有法家之缜密，他们不像其他胥吏以利益为重，能以儒者修身自律之磊落正气以百姓为念。元代科举凋落，但吏途的通达又为儒士文人开辟了一条新的入仕道路。大德七年（1303），宿卫禁中的郑介夫上《太平策》论述儒和吏之间的关系："夫吏之与儒，可相有而不可相无。儒不通吏，则为腐儒；吏不通儒，则为俗吏。必儒吏兼通，而后可以莅政临民。"儒吏合一，由儒而吏，可以更好地从政以治理国家，"吏出于儒，儒吏不致扞格"。③ 比如青州人郭筠（1226—1339），出身于官僚世家，祖父郭佑，金尚书省令史，父郭义，金怀州同知。郭筠被誉为典型的儒吏，仁义与干练兼备，终致身通显，以昭文馆大学士加资善大夫（正二品）大司农致仕。他任泰州、嘉兴两路同知之时，"法制清明，庭无留讼。日以兴学励生徒为事，民俗为变"，刘敏中赞他"备儒吏之用，尽才猷之美，淳忱雅旷，襟度叵测，夐然为一时标准"④。"儒吏"与"俗吏"是有区别的，儒吏是吏表而儒里，"儒

---

① （元）余阙：《青阳集》卷二《杨君显民诗集序》，《影印文渊阁四库全书》第 1214 册，台湾商务印书馆 1985 年版。

② （明）陶安：《陶学士集》卷一五《送马师鲁引》，《影印文渊阁四库全书》第 1225 册，台湾商务印书馆 1985 年版。

③ （明）郑介夫：《太平策·任官》，载（明）黄淮、（明）杨士奇编《历代名臣奏议》，上海古籍出版社 1989 年版，第 839—842 页。

④ （元）刘敏中：《中庵集》卷一六《故昭文馆大学士大司农郭公神道碑铭》，《影印文渊阁四库全书》第 1206 册。

吏兼通""以儒术饰吏事""以儒饰吏""儒雅缘饰"的廉吏，由吏起家者躬行儒治的儒吏温文儒雅，德清识大，与"专以善持长短深巧，出入文法，用术数便利为訾病"①的俗吏完全不同，是被元代文人士大夫所称赏和肯定的。

  元代地域辽阔，兵威强盛，也为商贾往来提供了方便。明方孝孺在《赠卢信道序》一文中评论元朝是"以功利诱天下"，重视商业。元代虽然商税重，但商贾地位提高了，商人成了一个特殊的阶层。元代商人"其积而至大富者，舆马之华，宫庐之侈，封君莫之过也，故其俗益薄儒，以为不足以利"②。元代城市经济极为活跃，儒士为了生计从事商业也就很普遍了，即上文黄溍所说的"负贩"，元代文人对商人已经比较尊重，从王恽给儒商乐全老人所作的序《乐全老人说》可以看到：乐全老人，乃苏门望族，"为人志明而气锐，乐贤好客，教子孙读书，顾一事不肯屑屑出人后。通都大邑，居奇货，侩赢羡掉臂于陶朱猗顿间，千金之产，有过而弗观者。至亲近名士大夫，风雨寒暑，奔走不避……故好事之名，高出行辈。达官时贵，踵接于门者无虚日。家则藏书，有合圃外，思亲有亭，植佳花，酿名酒，客至则击鲜为具，宾醉而后已，穷年而不厌也。"③乐全老人是位"儒商"，作者对其赞誉之情溢于言表，由乐全老人常与达官显贵交往的情况，可知元代商人地位颇高。元中后期，士人与商人往来更加频繁，如著名的元末昆山富豪兼诗人顾瑛主持的玉山雅集，"元季知名之士列其间者十之八九。考宴集唱

---

  ① （元）虞集：《岭北行省郎中苏公墓志铭》，载（元）苏天爵编《元文类》卷五四，商务印书馆1936年版。
  ② （元）余阙：《青阳先生文集》卷三《两伍张氏阡表》，四部丛刊初编本，商务印书馆1922年版。
  ③ 李修生主编：《全元文》第6册，江苏古籍出版社1999年版，第299页。

和之盛，始于金谷、兰亭，园林题咏之多，肇于辋川、云溪，其宾客之佳，文辞之富，则未有过于是集者"①。名士如流，往来其间，诗文唱和，成一代之盛事。

元人重医，忽必烈藩府怀卫理学家窦默，被忽必烈屡次征召，一个主要原因是窦默精湛的医术。②蒙古人重实用，"为世切务，惟医与刑"③，医学受到了统治者的重视，研习医学也蔚然成风，儒士文人多从医。元代涌现了王好古、朱震亨、罗天益、曾世荣、危亦林、倪维德、滑寿、葛孙乾、王履、戴思恭等一批名医。宋代已经有大量文化素养很高的儒生学医，朝廷多次组织编写方书和本草著作，范仲淹有"不为良相，则为良医"④的观点。何梦桂《柯通甫医药序》："医书祖黄帝内外经，非通儒率不能尽解。"⑤儒士文人博古通今，才富学赡，具有深厚的传统文化底蕴，能融会贯通文简意博的医学典籍。欧阳玄在《读书堂记》中记载医家萧震甫云："医道由儒书而出，非精于义理者不能。舍儒而言医，世俗之医耳"⑥，吴澄有"医儒一道"之说，他认为："今虽以医进，而能修孝悌、敦睦、忠信之行，是乃医其名，儒其实也。"⑦很多文人确于岐黄之术颇有精研，写《至正直记》的孔齐，在书中记述了许多药方医理，其中也曾见他出手救人的记载。儒士王元直凭借其精湛的医术在京师为业，"问药者踵门，随试辄效。太医院官与之相厚善，

---

① （清）纪昀等：《四库全书总目》，中华书局1965年版，第1710页。
② 许衡：《鲁斋遗书》卷一三《附录·考岁略》："时窦默子声以针术得名，累被朝廷征访。"
③ 柯劭忞等：《新元史》卷六三，开明书店1935年版。
④ （宋）吴曾：《能改斋漫录》卷一三，上海古籍出版社1979年版，第381页。
⑤ 李修生主编：《全元文》第8册，江苏古籍出版社1998年版，第100页。
⑥ （元）欧阳玄：《欧阳玄集》，岳麓书社2010年版，第65页。
⑦ 李修生主编：《全元文》第14册，江苏古籍出版社1999年版，第197—198页。

诸公贵人咸礼敬焉"①。文人平时不见得以医为业,但如若为生活所迫,可能会以行医作为谋生之计了,刘应龟曾"卖药以自晦"②。也有儒士以医术而求得官职,如儒士陈可斋,"家世业儒,自儒而医。早岁游京师,受知王公大人,辟为中书省医,再转,擢庆元路鄞县尹"③。儒士吴择中,"善医,往年来客翰林承旨脱脱公,公有疾而病,择中投刀匕药即愈"④,脱脱推荐他出任云南行省大理路儒学教授。也有儒士在科举仕途受阻转而以医术谋求官职,儒士于师尹,参加科举"连不得志于有司",便改变主意,"儒伎不利吾,旁挟者岐黄氏之伎也,不耦于此,将有耦于彼乎?"⑤"岐黄氏之伎"即指医术,可见元代这种情况确实是有的。而且儒士精通医学,必然饱读儒家经典,坚守道义,具有儒者内圣外王之道,正如胡炳文《赠医者程敏斋序》所说:"儒不医,非通儒,医不儒,非良医。"⑥儒士文人既有学医的传统,又面临需要良医的社会现实,加上文人对精通医术的肯定,故元代儒士以医术谋生者不少。

蒙古人诸教并重,公卿士大夫多与高层僧道有交往,信从释道者甚众,他们对阴阳术士也很喜爱。精通术数的耶律楚材被成吉思汗和窝阔台汗重用,元世祖忽必烈在潜邸之时,对精通术数的刘秉忠非常信任,据《元史·李俊民传》载:"时之知数者,无出刘秉

---

① (元)吴澄:《吴文正集》卷二七《送王元直序》,《影印文渊阁四库全书》第1197册。

② (清)顾嗣立、(清)席世臣辑:《元诗选》癸集上,中华书局2000年版,第63页。

③ (明)郑真:《荥阳外史集》卷四七《白云轩铭》,《影印文渊阁四库全书》第1234册。

④ 《乾隆诸暨县志》卷四揭傒斯《赠吴教授南归序》,清乾隆三十八年(1773)刻本。

⑤ (元)杨维桢:《东维子文集》卷八《送于师尹游京师序》,四部丛刊初编本,商务印书馆1922年版。

⑥ (元)胡炳文:《云峰集》卷三,《影印文渊阁四库全书》第1199册。

忠之右。"① 刘秉忠过世后，世祖嗟悼不已，由他推荐的邢州学派儒士大多精通术数，还有刘秉忠举荐的田忠良、靳德进，是忽必烈时期两位非常著名的精通术数的儒生。忽必烈还为广求阴阳术士设置了考选途径，据《元史·选举志一》记载："延祐初，令阴阳人依儒、医例，于路府州设教授一员，凡阴阳人皆管辖之，而上属于太史焉。"② 各路皆设阴阳学，逐渐州县皆有，于是阴阳相士大量出现，数量非常庞大。自至元十二年（1275），司天台每三年一次考试，中选者收作司天生员，食俸禄，民间阴阳术士可以进身司天台。元代学习阴阳学的文人也很多，士子文人中曾以卖卦为生的不乏其人，也有人以卜术成为阴阳学教授，如刘辰翁《意乐记》所记载："欧阳经叔自英英场屋，已学葬书，嗜山水如举业，尝应择地科，累累如志，当其时，学步者欲得其还盼不可。"③ 因为在市民社会中，对卦算的需求是很大的，诸如事业、生死、婚姻、旅行、架屋、求学、搬迁等多需借卦相问，询问吉凶，而对文人来说，其所学"五经"之中即有《易》，如果对周易加以变通转化来给人算卦，在困厄时以此存身是行得通的。儒士因精通阴阳术数而以此为谋生手段，甚至非常精于此道的人也有，吴澄在《赠相士吴景行序》中记载了一位精通术士的儒生："吏部吴公之裔孙景行，儒术业务俱优。仕不得志，乃隐田里。尝闻希夷风鉴之学于方外畸人，谈人寿夭福祸，期以岁月旬日，毫发不爽，人畏其神验，避之不敢即。"④

与功名无缘的元代文人因为仕路断绝，从社会上层跌落，生计无着，有一部分流落于市井坊里，勾栏瓦肆，身处社会底层，成为"书会才人""书会先生"，甚至"躬践排场，面敷粉墨，以为我家

---

① （明）宋濂：《元史》，中华书局1976年版，第3733页。
② 同上书，第2034页。
③ 李修生主编：《全元文》第8册，江苏古籍出版社1998年版，第632页。
④ 李修生主编：《全元文》第14册，江苏古籍出版社1999年版，第290页。

生活，偶倡优而不辞"。① 在失去任何庇护和保障以后，其人生价值依附于政治"治国平天下"或依附于"道"都无法实现，没有了高悬的仕进压力，不再牺牲个体的独立人格竟意外地摆脱了种种约束与控制，享受着现实的人情和人欲。关汉卿称自己是"普天下郎君领袖，盖世界浪子班头"，"占排场风月功名首"（【南吕·一枝花】《不伏老》）在市井中与民同乐，谈天说地，反而获得一种创作上的自由，对自我价值的重新发现让他们获得了心灵解放，从事以杂剧为代表的俗文学创作。

　　游荡在民间，甚至厕身青楼的文人士子们，从书斋走出，进入民众的普通生活。余阙说："夫士惟不得用于世，则多致力于文字之间，以为不朽。"② 他们从经术诗赋中抽身而出，贴近了市民日常生活和现实心态，开始真正了解市井文化，关注普通市民的喜怒哀乐、人生常态，创作出为市井细民提供休闲与消遣并能赢得市民认同和喜爱的娱乐性极强的作品。他们凭借文学才华在世俗社会中声誉日隆。如著名元杂剧作家关汉卿，作为"驱梨园领袖，总编修帅首，捻杂剧班头"③，用饱含感情的笔墨将相官僚、权豪势要，平民百姓、婢女娼妓等一一展现，剧中有窦娥对社会黑暗的大胆控诉，有对拯救百姓的英豪关羽的大力赞扬，也有对权豪势要与乡间劣绅有恃无恐、伤天害理罪行的有力抨击，《蝴蝶梦》《鲁斋郎》《五侯宴》等反映出普通民众性命难保的处境。此外，值得一提的是，关汉卿也不再践履儒家"温柔敦厚"的诗教传统，浓墨重彩地渲染了世俗青年男女的恋情，如其【仙吕·一半儿】《题情》中，作者很

---

① （明）臧懋循：《元曲选·序》，中华书局1958年版，第3页。
② （元）余阙：《青阳先生文集》卷二《杨君显明诗集序》，四部丛刊初编本，商务印书馆1922年版。
③ （元）钟嗣成、（明）贾仲明著，马廉校注：《录鬼簿新校注》，文学古籍刊行社1957年版，第9页。

动情地描写道:

> 云鬟雾鬓胜堆鸦,浅露金莲簌绛纱。不比等闲墙外花,骂你个俏冤家,一半儿难当一半儿耍。①

文笔诙谐泼辣,任性所为,细腻曲折,无所顾忌,正面描写男女双方的调情、幽媾之情景,且表现得那样放肆大胆。"两情浓,兴转佳。地权为床榻,月高烧银蜡。"(【梅花酒】)②"好风吹绽牡丹花,半合儿揉损绛裙纱,冷丁丁舌尖上送香茶。都不到半霎,森森一晌遍身麻。"(【收江南】)③ 这等曲句,没有丝毫的掩饰,将偷情幽媾之美妙销魂表现得淋漓尽致,如此逗情恣性的大胆描写,在宋元以前的文学作品中确实罕见,即使在宫体诗和香奁词中也不多见,这实在是对封建礼教的极大亵渎,在正统文人和卫道士们看来是有辱斯文,但作者只是把那些碍于虚伪的体面和迂腐的礼教而羞于启齿的情感世界真实描写出来,并非淫艳浮靡。

正是元代长期科举不兴与辞章之士受到排斥的社会现实使下层文人进入以杂剧为代表的通俗文学创作的领域,促成了杂剧成为有元一代代表性文学。王国维《宋元戏曲史》也说:"元初之废科目,却为杂剧发达之因。盖自唐宋以来,士之竞于科目者,已非一朝一夕之事,一旦废之,彼其才力无所用,而一于词曲发之。且金时科目之学,最为浅陋。此种人士,一旦失所业,固不能为学术上之事。而高文典册,又非其所素习也。适杂剧之新体出,遂多从事于此;而又有一二天才出于其间,充其才力,而元剧之作,遂为千古

---

① 隋树森编:《全元散曲》,中华书局1964年版,第156页。
② 同上书,第180页。
③ 同上书,第181页。

独绝之文字。"① 元代文坛基本面貌和整体格局在元杂剧发展和繁荣的情况下发生改变,中国文学发展的历史走向也发生了改变,雅俗分流,俗文学迅猛发展。

元代科举给元代文坛所带来的另外一种影响,是元代所特有的一个文化现象——多族士人圈的形成。

元代文化多元,经过长期的政府移民和各族人民自发的流动,很多民族进入中原,与其他民族杂处,到元代中后期形成各族人民大杂居、小聚居的局面。各族士大夫文人之间相互交流融合、声气相通、紧密结纳。随着教育的发展和元代科举的推动,尤其是延祐二年(1315)开科取士之后,如清人顾嗣立所言:"自科举之兴,诸部子弟,类多感励奋发,以读书稽古为事。"② 在这样的大背景下,蒙古人、色目人学习汉文化的积极性被调动了起来。元雍古人马祖常在《送李公敏之官序》中对这一盛况有过详尽描述:

> 天子有意乎礼乐之事,则人皆慕义向化矣。延祐初,诏举进士三百人,会试春官五十人。或朔方、于阗、大食、康居诸土之士,咸橐书櫜笔,联裳造庭而待问于有司,于时可谓盛矣。③

元代乡举十七科产生蒙古、色目乡贡进士约 2000 人,而乡试不幸落榜者可能十倍于此。科举的实行促使"弃弓马而就诗书"的蒙古、色目子弟日益增多,使数万蒙古、色目子弟埋首经籍,投身场屋,企图以学问干取禄位。元代科举制度促成了蒙古、色目子弟士

---

① 王国维:《宋元戏曲考》,中国戏剧出版社 1999 年版,第 36 页。
② (清)顾嗣立编:《元诗选》初集上,中华书局 1987 年版,第 1729 页。
③ (元)马祖常:《石田先生文集》,李叔毅点校,中州古籍出版社 1991 年版,第 182 页。

人化，促进了各族精英阶层的交融，也形成了元代所特有的文化现象，来自不同地域、不同文化背景、不同民族的文人使用汉语进行文学创作，一个多族士人圈形成①。萧启庆先生在《元代的种族文化与科举》一书中对元代多族士人圈的形成有详细论述②，不同民族的文人在科举中因座主门生、同年同僚、师生的关系而超越种族藩篱，由科举而入仕者，谙熟汉文化，自然改变了元前期不同民族官员间言语不通的局面，各族士大夫打破了民族界限，互为师生，入仕之后又是同僚，相互之间诗词往来，切磋学问，情谊加深。在科举制度下，座主与同年又往往构成士人社会政治网络的重要组成部分，座主与门生之间，同年之间往往交往密切。在元代科举考试中，考官以汉族为大多数，是"有德望文学常选官内选差"③，但也有少数民族官员，蒙古人阿鲁威、燕赤、定住曾担任过考官，色目人马祖常、赵世延、斡玉伦徒、余阙，女真人李术鲁翀，北魏拓跋氏后裔元明善都当过考官。元代比较有名的蒙古色目文人伯牙吾台部泰不华、高昌畏兀人三宝柱、西域人雅琥、萨都剌、拂林人金元素、唐兀氏余阙、乃蛮人答禄与权、高昌畏兀人偰伯僚逊、蒙古逊都思氏笃烈图、回回人马元德等人先后中进士，皆以诗闻名当时。色目文人马祖常，延祐初中举，授应奉翰林文字，同知制诰兼国史院编修，屡主文衡，胡助称其"得士无惭龙虎榜，盛朝一变古文章"。④ 马祖常通过荐举、主持科举等途径援引、选拔了一批人才，苏天爵、陈旅、宋本、宋沂等元代名士即由他选拔。西域色目人萨

---

① "多族士人圈"的说法见于萧启庆《元朝多族士人圈的形成初探》一文，载《第二届宋史学术研讨会论文集》，台湾中国文化大学1996年版，第165—190页。
② 萧启庆：《元代的族群文化与科举》，联经出版事业股份有限公司2008年版，第55—115页。
③ （明）宋濂等：《元史》，中华书局1976年版，第2020页。
④ （元）胡助：《纯白斋类稿》卷八《和马伯庸同知贡举试院记事》，《影印文渊阁四库全书》第1214册，台湾商务印书馆1985年版。

都剌,泰定四年(1327)中进士。文坛宗主虞集是萨都剌的座师,观音奴、张以宁、杨维桢、偰善著、李质、索元岱是其同年。虞集曾作《与萨都拉(剌)进士》一诗:

> 当年荐士多材俊,忽见新诗实失惊。今日玉堂须倚马,几时上苑其听莺。贾生谁谓年犹少,庾信空惭老更成。唯有台中马侍御,金盘承露最多情。①

对萨都剌赞赏之情溢于言表。萨氏《和学士伯生虞先生寄韵》:

> 白鬓眉山老,玉堂清昼闲。声名满天下,翰墨落人间。才俊贾太傅,行高元鲁山。独怜江海客,樽酒夜阑珊。②

诗中将虞集的才学比作西汉大文学家贾谊,德操比作唐代高士元德秀,足见对虞集道德文章的钦仰之情,座主与门生之间情深意切。萨都剌对同年的感情也非常深厚,他写给观音奴的一首诗中说"无日不思我,有诗还寄君"③,可见深情厚谊。

元代,在蒙古人、色目人中间,出现了一大批硕学鸿儒和文学名家。天历二年(1329),元文宗于京师设立奎章阁,当时文坛精英汇聚于此,其中,北魏拓跋氏后裔元明善、女真人孛术鲁翀、蒙古人泰不华以及色目人马祖常、赡思、贯云石、盛熙明、赵世延、康里巎巎、刘沙剌班、雅琥、斡玉伦徒、甘立等多族士人济济

---

① (元)虞集:《道园学古录》卷三,《四部丛刊》影印明景泰翻元小字本。
② (元)萨都剌:《和学士伯生虞先生寄韵》,《萨天锡诗集》,见《海王邨古籍丛刊》之《元人十种诗》,中国书店1990年版,第229页。
③ 观音奴,字志能,号刚斋。唐兀氏,泰定四年(1327)进士。萨都剌《萨天锡诗集》之《送观志能分得君字忠能与仆同榜又同南台从事考满壮还》,见《海王邨古籍丛刊》之《元人十种诗》,中国书店1990年版。

一堂。

　　元代文坛多族士人圈的形成，是元代文学所特有的，元代科举中旨在保障蒙古人、色目人的仕进特权的两榜制促成了这一重要文化特色，这一点也构成了元代文化多源融会、多元一体的独特文化精神。正如业师查洪德教授指出的："元代文化是多源融会、多元一体的。多元，基本上是三源：以蒙古族草原游牧文化主导，以中原汉民族农耕文化为主干，西域商业文化为重要一源。元代文化的共有精神，既不单是中原传统的农耕文明宗法制度下固有文化精神的延续，也不是北方游牧文化精神的入主，更不是西域商业文明所具有的文化精神的移植，而是这多元文化冲突、融合后形成的一种独特文化精神。"①

第五节　科举与元代诗文的发展

　　在中国历史上，科举制度，对历代文人的社会生活发生着深刻影响。元代用人沿袭蒙古族重世家的体制，以根脚取才，对中原汉族自唐宋以来实施的科举取士不重视，导致了科举制度文化的断裂，金、宋灭亡之后科举就处于停滞状态，直至元仁宗延祐二年（1315）才恢复科举，汉族士子传统的入仕途径被割断。再者，元朝的学术取向和人才倾向重经济、义理而斥辞章，重德行、经术为先、辞章次之的科举方针也是依此而定。② 元代科举与宋、金科举相比，有了很大变化，不仅影响了文学发展和元代文人的心态和文学创作，而且影响了元代文坛之格局，元代士人阶层的重新分化，元代文人群体的雅俗分流以及元代多族士人圈的形成等。元代科举

---

① 查洪德：《元代文学史研究再审视》，《陕西师范大学学报》2010年第5期。
② （明）宋濂等：《元史》，中华书局1976年版，第2018页。

带来的另外的影响,即是元代文人对文化、文人价值的认知逐步提升,文人对自身价值有了重新发现,借作品留名的动力增强。

  汉代之后的儒士文人,实现人生价值的途径多依附于政治,"志伊尹之所志,学颜子之所学"①,进则学伊尹行道于天下,退则学颜渊明道于万世。不过,治国和明道这两种实现其人生价值的途径对元代文人来说已经是可望而不可即。元代,"士失其道久矣。失其道则失其性,失其性,所失非以而已"(胡祗遹《士辨》)②,士失其道,也就失去了其"以天下为己任"的责任,经历了思想的苦闷与人生的尴尬,元代文人追寻和重新发掘了其生存价值,那就是文人自身价值的提升,他们的价值和优势就在于自身的"文"以及与"文"的属性相连的文人的生活情趣。治国与行道,对于他们来说,都已然是外在的东西。既然是文人,"文"即是他们的自身属性,也是他们的社会优势,这种价值既不依附于政治,也不依附于道统,是他们自身所具有的。

  文学繁荣兴盛离不开政治通达开明、思想自由无限制、经济蓬勃繁荣、物质生活富裕等社会因素,当然教育和科举等文化因素也举足轻重。科举是文学发展和繁荣的一个重要因素,科举制度能使文人"学而优则仕","仕"与"学"能得到现实、有效的制度保障,在科举制度的推动下,社会上出现了普遍而持久的读书风气,历代君主也以仕宦和名利为诱饵劝勉读书,这当然会对文化普及起到一定的作用。从隋唐开始,大量文学家出身科举也是有目共睹的事实,但科举的目的不是甄拔文学家而是遴选官员,从而,科举只能是促进文学繁荣和发展的一个方面。科举有促进文学发展的作用,但也不排除对文学发展所产生的负面影响。关于科举对文学带来的负面影响,在元代早有学者和文人作过评价。

---

  ① (宋)周敦颐:《周敦颐集》,中华书局2009年版,第117页。
  ② 李修生主编:《全元文》第5册,江苏古籍出版社1998年版,第513页。

金代科举以辞赋取士为主，试题出自儒家经书，"金朝取士，止以辞赋、经义学，士大夫往往局于此，不能多读书"①。广大儒士文士为了跻身仕途，只有把大量精力用到制作诗赋上去，逐渐造成了文风不良、中第者素质下降的消极影响，刘祁对此有过比较尖锐的批评：

  金朝取士以辞赋为重，故士人往往不暇读书为他文。尝闻先进故老见子弟辈读苏、黄诗，辄怒斥，故学者止工于律赋，问之他文，则懵然不知。间有登第后始读书为文者，诸名士是也。南渡以来，士人多为古学以著文作诗相高，然旧日专为科举之学者疾之为仇雠，苦分为两途，互相诋讥。②

刘祁对科举考试的僵化所带来的负面作用有清醒的认识，士人专攻辞赋，至于其他文体则不能用心学习，只有其中一部分才高而又早年登第者，入仕后继续潜心于学问。在这种以辞赋为主的取士之法长久的影响下，造成以科举为事业的人，潜心于科场学问，将个人出处与科举考试联系起来，以读书入仕为人生理想，疲于仕途竞奔，而视诗文为末事。元人郝经也曾有过类似论述："金源有国，士务决科干禄，置诗文不为，其或为之，则群聚讪笑，大以为异。"（《遗山先生墓铭》）③ 虽然金代随着科举制的实施，培育和选拔了一大批素养很高的文人，但科举造成文势每况愈下的负面影响还是存在的。张之翰在《葵轩小稿序》一文中说：

---

① （金）刘祁：《归潜志》，崔文印点校，中华书局1983年版，第72页。
② 同上书，第80页。
③ （元）郝经：《郝文忠公陵川文集》卷三五，图书馆古籍珍本丛刊，影印明正德二年（1507）李翰刻本。

> 金百余年，士大夫例熟科举业。求以诗文鸣世者，由党、赵以降，才数屈指而已，盖皆舍缓而趋急，得此而失彼，不有豪迈特达者出，而造物畀以才气，付以师友，假以岁年，其何能兼之哉？……特以科场人视诗文为末事，不能兼之者，存所警云。①

张之翰列举了金朝成就显著的文学大家，并对热衷科举之士"视诗文为末事"提出警示，文人的生活似乎仅仅囿于书斋、考场、官场的狭隘生活空间，读书是为了做官，诗文于做官无益也就无须多费心思。

同样，南宋进士也多不屑于诗，不为诗，诗人多集中于江湖，"世之诗盛矣，不用之场屋，而用之江湖"②。戴表元描述过宋末诗坛的状况：

> 景定咸淳之间，余初客杭，见能诗人不一二数，不必皆杭产也。时余虽学诗，方从事进取，每每为人所厌薄，以为兹技乃天之所以畀于穷退之人，使其吟谣山林以泄其无聊，非涉世者之所得兼。③

可知在当时社会舆论中，诗歌成了与"举子业"相对立的事物，而关注诗歌创作的多是隐居山林亦抑或羁旅江湖之人，"当是时，诸贤高谈性命，其次不过驰骛于案牍俳谐场屋破碎之文，以随

---

① （元）张之翰：《西岩集》卷一四，《影印文渊阁四库全书》第1204册，台湾商务印书馆1985年版。

② （宋）林希逸：《竹溪鬳斋十一稿续集》卷一三《跋玉融林磷诗》，《影印文渊阁四库全书》第1185册，台湾商务印书馆1985年版。

③ （元）戴表元：《剡源戴先生文集》卷八《仇仁近诗序》，四部丛刊初编本，上海商务印书馆1922年版。

时悦俗，无有肯以诗为事者。惟夫山林之退士，江湖之羁客，乃仅或能攻，而馆阁名成艺达者，亦往往以余力及之。"① 不以诗取人，诗事几乎废弃，不致力于诗歌创作，并不妨害他的仕途前程，也不妨害其为通儒。这种情形直到南宋灭亡科举停废之后才有所缓解。元初未开科举，仕路不通，黄溍在《送吴良贵诗序》中说："学者未有场屋之累，得以古道相切磋，论文析理，穷极根柢，间出其绪余，更唱迭和于风月寂寥之乡，亦足以陶写其性灵"②，士子文人从科举中解脱出来，反而能有大量的时间以学问和诗文相切磋，"方宋承平无事时，士有不得志于科举，则收心于学问，放情于吟咏，自是天下乐事"③，诗歌唱答，不失为一种乐趣。在元代科举还没实施前，更是大量士人投入诗歌创作，诗人群体空前壮大，元代大儒吴澄在《周立中诗序》中这样说："自进士业废，而才华之士无所寓其巧，往往于古近二体之诗。"④ 正如赵文在南宋灭亡后，在其《学蜕记》中所说："四海一，科举毕。焉知非造物者为诸贤蜕其蜎蠕之丸，而使之浮游于尘埃之外乎？"⑤ 他认为停止科举能使当时知识分子从科举事业的束缚中解脱出来，重新获得精神上的自由。

诗人黄庚由宋入元，元代科举不兴，反而促进了诗歌创作的繁荣，对此他深有体会：

> 以科目而为诗，则穷于诗；以科目而为文，则穷于文矣。

---

① （元）戴表元：《剡源戴先生文集》卷八《方使君诗序》，四部丛刊初编本，上海商务印书馆1922年版。
② （元）黄溍：《文献集》卷五，《影印文渊阁四库全书》第1209册，台湾商务印书馆1985年版。
③ （元）舒岳祥：《阆风集》卷一〇《陈仪仲诗序》，《影印文渊阁四库全书》第1187册，台湾商务印书馆1985年版。
④ 李修生主编：《全元文》第14册，江苏古籍出版社1999年版，第295页。
⑤ 李修生主编：《全元文》第10册，江苏古籍出版社1998年版，第106页。

> 良可叹哉！仆自龆龀时读父书，承师训，惟知习举子业，何暇为推敲之诗，作闲散之文哉？自科目不行，始得脱屣场屋，放浪湖海。凡平生豪放之气，尽发而为诗文。且历考古人沿袭之流弊，脱然若酰鸡之出瓮天，坎蛙之出蹄涔而游江湖也。（《月屋漫稿》卷首）①

随着功利观念的急剧膨胀，士人为登第入仕而读书②，根本没有时间去作"推敲之诗""闲散之文"，这就造成文风学风日趋败坏。而随着科举不行，当时中国整个士阶层面临无法摆脱的尴尬境遇，不再期望于"读书做官，光耀门庭"，缺少了期待，卸下了自身的使命感与责任感，反而多了一份洒脱，他们的人生价值追求既然已经无法实现，不如放浪于江湖，读书作诗文，只做一个纯正的文人。他们的价值和优势就是自己的文化、学问、文才，"文"才是真正属于他们自身的价值，读书和诗文成了他们生活中的主要追求，元末文人贡师泰说：

> 富贵可以知力求，而诗固有难言者矣。是以黄金丹砂，穹圭桓璧，犹或幸致，而清词妙句在天地间，自有一种清气，岂知力所能求哉？③

---

① 《影印文渊阁四库全书》第 1193 册，上海古籍出版社 1987 年版。

② 在历代劝学文中，最直接、最露骨的要数宋真宗的《劝学诗》："富家不用买良田，书中自有千钟粟。安房不用架高梁，书中自有黄金屋。娶妻莫恨无良媒，书中有女颜如玉。出门莫恨无随人，书中车马多如簇。男儿欲遂平生志，六经勤向窗前读！"皇帝以财富、美女为诱饵，劝导天下有志男儿"六经勤向窗前读"，士人亦以攫取利禄富贵为人生追求。

③ （元）贡师泰：《葛逻禄易之诗序》，载廼贤《金台集》卷首，中国书店《海王邨古籍丛刊》影印《元人十种集》本。

第四章　忽必烈幕府文人与元代科举及对文学的影响

清词妙句独得于天地之间，诗是元代文人心灵的寄托，诗是他们生活的重要组成部分。有此，足以傲世，足以生活得悠闲自在。宋元之际的诗人邓雅有诗："平生寡嗜欲，所好在吟诗。朝夕吟不已，鬓边已成丝。幼女颇解事，长跪陈戒辞。吟止适情性，勿使精神疲。深感吾女言，而我乐在兹。一日不吟咏，满怀动忧思。阿女顾予哂，予心还自怡。春风入庭院，花阴满前墀。清兴不可遏，把笔更须题。"① 以诗娱我之情，作诗写我之心，完全是自然自由和无功利的。由宋入元的刘辰翁也说："鸟啼花落，篱根小落，斜阳牛笛，鸡声茅店，时时处处，妙意皆可拾得。"② 为诗即在自然，时时处处，触兴而发。对于元代很多诗人来说，写诗全然是心灵的需要，不是写给别人看的，只是吐露胸中的情趣，别人如何评价，对诗人来说意义不大。正如黄溍赞赏朋友作诗无功利无目的，就是用诗来写一种情趣，一种快乐，一种意境："遇风日清美，辄与胜流韵士，酣嬉于水光山色间。所为诗，直以写其胸中之趣，不苟事藻饰求媚俗也。"③ 确实，元代文人对诗的理解不同于其他时期，在一部分元人心中，诗就是写心的④，"直以写其胸中之趣"而已，诗只为自己而作。若说他们脱离社会现实，不关心世事，只是书写自己的生活，内容贫乏，不如清除偏见，转换眼光，应该看到元代诗人在宽松的环境，自然的状态下，书写的是自由的心灵。要想了解元代文坛，理解元代文人，就要认真审视元代文学创作的环境。我们

---

① （明）邓雅：《邓伯言玉笥集》卷一《偶题》，清抄本。
② （元）刘辰翁：《陈生诗序》，李修生主编《全元文》第 8 册，江苏古籍出版社 1998 年版，第 564 页。
③ （元）黄溍：《金华黄先生文集》卷三一《信州路总管府判官谢公墓志铭》，《四部丛刊》影印元刊本。
④ "诗以写心"之说张晶在《中国诗歌通史·辽金元卷》（人民文学出版社 2012 年版，第 403—404 页）、查洪德在《理学背景下的元代文论与诗文》（中华书局 2005 年版，第 360 页）中均有过论述。

看一下元末高启的《青丘子歌》：

> 青丘子，臞而清，本是五云阁下之仙卿。何年降谪在世间，向人不道姓与名。蹑屩厌远游，荷锄懒躬耕。有剑任绣涩，有书任纵横。不肯折腰为五斗米，不肯掉舌下七十城。但好觅诗句，自吟自酬赓。田间曳杖复带索，傍人不识笑且轻。谓是鲁迂儒楚狂生，青丘子闻之不分意，吟声出吻不绝咿咿鸣。朝吟忘其饥，暮吟散不平。当其苦吟时，兀兀如被酲。头发不暇栉，家事不及营。儿啼不知怜，客至不果迎。不忧回也空，不慕猗氏盈。不惭被宽褐，不羡垂华缨。不问龙虎苦战斗，不管乌兔忙奔倾。向水际独坐，林中独行。斫元气，搜元精，造化万物难隐情……世间无物为我娱，自出金石相轰铿。江边茅屋风雨晴，闭门睡足诗初成。叩壶自高歌，不顾俗耳惊。①

诗人自号青丘子，乃一谪仙，自然不再关心致君泽民以及建立功业的世间事务，而是抱着追求个性张扬、远离权力核心的旁观者心态，立德立功的价值无须他去实现，家事与生活，贫富与穷通，一切都被苦吟所代替，作诗是他全部的人生价值，且于政治无涉。

元代科举让一些文人疏离了政治和权力，淡出了治国和明道这两种实现其人生价值的途径，不再囿于陈规的事务，唤醒了文人独立人格意识，其人生价值不再依靠行道明道实现，而是以纯文人的心态和眼光读书，从事诗文创作。

元代疆域空前广大，逾越汉唐，国力雄厚，基本不留存唐宋二朝的边患问题，自元世祖统一南宋，到元中期政治趋于稳固，"元

---

① （明）高启：《高青丘集》，上海古籍出版社1985年版，第435页。

第四章　忽必烈幕府文人与元代科举及对文学的影响

朝自世祖混一之后,天下治平者六七十年,轻刑薄赋,兵革罕用,生者有养,死者有葬,行旅万里,宿泊如家。诚所谓盛也矣!"① 其后的一段守成时期文化之盛,不逊于历史上唐宋清明盛世,人民生活趋于富足,国家声威气势直逼唐朝,甚而过之,如马祖常所言:"国家覆被烝庶,涵育生遂,重熙累洽,熏为泰和。"② 华夷一统,多元文化多民族融合,南北文人之间的交流频繁,南北文风统一,文人往来交游方便,因而,元代文人自然极易具有正大开阔的心胸和气度。自延祐恢复科举后,"一时之人物,星离云散。或随牒远方,与时浮沈;或以名字著闻,入通朝籍;或浩然独往于重山密林,不复与世接"③。一些文人放浪江湖与市井、勾栏、瓦舍,成为"书会才人";一些文人淡泊出世,独善其身隐居以度日,或躬耕南亩,或隐居山林;一些文人则心存魏阙,为君为国而上下求索,矢志追求,继续行道于天下,入仕朝廷,开科举后便积极致力于举业;还有一部分文人无论是隐居山林或行商,教授生徒或者躬耕南亩,都涵养了文人高雅不俗的生活情味,保持人格的完整和精神的独立,在忘怀世事的轻松中,读书作诗文。

但科举对中国传统知识分子依然有着无法言说的吸引力,科举考试一旦恢复,还是让广大士人跃跃欲试,令他们兴奋激动。李孟是第一批参加科举考试的士子,曾赋《初科知贡举》一诗:"百年场屋事初行,一夕文星聚京师。豹管敢窥天下士,鳌头谁占日边名。宽容极口论时事,衣被终身荷圣情。愿得真儒佐明主,白头应

---

① (元)叶子奇等:《草木子(外三种)》,吴东昆等校点,上海古籍出版社2012年版,第39页。

② (元)马祖常:《石田先生文集》,李叔毅点校,中州古籍出版社1991年版,第193页。

③ (元)黄溍:《送吴良贵诗序》,李修生主编《全元文》第29册,凤凰出版社2004年版,第37页。

不负平生。"① 南宋遗老赵文，做过文天祥的幕僚，在其《学蜕记》中曾抨击科举制度，但元代重开科举让这位当时已经七十五岁高龄的老夫子也按捺不住再次参加了科举考试，"犹攘臂环吁，不自谓老矣。然终不自得以死，死时年七十有七矣"（程钜夫《赵仪可墓志铭》）②。进士索士严是泰定四年（1327）丁卯科的进士，同榜萨都剌在为其所作诗卷题诗时曾回忆当年的赶考盛况：

> 忆昔登天府，文华萃帝乡。俊才鱼贯列，多士雁成行。宝剑悬秋水，骊珠耿夜光。三场如拾芥，一箭已穿杨。上策师周孔，蜚声陋汉唐。凤池开御宴，虎榜出宫墙。赐纷丘山重，恩袍雨露香。天花皆剪翠，法酒尽封黄。冠盖游三日，声名满四方。历阶超宰辅，捧表谢君王。甲第分三馆，铸碑立上庠。曲江嘉宴会，合席尽才良。契谊同昆弟，比和鼓瑟簧。誓辞犹在耳，离思各惊肠。台阁需材器，儒林作栋梁。③

作者难以抑制兴奋自豪之情，极尽笔墨书写科举之盛况，登科之后的荣耀。自然，科举也带来了元代文坛的变化，元仁宗延祐年间（1314—1321）前后，对元代诗文有影响的大家几乎都出现在这一时期的文坛。"延祐以后，则有临川吴文正公、巴西邓文肃公、清河元文敏公、四明袁文清公、浚仪马文贞公、侍讲蜀郡虞公、尚书襄阴王公，其文典雅富润，益肆以宏，而其时则承平浸久，丰亨豫大，极盛之际也。"④ 吴澄、邓文原、元明善、袁桷、马祖常、虞

---

① （清）顾嗣立编：《元诗选》二集上，中华书局1987年版，第199页。
② 李修生主编：《全元文》第16册，江苏古籍出版社2000年版，第527页。
③ （元）萨都剌：《雁门集》，上海古籍出版社1982年版，第107—108页。
④ （明）王祎：《王忠文集》卷六《宣城贡公文集序》，《影印文渊阁四库全书》第1226册，台湾商务印书馆1985年版。

集、王沂等人,这些人都是元代散文大家,他们多是来自南方,其中元明善、马祖常来自北方,当然这是南北文风交融的结果。科举考试也给士人提供了入仕和交流的机会。元代有不少诗文大家出身科举,延祐二年(1315)乙卯科,赵孟頫、元明善为廷对读卷官,诸如王沂、许有壬、王士元、"元诗四家"之一杨载、"儒林四杰"之一黄溍、元中期诗文大家欧阳玄、元中期诗文大家雍古人马祖常等都是那一年的进士。至治元年(1321)辛酉科,袁确任会试考官,该年登进士第的诗文名家有宋本、吴师道、色目人泰不华等。泰定四年(1327)丁卯科,王士熙为监试官,马祖常为读卷官。这一年中进士的有:色目诗人萨都剌、元诗名家杨维桢,还有张敏、刘文德、赵期颐、黄清老、张以宁、刘尚志、王士元以及蒙古人燮理溥化、唐兀氏观音奴(至能)、天竺人蒲理翰、西域人沙剌班等以文学知名,元晚期主要的作家有不少出身于这几次科举。

元代后期科举恢复,"给社会政治文化环境和士人心态带来了诸多变化,学风、文风朝向雅正、平和的一面发展"①。在文治渐趋繁荣的大德、延祐时期,文风诗风趋于雅正平和,正如戴良所云:"我朝舆地之广,旷古所未有,学士大夫乘其雄浑之气以为文者,固未易以一二数。然自天历以来,擅名于海内,惟蜀郡虞公、豫章揭公及金华柳公、黄公而已。盖四公之在当时,皆涵醇茹和,以鸣太平之盛治。"②

延祐开科,促使平易雅正的文风风靡天下。元代文坛宗主虞集多次主持乡试、会试、殿试的科考。延祐四年(1317),主持大都路乡试;泰定元年(1324),考试礼部;泰定四年(1327),再次考试礼部;至顺元年(1330),为殿试读卷官。虞集理学涵养丰厚,

---

① 余来明:《元代科举与文学》,武汉大学出版社2013年版,第187页。
② (元)戴良:《夷白斋稿序》,李修生主编《全元文》第53册,凤凰出版社2004年版,第246页。

博极天下之书，文风正大和雅，他所倡导的是平易正大的文风，在《跋程文宪公遗墨诗集》一文中有过论述："故宋之将亡，士习卑陋，以时文相尚；病其陈腐，则以奇险相高。江西尤甚。识者病之。初内附时，公之在朝，以平易正大振文风，作士气，变险怪为青天白日之舒徐，易腐烂为名山大川之浩荡。"① 他衡文的标准是去陈言，反对奇险浮薄、乖戾偏执，倡导平易正大、古雅舒徐。

我们再看色目儒臣马祖常，延祐二年（1315）乙卯科进士。马祖常养德于内，硕学于外，"非三代两汉之书不读，文则富丽而有法，新奇而不凿"（苏天爵《石田先生文集序》）②，文风取向尚质复古，陈旅《石田先生文集序》说："浚仪马公伯庸，褎然以古文擢上第，声光煜如，清河元文敏公谓其所作可以被管弦、荐郊庙，《天马》、《宝鼎》之作殆未之能优也。公早岁吐辞，即不类近世人语言，古诗似汉魏，律句入盛唐，散语得西汉之体。"③ 他追求的也是中和平正、醇厚儒雅的文风，论文也以中和为美，如在为袁褧诗集所作的序，马祖常写出了自己对于文章的审美追求：

> 夫人之有文，犹世之有乐焉。乐之有高下节奏，清浊音声，及和平舒缓，噍杀促短之不同。因以卜其世之休咎，象其德之小大。人之于文亦然，然不能强为也。赋天地中和之气而又充之以圣贤之学，大顺至仁，浃洽而化，然后英华之著见于外者，无乖戾邪僻忿懫淫哇之辞，此皆理之自然者也。非惟人之于文也，虽物亦然。华之大艳者必不实，器之过实者必不

---

① （元）虞集：《道园学古录》卷四〇，《四部丛刊》影印明景泰翻元小字本。
② （元）马祖常：《石田先生文集》卷首，中华书局1986年影元刻本。
③ （元）陈旅：《石田先生文集序》，载（元）马祖常《石田先生文集》卷首，中华书局1986年影元刻本。

良，必也称乎！求乎称也，则舍诗书六艺之文，吾不敢它求焉。①

他反对浮华虚饰，文气卑弱，主张和雅春容、典雅质实的文风。马祖常"两知贡举，一为读卷官，时号得人"②。泰定四年（1327），马祖常知礼部贡举，取士85人，又充廷试读卷官。至顺元年（1330），知礼部贡举，为读卷官，取士97人。

虞集和马祖常均善于识人，乐于提携后进。他们以所倡导的中和雅正、舒和平易的文风来荐拔人才，必然对科举产生影响，在科举的作用下，风行天下而成为主流，从而影响元代诗文雅文学的风貌。揭傒斯曾说过一句话揭示这种现象："须溪没一十有七年，学者复靡然弃哀怨而趋平和，科举之利诱之也。"③ 欧阳玄也认为科举对元代诗风有很多负面影响："宋讫，科举废，士多学诗。而前五十年，所传士大夫诗，多未脱时文故习。圣元科诏颁，士亦未尝废诗学，而诗皆趋于雅正。旧谓举子诗易似时文，正未然也。安成李宏谟汇所作诗，以求序。读之终篇，语多清新。迥出时文旧窠，诚可尚也。"④ 元代疆域空前辽阔，海宇混一，能激荡起元代文人胸中一种逾越往古的太平盛世的自豪感，也给当时文人带来了一种傲视往古的盛世心态和盛世文风：文风平易正大，文势伉健雄伟，气象浩然宏朗，可以黼黻时代盛业，符合时代的需求。正如业师查洪德

---

① （元）马祖常：《石田先生文集》卷九《卧雪斋文集序》，中华书局1986年影元刻本。

② （元）许有壬：《至正集》卷四六《故资德大夫御史中丞赠摅忠宣宪协正功臣河南行省右丞上护军魏郡马文贞公神道碑铭（并序）》，《北京图书馆古籍珍本丛刊》，书目文献出版社1995年影印本。

③ （元）揭傒斯：《揭傒斯全集》，李梦生点校，上海古籍出版社1985年版，第280页。

④ （元）欧阳玄：《圭斋文集》卷八《李宏默诗序》，《四部丛刊》影印明成化刻本。

先生所说:"生活在疆域无比辽阔且国势强盛的元代,文人们确实有一种盛世之感。这种盛世之感是真实的,文人们倡导一种与这一盛世相副的盛世文风,以期其诗文能够表现'大元盛世'的时代精神,这不应该受到贬斥。"①

元代的科举制度的确立和实施,不仅影响了元代文人的社会地位和经济状况,影响了他们的生存和生活方式,也影响了元代文人的心态和诗文创作,一方面他们是以纯文人的心态和眼光致力于文学创作,另一方面是元代科举实施过程中,用于保障蒙古人、色目人特权的两榜制,各族士子文人参加科举考试,大国气象和盛世之感,促进了元代盛世的时代精神和盛世文风的形成。

---

① 查洪德:《"海宇混一"鼓舞下的元代盛世文风》,《南开学报》(哲学社会科学版)2008年第4期。

第 五 章

忽必烈潜邸文人与元代儒学主导地位的确立

  蒙古灭金之际，中原地区经受了一次严重破坏，传统的政治、经济制度和社会文化遭到摧毁。为了救助在战乱兵燹中流亡的儒士，忽必烈幕府中的儒士姚枢、许衡、窦默、郝经、张德辉、张文谦、刘秉忠、廉希宪、王恂、董文忠等常以儒道进说，并为儒者陈情，为儒户取得与僧、道相等的优免赋役的权利。忽必烈即位以后，更以继承中国历代正统的王者自居，政治上优待儒士已属必须。忽必烈幕府儒士文人进入蒙古政权，志在救世行道，为推进"儒治"做了大量工作。在他们的努力下，蒙古政权建号"大元"，基本延续中原王朝的政体和运作模式，建立了唐、宋之后又一个正统王朝。学术由湮晦渐复昌明，确立了儒学的主导地位，程朱理学成为元代之"官学"，儒学与文学全面融会贯通，元代文学形成了以儒学为精神根基的诗风文风。

第一节 忽必烈幕府文人保护儒生的权利和元代儒户政策的形成

  成吉思汗是个杰出的民族英雄这一点毋庸置疑，史载成吉思汗一生曾"灭国四十",但在他和他后人的征服战争中,掠夺和屠杀也是非常严重的,据《元史·耶律楚材传》载,成吉思汗西征,"未暇定制,州郡长吏,生杀任情,至掔人妻女,取货财,兼土田"①,凡攻之城邑如遭抗阻,即被视为拒命,一旦城被攻克便惨遭屠杀,屠城是常有的事。在战乱中,旧金儒士死于战乱者比比皆是,侥幸活下来的儒士文人,大多数人被俘为奴,也有部分遁避于佛道之门,有些从事医卜等职业以生存,而能够继续以其知识、文才谋生的只是少数人。

窝阔台汗时期对儒士的政策显然进步、开明了很多。窝阔台汗十年(1238),在耶律楚材极力鼓动之下举行的戊戌试,"得士凡四千三十人,免为奴者四之一",一些儒士从奴隶身份解放出来,儒士们的生活处境和社会地位得到改善。其中也包括许多被俘为奴者,"儒人被俘为奴者,亦令就试,其主匿弗遣者死"②,使得大量的儒生得以摆脱困境,经过戊戌试甄选后符合条件的儒士专门设立了户籍,定为"儒户",能够免除差发杂役,儒士的情况确实有所改变,让读书人看到了一些希望。戊戌试,提高了儒士专门以读书为业的信心。关于元朝创设儒户的目的,萧启庆先生说:"元代儒户的诞生,原是为救济在兵燹中流离失所的儒士。一方面,使他们与僧、道相等,取得优免赋役的地位;另一方面,也有为国储存人才之意,并不是有意压抑儒士。"③

窝阔台死后,乃马真后、贵由汗、海迷失后、蒙哥汗时期,这样选拔儒生的科举取士中断,但毕竟是"窝阔台所曾批准的政策、措施",让中原儒生看到了希望,同时,"蒙古统治者也逐渐认识到

---

① (明)宋濂等:《元史》,中华书局1976年版,第3456页。
② 同上书,第3461页。
③ 萧启庆:《元代的儒户:儒士地位演进史上的一章》,《内北国而外中国:蒙元史研究》上册,中华书局2007年版,第413页。

儒士的重要性"①。

在蒙古汗国时期，成吉思汗和窝阔台不自觉地利用儒士，而真正大规模地任用儒士，是在忽必烈时期。元世祖忽必烈，是一位对中国传统儒学感兴趣的蒙古君主，崇尚儒家学说，在潜邸期间，就延请任用了大批儒士文人，"上在潜邸，独喜儒士，凡天下鸿才硕学，往往延聘，以备顾问"②。对当时知名文士，还能"屈指数之，间有能道其姓名者"③，在他的延揽下，形成了著名的忽必烈幕府文人群体。

忽必烈藩府侍卫谋臣为尊孔崇儒、保护儒生作了很多贡献。姚枢、杨惟中保护了元初名臣窦默、王磐，著名经学家赵复等数十名著名儒者，并建太极书院，为元代理学传播作了很大贡献。这些人不少在北方兴学教授生徒，使崇儒兴学之风大盛。张德辉于贵由汗二年（1247）五月，以真定府"参佐"应召北上觐见忽必烈。和忽必烈探讨了尊孔崇儒、任用儒士贤才、中原治理等问题，此次应召北上，张德辉还向忽必烈推荐了一批真定名士。④ 忽必烈听从了张德辉的建议，任命他提调真定学校⑤。蒙哥汗二年（1252），张德辉等第二次觐见忽必烈，"请世祖为儒教大宗师，世祖悦而受之"⑥，张德辉等趁机乞令有司免除儒户的兵赋。畏兀儿儒臣廉希宪，推崇

---

① 余大钧：《论耶律楚材对中原文化的发展的贡献》，载《元史论集》，南京大学历史系元史研究室编，人民出版社1984年版，第74页。

② （元）苏天爵辑撰：《元朝名臣事略》卷一二《太常徐公》，姚景安点校，中华书局1996年版。

③ （元）苏天爵辑撰：《元朝名臣事略》卷一〇《宣慰张公》，姚景安点校，中华书局1996年版。

④ 《元朝名臣事略》卷一〇《宣慰张公》记载："其年夏，公得告将还，因荐白文举……赵元德、李进之、高鸣、李槃、李涛数人。"

⑤ （元）苏天爵辑撰：《元朝名臣事略》卷一〇《宣慰张公》，姚景安点校，中华书局1996年版。

⑥ （明）宋濂等：《元史》，中华书局1976年版，第3824页。

儒学，并竭尽自己所能保护儒士，使众多儒生或有一定文化素养的知识分子在战祸中幸免于难。在他担任京兆宣抚使时，按照当时的规定，儒士不隶属奴籍，但京兆地方诸王豪贵并不执行政府相关规定，依然扣留很多儒士为奴，廉希宪"悉令著籍为儒"，即使那些"稍通章句"的人来求告，他也"出私钱赎之，俾附儒籍"。蒙哥汗九年（1259），廉希宪随忽必烈渡江攻取鄂州时，曾带领百余名儒生，向忽必烈请求释放军中俘获的士人，为维护儒士和儒士利益作出了切实的贡献。

第二节　元代儒户政策与元代文人的生存状态及创作心理

　　元初期所确立的儒户政策，让广大读书人看到了希望，也对蒙古政权产生了信心。要想成为儒户，必须通过考试。成为儒户之后，便有了相应的权利和义务。根据萧启庆先生的研究，儒户的权益大致包括两个方面：（一）可以参加岁贡儒吏的考试，有一定的晋身机会；（二）在经济方面，在籍儒士可得到相当于奖学金性质的廪给，还可以蠲免部分赋役。而儒户的唯一义务是就学，以便参加考选吏员的考试。总的说来，是"权利大于义务"[①]。儒户的这些权利从《庙学典礼》《通制条格》《元典章》等书中所保存的相关记载也能看到，元代儒户的地位并不低，儒户唯一的义务是入学以备选用，系籍儒生达到朝廷岁贡的要求，即"行义修明、文书优赡、深通经史、晓达时务、可以从政"[②]，然后有机会被贡解为六部

---

　　①　萧启庆：《元代的儒户：儒士地位演进史上的一章》，《元代史新探》，新文丰出版公司1983年版，第18—25页。

　　②　《庙学典礼》卷一"岁贡儒吏"条，浙江古籍出版社1992年版，第18页。

令史。在权利方面，既免金军刷马之扰，又得廪饩生料之资，在赋役方面也享受很多优免，一般拥有田产的儒户，须缴纳地税；经商的儒户，须缴纳商税，其余杂役皆免。不过儒户的出路比较少，儒户的出路主要有两种：一是出任吏职，二是出任儒学教官。在元代，儒户享受着与僧、道、也里可温、答失蛮等各种宗教户计同等的待遇，要比那些承担着沉重赋役的民户、军户、站户、匠户、盐户、冶炼户、打捕鹰房户、茶户、酒户、醋户等诸色户计，有更多优厚待遇。

经过忽必烈藩府儒臣的共同努力，元世祖忽必烈在政策上倾向于对儒学的推崇和对儒士的优待。不仅重视对儒士的保护，而且对待儒士也较为宽厚优渥。中统二年（1261）下令："诏军中儒士听赎为民"，诏十路宣抚使，求"举文学才识可以从政及茂才异等，列名上闻，以听擢用"。① 之后，又于至元元年（1264）、三年（1266）、四年（1267）、十年（1273）、十二年（1275）、十三年（1276）、十九年（1282）、二十五年（1288）、二十九年（1292），频频下诏即军中搜求儒士，并蠲免其徭役。忽必烈还下令在各处立碑刻石，多次重申优待儒士的条文。中统时期，"凡前金遗老及当时鸿儒，搜抉殆尽"②。清阮元所辑《两浙金石志》一书，收录了一篇立于绍兴府学的碑文：

> 长生天气力里
> 大福荫护助里
> 皇帝圣旨：据尚书省奏，江淮等处秀才乞免差役事：准奏。今后在籍秀才，做买卖纳商税，种田纳地税，其余一切杂

---

① （明）宋濂等：《元史》，中华书局1976年版，第69—70页。
② （元）苏天爵辑撰：《元朝名臣事略》卷一二《内翰王文康公》，姚景安点校，中华书局1996年版。

泛差役并行蠲免，所在官司常切存恤，仍禁约衡臣人等，毋得于庙学安下，非礼骚扰。准此。

至元二十五年十一月　日

这是在清代还保存得完好无损的一块碑文，据此，阮元有所记："世传元季待士最薄，至有九儒十丐之目，读此碑知其不然。"①从碑文内容可以看到世祖朝对儒士优待政策。

优待儒士，这一点在对待江南儒士的态度上也体现得很明显。在攻宋战争中，蒙古统治者重招抚，已经注意到了保护儒士文人，并未大肆杀戮，江南在战祸中所受损毁程度相比中原汉地在攻宋战争中要轻许多。至元十三年（1276）二月，元世祖颁布《定江南诏书》，申明："前代圣贤之后，高尚、僧、道、儒、医、卜筮、通晓天文历数，并山林隐逸名士，仰所在官司具实以闻。"②元朝平定江南之后，元世祖忽必烈便开始使用江南儒士，下诏令宋故官持旧受告敕换授新官职，"向之在班行者，多携故所受告敕入换新命"③，史称"世祖初得江南，尽求宋之遗士而用之，尤重进士"④。不过，由于元初江南政治腐败，差发及徭役直接影响了儒士的生活，如苏天爵所描述的："当江南归附之初，户籍繁衍，时科目又废，所除官多贪污杂进之流。"⑤ 大儒吴澄也指出："南土初臣附，新官莅新民，官府数有重难之役，并缘侵渔，豪横吞噬之徒又乘间而出，短

---

① （清）阮元编：《两浙金石志》卷一四《元世祖免秀才杂泛差役碑》，光绪十六年（1890）刻本。

② 《重校元典章》卷八《圣政》，光绪三十四年（1908）修订法律馆据杭州丁氏藏本校刻本。

③ （元）黄溍：《文献集》卷八《安阳韩先生墓志铭》，《影印文渊阁四库全书》第1209册，上海古籍出版社1987年版。

④ （明）宋濂等：《元史》，中华书局1976年版，第4334页。

⑤ （元）苏天爵：《滋溪文稿》卷七《大元赠中顺大夫兵部侍郎靳公神道碑》，中华书局1997年版。

于支柱者率身殒家毁。"① 差发和徭役在当时成了元初江南文士的一项沉重负担,很多儒士文人因此破产,生活陷于困顿,儒士黄节山自述:"吾世业儒,宋乾道中曾大父魁天下……不幸陵谷迁夷,世禄之胄,降为编户。官吏特不喜儒,差徭必首及之,以故吾家无中人百金之产,而里中之役一二岁必间及焉。曩者吾父因役毁家,吾幼而早有事焉。长而又有事焉。筋力疲于将迎,精神弊于期会,泰山之虎,搏噬不尽则不止。吾不获已,弃家北山。"② 在南宋时江南儒士文人享有优越的社会地位,国家免除其徭役和丁税,显然,元初儒士的生活已经和南宋时期有着天壤之别。直到程钜夫江南访贤,这种状况才得以改变,让江南儒士重新看到了希望。至元二十三年(1286)和二十五年(1288),元世祖派程钜夫至江南求贤,程钜夫举荐了叶李、赵孟頫、孔洙等二十余人,以"求贤"的方式"起文雅通练之士知名一时者,以慰民望"③,"帝皆擢置宪台及文学之职"④。此后留梦炎等人也奉命在江南求贤,搜访隐逸。程钜夫大规模江南求贤,安抚了江南儒士文人,之后,援引推举之风更甚,从中央到地方的官吏,均以荐举人才为务。还有,"元朝对江南的统治稳定之后,开始逐步实施儒士免役、鼓励儒学的文教政策,这是导致江南儒士对元政权态度改变的又一重要原因。元政府对江南的文教政策包括禁骚扰、复学田、崇学校、定儒籍、免儒役等"⑤。大部分江南儒士开始适应新的境况,重新选择生活道路,许

---

① (元)吴澄:《吴文正集》卷七一《故逸士游君建叔墓表》,《影印文渊阁四库全书》第1197册,台湾商务印书馆1985年版。

② (元)陆文圭:《墙东类稿》卷五《送黄节山序》,《影印文渊阁四库全书》第1194册,台湾商务印书馆1985年版。

③ (元)虞集:《道园学古录》卷三二《送太平文学黄敬则之官序》,商务印书馆1937年版,第539页。

④ (明)宋濂等:《元史》,中华书局1976年版,第4016页。

⑤ 申万里:《元初江南儒士的处境及社会角色的转变》,《史学月刊》2003年第9期。

多人出任学官等职。

　　从元代儒户法定的权利和义务看，其地位并不低，但出路除补吏和教官两途外，别无登仕之门。与崇文抑武的宋代相比，元代儒士文人的社会地位大大跌落了。通过吏职入仕这一出路，是元朝政府专门为儒士设立的制度性保障。这一制度除了给儒士提供入仕的保障之外，也是元朝重实用政策的体现。岁贡儒吏制度是在元世祖忽必烈保护儒生的前提下逐步形成的：中统元年（1260）就已经有了贡举儒士、吏员的临时性措施。据王恽《中堂事记》记载："庚申年春三月十七日，世祖皇帝即位于开平府，建号为中统。元年秋七月十三日，立行中书省于燕京，札付各道宣抚司，取儒士、吏员通钱谷者各一人，仍令所在津遣乘驿赴省。"① 现知最早施行的岁贡儒吏政策在至元六年（1269）②，为了扩大儒吏的岁贡，南宋灭亡后，中书省又于至元十九年（1282）发布全国性的规定："岁贡人额：按察司、上路总管府，三年一次，贡二名，儒一名，吏一名。下路总管府，二年一次，贡一名，儒、吏递进。"③ 按照规定，诸路、司向六部贡解儒吏之后，如果所辖机构的吏员出现职阙，一般从下级机构（府、州）的吏员中选用，而且要求被选者具备"行止廉慎""材干明敏"的素质。如果是府、州吏员出现职阙，则组织儒生进行考试，以"行移有法、算术无差、字画谨严、语言辩利、能通《诗》《书》《论》《孟》一经者为中式"④。受实用主义政治风气的影响，元代统治者希望能从儒士中选拔出行政能力和学问人

---

　　① （元）王恽：《秋涧集》卷八〇《中堂事记》上，《影印文渊阁四库全书》第1200册，台湾商务印书馆1985年版。
　　② 《大元圣政国朝典章》上册"儒吏"条，中国广播电视出版社1998年版，第35页。
　　③ 柯劭忞等：《新元史》，中国书店1988年版，第1539页。
　　④ 《庙学典礼》卷一"岁贡儒吏"条，浙江古籍出版社1992年版，第18—19页。

品都很优秀的人才补充到各级管理部门中，充当吏员。"俗儒之无用，今可弃也；俗吏之不堪用，今不可缺也。以可弃之儒而视不可缺之吏，儒故不胜吏也。"① 以儒就吏是因为统治者需要儒士的行政能力。

　　虽然岁贡儒吏制度给儒户提供了很多入仕机会，正如萧启庆先生所说的："作为一个入仕的途径，元代岁贡儒吏所提供的机会，在数量上说，并不亚于宋金的科举。"② 苏天爵也说："我国家之用人也，内而公卿大夫，外则州牧藩宣，大抵多由吏进。"③ 但元代选官用人着重"根脚"，高官厚禄几乎为少数"大根脚"，即与皇室渊源深远的勋臣世家"老奴婢根脚"的宗族所垄断，元代儒户及其他士人尽管有不少入仕的机会，但跟唐、宋、明、清科第之士有撄朱夺紫之望的情形不同，大多只能永沉下僚。因此，元代士人在社会上所受尊崇不如前后各代。④ 吏无品级职位，唐宋文人一向鄙薄文人从事吏职，他们常常呼之为"胥吏""吏役"，唐人沈千运称："谁能做小吏，走风尘下乎"⑤，宋也是"尚文贵儒而贱吏"。吏每日进行的是烦琐的文案和狱讼事务。这显然是与官有着鲜明界限的，官是经过科举铨选而来，有名有分有职有位有阶有品，所做乃经世济民的大事，儒者文人宁愿终日埋首于科场文字以求一日金榜题名。官与吏性质不同，因而儒之优秀者不屑为吏。元代名臣王恽

---

①（元）袁桷：《清容居士集》卷二三《送邓善之应聘序》，《影印文渊阁四库全书》第1203册，台湾商务印书馆1985年版。

②萧启庆：《元代的儒户：儒士地位演进史上的一章》，《元代史新探》，新文丰出版公司1983年版，第30页。

③（元）苏天爵：《滋溪文稿》一七《元故中大夫大名路总管王公神道碑铭》，《影印文渊阁四库全书》第1214册，台湾商务印书馆1985年版。

④（元）辛文房：《唐才子传》，舒宝璋校注，中州古籍出版社1987年版，第26页。

⑤（元）王恽：《秋涧集》，上海古籍出版社影印《四库全书》本1987年版，第12页。

《中堂事记》记载了这样一种情况：

> 时官至省者士人，首以有无生理、通晓吏事为问，及取要所业文字，盖审夫资身之术，或能否从事及手笔何如耳。又拟以士人充省掾、吏员补两部令史。东平士夫李谦闻之，不欲吏，辞去。①

元代儒士文人和其他朝代儒士文人相比，虽然一样有入仕机会，但在社会地位上是有很大差距的。这反映出儒士文人对由吏入仕的不同态度。王恽由贡举儒吏到燕京行中书省任职，而东平士人李谦却不屑于为吏，决然辞去。不过，在元代像王恽那样经由吏职而身居高位者确实不乏其人，方回曾经对此有过记载："今日吏始有儒为之阶，是而坐庙堂者多矣。"②再者，元代因科举入仕取官的道路被阻断，儒士文人没有更好的入仕途径，于是纷纷加入由吏入仕的宦途中来，在元代的政治舞台上，出现了一个数量可观的儒吏阶层，这个儒吏群体多是廉洁历练，自律甚严，以民为本，迥然有别于一般的俗吏。

受元世祖忽必烈君臣的影响，有元一代，朝廷对有声誉名望的儒士的征召和推荐是不遗余力的。同时身处高位的士大夫文人也多利用自己荐辟之权推荐儒士进入仕途。姚燧为中书省监察御史时曾对自己举荐贤才的功业很是得意，说："某所荐者已百有余人，皆经世之才，其在中外，并能上裨圣治，则某之报效亦勤矣，又何屑

---

① （元）王恽：《秋涧集》，上海古籍出版社影印《四库全书》本1987年版，第12页。

② （元）方回：《桐江续集》卷二八《刘子华儒吏》，四库全书珍本初集，第597页。

屑于兴利除害,然后为监察御史之职任乎?"① 元仁宗时,"诏李孟博选中外才学之士任职翰林","诏遴选贤士,纂修国史"②,不过很多汉族名儒被征召荐辟多是靠"文学"才能,在《元文类》卷四〇《经世大典序录·治典·入官》中有所载:"所谓儒者,姑贵其名而存之尔。共自学校为教官显达者盖鲜……其以文学见用于朝廷,则时有尊异者,不皆然也。"这批人集中供职于几个中央机构,如翰林国史院、集贤院、奎章阁学士院、太常礼仪院、国子监等清要机构,其中,地位最高、声势最显赫的是翰林国史院,也并非是参与中枢政事,不过负责教育、著作、顾问而已。仁宗对赵孟頫的态度即是一个典型例子:"待优以礼貌,置之于馆阁之间,使之讨论古义,典司述作,传之后世,亦是以增重国家。"③

第三节 元代儒学的传播及元代儒学与文学的全面融会

忽必烈之所以崇尚并大力倡导儒学,是他长期受幕府文人尊孔重儒态度以及他们为此所作的各种努力影响的结果。忽必烈对儒士也是礼遇有加,比如他亲切地称廉希宪为廉孟子,赵璧为秀才。姚枢、窦默、许衡、王鹗、郝经、刘秉忠、张文谦、廉希宪、董文忠等儒臣,不仅常以言行影响忽必烈,而且多次以儒家治国之道上奏忽必烈。忽必烈优待儒士,在他统治的三十五年中,元朝的文治武功达到了高峰,正如《元史》所云:"世祖度量弘广,知人善任使,

---

① (元)陶宗仪:《南村辍耕录》卷二《御史荐举》,中华书局 1997 年版。
② (明)宋濂等:《元史》,中华书局 1976 年版,第 556 页。
③ (元)赵孟頫:《松雪斋文集》卷首《赵孟頫行状》,《四部丛刊集部》涵芬楼影印本,商务印书馆 1928 年版。

信用儒术，用能以夏变夷，立经陈纪，所以为一代之制者，规模宏远矣。"①再者，忽必烈幕府儒臣为元代儒学的传播贡献卓著，由于他们的提倡，忽必烈崇尚儒家学说，进用各族儒士，中统、至元年间，"鸿儒硕德，济之为用者多矣"②。也正是由于忽必烈君臣的大力支持与倡导儒学，儒学在元代才得到广泛传播和发展，并确立了官学地位。比如：姚枢、杨惟中保护儒士，建太极书院，延请南宋被俘儒生赵复于太极书院传授朱学，在北方首倡性理之学，以实际行动推动程朱理学在北方的发展。许衡一生也是致力于理学传播，教授生徒，从事儒学推广与教育，为实现儒学在元代官学化作出了举足轻重的贡献。许衡为元朝培养了一大批儒学涵养深厚的汉族、蒙古族和色目族学者文人，由他的门人弟子组成了一个具有重要社会影响的社会网络，成为元初主张实行汉法推广儒学的中坚力量。如其弟子耶律有尚，出身于契丹官宦世家，前后五居国子学，遵许衡之教，使得儒风大振。儒学在元代的发扬光大，与许衡的亲力亲为分不开，他为程朱之学成为官学所作的贡献在元代无人能及。王恂在元初推广儒学教育也是功不可没，在许衡告老而去之后，他被任命为国子祭酒，为此"国学之制，实始于此"③。许衡和王恂的学生不忽木，色目康里人，精通汉文化、崇儒重道，曾上书忽必烈陈述学校教育的重要性，力主兴学，培养人才，为政治的需要服务。色目儒臣廉希宪尊崇儒术，恪守儒家仁政的思想，积极推广儒学，十分重视人才培养。他行省江陵期间，鼎力兴办学校，又"旦日亲至校官讲授，以倡他郡。撤官屋以复竹林书院，予书万四千卷"④。

---

① （明）宋濂等：《元史》，中华书局1976年版，第377页。
② （元）王恽：《秋涧集》卷四六《儒用篇》，《影印文渊阁四库全书》第1200册，台湾商务印书馆1985年版。
③ （明）宋濂等：《元史》，中华书局1976年版，第3844页。
④ （清）缪荃孙编、（清）庄仲方编、（元）苏天爵编：《中华传世文选·辽文存、金文雅、元文类》，吉林人民出版社1998年版，第977页。

在忽必烈君臣的努力下，在元朝建国后短短几十年的时间里，中国的儒学教育和儒家文明出现了空前繁荣的局面。据元代司农司统计诸路学府之数，至元二十三年（1286），有二万零一百六十六所，至元二十五年（1288），设学校二万四千四百余所，至元二十八年（1291），设学校二万一千三百余所，而且各地以研究与传播程朱理学闻名的书院，如白鹭洲书院、岳麓书院、淮海书院、月泉书院、慈湖书院、道州书院、濂溪书院等纷纷得到重建和修复，一大批新的书院也建起来。元代官学和私学的发展，推动了儒学的推广和传播。欧阳玄说："今州县学校则必专祠先圣先师，于是国家秩诸祀典。若夫书院则又多为先贤之祠，或其过化之邦，或其讲道之地，如是者不一也。"①程朱理学被元代士人普遍认可，并提升成当时社会的主流思想，到元仁宗朝上升为官方哲学。元仁宗是深受儒学影响一代蒙古君王，已经深刻认识到："明心见性，佛教为深，修身治国，儒道为切"②，他即位之后，标榜儒学，扶持儒学，大力兴办教育，"非学校不足致天下之才"③，改善社会风气并培养治国的贤才，并恢复了一度中断的科举取士制度。仁宗朝科举考试，以程朱理学为主，所考内容都是儒学经典④，"朱子之说"成为元立国之本，程朱理学的官学地位开始确立。仁宗朝，任刘赓为国子祭酒，吴澄为司业，吴澄在当

---

① （元）欧阳玄：《圭斋文集》卷五《贞文书院记》，《四部丛刊》影印明成化刻本。

② （明）宋濂等：《元史》，中华书局1976年版，第594页。

③ （元）苏天爵：《滋溪文稿》，中华书局1997年版，第30页。

④ 《元史·选举志一》载："蒙古人、色目人第一场经问五条，《大学》、《论语》、《孟子》、《中庸》内设问，用朱氏章句集注。其义理精明，文词典雅者为中选……汉人、南人，第一场明经、经疑二问，《大学》、《论语》、《孟子》、《中庸》内出题，并用朱氏章句集注，复以己意结之，限三百字以上；经义一道，各治一经，《诗》以朱氏为主，《尚书》以蔡氏为主，《周易》以程氏、朱氏为主。"（宋濂等：《元史》，中华书局1976年版，第2019页）

时声望很高，时称"北有许衡，南有吴澄"①，吴澄引导生徒以纲纪为则，以"治生"为务，儒学在仁宗朝的推广更为深远。

邓绍基先生对元代儒学的发展有过很精准的分析："元王朝统治者从接受儒学到尊崇儒学，从根本上说是为了统治的需要"，"元王朝尊崇程朱理学，也就是尊崇儒学传统及其在社会生活各个方面的御众地位，实质上又是维护封建秩序"。② 无论是为了统治的需要，要消除汉族儒生心目中固有的"夷夏之防"，还是为了安百姓以图至治之目的，随着学校教育的发展，元代儒学上升为官方哲学。程朱理学成为科举考试内容之后，便成为官学、书院和私学等各种教育组织授课的主要内容，元代国子学和书院的教学内容都是程朱理学，这样极大地推动了元代儒学的发展，使理学思想在元代的思想界、学术界占有主要的、甚至是独尊的地位。元代著名的文学大家虞集非常明确指出了这一点："朱氏诸书，定为国是。学者尊信，无敢疑二。"③ "群经、四书之说，自朱子折中论定，学者（赵复）传之，我国家尊信其学，而讲诵授受，必以是为则，而天下之学皆朱子之书。"④ 元代的儒者都是朱学之传人。

元王朝尊崇儒学，在元代，儒学与文学全面融合，不再区分学者和文章家，《元史》编纂中已经将"道学""儒林"和"文苑"三者合为"儒学"，就说明了元代儒学、道学与文学家合而为一的现象。一般正史是将道学家、儒士与文学家分别立传的，如《宋史》分为"道学""儒林"和"文苑"，宋代儒学与文学是分开的，

---

① （元）吴澄：《吴文正集》卷首《吴公神道碑》，《影印文渊阁四库全书》第1197册，台湾商务印书馆1985年版。

② 邓绍基主编：《元代文学史》，人民文学出版社1991年版，第17—18页。

③ （元）虞集：《跋济宁李璋所刻九经四书》，载李修生主编《全元文》第26册，江苏古籍出版社2006年版，第333页。

④ （元）虞集：《考亭书院重建文公祠堂记》，载李修生主编《全元文》第26册，江苏古籍出版社2004年版，第524页。

如周敦颐、张载、程颐、程颢、邵雍、李侗、朱熹等列在"道学传",梅尧臣、黄庭坚、陈师道、秦观、张耒、周邦彦等诗人、词人列为"文苑传"。《元史》总裁官宋濂、王祎在编撰《元史》时把学者和文学家合而为一,就是追求学术与文章并重、儒学与文学交融。如《元史·儒学传》中郝经、许衡、刘因、吴澄、许谦、虞集、揭傒斯、柳贯、黄溍、欧阳玄、戴良、宋濂等人,均是儒学大师同时又是文学大家。姚燧、戴表元、杨载、吴师道、吴莱、傅若金、陈绎曾、李孝光等享誉文坛的大家,均与儒学有渊源,师承元代几位理学大家。赵复、金履祥完全是以理学名世的儒者。由此可见,元代的儒学和文学是融合的,很多在文学史上有着很高地位的文学家是地道的理学家,元初三大理学家许衡、刘因、吴澄都在文坛拥有盛誉,而"元诗四大家"虞集、杨载、范梈、揭傒斯又都是理学名家。

元代的儒学的发展虽然没有像宋代那样出现二程、张载、朱熹、陆九渊等影响巨大的儒学大师,但是出了一批儒学素养深厚且在文学史上颇有影响的文学家。

刘因是元代三大理学家之一,"鲁斋(许衡)、静修(刘因),盖元之所借以立国者也"①。刘因(1247—1293),一名骃,字梦吉,号静修,保定容城人,出身于儒学世家,元廷两次征召,皆"固辞不就",被元世祖称为"不召之臣"。刘因不仅是元代名噪一时的理学家,也是元代文学史上成就斐然的大家。刘因"六岁能诗,七岁能属文",所著有诗集《丁亥集》《静修遗诗》等,留下了近九百首诗作。清人顾嗣立评其诗:"静修诗才超卓,多豪迈不羁之气。"②诗作很具个性,多是佳作,且刘因在论诗和文论等方面也颇有造

---

① (清)黄宗羲:《宋元学案》卷九一《静修学案》,(清)黄百家辑,(清)全祖望修订记,(清)王梓材等校订,中华书局1986年版,第3021页。

② (清)顾嗣立编:《元诗选》初集上,中华书局1987年版,第129页。

诣。藩府理学家郝经和许衡文学上的造诣在元初北方历来为人所称道，许衡文章温柔敦厚、和缓纡徐、雍容正大，郝经诗文沉雄顿挫、气势磅礴，是元初北方文坛独具特色的文学大家。许衡在元代学术上有很高的地位和影响，虽然他是以学术而不以诗文名世，但其儒者文风，自有其特色，他的弟子中以文学著称于世的便是姚燧。姚燧学承许衡，文承杨奂，师法甚至模仿韩愈，不过没有继承苏门理学，而成为元代数一数二的文章大家，四库文臣综引前人之论，对姚燧文作了高度评价：

> 张养浩作是集序，称其"才驱气驾，纵横开阖，纪律惟意，如古劲将率市人战，鼓行六合，无敌不北"。柳贯作燧谥议，称其"典册之雅奥，诏令之深醇，抉去浮靡，一返古辙。而铭志箴颂，雄伟光洁，家传人诵，莫得而掩"。虽不免同时推奖之词，然宋濂撰《元史》，称其文"闳肆该洽，豪而不宕，刚而不厉，春容盛大，有西汉风，宋末弊习为之一变"。国初黄宗羲选《明文案》，其序亦云"唐之韩、柳，宋之欧、曾，金之元好问，元之虞集、姚燧，其文皆非有明一代作者所能及"。则皆异代谕定，其语如出一辙。燧之文品亦可概见矣。①

张养浩、柳贯与姚燧同朝文人，难免有溢美之词，而宋濂作为元末的文学家、史学家，评价是很公允的，黄宗羲把姚燧视为与韩愈、柳宗元、欧阳修等并列的文章大家，自然可以看到姚燧在整个中国文章史上的地位和影响。

黄百家指出："黄勉斋得朱子之正统，其门人一传于金华何北山基，以递传于王鲁斋柏，金仁山履祥，许白云谦；又于江右传饶

---

① （清）永瑢：《四库家藏·集部典籍概览》，山东画报出版社2004年，第374页。

双峰鲁,其后遂有吴草庐澄,上接朱子之经学,可谓盛矣。"① 元代南方重要的理学家基本上都是出于朱熹的高足弟子黄榦（勉斋）的学统,黄榦的大弟子何基（北山）传王柏（鲁斋）,王柏传金履祥（仁山）,金履祥传许谦（白云）,许谦之后是吴师道、欧阳玄,他们是金华学派；另一支是饶鲁（双峰）,饶鲁（玩斋）之后是吴澄（草庐）,吴澄之后是虞集（道园）、贡师泰。理学家方凤弟子黄溍、吴莱、柳贯,黄溍弟子有名儒戴良、宋濂。这些理学家不少身兼文学家角色,是元代文学史上非常有名的诗文大家。

草庐门人虞集出身经史世家,乃吴澄之高足,理学涵养深厚,博极群书,"上而经术之腴、儒先之绪,下而乐府之韵、书画之神,以及丹经道藏之旨,靡不该焉",在元代文学史上的地位举足轻重,"文章为一代所宗"②,居元诗"四大家"之首。明胡应麟高度评价其诗："虞奎章在元中叶,一代斗山"；"七言律,虞伯生为冠"；"元人绝句,莫过虞、范诸家"。③ 吴澄的高足中还有一位重要的文学家便是贡师泰。贡师泰累任吏部侍郎、礼部尚书,也是文学成就卓然于世。元后期大文学家杨维桢评其文学成就说："宛陵贡公,则又驰骋虞、揭、马、宋诸公之间,未知孰轩而孰轾也。……独擅文名于元统、至元之后。有元之文,其季弥盛,于宛陵父子间见之矣。"④

金华学派中著名文人吴师道和欧阳玄都出自许谦门下。吴师道年轻时便"工辞章,发为诗歌,才思涌溢",他以写诗、论诗见长,

---

① （清）黄宗羲：《宋元学案》卷八三《双峰学案》,（清）黄百家辑,（清）全祖望修订记,（清）王梓材等校订,中华书局1986年版。
② （清）黄宗羲：《宋元学案》卷九二《草庐学案》,（清）黄百家辑,（清）全祖望修订记,（清）王梓材等校订,中华书局1986年版。
③ （明）胡应麟：《诗薮·外编》卷六,上海古籍出版社1979年版,第241页。
④ （清）顾嗣立编：《元诗选》初集中,中华书局1987年版,第1394页。

在诗坛上非常活跃,"尝与同郡黄晋卿、柳道传相友善,数以诗篇相往来"①,其诗论有《吴礼部诗话》,是元代一部较为重要的诗话著作。欧阳玄,为朝中重臣,文坛领袖,他"经史百家,靡不研究,伊洛诸儒原委,尤为淹贯"②,"历官四十余年,三任成均,而两为祭酒。六入翰林,而三拜承旨。屡主文衡,两知贡举及读卷官。当四海混一,文物方盛,凡宗庙朝廷雄文大册,播告万方制诰,多出玄手"③,"海内名山大川,释老之宫,王公墓隧之碑,得公文辞以为荣。片言只字流传人间,咸知宝爱"④。在当时就被人们视为大手笔,曾任《宋史》《辽史》《金史》编纂的总裁官,又参与编纂《皇朝经世大典》。欧阳玄也是元代重要的文学批评家。黄溍是金华学派的重要人物,也是元代中后期出色的文学家。时人傅亨评黄溍学术与文章说:"言性理,探程朱之奥妙;论著述,继韩柳之雄深。"⑤吴莱在元代文学史上的地位也很高,黄溍推许他说:"吾纵操觚一世,又安敢及之哉!"⑥柳贯,"与溍及临川虞集、豫章揭傒斯齐名,人号为儒林四杰"⑦,在散文、诗歌领域均有建树。戴良是元末文坛的名家,文章雍容浑穆,简洁流畅,其诗"质而敷,简而密,优游而不迫,冲澹而不携,庶几上追汉魏之遗音,其复自成一家"⑧。宋濂是元代金华学派的殿军,又是元末明初的大文学家,承先而启后,举足轻重。其文章温文俊雅、雄浑壮伟,欧阳玄曾高度赞扬他的文章:"气韵沉雄,如淮阴出师,百战百胜,志

---

① (清)顾嗣立编:《元诗选》初集中,中华书局1987年版,第1545页。
② (明)宋濂等:《元史》,中华书局1976年版,第4196页。
③ 同上书,第4198页。
④ (元)欧阳玄:《欧阳玄集》,吉林文史出版社2009年版,第407页。
⑤ 王颋校注:《黄溍全集》下册,天津古籍出版社2008年版,第861页。
⑥ (明)宋濂等:《元史》,中华书局1976年版,第4190页。
⑦ 同上书,第4198页。
⑧ (明)王祎:《王忠文集》卷首《九灵山房遗稿序》,《景印文渊阁四库全书》第1226册,台湾商务印书馆1985年版。

不少惬,其神思飘逸,如列子御风,翩然骞举,不沾尘土;其辞调尔雅,如殷卣周彝,龙纹漫灭,古意独存;其态度多变,如晴霏终南,众皱前陈,应接不暇,非才具众长,识迈千古,安能与于斯?"①

元代统治者重实用,有元一代的政治文化政策都崇尚实效,元代文人也就强调道德与文章并重,元代文学和儒学相融相济,戴良对这种情况作了概括:"我朝舆地之广,旷古未有。学士大夫乘其雄浑之气以为诗者,固未易一二数……故一时作者,悉皆涵淳茹和,以鸣太平之盛治。其格调固拟诸汉唐,理趣固资诸宋氏。至于陈政之大,施教之远,则能优入乎周德之未衰。"② 理学与文学的两相浸润,形成了元代"雅正"的诗文风格。元代诗文"雅正"主导风格的形成,和以上这些拥有理学家与文学家双重身份的文人有很大关系,一是他们多是朝中馆阁文臣,有些还是朝中重臣,掌文柄多年,他们的创作倾向、审美观念、诗文评论,极容易对当时文坛产生强烈影响,自然也就成为了元代文坛的主导文风。如:虞集作为当时极为重要的著作之臣,其时的诏告册书,传记碑文,多出其手,时人以文集、著作得虞集品题为荣,他博极海内之书,又有理学修养作底蕴,故文章风格雅正,言必有据,又雍容典雅,恬然平静,令人仰慕。人们评价虞集文风:

> 主之以理,成之以学,即规矩准绳之则,以尽方圆平直之体,不因险以见奇也;因丝麻谷粟之用,以达经纬弥纶之妙,不临深以为高也。陶铭粹精,充极渊奥,时至而化,虽若无意于作为,而体制自成,音节自合,有莫知其所以然者。比登禁

---

① (元)欧阳玄:《欧阳玄集》,岳麓书社2010年版,第80—81页。
② (元)戴良:《九灵山房集》卷一九《皇元风雅序》,《影印文渊阁四库全书》第1219册,台湾商务印书馆1985年版。

林，遂擅天下，学者风动从之，由是，国朝一代之文，蔼然先王之遗烈矣。①

其后又入主奎章阁，虞集因才情卓著，又主文柄，他所鼎力倡导的雅正平和的诗文风格逐渐成为文坛的主导风格。苏天爵《书吴子高诗稿后》对此有所记载："我国家平定中土，踵宋金余习，文辞率初豪衰苶。涿郡卢公始以清新飘逸为之倡。延祐以来，则有蜀郡虞公，浚仪马公以雅正之音鸣于时，士皆转相效慕，而文章之习今独为盛矣。"②大德、延祐年间，邓文原、元明善等主持文坛之际，也是以温醇典雅为尚。袁桷、贡奎辈左右之，"操觚之士响附景从，元之文章于是时为极盛"（《四库全书总目》），文风定型成熟，这种平和雅正的风格是以经学为基础，实用为宗旨，并涵养以传统的道德和醇正的学问。

二是他们的文学创作符合时代需要，国家需要能"润色鸿业"的文学之士，虞集、欧阳玄都强调文学应当作"盛世之音"，符合大元王朝的强盛统一的特征。如虞集说："某尝以为世道有升降，风气有盛衰，而文采随之，其辞平和而意深长者，大抵皆盛世之音也。"③这种承平气象在当时文人当中是一种非常普遍性的观点，他们所倡导的典雅雍容、淡泊温厚的审美观念，注入了醇厚的理学思想内涵。如欧阳玄所说："诗得于性情者为上，得于学问者次之。"④

---

① （元）赵汸：《东山存稿》卷六《邵庵先生虞公行状》，《影印文渊阁四库全书》第1221册，台湾商务印书馆1985年版。

② （元）苏天爵：《书吴子高诗稿后》，载李修生主编《全元文》第40册，凤凰出版社2002年版，第109页。

③ （元）虞集：《李仲渊诗稿序》，载李修生主编《全元文》第26册，凤凰出版社2004年版，第223页。

④ （元）欧阳玄：《圭斋文集》卷八《梅南诗序》，《四部丛刊》影印明成化刻本。

黄溍所说:"其形于言也,粹然一出于正。"(《吴正传文集序》)①文势浩然正大,气韵丰沛从容,可以黼黻时代盛业,符合传统道德要求的醇正性情。陈基《孟待制文集序》写道:"国朝之文凡三变:中统、至元以来,风气开辟,车书混同,名家作者与时更始……天历之际,作者中兴,上探诗书礼乐之源,下咏秦汉唐宋之澜,摆落凡近,宪章往哲,缉熙典坟,昭熠日月,登歌清庙,气凌骚雅,由是和平之音大振,忠厚之朴复还。"② 元代儒学与文学的融合是时代的必然。因此,雅正和平成了元代盛世时期的主导文风。

---

① (元)黄溍:《吴正传文集序》,载李修生主编《全元文》第 29 册,凤凰出版社 2004 年版,第 84 页。

② (元)陈基:《孟待制文集序》,载李修生主编《全元文》第 50 册,凤凰出版社 2004 年版,第 313 页。

第六章

潜邸文人的文化观念对朝廷演艺政策的影响与元杂剧的发展

忽必烈潜邸文人是由来自不同地域具有不同师承渊源的文人所形成的中国历史上前所未见的多族文人群体，有姚枢、许衡、窦默、郝经和智迁等怀卫理学家；以刘秉忠、刘秉恕、张文谦、张易、王恂、赵秉温等人为主的邢州学派；徐世隆、宋子贞、王磐、商挺、刘肃、张德辉、贾居贞、张础、周惠、王鹗、赵璧、李简、张耕、杨惟中、宋衜、杨果、马亨、李克忠、杜思敬、周定甫、陈思济、王博文、寇元德、王利用、李德辉等金源文士；还有精通儒学的董文炳、董文忠、董文用、赵炳、高良弼、许国祯、许扆、谭澄、柴祯、姚天福、赵弼、崔斌等藩府汉族侍卫谋士，以及蒙古阔阔、脱脱、秃忽鲁、乃燕、霸突鲁等，西域色目孟速思、廉希宪等，女真赵良弼汉等文化造诣深厚同时又受到儒学影响的非汉族侍卫谋臣；还有一些道士、僧人等方外人士，包括禅宗僧人印简大师海云和至温，太一道大师萧辅道等。这是一个有着多种文化、多种学术观念与宗教信仰并存的群体，除蒙古族原有的萨满教以外，佛教、道教、伊斯兰教、基督教、犹太教、摩尼教、祆教，都被兼收并蓄，呈现出多元一体的特征和深远的包容性，而且由于忽必烈幕府的特殊政治地位和对元代政局与文坛的影响，政府制度开明，思想言论相对自由，杂剧创作演出较少顾忌，蒙古统治者对戏曲歌舞的爱好与关注等均为元杂剧提供了广阔的发展空间。元杂剧带有鲜明的蒙元文化印记,出现在传统文化受到严重冲击的金元之交,它的兴盛、繁荣和忽必烈幕府文人的文化多元与多种信仰以及潜邸文人对杂剧持欣赏态度有着切实的关系,从这一角度深入寻绎元杂剧的发展很有必要。

第一节　忽必烈幕府文人文化与信仰多元化对元杂剧创作的影响

忽必烈藩府文人是一个具有多元一体的特征和深远包容性的群体,不仅文化多样,学术观念、宗教信仰均是多种并存与融合的状态,藩府成员之间文化交流活跃,不同的道德标准和价值观念通过相互之间的冲突交流与融合,对元代社会政治产生了广泛的影响,尤其是对元代开明的政治制度和文化环境影响很大。随着大元的统一,多民族的融合,多元文化的并存,元代社会与元代文化明显具有了区别于其他朝代的特殊性,李修生先生如此评价元代:"元代是一个多民族相互融合、又与外界有着广泛交流的时代,文化具有多民族性和世界性这两个特点。"①

元朝统治者依靠武力征伐和战争手段,先占领了金人统治的北方,其后灭了南宋,建立了"北逾阴山,西极流沙,东尽辽左,南越海表"的多民族统一政权。在长期战争中,中原的社会经济、文化均遭受了很大的破坏,且在元世祖统一全国之后,采取了一系列政策,将国人分为四类:蒙古、色目、汉人和南人,并在法律、政治、经济等方面规定了不同的待遇,诸如:在法律上蒙古人、色目

---

① 李修生主编:《全元文》第 1 册,江苏古籍出版社 1997 年版,第 7 页。

人是针对汉人、南人享有特权的，在政府统治机构中，规定自元廷的中书省、枢密院、御史台以及地方行省的行台、宣慰使、廉访使及路、府、州、县的主官（达鲁花赤）必须由蒙古人任职，其他机构及各种副职，尽量任用色目人，而"汉人"和"南人"一般是充任属员。这种情况带来了人们对元代一系列问题认识上的偏差，使人们对元代历史文化的特殊性认识远远不够，对元代文学的研究，也存在着严重的不符合历史实际的主观解读。

元朝是一个崇尚武力、注重实用、缺少拘囿的时代。元朝地域广大，民族众多，宗教信仰多种并行，文化多元共存。元朝统治者蒙古贵族兴起于漠北荒蛮的草原，历来尚武轻文，文化上没有汉民族深厚的传统的思维定式，对于文字末节不会看重。再者，蒙古族没有严格的等级观念，据元末明初叶子奇在其《草木子》中所记：

> 至于元朝，起自漠北，风俗浑厚质朴，并无所讳。君臣往往同名。后来虽有讳法之行，不过临文略缺点画而已，然亦不甚以为意也，初不害其为尊。以至士大夫间，此礼亦不甚讲。①

虽然元朝统治者奉行强权政治，但在意识形态方面却很宽容，对不同文化、不同的思想、不同的价值观念容易接受，在意识形态方面容易包容新的思想和文化。因此，在文化制度上，采取了相对宽容的态度与政策，人们的宗教信仰自由，不同民族在风俗习惯上各行其是，族群间的学习交流、迁徙融合以及互相沟通、融会非常普遍。元代的行政体系与法制体系始终不健全，刑法也比较宽容，这恰恰形成了元代多元性、开放性的宽松的文化环境。大蒙古国时期，每次遇到针对重大事件的决策，要举行忽里台大会，虽然忽必

---

① （明）叶子奇：《草木子》，中华书局1959年版，第58页。

烈即位之后，接受幕府汉族儒臣的影响，"稽列圣之洪规，讲前代之定制"①，建立了中央集权的运作模式，制定了官制及朝仪，但在元代的政治运作中，元朝统治者始终要保留蒙古族原有的体制和制度，蒙古族的观念、思维和运作方式，始终发生着影响。当时并未建立起完整的中央集权制政体。面对元代朝政荒诞、政出多门，朝令夕改，社会状况混乱的现状，胡祇遹在《礼论》一文中曾明确指出："朝廷之上，无礼无威；闾里之间，彝伦攸斁。"② 正因为元代社会制度的不健全和北方少数民族文化对中原传统文化的冲击，以及元代宗教政策的开放性和包容性，"在中国文化史上元代宗教是颇有特色的，其最大特色便是多元性和开放性……在其兼容并蓄的宗教政策下，佛教、道教、伊斯兰教、基督教等都在中国得到广泛的传播和发展。"③ 造成元代统治者对文治冷漠而轻视，对思想控制不够重视，不太重视意识形态，根本不在意几句诗文，几部杂剧能对大元王朝造成多少影响。无论和宋代比，还是与明清两代相比，元代可以说是在意识形态方面比较淡化的朝代，一个宽刑法的朝代，元代不设文网，极少干涉言论，更少有"文字狱"。④ 明代祝廷心在《药房居士集序》中说："元氏全有中国者九十三年，不以政柄属文人，而亦不以法度诛之，故士之仕者，苟循理自守，则可以致名位而无患祸。"在这种政策下，整个元代形成一种比较宽松自由的思想氛围，出现了相对自由的文学创作环境。这样一种多元文

---

① （元）苏天爵编：《元文类》卷九，上海古籍出版社1993年版。
② 李修生主编：《全元文》第5册，江苏古籍出版社1997年版，第297页。
③ 张维青、高毅清：《中国文化史》第3册，山东人民出版社2002年版，第376页。
④ 元末诗人戴良《感怀十九首》之一："复问晋庬乱，五胡乘祸机。"对"五胡乱华"的历史事件充满了愤慨之情，毫不忌讳统治者蒙古人也在"胡人"之列。而同样是异族入主中原，清廷钦命编纂的《四库全书》，将戴良诗中的"复问晋庬乱"改成了"复问晋构乱"，将"五胡乘祸机"改成了"五部乘祸机"。更可见元代文化的自由。

化并存的特殊环境，非常有利于元代戏曲的发展，元代统治者只看重戏曲的娱乐功能，注重演出的行为性，是否会酿起事端，而对戏曲所表现的思想内容不去理会，缺乏敏锐的理解力，较少干预杂剧的创作、演出。相较元代戏曲创作与演出环境的宽松，明代对戏曲演出则有更多的限制，何良俊在《四友斋丛说》中所指出，"士大夫耻留心词曲"，明代朝廷规定"凡乐人搬作杂剧戏文，不许妆扮历代帝王后妃忠臣烈士先贤先圣神像，违者杖一百；官民之家，容令装扮者与同罪"。① 元代在草原游牧文化的影响之下，中原的封建传统思想受到了巨大冲击，出现了一个相对自由的创作空间。元代比较宽容的政治和文化政策是元杂剧繁盛的依托，创造了元杂剧这种长期游离于正统文学且难登大雅之堂的俗文学发展的时代。

　　元杂剧出现并迅速兴盛于金、元之交的中原地区，这一地区，不仅有着悠久的历史和深厚的文化传统，而且在蒙古入主中原之前，已经历了契丹族建立的辽和女真族建立的金三百年的统治。三百年间，契丹、女真、汉族等各民族文化涵化融合。所以，蒙古族入主中原，是在此基础上的多元文化的冲突与融合，不是单纯的中原传统儒家文化和来自大漠的蒙古草原文化的碰撞和融合。元杂剧的创作主体是混迹市井和屈身簿吏的下层文士，元杂剧生成的思想文化背景是汉、契丹、女真等各民族文化的交通融合。汉民族传统的道德观念、伦常规范以及价值取向与"入主中原的蒙古民族的生活习俗、文化特质、审美趣味碰撞交融而成的复合文化体系"，"其中不可避免地烙有蒙元强权政治。表现为对严密整饬的封建伦理秩序及其赖以维系人心的道德准则的颠覆与腐蚀。异族统治者倚恃强权推行其生活习俗和行为方式的图谋，不可能在短期内奏效，但随着时间的推移，它终究还是从细节到整体上对伦理文化产生了影响

---

① 王利器辑录：《元明清三代禁毁小说戏曲史料》，上海古籍出版社1981年版，第11页。

和制约作用,并由此造成汉民族社会风尚、道德信仰乃至价值观念、心理与性格等方面的偏转和嬗变"。① 比如:蒙古族统一中原,常年战争的破坏,焚毁了金、宋政权构架、律令条规及大量的文化典籍,也造成了道德教育的缺失,越来越多的有违纲常的道德、伦理行为随之出现,甚至出现道德危机。受北方游牧民族胡风国俗的影响,汉人、南人"胡化"之风也较严重②,原本流行于游牧地区的收继婚制③,竟然在汉人、南人中也多有发生。虽然元代统治者曾多次下令禁止汉人、南人、色目人实行收继④,但由于法令规定的条款不是很严格,也没有相应的得力措施,汉人当中依然有收继婚的存在,在《元典章》和《通制条格》中多有收继婚的案例。

收继婚在民间尤其在农村及边远地区盛行,王祎《文忠集》卷

---

① 扎拉嘎:《北方少数民族对中国文学的贡献》,《社会科学战线》2003年第3期。
② 孔齐在《至正直记》卷二《浙西风俗》中记载:"浙西风俗太薄者,有妇女自理生计,直欲与夫相抗,谓之私。乃各设掌事之人,不相统属,以致升堂入室,渐为不美之事。或其夫与亲戚相邻往复馈之,而妻亦如之,谓之梯己问信,以致出游赴宴,渐为淫荡之风,至如母子亦然。"
③ 收继婚制是一种落后的婚姻形式,收继婚也称转房、逆缘婚、挽亲、续婚、蒸母报嫂等。收继一语虽始见于《元典章》通制条格及《元史》等书,收继婚作为一种婚姻习俗或制度是世界范围内最古老的习俗之一。据《史记》记载北方游牧民族就早已存"父死,妻其后母;兄弟死,皆取其妻妻之"(冯天瑜、杨华:《中国文化发展轨迹》,上海人民出版社2000年版,第262页)的收继婚制,《三朝北盟会编》也记载说女真人的婚俗是:父死则妻其母(生母以外的妻妾),兄死则妻其嫂,叔伯死则侄亦如之。蒙古族在婚俗方面更是有"妻母报嫂"的收婚制。《新元史·李士瞻传》中写道:"其法,父死,子妻庶母,兄死,弟妻诸嫂,伯叔死,侄亦如之",说明元代收继婚的范围,只许弟收兄嫂,子收庶母。
④ 《元史·文宗纪三》:"至顺元年九月救诸人非其本俗,敢有弟收其嫂,子收庶母者坐罪。"《元史·刑法志》曰:"诸汉人、南人,父没,子收其庶母,兄没,弟收其嫂者,禁之。禁色目人勿娶其叔母。"《元史·刑法志》还规定:"诸居父母丧,奸收庶母者,各杖一百七,离之,有官者除名。"《至正条格》之《断例》卷八《户婚》"禁收庶母并嫂条":"至顺元年九月二十三日,中书省奏,御史台备着检察每文书,俺根底与将文书来:汉人殁了哥哥,他的阿嫂守寡其间,兄弟们收继了的多有……今后汉人、南人收继庶母并背阿嫂的,合禁治。"

二十四《俞金墓表》云:"元既有江南,以豪侈粗戾,变礼文之俗。未数十年,薰渍狃狎,胥化风成,而宋之遗习,销灭尽矣。"《元典章》卷十八《户部四》所载"兄死嫂招后夫"一案,显示了当时风俗礼法的混乱,当时家庭伦理问题已经非常突出。《元典章》规定:"诸色人同类自相婚姻者,各从本俗法。递相婚姻者,以男为主。蒙古人不在此例。"(《元典章》卷十八《户部四》)元代多族共居,汉法和回回法混用,各族风俗杂行。游牧民族风俗严重冲击汉民族传统的伦理观念,北方少数民族妇女相对淡薄的贞节观,蒙古族对于妇女再婚和娶寡妇没有耻辱感。元代婚姻法规保留了许多游牧民族的婚俗,元代法律规定妇女可以离婚也可以改嫁。《元史·刑法志》规定:"诸夫妇不相睦,卖休买休者禁之,违者罪之。和离者不坐……须约以书契,听其改嫁。"这些均在一定程度上冲击了程朱理学对妇女的束缚,元代女性道德标准及价值观念转变也发生改变,如孔齐《至正直记》卷二"文章设问"一条说,元代表彰的很多节妇都是假节妇:"如京城淫风太甚,虽达官犹不免。盖风俗习惯,皆妇人出来行礼,目必醉而后归。或通于隶厮,或通于恶少年,或通于江南人求仕者,比比皆然。"所谓节妇,不过靠关系弄个名目而已。还有,蒙古民族,居于草原之上,对于爱情更为热烈自然,据明初岷峨山人的《译语》记载:"女好踏歌,每月夜,群聚,握手顿足,操胡音为乐,房中少年,间有驰马挟去野合者。"①蒙古民族在私人生活和个人婚姻等行为方面崇尚纯朴自然的风俗,自然也会影响元代社会。黄天骥在《元杂剧史·序》里指出:"在元蒙时代,杂剧的兴起、发展,作者的思想感情乃至语言风格,明显有着文化'碰撞'的烙印。"②元代以蒙古人为代表的

---

① 罗斯宁:《元杂剧和元代民俗文化》,广东高等教育出版社2007年版,第96页。

② 苏古编选:《江苏古籍序跋与书评》,江苏古籍出版社2000年版,第327页。

北方草原游牧文化、以色目人为代表的西域商业文化与中原汉族农业文化之间的交互碰撞与交融，丰富了元杂剧的创作题材和内容，反映在元代前期杂剧，尤其是以婚姻家庭生活为题材的杂剧作品中，有不少与传统礼教观念迥然有别的爱情、婚姻剧目，表现出背叛封建礼教与封建的门第和功名观等倾向以及对自由爱情婚姻的向往和追求。如关汉卿的《拜月亭》《望江亭》《调风月》，白朴的《墙头马上》，郑光祖的《倩女离魂》，王实甫的《西厢记》，女真族作家石君宝的《曲江池》《紫云亭》《秋胡戏妻》等。

我们知道，唐宋时城市经济已经非常发达，市民通俗文艺也颇兴盛，但唐宋两朝并没有真正形成俗文学的兴盛和繁荣。中国古代文学史上的雅俗文学的分流却出现在享国时间不长且为蒙古族统治的元代，形成有元一代杂剧和散曲的兴盛繁荣，究其原因，俗文学的创造主体——以风流滑稽为特征的浪子文人群的出现也是一个至关重要的因素。元代统一全国后，社会经济逐渐繁荣，统治者开始重视农业，农业生产逐渐恢复并发展。忽必烈时期已经出现了社会稳定、经济复苏的局面，至元至大德年间，是元代社会经济最为繁荣的时期，为元杂剧的发展提供了社会经济文化环境。元朝政府以官办形式发展了手工业，既设立了诸色工匠的管理机构，又分别在大都、上都、涿州、建康、平江、杭州等地设立织造局。随着农业、手工业的恢复和发展，海运和漕运得以兴起，特别是自宋以来纸币的推行，大大便利了地区间的流通，刺激了元代商业的发展和繁荣，出现了闻名于世的大都、杭州、泉州等商业大都市。城市市民大量增加，推动了城市文化娱乐活动的发展，"勾栏""瓦肆""倡优"纷纷增多[1]，元夏庭芝《青楼集志》云："内而京师，外而

---

[1] 元代的瓦舍勾栏除了大都之外，保定、石家庄、邢台、平阳、洛阳、汴京、东平、武昌、扬州、金陵、松江、杭州等地，都有大小勾栏演出杂剧。

郡邑,皆有所谓构栏者。辟优萃而隶乐,观者挥金与之。"① 廖奔曾得出如此结论:"元代瓦舍勾栏的分布地域是极其广泛的,黄河与长江的中下游地区都有其踪迹,而主要集中地带则是从大都到江浙的运河沿岸城镇。"② 元代主要的城镇均有勾栏瓦舍。

  当然,这只是一方面因素,元杂剧的创作主体和元代文人对元杂剧创作的态度是促成元杂剧发展的一个重要原因。元代的科举不兴,元朝统治者多用经济之士和义理之士,辞章之士受到排斥,这些均导致元代的文士自唐宋以来形成的人生追求和人生价值观念被强有力地改变,一部分文人去做经国治世的大事,自可治国平天下;一部分文人在失去现实进取的可能之后,或闭门读书讲学以保持节操,或归隐林间泉下,吟风弄月;还有一部分混迹于秦楼楚馆,纵情花酒,这部分就是所谓的浪子文人。他们混迹于都会市井勾栏,书会戏场,与优伶娼妓为伍,他们滑稽玩世、风流放荡,成为杂剧散曲创作的主体。正是这些以文字玩世者,他们不再像唐宋文人只是兴之所至偶尔光顾下里巴人的俗文艺,而是把杂剧创作当成谋生的手段。元代的浪子文人,不能通过攻读诗书来博取一份举业,已经从统治者阶层中游离出来,也不像普通的儒士文人拥有田地庄园等生产资料,可维持自己的生活,用不着为生计发愁,悠游田园,有余暇有闲情从容讲学作文以示其高雅,或者做馆教授生徒,或操刀笔为吏。经济的窘迫与身份的卑微,使浪子文人跑进山林也很难隐居,没有条件去闭门养性,吟诗作文,只能放下架子,到市民阶层中去谋求生计,因为除了怀有的才学,他们和普通的老百姓没有什么区别,只好以知识为糊口的工具了。《录鬼簿自序》云:"余因暇日,缅怀故人,门第卑微,职位不振,高才博艺,俱

---

① 中国戏曲研究院编:《中国古典戏曲论著集成》第 2 集,中国戏剧出版社 1959 年版,第 7 页。

② 廖奔:《中国古代剧场史》,中州古籍出版社 1997 年版,第 45 页。

有可录。岁月弥久，湮没无闻。遂传其本末，吊以乐章。复以前乎此者，叙其姓名，述其所作，冀乎初学之下士，刻意辞章。使冰寒乎水，青胜于蓝，则有幸矣。"① 从事杂剧创作的作家多是才高位下之士，作者怕他们因门第卑微不能产生什么影响，或许会被世人遗忘，故作文以纪之。

浪子文人因为生活所迫，切身体验了《至正直记》"戴帅初破题"条所说的"宁可死，莫与秀才担担子。肚里饥，打火又无米"的生活困厄，被堵塞用世出路，正所谓"世情看冷暖，人面逐高低"，唐宋文人从未有过的尴尬发生在他们身上，现如今为了生计而走向了市井，从事以前视为低贱的行业，现实不允许他们有过多的奢求。虽出身寒微，却不乏参与时事的愿望，在愤懑忧郁的情绪下就有生出许多抱怨牢骚，愤激不平而牢骚大发，所以就成为玩世者，既雅且俗，正如关汉卿所标榜的"会围棋，会蹴鞠，会打围，会插科，会歌舞，会咽作，会吟诗，会双陆"的浪子风流。

元初杂剧作家就是在元代这种特殊的政治文化环境中承担着延续传统文化的责任。王国维在《宋元戏曲史》中评元杂剧作家："盖元剧之作者，其人均非有名位学问也，其作剧也，非有藏之名山，传之其人之意也。彼以意兴之所至为之，以自娱娱人。"② 他们并非有身份地位的名士，写作的目的不是藏之名山传之其人，仅仅是意兴所至，用以自娱娱人，既有娱乐的成分，更有自我心境的写照，也可借他人之酒杯浇胸中之块垒，将世态人情编写成悱恻动人的故事，以其雅俗共赏的曲词酣畅自如地喝天骂地、抨击邪恶，一吐胸中之愤懑不平。书会才人是元杂剧作家群的主干，不过，按照《中国戏曲发展史》中所说："书会成员不属于文人集团，不能进入

---

① 中国戏曲研究院编：《中国古典戏曲论著集成》第 2 集，中国戏剧出版社 1959 年版，第 101 页。

② 王国维：《宋元戏曲史》，上海古籍出版社 1998 年版，第 98 页。

上层社会,但他们又能够用笔写作,施展自己的文学才华,因而在当时被称作'才人'"①,虽然他们也有文学才华,却不属于文人集团,他们不能进入上层社会,但是我们能从忽必烈藩府儒臣对他们的看法可以看到元代文人对元杂剧作家身份和创作的肯定。比如刘秉忠曾称扬杂剧创作:"诗如杂剧要铺陈,远自生疏近自新。本欲出场无好诨,等闲章句笑翻人。"(《近诗》)② 刘秉忠本是借杂剧论诗,但从中不难看出对他杂剧的创作持欣赏态度,作诗如作杂剧,需要保持自由灵动、无拘无束的审美心态,诗的结构布置,如何开头、行文、结尾也应该如杂剧一样。杂剧创作是剧作家对自己十分熟悉的东西,认识深刻,有独到的感受之后,加之以深厚的生活积淀作铺陈,运用赋法,对事物、景象、事件进行铺叙或描绘,才能收到非同一般的效果,精彩孕育于平常之中。刘秉忠以朝廷重臣的身份如此肯定元杂剧创作有真情实感和丰富社会生活内容,在一定程度上反映了元代文人对杂剧创作的态度。身为提刑按察使的胡祗遹在《赠宋氏序》一文中曾评价元杂剧的地位:"乐音与政通,而伎剧亦随时尚而变。近代教坊,院本之外,再变而为杂剧。既谓之杂,上则朝廷君臣,政治之得失,下则闾里市井,父子、兄弟、夫妇、朋友之厚薄,以至医药、卜筮、释道、商贾之人情物理,殊方异域风俗语言之不同,无一物不得其情,不穷其态。"③ 杂剧作品自娱、娱人,劝世讽今,其讽谏之功在胡祗遹看来达到了"乐音与政通"的高度。夏庭芝,出身于松江巨族,也对元杂剧的地位作出了

---

① 廖奔、刘彦君:《中国戏曲发展史》第 2 卷,山西教育出版社 2000 年版,第 129 页。

② (元)刘秉忠:《藏春集》卷四,北京图书馆古籍珍本丛刊,影印明天顺五年(1461)刻本。

③ 李修生主编:《全元文》第 5 册,江苏古籍出版社 1997 年版,第 260 页。

高度评价，认为杂剧"可以厚人伦，美风化"(《青楼集志》)①，对社会的道德精神风貌和伦理规范的影响深远，可以有补于世、敦励薄俗。泰定三年（1326）进士，官至建德路总管府推官的元诗名家杨维桢也在《优戏录序》文中提出"台官不如伶官""优戏之伎虽在诛绝，而优谏之功岂可少乎"②之说，对杂剧高度赞赏。另外，姚守中，曾任平江路吏，也是杂剧作家，现存作品不多，仍可从他的作品中看出其风格泼辣，注重表现现实内容，他是藩府重要谋臣姚枢的侄孙，元代名臣和文章大家姚燧的侄子，以他这样的出身和家庭背景仍然投身于杂剧创作，且在统治者阶层得到了欢迎和肯定，这也说明了一个现象，元朝文人对杂剧作家的态度并非不认可，后世的一些看法是有些偏颇的。不过，由于杂剧作家大多是因为仕途阻塞，不得已把杂剧创作当作一个谋生糊口的手段，创作活动在很大程度上表现出一种赤裸裸的商业性动机，写剧为演出，演出为取悦观众，能让观众喜欢则能赚钱，有着很明显的功利意图，这一点可能会使时人或后人发出一些偏颇的说辞。

南戏《张协状元》第二出［烛影摇红］："烛影摇红，最宜浮浪多吃戏。精奇古怪事堪观，编撰于中美。真个梨园院体，论诙谐除师怎比？九山书会，近目翻腾，别是风味。一个若抹土搽灰，趋跄出没人皆喜。况兼满座紧明公，曾见从来底。此段新奇差异，更词源移宫换羽。大家雅静，人眼难瞒，与我分个伶俐。"我们可以从中了解到书会文人的社会地位和生活状况，在剧作家、演员、观众构成的三维艺术空间中剧作家居于主导和支配地位，他们中间声望较高的，不仅创作编演剧本，而且与杂剧艺人沟通合作推出异彩

---

① 中国戏曲研究院编：《中国古典戏曲论著集成》第2集，中国戏剧出版社1959年版，第7页。

② （元）杨维桢：《东维子文集》，《四部丛刊》本，上海书店出版社1984年版，第15页。

纷呈的杂剧名作，推动了元杂剧的发展。元杂剧由于关汉卿、王实甫、白仁甫等一大批才华横溢的文人的介入而使其艺术水准得到保障。他们为了生存流连于市井勾栏，有了平民生活的积累和素材，丰富了创造题材，运用他们丰厚的知识和学养提升了戏曲的审美情趣，使雅文学元素糅合到俗文学里，创作出雅俗共赏的戏剧。

元代，这样一个中国历史上特色鲜明的时代，疆域广阔，多民族共居，宗教空前发展，多元文化并存和融合，统治者虽然在政策上采取了野蛮的民族歧视政策，但治法粗疏，少有在意识形态领域的控制，政治环境和文化政策都比较宽容，文人的精神负担少，不用为发表言论有过多担心和心理负担。再者，科举时兴时废，统治者多用经济之士和义理之士而辞章之士受到排斥，影响了元代文人的人生价值取向，元代文学形成雅俗分流。元初以杂剧和散曲的创作为主的俗文学作家队伍形成，规模逐渐扩大。俗文化、俗文学，在元代得到了自由发展的空间，杂剧和散曲在元代繁荣兴盛。

第二节　草原游牧文化对元杂剧创作影响及元政府对杂剧的扶持

有元一代是由北方游牧民族入主中原、一统天下的时代。统一全国之后，元政府采取了一系列不平等的民族政策，将国人分为四类：蒙古人、色目人、汉人和南人，当然，他们在政治地位、法律以及经济等各方面待遇也是不同的。如在法律上蒙古人、色目人是针对汉人、南人享有特权，在政府统治机构中，规定自元廷的中书省、枢密院、御史台以及地方行省的行台、宣慰司、廉访司及路、府、州、县的主官（达鲁花赤）必须由蒙古人任职，其他机构及各种副职，尽量任用色目人，而"汉人"和"南人"一般是充任属员。这种情况带来了人们对元代一系列问题认识上的偏差，学界对元代历史文化的特殊性认识远远不够，对元代文学的研究，也存在着严重的不符合历史实际的主观解读。不过，恰恰是因为元代是由草原游牧民族统治中国的时期，才给元代的文学带来了异质文化、民族交融、文化创新等新特色，正如方龄贵先生所说，"元代作为一个民族大融合、中外交通大开的时代，给传统的古老的中国（这里主要应该说汉族）文化注入了新的血液，催动着勃勃生机"①，由此也迎来了元代俗文学的繁荣，中国古代戏曲——元杂剧在戏曲艺术长期孕育、发展的基础上形成并高度繁荣于蒙古民族君临天下的元代。我们知道，元杂剧的兴盛，是诸多条件共同促成的。

第一，元代统一全国后，社会经济的繁荣为元代杂剧的兴起奠定了物质基础和群众基础。忽必烈时期已经出现了社会稳定、经济复苏、思想宽松的局面，至元至大德年间，是元代社会经济最为繁荣的时期，这为元杂剧的发展提供了社会经济、文化环境。版图的空前统一与交通的日益顺畅，尤其是元代商业的发展和繁荣，出现了闻名于世的大都、杭州、泉州等商业大都市。城市商业经济的繁荣、城市规模的扩大，市民的大量增加，推动了城市文化娱乐活动的发展，"勾栏""瓦肆""倡优"纷纷增多。戏曲作为供人们娱乐的一种大众性的娱乐，离不开普通民众，那么有了观众，有了活动场所，也就有了元代戏曲发展的绝佳的空间和舞台。第二，任何文学艺术的繁荣，都离不开思想自由活动的空间。元代的思想文化是元杂剧繁盛的依托，元代出现了相对自由的文学创作环境，这样一个多元文化并存的特殊环境，非常有利于元代戏曲的发展。元代宽松的文化环境更利于这种长期游离于正统文学且难登大雅之堂的俗文学戏曲的兴盛，成就了元代俗文学的发展。第三，元杂剧的创作

---

① 方龄贵：《关于元史研究的几个问题》，《社会科学战线》1986年第4期。

主体和元代文人对元杂剧创作的态度是促成元杂剧发展的一个重要原因。元代科举不兴，直至元仁宗朝才实施科举，且时断时续，读书人通过科举以博取功名的人生追求和人生价值观念被改变了。统治者多用经济之士和义理之士而辞章之士受到排斥的用人导向，影响了元代文人的人生价值取向，元代文学雅俗分流，元代文士分化，或归雅或趋俗。元初北方那些从文人雅士中分离出来而走入市井的才子文人，投身于杂剧和散曲的创作，形成了具有相当规模的俗文学作家队伍。这部分文士混迹于秦楼楚馆，纵情花酒，就是所谓的浪子文人。他们出没于都会市井勾栏，书会戏场，与优伶娼妓为伍，成为社会的浪子，他们滑稽玩世、风流放荡，成为杂剧散曲创作的主体。这些以文字玩世者，不再如唐宋文人只是兴之所至才会偶尔光顾下里巴人的俗文艺，而是把杂剧创作当成谋生的手段，俗文化、俗文学，到元代得到了自由发展的空间，杂剧在元代繁荣兴盛。第四，北方草原文明及西域商业文明对元杂剧创作影响及元政府对元杂剧创作的扶持。中国古代戏曲在金元之际以元杂剧为标志而走向艺术成熟，是各民族之间的文化交流与融合的结果。中国自古就是一个多民族共存的国家，在元朝统一中国之前，汉族政权及契丹、女真族等少数民族政权在北中国交错、更替。元朝统治者依靠武力征伐，先占领了金人统治的北方，其后灭了南宋，建立了"北逾阴山，西极流沙，东尽辽左，南越海表"的幅员辽阔多民族统一的政权。随着大元的统一，多种民族融合，多族文化在碰撞、对峙中又渐趋交流、相互影响，逐渐形成了多元文化的并存态势，元代社会与元代文化明显具有了区别于其他朝代的特殊性。元朝统治者虽然在文化上远远落后于拥有深厚的传统文化的汉民族，但在文化制度上反而更容易对不同的文化采取包容、宽松的态度，多元化的统治理念也必然带来文化领域多元共存的局面：中原农耕文明与北方草原文明及西域商业文明并存；中原文化中固有的儒、释、道与外来的伊斯兰教、基督教、犹太教、摩尼教、袄教以及蒙古族原有的萨满教等并存；士阶层雅文化与市井俗文化并存；北方承金而来与南方承宋而来各具鲜明特色的地域文化并存。这种宽松的文化环境和多元文化并存的局面为元杂剧的发展和繁荣提供了条件，蒙古统治者对戏曲歌舞的爱好与关注等均为元杂剧提供了更为广阔的发展空间。元杂剧带有鲜明的元代所特有的文化印记，从这一角度深入寻绎发掘元杂剧的发展很有必要而且是不可回避的一方面。明凌濛初在《谭曲杂札》中提出的著名命题"曲始于胡元"早已经为学术界普遍接受，这一观点，正是从北方草原文明及西域商业文明与中原农耕文化的冲突与融合的角度研究元代杂剧，研究元代所特有的文化印记——蒙古等北方草原游牧民族的文化与西域商业文化大量涌入中原地区，汉族文化与之聚合交汇，同时又互相渗透，各民族乐曲、语言、风俗等冲撞与融合，价值观念与信仰彼此影响，才出现了元杂剧的繁荣兴盛局面，才出现了元杂剧在内容上和艺术上不同于前代的风貌。

元朝是蒙古人建立的政权，是中国历史上一个特殊的时代，也是中国历史上又一次农耕文化与草原游牧文化的大融合，加之以西域商业文化的涌入，元杂剧即是在多民族交汇融合的大背景出现的，元杂剧有着鲜明的时代个性。

我们知道，民族文化的交流既有冲突有互相融合。元代的民族融合是中国历史上第一次把中国各个地区、各个民族统一在一个中央政权之下的大融合，各民族在长期往来中，形成认同感。虽然汉族是元朝各民族中人数最多、居住面积也最广的民族（包括原金、宋统治区内的大多数居民），而且影响了中国几千年的儒家思想，早已根深蒂固，仍然居主流地位，随着民族融合的深入，汉族深厚的传统文化自然会影响少数民族的文明程度，但是，蒙古族作为统治民族，凭借政权的威力强制推行其文化，草原游牧民族所固有的审美趣味、价值观念、生活信念、文化特质等必然会冲击高度发展的中原传统农业文化,汉族人民也会主动从草原游牧文化中吸取新的思想观念,给多元交织的中原文化注入新鲜、活泼的生机。诸如草原游牧民族所特有的尚武外向、豪放不羁、质朴粗犷、豪放率直、个性张扬、率意任情,甚至世俗享乐的个性给汉民族注入了新的活力和新的气息,异质文化的潜入使当时社会呈现出一种清新、蓬勃的气象。元代戏剧有了新的生存的土壤。儒家在义利关系上讲究重义轻利,似乎与西域商业文明以盈利为目的不太合拍。西域商人早在蒙古西征过程中,便随蒙古大军进入中国,元立国之后,更多的西域商人利用日益开放的陆海道东来中土,从事商业贸易,在整个国家活动范围极广,而且由于他们的兴衰与蒙古贵族的利益直接相关,蒙古统治者又没有汉族传统的重农抑商思想的束缚,元代商业发达,市场活跃,都市繁荣,西域商人主宰了元代课税扑买、斡脱经营、市舶贸易等商业活动,因而,西域商业文化必定会影响中原文化。我们看一下北方草原文明及西域商业文明对元杂剧创作的影响。

吴梅先生在《中国戏曲概论·金元总论》中说:"今日流传古剧,其最古者出于金元之间,而其结构,合唐之参军、代面,宋之官剧、大曲而成,故金源一代,始有剧词可征。第参军、代面,以语言动作为主。官剧、大曲,虽兼歌舞,而全体亦复简略。若合诸曲以成全书,备纪一人之始末,则诸宫调词,实为元明以来杂剧传奇之鼻祖。"[①] 从形式上看,元杂剧是众多"杂"的技艺的整合,"以歌舞演故事",融乐曲、百戏、滑稽戏、舞蹈、讲唱等为一体,讲究"唱、做、念、打"的一种文艺形式。杂剧中的乐曲主要有大曲诸宫调、胡夷之曲和北方民歌俗谣。王骥德在《曲律》卷四中

---

① 吴梅:《吴梅词曲论著四种》,商务印书馆 2010 年版,第 232 页。

说:"元时北虏达达所用乐器,如筝、纂、琵琶、胡琴、浑不似之类,其所弹之曲,亦与汉人不同,见《辍耕录》。"① 金元之际女真与蒙古先后进入中原,带进了他们的乐曲与乐器,独具特色的音乐与原来中原的音乐碰撞交融,多被元杂剧编写演唱者所采用,故而"胡夷之曲"对杂剧的繁荣兴盛的影响很深。元杂剧中使用的音乐曲调,就是由大曲、诸宫调、胡夷之曲等构成的,其中有中原地区的,也有北方少数民族乐曲,胡夷之曲即是来自北方草原民族如蒙古族和女真族的,以及自西域色目等民族的。北方草原及西域色目等少数民族的音乐丰富充实了杂剧的曲牌,影响了元杂剧的总体风格,这是音乐自身发展的需要,也是民族融合的产物,随着女真、蒙古族入主中原,蒙古等北方少数民族节奏旋律强烈、风格雄浑豪放的乐曲也大量地涌入中原农业地区,其独具特色的音乐与中原汉民族的乐曲相互碰撞、交流、融合并形成了新的乐曲系统,被元杂剧所吸收,这种壮伟狠戾的北方少数民族音乐使人耳目一新,给元杂剧注入了新的元素,也使之更具有生命力。

诸如,蒙古族和西域少数民族信仰萨满教,主持者萨满,介于人神之间,一般能歌善舞,娱神医人,在举行萨满仪典,即跳神的时候,常用的乐器主要是萨满鼓,有一种说法是神灵喜欢鼓声,敲鼓是为了聚神。萨满鼓不仅是萨满教中的法器,也是萨满音乐中的主要伴奏乐器。萨满在跳神中表现神鬼天人喜怒哀乐场面的热烈、阴森、欢腾、恐怖及表现各种情感均离不开鼓点的渲染和烘托。萨满教是蒙古族和西域少数民族所信仰的古老宗教,其宗教音乐与舞蹈历史悠久,别有情趣,自然会对元杂剧的舞蹈和音乐带来影响。元诗人吴莱在《北方巫者降神歌》描写道:"天深洞房月漆黑,巫女击鼓唱歌发。高梁铁镫悬半空,塞向墐户迹不通。酒肉滂沱静几

---

① (明)王骥德著,陈多、叶长海注译:《王骥德曲律》,湖南人民出版社1983年版,第208页。

席,筝琶朋揩凄霜风。"萨满在作法时,除了以萨满鼓来伴奏之外,还有筝和琵琶这两种较高级的弹奏乐器。虽然目前无从考证元杂剧演出时使用乐器的情况,但据山西省考古研究所集体撰写的《山西运城西里庄元代壁画墓》①一文,山西洪洞县明应王殿元代戏曲壁画《大行散乐忠都秀在此作场》可证元杂剧的乐器里有鼓、笛、象板、琵琶等,元无名氏杂剧《蓝采和》第四折有"持着些枪刀剑戟,锣板和鼓笛",也可为旁证,从中均可见到草原音乐对元杂剧的影响。

元杂剧是载歌载舞的戏曲艺术,从杂剧歌舞表演中能看出继承和吸收唐、宋歌舞大曲的痕迹,当然也离不开有北方草原歌舞的滋养。随着元代多民族的融合,蒙古人和西域色目人也带来了大量本民族的歌舞,不同的语言,特有的民间乐器,各有千秋、千姿百态的舞蹈荟萃中原,带来对视觉和听觉的冲击。蒙古族是一个热情奔放、能歌善舞的民族,歌舞以观赏和愉悦为目的,音乐文化十分发达。蒙古族的歌舞除了用于宫廷和祭祀之外,还有一部分鞭鼓舞、倒喇、黑山鸡舞、海青拿天鹅等民间自娱的舞蹈。如《白翎雀》是一组具有神灵崇拜意味的蒙古族宫廷舞蹈,元代诗人多有描述,袁桷在《白翎雀》一诗中描述:"五坊手擎海东青,侧言光透瑶台层。解绦脱帽穿碧落,以掌击捆东西倾。离披交旋百寻衮,苍鹰助击随势运。初如风轮舞长杆,末若银球下平板。"(载《口北三厅志·艺文志》)节奏强烈,动人心弦,在粗犷、铿锵、强烈急促的音乐下,一个男性舞者矫健奔放地跳跃舞蹈着。西域少数民族有骆驼舞、萨玛舞、阿剌剌舞等,元代张昱《塞上谣》描写西域女子跳阿剌剌舞的情形:"胡姬二八面如花,留宿不问东西家。醉来拍手趁人舞,口中合唱'阿剌剌'。"(《张光弼诗集》卷三)北方民族的歌舞与

---

① 孙进已、苏天钧、孙海等编:《中国考古集成》(华北卷),哈尔滨出版社1986年版,第990页。

汉族的歌舞艺术彼此渗透、交流、融合，在元朝宫廷有"素袖佳人学汉舞，碧髯官伎拨胡琴"的热闹场面。蒙古族及北方其他游牧民族的歌舞音乐，不仅丰富了元杂剧的歌舞表演，而且还丰富了杂剧的曲牌。宋曾敏行《独醒杂志》卷五说："先君尝言：宣和末客京师，街巷鄙人，多歌蕃曲，名曰【异国朝】、【四国朝】、【六国朝】、【蛮牌序】等，其言至俚，一时士大夫亦皆歌之"。这里所说的"蕃曲"，就是北方少数民族歌曲。当然这些早在北宋末年就已为汉族人民所喜爱传唱的歌曲，也会被元杂剧创作吸收。明王世贞在《曲藻》中比较北曲（元杂剧）与南曲，说北曲主"劲切雄丽"，南曲主"清丽柔远"，总结出北曲"字多而调促，辞情多而声情少，力在弦，亦和歌，气易粗"的特点，元杂剧经过蒙古族音乐文化的滋养，吸收蒙古等北方草原民族富有民族色彩和地方特色民谣歌曲，具有了刚劲豪健与劲切雄丽的基调。王国维先生在《宋元戏曲史》中关于元杂剧的音乐歌舞受到少数民族音乐影响有一段很精辟的论述：

> 至我国乐曲与外国之关系，亦可略言焉……宋教坊之十八调，亦唐二十八调之遗物。北曲之十二宫调，与南曲之十三宫调，又宋教坊十八调之遗物也。故南北曲之声，皆来自外国。而曲亦有自外国来者，其出于大曲、法曲名似南曲者，亦当自蕃曲出。而南北曲之赚，又自赚词出也。至宣和末，京师街巷鄙人，多歌蕃曲，名曰《异国朝》、《四国朝》、《六国朝》、《蛮牌序》、《蓬蓬花》等，其言至俚，一时士大夫皆能歌之。（见上）今南北曲中尚有《四国朝》、《六国朝》、《蛮牌儿》，此亦蕃曲，而于宣和时已入中原矣。至金人入主中国，而女真乐亦随之而入。《中原音韵》谓："女真《风流体》等乐章，皆以女真人音声歌之。虽字有舛讹，不伤于音律者，不为害

也。"则北曲双调中之《风流体》等，实女真曲也。此外如北曲黄钟宫之《者剌古》，双调之《阿纳忽》、《古都白》、《唐兀歹》、《阿忽令》，越调之《拙鲁速》，商调之《浪来里》，皆非中原之语，亦当为女真或蒙古之曲也。①

杂剧中《者剌古》《阿纳忽》《古都白》《唐兀歹》《阿忽令》《拙鲁速》《浪来里》等曲子都是来自女真或蒙古之曲，这些曲子融入当时人们所喜闻乐见的戏曲当中，其热烈奔放、雄浑欢快的节奏给人耳目一新的感觉，使元杂剧具有草原游牧狩猎文化的特征，草原民族强悍、刚毅、英勇善战等鲜明的民族性格也融入杂剧曲调。

王世贞《曲藻序》云："曲者，词之变。自金、元入主中国，所用胡乐，嘈杂凄紧，缓急之间，词不能按，乃更为新声以媚之。"元杂剧中承接歌辞的元曲并非来自传统的韵文——宋金词，而是来源于民间流行的北曲。辽、金和蒙古等民族到中原之后，他们的民族歌舞和乐器也随之传到中原地区，无论是行腔歌辞还是伴奏乐器均给人一种全新的感觉，促使汉族地区的音乐与外来音乐互相吸收融合。生活在我国北方和西北部的契丹、渤海、女真、蒙古和西域各族，多数能歌善舞，流传着各种各样的俗谣歌曲，很富有民族色彩和地域特色，而且早在宋、金时期，各民族的歌曲已在汉族地区广为流传。元曲便是以这些俗谣俚曲为基础，将契丹、渤海、女真、蒙古等族的武夫马上之歌与中原地区的民间小调融会在一起所创造的以中原乐系为主融合契丹、女真、蒙古族诸乐的曲子，即北曲，声调慷慨激越、质朴浅切、刚劲豪健，曲辞语言大众化、口语化、通俗化，并且宜于咏歌。元散曲是从北方民间兴起的新声，不仅给中原音乐带来了新的生气和活力，而且质朴浅切的口头语言为

---

① 王国维：《宋元戏曲史》，岳麓书社1998年版，第112页。

各族人民喜闻乐见，深受人们的喜爱，非常易于为元代大众群体所接受。元杂剧离不开音乐，它伴随北曲的产生而发展，是音乐自身发展的需要。元杂剧在宋杂剧和金院本及诸宫调的基础上，经过金元异族乐曲和风俗的熏染，大量异质文化的流传，对粗犷豪放音乐、歌舞的爱好，改变了长期以来的汉族传统审美风格，在元曲的基础上形成了元杂剧幽默诙谐而通俗质朴，刚劲豪健而浅俗鄙俚贴近大众的风格，成为各民族人民群众共同喜爱的艺术形式。所以，顾肇仓先生曾有过很精要的阐述："它大致只是用北方的歌曲做基础，经过金代的酝酿，又受到了诸宫调那种漫长的叙述体的描状人物故事的说唱文学的影响，从而创造了这种新的戏曲形式。而这种新的戏曲形式，得到了元朝的支持和接受，取得了普遍流行的地位，成为了北方代表性的戏曲。"①

也正因此，元杂剧具有雅俗共赏的群体娱乐特性，这一特征不仅容易得到蒙古族统治者的喜爱和认可，而且为社会全体成员共同接受。我们知道，蒙古族是一个对歌舞有着很大兴趣的草原游牧民族。在《蒙古秘史》中多次记载古代蒙古族欢宴歌舞的场景："蒙古部众，很是欢悦，跳舞，宴会。忽图刺被推选为合罕，在豁儿豁纳黑主不儿地方，在繁茂的树荫下，跳舞，欢宴，把杂草踏烂，地皮也踏破了。"② 可以想象当时的蒙古人对娱乐性歌舞的喜好程度，他们欢乐地宴饮之后快活地跳舞，几乎忘我。清末蒙古族学者罗卜桑旺丹《蒙古风俗鉴》也有类似的记载："是时，成吉思汗每宴饮游乐之余，尤喜听唱歌奏乐，汗妃叶遂族人……事无巨细，善会其妙，辄能造就新声，多合人意……"成吉思汗对唱歌奏乐情有独钟，宠爱能唱新声的汗妃。又《蒙靼备录》"宴聚舞乐"条下，记

---

① 顾肇仓：《元人杂剧选》，人民文学出版社1956年版，第3页。
② 策·达木丁苏隆编译，谢再善译：《蒙古秘史》，中华书局1956年版，第40页。

载了蒙古木华黎国王出师的情景:"国王出师亦以女乐随行。率十七八美女,极慧黠,多以十四弦等弹大官乐等曲,拍手为节,甚低。其舞甚异。"木华黎连行军出师都以女乐随行,可以想见乐曲和舞蹈在蒙古族生活中的重要性。欢愉的享乐性歌舞和乐曲一直在蒙古统治者生活中占有很重要地位。据《元史·礼乐志》载:"元之礼乐,摇之于古,固有可议","元之有国,肇兴朔漠,朝会燕飨之礼,多从本俗","若其为乐……大抵其于祭祀,率用雅乐,朝会飨燕,则用燕乐,盖雅俗兼用者也"。在礼乐制度方面,除在个别极为庄重的场合采用中原礼仪和雅乐之外,其他场合仍从蒙古族风俗,多用俗乐——燕乐。蒙古族舞蹈对元杂剧的影响,根据现有的史料记载和一些残存的元代杂剧演出壁画,难以下定论,"但从逻辑推理和艺术规律来看,元代蒙古族宫廷及民间舞蹈应对杂剧的舞蹈表演有一定影响。因为杂剧采用了不少蒙古族及北方其他少数民族具有刚健勇武特色的音乐,其舞蹈肯定亦会吸收具有同样特点的蒙古族舞蹈"①。

元杂剧是中国戏曲成熟的标志,它一出现便表现出与传统雅文学截然不同的体式和风貌。元杂剧的主要功能不是"文以载道",首先是娱乐,为满足观众的感官娱乐与精神心理需求,采用寓教于乐的形式,每一剧以一本四折一楔子的形式,叙演一个完整的故事,在热闹的舞台表演中使观众充分得到感官娱乐,同时又通过完整的故事情节得到心理的满足,因而,元杂剧是一种属于民间大众的艺术。

蒙古和西域草原民族具有鲜明的文化特质,粗犷、自然、直率,高兴时便尽情狂欢舞蹈,他们更重视歌舞的愉悦性和观赏性。在观看杂剧演出时,即便是通俗口语化唱词,他们听不懂,但依然

---

① 云峰:《论蒙古民族及其文化对元杂剧繁荣兴盛之影响》,《内蒙古师范大学学报》(哲学社会科学版)2003年第4期。

可以通过观看演员的表情和动作，聆听演员的歌唱和乐器伴奏等非语言艺术，消除因民族不同而产生的语言障碍。因此，在元代这个特殊的多民族文化、多民族语言并存的环境中，杂剧演出活动，无论是针对中原汉族和通晓汉语的少数民族观众，还是不懂汉语的蒙古和其他北方少数民族观众，都能满足他们的艺术审美欣赏和审美需求，从而拥有了更为广泛的观众基础。汤显祖这样评说戏剧的感染力和娱乐功能："使天下之人无故而喜，无故而悲。或语或嘿，或鼓或疲，或端冕而听，或侧弁而咍，或窥观而笑，或市涌而排。乃至贵倨弛傲，贫啬争施。瞽者欲玩，聋者欲听，哑者欲叹，跛者欲起。无情者可使有情，无声者可使有声。寂可使喧，喧可使寂，饥可使饱，醉可使醒，行可以留，卧可以兴。鄙者欲艳，顽者欲灵。"（汤显祖《宜黄县戏神清源师庙记》）① 从文学接受角度看，蒙古族和西域草原民族进入中原之前，生活在荒凉辽阔的戈壁草原上，以放牧、游猎为生，蒙古族还没有文字，文化修养还不高，文学是口耳相传，虽然入主中原居于统治地位，但他们无法如中原历代统治者一样支持诗、词、文、赋等一类雅文学，再有，他们原本就喜爱歌舞音乐，出于娱乐消遣之目的，他们更趋近于本身层次的娱乐即平民通俗文化，在文学欣赏方面，更易于接受融乐曲、百戏、滑稽戏、舞蹈、讲唱等为一体而且曲辞语言大众化、口语化、通俗化的元杂剧，而且乐曲是吸收了他们带进的大量的乐曲与乐器的北曲，宾白中也有蒙古族的语言，元杂剧不仅更符合他们的审美眼光和审美趣味，也容易得到他们的认同，所以受到元代统治者的喜爱。朝廷的扶持对元杂剧在元代繁荣和兴盛产生了直接影响。元代文人杨维桢《宫词》中有两首描绘了元代朝廷对于歌舞戏剧的高度接受：

---

① 徐朔方笺校：《汤显祖诗文集》，上海古籍出版社1982年版，第1127页。

开国遗音乐府传,《白翎》飞上十三弦。大金优谏关卿在,伊尹扶汤进剧编。

北幸和林幄殿宽,句丽女侍婕妤官。君王自赋昭君曲,敕赐琵琶马上弹。①

元代宫廷对于诸如戏剧、歌舞等通俗娱乐有着极大的需求,其中"白翎曲"是君王喜好的乐曲,君王还"自赋"昭君曲以配弦。明朱有燉《元宫词》之一:"尸谏灵公演传奇,一朝传到九重知。奉宣贵与中书省,诸路都教唱此词。"元代文献屡见向宫廷"献剧"的记载,杂剧一旦传入宫廷,必然能扩大其影响力,我们现在所能见到的元杂剧本子,多有"录之御戏监"或"内府"字样。戏曲若能进奉朝廷并受到赞许,便能广为流传。元兰雪主人《宫词》:"传入禁苑宫里悦,一时咸听唱新声",从中可以看到,元王朝从皇帝到蒙古贵族、各级朝臣都喜爱歌舞、戏剧。据《马可波罗游记》载,当时宫廷贵族的宴会不是伴以高雅的临席赋诗填词,而常常是通俗的戏剧歌舞表演。元代朝廷对戏剧比较重视,元世祖中统元年(1260),朝廷"立仙音院,复改为玉宸院,括乐工"。中统二年(1261)设立教坊司,元代宫廷中经常由教坊司演出各种歌舞和杂剧,而且元代的教坊乐部规模非常庞大,在中国历史上前所未有。《元史·百官志一》载:

教坊司,秩从五品。掌承应乐人及管领兴和等署五百户。中统二年始置。至元十二年,升正五品。十七年,改提点教坊司,隶宣徽院,秩正四品。二十五年,隶礼部。大德八年,升正三品。延祐七年,复正四品。达鲁花赤一员,正四品;大使

---

① (清)顾嗣立编:《元诗选》初集下,中华书局1987年版,第2003页。

第六章 潜邸文人的文化观念对朝廷演艺政策的影响与元杂剧的发展

三员,正四品;副使四员,正五品;知事一员,从八品。令史四人,译史、知印、奏差各二人,通事一人。①

元代教坊的品秩要高于此前唐、宋,此后的明、清诸朝代,元代礼部尚书也仅是"正三品",而管理承应乐人的教坊司,初设从五品,在大德时曾达到了最高的正三品,与礼部同一个品秩,还有以蒙古人和色目人任职的达鲁花赤为乐官,并设立译史、通事等翻译官员,均说明朝廷对戏剧的重视,这在中国古代史上是从不曾有过的。一些从事元代戏曲研究的学者历来把《元典章·刑部·杂禁·禁治妆扮四天王等》所记载的一段文字视为元朝政府对杂剧演出的限制,我们仔细分析一下便知道远非如此:"道与小李,今后不拣什么人,十六天魔休唱者,杂剧里休做者,休吹弹者。四大天王休装扮者,骷髅头休穿戴者,如有违犯要罪过者!仰钦此。"②元朝自立国奉藏传佛教(喇嘛教)为国教,宫廷中所演奏的宗教音乐有萨满教音乐,儒释道三教音乐,由于藏传佛教在宫中极为兴盛,其音乐在宫中影响也很大。元世祖至元十八年(1281)所颁发的这条禁令,其中禁止杂剧演出采用"四大天王"和"十六天魔"的宗教音乐,《十六天魔舞》是喇嘛教用来赞佛的舞曲,"四大天王"与"骷髅头"指藏传佛教舞蹈跳的"查玛"(蒙古语音译"羌姆",俗称"跳神""打鬼")。应当是元杂剧表演中的这些内容,触犯了佛教的尊严,故遭到限制。从这条禁令可以看到几点,一是元世祖朝杂剧已在宫廷流行,元杂剧在宫廷的流行,对上层社会发生了影响,那么就会产生更大的社会影响,促成元杂剧的流行;二是颁布圣旨限制演出有关喇嘛教舞蹈的具体条款,恰恰说明当朝统治者对杂剧演出是非常

---

① (明)宋濂等:《元史》,中华书局1976年版,第1243页。
② 《元典章·刑部·杂禁》,中国书店1990年版,第821页。

关注的。所以,幺书仪在其《戏曲》里说:"元王朝统治阶级对歌舞戏曲的爱好,鼓励了戏曲的发展。"①

元杂剧的观众主体是普通市民,吴晟认为:瓦舍勾栏的观众以商人、官吏、军士为主,总体来看,瓦舍勾栏的观众主要是城市平民。②清刘继庄《广阳杂记》卷二说:"余观世之小人,未有不好歌唱看戏者。"普通市民虽没有多少文化修养,但元杂剧以其通俗直率大众化的风格,雅俗共赏的群体娱乐特性,深受他们欢迎,很快风靡于北中国城乡之间。如此,元杂剧这种以俗为标记的通俗文艺样式,不仅存在于商业都会中的勾栏瓦舍以及乡野路歧、僧道庙观,而且在宫廷中也取得了一席之地,得到蒙元统治者的喜爱和认可。中国的戏剧有了新的生存土壤,为社会全体成员共同接受,戏曲的流传,不只在民间,而是拥有民与官两个渠道,元代便成为中国历史上戏剧发展的第一个黄金时期。

日本汉学家青木正儿《元人杂剧序说》:"蒙古人的爱好歌舞和强制推行俗语文,这两件事对于助成杂剧的盛行上,大概具有重大的关系。"③他所指出的两点很重要,一是包括蒙古族在内的北方草原民族及西域商业民族对歌舞的喜爱,二是元代北方新的语言体系的形成对元杂剧的流行也起到推波助澜的作用。元杂剧是以金、元之交的河北、河南、山东等中原地区的北方话为基础,并吸收了女真、蒙古等前后入主中原的北方游牧民族所使用汉语的腔调及其语言,特别是蒙古族语言而形成的,通俗活泼,生动跳脱,丰富多彩,诙谐幽默,质朴浅切的元杂剧词汇特别适合普通民众的欣赏口味。胡适在《吾国历史上的文学革命》中说:"文学革命,至元代

---

① 幺书仪:《戏曲》,人民文学出版社 1994 年版,第 83 页。
② 吴晟:《瓦舍文化与宋元戏剧》,中国社会科学出版社 2001 年版,第 113 页。
③ [日]青木正儿著,隋树森译:《元曲研究》乙编,台北里仁书局印行 2001 年版,第 7 页。

而登峰造极。其时，词也，曲也，剧本也，小说也，皆第一流之文学，而皆以俚语为之。其时吾国真可谓有一种'活文学'出世。"①从语言角度，给予元杂剧以很高的评价。

在元杂剧的语言中吸收了大量的北方少数民族的语言词汇，特别是蒙古语词汇，不仅增加了不少新的词语和句式，如双音词和多音词有了明显的增加，而且丰富了元杂剧的词汇和表现力，加强幽默诙谐气氛，烘托演出效果，使其通俗化、民间化和口语色彩更浓，正如臧懋循在《元曲选序》中所说："人习其方言，事肖其本色，境无旁溢，语无外假。"元杂剧中大量使用蒙古语的情况，在贾晞儒的《元杂剧中的蒙古语词》② 一文中有较为详细的介绍。诸如：阿堵兀赤、把都儿、不良会、孛知赤、波、答剌孙（又写作打剌孙、打剌酥、打剌苏）、倒剌、阿者、古堆帮、哈剌（又写作哈喇）、哈敦、哈搽儿、忽里打海、虎剌孩、虎儿赤、火里赤、磕搭、莽古歹、米罕、民安、抹邻、蒙豁、慕古（有的写作暮古）、那颜、弩门、奴末赤、奴海赤、撒敦、莎搭八（又写作莎塔八、锁陀八）、巴都儿、牙不、站、胡同、扫兀、速门、速胡赤、速木赤、石保赤、铁里温、腾克里、五都魂、兀的、兀那、兀剌赤、耶步（有的写作哑步、牙不）、牙不约儿赤、站赤、钻懒、者等，最大限度地吸收和熔铸了蒙古族语言文化的精髓。那些使用频率较高的词汇，多是反映蒙古族游牧生活所特有的民族风俗事物，为汉族及其他少数民族人民所理解和接受。元杂剧在作品中穿插一些蒙古语，使语言配合音乐曲牌，在相应的故事情节中出现，不仅可以丰富剧本的内容与词汇，而且可以在艺术表现力和创造力以及娱乐的功能上增

---

① 姜义华主编：《胡适学术文集·新文学运动》，中华书局1993年版，第4—5页。

② 贾晞儒：《元杂剧中的蒙古语词》，《青海民族学院学报》（社会科学版）1982年第4期。

强戏剧的表现效果,也容易使蒙古族统治者形成认同感。以下是关汉卿的《哭存孝》中李存孝上场时的一段,使用了一连串的蒙汉混合语:

> 米罕(肉)整斤吞,抹邻(马)不会骑,努门(弓)和速门(箭),弓箭怎的射!撒因(好)答剌孙(酒)见了抢着吃,喝的莎塔八(醉),跌倒就是睡,若说我姓名,家将不能记,一对忽剌孩(贼),都是狗养的。①

寥寥数语把一个贪得无厌、好吃懒做的无赖的形象活脱脱刻画出来。人们通常把元杂剧多用俗语口语、较为本色的特征概括为"蒜酪""蛤蜊"风味,元杂剧吸收蒙古族词语未尝不是增加其本色风味的一种方式。黄元吉的杂剧《黄廷道夜走流星马》中有大量蒙古族和西域少数民族的语言,元杂剧中不仅有大量反映西北少数民族生活和民族文化风情的描述,如展示沙陀地貌景观的描写,而且剧中有大量西域诸少数民族、女真族、蒙古族的生活口语做宾白,这些词语都是以汉字语音的形式出现在元杂剧里,如第二折通事白:"孛赤那颜亦来,孛者塞因,孛者赤那颜锁忽塌把,塞因!塞因!"② 对话生动形象,既烘托了人物特征,又具有丰富的少数民族文化特色,极易赢得各族人民的喜爱。元杂剧的语言风格,明显有着文化碰撞的烙印,才滋润出元代杂剧所特有的辛辣而醇美的"蒜酪味"和"蛤蜊味"。

元人戴良说:"我元受命,亦由西北而兴,而西北诸国,如克烈、乃蛮、也里克温、回回、吐蕃、天竺之属,往往率先臣顺,奉职称藩。其沐浴休光,沾披宠泽,与京国内臣无少异。积之日久,

---

① 王季思主编:《全元戏曲》第 1 卷,人民文学出版社 1999 年版,第 3 页。
② 王季思主编:《全元戏曲》第 5 卷,人民文学出版社 1999 年版,第 564 页。

文轨日同，而子若孙遂皆舍弓马而事诗书。"① 北方色目子弟舍弓马而事诗书，学习汉文化，在元杂剧创作队伍中出现了一大批包括蒙古、女真、色目等民族的杂剧作家，如蒙古人阿鲁威、杨景贤，女真人奥敦周卿、石君宝、李直夫，色目人阿里西瑛、赛景初、沐仲易、薛昂夫等。他们的审美取向、风俗、音乐、语言都会对元杂剧创作产生一定影响，元杂剧中有异域风情浓郁的音乐曲调和具有北方游牧民族特性的生活与自然景观描写。如蒙古族剧作家杨景贤的《邓夫人苦痛哭存孝》中李克用的开场白：

番，番，番；地恶，人奔；骑宝马，坐雕鞍。渴饮羊酥酒，饥餐鹿脯干。凤翔箭手中施展，宝雕弓臂上斜弯。林间酒阑胡旋舞呵，着丹青写入书图间。②

这一段文字有着典型的游牧民族的生活气息和精神气质，文风豪放酣畅，是西北草原沙漠地带民族风情及生存环境的反映，作者笔下的沙陀地貌景观非常具有典型特征，这也是中原汉族作家所缺少的，这种作品改变了几千年来汉民族尚雅的传统，呈现了以俗为美的审美风格。

在北方草原和西域商业民族的传统文化中，有传统的民歌，英雄史诗和长调，深受人民的喜爱，这些俗文学对元杂剧和元曲的繁荣也起了一定作用，北方草原与西域商业民族的文化从审美、行腔、曲调、歌舞、语言、风格对元杂剧的创作均产生了很大影响，所以说元杂剧的繁荣兴盛离不开多民族的交流和融合。中国戏曲豳

---

① （元）戴良：《九灵山房集》卷一三《鹤年吟稿序》，《丛书集成初编》本，中华书局1985年版，第137页。
② 王季思主编：《全元戏曲》第5卷，人民文学出版社1999年版，第235—236页。

雅尚俗的审美导向，天然的娱乐性和传播方式以及元代的社会文化背景共同促进了有元一代文学的瑰宝——元杂剧的繁荣，使俗文学成为中国古代文学的主体。

俗文化、俗文学，到元代得到了自由发展的空间，杂剧在元代繁荣兴盛。据庄一拂《古典戏曲存目汇考》估计，元杂剧存目约有五百三十多种，今存本一百六十二种。正如近代学者所言：

> 戏曲者，普天下人类所最乐睹、最乐闻见者也，易入人之脑蒂，易触人之感情。故不入戏园则已耳，苟其入之，则人之思想权未有不握于演戏曲者之手矣。使人观之，不能自主，忽而乐，忽而哀，忽而喜，忽而悲，忽而手舞足蹈，忽而涕泗滂沱，虽些少时间，而其思想之千变万化，有不可思议者也。[①]

在元代之前，中国文学的主要类型是诗、词、文、赋，元代之后，中国文学的主要类型中增加了小说和戏曲。

---

① 三爱：《论戏曲》，载阿英编《晚清文学丛钞·小说戏曲研究卷》，中华书局1960年版，第52页。

第七章

忽必烈藩府文人与元代宗教政策及对文学的影响

忽必烈潜邸文人是由来自不同地域、具有不同学术渊源的文人所形成的中国历史上前所未见的多族文人群体。这是一个有着多种文化、多种学术观念与宗教信仰并存与融合的群体，除蒙古族原有的萨满教以外，佛教、道教、回教、基督教、犹太教、摩尼教、袄教，都被兼收并蓄，呈现出多元一体性的特征和深远的包容性。忽必烈幕府的特殊政治地位，决定了元代宗教政策的宽容和包容性，也决定了元代文学与宗教的关系既密切又具有鲜明的时代特色。

第一节 忽必烈藩府文人多元化的宗教信仰与元代宗教政策的形成

忽必烈藩府是由多民族文人组成，这决定了他们宗教信仰的多元化特征。

从成吉思汗建立蒙古汗国开始，采取宽容的宗教政策，宗教信仰多元化。萨满教作为蒙古族狩猎文化与游牧文化产物的最古老的宗教信仰，其"天命论"早已与黄金家族正统观有机地融为一体，以共同的祖先神话和超凡出身为成吉思汗权力的合法性辩护，以宗教信仰来凝聚族群。蒙古人崛起于朔漠,萨满教是蒙古民族世代传承下来的最古老的宗教信仰,认为万物有灵,以自然崇拜、天神崇拜、祖先崇拜、鬼魂崇拜为主要内容,敬仰至高无上、永恒不灭的"长生天",崇拜"天神"(腾格里)、"地神"(纳亦该)和"灵魂偶像"(翁衮)等。蒙古族认为他们的先祖是奉天命而生,他们的事业是"托着长生天底气力"才成功的,因此,成吉思汗不仅依靠武力来凝聚蒙古民族,而且十分注重利用宗教作为其统治的精神支柱,充分利用蒙古族敬天奉神的诚笃性来组织蒙古民众。比如1205年,成吉思汗打败了曾和他结拜的札答阑部落首领札木合,由于他和札木合曾是盟友,便让札木合"不出血而死",按照萨满教的观念如此能保留其灵魂在血液里,既惩治了仇敌,又弘扬了天恩,确实符合蒙古民众心中的圣明之君标准。波斯史学家志费尼曾这样描述成吉思汗:"他一面以礼相待穆斯林,一面极为敬重基督教徒和偶像教徒。他的子孙中,好些已各按其好,选择一种宗教;有皈依伊斯兰教的,有信奉基督教的,有崇拜偶像教的。"① 成吉思汗是一个没有宗教偏见的领袖,为了进行军事扩张和维护其政治统治,他对各种宗教兼容并蓄,并下令尊重一切宗教,不得干预任何教派之自由,并且优待所有宗教,免征其租税与差役。这一宗教政策的实施,不仅减少了被征服地区具有不同信仰的民族首领和百姓的对立和反抗,而且还能在各民族各种宗教人士和信徒中招纳人才,如契丹族佛教居士耶律楚材,畏兀儿景教徒塔塔统阿,西域穆斯林人物牙剌洼赤和马思忽惕父子,全真道领袖长春真人丘处机等。成吉思汗之后,窝阔台汗、贵由汗和蒙哥汗等,仍然如其父祖一样信服萨满教"长生天"而且矢志不渝,据《黑鞑事略》载:"其常谈必曰:托着长生天底气力、皇帝底福荫。彼所欲为之事,则曰:天教

---

① [伊朗]志费尼:《世界征服者史》上册,何高济译,翁独健校,江苏教育出版社2005年版,第22页。

恁地；人所已为之事，则曰：天识著。无一事不归之于天，自鞑主至其民无不然。"① 为了进行军事扩张，也为了维护领土广阔、民族复杂、文化参差的蒙古汗国的统治，他们继续执行成吉思汗兼容并蓄的宗教政策，对各宗教之人待遇平等，利用宗教为其统治服务。窝阔台汗、蒙哥汗等依然遵循成吉思汗的宗教政策，对各种宗教同等待遇，无所偏袒。蒙哥汗曾参用佛教中"镜面王缘"典故，对法国教士鲁布鲁克说："如同神赐给我们五根不同的手指，他也赐给人们不同的途径"②，阐明蒙古统治者对不同宗教一视同仁的立场，只要能为国家政权提供服务即可，也说明了蒙古高层统治者已经超越民族界限。不过，在所有宗教中，蒙哥汗最尊崇的是佛教，只因佛教的利用价值已明显地高于道教，蒙古统治者的宗教政策，也由重视道教逐渐倾向于佛教，在哈喇和林，佛、道两教举行了两次辩论，由于蒙古统治者支持佛教，自然是佛教占了上风。

忽必烈汗作为元王朝的第一代帝王，在宗教政策上和历代蒙古大汗一样，承继了成吉思汗兼容并包的宗教政策。萨满教以"长生天"为主宰而众神并存的多层次神灵结构，这一宗教信仰已经渗透到民族心理并积淀于蒙古民族传统文化中，无论是在蒙古贵族还是平民的宗教信仰观念中，都处于正统地位，仍然有一定的利用价值，为思想上巩固成吉思汗"黄金家族"的神圣性，对长生天的信仰贯穿了元朝始终，且进一步沉淀并进入民间宗教，萨满仪式见于岁时信仰和习俗，据《元史》载："元兴朔漠，代有拜天之礼。衣冠尚质，祭器尚纯，帝后亲之，宗戚助祭。"这说明元统治者将"长生天"信仰从漠北带到元朝廷且礼仪隆重，每岁必祭。除萨满教外，蒙古族在历史上还信

---

① 苏鲁格、宋长红：《中国元代宗教史》，人民出版社1994年版，第16页。
② 耿昇、何高济译：《柏朗嘉宾蒙古行纪、鲁布鲁克东行纪》（合订本），中华书局2002年版，第302页。

仰过景教、天主教、佛教、伊斯兰教等多种宗教。虽然忽必烈对佛教的特别尊崇，信仰喇嘛教，并且将佛教定为国教，不过，为了国家政治的需要考虑，他的宗教观在追功求利上是和几代蒙古大汗一致的，还选择了有利于其国家政权的世界性宗教，如道教、伊斯兰教、基督教、天主教等。据《马可波罗游记》记载，元世祖忽必烈曾说过这么一段话："人类各阶级敬仰和崇拜四个大先知。基督教徒，把耶稣作为他们的神；撒拉逊人，把穆罕默德看成他们的神；犹太人，把摩西当成他们的神；而佛教徒，则把释迦牟尼当作他们的偶像中最为杰出的神来崇拜。我对四大先知都表示敬仰，恳求他们中间真正在天上的一个尊者给我帮助。"① 无论是基督教、伊斯兰教、犹太教抑或佛教，只要对元朝的统治有利，忽必烈都给予尊重和敬仰，他信任各宗教中有学识有才干的人，并多次下令禁止在军队中进行宗教歧视，元政府还投入大量财力、物力，修筑庙宇殿堂、译写经典、供养僧侣等。

忽必烈藩府中阔阔、脱脱、秃忽鲁、乃燕、霸突鲁等侍从文人都是蒙古人，他们和忽必烈一样，秉承了草原民族质朴无华、讲求实利的特点，以包容的心态对待各种宗教。

西域色目文人侍从畏兀儿人孟速思、廉希宪等，他们的祖先回鹘是我国西北地区具有悠久历史和灿烂文明的古老民族之一，最早和蒙古族一样，也是信奉萨满教，又接受了摩尼教、祆教、景教、佛教和中原道教，后伊斯兰教（元代的伊斯兰教徒又称"回回""达失蛮"等）逐步流行。元代伊斯兰教很兴盛，《明史》形容为"回回之人遍天下"，正是因为众多的色目人信仰伊斯兰教的缘故。元代景教也是由蒙古人和色目人带到了中原，信教者除蒙古人以

---

① 陈开俊等译：《马可波罗游记》，福建科学技术出版社1981年版，第87页。

第七章 忽必烈藩府文人与元代宗教政策及对文学的影响

外，皆为色目人。元代，伊斯兰教、基督教和犹太教都得到了传播和极大的发展。

道教是中国土生土长的宗教，正式形成于东汉中后期。道教融合了远古信仰、神仙方术、黄老学说等各种元素，到了宋金元时期，中国南北方道教利用各种有利因素都获得巨大的发展，北方道教主要有：太一道、真大道、全真道，其中以全真道最盛，全真道凭借丘处机与蒙古上层贵族的特殊关系，在北方发展迅速，拥有道徒三十万之众，广建宫观道场，并融合其他道教派别，在元代达到鼎盛，成为道教第一大派。忽必烈藩府重要谋臣刘秉忠曾深受全真道影响，刘秉忠避世隐居于武安山之时，与全真道道士相处过一段日子。全真道在很大程度上影响了刘秉忠的生活和思想，他宅心物外，淡泊于名利，在武安山读书隐居时，草衣木食，后来又自号藏春散人，他的文集名为《藏春集》。全真道和元统治阶层的联系一直未曾中断。

太一道的四代祖中和真人萧辅道（1191—1252），字公弼，号东瀛子，才识学问在金源士大夫文人当中有口皆碑，有极高声望。萧辅道为了太一道的发展和传播，为了取得蒙古政权的认可，主动适应时势的变化，于贵由汗元年（1246），蒙哥汗二年（1252），先后两次入侍忽必烈藩府，从而得到了忽必烈家族的信任和支持，为太一道的发展打下了坚实的基础。在元王朝的扶植和崇奉下，太一道取得比金代更大的发展，尤其是在忽必烈统治时期，进入全盛时期。

禅宗僧人印简大师海云是忽必烈较早延入潜邸的方外人士，也是最先与蒙古族统治者建立联系的汉地佛教禅宗僧人。印简（1202—1257），号海云，中原汉地著名的禅宗僧人。印简大师早在成吉思汗之时就曾随其师中观沼禅师到漠北弘法，被成吉思汗尊称为小长老。乃马真后元年（1242），忽必烈特意邀请印简大师赴漠北，问佛法大意。印简此次到漠北不仅成功宣扬了安天下之法，而且赢得了拖雷家族的尊崇和信任。印简返回燕京之时，忽必烈以珠袄金锦无缝天衣等奉以师礼。自此之后，海云一直被推为天下禅门之首。蒙哥汗二年（1252）夏，印简大师被蒙哥汗授以银章，领天下宗教事。

还有一位佛门重要人物就是忽必烈藩府重要谋臣刘秉忠。刘秉忠于二十三岁皈依佛门，法号子聪，二十七岁时随其师印简海云觐见忽必烈，便留在了忽必烈藩府，成为忽必烈的心腹幕僚。刘秉忠一直以"聪书记"的僧人身份为忽必烈谋划军政机要，长达二十多年，直到至元元年（1264），刘秉忠才依照元世祖忽必烈之命还俗，复刘姓，赐名秉忠，授光禄大夫，位太保，与中书省事。刘秉忠事功卓著，虽没有隐居林泉之间，而是奔忙于红尘之世，但他并非是为一己之显达而汲汲于富贵与浮名，而是一位寡欲清廉的治世能臣，平生不以功名富贵为念，保持人之本真，一直是"斋居蔬食，终日淡然"（《元史·刘秉忠传》）。

除印简、子聪之外，还有一个邢州籍禅宗僧人至温，由僧子聪（刘秉忠）推荐入仕忽必烈藩府。至温聪敏异常，博学多识，才气过人①，"戊午之岁，作大龙光华严寺，寺于城东北隅，温公主之"（虞集《佛国普安大禅师塔铭》）②。从1258年开始，至温任开平城大龙光华严寺第一任主持。海云和子聪等僧人，通过佛法而灌输给蒙古统治者教化安民的治国之法。

忽必烈对佛教很是尊崇，一是出于对佛教法力的敬畏，二是出于对佛教治世功效的心悦诚服，忽必烈深知宗教以其特殊的手段而

---

① "以才气过人，稍不容于众，然而传记多闻，论辩无碍，百家诸子之言，多所涉猎，又善草书，有颠素之遗法。"虞集：《虞集全集》第989页《佛国普安大禅师（至温）塔铭》。

② 李修生主编：《全元文》第27册，凤凰出版社2004年版，第80页。

佐助帝王的道理。忽必烈信奉藏传佛教——喇嘛教，他对喇嘛教的理解，主要得力于潜邸谋臣中的藏传佛教大师八思巴。八思巴（1235—1280），本名洛珠坚赞，是萨迦五祖中的第五祖，他的伯父是萨迦班智达。据《元史》卷二○二《释老传》载："帝师八思巴者……岁癸丑，年十有五，谒世祖于潜邸，与语大悦，日见亲礼。"① 八思巴十五岁时，于蒙哥汗三年（1253），留在了忽必烈潜邸。之后，八思巴一直追随忽必烈，而且与忽必烈家族的关系日益增进。八思巴学识渊博、才华超群、精通咒语、善讲经义，并以其卓越的才华和学识赢得了忽必烈的认可，他先后为忽必烈与王后及其子女进行了密宗灌顶②，从而确定了与忽必烈的师徒关系，并给他们讲经说法。如此一来，八思巴巧妙地将忽必烈一家与藏传佛教联系在一起，建立了元代皇室和萨迦派及款氏家族的紧密联系，也奠定了元代帝师制度。1260年忽必烈即位后马上任命八思巴为国师，据《元史·世祖本纪》载：忽必烈"以梵僧八合思八为帝师，授以玉印，统释教"③。八思巴多次受册封为"国师""帝师""大宝法王"等，同时，忽必烈把西藏地方的政权交给他，据《元史》卷二○二《释老传》载："元起朔方，固已崇尚释教。及得西域，世祖以其地广而险远，民犷而好斗，思有以因其俗而柔其人，乃郡县土番之地，设官分职，而领之于帝师。乃立宣政院，其为使位居第二者，必以僧为之，出帝师所辟举，而总其政于内外者，帅臣以下，亦必僧俗并用，而军民通摄。于是帝师之命，与诏敕并行于西土。"由八思巴主持掌管全国宗教事务的宣政

---

① （明）宋濂等：《元史》，中华书局1976年版，第4517—4518页。
② "世祖宫帏、东宫皆受戒法，特加尊礼。"（王磐：《拔思发行状》，载《释氏稽古略·释氏稽古略续集》，江苏古籍刻印社1992年版，第598—599页）
③ 按王磐的《拔思发行状》记载：八思巴的封号为"皇天之下一人之上开教宣文辅治大圣至德普觉真智，佑国如意大宝法王、西天佛子、大元帝师班弥怛拔思发"。

院，元代在西藏地区实行"政教合一"，蒙古统治者通过喇嘛教萨迦派首领八思巴等人同吐蕃诸部取得了联系，并促成了西藏归顺。这种宗教和王权之间的依附和利用的关系，王权之下的教权与政权的合一，既充分肯定了宗教的地位，用以辅弼政治，又达到治理西藏的政治目的。藏传佛教以喇嘛教的形式得到复兴，喇嘛教较为符合蒙古贵族传统的宗教心理，容易赢得蒙古族的接受和崇信。由于八思巴和忽必烈的特殊关系，喇嘛教地位得到提高，各种门派在元代盛行于一时，萨迦派则处于统摄地位。在元代，帝师是很受礼遇和尊崇的。"百年之间，朝廷所以敬礼而尊信之者，无所不用其至。虽帝后妃主，皆因受戒而为之膜拜。正衙朝会，百官班列，而帝师亦或专席于坐隅。且每帝即位之始，降诏褒护，必敕章佩监络珠为字以赐，盖其重之如此。其未至而迎之，则中书大臣驰驿累百骑以往，所过供亿送迎。比至京师，则敕大府假法驾半仗，以为前导，诏省、台、院官以及百司庶府，并服银鼠质孙。用每岁二月八日迎佛，威仪往迓，且命礼部尚书、郎中专督迎接。及其卒而归葬舍利，又命百官出郭祭饯。"① 元代是藏传佛教的鼎盛时期，自忽必烈起，终元一代，授封为"帝师"的喇嘛僧有14人之多。萨都剌诗云："院院翻经有咒僧，垂帘白昼点酥灯。上京六月凉如水，酒渴天厨更赐冰。"(《上京杂咏》其五)② 从中也可见元代吐蕃佛教僧徒之众、规模之大。

忽必烈不仅尊崇藏传佛教——喇嘛教的同时，对汉地佛教也同样重视，对寺庙的财产专门下旨加以庇护："凡属寺院田地、水土、园林、碾磨、铺、解典库、浴堂、人口头匹等物，不拣是谁，休倚气力夺要者，休谩昧欺负者，休推事故取问要东西者。"(《一三〇

---

① （明）宋濂等：《元史》，中华书局1976年版，第2556页。
② （清）顾嗣立编：《元诗选》初集中，中华书局1987年版，第1229页。

五年长清灵岩寺令旨碑》)① 佛教在政治、经济上拥有很强的实力。元代佛教的影响几乎遍及大江南北，全国拥有寺院四万余所，僧尼二十多万人。

　　从藩府文人诸教并行多元宗教文化共存的现象可以看到他们对各种宗教的包容以及对宗教观念的接受和认同，这一点体现了蒙古统治者所奉行的比较宽容的宗教政策。有人曾作过这样一个很恰切的比喻：宗教的花朵盛开在天国，宗教的枝干扎根于尘世。宗教对社会生活的影响，必然会对政治产生影响，对统治阶级、阶层或社会集团产生影响。元代的蒙古族统治者，诚笃地信奉宗教，他们的信仰是希望各种神祇能给予他们实实在在的利益，欲借助佛教巩固其统治，"乘法力以畅皇威，宣天休以隆国势"（黄溍《杭州路凤凰山禅宗大报国寺记》），因而，他们对各种宗教一视同仁，着眼点在于"告天祝寿""告天祈福"的功用。只要各教拥戴大元帝国，为元廷祈灵致福，维护大汗的统治，保佑皇上万寿无疆，保佑大元朝国富民安即可。元代在一些大的佛寺、道观、教堂和清真寺，往往立有这种字样碑文："……皇帝圣旨里：和尚、也里可温（基督教士）、先生（道士）、达识蛮（伊斯兰教士）每，不拣甚么差发休当者，告天祝寿者么道有来。"② 所有的佛教、基督教、道教、伊斯兰教四教教徒，职务是为皇帝进行祝祷，不当任何差发。"在中国文化史上元代宗教是颇有特色的，其最大特色便是多元性和开放性，这与蒙古统治的辽阔版图及其迫切需要的文明滋养是分不开的。蒙古诸部原本信奉原始的萨满教，但其在权力扩张的过程中很快学会了接容与纳取。在其兼容并蓄的宗教政策下，佛教、道教、伊斯兰教、基督教等都在中国得到广泛的传播和发展。这种多元与开放有时令人想到唐代，但与唐代不同

---

　　① 蔡美彪编著：《元代白话碑集录》，科学出版社1955年版，第25页。
　　② 《元典章》卷三三，中国书店1990年版。

的是其铁骑与商业的色彩更浓。这是由很大的历史跨越造成的,当蒙古由蒙昧的部落逐渐形成强大的帝国时,其原始的血性与发达的文化结合势必构成一道奇观,而宗教便在其中成为一个独具魅力的角色。"①

第二节　元代宗教与元代文人及文坛

在中国文化史上,元代宗教是颇有特色的一个朝代。元统治者虽然有对宗教的虔敬之情,但更多的是出于功利的考虑。在一个比较开放、宽容的文化环境内,除蒙古族原有的萨满教以外,佛教、道教、回教、基督教、犹太教、摩尼教、祆教等各种宗教都被兼收并蓄,外来宗教较多,这也形成了元代社会中各宗教间彼此融合,繁荣共处的局面,从而造就了元代开放多元的宗教景观。白寿彝先生指出:"从民族发展上看,宋元时代是中国历史上的第三次民族大融合。"② 元朝疆域辽阔,民族众多,政治统一,多种宗教的流行,也给元代文学、艺术、哲学、语言文字,乃至医学、印刷术、天文、历法和社会生活等均带来了极大的影响,而宗教与文学的深刻联系也是文学研究必须关注的。

一　儒释道三教的融合

宗教与文人的关系在元代更为密切,元代文人对宗教观念普遍接受和认同,各宗教并行且彼此融合,三教合一,文人禅道化、释

---

① 张维青、高毅清:《中国文化史》第三册,山东人民出版社2002年版,第376—377页。
② 白寿彝:《关于中国封建社会的几个问题》,《白寿彝史学论集》,北京师范大学出版社1994年版,第41页。

道文人化，达到了前所未有的程度。

儒、释、道三大文化是中国文化的基本精神，往往是以儒家思想为主、佛道为辅三教融合为一。从中晚唐开始，佛教思想、道教哲学已经融合到了儒家思想文化里，到北宋中叶，形成了一种以儒为主导，以佛道为辅助的三教合流的思想格局，即进而以儒治世，守而以道治身，退而以佛治心。文人禅学化、释道文人化已成突出倾向，而理学也自其形成之日起就显示出糅合儒、佛、道三家的特征。到了元代，因元朝兼容各种宗教的国策，随着宗教的繁盛，以佛、道两教最为显著，元代文人几乎无人公开排佛老，对佛、道思想的普遍认同，而元代的僧人道士，大多都是儒士出身。因此，"三教同源""三教归一"的现象在元代非常突出。而元代的儒学也有了新的发展，受当时社会思潮的影响，儒家学者的思想中往往包含着释道思想，儒士崇尚儒学的同时又信奉佛老，以宗教作为调节心理平衡的一种重要手段。士大夫文人都有着以道自任的强烈的使命感，"士之仕也，犹农夫之耕也"（《孟子·滕文公下》），他们恪守传统儒家文化以图通过仕进的道路实现自己的人生理想却受到打击，面对失落，往往出入佛道，佛、道之类的宗教是人们在现实中得不到任何解脱痛苦的良方而身陷绝境时，支撑他们继续生存下去的一种精神力量。佛禅以空寂为宗，随缘而适，以求解脱，心中清净无垢，即能开悟成佛。道教重视生存与享乐，引导人们抛却尘俗之累，超脱物外，极虚静，弃物欲。佛教和道家的陶冶教化恰好可与儒家思想互补，从而达到内心和谐，以儒学为主干，以佛教禅宗、道家心性为慰心良药，使人们的精神有寄托。正如梁漱溟先生所说的："宗教之为物，饥不可以为食，渴不可以为饮，夏不祛暑，冬不御寒，对于此身生活问题不见有任何用场。然它从远古发生在人群社会间，势位崇高……是即人生，非若动物囿止于身体存活而已，必精神安稳乃得遂顺地生活下去之故耳。宗教虽于身体不解饥渴，但它却为精神时多时少解些饥渴。"①

元代文人主观上对佛道思想普遍认同，程钜夫曾说："孔、释之道，为教虽异，而欲安上治民、崇善闭邪则同。"② 认为释、道安民治国的作用同儒学一样。元初刘秉忠是忽必烈政权中重要的辅佐之臣，其学术贯通儒释道三家的思想，而且涵养深厚，他在《呈全一庵主》中写道："庄周一梦花间蝶，圆泽三生石上僧"③，援引庄老，融入佛禅之境，非常之洒脱。张养浩《寄阅世道人侯和卿》："披一领熬日月耐风霜道袍，系一条锁心猿拴意马环绦，穿一对圣僧鞋，戴一顶温公帽，一心敬奉三教，休指望神仙上九霄，只落得无是非清闲到老。"曲中，人物身着道士服，足上穿一对圣僧鞋，头上戴的是温公帽，温公即司马光，代表儒家，可见元代三教合一思想对张养浩生活的影响。

元后期以文章名江南的"浙东四先生"之一的宋濂，其思想也是以儒学为宗，又精于释、老之学，"上究六经之源，下究子史之奥，以至释老之书，莫不升其堂而入其室"（刘基《潜溪集序》)④。元末江南文坛，玉山草堂主人顾瑛出入三教，号金粟道人，以道人自居，他有一首著名的《自题像》诗："儒衣僧帽道人鞋，天下青山骨可埋。若说向时豪侠处，五陵鞍马洛阳街。"⑤ 亦儒亦道亦僧，优游三教。倪瓒曾为其绘《顾仲瑛三教

---

① 梁漱溟：《宗教与人生》，《梁漱溟自选集》，首都师范大学出版社 2008 年版，第 148 页。

② （元）程钜夫：《雪楼集》卷九《秦国文靖公神道碑》，《丛书集成续编》第 135 册，新文丰出版公司 1988 年版。

③ （元）刘秉忠：《藏春集》卷二，北京图书馆古籍珍本丛刊，影印明天顺五年（1461）刻本。

④ 罗月霞主编：《宋濂全集》第四册，浙江古籍出版社 1999 年版，第 2327 页。

⑤ （元）顾瑛：《自题像》，《玉山草堂集》，载毛晋《元人十种诗》，海虞毛氏汲古阁明崇祯十一年（1638）刻本。

小像》,"清腴微须,顶笠束珱,蹑玄舄,执孔雀尾扇,坐云鹤褥,有书一册在旁。"① 正是儒、释、道三合一的形象。而且倪瓒本人精通经史诸子、释老岐黄等学说,参禅论道,也是自由地出入于三教之间。他的兄长倪昭奎,先担任儒官,后皈依全真道,是受元朝封赠的道教首领,延祐二年(1315)得授真人称号。受其长兄崇奉道教的影响,倪瓒置身于物之外,淡泊于世,他平日"多居琳宫梵宇,人望之若古仙异人"②。与倪瓒同为"元四家"的黄公望,"通三教,旁晓诸艺。善画山水,师董源,晚年变其法,自成一家"(《图画宝鉴》),年轻时受儒家"兼济天下"的抱负,有志于仕途,由倪瓒长兄倪昭奎介绍入全真道,改号一峰、大痴,入全真道之后开始了寄情山水、超然物外、以画为乐的隐居生活。杨维桢,以儒为本,有儒家的积极入世精神,其治学兼综三教,崇尚自然,明确指出老氏"以自然为宗,以无为为本",并以此为基础,主张"各以得性为至,自尽为极也"。③ 杨维桢的思想虽是以儒为本,不过对道家的清静无为,道法自然的宗旨有所理解,他晚年所作的《自然铭》中说:"故老庄祖自然,使世之沓婪躁妄一安乎自适,而诣乎定极此自然。"④ 他提倡顺物自然,关注人性的自然,在《委顺斋铭》中亦说:"顺一吾委,万物自然"⑤。杨维桢众多的诗友学生中,有相当一部分是道士,大多是心胸清旷、了无俗尘的有道之人。杨维桢

---

① (元)倪瓒:《清閟阁全集》卷九,四库全书集部第 1220 册,上海古籍出版社 2003 年版,第 298 页。

② (元)张端:《云林倪先生墓表》,李修生主编《全元文》第 56 册,凤凰出版社 2004 年版,第 298 页。

③ (元)杨维桢:《东维子集》卷二三《玄妙观重建玉皇殿碑》,《景印文渊阁四库全书》第 1221 册,台湾商务印书馆 1985 年版。文渊阁四库全书本。

④ 李修生主编:《全元文》第 42 册,凤凰出版社 2004 年版,第 41 页。

⑤ 同上书,第 44 页。

虽然从未皈依佛门和佛教，但"以余交浮屠，南北之秀凡数十人"（杨维桢《送照上人东归序》）①，也结交不少有才华的诗僧、书僧、画僧。杨维桢也精于佛道，以其广博的学识和对佛教精义的理解，在《雪庐集序》一文中其论曰："佛以神道设教，以辅国君治本，使民从化，不俟刑驱。且赞今天子以西天佛子为帝者师，所以崇其治本者耳。"② 对佛教辅佐治理国家的作用分析很透彻。据贡师泰《皆梦轩记》所载，元末奇士陈汝嘉，"履儒者行，衣道士服，荜门蓬户，与世泊然"③，可见，融通三教在那个时代有一定的代表性。在思想上强调儒释道一致和互补，既吸收了佛教义理之精髓，以及道家理论的精华，而且在现实中出入三家，成为了元代文人一种普遍的选择，这也成为元代文化的一个突出特点。

二 文人禅道化、释道文人化

由上可知，蒙元统治者实行保护佛教与道教特权的国策，"元兴，崇尚释氏，而帝师之盛，尤不可与古昔同语"④。元代佛道的盛行，文化思想控制的松懈，宋元以来"三教合流"思想的影响，元代文人对佛、道思想的普遍认同和接受，由于战乱，大批旧金亡宋文人士大夫避入佛寺道观，使僧、道人数急剧增长。全真道士丘处机曾说："千年以来，道门开辟，未有如今日之盛。"⑤ 这导致了元代文人禅道化倾向突出，而释道文人化在元代达到了前所未有的程度。

元代道教声名最为显著而且影响最大的当属全真道，著名的全

---

① 李修生主编：《全元文》第41册，凤凰出版社2004年版，第298页。
② 同上书，第290页。
③ 李修生主编：《全元文》第45册，凤凰出版社2004年版，第256页。
④ （明）宋濂等：《元史》，中华书局1976年版，第4517页。
⑤ （金）丘处机：《清和真人北游语录》卷一，载《道藏》，文物出版社、上海书店、天津古籍出版社1988年版。

真道士大都"以服膺儒教为业"（元好问《皇极道院铭》）①，多是通经达史、喜文善赋的文士，"具有士人隐修会性质"②。南怀瑾先生也指出："所谓全真道的内容，是因袭宋、元以来禅宗的心性，配合丹道家主张清静专修的办法，它虽属于道教的门派，实是融会了儒、佛、道三家精神的新兴道术。"③ 全真道在创教之初，就"援儒释为辅佐，使其教不孤立"，道士读的书不限于道教经典，还有《易》《诗》《书》《孝经》等儒家经典，"全真教徒大抵均习儒书，以孝悌为先。虽倡三教合一，然实为儒者道德性命之学"（李道谦《终南祖庭仙真内传》）④，就容易为当时以儒学为宗的士人所接受。因此，金元之际，在蒙古灭金朝代交替的战乱时期，众多儒生"视天下无可为，思得毁裂冠冕，投窜山海，以高蹇自便"⑤，纷纷遁入深山，皈依全真，或为远祸全身，多依道观而活命，"时河南新附，士大夫之流寓于燕者，往往窜名道籍"⑥，或因儒门收拾不住，或为向往自在的林泉，往往皈依道教。北方的全真道、太一道、真大道都明显地表现出浓厚的文人化倾向，许多道士具有儒者色彩，很多著名道士是"寄迹道家，游意儒术"（吴澄《题吴真人封赠祖父诰词后》）⑦。入元之后以正一道为代表的元代南方道教，也表现为浓厚的儒学化色彩，"尝闻龙虎山尊崇吾圣人书，弦诵之声接于两庑"（《送陈道士归龙

---

① 李修生主编：《全元文》第 1 册，江苏古籍出版社 1998 年版，第 429 页。
② 邓绍基：《元代文学史》，人民文学出版社 1991 年版，第 21 页。
③ 南怀瑾：《禅宗与道家》，复旦大学出版社 1991 年版，第 296 页。
④ 吕友仁、查洪德主编：《中州文献总录》上册，中州古籍出版社 2002 年版，第 589 页。
⑤ （金）元好问：《孙伯英墓铭》，《遗山集》卷三一，《四部丛刊》（初编本集部）。
⑥ （元）王鹗：《真常真人李志常道行碑》，《甘水仙源录》卷三，载《道藏》，文物出版社、上海书店、天津古籍出版社 1988 年版，第 745 页。
⑦ 李修生主编：《全元文》第 14 册，江苏古籍出版社 1999 年版，第 531 页。

虎山序》)①。宋亡后，南方的士人入道数量虽不如北方之多，但也为数不少。郑元祐《遂昌山樵杂录》就说："宋亡，故官并中贵往往为道士。"②宋亡之后，昔日宫中皇家贵族，往往寄迹仙道，遗民出家为道士的现象也很普遍，据元马臻《霞外集》载，"当是时，江南甫定，兵革偃息，遗民故老如周草窗、汪水云之徒，往往托于黄冠以晦迹"③，当时的道观确实成了逸民遗老躲避战乱的地方，因而，南方道教也呈现出文人化、儒学化特征。

元代很多道士能诗、善文，而且工书画，如丘处机、马钰、谭处端、马臻、陈义高、吴全节、朱思本、张雨、陈日新、薛玄曦等，其中以元初的马臻和元末的张雨成就最高。元南方道教正一派道士诗人马臻，字志道，别号虚中，钱塘（今杭州市）人，其诗神骨秀骞，豪逸俊迈，以诗画著称于当时，有诗集《霞外集》。张雨（1277—1348），又名天雨，字伯雨，别号贞居子，世称"句曲外史"，也是钱塘人。多才多艺，诗、文之外，他还善书、工画，张雨好友倪瓒《题张贞居书卷》云："贞居真人，诗、文、字、画皆为本朝道品第一。"④ 顾嗣立评价他说："以豪迈之气，孤鸣于丘壑，而清声雅调，闻诸馆阁之上。虽出处不同，其为辞章之宗匠一也。"⑤ 诗集有《贞居先生诗集》五卷、补遗三卷（武林往哲遗著本），词有《贞居词》，另有《自书诗册》及《玄品录》五卷。皇庆二年（1313），他随开元宫真人王寿衍入大都，以诗文与京中文

---

① （元）袁桷：《清容居士集》，《影印文渊阁四库全书》第1203册，上海古籍出版社1987年版。

② （元）郑元祐：《遂昌杂录》，《影印文渊阁四库全书》第1040册，上海古籍出版社1987年版。

③ （清）顾嗣立编：《元诗选》初集下，中华书局1987年版，第2371页。

④ （元）倪瓒：《清閟阁全集》卷九，《影印文渊阁四库全书》第1220册，上海古籍出版社1987年版。

⑤ （清）顾嗣立编：《元诗选》初集下，中华书局1987年版，第2409页。

人学士相往还,声价日隆,享誉文坛。陈义高,平生喜作诗,张伯淳称其"酒酣为诗文,意生语应,笔陈不能追。有谪仙、贺监风致,高古处可追陶、谢,类非烟火食语"①。吴全节也擅长诗歌写作,吴澄曾赞:"其诗如风雷振荡,如云霞绚烂,如精金良玉,如长江大河。盖其少也,尝从硕师,博综群籍,蚤已窥阔唐、宋二三大诗人之门户。"② 朱思本能诗善文,有《贞一稿》传世,当时许多诗文名家皆为之作序,还好舆地职方之学,有《舆地图》二卷刊行于世,又写有《北海释》《和宁释》《西江释》等地志考释文章,是我国古代不可多得的地理学家。陈日新,"好读书,而乐接世务……好为诗,清丽自然,有足传者"(虞集《陈真人道行碑》)③。薛玄曦,"善为文,而尤长于诗"④,在元代后期颇有诗名,被时人推许。

至于佛教,战乱之际,文人儒生遁入空门的虽然没有入道的多,但也为数不少,"盖兵乱已极,衣冠之流,铅椠之士,逃于其类而为之,非佛氏之为教或当然也"⑤。宋元之际僧人多能诗,"诗僧"在元代僧人中占有很大比例,尤其是江浙一带,因其丰厚的诗禅文化和元代特殊的佛教政策,高僧辈出,诗僧辈出。宋人余靖曾云:"大抵南方富于山水,号为千岩竞秀,万壑争奇,所以浮图之居,必获奇胜之域也。"⑥ 陈衍所编的《元诗纪事》卷三十四,收

---

① (元)张伯淳:《崇正灵悟凝和法师提点文学秋岩先生陈尊师墓志铭》,李修生主编《全元文》第 11 册,江苏古籍出版社 1999 年版,第 249 页。

② (元)吴澄:《吴闲闲宗师诗序》,《吴文正集》,《影印文渊阁四库全书》第 1197 册,上海古籍出版社 1987 年版。

③ (元)虞集:《道园学古录》,吉林出版社 2005 年版,第 826 页。

④ (元)黄溍:《弘文裕德崇仁真人薛公碑》,《金华黄先生文集》,《四部丛刊》卷二九,上海商务印书馆 1937 年版。

⑤ (元)戴表元:《剡源文集》卷九《珣上人删诗序》,《影印文渊阁四库全书》第 1194 册,上海古籍出版社 1987 年版。

⑥ (宋)余靖:《武溪集》卷八《韶州白云山延寿禅院传法记》,《影印文渊阁四库全书》第 1089 册,上海古籍出版社 1987 年版。

入释子诗共计 46 人作品，台湾学者王德毅等人所编《元人传记资料索引》收僧人（番僧若干人不计）416 人，顾嗣立《元诗选》共收入释子 16 人的 530 首诗，《元诗选癸集》则补录了 126 位释子的 277 首诗，未收入《元诗选》及《元诗选癸集》而确知其为诗人的 22 人。《元代僧诗全集》《全元诗》收录诗僧 300 多人诗 7000 首以上。元代那些高僧、名僧，不能作诗的几乎没有，另外以书画著称的僧人 21 人。其中，有诗文集的 26 人书 29 种，有佛学著作的 15 人书 15 种，《四库全书》共收入了 5 部释子诗文集：释英《白云集》三卷，善住《谷响集》三卷，圆至《牧潜集》七卷，大䜣《蒲室集》十五卷，大圭《梦观集》五卷。上述别集，共存诗十八卷，1377 首。其中释子圆至工诗亦善文，四库馆臣曾予以很高评价："自六代以来，僧能诗者多，而能古文者少，圆至独以文见，亦缁流中之卓然者……其诗亦有可观。"① 觉隐本诚、天隐圆至、笑隐大䜣合称"诗禅三隐"，是元代诗歌成就很高的僧人，"三隐"名声响亮，犹如唐之"国清三隐"、宋之"九僧"。元人高士明将他们的诗文稿荟萃成编，曰"三隐集"。综上所述，元代僧人著作的数量是巨大的，成就也是巨大的。

　　元代儒臣文人雅好与僧道交游，元之重要文人，多与僧道有着密切的交往。据虞集《河图仙坛碑》所记，当时朝中士大夫文人与正一道张留孙、吴全节师徒二人交往密切："至元、大德之间，重熙累洽，大臣故老心腹之臣，莫不与开府（张留孙）有深契焉。至于学问典故，从容裨补，有人所不能知。而外庭之君子，巍冠褒衣，以论唐虞之治，无南北皆主于公（吴全节）矣。若何公荣祖、张公思立、王公毅、高公防、贾公钧、郝公景文、李公孟、赵公世延、曹公鼎新、敬公俨、王公约、王公士熙、韩公从益诸执政，多

---

① 《钦定四库全书总目》，中华书局 1997 年版，第 2212 页。

所咨访。阎公复、姚公燧、卢公挚、王公构、陈公俨、刘公敏中、高公克恭、程公钜夫、赵公孟頫、张公伯纯、郭公贯、元公明善、袁公桷、邓公文原、张公养浩、李公道源、商公琦、曹公元彬、王公都中诸君子,雅相友善。交游之贤,盖不得尽纪也。"①几乎当时所有的知名文臣均与张留孙、吴全节师徒有过交游。元代一些有地位的显宦,他们与道士的来往应酬之作,比与僧人的应酬作品要多。还有以上所言元末吴中著名的道教诗人张雨,与赵孟頫、虞集、杨载、范梈、揭傒斯、马祖常、黄溍、柳贯、张翥、萨都剌、顾瑛、倪瓒、杨维桢、郑元祐、陈旅著名文士均有交往。据《元诗选》:"(张雨)风裁凝峻,赵文敏公一见而异之,授以李北海书法。范德机以能诗名,外史造焉,范适他出,有诗在几上,外史取笔书其后,为四韵诗。守者大怒,走白范。范惊曰:'我闻若人而不得见,今来,天畀我友也。'即日诣外史,结交而去。由是外史名震京师。一时袁伯长、马伯庸、杨仲弘、揭曼硕、黄晋卿诸人,皆争与为友……晚年尤为杨廉夫所重。"②杨维桢自称:"余交浮屠南北之秀,凡数十人。"③杨维桢的弟子张宪,负才而不羁,遨游天下,常与道士为伍。顾瑛所编《草堂雅集》,其中收录了不少方外诗人的作品。倪瓒一生不涉仕途,而喜浪迹江湖,留恋僧寺。元代"三隐"之一的笑隐大䜣,为龙翔寺主持,与当时的达官贵人及文人墨客交往颇多,其《蒲室集》中多有与当时的文坛名流如柯九思、李孝光、萨都剌、虞集等人唱和之作。士子文人在与僧道的交往中,也深受影响,不仅有诗文书画的相互赠答,而且在文化思想上互相渗透和影响。

---

① 李修生主编:《全元文》第27册,凤凰出版社2004年版,第200—201页。
② (清)顾嗣立编:《元诗选》初集下,中华书局1987年版,第2409页。
③ (元)杨维桢:《送照上人东归序》,载李修生主编《全元文》第41册,凤凰出版社2004年版,第298页。

三　元代各宗教并行的局面

元代是一个宗教繁盛的时代。蒙古族在形成之初，就包容了乞颜、弘吉剌、克烈、塔塔尔、蔑尔乞、乃蛮等诸多部落。这些部落在文化方面本就有一定的差距，如此便形成了具有包容性的蒙古文化。这种包容性体现在他们对各种文化的接受，也体现在他们对各种宗教的接受。蒙元统治者对各种宗教都采取保护和利用的政策，除蒙古族原有的萨满教以外，佛教、道教、伊斯兰教、基督教、犹太教、摩尼教、祆教等诸教并行，相互影响，各宗教间彼此融合且世俗化的色彩越来越浓。

上文已经交代了佛道两教，我们看一下其他几种宗教。蒙古族的原始宗教是萨满教，最高神为天神"腾格里"，他们崇拜的是自然神灵，凡天地、日月、星辰、风雨、雷电、山川及马牛羊等均被奉为神明。随着蒙古族统治者对外军事扩张，萨满教在与其他宗教碰撞、交流、冲突、融合的过程中，在元代向前发展中完成了伦理化的过程，一直是蒙古族崇拜的宗教，蒙古历代统治者每逢有重大行动都要按一定的仪式首先拜敬天神。"元之有国，肇兴朔漠，朝会燕飨之礼，多从本俗。"① 后来受汉族传统文化的影响，既拜天，又祭孔，祭郊社宗庙，还有蒙古族的萨满教仪式。既采用了汉族传统国家宗教的礼仪，又充分考虑蒙古族萨满教信仰，使元代的萨满教具有国家宗教的性质。

关于藏传佛教在元代历史舞台上的位置上文已经论述，从八思巴开始，藏传佛教为蒙古族统治者崇奉，凌驾于其他一切宗教而成为元朝的国教。元代藏传佛教大盛，在汉地佛教也成为主流，北方的许多佛教名山，均有喇嘛教，比如佛教圣地五台山。由于喇嘛教

---

① （明）宋濂等：《元史》，中华书局 1976 年版，第 1664 页。

的传播，元代的佛教艺术也颇为发达，如佛教建筑、绘画，以画塑、范金为主的雕塑艺术，以及"羌姆"的寺庙舞蹈等影响至今。

蒙古人通常以也里可温统称基督教和其教士等。元代流传的基督教主要是：景教、东正教和天主教。早在蒙古立国之前，蒙古族的一些古老部族克烈部、汪古部、乃蛮部就已经皈依了景教，汪古部基督教最为兴盛，十字寺林立，僧众成群。在11世纪初，我国西北的突厥人中盛行景教，在东迁的西域色目人中，阿速、钦察、斡罗思人是主要的景教信徒，景教在西北地区流传最广。蒙古统一中原之后，中原地区也开始设传教机构，以北京、镇江、杭州、泉州、扬州等地为盛。信仰景教的基本是蒙古人和色目人，而且许多信教的蒙古人都是有权有势的人物，如深受元廷重用的马薛里吉思即出身于景教世家。

元朝通常以波斯语音称穆斯林为木速蛮或木速鲁蛮等，汉语一般以回回称之。西域色目人中的哈剌鲁、阿儿浑等突厥部族在元代已经伊斯兰化，是以伊斯兰教为全民宗教，伊斯兰教徒占人口的绝大多数。蒙古西征的胜利，导致阿拉伯、波斯等广义西域地区的穆斯林大量迁居中土，他们被称为"回回"，都信仰伊斯兰教。随着教众的大批东迁，伊斯兰教士（答失蛮）也进入中土。由于蒙古统治者实行对各种宗教的普遍宽容与优礼的国策，还设置了专门管理伊斯兰教事务的官方机构——回回哈的司，伊斯兰教士纷纷进入中土，在各地自由、广泛地传播其宗教信仰。伊斯兰教徒中，仍以中东、中亚地区的穆斯林移民为主，不过已经有大量蒙古人、汉人加入伊斯兰教，其后形成"元时回回遍天下"（《明史·西域传》）的局面，而且由于西域色目人为元朝的建立和巩固作出了突出贡献，他们在元代享有较高的政治和社会地位，正如虞集所云："我国家祖宗龙飞朔方，四征不庭，西域之来归也，其土之人，极梯航以通幽远，率名赋以充国用，其有才智者，相天子以执国柄，司利灌溉而莅民庶，仕于时者，盖莫盛焉。"①

　　正因为元代宗教政策的宽松和多元化，有元一代各种宗教都很发达，这可概括整个元代宗教繁盛的形势。在元代之前或以后的各个朝代，影响文学的宗教一般都只有佛道两教，元代则不然，文人在宗教信仰方面，除了传统的释、道两端，伊斯兰教（答失蛮）、基督教（也里可温）、藏传佛教及萨满教等都对他们发生着影响。元代文坛出现了多族多种信仰的文人学者，比如著名的答失蛮诗人萨都剌，著名的也里可温诗人马祖常、金元素、赵世延等，这是历代文坛所没有的现象。宋元之际的邓牧，鄙视世俗，淡泊名利，"自称是'三教外人'，表示不愿崇奉儒家名教思想，也不相信释、道的宗教思想"②，对封建君主专制作出了猛烈的批判，后世称其为"异端"，但在元代也是被认可的。我们再来看看元代蒙古色目文人的文学成就：《四库全书》的元人别集收入的色目人诗文集，有六种二十九卷，具体是：马祖常（雍古人）《石田集》十五卷、萨都剌（西域人）《雁门集》四卷、余阙（河西人）《青阳集》四卷、迺贤（葛逻禄人）《金台集》二卷、王翰（唐兀人）《友石山人遗稿》一卷、丁鹤年（西域回回）《鹤年诗集》三卷。除以上文人之外，还有元后期影响较大的蒙古族诗人月鲁不花和他弟弟笃烈图。葛逻禄人迺贤，不仅以诗闻名，而且是元代书法大家，他的游记《河朔访古记》是罕见的少数民族文人的游记。伯牙吾台人泰不华多才多艺，书法、绘画、诗歌都卓有成就。作为政治家、军事家的余阙，文章虽为其"余事"，但余阙的诗文已形成了自己的风格，是元代后期不可多得的诗文名家。

　　宗教作为一种特殊的意识形态，与人类的生产、生活、工作和

---

　　① （元）虞集：《道园类稿》卷二五《双溪义庄记》，《元人文集珍本丛刊》，新文丰出版公司1985年版。

　　② 任继愈等：《中国哲学史》，人民出版社1966年版，第291页。

学习等各个方面均有着千丝万缕的联系。在元代社会,虽然民族众多、族群复杂,但文化上彼此认同,蒙古、色目子弟逐渐"舍弓马而事诗书"①,对汉文化独有的接受策略加速了元代文化同质化进程,陈垣先生指出:"本有文字、宗教,去中国尤远的西域人一旦入居华地,亦改从华俗,且于文章学术有声焉。是真前此所未闻,而为元所独也。"② 蒙古、色目人以开放的文化心态汲取着汉文化的营养,同时,尤其是活动于中原且有着其他宗教信仰的西域色目人,淡化了自我宗教信仰,表现出对道、佛两教宗教形态的认同,而汉族文人对外来宗教则没有太多的认同感。如著名的答失蛮诗人萨都剌,对宗教带有很特殊的情感。在萨都剌《雁门集》中,有一百八十多首诗歌涉及元代宗教或者宗教人物。他与释子、道士交往颇深,常记述释道著名宗教人物的活动,他宦游各地,所到之处无不遍览寺观,走访寺庙达三十多座,道观有二十余所,且多住在寺观里,但独不见他有走访清真寺的资料。他认识的佛门弟子,从文集中即可查出二十余人;他与道士交往谊深,还以"道人"自居,相交的道士有二十余人,却没见到一位伊斯兰教士朋友。萨都剌《雁门集》中的诗篇,洋溢着返璞归真,道法自然的道教思想,是以道教为依归。又如元代的也里可温作家马祖常,笃信儒学,但在生活中与佛道人士也多有往来,作品中有许多与释子、道士互相酬唱送迎之作,在《石田文集》中,与佛教有关的诗文 5 篇,与道教、道观、道士相关的诗文 46 篇。马祖常与同时期玄教大宗师吴全节是好友,《石田文集》中存有两人酬答唱和的诗歌共 7 首。还有也里可温作家金元素,其《南游寓兴诗集》共 365 首诗歌,谈及佛教的诗歌有 18 首,涉及道教的有 15 首,合计约占全书十分之一。

---

① (元)戴良:《九灵山房集》卷二一《鹤年吟稿序》,《四部丛刊》影明正统十年(1445)刊本。

② 陈垣:《元西域人华化考》,上海古籍出版社 2000 年版,第 2 页。

而与景教有关的只有《寄大兴明寺元明列班》一诗,大兴明寺为泉州景教教堂,该诗是围绕马黎诺里所献"天马"而写的内容。另外,诗中描写了景教教堂的荒凉境况,借以抒发士大夫常有的怀古幽思之情。但不能否认,异质文化因素和宗教多元也给元代文坛带来了新气象,如萨都剌的诗,大多研究者都认为他的文学创作心态"有三个来源:阿拉伯—伊斯兰文化、蒙古文化、汉文化。这三种文化都影响了他的创作,而以汉文化的影响为明显"①。阿拉伯、伊斯兰文化对他的创作具有潜在的影响,如他把自己经商的经历写入诗中,这是汉族文人所讳言的,他诗中的商人形象儒雅多情,显示了与汉族诗人不同的创作心态。萨都剌诗中所表现的异质文化色彩,虽然不能全归之为宗教,但与宗教有着很大关系。

"在人类创造的各种文化形式中,宗教和文学恐怕是历史上最能潜移默化大众心灵的两种形式。"② 宗教与文学,历来有着密切的关系,根本的原因还在于文学与宗教内在的相通。宗教可以安顿人的思想与感情,文学可以寄托人的情感与思想。李泽厚先生曾说:"由于有屈庄的牵制,中国文艺便总能够不断冲破种种儒学正统的'温柔敦厚'、'文以载道'、'怨而不怒'的政治伦理束缚,而蔑视常规,鄙弃礼法,走向精神—心灵的自由和高蹈。由于儒、屈的牵制,中国文艺又不走向空漠的残酷、虚妄的超脱或矫情的寂灭,包含著名佛家如支道林,不也因知友之丧而'风味顿撅'以致损亡的深情如此么?"③ 可见宗教对中国文化、中国人影响是非常大的。元代又是一个宗教异常繁荣的时期,在元代文人对宗教观念的接受和认同,各宗教并行且彼此融合,三教合一,文人禅道化、释道文人化等众多因素的共同影响下,元代文学呈现出独到的风貌。

---

① 罗斯宁:《民族大融合中的萨都剌》,《中山大学学报》1993年第1期。
② 何光沪:《天人之际》,中国社会科学出版社2003年版,第233页。
③ 金丹元:《比较文化与艺术哲学》,上海文艺出版社2002年版,第131页。

宗教是元代文化中的一个重要的构成要素，宗教与文学的关系，在元代显得更为密切，元代文人对宗教观念的接受和认同，三教合一，释道文人化，达到了前所未有的程度，自然也影响了他们的文学创作，导致元代文学精神的避世与内敛；全真道和佛教禅宗对杂剧创作的影响，全真道对散曲的影响，禅学、道家哲学及道教对文学理论的影响等非常明显，因此，研究元代文学，宗教与文学的关系是不可或缺的一部分。

第三节　元代多元宗教观念下的元代文学

宗教对中国文化、中国人影响非常之大。元代又是一个宗教异常繁荣的时期，在宗教观念的影响下，元代文学呈现出独特的风貌。

一　文学精神的避世与内敛

葛兆光先生说："如果说儒家学说主要使中国古典文学强调社会功能而充满了理性的色彩，佛教主要使中国古典文学具有了缜密的肌理与空灵的气象的话，那么道教则主要是使中国古典文学保存了丰富的想象力和神奇瑰丽的内容。"[①] 元代儒、佛、道三教融合以及文人禅道化、释道文人化对士人的价值观念产生了重要影响。他们汲取老庄以道为本，追求清净无为、自然之理的思想，儒家"穷则独善其身，达则兼善天下"（《孟子·尽心上》）、"天下有道则见，无道则隐"（《论语·泰伯》）的人生选择，佛家淡泊出世、人生如梦的"空无"之旨，使元代存在一种社会文化，即隐逸精神繁

---

① 葛兆光：《道教与中国文化》，上海人民出版社 1987 年版，第 302 页。

兴，强调顺性自适，优游适意，将遁隐避世与精神的内敛视为时尚，元代文人中普遍具有的隐逸意识。查洪德师曾对元代隐逸有过精辟论述："元代隐逸之士，不仅规模数量超过往古，其隐逸原因和隐居方式，也前所未有地多样：有遗民为隐士者，有求仕不成而隐者，有无意于仕宦而隐者。隐居教授，隐于田园，隐于山林，隐于释老，隐于市井，隐于书画。"①

元代文学作品中"叹世""遁世""隐逸"之作颇多。元代曲家往往追求的是一种适性任情，无拘无束，逍遥自在的生活，在散曲中吟唱他们的人生理想，或是渔翁、牧人、耕夫，或是饮酒的醉翁，或者漂泊的行者，常常把蔑视富贵，全性保真，珍视生命当作一种时代意识。就元散曲的内容而言，也多是讥世叹世和闲适隐居的主题。如吕止庵【商调·集贤宾】《叹世》中［双雁儿］："不如闻早去来兮，乐清闲穷究理。无辱无荣不营系。守清贫绝是非，远红尘参《道德》。"人生如此短暂，何必去争什么名利我你，不如远离红尘，参修《道德经》。如白朴【双调·沉醉东风】《渔父》：

  黄芦岸白蘋渡口，绿杨堤红蓼滩头。虽无刎颈交，却有忘机友，点秋江白鹭沙鸥。傲煞人间万户侯，不识字烟波钓叟。

如此景观意境，就是那些喜欢任情纵性、无拘无束的人们苦苦追寻的神仙垂钓图。黄芦白蘋，绿杨红蓼，此景美丽异常。于绚丽色彩中渲染一派宁静与恬淡，还有白鹭沙鸥自在飞翔，置身此境中，斗笠钓竿，岂不羡煞世人！曲中透出作者摆脱红尘羁绊的心态，带有浓厚的理想色彩。张养浩的散曲也多描述这种境界，如其【双调·雁儿落兼得胜令】："云来山更佳，云去山如画。山因云晦

---

① 查洪德：《元代文坛风气论》，载《第二届元上都遗址与文化研讨会论文集》，2012年，第36页。

明，云共山高下。倚杖立云沙，回首见山家。野鹿眠山草，山猿戏野花。云霞，我爱山无价。看时行踏，云山也爱咱。"① 这种淡泊名利的思想境界充分展示为在隐逸生活中享受大自然的无穷乐趣，看张养浩这首曲子，抛弃名利，隐居山林，在山水中放纵自我，追求一种闲云野鹤的旷达，大有李白《独坐敬亭山》的高标绝俗。

全真道的任情纵性、优游适意、返归自然的精神对元代文学的创作影响很大，在元散曲和元杂剧的神仙道化剧中表现尤为突出。元人词有相当一部分是道士所作，其中充满了所谓的"道情"，元人所编的《鸣鹤余音》八卷，作者多为全真教士或全真教所尊之教祖。《道藏提要》评价其内容说："所收辞赋诗歌，皆阐全真教旨。或叹人生无常，世间火坑，劝人出家修道；或抒避世出尘，逍遥林泉之清闲逸趣；或剖析玄理，发明心性，咏修心悟性之旨要。尤以阐发内丹之作为多。"② 这类作品在唐圭璋所编《全金元词》中占了相当比例。如"全真七子"中丘处机和谭处端的词：

  十洲三岛，运长春、不夜风光无极。宝阁琼楼山上耸，突兀巍峨千尺。绿桧乔松，丹霞密雾，簇拥神仙宅。漫漫云海，奈何无处寻觅。 遥思徐福当时，楼船东下，一去无消息。万里沧波空浩渺，远接天涯秋碧。痛念人生，难逃物化，怎得游仙域。超凡入圣，在乎身外身易。——丘处机（《无俗念·仙景》）③

  上无三瓦舍，下没一犁田。水云真活计、且随缘。街前展手，化个有缘前。独步归来晚，万里晴空，卧听虎啸啼猿。趣闲闲、真乐无边。一泒滚灵泉。鼎中真火降、永凝铅。虎龙

---

① 隋树森编：《全元散曲》，中华书局 1964 年版，第 407 页。
② 任继愈主编：《道藏提要》，中国社会科学出版社 1991 年版，第 842 页。
③ （金）丘处机著，赵卫东辑校：《丘处机集》，齐鲁书社 2005 年版，第 65 页。

蟠绕，真秀结根源。默默无为坐，独守孤峰，一输明月流灭。——谭处端（《满路花》）①

丘词描绘的是一幅逍遥自在的仙界之景。上片之景气势宏大，高山密林、宝阁琼楼、丹霞云海、神仙宅邸，一切景物都令人神往；下片由徐福之典领起，想到了仙界是如此遥远，如何才能逃离物化，只有在修仙证道中达到逍遥无所待之境，才能抛却尘世俗累，了无挂碍，飘然出世。谭词也是表达了于苦修中体味真道远离尘世俗务所累之境。

如果说全真道对元曲、元杂剧和隐逸诗词影响很深的话，那么正一道教主要影响南方的诗和文，既是黄冠又是隐士的张雨《吴兴道中四首》（其一）："临湖门外是侬家，郎若闲时来吃茶。黄土筑墙茅盖屋，门前一树紫荆花。"②诗中画面和谐悠闲、平实淡雅，是极有生活情趣的田园风景。当然，避世与内敛的文学精神也体现为佛门释子修禅静心、栖居山林、清幽寂寥的自在生活，如石屋禅师清珙《闲咏》（其三）："柴门虽设未尝关，闲看幽禽自往还。尺璧易求千丈石，黄金难买一生闲。雪消晓嶂闻寒瀑，叶落秋林见远山。古柏烟销清昼永，是非不到白云间。"③写的是山居生活的自在清静，有着超然世外的洒脱。

受释道宗教思想的影响，隐逸文人也是有元一代文人群体的主体。对现实社会的失意，加之对适意生活的追求，使一批士人选择遁迹到诗文、书画等艺术载体中，陶醉于诗文和翰墨之中，将"叹世""遁世""隐逸"等理想表现为避世的山水田园之趣，追求清

---

① 唐圭璋编：《全金元词》上册，中华书局1979年版，第416页。
② 季镇淮、冯钟芸、陈贻焮等选注：《历代诗歌选》第3册，中国青年出版社1980年版，第968页。
③ （清）顾嗣立编：《元诗选》初集下，中华书局1987年版，第2502页。

静与养生，寄情田园，流连诗酒，潜心佛老，并著文吟诗以发扬其旨趣。如明陈继儒在《梅花庵记》中描写元末文人的隐逸："元末腥秽，中华贤者先几远志，非独远避兵革，且欲引而逃于弓桂征辟之外，倪云镇隐梁溪，杨康夫隐干将，陶南村隐酒径，张伯雨隐句曲，黄子久隐琴川，金粟道人顾仲瑛隐于醉，李先生隐于乡。"① 他们躲避世事，或隐于田园，或隐于诗酒，或隐于山林，或隐于释老，或隐于市井，或隐于书画，在清净之境中寻找心灵远离尘世俗务之外的归宿。王蒙曾为陶宗仪作《南村图》："茅堂蓬户，绕以田畴，水碓耕犁，种种备具。兼以鹅鹜犬猫，牛宫豕栅，览之真江南农舍也。竹树原隰与烟霏山色，聊一点缀而已。以此见南村翁真率之趣，不愧柴桑。"② 可以想见陶宗仪在南村避开尘世中的浮华，耽于隐逸之趣，在垂钓、田耕中享受安静与平、闲适与潇洒的优哉游哉，只为了追求简朴率真的村居生活，其《南村诗集》中的大部分诗歌也主要体现优游自适的隐逸生活，如《郊居次韵张善初》："南村有遗逸，白首轸黎元。平生厌趋竞，甘分老丘园。未知轩冕贵，但识纲常尊。匪敢异流俗，亦云道所存。纵酒破愁垒，煮茶资诗魂。仰见冲霄鸟，列列脱尘樊。俯怜纵壑鱼，戢戢含愁冤。怀哉鹿门庞，以安遗子孙。苟可脱世虑，何辞农事繁。深衷誓毋渝，持此与谁论。"(《南村诗集》卷一)③ 隐逸是一种善待自己的方式，一种内敛的疏离行为，陶宗仪是平和的、旷达的，在山水中寻求心灵的宁静，以隐遁避世的方式觅得田园之趣，这种生活态度是元代诗歌的重要主题。宗教与文化的自由，使元代文人在诗文创作方面没

---

① 嘉善县政协文史委员会、嘉善县志办公室、嘉善县博物馆编：《嘉善文史资料》第 5 辑《纪念吴镇诞辰七百十周年专辑》(内部资料) 1990 年版，第 46 页。

② 李日华：《六研斋笔记　紫桃轩杂缀》卷四，凤凰出版社 2010 年版，第 77—78 页。

③ 《丛书集成续编》第 168 册，台湾新文丰出版公司 1985 年版。

有太多顾忌,他们在诗文中充分表现禅道情趣,这也是一个时代特有的风格。

二 宗教戏曲繁荣

元代各种宗教流派并存,宗教在普通民众、元皇室成员和贵族官僚集团中有广泛影响,宗教文化繁盛,且元代宗教迷信之风也极度盛行,这些均为宗教题材戏剧的兴起提供了自由、宽松的文化环境。

当宗教发展达到了一个高潮,表现宗教观念和宗教意识的神仙道化剧也逐渐成熟并迅速走向繁荣,在元杂剧中占有很大比例。据统计,现存元杂剧作品中,表现禅宗思想的作品有5种,表现全真道思想的有13种,其他表现佛、道二教观念的作品有13种,还有表现鬼神迷信的作品有12种,共计43种。① 宗教文化是元代文化中一个重要的构成要素,元代文人敏锐地把握到这一点,且"宗教戏剧创作和演出之兴盛,已经构成了元代社会生活中一道具有独特意蕴的文化风景"②。朱权《太和正音谱》所划分的"杂剧十二科"中,其一"神仙道化"和其十二"神头鬼面(即神佛杂剧)"③ 即是此类。

宗教对杂剧创作的影响,以全真道和佛教禅宗最为突出。全真道对当时戏曲创作影响极大,出现了以写神仙道化剧而著称的马致远这样的大家,在他现存的7部作品中,有5部是神仙道化剧,以致有"万花丛中马神仙"(贾仲明《凌波仙》吊词)之称。马致远

---

① 宗教戏剧在元杂剧中的数量庞大,按现存完整的元杂剧大约160种计算,所占比例是相当大的。
② 杨毅:《元代宗教戏剧兴盛原因浅析》,《长江大学学报》2008年第2期。
③ (明)朱权:《太和正音谱》,载《中国古典戏曲论著集成》第3册,中国戏剧出版社1959年版,第24页。

早年追求功名，虽有作"栋梁才"的抱负，但郁郁不得志，中年过着"酒中仙""风月主"的狂放生活，晚年又做了"林间友""尘外客"的隐士，避世以寻超脱成为他宗教剧的一个主要特征。元代"神仙道化剧"的人物形象、语言风格以及剧中所表现的禁欲思想和厌世情绪均受到了全真道的影响，元代神仙道化剧构成了中国宗教史上的一道文化奇观。道教的主旨是让人在修道升仙的幻想中，达到对生命的超越，以清静无为为宗，以虚明应物为用。很多神仙道化剧都是演述度脱故事，演绎世人孜孜以求的功名利禄和贪恋的酒色财气都是空幻，人生如梦一场，现实就是苦闷，是烦恼，若想逃避现实人生，只有得道成仙才能解脱。很多演述度脱故事的神仙道化剧都带上了元代文人的隐逸色彩，如马致远的《陈抟高卧》《荐福碑》《任风子》《岳阳楼》《黄粱梦》，王子一的《刘晨阮肇误入桃源》，郑廷玉的《布袋和尚忍字记》和范子安的《陈季卿悟道竹叶舟》，从中均可看到非常明显的隐居避世思想。

比如马致远的《任风子》，讲述高道马丹阳度脱甘河镇屠户任风子得道成仙的故事，任风子看到尘世就是苦难和无奈，选择了离开尘世，走向方外，从此遵从师嘱，每日担水浇畦，锄苗种菜，栽柳种菊，一心诵经修道，任屠经过马丹阳一番度化，度过"酒色财气，人我是非"之关，终于修成正果。当然，作者笔下的神仙生活也是隐居避世的隐士生活，神仙并非不食人间烟火的神灵，是过着读老庄书，吃淡饭茶水，欣赏野水溪桥的四季景色，乐山怡水，无拘无束，自由逍遥。虽然打着道家仙境的名义，实则表现的是文人隐士的思想意识和生活情趣，描绘的是一幅远离尘嚣，宁静安逸的世外生活，从纷扰的人世中得到解脱的恬静淡远。只有高标出世，超然物外，才能自适于丘壑林泉，真正得到精神的放松与心灵的惬意。马致远《陈抟高卧》剧中所写陈抟，是一个"乐琴书林下客，绝宠辱山中相。推开名利关，摘脱英雄网，高打起南山吊窗。常则是烟雨外种莲花,云台上看仙掌"① 的真隐士,他是"把富贵做浮云可比"。马致远通过陈抟之口描绘了隐居修仙之乐:"卧一榻清风,看一轮明月,盖一片白云,枕一块顽石,直睡的陵迁谷变,石烂松枯,斗转星移。"② 其中融合了道家的无为和佛家的空寂,投身于自然大化,展示了逍遥、自在、闲适、散谈、清高的文人个性。贺昌群曾这样评价:"元曲作家,因为受了环境的影响,对于时局自然表示不满,却因着作者的个性和处境关系,有的就看透一切,蔽屣富贵,恬淡散朗,不慕荣利,如马东篱辈,他们的文章,放诞风流,典雅清丽,读之令人有出尘之想。"③

几乎所有元杂剧演述度脱故事都有隐逸特色,都或多或少有着文人叹世、遁世、隐逸的情怀。王子一的《刘晨阮肇误入桃源》,演述汉代天台人刘晨、阮肇鉴于天下大乱,不愿为官,进山采药,在太白金星指引下进入桃源洞,与天台二仙女结为夫妻。二人在洞中居住一年,一年后,尘缘未断,思乡心切。等到出山回到家中,儿子早已亡故,孙子都已老大。于是感叹:"山中方七日,世上已千年,信有之也。"于是幡然醒悟,回到桃源,与两位仙女同赴蓬莱。仙界是美好的、清净的、永恒的,才是人生的理想归宿。桃源仙境是桃花流水、佳肴美姬、宁静幽美的温柔富贵之乡。这种仙界幻境自然是知识分子向往的脱俗、孤寂、自足的亦醒亦醉的隐士乐园。对此,余秋雨先生说得很透彻:"神仙道化剧的作者首先不是从道教徒、佛教徒的立场来宣扬弘法度世的教义和方法的,而是从一个苦闷而清高的知识分子的立场来鄙视名利富贵、宣扬超然物外的人生态度的。"④ 元代宗教剧主要表现佛、道二教的内容,但剧作

---

① 王季思:《全元戏曲》第2卷,人民文学出版社1990年版,第20—21页。
② 同上书,第15—16页。
③ 贺昌群:《贺昌群文集》第2卷,商务印书馆2003年版,第744页。
④ 余秋雨:《中国戏剧文化史述》,湖南人民出版社1985年版,第168页。

家不仅仅是为了宣扬宗教思想，表达宗教理念，描绘一个真正的僧人、居士或者虔诚的道徒，而是为了宣泄内心情感，给文人寻求一处精神的栖息地。还有一点，道教里浪漫神奇的仙传故事也丰富了元杂剧的色彩和内容，如《李云卿得悟升真》《张天师明断辰钩月》《许真人拔宅飞升》等，有诸多搬演奇幻多端的道教科仪法术的情节，这对明清传奇戏曲有不少影响，明清传奇戏曲中依然存在道教各种斋醮科仪式，而且其浪漫、诡谲和传奇的表现手段也是从元代宗教戏曲演化而来。

三　对元代文章写作和后世小说创作的影响

宗教是元代文化中一个重要的构成要素，宗教与文学的关系，在元代显得更为密切，元代文人对宗教观念的接受和认同，三教合一，释道文人化，达到了前所未有的程度，也影响了他们的文学创作。如元中期南方名儒黄溍，曾有过一段遍谒佛寺、寄宿寺庙、广交高僧大德、参禅礼佛的特殊经历，其文集中关于佛教的序记塔铭之类文章很多。元代佛教被奉为国教，在元代崇佛的特殊文化氛围中，黄溍的做法除了僧众请托的因素之外，也出于他对僧人的敬重和欣赏，他深悟佛法的庄严与佛理的精细，如他写的《偈二首》："久谓声闻难作佛，今知龙女解成男。分明信有旁人分，五十三身第一参"；"息心无想成无记，有见还同有相存。不尽普贤殊胜行，随方愿启一城门"。① 自明心志，于空观中能参透名理心契。儒者奉佛，在参礼佛法时融入个人的体会和修养，多有与世无争的思想与钦慕入道的愿望。元代像黄溍这样文人亲近佛道，写诗文与释道结交者很多，文章大家姚燧、虞集等文集中此类文章也有不少。元代文人的宗教观也影响了他们的文章观。文章立论须醇正，这是传统

---

① 杨镰主编：《全元诗》第28册，中华书局2013年版，第234—235页。

学者与文章家秉持的基本原则。儒家传统文化对鬼神概念是排斥的,孔子有"不语怪、力、乱、神"(《论语·述而》),"未能事人,焉能事鬼"(《论语·先进》),"务民之义,敬鬼神而远之"(《论语·雍也》)之说,虽没有否定鬼神,却显示出儒家传统"薄鬼神"之要义。宗教文化在元代社会获得了一种空前绝后的繁荣,不仅各宗教融合并存且宗教迷信之风的极度盛行,据《元典章新集》记载:"江淮迤南风俗,酷事淫祠,其庙祝师巫之徒,或呼太保,或呼总管,妄为尊大,称为生神,惶惑民众。"① 跟其他朝代相比,元代文人有着一种更为强烈的宗教情怀。他们不再恪守传统的儒家精神,而是在思想上信佛达道,在现实中出入三家,这自然会影响元代文人的处世观念,也影响了文章写作的基本原则。文章立论须醇正的观念受到了全面冲击,他们不再对方外玄虚之事淡然处之,于是佛教、道教中的神仙方术、世道轮回、因果报应及佛教、道教中的神佛宗教故事出现在元代文人士大夫的文章中。如刘将孙《定光圆应普慈通圣大师事状》记通圣大师神奇之事:

> 初至岩数夕,蛇虎交至,了不为动。山神启曰:"吾眷属为师守此久,师既来,吾将何适?"师曰:"此荆棘荒秽,非汝栖止。山前地平宽,吾为汝卜居焉。"是夕,乡人咸见秉烛负载,老幼扶携,自岩而出……惠州河源县洲上有巨舰插沙岸,祥符初,南海郡僧造砖塔,叩于师曰"此舰甚济事,然不可取,愿师方便。"师曰:"此船已属阴府矣。"僧再三恳请,师书偈与之,僧持往船所,应手拔出。运砖毕事,有巨商借之运米,即为恶风漂去,不知所往……又尝作禅果院佛殿,日既卜,匠请曰:"材虽备,而溪曲多山,牵挽数日方可达,殆不

---

① [日]滨岛敦俊:《明清江南农村社会与民间信仰》,厦门大学出版社2008年版,第266页。

能应期。"师往视之,曰:"果然,当奈何?"乃以挂杖指山,咄曰:"权过彼岸!"山即随杖中断。①

  文章构思巧妙,艺术性很强,读来深有情趣。通圣大师不仅有神鬼莫测之法力,而且非常有个性。读者读过之后很难忘记这个鲜明的人物形象。在以写实为准的碑传塔铭等文字中,却写进了许多虚构的、幻想的、想象奇特的东西。在许多元人文集中都有类似的文字,尤其是元代文人在为释、老和方外术士写碑传塔铭时,往往驰骋文采,将许多荒诞不经的东西写进了高文大册,而又言之凿凿。以传奇笔法写传记文章,接近唐宋传奇,可作小说观。如姚燧的《太华真隐褚君传》,② 文章以传奇笔法写太华真隐这一林间高士的奇人奇事,有高深莫测之感,是很经典的传奇笔法,论述引人洞微知著,谐趣从容,不是单靠制造紧张或神秘的悬念来表现人物形象,而是通过对真隐褚君日常生活的描述,显示其过人之处。以洒脱的文笔创作出大放异彩的传奇性传记,已成为姚燧文章的特色。在宗教文化的影响下,元代文人使传记文学经过有意识的"虚饰雕彩",反而更向文学靠拢了。如虞集的《王诚之墓志铭》《王公信墓志铭》,黄溍的《武昌大洪山崇宁万寿寺记碑》,揭傒斯的《饶隐君墓志铭》,宋濂的《吾衍传》《竹溪逸民传》《秦士录》《抱瓮子传》《樗散生传》等文章,莫不如此。

  当然,这种写作风格经过繁衍扩展,为元代之后小说、戏剧所吸收。受志怪小说的影响,宗教文学又为文学创作提供了题材,这些直接促进了明清荒诞离奇的神魔小说的流行。除《西游记》和《西游记》的续书之外,较有名的尚有《四游记》《三宝太监西洋

---

① 李修生主编:《全元文》第 20 册,凤凰出版社 2004 年版,第 412—415 页。
② (元)姚燧:《姚燧集》,查洪德编辑点校,人民文学出版社 2011 年版,第 456—457 页。

记》《禅真逸史》《禅真后史》等，还有借鬼神之酒杯，浇心中之块垒的神魔怪诞寄寓型小说，这方面杰出的讽刺小说有《斩鬼传》《平鬼传》《何典》《聊斋志异》等，其中蒲松龄《聊斋志异》可以作为代表。李汝珍的《镜花缘》，想象力极其丰富，常有神来之笔，特别是第八回到第五十四回唐敖的两次海外之行，如"黑齿国"讽刺科场舞弊，"淑士国"讽刺穷儒黟气，"两面国"讽刺阴谋诡诈，"毛民国"讽刺鄙吝，"跛踵国"讽刺古板，"长臂国"讽刺贪婪，"翼民国"讽刺奉承……把人情世态的卑污抖落人们面前，同时作者还试图展示他的理想建构，在封建道统的藩篱中显露启蒙思想的理想一角，如"女儿国"的平等观念，"智信国"的科学思考，"轩辕国"的歌舞升平，"淑士国"的斯文好礼。

元代民族众多、文化多元、宗教多种的冲突融合与并存现象，导致了元代文学精神的避世与内敛；全真道和佛教禅宗对杂剧创作的影响，全真道对散曲的影响，禅学、道家哲学及道教对文学理论，以及文章写作的影响，宗教文学对后世神魔小说和传奇戏曲的影响，均不容人忽视。因此，研究元代文学，宗教与文学的关系是必不可缺的一部分。

余 论

从蒙古灭金统一北方（1234）到元世祖忽必烈至元三十年（1294）逝世，这半个多世纪是元代文学发展的一个重要阶段。这一时期最突出的一个文人群体便是忽必烈金莲川潜邸谋臣侍从文人，这个群体来源广泛，人数众多，他们的活动基本贯穿整个元代前期文学的发展。

忽必烈潜邸儒士文人群体，对元代完成从游牧政权向封建王朝的历史转变和挽救当时的社会文化危机、传承汉文化都作出了巨大贡献。藩府文人，融合南北学术，在潜心经史之余，还涉猎农圃、医药、卜筮、星历等实学，以济世用，在文学艺术、天文、律历、数学等各个方面都有贡献，在经、史、子、集诸方面学问中均有所建树。藩府文人所取得的成就不仅开启了有元一代的学风，而且成为中国文化发展长河中颇具特色的组成部分。

忽必烈潜邸幕府文人，是在元代政治和文化生活中都具有突出地位和影响的潜邸儒士群体，他们的学术主张、文化主张、文学主张，影响了有元一代的文化政策，元代的文化政策主导或影响着元代文学的发展。忽必烈潜邸儒士对有元一代的文化政策及元代科举制度的影响，如兴学取士、用人导向与幕府文人的学术取向，带来了中国历史上文人的一次大分化，作家队伍雅俗分流，元代文坛呈现出独特格的局与风貌。潜邸儒士对元代政体与法制等的建设，这些主要的社会重建问题影响着元代文人诗文的创作态度和对诗文功用的理解,从而影响诗文发展的方向。所以,要认识元代文学的发展,应该了解"潜邸文人"如何为有元一代规划大政。

(一)忽必烈潜邸幕府用人导向与元代文人的大分化——作家队伍的雅俗分流及元代文学整体风貌的形成

进入幕府者多经济之士与义理之士,辞章之士不为蒙古政权所用。经济与义理之士对学术的取向是尚实、尚用,在这些文人反复进说和影响下,形成了以忽必烈为代表的蒙古政权重经济、义理而斥辞章的倾向。其用人导向影响了入仕文人的人生价值取向。他们都以经济之才或义理之学相标榜,虽然也从事文学创作,但"以余力为诗文",形成元代文学史上雅文学作者群。再者,蒙元政权的尚武轻文,以及他们对中原地区历代相沿的文治不了解,也造成了元初北方一批辞章之士地位的跌落,社会地位沉沦。于是他们从"救世行道"之士中分离出来,不再背负经世大业,形成了一个"浪子"文人群体,多投身于新兴文体——杂剧的创作,俗文学作家队伍由此形成。元曲之所以兴盛,与此有关。忽必烈潜邸用人导向造成文学的雅俗分流,带来了中国历史上文人的一次大分化,元代文学之大格局由此形成。

(二)潜邸儒士与元代儒学主导地位的确立与文学导向

金末元初,战乱频繁,社会混乱,是一个社会严重失序、缺乏道德规范的时代。越是乱世,越是需要士人挺身而出的时候,忽必烈潜邸儒士志在救世行道,"慨然以道为己任"(《元史·许衡传》)。在他们的努力下,蒙古政权终于"稽列圣之洪规,讲前代之定制"(元世祖《中统建元诏》),按照中原王朝的政体和运作模式,建成了继唐、宋之后一代正统王朝"大元"。学术也由湮晦渐复昌明,确立了儒学的主导地位。政府对儒学的大力提倡,带来儒学与文学的全面融会。

(三) 儒户政策的形成及执行与元代文人的生存状态及创作心理

为救济在兵燹中流离失所的儒士，戊戌之试与儒户之设，使他们取得与僧、道相等的优免赋役的地位。忽必烈幕府中的儒士如高智耀、张德辉、张文谦、刘秉忠、廉希宪等常以儒道进说，并为儒者陈情，为儒户取得免役权。忽必烈即位以后，更以继承中国历代正统的王者自居，政治上优待儒士已属必需。从元代儒户法定的权利和义务看，其地位并不低，但儒士的出路除补吏和教官两途外，别无登仕之门，时代没有给他们通向显达的途径。对于文人来说，元代是一个精神苦闷的时代。苦闷为元代各类文人所共有，这深刻影响了他们的创作心理。

(四) 幕府文人与元代科举及对文学的影响

幕府文人主体上是反对行科举的，元代科举至仁宗时才恢复。元代科举考试的最显著特点就是时断时续。仁宗时的科举，仍然体现了忽必烈时期幕府文人的学术取向和人才倾向。皇庆二年 (1313) 科举 "举人宜以德行为首，试艺则以经术为先，辞章次之" (《行科举诏》) 的方针，即由忽必烈 "中统儒治" 所形成的重经济、义理而斥辞章的倾向而来。元代科举与宋、金科举相比，有了很大变化，从而影响了文学发展的走向，论文尚实尚用，成为一个时期论学论文的突出倾向。再者，元代科举长期废而不行，士子失去传统的上进之路，千百年来读书人实现自身价值的路径不通了，这对元代文人的思想与创作心态的影响也是巨大的。

(五) 潜邸文人构成的多元以及多种信仰并存对元代文化学术政策及文学的影响

忽必烈潜邸文人是由来自不同地域具有不同学术渊源文人所形成的中国历史上前所未见的多族文人群体，多种文化和多种学术观念与宗教信仰 (萨满教、佛教、道教、回教、基督教、犹太教、摩尼教、祆教) 的并存与融合，使这一文人群体呈现出多元一体的特征。这些体现在元代社会文化精神和元代文化学术政策的宽容与含弘,文学的多元丰富性,以及由此而形成的元代文学的一些特点:其一,各体文学所共有的正大气象,思想界、文学界少有壁垒与门户的融通性等。其二,宗教与文学的关系在元代更为密切,元代文人对宗教观念的接受和认同,释道文人化,达到了前所未有的程度,进而也影响了他们的文学创作。其三,潜邸儒士的文化观念对朝廷演艺政策的影响与元杂剧的发展。蒙古统治者对戏曲歌舞的爱好与关注,潜邸文人对杂剧的欣赏态度,政府制度的开明,思想言论的相对自由,语言文字的影响等,这些均对朝廷演艺政策产生了很大影响,促进元杂剧的繁荣兴盛。

(六) 忽必烈潜邸文人的文学创作与元代文学发展的关系

忽必烈潜邸文人是元代文学的主要奠基者。汉族与非汉族谋臣侍从文人之间多种文化与多种学术观念和信仰的并存与互相影响,漠北、西域等地域风光以及游牧民族的特殊风情的刺激,使得他们的文学题材、审美取向更加丰富和多样。忽必烈潜邸文人的文学创作不仅具有独特风貌,而且对元代文学的发展产生了深刻影响。

其一,诗的创作。金莲川藩府文人的诗歌创作,成就是很可称道的。藩府文人多能诗,其中,郝经、刘秉忠、许衡均有诗集流传,商挺、徐世隆、王磐、杨果和陈思济等人都曾有诗集,可惜,均散佚不传,难见全貌。其余藩府文人如张易、刘秉恕、姚枢、王磐、宋子贞、张础、王鹗、宋衟、寇元德、王博文、王利用、崔斌等都有诗歌流传。藩府文人的诗歌创作,题材广泛,主题多变,众人风格也复杂多样。从题材内容来看,有关心社会现实,感时念乱、心怀天下的,有咏史怀古,抚今追昔的,有寓写襟素,自抒胸臆的,有酬唱赠答,表达友道情怀的,有游历山水写景抒情的,有以田园美景以寓闲适的,还有以咏物、题画、论诗等来显示文士风流的,等等。从风格上来看,也复杂多变,或豪迈奇崛,或雄奇苍劲，或蕴藉有致，或旷达超迈，或清雅朴厚，或飘逸洒脱，或清幽静朗，或温醇闲静，或质直古朴。从诗歌的艺术成就而言，金莲川藩府文人群体的诗歌创作虽不能与元代中期"延祐之盛"的元诗高潮诗歌相提并论，但是藩府文人的诗歌又确乎是有着不可替代、不可掩抑的特点，并在元代诗歌发展史上有其特殊的价值。

刘秉忠和郝经的诗歌创作都取得了较高成就。刘秉忠诗歌不仅题材丰富，诸如遣怀吟兴，咏物抒怀，写景记游，边塞军旅，咏史怀古，还有题画诗，赠答诗，论诗诗等均出现在他笔端，而且其诗淡泊悠远，平淡冲和，往往给人以一种超尘拔俗、冲淡质朴的审美感受。郝经承继元好问"中州千古英雄气"之风格，关注现实，关注民生，其前期诗风主要是追求壮美、豪迈、奇崛、高古、沉郁等，后期多了一份凝重、悲凉、沉郁和沧桑，有些诗深得杜甫的沉郁顿挫之旨，如其《老马》：

百战归来力不任，消磨神骏老骎骎。垂头自惜千金骨，伏枥仍存万里心。岁月淹留官路杳，风尘荏苒塞垣深。短歌声断银壶缺，常记当年烈士吟。①

借老马的无可奈何发壮志难酬之慨叹，情景事理与诗人切身感受相吻合。诗歌音律谐畅，极为深沉苍凉。许衡存诗不多，《鲁斋遗书》仅存诗一卷，其诗温雅质实、简明生动，总有一种温醇亲切与质实朴厚的儒者风范。其余藩府诗人中杨果、陈思济和徐世隆的诗歌也很有特色。杨果长于乐府古体诗歌，如其《老牛叹》："老牛带月原上耕，耕儿怒呼嗔不行。瘢疮满背股流血，力乏不胜空哀鸣。日暮归家羸欲倒，水冷萁枯豆颗少。半夜风霜彻骨寒，梦魂犹

---

① （元）郝经：《郝文忠公陵川文集》卷一三，图书馆古籍珍本丛刊，影印明正德二年（1507）李翰刻本。

绕桃林道。服箱曾作千金犍，负重致远人所怜。而今弃掷非故主，饱食不如盗仓鼠。"① 老牛老牛朝不保夕的命运，使诗人找到了借以寄托的感性形象，该诗语言深沉凄婉，和郝经的《老马》诗风非常相似。陈思济诗风旷达洒脱，对他的送别诗和赠答诗所体现的旷达诗风前文已有论述，其写景记游诗也是这种风格，如《发南康赴江州》一诗："绣斧重持白发翁，路人犹说宦情浓。一帆又下浔阳去，羡杀云间五老峰。"② 自然淳朴而又有一种豪情流露。

忽必烈金莲川藩府文人的诗歌风格多样，他们的诗歌创作还是一个时期、一个时代文人群体的共同心态、道德情感与时代精神的体现，他们共同创造了元代前期北方诗坛的繁荣，是元代北方文学成熟期的开端，孕育了平易正大的盛世诗风，开启了元代诗史上最为璀璨的黄金时代。

其二，词的创作。金莲川藩府文人主要是金源文士，因而其词创作仍沿着北宗词的方向继续发展，直至南宋灭亡，蒙元统一全国，南北词风融合，才进入南、北词并行的时期。藩府文人中活跃着一些词人，主要有杨果、许衡、刘秉忠、陈思济和廉希宪等。元代庐陵凤林书院刊刻《精选名儒草堂诗余》以刘藏春（秉忠）、许鲁斋（衡）冠其首，可见对其词创作的认可。尤其刘秉忠的词作，在艺术上更为成熟，文笔练达，风格鲜明，不乏佳作名篇，许多词作把他在辅佐忽必烈行汉法时所怀的出仕与归隐的矛盾写了出来，深沉而切情入理。其词风格多样，既有清新淡雅，晓畅自然的风格，也有清疏豪放的特色，有的作品明丽而不伤于柔艳。藏春词被认为"雄廓而不失之伧楚，酝藉而不流于侧媚"（况周颐《蕙风词话》卷三引半塘老人跋藏春乐府语），颇有遗山词南、北兼善之境界，艺术造诣在北方词坛当属上乘。

---

① （清）顾嗣立编：《元诗选》二集上，中华书局1987年版，第173页。
② 同上书，第323页。

从金朝灭亡开始，北方战乱破坏严重，直到忽必烈主管漠南汉地，开府金莲川，重用儒士，以汉法治理汉地，北方地区才出现了治世的迹象。藩府词人都亲历了改朝换代的沧桑之变，因此，社会时代的因素，易代之际的战乱和动荡，个人的命运、百姓的苦难和民族的前途，以及入侍藩府希望建功立业的豪情壮志，藩府文人仕与隐冲突的心态表达，就构成了藩府文人词作的基调，也影响了藩府文人以闲淡萧疏和沉郁雄奇为主的词风，而且这段战乱的经历也在他们心里留下了相当深刻的痕迹，带来了藩府文人词作内容的深度，可谓"国家不幸诗人幸"，他们的词创作为北方词坛增添了活力。

其三，散曲创作。金末元初，散曲这一艺术形式，经过的文人提炼升华，从民间进入文坛。元初散曲就已经构架了元代散曲的基本框架，题材驳杂，雅俗并存，名家辈出，风格多样。其中藩府文人中的曲家，主要有杨果、刘秉忠、商挺等人。钟嗣成《录鬼簿》所说的"前辈已死"名公和才人，已经包括杨果、刘秉忠两人，说明此二人在元代曲家中有一定影响。从风格上看，藩府文人中的散曲没有多少深沉的家国之痛和慷慨激昂的济世之志，多是描写寄情林泉山水，追求超脱的逍遥散诞，或是抒发人生感慨，流连自然山水，或描摹情爱闺思等。如刘秉忠，《全元散曲》仅录其小令12首，多写景物，风格萧疏闲淡而隽永。其【双调·蟾宫曲】分别咏叙了春、夏、秋、冬四时景色：

盼和风春雨如膏，花发南枝，北岸冰销。夭桃似火，杨柳如烟，穰穰桑条。初出谷黄莺弄巧，乍衔泥燕子寻巢。宴赏东郊，杜甫游春，散诞逍遥。

炎天地热如烧，散发披襟，纨扇轻摇。积雪敲冰，沉李浮瓜，不用百尺楼高。避暑凉亭静扫，树阴稠绿波池沼。流水溪桥，右军观鹅，散诞逍遥。

梧桐一叶初凋，菊绽东篱，佳节登高。金风飒飒，寒雁呀呀，促织叨叨。满目黄花衰草，一川红叶飘飘。秋景萧萧，赏菊陶潜，散诞逍遥。

朔风瑞雪飘飘，暖阁红炉，酒泛羊羔。如飞柳絮，似舞胡蝶，乱剪鹅毛。银砌就楼台殿阁，粉妆成野外荒郊。冬景寂寥，浩然踏雪，散诞逍遥。①

这一组曲子，是以词的艺术手法和审美趣味来进行的散曲创作，咏一年四季之景，每首都以"散诞逍遥"作结。借景抒情，意境浑融，语言清丽典雅，表达了潇洒淡泊之志，明显带有诗词的艺术特色。不过，秉忠的散曲也有趋俗的倾向，如其【南吕·干荷叶】中有两首：

干荷叶，水上浮，渐渐浮将去。跟将你去，随将去。你问当家中有媳妇？问着不言语。

脚儿尖，手儿纤，云髻梳儿露半边。脸儿甜，话儿粘。更宜烦恼更宜忺，直恁风流倩。②

语言俚俗活泼，而且质朴中见文采。风格爽朗明快，描写爱情单纯直接，很有独特的趣味。

商挺的曲子比刘秉忠的这种俚俗更多了一份泼辣和诙谐，如其【双调·潘妃曲】："煞是你个冤家劳合重，今夜里效鸾凤。多情可意种，紧把纤腰贴酥胸。正是两情深，笑吟吟舌吐丁香送。"③热烈

---

① 隋树森编：《全元散曲》，中华书局1964年版，第14—15页。
② 同上书，第13—14页。
③ 同上书，第64页。

奔放，也不隐晦性爱。他的几首散曲都是以女性口吻写作，用语通俗质朴，传情大胆直接，格调与诗词完全不同，风格更近于民歌俚曲。商挺今存小令19首，均为【双调·潘妃曲】，内容以写景和闺情为主，有的好像婉约词，语言典雅，含蓄委婉，情景交融，有的正如以上所言，洋溢着世俗化的生活情趣。

杨果的散曲今存小令11首，套数5套，《太和正音谱》评其曲"如花柳芳妍"，其散曲作品内容多咏自然风光，曲辞华美，富于文采。如其【越调·小桃红】："碧湖湖上采芙蓉，人影随波动。凉露沾衣翠绡重，月明中，画船不载凌波梦。都来一段，红幢翠盖，香尽满城风。"① 语言典丽华美，造境优雅。不过，杨果也有通俗诙谐之作，如其套曲【仙吕·翠裙腰】之《赚尾》：

总虚脾，无实事，乔问候的言辞怎使？复别了花笺重作念，偏自家少负你相思。唱道再展放重读，读罢也无言暗切齿。沉吟了数次，骂你个负心贼堪恨，把一封寄来书都扯做纸条儿。②

用语直白，情味显豁，趣味盎然，不避俚俗，保留了民间时令小调的特色，确为俗趣散曲的典型。因而，从创作风格上来说，藩府文人散曲既有尽得民歌俚曲俗趣的作品，也有雅化气息浓郁，与文人词类似的曲子，还有雅俗交融的一些作品。散曲经过这些曲家之手，一方面诗词化了，另一方面也保持了民歌俚曲俗趣，将文人诗词之雅与民歌俚调之俗融合得自然圆融，是散曲这一艺术形式成熟的表现。还有一点，杨果、刘秉忠、商挺等都是元初著名文臣，虽然散曲只是他们诗文创作之余事，官场生涯的遣兴之作，但由于

---

① 隋树森编：《全元散曲》，中华书局1964年版，第6页。
② 同上书，第11页。

他们有很高的社会地位，他们涉足散曲这种比较通俗的文学艺术形式，使其文学地位得到很大提高，从街市小令成为文人诗歌传统的一部分，这应该是他们对散曲文学的最大贡献。

其四，散文创作。藩府文人中，散文创作可谓人才辈出，风格多样，盛极一时，也出现了一些著名作者，不乏可读可观的名篇。如许衡、郝经均有文集存世，许衡的散文，精深雅洁，郝经的散文，雄浑壮阔，是藩府文人中较有特色的两位。他们散文的一个很大特色就是那种写作闲情逸致作品的现象并不多见，多为切入社会，关注政治的政论文，如许衡的《时务五事》，文风自然真实，不浮夸，不做作。语言亲切自然，明白晓畅，既温醇，又简切。郝经的《河东罪言》《思治论》《便宜新政》《立政议》《东师议》《班师议》等，或雄奇奔放，或汪洋淡泊，或浑灏流转，或明白晓畅，很有特色。而且，郝经在文学创作理论上，有很多观点是很有影响的，他提出了"法在文成之后，辞由理出，文自辞生，法以文著，相因而成"（《答友人论文法书》）[①]，这一说法对当时及后来的散文写作有一定影响。还有，郝经持文道合一之论，他指出"道非文不著，文非道不生。自有天地，即有斯文，所以为道之用"（《原古录序》）[②]，郝经认为文即是道，道即是文；文合于道，他认为："自书契以来，载籍所著，莫不以文称：天曰天文，人曰人文……西伯曰文王，周公曰文公。仲尼以道自任也，曰：'文王既没，文不在兹乎？'则道即文也。天之文本然而固有矣……地之文本然而固有矣……人之文丽乎两间，畀赋蕴蓄，尤所固有也。"[③] 这也是正

[①] （元）郝经：《郝文忠公陵川文集》卷二三，图书馆古籍珍本丛刊，影印明正德二年（1507）李翰刻本。

[②] 同上。

[③] （元）郝经：《郝文忠公陵川文集》卷二三《原古录序》，图书馆古籍珍本丛刊，影印明正德二年（1507）李翰刻本。

统的儒家文学观念，是很值得注意的。其余如张文谦、王恂、商挺、徐世隆、王磐、宋子贞、张德辉、王鹗、杨果、宋衜、杜思敬、王博文、王利用等均有文章流传，但总体上抒情写景的作品甚少，多是经世致用、歌功颂德的论说文字，缺乏抒发个人思想感情的作品。

忽必烈藩府文人在诗、词、曲、散文等方面均取得了一定成就，在文学创作上，居北方文坛主导地位，对元代文学的发展做出了很大贡献，在文学发展史上有其特殊的价值。他们的文学创作反映了金末至元代前期的社会、文化、心理，影响了一代文风与诗风，既有其独有的特色，在文学发展史上也有其特殊的价值，藩府文人还以其特殊的身份和政治地位影响了元初的文学，对元代文学发展的影响有着更为深远的意义。

元代文学研究中不少问题需要重新认识和解决，从忽必烈潜邸儒士对元代文化政策及文学发展影响的视角加以审视，应该是一个突破口。

参考文献

一 元人文集

（元）刘秉忠：《藏春集》，北京图书馆古籍珍本丛刊，影印明天顺五年（1461）刻本。

（元）郝经：《郝文忠公陵川文集》，图书馆古籍珍本丛刊，影印明正德二年（1507）李翰刻本。

（元）郝经：《郝文忠公陵川集》，山西人民出版社2006年版。

（元）戴良：《九灵山房集》，四部丛刊本。

（元）廼贤：《金台集》，海王邨古籍丛刊之元人十种诗本，中国书店1990年版。

（元）廼贤：《河朔访古记》，《景印文渊阁四库全书》（第593册），台湾商务印书馆1985年版。

（元）许衡：《鲁斋遗书》，北京图书馆古籍珍本丛刊，影印明万历二十四年（1596）刻本。

（元）余阙：《青阳先生文集》，四部丛刊续编影明本。

（元）许衡：《许衡集》，王成儒点校，东方出版社2007年版。

（元）虞集：《虞集全集》，王颋点校，天津古籍出版社2007年版。

（元）虞集：《道园学古录》，四部丛刊影明景泰翻元小字本。

（元）虞集：《道园类稿》，元人文集珍本丛刊本。

（元）虞集：《道园遗稿》，《景印文渊阁四库全书》（第1207册），台湾商务印书馆1985年版。

（元）李庭：《寓庵集》，《续修四库全书》（第1322册），上海古籍出版社2013年版。

（元）王恽：《玉堂嘉话》，中华书局2006年版。

（元）许有壬：《至正集》，北京图书馆古籍珍本丛刊，书目文献出版社1995年版。

（元）马祖常：《石田先生文集》，中华书局1986年版。

（元）萨都剌：《萨天锡诗集》，海王邨古籍丛刊之元人十种诗本，中国书店1990年版。

（元）萨都剌：《天锡集外诗》，海王邨古籍丛刊之元人十种诗本，中国书店1990年版。

（元）萨都拉（剌）：《雁门集》，殷孟伦、朱广祁标点整理，上海古籍出版社1982年版。

（元）姚燧：《姚燧集》，查洪德编辑点校，人民文学出版社2011年版。

（元）吴澄：《吴文正集》，《景印文渊阁四库全书》（第1197册），台湾商务印书馆1985年版。

（元）赵孟頫：《松雪斋集》，海王邨古籍丛刊之元人十种诗本，中国书店1990年版。

（元）王恽：《王秋涧先生文集》，四部丛刊影明弘治本。

（元）程钜夫：《雪楼集》，丛书集成续编本。

（元）元明善：《清河集》，丛书集成续编本。

（元）欧阳玄：《圭斋集》，四部丛刊影明成化本。

（元）黄溍：《金华黄先生文集》，四部丛刊初编，上海古籍出版社1926年版。

（元）赵汸：《东山存稿》，《景印文渊阁四库全书》（第1221册），台湾商务印书馆1985年版。

（元）揭傒斯：《揭傒斯全集》，李梦生标点，上海古籍出版社1985年版。

（元）苏天爵：《滋溪文稿》，陈高华、孟繁清点校，中华书局1997年版。

（元）耶律楚材：《湛然居士文集》，谢方点校，中华书局1986年版。

（元）释来复：《澹游集》，《续修四库全书》（第1622册），上海古籍出版社2013年版。

（元）释大䜣：《蒲室集》，《景印文渊阁四库全书》（第1204册），台湾商务印书馆1985年版。

（元）王结：《文忠集》，《景印文渊阁四库全书》（第1206册），台湾商务印书馆1985年版。

（元）张翥：《蜕庵集》，《景印文渊阁四库全书》（第1215册），台湾商务印书馆1985年版。

（元）刘仁本：《羽庭集》，《景印文渊阁四库全书》（第1216册），台湾商务印书馆1985年版。

（元）杨维桢：《铁崖古乐府》，《景印文渊阁四库全书》（第1222册），台湾商务印书馆1985年版。

（元）贡师泰：《玩斋集》，《景印文渊阁四库全书》（第1215册），台湾商务印书馆1985年版。

（元）李孝光：《五峰集》，《景印文渊阁四库全书》（第1215册），台湾商务印书馆1985年版。

（元）戴良：《九灵山房集》，四部丛刊影明正统十年刊本。

（元）陈旅：《安雅堂集》，《景印文渊阁四库全书》（第1213册），台湾商务印书馆1985年版。

（元）胡助：《纯白斋类稿》，《景印文渊阁四库全书》（第1214

册），台湾商务印书馆 1985 年版。

（元）宋褧：《燕石集》，北京图书馆古籍珍本丛刊，书目文献出版社 1991 年版。

（元）林弼：《林登州集》，北京图书馆古籍珍本丛刊，书目文献出版社 1998 年版。

（元）顾瑛辑：《玉山名胜集》，杨镰、叶爱欣整理，中华书局 2008 年版。

（元）顾瑛辑：《草堂雅集》，杨镰、祁学明、张颐青整理，中华书局 2008 年版。

（明）宋濂：《文宪集》，《景印文渊阁四库全书》（第 1223 册），台湾商务印书馆 1985 年版。

（明）王祎：《王忠文集》，《景印文渊阁四库全书》（第 1226 册），台湾商务印书馆 1985 年版。

（元）陈基：《夷白斋稿》，上海书店出版社 1986 年版。

（清）张景星等选编：《元诗别裁集》，上海古籍出版社 1979 年版。

（清）顾嗣立编：《元诗选》（初集、二集、三集），中华书局 1987 年版。

（清）顾嗣立、（清）席世臣辑：《元诗选》（癸集），中华书局 2000 年版。

（清）顾奎光编，（清）陶瀚、（清）陶玉禾评：《元诗选》，清乾隆十六年（1751）刻本。

（元）苏天爵编：《元文类》，上海古籍出版社 1993 年版。

（元）苏天爵辑撰：《元朝名臣事略》，姚景安点校，中华书局 1996 年版。

（清）曹炎校补：《元人十种诗》，毛氏汲古阁本刻本，国家图书馆善本室藏。

李修生主编：《全元文》，江苏古籍出版社、凤凰出版社 2001—2006

年版。

杨镰主编：《全元诗》，中华书局2013年版。

唐圭璋编：《全金元词》（上下册），中华书局1979年版。

隋树森编：《全元散曲》（上下册），中华书局1964年版。

王季思主编：《全元戏曲》（第1—12卷），人民文学出版社1999年版。

徐征等主编：《全元曲》，河北教育出版社1998年版。

姚奠中主编，李正民增订：《元好问全集》，山西古籍出版社2004年版。

丁生俊编注：《丁鹤年诗辑注》，天津古籍出版社1987年版。

杨镰、胥惠民、张玉声编注：《贯云石作品辑注》，新疆人民出版社1986年版。

二　相关古籍

（晋）陶渊明：《陶渊明集》，逯钦立校注，中华书局1979年版。

（晋）陆机撰，张少康集释：《文赋集释》，人民文学出版社2002年版。

（南朝梁）钟嵘撰，曹旭集注：《诗品集注》，上海古籍出版社1994年版。

（南朝梁）钟嵘撰，陈延杰注：《诗品注》，人民文学出版社1961年版。

（南朝梁）刘勰撰，周振甫校注：《文心雕龙》，中华书局1986年版。

（南朝陈）徐陵编，（清）吴兆宜、（清）程琰删补，穆克宏点校：《玉台新咏笺注》，中华书局1985年版。

（唐）杜甫撰，（清）仇兆鳌详注：《杜诗详注》，上海古籍出版社1992年版。

（唐）韩愈：《韩昌黎全集》，中国书店 1998 年版。

（唐）司空图著，郭绍虞集解：《诗品集解》·（清）袁枚著，郭绍虞辑注：《续诗品注》，人民文学出版社 2005 年版。

（唐）皎然撰，李壮鹰校注：《诗式校注》，人民文学出版社 2003 年版。

［日］遍照金刚：《文镜秘府论》，人民文学出版社 1975 年版。

［日］遍照金刚撰，卢盛江考：《文镜秘府论汇校汇考》，中华书局 2006 年版。

（五代）赵崇祚编，华连圃注：《花间集注》，商务印书馆 1937 年版。

（后晋）刘昫等：《旧唐书》，中华书局 1975 年版。

（宋）欧阳修、（宋）宋祁：《新唐书》，中华书局 1975 年版。

（宋）程颢、（宋）程颐：《二程集》，中华书局 1981 年版。

（宋）苏轼：《苏轼诗集》（全八册），（清）王文诰辑注，孔凡礼点校，中华书局 1982 年版。

（宋）苏轼：《苏轼文集》，孔凡礼点校，中华书局 1986 年版。

（宋）周密编纂，邓乔彬等译注：《绝妙好词译注》，上海古籍出版社 2000 年版。

（宋）朱熹、（宋）吕祖谦编：《近思录》，查洪德注译，中州古籍出版社 2004 年版。

（宋）魏庆之编：《诗人玉屑》，人民文学出版社 1978 年版。

（宋）严羽撰，郭绍虞校释：《沧浪诗话校释》，人民文学出版社 1983 年版。

（宋）郑樵：《通志》，中华书局 1995 年版。

（宋）郭茂倩编：《乐府诗集》，中华书局 1979 年版。

（宋）朱熹：《朱熹集》（一），郭齐、尹波点校，四川教育出版社 1996 年版。

(元) 脱脱等：《宋史》，中华书局1977年版。

(元) 脱脱等：《金史》，中华书局1975年版。

(元) 方回编，李庆甲汇评：《瀛奎律髓汇评》，上海古籍出版社1986年版。

(元) 陶宗仪：《南村辍耕录》，中华书局1959年版。

(元) 马端临：《文献通考》，中华书局1986年版。

(元) 辛文房撰：《唐才子传》（全三册），傅璇琮等校笺，中华书局1987—1990年版。

[意] 马可·波罗：《马可波罗行纪》，冯承钧译，内蒙古人民出版社2008年版。

[波斯] 拉施特：《史集》（全三册），余大钧、周建奇译，商务印书馆1983—1985年版。

《蒙古秘史》（校勘本），额尔登泰、乌云达赉校勘，内蒙古人民出版社2007年版。

(明) 宋濂等：《元史》，中华书局1976年版。

(明) 孙原理辑：《元音》，中国书店1989年版。

(明) 王骥德：《曲律》，湖南人民出版社1993年版。

(明) 胡应麟：《诗薮》，上海古籍出版社1979年版。

(明) 谢榛：《四溟诗话》，宛平点校，人民文学出版社1998年版。

(明) 汤显祖：《汤显祖全集》，徐朔方笺校，北京古籍出版社1999年版。

(明) 高棅编：《唐诗品汇》，《景印文渊阁四库全书》（第1371册），台湾商务印书馆1985年版。

(明) 吴纳撰，于北山校点：《文章辨体序说》·(明) 徐师曾撰，罗根泽校点：《文体明辨序说》，人民文学出版社1998年版。

(明) 陈霆：《渚山堂词话》·(明) 杨慎：《词品》，人民文学出版社1960年版。

（清）柯劭忞等：《新元史》，中国书店 1988 年版。

（清）沈时栋编：《古今词选》，康熙五十五年（1716）锄经书屋刻本。

（清）朱彝尊编，（清）汪森增订：《词综》，上海古籍出版社 1978 年版。

（清）况周颐：《蕙风词话·广蕙风词话》，孙克强辑考，中州古籍出版社 2003 年版。

（清）况周颐撰，屈兴国辑注：《蕙风词话辑注》，江西人民出版社 2000 年版。

（清）笪重光：《画筌》，关和璋译解，人民美术出版社 1987 年版。

（清）吴文溥：《南野堂笔记》，中华国粹书社 1912 年版。

（清）赵翼：《瓯北诗话》，人民文学出版社 1963 年版。

（清）黄虞稷：《千顷堂书目》，上海古籍出版社 1990 年版。

（清）彭定求等编：《全唐诗》（增订本），中华书局 1999 年版。

（清）于敏中等编纂：《日下旧闻考》，北京古籍出版社 1981 年版。

（清）阮阅编：《诗话总龟》，周本淳点校，人民文学出版社 1987 年版。

（清）翁方纲：《石洲诗话》，陈迩冬点校，人民文学出版社 1981 年版。

（清）永瑢等：《四库全书总目》，中华书局 1963 年版。

（清）黄宗羲著，（清）黄百家辑，（清）全祖望修订记，（清）王梓材等校订：《宋元学案》，中华书局 1986 年版。

（清）王梓材、（清）冯云濠辑：《宋元学案补遗稿本》，北京图书馆出版社 2000 年版。

（清）张宗橚编，杨宝霖补正：《词林纪事·词林纪事补正合编》，上海古籍出版社 1998 年版。

（清）丁传靖编：《宋人轶事汇编》，中华书局 1981 年版。

（清）厉鹗辑：《宋诗纪事》，上海古籍出版社 1983 年版。

（清）马清福等编：《唐宋诗醇》，艾荫范等注，春风文艺出版社 1995 年版。

（清）刘载熙：《艺概》，上海古籍出版社 1978 年版。

（清）张豫章编：《御选宋金元明四朝诗》，《景印文渊阁四库全书》（第 1437 册），台湾商务印书馆 1985 年版。

（清）叶燮：《原诗》·（清）薛雪：《一瓢诗话》·（清）沈德潜：《说诗晬语》，人民文学出版社 1979 年版。

［日］今关寿麿编撰：《宋元明清儒学年表》，北京图书馆出版社 2002 年版。

三　今人著作

白寿彝主编：《中国通史》，人民出版社 1997 年版。

包根弟：《元诗研究》，台湾幼狮文化事业公司 1978 年版。

北京图书馆编：《北京图书馆古籍善本书目》，书目文献出版社 1989 年版。

北京大学哲学系美学教研室编：《中国美学史资料选编》（下），中华书局 1981 年版。

北京师范大学古籍所编：《元代文化研究》，北京师范大学出版社 2001 年版。

北京师范大学中文系文艺理论教研室编注：《中国古代文论选注》，陕西人民出版社 1983 年版。

曹顺庆等：《中国古代文论话语》，巴蜀书社 2001 年版。

陈得芝：《蒙元史研究丛稿》，人民出版社 2005 年版。

陈高华：《元史研究论稿》，中华书局 1991 年版。

陈高华：《元史研究新论》，上海社会科学出版社 2005 年版。

陈西进编著：《蒙元王朝征战录（公元 1162—1279 年）》，昆仑出版社 2007 年版。

陈垣：《陈垣史学论著选》，上海人民出版社 1981 年版。

陈垣：《道家金石略》，文物出版社 1988 年版。

陈衍辑撰：《元诗纪事》，李梦生点校，上海古籍出版社 1987 年版。

陈植锷：《诗歌意象论》，中国社会科学出版社 1990 年版。

陈尚君辑校：《全唐诗补编》，中华书局 1992 年版。

陈鼓应注译：《庄子今注今译》，中华书局 1983 年版。

陈鼓应注译：《老子今注今译及评介》，商务印书馆 2003 年版。

程俊英、蒋见元编：《诗经注析》，中华书局 1991 年版。

邓绍基主编：《元代文学史》，人民文学出版社 1991 年版。

邓绍基选注：《金元诗选》，人民文学出版社 2005 年版。

董国柱：《佛教十三经今译（三）维摩诘经》，黑龙江人民出版社 1998 年版。

丁福保编：《清诗话》，上海古籍出版社 1999 年版。

樊美筠：《中国传统美学的当代阐释》，北京大学出版社 2006 年版。

方智范等：《中国词学批评史》，中国社会科学出版社 1994 年版。

费孝通：《中华民族多元一体格局》，中央民族学院出版社 1989 年版。

冯友兰：《中国哲学简史》，天津社会科学院出版社 2005 年版。

符海朝：《元代汉人世侯群体研究》，河北大学出版社 2007 年版。

高人雄：《古代少数民族诗词曲作家研究》，民族出版社 2003 年版。

高永年：《中国叙事诗研究》，江苏教育出版社 2002 年版。

谷志科、宋文主编：《邢州学派》，中国文联出版社 2008 年版。

顾随：《驼庵诗话》，叶嘉莹笔记，顾之京整理，天津人民出版社 2007 年版。

顾易生、蒋凡、刘明今：《宋金元文学批评史》，上海古籍出版社 1996 年版。

郭绍虞:《中国文学批评史》,上海古籍出版社1979年版。

郭绍虞主编:《中国历代文论选》,上海古籍出版社1979年版。

郭绍虞编:《清诗话续编》,上海古籍出版社1983年版。

郭绍虞:《杜甫戏为六绝句集解元好问论诗三十首小笺》,人民文学出版社1978年版。

郭英德、谢思炜等:《中国古典文学研究史》,中华书局1995年版。

郝时远、罗贤佑主编:《蒙元史暨民族史论集——纪念翁独健先生诞辰一百周年》,社会科学文献出版社2006年版。

韩儒林主编:《元朝史》,人民出版社2008年版。

贺西林、赵力:《中国美术史简编》,高等教育出版社2003年版。

黄拔荆:《中国词史》,福建人民出版社2003年版。

黄惇:《中国书法史·元明卷》,江苏教育出版社2002年版。

黄中祥:《哈萨克英雄史诗与草原文化》,中央编译出版社2007年版。

蒋寅:《古典诗学的现代诠释》,中华书局2003年版。

金元浦主编:《中国文化概论》,首都师范大学出版社1999年版。

金开诚、董洪利、高路明校注:《屈原集校注》,中华书局1996年版。

郎樱、扎拉嘎主编:《中国各民族关系研究》(上下册),贵州人民出版社2005年版。

李炳海:《民族融合与中国古代文学》,东北师范大学出版社1997年版。

李昌集:《中国古代散曲史》,华东师范大学出版社1991年版。

李舜臣、欧阳江琳:《"汉廷老吏"虞集》,江西高校出版社2005年版。

李新宇:《元代辞赋研究》,中国社会科学出版社2008年版。

李修生、查洪德主编:《辽金元文学研究》,北京出版社2001年版。

李泽厚：《美的历程》，中国社会科学出版社 1984 年版。

李治安：《忽必烈传》，人民出版社 2004 年版。

李文禄、刘维治主编：《古代咏花诗词鉴赏辞典》，吉林大学出版社 1990 年版。

李时人主编：《古今山水名胜诗词辞典》，陕西人民出版社 1991 年版。

梁申威等编著：《禅趣三昧丛书·禅词妙趣》，山西人民出版社 2006 年版。

梁启超：《中国近三百年学术史》，中国书店 1985 年版。

梁庭望、张公瑾主编：《中国少数民族文学概论》，中央民族大学出版社 1998 年版。

廖奔：《中国古代剧场史》，中州古籍出版社 1997 年版。

廖奔、刘彦君：《中国戏曲发展史》（第二卷），山西教育出版社 2000 年版。

林语堂：《林语堂著译人生小品集》，浙江文艺出版社 1991 年版。

林东海、宋红编辑：《万首论诗绝句》，人民文学出版社 1991 年版。

刘毓盘：《词史》，上海书店 1985 年版。

刘大杰：《中国文学发展史》，复旦大学出版社 2005 年版。

刘明今：《辽金元文学史案》，上海古籍出版社 2004 年版。

刘正民、星汉、许征选注：《西域少数民族诗选》，新疆人民出版社 1987 年版。

逯钦立辑校：《先秦汉魏晋南北朝诗》，中华书局 1983 年版。

陆玉林：《传统诗词的文化阐释》，中国社会科学出版社 2003 年版。

罗斯宁：《元杂剧和元代民俗文化》，广东高等教育出版社 2007 年版。

马建春：《元代东迁西域人及其文化研究》，民族出版社 2003 年版。

马曼丽、切排：《中国西北少数民族通史·蒙、元卷》，民族出版社

2009年版。

缪钺：《诗词散论》，上海古籍出版社1982年版。

么书仪：《元代文人心态》，文化艺术出版社1993年版。

孟繁清等：《金元时期的燕赵文化人》，河北人民出版社2004年版。

南京大学历史系元史研究室编：《元史论集》，人民出版社1984年版。

牛海蓉：《元初宋金遗民词人研究》，中国社会科学出版社2007年版。

欧阳光：《宋元诗社研究丛稿》，广东高等教育出版社1996年版。

潘清：《元代江南民族重组与文化交融》，凤凰出版社2006年版。

潘天寿：《中国绘画史》，上海美术出版社1983年版。

彭国忠：《元祐词坛研究》，华东师范大学出版社2002年版。

漆邦绪主编：《中国散文通史》，吉林教育出版社1996年版。

启功：《启功讲学录》，赵仁珪、万光治、张廷银编，北京师范大学出版社2004年版。

邱树森主编：《元史辞典》，山东教育出版社2002年版。

钱穆：《中国近三百年学术史》，中华书局1986年版。

钱穆：《中国文化史导论》，商务印书馆1994年版。

钱仲联等撰：《元明清词鉴赏辞典》，上海辞书出版社2002年版。

孙克强编著：《唐宋人词话》，河南文艺出版社1999年版。

孙克强：《雅俗之辨》，华文出版社1997年版。

上海古籍出版社编辑部：《宋元笔记小说大观》，上海古籍出版社2007年版。

施蛰存主编：《词籍序跋萃编》，中国社会科学出版社1994年版。

施蛰存、陈如江辑录：《宋元词话》，上海书店出版社1999年版。

陶尔夫、刘敬圻：《南宋词史》，黑龙江人民出版社2005年版。

陶然：《金元词通论》，上海古籍出版社2001年版。

陶秋英编选，虞行校订：《宋金元文论选》，人民文学出版社1984年版。

唐圭璋编纂，王仲闻参订，孔凡礼补辑：《全宋词》，中华书局1999年版。

唐圭璋编：《词话丛编》，中华书局1986年版。

唐圭璋等校点：《唐宋人选唐宋词》，上海古籍出版社2004年版。

唐圭璋编著：《宋词纪事》，上海古籍出版社1982年版。

王国维：《宋元戏曲史》，上海古籍出版社1998年版。

王国维：《人间词话》，上海古籍出版社1998年版。

王明荪：《元代的士人与政治》，台湾学生书局1995年版。

王荣：《中国现代叙事诗史》，中国社会科学出版社2004年版。

王叔磐、孙玉溱、张凤翔等编选：《元代少数民族诗选》，内蒙古人民出版社1981年版。

王先霈：《中国古代诗学十五讲》，北京大学出版社2007年版。

王运熙、顾易生主编：《中国文学批评通史》，上海古籍出版社1996年版。

王德毅、李荣村、潘柏澄编：《元人传记资料索引》，中华书局1987年版。

王超等主编：《古诗词轶事传说》，河南人民出版社2002年版。

翁独健主编：《中国民族关系史纲要》，中国社会科学出版社1990年版。

吴建伟、朱昌平主编：《中国回族文学史》，宁夏人民出版社2007年版。

吴相洲：《唐代歌诗与诗歌》，北京大学出版社2000年版。

伍伟民、蒋见元：《道教文学三十谈》，上海社会科学院出版社1993年版。

夏晓虹编校：《中国现代学术经典·梁启超卷》，河北教育出版社

1996 年版。

肖驰：《中国诗歌美学》，北京大学出版社 1986 年版。

肖占鹏主编：《隋唐五代文艺理论汇编评注》，南开大学出版社 2002 年版。

萧君和主编：《中华民族史》（上下册），黑龙江教育出版社 2001 年版。

萧启庆：《内北国而外中国：蒙元史研究》（上下册），中华书局 2007 年版。

徐复观：《中国艺术精神》，春风文艺出版社 1987 年版。

徐谦：《诗词学》，商务印书馆 1926 年版。

徐子方：《挑战与抉择——元代文人心态史》，河北教育出版社 2001 年版。

杨光辉：《萨都剌生平及著作实证研究》，高等教育出版社 2005 年版。

杨镰：《元代西域诗人群体研究》，新疆人民出版社 1998 年版。

杨镰：《元诗史》，人民文学出版社 2003 年版。

杨镰：《元代文学编年史》，山西教育出版社 2005 年版。

杨伯峻译注：《论语译注》，中华书局 1980 年版。

杨伯峻译注：《孟子译注》，中华书局 2004 年版。

杨义：《重绘中国文学地图》，中国社会科学出版社 2003 年版。

杨志玖：《元代回族史稿》，南开大学出版社 2004 年版。

杨明照等校注：《增订文心雕龙校注》，中华书局 2000 年版。

殷义祥译注：《三曹诗选译》，巴蜀书社 1994 年版。

颜中其编注：《苏东坡轶事汇编》，岳麓书社 1984 年版。

叶维廉：《中国诗学》，生活·读书·新知三联书店 1992 年版。

易晓闻：《中国古代诗法纲要》，齐鲁书社 2005 年版。

余冠英编：《汉魏六朝诗选》，人民文学出版社 1958 年版。

余来明主编:《中国文学编年史·元代卷》,湖南人民出版社 2006 年版。

余来明:《元代科举与文学》,武汉大学出版社 2013 年版。

袁行霈:《中国诗歌艺术研究》,北京大学出版社 1996 年版。

袁行霈主编:《中国文学史》(四卷本),高等教育出版社 1999 年版。

云峰:《元代蒙汉文学关系研究》,民族出版社 2005 年版。

曾永义编辑:《元代文学批评史资料汇编》(上下册),台湾成文出版社 1978 年版。

祖保泉注解:《司空图诗品解说》,安徽人民出版社 1980 年版。

查洪德、李军:《元代文学文献学》,中国社会科学出版社 2002 年版。

查洪德:《理学背景下的元代文论与诗文》,中华书局 2005 年版。

查洪德主编:《中国古代诗文名著提要·金元卷》,河北教育出版社 2009 年版。

查洪德:《元代诗学通论》,北京大学出版社 2014 年版。

詹福瑞:《中古文学理论范畴》,河北大学出版社 1997 年版。

詹石窗:《南宋金元的道教》,上海古籍出版社 1989 年版。

詹石窗:《道教文学史》,上海文艺出版社 1992 年版。

詹石窗:《南宋金元道教文学研究》,上海文化出版社 2001 年版。

张伯伟:《中国古代文学批评方法研究》,中华书局 2002 年版。

张晶:《辽金元诗歌史论》,吉林教育出版社 1995 年版。

张少康:《中国文学理论批评史教程》,北京大学出版社 1999 年版。

张毅:《中国文学通览·元代卷》,中华书局 1997 年版。

张毅:《宋代文学思想史》,中华书局 2006 年版。

张毅主编:《中国古代文学发展史》(中),南开大学出版社 2003 年版。

张迎胜:《元代回族文学家》,人民出版社 2004 年版。

张葆全:《诗话和词话》,上海古籍出版社1983年版。

张璋等编纂:《历代词话》(上下册),大象出版社2002年版。

张璋等编纂:《历代词话续编》(上下册),大象出版社2005年版。

钟陵编著:《金元词纪事会评》,黄山书社1995年版。

周振甫译注:《周易译注》,中华书局1991年版。

章炳麟:《訄书》,中国文史出版社2003年版。

赵敏俐、吴相洲、刘怀荣等:《中国古代歌诗研究》,北京大学出版社2005年版。

赵琦:《金元之际的儒士与汉文化》,人民出版社2004年版。

赵维江:《金元词论稿》,中国社会科学出版社2000年版。

周良霄、顾菊英:《元史》,上海人民出版社2003年版。

中华书局编辑部:《宋元明清书目题跋丛刊》,中华书局2006年版。

中国戏曲研究院编:《中国古典戏曲论著集成》(第2集),中国戏剧出版社1959年版。

朱汉民等:《中国学术史·宋元卷》,江西教育出版社2001年版。

朱良志:《中国美学十五讲》,北京大学出版社2006年版。

朱荣智:《元代文学批评之研究》,台湾联经出版事业公司1982年版。

朱光潜:《诗论》,安徽教育出版社1997年版。

朱金城笺校:《白居易集笺校》,上海古籍出版社1988年版。

宗白华:《美学与意境》,人民文学出版社1987年版。

[美]刘若愚:《中国文学理论》,杜国清译,江苏教育出版社2005年版。

《欧美古典作家论现实主义和浪漫主义》(一),中国社会科学出版社1980年版。

《江苏古籍序跋与书评》,江苏古籍出版社2000年版。

四 论文类

萧启庆：《元朝多族士人的雅集》，《中国文化研究所学报》1997 年第 6 期。

萧启庆：《元代多族士人网络中的婚姻关系》，载郝时远、罗贤佑主编《蒙元史暨民族史论集——纪念翁独健先生诞辰一百周年》，社会科学文献出版社 2006 年版。

萧启庆：《元代蒙古、色目士人阶层的形成与发展》，载北京大学中国传统文化研究中心编《文化的馈赠：汉学研究国际会议论文集》（史学卷），北京大学出版社 2000 年版。

萧启庆：《元代科举中的多族师生与同年》，《中华文史论丛》2010 年第 1 期。

李修生：《元代文化刍议》，《殷都学刊》1999 年第 1 期。

查洪德：《元代作家队伍的雅俗分流》，《西南民族大学学报》2010 年第 1 期、《新华文摘》2010 年第 8 期。

查洪德：《"海宇混一"鼓舞下的元代盛世文风》，《南开学报》2008 年第 4 期。

查洪德：《元代文学的多元丰富性》，《光明日报》2008 年 8 月 1 日。

查洪德：《元代文学史研究再审视》，《陕西师范大学学报》2010 年第 5 期。

左东岭：《元代文化与元代文学》，《郑州大学学报》1991 年第 1 期。

左东岭：《元明之际的种族观念与文人心态及相关的文学问题》，《文学评论》2008 年第 5 期。

杨镰：《元诗文献研究》，《文学遗产》2002 年第 1 期。

杨镰：《元代文学的终结：最后的大都文坛》，《文学遗产》2004 年第 6 期。

郭万金:《元代文化生态平议》,《民族文学研究》2008年第1期。

邱江宁:《奎章阁文人与元代文坛》,《文学评论》2009年第1期。

蒲宏凌:《关于元诗》,《文学评论》2010年第6期。

门岿:《元代蒙古色目诗人考辨》,《文学遗产》1988年第5期。

门岿:《论元代女真族和契丹族诗人及其创作》,《中央民族学院学报》1989年第4期。

柴剑红:《〈元诗选〉癸集西域作者考略》,载《文史》第31辑,中华书局1989年版。

蒋寅:《古典诗学中"清"的概念》,《中国社会科学》2000年第1期。

张晶:《论少数民族诗人在元代中后期诗风丕变中的作用》,《民族文学研究》1997年第1期。

李治安:《元代汉人受蒙古文化影响考述》,《历史研究》2009年第1期。

展龙:《试论元末汉族士大夫的民族认同意识》,《内蒙古社会科学》2008年第6期。

费孝通:《人的研究在中国——个人的经历》,《读书》1990年第10期。

姚大力:《中国历史上的民族关系与国家认同》,《中国学术》2002年第4期。

方克立:《费孝通与"和而不同"文化观》,《中国社会科学院研究生院学报》2006年第6期。

刘俐俐:《"美人之美"为宗旨的民族文学理论与方法的几个论域》,《文艺理论研究》2010年第1期。

方龄贵:《关于元史研究的几个问题》,《社会科学战线》1986年第4期。

山西省考古研究所:《山西运城西里庄元代壁画墓》,《文物》1988年第4期。

云峰：《论蒙古民族及其文化对元杂剧繁荣兴盛之影响》，《内蒙古师范大学学报》（哲学社会科学版）2003年第4期。

扎拉嘎：《北方少数民族对中国文学的贡献》，《社会科学战线》2003年第3期。

任红敏：《忽必烈藩府儒士群体的圣贤气象》，《晋阳学刊》2016年第2期。

任红敏：《忽必烈潜邸儒士与元代文学新变》，《武汉大学学报》（人文科学版）2016年第2期。

任红敏：《北方草原文化及西域商业文化对元杂剧创作的影响》，《内蒙古社会科学》（汉文版）2016年第1期。

任红敏：《忽必烈幕府文人文化与信仰多元化对元杂剧创作的影响》，《戏剧》2015年第5期。

任红敏：《忽必烈幕府文人与元代教育及对文学的影响》，《殷都学刊》2015年第3期。

任红敏：《三教通融与元代禅宗僧人刘秉忠诗词的文化意蕴》，《法音》2015年第9期。

任红敏：《忽必烈幕府用人导向与元代作家队伍的雅俗分流》，《民族文学研究》2014年第6期。

任红敏：《忽必烈潜邸文人的金莲川情结》，《民族文学研究》2012年第6期。

任红敏：《文化遮蔽下的宋元遗民及其遗民文学》，《内蒙古社会科学》2012年第2期。

任红敏：《金莲川幕府儒臣诗歌所展示的儒者气象》，《民族文学研究》2011年第2期。

任红敏：《金莲川藩府文人仕与隐的冲突》，《中央民族大学学报》2011年第3期。

任红敏：《略论忽必烈潜邸少数民族谋臣侍从文人群体的历史地位

及贡献》,《前沿》2011 年第 5 期。

任红敏:《萧辅道入侍忽必烈藩府及太一道在元代的发展》,《兰台世界》2011 年第 8 期。

附　录

忽必烈藩府文人名单

姚枢（1203—1280），字公茂，号敬斋，又号雪斋，营州柳城（今辽宁朝阳）人。海迷失后二年（1250），忽必烈遣使阔阔和赵璧征聘姚枢至和林，姚枢入仕藩府，成为忽必烈的重要谋臣之一，自进入金莲川藩府，一直深受忽必烈信任，立国后位列三台，位高权重。

许衡（1209—1282），元代开国大儒，或称之为"朱子之后一人而已"，字仲平，号鲁斋，谥文正，怀庆河内（今河南沁阳市）人。一生潜心研究、积极传播义理之学，为一代大师，且积极用世。许衡诗文质朴峻洁，代表了元初北方儒者之文风特色。蒙哥汗四年（1254），"世祖出王秦中，以姚枢为劝农使，教民耕植。又思所以化秦人，乃召衡为京兆提学。"许衡出任京兆提学，入侍忽必烈藩府。

窦默（1196—1280），字子声，初名杰，字汉卿，广平肥乡（今河北肥乡）人。精通医学，潜心经学，和许衡、姚枢相交颇深。海迷失后元年（1249），忽必烈在潜邸，"闻其贤"遣使召之，入仕忽必烈藩府。

郝经（1223—1275），字伯常，卒谥文忠。郝经出身儒学世家，金亡后，窝阔台汗六年（1234），郝经与父郝思温北渡，徙居保州。1243年，馆于顺天守帅贾辅、张柔家，教授其诸子。蒙哥汗六年

(1256）正月，郝经受召北上，见忽必烈于沙陀，入仕藩府。

智迂，字仲可，洛阳人，生卒年不详。海迷失后元年（1249），智迂和窦默同时被召入潜邸。

刘秉忠（1216—1274），邢州（今河北邢州）人。初名侃，字仲晦，后出家为僧，法名子聪，号藏春散人。乃马真后元年（1242），印简大师海云，受忽必烈之召请，刘秉忠为海云大师随行使者，自此留于忽必烈潜邸，日见信用，成为忽必烈潜邸的重要谋士。

刘秉恕（1231—1290），刘秉忠同父异母之弟，字长卿，先名德元，刘秉忠承皇帝命改名秉忠，他更名秉恕。刘秉恕入侍忽必烈藩府的时间，当在刘秉忠被召回和林之后，忽必烈于1253年率军征大理之前。

张文谦（1217—1283），字仲谦，学多才，精通儒学，洞究阴阳术数。贵由汗二年（1247），由刘秉忠荐入幕府，担任怯薛中办理文书事务的必阇赤，并且"日见信任"。

张易（约1215—1282），原名鲁社住，后被张孔目收为养子，改名张易，字仲畴，一字仲一，号启元，籍贯为太原交城人。张易于贵由汗二年（1247）前被刘秉忠引荐到金莲川藩府。

王恂（1233—1281），字敬甫，中山唐县（今河北唐县）人。王恂学术驳杂，精通天文、地理、律历、三式六壬遁甲之属，而且"早以算术名"（《元史·王恂传》），笃信儒学。在忽必烈出征云南时，1253年四月，驻扎在六盘山的期间，王恂入侍金莲川藩府。

赵秉温（1222—1293），元蔚州飞狐（今河北蔚县南）人，字行直。赵秉温之父赵瑨乃武将出身，官至河南道提刑按察使。海迷失后元年（1249），赵秉温进入忽必烈藩府，很受忽必烈赏识，随侍左右。

徐世隆（1206—1285），字威卿，陈州西华人。二十二岁时，登金正大四年进士第。蒙哥汗二年（1252），忽必烈南征，徐世隆觐见忽必烈，入侍忽必烈潜邸。

宋子贞（1185—1266），潞州长子（今属山西）人，字周臣，号鸠水野人。弱冠，与族兄宋知柔同补金太学生，名于当世，时人称为大小宋。宋子贞曾在蒙哥汗三年（1253）入侍忽必烈藩府。

王磐（1202—1293），字文炳，号鹿庵，广平永年（今属河北）人，世业农，岁得麦万石，乡人号"万石王家"。王磐早年师从名儒麻九畴学于郾城，二十六岁时，擢正大四年（1227）经义进士第，不赴官。金末，河南被兵，王磐避难淮、襄间。宋荆湖制置司素知其名，辟为议事官。王磐入侍忽必烈藩府的具体时间不可考，应是在世祖忽必烈即位前入侍潜藩的。

商挺（1209—1288），字孟卿（或作梦卿），号左山老人，曹州济阴人（今山东曹县西北）。其先本姓殷氏，避宋讳改焉。父商衡，金陕西行省员外郎，以战死。金亡，依东平严实，严实聘他为诸子师。蒙哥汗三年（1253），忽必烈在潜邸，受京兆分地，入侍忽必烈潜藩。

刘肃（1193—1268），字才卿，威州洺水人（今河北威县北）。金兴定二年（1218）辞赋进士，尝为尚书省令史。金亡，依东平严实，辟行尚书省左司员外郎，又改行军万户府经历。刘肃于蒙哥汗二年（1252），"奉召北上，授邢州安抚使"。

张德辉（1195—1274），字耀卿，号颐斋，冀宁交城人。少力学，数举于乡。金亡，北渡，史天泽开府真定，辟为经历官。张德辉于贵由汗二年（1247）五月，以真定府"参佐"应召北上觐见忽必烈。

贾居贞（1217—1280），字仲明，真定获鹿（今河北获鹿）人。蒙哥汗六年（1256），忽必烈命刘秉忠在桓州东滦水北修建开平城时，贾居贞被召用，任监筑之职，入侍潜邸。

张础（1231—1294），字可用，其先渤海人，金末，曾祖张琛徙燕之通州。其父张范，为真定劝农官，于是居真定。张氏世代业儒，蒙哥汗六年（1256），由平章廉希宪荐于世祖潜邸。

周惠，字德甫，晋州隰县人，蒙哥汗二年（1252），授江淮都转运使。在1257年，传忽必烈令旨给李俊民，说明他在此年之前已经供职于忽必烈潜邸。

王鹗（1190—1273），字百一，曹州东明人（今山东东明县南）。金哀宗正大元年（1224），中状元，授应奉翰林文字。金亡后一直在张柔幕府。乃马真后三年（1244）冬，元世祖派遣赵璧、许国祯聘请王鹗，入仕忽必烈潜邸，恩遇非常。

赵璧（1220—1276），字宝臣，云中怀仁人（今属山西）。乃马真后元年（1242），入仕忽必烈潜邸。

李简，又名李惟简，字子敬，唐山人。1251年，以行总六部同仪官被忽必烈任命为邢州安抚使，入仕藩府。

张耕，字耘夫，真定灵寿人，蒙哥汗三年（1253）授邢州安抚使，进入忽必烈藩府。

杨惟中（1205—1259），字彦诚，弘州（今河北阳原）人。有胆略，精通蒙汉两种语言。蒙哥汗二年（1252），任河南道经略使，入侍忽必烈藩府。

宋衟（？—1286），字弘道，潞州长子（今属山西）人，金兵部员外郎宋元吉之孙。善记诵，年十七，避地襄阳，后北归，屏居于河内者有十五年。蒙哥汗二年（1252），赵璧经略河南，礼聘他辅助治理河南而进入藩府。

杨果（1197—1271），字正卿，号西庵，祁州蒲阴人（今河北安国）。早年以章句授徒为业，流寓辗轲十余年。金正大甲申（1224），登进士第，曾为偃师令，后历任蒲城、陕县县令，金亡，起为经历。蒙哥汗二年（1252），忽必烈治理河南时，任命杨果为参议，正式入侍金莲川藩府。

马亨（1207—1277），字大用，邢州南和人。海迷失后二年（1250），刘秉忠向忽必烈推荐了同乡马亨，马亨进入潜邸，很受忽必烈器重。

李克忠（1215—1276），京兆人，九岁中金童子科。金亡后四处流徙。后迁徙河中，籍名学官。蒙哥汗三年（1253），杨惟中宣抚陕右时，召为给事官，入侍忽必烈藩府。

杜思敬（1235—1320），字敬夫，一字亨甫，号醉经，汾州西河（山西汾阳）人，沁州长官杜丰三子，事世祖潜邸。

周定甫，入侍忽必烈潜邸具体时间不可考。

陈思济（1232—1301），字济民，号秋冈，河南柘城人，约是在蒙哥汗二年（1252）左右即入侍潜邸。

王博文（1223—1288），字子冕（一作子勉），号西溪，东鲁任城人，闻望四达，被士大夫期以远大。1243年，自山东迁居彰德（今河南安阳），在卫州州学习，与汲县王恽、东平府学生王旭齐名，并称"三王"。蒙哥汗六年（1256）与郝经同奉召，入侍潜藩。

寇元德，亡金名士寇靖次子，中山人，"早以文学名天下"，以廉希宪举荐入忽必烈潜邸，入侍潜藩具体年代不可考。

王利用，字国宾，号山木。通州潞县（今北京通县）人。其入侍藩府的时间不可考。

李德辉（1218—1280），字仲实，通州潞县（今北京通县）人。贵由汗二年（1247）进入藩府。

董文炳（1217—1278）字彦明，董俊长子。1253年八月以后，即忽必烈征云南之时开始追随忽必烈，成为忽必烈潜邸侍从。

董文忠（1231—1281），字彦诚，董俊第八子，据本传记载，于蒙哥汗二年（1252），入侍世祖潜邸，且深受忽必烈喜爱器重。

董文用（1224—1297），字彦材，藁城人，董俊第三子。学问早成，师从名家，精通儒学经典，弱冠试辞赋中选。1250 年，董文用跟从其兄文炳谒太后于和林城，然后入侍忽必烈潜藩。

赵炳（1222—1280），字彦明，惠州滦阳（今属河北）人。其父赵弘，有勇略，国初为征行兵马都元帅，积阶奉国上将军。1241年，入侍于潜邸。

高良弼（1222—1287），字辅之，真定平山人。弱冠之年，以投下子弟宿卫忽必烈藩府。

许国祯（约 1200—约 1275），字进之，绛州曲沃（山西闻喜）人。祖父辈都以行医为业。许国祯是"博通经史，尤精医术。"他入侍藩府较早，应在 1243 年以前，并一直深得忽必烈信任。

许扆，许国祯之子，字君黼，一名忽鲁火孙，从其父事忽必烈于潜邸。

谭澄（1218—1275），字彦清，德兴怀来（今属河北）人。精通蒙古语，而且吏治精明。蒙哥汗四年（1254），入仕藩府。

柴祯，也是忽必烈潜邸侍卫，不过柴祯的情况史无明载。

姚天福（1230—1302），字君祥，绛州稷山人。从儒者受《春秋》，能知大义。蒙哥汗三年（1253），忽必烈出征云南路过白登时，姚天福入侍藩府。

赵弼（1244—1301），字元辅，云阳人，蒙哥汗五年（1255），赵弼十二岁时，入侍藩府。

崔斌（1223—1278），字仲文，一名燕帖木儿，马邑（今山西朔县）人，出身于北方豪族。崔斌入侍藩府的具体时间不可考。

阔阔，字子清，本蔑里吉氏。早岁入侍忽必烈藩府，知礼而好学，曾先后受业于王鹗、张德辉。

藩府侍卫脱脱，木华黎四世孙，具体入侍藩府时间不可考。

秃忽鲁，字亲臣，康里氏，自幼入侍世祖，曾受命跟从藩府儒臣、元代大儒许衡学。

藩府侍从乃燕，是木华黎之孙速浑察的次子。

霸突鲁，木华黎之孙，为忽必烈藩府侍从谋臣，曾多次跟从忽必烈征伐，为先锋元帅，累立战功。

孟速思（1206—1267），畏兀人，世居别失八里，古北庭都护之地。先为托雷侍卫，后入侍忽必烈潜藩，日见亲用。

廉希宪（1231—1280），一名忻都，字善用，号野云，布鲁海牙子也，畏兀儿人。海迷失后元年（1249），入侍忽必烈潜邸。

赵良弼（1217—1286），字辅之，女真人。本姓术要甲，音讹为赵家，因以赵为氏。父赵懿，金威胜军节度使，谥忠闵。赵良弼"明敏，多智略"，初举进士，教授赵州。蒙哥汗元年（1251）进入藩府。